KB252909

韓國古小説史

金光淳 著

국학자료원

서 문

　한국고소설사에 대한 연구는 1933년 金台俊의 『朝鮮小說史』에서 처음으로 시도되었다. 그래서 이 책은 한국고소설을 전공하는 학자들에게 중요한 典範이 되어 왔다. 그러나 불행히도 이 책의 저자가 정치사상범으로 연루되자 禁書가 되어 오랫동안 학계에서 자취를 감추고 말았다. 그 후 周王山이 1950년에 『朝鮮古代小說史』를 간행했으나 김태준의 『조선소설사』에 미치지 못했다. 또한 1958년에 朴晟義의 『韓國古代小說史』, 1960년에 申基亨의 『韓國小說發達史』가 출판된 이후 약 반세기 동안 고소설 전공자가 500여 명이 넘지만 이들은 개별 작품연구에 주력했을 뿐 고소설사에 대한 본격적인 단행본 저서는 한 번도 시도한 일이 없다. 다만 필자가 1990년에 『韓國古小說史와 論』을 출간하였지만 본격적인 고소설사의 단행본이라 할 수는 없다.

　이처럼 한국 고소설사를 집필하지 못했던 가장 중요한 이유는 조선조 유학자들이 소설을 蛇蝎視했기 때문에 작품의 창작연대와 작자가 거의 밝혀져 있지 않은 데에 그 원인이 있다. 또한 소설의 기원을 어디서 잡을 것인가 하는 것도 논쟁거리였기 때문이다. 게다가 관심 있는 학자들에 의해 고소설이 계속 발굴되었기에 1960년 이전에 소개된 작품이 100여 편에 불과한 데에 비해, 현재 학계에 공개된 작품만 1,000여 편이 넘는다. 이들 대부분의 작품은 작자와 창작연대가 밝혀져 있지 않기 때문에 고소설을 전공하는 학자들은 주로 작품론, 작가론, 비교문학 등에 관심을 가졌을 뿐 고소설사를 집필하려는 시도마저 못하고 있었다. 다만 고소설사 시대구분에 대한 논문만 몇 편 나왔을 뿐이다.

4

이제 대망의 21세기에 접어들었다. 누군가 한국 고소설사에 대해 선편을 잡아 주어야겠다는 責務感에서 筆者가 『韓國古小說史』를 시도해 본 것이다. 고소설의 사적 전개를 논의하는 최선의 방법은 연대순으로 나열하거나 세기별로 분류하여 논의하는 것이 가장 합리적일 것이다. 그러나 우리 고소설의 작품 대부분이 작자나 창작연대가 미상이기 때문에 이러한 방법은 적용할 수가 없다.

그래서 여기서는 본격적인 고소설사에 앞서서 소설의 개념, 고소설 용어 정립, 유학자의 소설관, 고소설 유형론, 고소설의 특징에 대해 논의한 후에 고소설의 사적 전개를 中世初期, 中世中期, 中世末期의 小說, 中世에서 近代로의 轉換期, 近代初期, 近代中期의 小說 등 6시기로 나누어 각 시기별로 소설의 변모양상을 서술하였다. 그리고 「금오신화」, 「홍길동전」, 「구운몽」, 「춘향전」은 연구사와 연구경향별 검토를 통해 학계의 쟁점이 무엇인가를 밝혔고 또한 문제가 되고 있는 작품도 구체적으로 논의하여 각 시대의 작품 개관 뒤에 수록하였다.

최근 학계에서 통설로 되고 있긴 하지만, 筆者는 한국고소설의 기원을 「금오신화」에서부터 500여 년 거슬러 올려 9세기 내지 10세기 羅末·麗初로부터 소설의 사적 전개를 시도한 점과 작자와 창작 연대가 미상인 고소설 대부분을 75년 내지 300여 년의 간격을 설정해 두고 각 시기별 소설의 양상을 논의함으로써 1,000여 편 고소설의 사적 변모양상을 가늠할 수 있게 했다. 그리고 여기서 근대문학의 기점을 영·정조대로 올려 잡은 것은 근대문학의 이행기를 아울러 지칭한 것이다.

그러나 拙著가 고소설을 연구하는 학자들에게 도리어 혼란을 가중시키지나 않을까 하는 두려움부터 앞선다. 무모하고 위험천만한 모험임을 알면서도 이 책을 출판하는 것은 동학들의 叱正을 받아 잘못을 바로 잡고자 함이다. 고소설사에 관심 있는 독자들의 아낌없는 叱正을 바랄 뿐이다.

이 책이 나오기까지 교정을 도와준 강구율, 정병호, 백운룡, 오희정, 김민숙, 방동수, 박진아, 이윤선 제자들에게 고마운 뜻을 표하며 국학자료원 정찬용 사장에게도 감사드린다.

2001. 2. 25.

김 광 순

목 차

머리말 / 3

제1장 소설의 개념 ··· 11

제2장 고소설 용어 정립 ··· 21

  Ⅰ. 諸名稱의 타당성 검토 ································ 24

  Ⅱ. '고소설' 용어의 타당성 ····························· 35

제3장 조선조 유학자의 소설관 ······························ 39

  Ⅰ. 유학자의 소설관 ······································· 42

  Ⅱ. 소설관의 변모 양상 ··································· 57

제4장 고소설의 유형 ··· 61

  Ⅰ. 傳奇小說 ··· 63

  Ⅱ. 擬人小說 ··· 65

  Ⅲ. 夢遊小說 ··· 66

  Ⅳ. 理想小說 ··· 67

  Ⅴ. 軍談小說 ··· 68

  Ⅵ. 艶情小說 ··· 70

  Ⅶ. 諷刺小說 ··· 71

  Ⅷ. 家庭小說 ··· 72

  Ⅸ. 倫理小說 ··· 73

  Ⅹ. 판소리계 소설 ·· 74

제5장 고소설의 특징 ··· 77

  Ⅰ. 형식 ·· 79

  Ⅱ. 내용 ·· 81

제6장 고소설사의 시대구분 ···································· 83

제7장 고소설의 사적 전개 ······································ 99

  Ⅰ. 중세 초기의 소설 ····································· 101

1. 개관 ··· 101
   1) 調信傳 ··· 103
   2) 金現感虎 ·· 104
   3) 崔致遠 ·· 105
   4) 首揷石枏 ··· 106
2. 調信傳과 枕中記에 나타난 꿈의 수용양상과 의미 ········· 107
   1) 꿈의 수용양상 ·· 109
   2) 꿈의 기능과 독자의 측면 ····································· 115
   3) 문학적 의의 ··· 120
3. 金現感虎의 서술의식과 문학사적 의미 ······················ 127
   1) 이본 ·· 129
   2) 서술의식 ··· 135
   3) 문학사적 의미 ·· 138

Ⅱ. 중세 중기의 소설 ·· 142
1. 개관 ··· 142
   1) 麴醇傳 ·· 145
   2) 孔方傳 ·· 145
   3) 麴先生傳 ··· 146
   4) 淸江使者玄夫傳 ·· 147
   5) 竹夫人傳 ··· 147
   6) 楮生傳 ·· 148
   7) 丁侍者傳 ··· 149

Ⅲ. 중세 말기의 소설 ·· 150
1. 개관 ··· 150
   1) 金鰲新話 ··· 151
      (1) 萬福寺樗蒲記・154   (2) 李生窺墻傳・154   (3) 醉遊浮碧亭記・155
      (4) 南炎浮洲志・155   (5) 龍宮赴宴錄・156
   2) 薛公瓚傳 ··· 156
   3) 企齋記異 ··· 157
      (1) 「安憑夢遊錄」・157   (2) 「書齋夜會錄」・158
      (3) 「崔生遇眞記」・158   (4) 「何生奇遇傳」・158
   4) 夢遊小說 ··· 159
      (1) 大觀齋夢遊錄・159   (2) 元生夢遊錄・160   (3) 睡鄕記・160
   5) 擬人小說 ··· 161

　　(1) 天君傳 · 161　　　　(2) 愁城誌 · 161　　　　(3) 抱節君傳 · 162
　6) 王郞返魂傳 ……………………………………………………… 162
2. 金時習과 金鰲新話 ……………………………………………… 163
　1) 생애 ……………………………………………………………… 165
　　(1) 生長修學期 · 165　　　　(2) 流浪遍歷期 · 165
　　(3) 金鰲隱遁期 · 166　　　　(4) 失意徘徊期 · 167
　2) 사상 ……………………………………………………………… 169
　　(1) 儒敎思想 · 169　　(2) 佛敎思想 · 169　　(3) 道仙思想 · 171
　3) 金鰲新話 ………………………………………………………… 172
　　(1) 자아의 의식화 세계와 萬福寺樗蒲記 · 172
　　(2) 환상의 세계와 李生窺墻傳 · 173
　　(3) 초월의 세계와 醉遊浮碧亭記 · 173
　　(4) 작가 사상의 세계와 南炎浮洲志 · 174
　　(5) 작가 욕망의 세계와 龍宮赴宴錄 · 174
　3) 문학사적 위상 …………………………………………………… 175
3. 金鰲新話 연구의 경향별 검토와 쟁점 ………………………… 177
　1) 문헌학적 연구와 과제 ………………………………………… 180
　　(1) 해제 및 주석 · 180　　　　　　(2) 판본 · 181
　2) 비교문학적 연구와 쟁점 ……………………………………… 182
　　(1) 국외설 · 182　　(2) 국내설 · 183　　(3) 국내외 절충설 · 184
　3) 작가론적 연구와 쟁점 ………………………………………… 186
　　(1) 생애 · 186　　　　(2) 사상 · 186
　4) 작품론적 연구와 쟁점 ………………………………………… 190
　　(1) 작품 구조 · 190　　(2) 미의식 · 191　　(3) 삽입시 · 192
　5) 소설사적 위상과 쟁점 ………………………………………… 194
IV. 중세에서 근대로 전환기의 소설 ……………………………… 198
1. 개관 ……………………………………………………………… 198
　1) 蛟山小說 ………………………………………………………… 201
　　(1) 홍길동전 · 204　　(2) 南宮先生傳 · 207　　(3) 蔣生傳 · 207
　　(4) 張山人傳 · 208　　(5) 嚴處士傳 · 208　　(6) 蓀谷山人傳 · 209
　2) 歷史軍談小說 …………………………………………………… 210
　　(1) 壬辰錄 · 211　　(2) 林慶業傳 · 212　　(3) 朴氏傳 · 213
　3) 西浦小說 ………………………………………………………… 213
　　(1) 九雲夢 · 216　　　　　　(2) 謝氏南征記 · 217
　4) 擬人小說 ………………………………………………………… 218
　　(1) 花史 · 219　　(2) 天君演義 · 221　　(3) 義勝記 · 222

8

　　5) 夢遊小說 ……………………………………………………………… 223
　　　(1) 達川夢遊錄・224　　　(2) 金華寺夢遊錄・225
　　　(3) 江都夢遊錄・225　　　(4) 皮生冥夢錄・226　　　(5) 雲英傳・226
　　6) 崔孤雲傳 ……………………………………………………………… 227
　　7) 英英傳 ………………………………………………………………… 229
　　8) 彰善感義錄 …………………………………………………………… 229
　　9) 周生傳 ………………………………………………………………… 231
　　10) 韋敬天傳 ……………………………………………………………… 232
　　11) 崔陟傳 ………………………………………………………………… 233
　　12) 柳淵傳 ………………………………………………………………… 233
　2. 홍길동전의 한자표기문제와 작자 시비 ………………………………… 234
　　1) 홍길동전의 한자표기 문제 ………………………………………… 235
　　2) 홍길동전의 작자 시비 ……………………………………………… 239
　　　(1) 허균 창작설・239　　　　(2) 허균 창작부정설・240
　　　(3) 허균 창작부정설 반론・244　(4) 홍길동전의 작자・247
　3. 홍길동전 연구의 경향별 검토와 쟁점 …………………………………… 256
　　1) 작자 시비 …………………………………………………………… 258
　　2) 한자 표기 문제 ……………………………………………………… 260
　　3) 이본 문제 …………………………………………………………… 262
　　4) 형성 배경 논쟁 ……………………………………………………… 264
　　5) 비교문학적 논의 …………………………………………………… 266
　　6) 주제 ………………………………………………………………… 268
　4. 구운몽 연구의 경향별 검토와 쟁점 ……………………………………… 271
　　1) 창작 시기와 창작 장소에 대한 검토와 쟁점 …………………… 274
　　2) 원본에 대한 연구 …………………………………………………… 276
　　3) 근원사상에 대한 연구 ……………………………………………… 278
　　　(1) 三敎和合說・278　　(2) 佛敎思想說・279　　(3) 空思想說・280
　　　(4) 空思想說의 비판・281　(5) 空思想說의 비판에 대한 반론・282
　　4) 비교문학적 연구 …………………………………………………… 282
　　5) 주제 ………………………………………………………………… 284
V. 근대 초기의 소설 ……………………………………………………………… 287
　1. 개관 ……………………………………………………………………… 287
　　1) 燕岩小說 ……………………………………………………………… 289
　　　(1) 兩班傳・292　　　(2) 許生傳・293　　　(3) 虎叱・294
　　　(4) 廣文者傳・295　　(5) 穢德先生傳・295　　(6) 閔翁傳・296

(7) 馬駔傳 · 296　　(8) 金神仙傳 · 297　　(9) 烈女咸陽朴氏傳 · 297
(10) 虞裳傳 · 298　　(11) 易學大盜傳, 鳳山學者傳 · 298

2) 文無子小說 ··· 299
(1) 沈生傳 · 301　　(2) 柳光億傳 · 301　　(3) 張福先傳 · 302
(4) 李泓傳 · 302　　(5) 崔生員傳 · 303　　(6) 浮穆漢傳 · 303
(7) 南靈傳 · 304

3) 판소리계 소설 ··· 305
(1) 春香傳 · 307　　(2) 沈淸傳 · 309　　(3) 興夫傳 · 309
(4) 雍固執傳 · 310　　(5) 변강쇠전 · 310

4) 창작군담소설 ··· 311
(1) 劉忠烈傳 · 313　　(2) 蘇大成傳 · 313　　(3) 張伯傳 · 313

5) 동물의 의인소설 ··· 313
(1) 장끼전 · 314　　　　(2) 鼈主簿傳 · 315
(3) 鼠의 의인소설 · 316　　　　(4) 蟾同知傳 · 317

6) 玉麟夢 ··· 318

7) 紅白花傳 ··· 319

8) 柳綠傳 ··· 319

9) 一樂亭記 ··· 319

10) 金銓傳 ··· 320

2. 춘향전 연구의 경향별 검토와 쟁점 ··· 320
1) 발생 및 기원 ··· 324
2) 근원설화 ··· 325
3) 이본 ··· 328
4) 주제 ··· 330
5) 작자문제와 실존설 ··· 332

3. 興夫傳의 주인공에 관한 인성분석 ··· 334
1) 인성분석의 필요성 ··· 335
2) 인성분석의 방법 ··· 337
3) 인성분석 ··· 339
(1) 놀부 · 339　　　　(2) 흥부 · 344
4) 분석 결과 ··· 359

4. 장끼전의 이본과 세계관적 인식 ··· 363
1) 이본간의 대비 ··· 364
⑴ 의미기능단락 · 364　　　　(2) 등장인물의 성격 · 366
2) 장끼전의 작자와 창작연대 ··· 368

10

    3) 상반된 세계관적 인식 ·· 370

    4) 문학적 의의 ·· 372

  5. 三國志演義가 한국 소설에 미친 영향 ······························· 373

    1) 三國志演義의 도입과 수용양상 ································· 375

    2) 三國志演義가 한국 고소설에 미친 영향 ····················· 384

      (1) 등장인물 · 384   (2) 사건 · 391

        ① 單騎戰 / 391 ② 埋伏戰 / 394 ③ 火攻戰 / 397 ④ 道術戰 / 401

      (3) 배경 · 404   (4) 문장형식 · 406

Ⅵ. 근대 중기의 소설 ·· 410

  1. 개관 ··· 410

    1) 彩鳳感別曲 ·· 411

    2) 裴裨將傳 ·· 413

    3) 薔花紅蓮傳 ·· 413

    4) 黃月仙傳 ·· 414

    5) 明珠寶月聘 ·· 415

    6) 玩月會盟宴 ·· 416

    7) 玉樓夢(玉蓮夢) ·· 416

    8) 三韓拾遺 ·· 417

    9) 六美堂記 ·· 418

    10) 烏有蘭傳 ··· 419

    11) 鍾玉傳 ·· 420

    12) 天君本紀 ··· 420

  2. 天君實錄의 작자 시비와 작품구조 ································· 422

    1) 작자 시비 ··· 422

      (1) 작자는 鄭昌翼이 아니고 柳致球이다 · 422

      (2) 柳致球의 생애와 문학사상 · 427

    2) 작품분석 ·· 434

      (1) 창작연대와 동기 · 434   (2) 경개 · 435

    3) 등장인물의 성격 ··· 438

    4) 사건 전개의 양상과 그 의미 ····································· 443

    5) 문학적 가치 ·· 448

■ 찾아보기 / 451

제1장 소설의 개념

제1장 소설의 개념

소설의 개념을 한 마디로 정의하기는 쉽지 않다. 소설의 개념은 시대와 문화권에 따라 조금씩 다른 의미를 지니고 있기 때문이다. 그러므로 본격적인 소설의 논의를 위해서는 각 시대와 문화권에 있어서의 개념 파악이 선행되어야 할 것이다.

동양 문화권 속에서의 소설이란 용어는 처음에는 구체적인 문학 용어로 고정되지 않은 일반 관용어로서 비교적 넓은 의미로 쓰였다. '小說'이라는 명칭은 「莊子」 外物篇에 "소설을 꾸며서 높은 명성과 아름다운 명예를 구한다"[1]라고 한 데서 처음으로 사용되었다. 이 때의 소설은 '상대방의 환심을 사려는 의도 아래 꾸며낸 才談'의 의미로 파악된다. 천하를 周遊하며 現實經綸의 방법과 그에 필요한 지식을 팔던 儒家 및 諸子百家의 행위를 의식하여 쓴 말이라 생각된다.

「論語」에는 소설이라는 말이 사용되지는 않았지만 道에 대립되는 의미의 '小道'라는 말과 '道聽塗說'이라는 말을 사용하였다. "小道에는 볼 만한 것이 있지만 원대한 일에 막힘이 있을까 두려워 군자가 하지 않는다."[2]고 한 것과 "길거리에서 얻어들은 말은 도덕을 쌓는 데 방해가 된다."[3]고 한 것은 載道의 문학관에 입각하여 문학의 윤리적 기능을 강조한 것이다. 이것이 곧 조선조 유학자들이 소설에 대해 부정적 견해를 갖게 되는 발단이 되었다.

東漢의 桓譚은 "소설이란 殘叢小語이며 寓言異記의 토막글로 治身理家에 다소라도 도움이 될 수 있다."[4]고 하였다. 이것도 곧 도를 담는 문장만이 진실한

---

1) 飾小說 以干縣令(「莊子」 雜篇 外物 第26).
2) 子夏曰 雖小道 必有可觀者焉 致遠恐泥 是以君子不爲也(「論語」 子張篇).
3) 子曰 道聽而塗說 德之棄也(「論語」 陽貨篇).
4) 小說家 合殘叢小語 近取譬喻 以作短書 治身理家 有可觀之事(李選注 「文選」 31, 引新論)

문장이라고 하던 儒家의 문학관에서 기인된 것으로 보인다.

班固는 「漢書」 藝文志 卷末에서 伊尹說 二十七篇外 小說十五家 千三百八十篇을 들고 "소설은 稗官에서 나왔는데 길거리에 떠돌아다니는 이야기에 살을 덧붙여서 지어진 것이다."[5]라고 하였다. 여기서 보면, 소설이란 稗 즉 細米와 같이 街談巷語로 治者들이 정치에 참고하려고 稗官을 설치하여 民情을 채집한 데서 유래되었기 때문에 이후 소설을 稗官小說, 稗官文學, 稗乘, 稗官野乘, 稗史, 稗說, 傳奇 등으로 불렀다. 또한 稗官이라는 관직이 없어진 뒤에도 民間奇傑의 무리나 不遇文士 등에 의하여 창작된 소설·희곡 등을 그대로 불러왔다.

우리 나라에서는 稗官이라는 관직이 없었으면서도 이와 같은 명칭을 그대로 사용하였으며, 한글로 표기된 稗官小說을 諺稗, 諺課小說, 俚語古談, 諺飜傳奇, 傳奇 등으로 불렀다.

明代부터는 소설의 범위를 크게 확대시켜 생각하였음을 볼 수 있다. 明의 隴西 可一居士는 "六經과 國史 이외의 저술 모두가 소설이다."[6]라고 하였고, 淸 高宗은 「四庫全書」를 經·史·子·集의 네 종류로 분류하면서 소설을 子·集에 넣고 그 범위와 대상을 雜事의 敍述, 異聞의 기록, 瑣語의 綴輯 등으로 하여 크게 확대시켰다. 따라서, 소설은 稗說, 諧謔, 野談, 隨筆 등을 포괄하는 의미로 쓰였으며, 후에는 演義와 傳奇의 창작물을 소설로 불렀다.

동양 문화권에서 중국의 것을 따르며 小中華라고까지 자처한 우리 나라는 소설의 개념에 있어서도 중국의 절대적인 영향을 받았다. 우리 나라에서 '小說'이란 용어가 쓰여진 기록은 고려 高宗 때 李奎報(1168~1241)의 「白雲小說」[7]과 고려 恭愍王 때의 高僧 景閑(1299~1375)의 法語 篇名인 「興聖寺入院小說」 등에서 찾아볼 수 있다.

이어 조선 中·明宗 때 魚叔權은 그의 「稗官雜記」에서 우리 나라에는 소설이 적다고 하면서 고려조 李仁老의 「破閑集」, 崔滋의 「補閑集」, 李齊賢의 「櫟

---

5) 小說家者流 蓋出於稗官 街談巷語 道聽塗說者之所造也(「漢書」 藝文志 諸子略小說十五家 千三百八十篇 序).

6) 六經國史而外 凡著述 皆小說也(醒世恒言 序).

7) 洪萬宗, 「詩話叢林」.

翁稗說」과 조선조 姜希顔의 「養花小錄」, 徐居正의 「太平閑話滑稽傳」·「筆苑雜記」·「東人詩話」, 姜希孟의 「村談解頤」, 金時習의 「金鰲新話」, 李陸의 「劇談」, 成俔의 「慵齋叢話」, 南孝溫의 「六臣傳」·「秋江冷話」, 曺偉의 「梅溪叢話」, 崔溥의 「漂海記」, 曺伸의 「諛聞瑣錄」을 소설 작품으로 들고 있다.8) 또, 李晬光(1563~1628)도 그의 「芝峰類說」에서 "우리 조선에는 200년 동안에 전하는 저서가 매우 적어서 소설로 볼 만한 것이 없다"고 하면서 徐居正의 「筆苑雜記」, 曺伸의 「諛聞瑣錄」, 成俔의 「慵齋叢話」, 車天輅의 「五山說林」, 金時習의 「金鰲新話」 등 18종을 소설로 들었다.9) 柳夢寅(1559~1623)도 「於于野談」에서 "금년 봄에 중국에서 70여 종의 소설이 새로 간행되었는데 음란하고 잡스러워 차마 볼 수가 없다. 오직 두 편만 세상을 교화하는 데 봄직하다."10)고 했다.

이러한 점들로 미루어 보아 당시의 '소설'은 淫談·詩話·史話·日記·地理書·閑談·才談·諧謔·逸士奇聞·雜記·雜說·隨筆 등을 통칭하는 광범위한 명칭으로 쓰였음을 알 수 있다.

그 뒤 金萬重의 「西浦漫筆」, 趙在三의 「松南雜識」, 李德懋의 「士小節」, 鄭泰齊의 「天君演義」 등에서 稗官小說, 通俗小說, 演義小說, 傳奇小說 등의 말이 쓰였음을 볼 수 있는데 이들 용어는 대부분 역사적 사실을 덧붙인 것이란 뜻으로 쓰였다. 이와 같이 소설은 심심풀이(破閑止睡)로 읽혔고, 사실이거나 아니거나 간에 君子修道의 글에 대칭되는 모든 것을 폭넓게 수용한 것이었으므로 전형적인 유학자들에게는 진실을 왜곡시키고 허망한 사실을 가르쳐 교화에 해독을 주는 것이라 인식되어 양반 자녀들에게 읽히기를 금하였던 것이다.11)

이처럼 갑오경장 이전까지만 하더라도 소설은 비교적 다양하고 넓은 의미를 지니면서 일반적으로 쓰여 온 관습적인 용어였다. 이러한 소설이 서구의 노블novel이 들어오면서 신소설, 현대소설로 전개되어 그 이전의 소설 즉 고소설의 포괄적인 개념에 대한 인식에서 크게 제약을 받으면서 소설이란 새로운

---

8) 魚叔權, 「稗官雜記」(大東野乘 Ⅰ. 慶熙出版社, 1968).

9) 李晬光, 「芝峰類說」 卷七 經書部三 著述.

10) 柳夢寅, 「於于野談」 卷三 文藝.

11) 演義小說 作奸誨淫 不可接目 切禁子弟 勿使看之(李德懋 「士小節」).

장르genre 개념으로 전환되어 사용되었다. 곧 프랑스의 문학사가인 브룬띠에르(Brunetiere, 1847~1906)의 「문학사에 있어서 장르의 진화」에서 지적된 바와 같이 소설 장르genre의 진화로 그 개념을 인식하게 되었다.

서구의 경우를 살펴보면, 영웅의 일대기를 담은 고대의 서사시epic 속에 소설의 모습이 조금 엿보이지만, 본격적인 소설의 등장과 거기에 합당한 명칭으로는 스토리story, 픽션fiction, 테일tale, 로망roman, 노블novel 등이 있는데 로망과 노블이 대표적인 명칭이다.

로망roman은 라틴어의 romana(俗語)에서 나온 말인데, 이런 로망이 소설을 뜻하게 된 것은 당시 모든 이야기를 로망으로 썼기 때문이다. 그래서 로망은 속어로 쓰여진 문학이고 귀족에 대한 民의 문학이며, 그 내용은 교훈적이고 도덕적인 성서 교리의 선전과 우화 또는 기사의 모험, 연애, 무용담으로 12세기 프랑스에서 시작되어 영국, 독일, 이탈리아 등 서구 중세 문학으로서의 세계성을 띠고 퍼져 나간 것이다. 근대에 와서도 로망은 있는 그대로 혹은 가능한 세계를 그리는 寫實的인 노블novel과 대칭되는 용어로 통속적인 傳奇의 뜻으로 우리 나라의 고소설과 유사한 의미로 사용되었다.

노블novel은 라틴어의 novus, 그리스어의 noes가 전환하여 이탈리아어 novella가 되고 이것이 영국으로 건너가서 novel이 된 것인데, 여기서의 novus나 noes는 모두 '새롭다·신기한 小話'란 뜻이다. 따라서 노블novel이란 새로운 소설 즉 가능한 세계의 묘사와 사실적인 이야기의 뜻으로 쓰인 것이다. 이는 중세부터 있어 온 로망과는 다른 새로운 소설의 의미로 르네상스 이후 영국에서 쓰이기 시작한 말이다. 따라서, 영국에서는 대체로 모험소설이나 꿈같은 유토피아를 그린 달콤한 멜로드라마melodrama류를 로맨스romance로, 본격적인 소설은 노블novel로 구분해서 쓰고 있다.

이와 같이 소설은 동서양을 막론하고 노블 이전의 속된 말로 쓰여진 이야기인데 반해, 노블이 나온 근대에 와서부터는 소설의 의미가 좁아져 가능한 세계의 묘사와 寫實的인 이야기로 변모된 것이다.

따라서 고소설이나 신소설, 현대소설에 있어서 소설의 개념은 이들 소설의 공통적인 성격에서 찾아야 한다. 소설의 가장 단순한 요청은 '이야기'라는 것이며, 소설의 원초의 모습인 단순한 이야기를 풍부한 것으로 만들고 다시 이를 번복하여 새롭게 하려는 지향 사이의 갈등이 소설을 소설로 있게 하였다. 소설이란 이야기를 통하여 이야기 이상의 것을 표현하려고 하는 문학적 창조 형식이다.[12] 그것은 이야기이면서 이야기가 아니고자 하는 본원적인 욕구 때문에 언제나 二値的 대립 가운데 자신을 존립시켜 왔고 변화시켜 왔다. 이와 같은 내재적 이원성은 전체성에 이르는 확실한 근거가 되고 있다. 따라서 소설에 있어 불가피한 이와 같은 잡거성 때문에 소설은 참으로 소설일 수 있었고 소설일 수 있으며 또 소설일 수 있게 되는 것이다.

이와 같은 무한한 가능성, 잡거성 때문에 소설문학은 이질적인 외부성까지도 수렴함을 배제하지 않는다. 소설이 비소설인 시의 가능성마저도 빼앗아 자기의 것으로 할 수 있었듯이[13] 소설의 광대한 가능성 안에는 그 표현 형식에 있어서 굳이 산문이어야 할 이유도 운문을 배제할 특별한 이유도 발견되지 않는다.[14]

그래서 서간체도 기록체도 소설의 가능성 안에 포함될 수 있는 표현 형식이다. 판소리도 그 가능성 안에 포함된다. 오랫동안 논의되어 온 한문소설과 국문소설의 문제도 소설의 표현 형식이 가지는 잡거성의 차원에서 논의된다면 별 문제가 없다.[15] 따라서 소설에 있어 그 표현 형식의 측면에서 보면 앞에서 논의한 바의 최소한의 소설의 요건에서 벗어나지 않으면 이들 모두가 긍정적으로 받아들여져야 한다.

그렇다면 우리 나라에서 소설의 기점은 어디에서부터 보아야 할 것인가?

중국이든 우리 나라든 간에 소설은 서정, 서사, 교술을 두루 포괄하는 명칭이다. 소설이라는 것 속에 이처럼 여러 갈래가 혼입되어 있으니, 君子修道之文과 대립되는 文의 통칭명일 뿐 오늘날과 같은 갈래 체계의 명칭일 수는 없다.

---

12) R.M.Albérés, : Histoire du Roman Moderne, ed, Albin Michel Paris, 1962, pp.441~461.(黃浿江, 「韓國小說史 序說」, 『韓國古小說硏究』, 二友出版社, 1983, 16쪽).
13) 같은 책, 206쪽.
14) 大橋建三郎, et al., 「ノベルとロマンス」, 『シンポジオウム 英米文學』 6호, 東京(1974)(黃浿江, 앞의 책, 16쪽).
15) 黃浿江, 같은 책, 17쪽.

魚叔權, 李晬光, 柳夢寅의 경우 갈래에 대한 의식이 어느 정도 있어 보이지만 소설을 雜說 정도로 인식했기 때문에 오늘날과 같은 갈래 체계의 명칭은 아니다. 이렇게 볼 때 이른바 잡설에서 서사를 구분하고 서사 가운데서 갈래상의 소설을 가려내야 비로소 고소설, 신소설, 현대소설을 한 자리에서 다룰 수 있는 길이 열린다.

예로부터 서사의 담당층은 소설에 대해 인식이 철저하지 못했다. 작자가 소설을 창작해 놓고도 미처 소설인 줄 몰랐고, 독자 또한 소설을 소설로 대하지 못했던 것이다. 갈래 체계에 대한 각성이 없던 시대의 불가피한 현상으로 보이는데, 담당층의 인식을 문제 삼아 소설 여부를 판가름할 일이 아니다. 소설로 볼 만한 작품이 엄존하는 한 소설을 소설이 아니라고 할 수는 없는 까닭이다. 갈래로서의 소설이란 도대체 무엇인가? 이제 이 문제를 해결해야 할 시점에 이르렀다. 현실은 울퉁불퉁한 굴곡으로 이루어져 있다. 영달할 수 있는 위치에서 나락으로 떨어지기도 하고 나락의 위치에서 영달의 길로 나아가기도 한다. 어떤 위치에 있든 세계와 맞서는 인간은 고독함을 느끼게 마련인데, 이런 삶을 예민하게 포착하고 글로 남긴다면 독자를 끌어당길 수 있다. 그렇다 해서 삶을 다룬 글이 모두가 소설이 되는 것은 아니며 적어도 다음과 같은 요건을 갖추어야 한다.

1) 인물, 환경, 인물과 환경을 통해 주인공의 내면의식을 드러내고,
2) 사회 현상을 적실히 반영하고,
3) 갈등 양상을 핍진하게 드러내는 것.

1), 2), 3)은 소설의 필수 요건이지 선택 사항이 아니다. 다시 말하면 1)만이거나 2)만이거나 3)만이거나 한 작품은 소설이라고 할 수 없다. 1)만으로 된 작품은 傳類나 보고적 서술문에서 찾아볼 수 있고, 2)만으로 혹은 3)만으로 된 작품은 記事文, 史書類에서 찾아볼 수 있는데, 어느 한 쪽만으로 삶을 핍진하게 반영하기가 어렵기 때문이다. 1), 2), 3)이 구비될 경우 소설이 되는가 하면 그렇지도 않다. 세 가지 요건이 단순히 모자이크된 것으로는 부족하며 화학적

결합을 해야 비로소 소설이 될 수 있다.16) 전술한 바와 같이 인간은 사회적 환경 속에 놓여 있고 울퉁불퉁한 노정을 걸어가므로 대화, 所懷, 삽입시, 독백이 없을 수 없는데, 세 가지 요건이 화학적 결합을 하여 이루어진 그릇이라야 인물의 대화, 所懷, 삽입시, 독백을 여실히 담아낼 수 있다. 1)만이거나 2)만이거나 3)만이거나 한 작품에서는 대화, 所懷, 삽입시, 독백이 나타나기 어렵고, 설사 나타난다 하더라도 필연적인 것이 아니다.

　인물이 아닌 대상을 인물처럼 다룬 의인체는 소설인가 아닌가? 학계에서 갈래의 귀속 문제를 놓고 적지 않게 논란이 벌어지고 있는데, 인물이 아닌 대상을 의인화했다는 이유만으로 소설이 아니라고 할 수는 없다. 주지하다시피 인물은 텍스트의 한 구조물로서 현실을 반영하는 존재이므로 인물은 작품에서 그 자체로 목적이라 하기보다는 기능이라 해야 맞다. 이렇게 본다면 고려시대의 假傳도 소설의 범위 내로 들어설 수 있다. 그렇다고 가전이 곧바로 소설이라고 한다면, 그것은 그것대로 위험한 논법이다. 기존 연구에 의하면,17) 고려시대의 가전은 소설의 요건인 1), 2), 3)을 두루 갖추고 사물의 속성을 설명하거나 戒世懲人을 효과적으로 나타낸 것으로 보인다. 애초부터 사물의 속성을 설명하거나 戒世懲人을 목적으로 했기에 본격 소설로서 치부하기는 어렵지만, 1), 2), 3)이 화학적 결합을 도모하고 있는 한 소설의 끝자리 정도에는 오를 수 있다.

　이상의 논의를 종합해서 소설의 기점을 따지기로 한다. 1), 2), 3)의 요건을 갖춘 작품이 소설이라 했다. 이런 요건에 맞는 작품은 9~10세기경에서부터 발견된다. 「殊異傳」 逸文의 「崔致遠」 등과 같은 몇몇 작품, 「三國遺事」 소재의

---

16) 여기서 도출한 소설의 요건은 서양의 소설론에 의거한 것이 아니다. 주지하다시피 한국의 소설에 상응하는 서양의 소설 용어는 여러 가지인데, 영어의 경우만 보더라도 romance, fiction, tale, story, novel, short story 등이 있다. 한국의 고소설이 romance에 해당된다는 것이 일반화된 바이지만, 서양의 소설론에 한국의 소설을 일방적으로 끼워맞추는 것이므로 타당성이 없다. 한국에서의 소설은 포괄적인 의미를 지니고 있어서 romance와 연결시키는 것은 무리이고, 한국 소설 자체의 본질과 특징을 염두에 두고 갈래론을 전개해야 한다.

17) 金光淳, 『韓國擬人小說硏究』, 새문社(1987).

「調信傳」, 「金現感虎」 등의 작품이 그런 것인데, 고려후기의 가전보다 더 뛰어난 형상성을 보이고 있다. 몇몇 논자들은 「殊異傳」과 「三國遺事」의 이런 작품을 說話라고 하거나 傳奇라고 하지만, 분명히 소설로 보아야 마땅하다. 매사에 시발점에서부터 완벽한 것이 없듯이, 「殊異傳」과 「三國遺事」의 작품이 후대 소설에 비해 뒤떨어진다는 점을 들어 설화나 傳奇로 취급하는 것은 소설의 발전 단계를 무시한 처사이다. 9~10세기에는 설화와 소설이 뒤섞여 있지만 설화 우위의 시대였고 고려후기 가전이 출현하던 때는 설화와 소설이 병존했다가 조선시대에 들어와서는 소설 우위의 시대로 바뀐 것이다. 전체 자료를 대상으로 설화와 소설을 구분하고 소설사의 맥락을 바로잡는 것이 시급한 과제이다.

제2장 고소설 용어 정립

오래 전부터 필자는 신소설 이전의 소설을 지칭하여 '古代小說'이란 용어가 통용되는 것이 부당하다고 생각하여 학술적인 용어로서의 엄정성을 갖추었다고 생각되는 '古小說'이란 용어를 쓴 바 있다.[1] 그 후에 한국소설연구의 선행 작업으로 '고소설' 용어가 정립되어야 된다는 생각에서 다각도의 考究 끝에 '고소설'이란 용어가 타당함을 입증한 바[2] 있고, 이 글을 그대로 단행본 저서를 내면서 게재한 바[3]도 있다.

한국고소설학회 주최 88년 하계 발표대회에서 다시 '고소설의 명칭 통일문제'에 대한 주제 발표의 요청이 있어서 이를 다시 구두발표하게 되었다. 이어 고소설 전공자들과 진지한 토론이 있었으며, 그 결과 필자가 발표한 바대로 '古代小說', '李朝小說', '李朝時代小說', '朝鮮王朝小說', '朝鮮朝小說', '朝鮮時代小說', '朝鮮小說', '傳奇小說', '前代小說', '舊小說' 등의 용어는 부당하며 '古小說'이란 명칭이 가장 합당하다는 쪽으로 의견의 일치를 보았다.

따라서 '古小說' 명칭의 타당성을 주장하기 위해 지금까지 쓰여온 '古代小說'을 비롯한 '李朝小說', '李朝時代小說', '朝鮮王朝小說', '朝鮮朝小說', '朝鮮時代小說', '朝鮮小說', '傳奇小說', '古典小說', '前代小說', '舊小說' 등 제명칭의 사용 근거와 타당성을 검토한 후에 '고소설' 명칭의 합리성을 주장하고자 한다.

---

1) 金光淳, 「擬人小說研究」, 慶北大學校 大學院 碩士學位論文(1964).
　　　　, 「抱節君傳에 對하여」, 『語文學』 23(1970).
2) 金光淳, 「韓國小說研究(Ⅰ)―古小說 用語定立을 中心으로」, 慶北大學校 『東洋文化研究』 第一輯(1974), 65~78쪽.
3) 金光淳, 「韓國擬人小說研究」, 새문社(1987), 11~27쪽.

I. 諸名稱의 타당성 검토

1. 古代小說

소설이란 명칭은 중국에서 도입된 것이다. 우리 나라에서는 한문본 소설만을 소설[4]이라 명명하였고, 한글로 된 소설은 소설이라 부르지 않고 '니아기칙'[5]이라 일컫기도 하고, 趙秀三의 문집인 「秋齋集」에서는 '諺課稗說'[6]이라 하였으며, 洪直弼의 「梅山雜識」에서는 '諺稗'[7]라고 했는가 하면, 李裕元의 「林下筆記」에서는 '諺書古談'[8]이라고도 하였는데, 그 명칭의 통일은 볼 수 없으나 우리 한글을 卑稱하던 '諺'자만은 모두 사용한 것으로 미루어 보아 한글본 소설을 '諺稗'라고 한 것 같은데, 이러한 명칭은 한문학자들의 한문 숭상 관념에서 나온 명칭[9]으로 보인다.

그런데 지금까지 우리 국문학계에 널리 통용되고 있는 '古代小說' 이란 명칭은 신소설이 출판되고 난 뒤에 쓰여진 명칭이었다. 菊初 李人稙이 明治 20년대의 10년간을 일본에서 생활하고 돌아와 개화 운동의 한 방편으로 신소설을 쓰기 시작하였으니, 1906년 7월 22일부터 10월 10일까지『萬歲報』에 연재될 때는 소설이란 이름으로 「血의 淚」를 연재하고, 1907년 3월 17일 金相萬書舖에 의해 이를 단행본으로 출판하면서 표제에다 '新小說'이란 명칭을 붙여 간행했던 것이 단행본 소설에 쓰인 '신소설' 명칭의 시작이다. 그러나 '신소설'이란 명칭이 이 땅에서 공식적으로 등장하게 된 것은 1906년부터이다. 즉 1906년(光武 10) 2월 1일자『대한매일신보』의『중앙신보』발간 광고에는 다음

---

4) 魚叔權은「稗官雜記」에서「破閑集」,「太平閑話」,「慵齋叢話」,「秋江冷話」,「濟州風土記」까지도 小說이라 했다.
5) 「普勸念佛文」에는 한글로 표기된 소설을 '니아기칙'이라 했다.
6) 傳奇叟……居東門外 口誦諺課稗說 如淑香傳 蘇大成傳(趙秀三,『秋齋集』卷七 紀異條).
7) 同俗 教女子以諺而不以文 是故 生不聞聖哲成訓 旣不識三綱五常之爲重 至若諺稗者 皆是 淫藝不經之說(洪直弼,「梅山雜識」).
8) 李圓嶠之子男妹 做諺書古談 爲蘇氏名行錄(李裕元,「林下筆記」).
9) 金起東,『韓國古代小說槪論』, 大昌文化社(1956), 2쪽.

과 같이 분명하게 '신소설'이란 용어가 明記되고 있다.10)

> 明月奇緣은 漢雲先生의 著作인디 才子佳人이 相別再會와 一沒一爛에 多
> 情多恨의 態를 現ᄒ야 趣味津津ᄒ야 使讀者로 不知厭케ᄒᄂ 現代 傑作의
> 新小說이오……此欄의 卽 本新報 特色之一也라.

이를 계기로 하여『萬歲報』에 연재되었던 李人稙의「血의 淚」가 金相萬書舖
에 의해 단행본으로 발간될 때(1907 A.D.) '新小說'「血의 淚」라고 밝히게 되었
으며,11) 그 후에 나온 李海朝의「鬢上雪」(1908 A.D.),「自由鐘」(1910 A.D.),「牧
丹屛」(1917 A.D.), 崔瓚植의「秋月色」(1912 A.D.) 등과 이 외의 신소설 諸作家들
도 그들이 발표하는 작품마다 제목과 함께 '신소설'이란 명칭을 덧붙여 발행
했던 것이다. 이처럼 '신소설'이 출간되자 상업 수단으로 재미를 본 출판업자
들이 그 전에 나온 소설을 '신소설'과 같은 체재로 출판하면서 이와 구별하기
위해 표제에다 '고대소설'이란 명칭을 첨부하여 간행함으로써 '고대소설'이
란 명칭이 '신소설'이란 명칭과 함께 書肆에 나온 것이다.

그래서 '고대소설'이란 명칭은 '신소설'이 간행된 후에야 사용되었는데
1913년 유일서관 간행의「演訂九雲夢」과 조선서관 간행의「別三說記」의 표지
에 '고대소설'이라고 명명한 것이 그 명칭의 효시이다. 그 후 출판업자들은
상행위를 목적으로 원색표지에다가 '고대소설'이라 명명하여 '신소설'과 구
분 간행하여 書肆에 나돌게 했고, 정가에 따라 '六錢小說' 혹은 '六錢짜리 小
說' 이것이 다시 인상되어 '七錢小說', '十錢小說'이라 하다가 다시 '딱지本' 등
의 속명이 붙기도 했다.

그러던 가운데 金台俊이 처음으로「朝鮮小說史」12)를 내면서 타당성도 없는
고대소설이란 명칭을 무비판적으로 답습하기 시작하자, 그 후 김태준을 이은
周王山13), 金起東14), 朴晟義15), 申基亨16), 李在秀17), 鄭鉒東18) 등 諸氏가 단행본

---

10) 李在銑,『韓國現代小說史』, 弘盛社(1979), 56쪽.
11) 全光鏞,「韓國小說發達史」下,『韓國文化史大系』V, 高麗大學 民族文化硏究所(1968),
　　 1166~1167쪽 참조.
12) 金台俊,『朝鮮小說史』, 朝鮮語文學會(1933) 참조.

소설론을 출간하면서 '고대소설'이란 명칭을 그대로 습용하였다. 특히 정주동은 "고대소설이란 우리의 소설 문학에서 특히 구별되는 한 형태로 이조시대 소설을 두고 말하고 있는 것이다. 고대라 하여 역사적인 시대 구분에 따르는 고대, 중세, 근대 등의 고대가 아니고 여기서 말하는 고대는 다만 현대에 대한 말로서 나타난 것이다."[19]라는 주석까지 붙였다.

이 외에 일반 문학사 서술의 단행본에서도 '고대소설'이란 명칭을 습용하여 급기야는 일반 교과서 등에도 상용어가 되다시피 쓰여지고 있다.

이와 같이 쓰이기 시작한 '고대소설'은 전술한 바와 같이 상행위를 목적으로 한 출판업자들이 '신소설'과 구별하기 위해 사용한 이후부터 거의 무비판적으로 사용되어 오다가 소수 학자들에 의해 부당한 점이 지적되기도 했으나, 이를 대신할 만한 정확한 명칭의 부재로 부득이 우리 학계에서는 물론, 교과서에까지 통용어로 사용되어 왔다.

그런데 '고대소설'에서의 고대란 말은 시간적인 개념으로 받아들이지 않을 수 없다. 따라서 '고대소설'이라 하면, 근대나 중세 이전의 고대에 창작되어진 소설이란 뜻으로 받아들여질 것이다. 그러면 우리 나라에서의 고대란 어느 시기를 지칭함일까?

이에 대하여 金哲埈은 시대구분의 기준으로 공동체의 성격 및 통치 형태로 대표되는 사회·경제 구조를 중심으로 한 종합적, 문화사적인 관점을 들고, 고조선에서 羅末·麗初까지를 고대사회로 보고 있고[20], 金柄夏는 고조선, 三韓 및 부여 사회를 고대로 보았고[21], 姜晉哲은 1170년의 무신의 난으로 고대가 끝나고 그 후 약 200년간의 과도기를 거쳐 조선왕조 성립으로 본격적인

---

13) 周王山, 『朝鮮古代小說史』, 正音社(1950) 참조.
14) 金起東, 『韓國古代小說槪論』, 大昌文化社(1956) 참조.
15) 朴晟義, 『韓國古代小說史』, 日新社(1958) 참조.
16) 申基亨, 『韓國小說發達史』, 彰文社(1960) 참조.
17) 李在秀, 『韓國小說研究』, 宣明文化社(1969) 참조.
18) 鄭鉒東, 『古代小說論』, 螢雪出版社(1966) 참조.
19) 鄭鉒東, 위의 책, 15쪽 참조.
20) 韓國經濟史學會, 『韓國史時代區分論』, 乙酉文化社(1973), 29~56쪽 참조.
21) 韓國經濟史學會, 위의 책, 57~74쪽 참조

중세 봉건제 사회 구성이 이루어진다고 보아 고려초 어느 시기인가가 고대와 중세의 경계가 된다[22]고 했고, 1967년 12월 8일과 9일 양일간에 경제사학회가 주최한 한국사의 시대 구분 문제의 종합 학술회의 종합 토의에서 다소의 異見이 있었으나, 고대사회는 新羅末·高麗初에서 끝난 것[23]으로 의견의 일치를 보았다.

그렇다면 '고대소설'이란 곧 삼국을 전후한 당시의 소설이라야 옳을 것이나 삼국시대 곧 우리의 고대사회에는 소설이라고 할 만한 작품이 존재하지 않는다. 더구나 지금까지의 우리 '고대소설'은 조선시대의 것만을 지칭하고 있으니, 더욱 묵과할 수 없는 커다란 모순이 아닐 수 없다. 그래서 전술한 바와 같이 일찍이 김기동과 장덕순은 '고대소설'이란 명칭의 부당함을 지적하고 '고대소설' 대신 각각 '이조소설', '전기소설'이란 명칭 사용을 주장한 바도 있다.

그런데 '고대소설'에 대해서 정주동은 전술한 바와 같이 "고대, 중세, 근대 등의 고대가 아니고, 여기서 말하는 고대는 다만 현대에 대한 말로서 나타난 것이다"[24]라고 하여 '고대소설'이란 용어의 정당성을 부여하려 했으나, 이는 학문적인 비판 없이 상행위를 목적으로 한 출판업자들에 의해 굳어진 '고대소설'이란 부당한 명칭을 합리화하려는 구차스런 논술로밖에 볼 수 없다. 왜냐하면 고대란 시간적인 관념은 역사에서나 문화사, 문학사, 소설사 등 어디에서나 모두가 동일한 것이어야 하기 때문이다. 다시 말하면 고대라는 말은 어디에서나 어떤 학문 분야에 있어서도 중세니 근대니 하는 시간적인 구획으로 인식되는 개념인데 이것이 유독 한국에서만 그것도 소설 문학에서만 시간적인 개념을 초월하여 사용될 수 있다는 것은 무리가 아닐 수 없다.[25] 그러므로 학문적인 논리도 없이 답습되고 있는 '고대소설'이란 명칭 사용은 조속히 지양되어야 마땅하리라고 생각한다.

---

22) 위의 책, 75~102쪽 참조.
23) 위의 책, 306~365쪽 참조.
24) 鄭鈺東, 앞의 책, 15쪽.
25) 張德順, 『國文學通論』, 新丘文化社(1960), 193쪽.

2. 李朝小說, 李朝時代小說, 朝鮮王朝小說, 朝鮮朝小說, 朝鮮時代小說, 朝鮮小說

金起東은「韓國古代小說概論」에서, 전술한 바와 같이 '고대소설'이란 명칭을 써 오다가, 그 뒤에 출간된「이조시대소설론」에서는 '고대소설'이란 명칭 자체의 부당성을 지적하고 '이조소설'이라 명명하였다. 그는 이어서 "'李朝小說'이라 하면 이조 시대에 쓰여진 소설이라 본 것이다. 그런데 이조 일대를 통하여 쓰여진 소설 중에는 이조 말기, 즉 갑오경장 이전에 쓰여진 소설과는 형식상이나 내용상으로 보아 전혀 상이한 형태를 가진 소설이 있다. 그리고 신소설은 갑오경장을 분수령으로 한 갑오경장 이전의 고전 문학에 속하는 문학이라 하기보다는 갑오경장 이후의 현대 문학(신문학)의 영역에 들어갈 문학이라 하겠다. 그러므로 나는 '신소설'이 비록 이조 말기에 형성되었다 할지라도 현대 문학적인 성격을 띠고 있기 때문에 '李朝小說'이란 용어의 범위에서 제외하고 이조초기부터 근대 갑오경장 이전까지 쓰여진 소설만을 '이조소설'이라 부르고자 한다"[26]라고 하여 '고대소설' 대신 '이조소설'의 타당성을 주장하였다.

그 후 具滋均도 "李朝小說에 대한 名稱"이란 글에서 "'古代小說'이란 용어는 고대란 말에서 받는 어의의 부정확이란 이유로 나는 앞으로 사용하지 않도록 함이 어떨까 하는 바이다"[27]라고 하고, 특히 "고대소설이란 용어에 대해서 나는 불만을 느끼고 다른 보다 적절한 용어의 출현을 기대하고 있다."[28]고 하면서 '고대소설' 대신 '이조소설'이란 말을 줄곧 써 왔다. 그는 '고대소설'이란 말 대신 '이조소설'이 정확하다고 하여 쓴 것이 아니라, '고대소설'이란 명칭보다는 비교적 이론적이라는 점에서 '이조소설'이란 명칭을 썼다. 그러나 그는 보다 만족할 만한 명칭이 출현할 것을 기대하면서, 우선 궁여지책으로 편의상 이를 쓴 것임을 유추할 수 있다.

---

26) 金起東,『李朝時代小說論』, 精硏社(1959), 11~14쪽.
27) 學術院,『韓國藝術總覽』概觀篇,「李朝小說에 對한 名稱」항(1964. 9).
28) 위의 책.

그리고 황패강의 '조선왕조소설'[29]이란 명칭이나 이밖에 '조선조소설', '조선시대소설', '이조시대소설', '조선소설' 등도 전술한 '이조소설'이란 명칭과 유사한 목적에서 출현된 것으로 보인다.

이와 같이 출현한 '이조소설', '이조시대소설', '조선왕조소설', '조선조소설', '조선시대소설', '조선소설'이란 명칭은 전술한 바와 같이 '고대소설'이 지닌 모호한 시간적인 개념의 불만에서 나온 것이며, 소위 '고대소설'이 형성된 시기가 이조 혹은 조선 왕조라는 데서 기인한 명칭으로 '고대소설'보다는 문학사적으로 보아 논리적인 데가 있어 공감이 가는 바가 적지 않다. 더욱이 조선시대의 소설은 문자 그대로 조선사와 그 운명을 같이한 소설문학이고 보면, 조선이라는 사회가 적어도 그 가치 체계에 있어서는 봉건적인 유교 이념으로 일관된 시대였으므로 '이조소설'이나 '조선왕조소설'이란 명칭이 가지는 의미 내용은 이조시대 혹은 조선왕조시대 소설의 시대적인 특징을 대표하는 명칭으로도 그 타당성을 가지고 있는 것이라 할 수 있겠다.

그러나 문학사의 일반적인 경우를 보면 엘리자베스 여왕조의 문학이니 빅토리아 여왕조의 문학[30]이니 하여 문학 전반에 걸쳐 왕조명을 붙이는 경우는 있어도 어떤 특정한 문학 양식 위에만 왕조명을 冠稱하는 사례는 별로 볼 수 없다[31]는 점과, '이조소설'이나 '조선왕조소설', '조선조소설', '조선시대소설', '이조시대소설', '조선소설'이라 하면 조선시대에 나온 모든 소설을 총칭하는 명칭으로, 신소설의 주요 작품 대부분이 1906년부터 조선말기 한일합병(1910) 이전에 나왔으니, '신소설'과의 구분이 불가능하여 '고대소설'을 대신할 수 있는 정확한 명칭으로는 문제가 있다고 생각된다.

특히 '이조소설'이나 '조선왕조소설'이란 명칭은 문학적인 특질을 대표할 수 있는 양식론적 개념이 될 수 없는 명칭일 뿐 아니라 조선조 전반을 통틀어 볼 때 조선말 신문학 이전의 소설과 신문학 당시의 '신소설'이 이질적인 데에 아무런 이론이 없는 이상 '이조소설'이나 '조선왕조소설'이라면 기왕의 '고대

---

29) 黃浿江, 『朝鮮王朝小說硏究』, 檀大出版部(1978).

30) S. A. Brooke, A short History of English Literature, 崔鳳守 譯(1985), 225쪽 轉載.

31) 『韓國文化史大系』 V, 『言語·文學』 篇, 高大 民族文化硏究所(1967), 980~981쪽 참조.

소설'과 '신소설' 일부를 포함하는 명칭이 되므로 '신소설'의 대칭으로 명명된 '고대소설'을 대신할 수 있는 명칭으로서는 적당하다고 생각되지 않는다. 따라서 '조선왕조소설', '조선조소설', '조선시대소설', '이조시대소설', '조선소설'이란 명칭도 '이조소설'이란 명칭이 정확하지 않은 것과 마찬가지의 문제점을 지니고 있다.

3. 傳奇小說

張德順은 「國文學通論」에서 '고대소설'과 '이조소설'이란 명칭의 부당성을 지적하고 다음과 같은 이유에서 전술한 두 명칭 대신 '傳奇小說'이란 명칭의 사용을 주장하였다.

> 李朝時代의 小說을 古代小說이니 하는 어색하고 애매한 개념으로 다루기보다는 좀 더 그 문학의 모든 특징 ─ 內容的, 時代的, 形式的인 面 등 ─ 을 代表할 수 있는 樣式으로서의 개념을 모색해 볼 필요가 있다는 것이다. 例를 들면 中國의 漢代는 '說話', 唐代는 '傳奇', 宋代는 '譚詞' 등이 各各 그 時代의 小說的 文章을 대표하였고, 西歐에서는 說話나 敍事詩時代를 거쳐 中世에는 로맨스가 近代의 노블 出現이전의 小說的 文學을 대표하였고, 日本에 있어서도 物語니, 假名草紙니 하는 것이 그들의 初期小說이었던 것이다. 이와 같이 王朝나 時代를 덧붙이지 않아도 그 樣式들은 각각 그 時代의 作品的 性格을 잘 표현할 수 있는 것처럼 우리의 이른바 古代小說도 그렇게 뚜렷한 概念을 示唆할 수 있는 적당한 用語가 없을까 하는 고충이 있다는 것이다. [……] 그래서 '傳奇小說'이라는 것이 時代性으로나 內容上으로 더 적당한 用語가 아닌가하고 敢히 提言하는 바이다.32)

라고 하여 '고대소설'이나 '이조소설' 보다는 '傳奇小說'이린 명칭 사용이 타당하다고 주장한 바 있고, 閔丙秀도 "'고대소설'이니 '이조소설'이니 하는 비양식론적인 호칭을 그대로 사용하기보다는 그 문학적인 특징으로 보아 '傳奇

---

32) 張德順, 『國文學通論』, 신구문화사(1960), 191~195쪽.

小說'이라는 개념으로 파악하는 것이 보다 타당성이 있는 일이 아닌가 생각된다"33)라고 하여 '고대소설'이나 '이조소설'이란 명칭 사용을 지양하고, 한국소설의 역사적인 발달 과정으로 보아 '傳奇小說'이라 호칭하는 것이 가장 타당성이 있을 것이라고 했다. 그리고 '傳奇小說'이라는 것은 '고대소설'과 '이조소설'이란 용어가 조선시대소설의 문학적인 특질을 대표할 수 있는 양식론적인 개념이 될 수 없다는 이유로 중국 문학의 장르 명칭을 차용한 것인데, 문학사의 양식론적인 호칭을 구하려는 의도에는 수긍이 간다.

그러나 중국에서의 '傳奇小說'은 우리 나라에 영향을 미쳤을 뿐인데, 그것이 그대로 우리 문학에 이입된 것처럼 생각하여 조선시대 문학의 한 장르로 설정한다는 것은 위험한 발상이 아닐 수 없다. 그러면 중국 문학에 있어서의 傳奇文學이란 어떠한 것일까?

먼저 傳奇의 뜻을 정의해 보면, 傳奇란 명칭은 어느 시대부터 기인되었는지는 명확하지 않으나, 다만 陶宗儀는 傳奇를 戲譚, 雜劇과 함께 시대에 따른 同調異名임을 확언하였다. 이에 대하여 胡應麟은 陶氏의 설을 부정하여 "唐代의 이른바 傳奇는 다만 裴鉶 등이 지은 소설의 서명에 지나지 않는 것이며, 그들 작품 가운데에는 지금 희극과 같이, 소위 가곡, 악부 등의 색조를 띤 것은 아직도 발견하지 못하였으니 어찌 傳奇로써 당대 희극이라 이르리오. 다만 傳奇와 희극과의 제재에 있어서의 相類되는 점이 없지 않으므로 후인들이 傳奇를 선발하여 희극의 張本을 만들었기에 이어 점차로 변천되어 희극으로서 傳奇의 이름을 준용하였는지 알 수 없다"34)고 하였다. 여기서 胡氏의 說은 실로 오류가 없지 않은 것이다. 요컨대 唐代의 단편소설이 傳奇라고 불리어진 것은 宋人이 벌써 말한 바 있으며, 이제 贅言할 필요도 없거니와 明代의 장편희곡에도 傳奇의 名義가 부여될 수 있음은 그 시대의 희곡에 관한 제재가 唐代의 傳

---

33) 『韓國文化史大系』 V, 「言語・文學」 篇, 高大 民族文化研究所(1967), 981쪽.
34) 傳奇之名 不知起自何代 陶宗儀 謂 ……「唐爲傳奇 宋爲戲譚 元爲雜劇」非也 唐所謂……「傳奇」自是小說書名 裴鉶所撰.……中絶無歌曲樂府 若今所謂……「戲劇」者何得以傳奇爲唐名 或以此中事述相類 後人取爲戲劇張本 因展轉爲此稱不可知.
少室山房筆叢, 「莊嶽委談」.

奇小說에 취한 것이 가장 많았기에 그 명칭까지 준용한 까닭이었으니, 이는 胡氏의 이른바 '展轉爲此稱'이 곧 그것이다. 그러나 여태까지 기존 문헌에 발견된 傳奇 두 글자의 起因은 대개 裵鉶에게서 비롯됐으니, 裵氏가 지은 「傳奇」 三卷은 「唐志」, 「宋志」에 모두 著錄되었고, 그 중에 「崑崙奴」, 「聶隱娘」, 「裵航」, 「崔煒」 등의 걸작은 모두 검협, 신선 등의 魂奇警譎的인 고사를 묘사한 것이다. 이러한 傳奇書는 趙·宋時代에 가장 盛傳되었으므로 당시의 사람들이 唐代에 이룩된 수많은 작품군으로서 裵氏의 書와 유사한 것을 개괄적으로 傳奇라는 이름을 붙였던 것이다. 이것이 곧 傳奇라는 용어에 대한 연혁사인 동시에 '傳奇小說'의 名義가 확립된 유서에 대한 일단의 설명이었다.[35]

그렇다면 조선시대 소설은 그 문학적인 특질로 보아 전술한 '傳奇小說'과 어느 정도 공통점이 있다는 것은 쉽게 이해할 수 있다. 그러나 唐의 '傳奇小說'의 영향을 입고 창작되었거나 모방 혹은 번안작품으로 간주할 수 있는 것으로 영·정조 이전의 소설이 이에 해당될 수도 있지만, 영·정조시대부터 '신소설' 직전까지의 우리 소설 모두를 여기에 대응시킬 수는 없다고 생각한다. 다시 말하면 중국의 傳奇小說이 조선의 소설문학에 지대한 영향을 끼친 것만은 사실이지만 조선 영·정조 이후부터는 傳奇小說과는 거리가 먼 작품들이 출현했던 것이다. 예컨대 실학사상의 결정인 연암의 한문소설은 물론이거니와, 「烏有蘭傳」, 「裵裨將傳」, 「李春風傳」 등과 신소설 직전의 작품들은 神怪談, 豪俠談을 내용으로 하고, 人鬼交歡, 離魂, 還生, 冥婚 등을 특징으로 삼고 있는 '傳奇小說'의 속성을 탈피한 좋은 본보기가 된다.

다시 말해서 조선 영·정조 이전까지의 소설은 중국의 '傳奇小說'에서 지대한 영향을 입어 괴담류의 '傳奇小說'을 창작, 모방, 번안한 작품이 많음에 비하여, 그 이후는 '傳奇小說'의 속성에서 벗어난 작품이 주류를 이루고 있다. 그러므로 신소설 이전의 우리 소설을 총칭하는 장르로서의 '傳奇小說'이란 용어는 적합하지 않다. '傳奇小說'이 조선시대의 우리 소설 가운데 한 유형을 지칭하는 용어는 될 수 있어도 기왕에 쓰고 있던 '고대소설'을 대신하는 명칭으로서

---

35) 李家源, 「李朝傳奇小說研究」, 『現代文學』 第一卷 第七號, 182쪽.

는 타당성이 없다고 생각된다.

4. 古典小說

‘고전소설’이란 명칭을 보면 조선시대에 나온 소설은 고전문학의 범주에 속하므로 그 당시의 소설을 ‘고전소설’이라 명명한 것으로 보인다. ‘고대소설’이라는 명칭으로 호칭되는 것보다는 비교적 타당한 것같이 보여 최근에는 여러 전문 서적을 위시하여 널리 쓰여지고 있다. 이에 대하여 이가원은 ‘고대소설’이란 용어 대신 ‘古典小說’36), ‘李朝小說’37), ‘傳奇小說’38)이란 명칭을 공용하고 있는 것으로 보면, 이들 상호간의 호칭이 거의 같은 뜻으로 이해되고 있는 듯하다. 그러나 ‘이조소설’과 ‘傳奇小說’은 전술한 바와 같은 이유에서 부당함이 지적되었고, ‘고전소설’이란 명칭은 1000여 편이나 되는 우리 고대소설 전부가 고전적인 가치가 있는 것이라야 가능하다. 그렇지 않다면 ‘고대소설’을 대신할 수 있는 명칭으로서 ‘고전소설’이란 말도 的確하다고는 볼 수 없다.

그러나 그 후에도 ‘고전소설’이라고 일컫고 있는 논의는 기왕의 ‘고대소설’, ‘이조소설’, ‘이조시대소설’, ‘조선왕조소설’, ‘조선조소설’, ‘조선시대소설’, ‘조선소설’, ‘전기소설’, ‘전대소설’, ‘구소설’ 등이 부당하다는 데서 나온 명칭으로서 가장 합리적이라고 생각한 데서 나온 듯하다. 다시 말하면 ‘고전소설’이란 용어는 조선시대의 소설이 모두 우리의 훌륭한 고전 작품이라는 데서 명명된 것이라 볼 수 있다. 그러나 ‘고대소설’이란 용어보다는 정확성을 띠고 있지만, 현존 1000여 편이나 되는 우리의 고소설 전부가 고전적인 가치가 있는 소설이라고는 할 수 없다. 따라서 여기서 말하는 ‘고전소설’이란, 고전적인 가치의 유무에 관계없이 현대소설을 제외한 모든 소설을 총칭하는 것이 되므

---

36) 李家源, 『燕岩小說硏究』, 乙酉文化社(1965), 110쪽.
　　金起東, 『韓國古典小說硏究』, 敎學硏究社(1983).
37) 李家源, 앞의 책, 117쪽.
38) 李家源, 앞의 책, 115쪽.

로 역시 '신소설'의 대칭용어로서 的確하지는 못하다. 왜냐하면 '고전소설'은 '현대소설'의 대칭적인 의미를 갖고 있을 뿐 '신소설'의 대칭적인 용어는 아니기 때문이다.

5. 前代小說, 舊小說

'前代小說'이란 명칭은 '신소설'의 문학적 성격[39]을 규명하면서 '신소설'이 나온 전시대의 소설을 총칭하는 말로 쓰인 것이다. '전대소설'은 지금까지 쓰여왔던 '고대소설', '이조소설', '이조시대소설', '조선왕조소설', '조선조소설', '조선시대소설', '조선소설', '傳奇小說', '고전소설' 등의 용어가 부당하다는 데서 나온 것으로 '신소설'이 나오기 이전 시대의 우리 소설을 총칭하는 용어로 편의상 명명한 것이다. 이는 지금까지 나온 여러 명칭 가운데서 가장 정확하고 타당성이 있는 말인 듯하다.

그러나 '전대소설'은 소위 '고대소설' 등의 기존 명칭에 대한 불만에서 사용된 점은 충분히 이해되지만 독립된 문학 용어로 정립하기 위한 의도적인 용어가 아닐 뿐 아니라, '신소설'의 기점에서 '전대소설'이란 뜻이므로 어느 시대 앞의 소설이란 막연한 뜻일 뿐, 전제 조건 없이 독자적으로 사용될 수 있는 용어가 아니기 때문에 검토 대상에서 제외될 수밖에 없다. 다시 말하면 '전대소설'이란 '신소설'이 나온 전 시대의 소설이란 뜻으로 어느 시대의 전제조건이 없이는 홀로 독립될 수 없는 용어이고 또 '고대소설', '이조소설', '이조시대소설', '조선왕조소설', '조선조소설', '조선시대소설', '조선소설', '전기소설', '고전소설' 등의 명칭과는 다른 의도에서 편의상 쓰인 것이어서 '고대소설'을 대신할 수 있는 독립된 명칭으로 사용한 것은 아니다.

그리고 '구소설'[40]이란 전술한 '고대소설', '이조소설', '이조시대소설', '조선왕조소설', '조선조소설', '조선시대소설', '조선소설', '고전소설', '전기소

---

39) 趙東一, 「新小說의 文學史的 性格－前代小說과의 관계를 중심으로」, 『韓國文化研究』, 1973.
40) 金起東, 『國文學通論』, 太學社(1981), 183쪽.

설', '전대소설' 등이 부당하여 '고소설'이란 용어를 주장한 이후 '고소설'이
가능하다면 '구소설'도 가능하지 않겠느냐는 뜻에서 쓰인 말이다. 물론 '구소
설'이 '고대소설'을 대신할 수 없다는 말은 아니다. '신소설'의 '新'에 대한 반
대가 '古'나 '舊'이기 때문에 '고소설'이나 '구소설' 모두가 타당성이 있다고
볼 수도 있다. '고소설'이나 '구소설' 모두가 마찬가지의 의미를 가지고 있고,
또한 '신소설'의 대칭 용어로서나 시대적인 뉘앙스가 제거된 점으로 보아서
는 타당성을 가지고 있음이 사실이다. 그러나 '구소설'이란 '신소설'의 대칭이
라기보다 구식 소설 혹은 구태의연한 소설이란 의미로 혼동될 우려가 있다.
'고소설'은 조선시대에 쓰여오던 '古談'에서 '談'자 대신 '小說'자를 대입시켜
'고소설'이란 용어가 형성되었고, 또한 기존 학계에서 사용되어 온 '고대소설'
이란 용어와 가장 가까운 뉘앙스를 지니고 있다는 점과, '古談'이란 용어는 조
선조부터 여러 문헌에 기록되어 왔지만 '舊談'이란 용어는 쓰지 않았던 점 등
에서 보면 '舊小說'이란 용어보다는 '古小說'이란 용어로 통용하는 것이 더욱
바람직한 것으로 생각된다.

Ⅱ. '고소설' 용어의 타당성

  필자는 수년 전부터 이미 '고대소설', '이조소설', '이조시대소설', '조선왕
조소설', '조선조소설', '조선시대소설', '조선소설', '傳奇小說', '고전소설', '전
대소설', '구소설' 등의 용어에 대한 불만으로 '고소설'이란 용어를 상용해 왔
다.41) 그 후 필자는 「한국소설연구」42)에서 '고소설'이란 용어로 통일되어야
함을 논술한 바 있다. 그리고 金東旭은 이조시대에 나온 「古小說板刻本全集」43)

---

41) 金光淳, 「擬人小說研究─朝鮮朝擬人小說을 중심으로─」, 慶北大學校 大學院 碩士學位
   論文(1964).
   ______, 「抱節君傳에 대하여」, 『語文學』 23, 韓國語文學會(1970).
42) 金光淳, 「韓國小說研究(Ⅰ)─고소설 용어정립을 중심으로─」, 『慶北大 東洋文化研究』
   第一輯(1974), 11~27쪽.
43) 金東旭, 『古小說板刻本全集』, 延世大 人文科學研究所(1973).

을 내면서 그 전까지는 '고대소설'이란 용어를 써 왔으나, 여기서는 이를 지양하고 '고소설'이란 용어를 쓰고 있으며, 최근 李能雨는「한국문학총서」제1집에서 '고대소설'과 '고소설' 명칭을 공용하면서도 표제에는「고소설연구」[44]라 한 것은 특기할 만하다.

그 후, 정규복·소재영·김광순의「한국고소설연구」[45]와 소재영의「고소설통론」[46], 우쾌제의「한국고소설전집」[47], 차용주의「고소설논고」[48], 김동욱·황패강의「한국고소설입문」[49], 설성경·박태상의「고소설의 구조와 의미」[50], 김광순의「한국의인소설연구」[51] 등에서 이미 '고소설'이란 용어를 상용하고 있다. 그리고 유탁일은 한국고소설연구회[52] 제1차 발표회에서 '고소설'이란 말을 사용했고, 정규복[53], 사재동[54], 이수봉[55]도 한국고소설연구회 주최 88하계발표대회에서 '고소설'이란 용어를 썼으며, 그 당시 김기현, 김진세, 김병욱, 김명순, 박용식, 설중환, 황패강 등 당시 토론에 참석한 40여 명의 학자들도 '고소설' 용어 정립에 대한 토론 과정에서 '고소설' 용어에 합리성을 인정하여 대체적인 견해의 일치를 본 바도 있다.

이처럼 최근 학계에서는 '고소설'이란 용어로 통일하는 데 타당성을 인정하고 있는 반면에 '고대소설', '이조소설', '이조시대소설', '조선왕조소설',

---

44) 李能雨,「古小說硏究」,『국어국문학총서』제1집, 선명문화사(1973).
45) 丁奎福·蘇在英·金光淳,『韓國古小說硏究』, 二友出版社(1983).
46) 蘇在英,「古小說通論」, 이우출판사(1983).
47) 우쾌제,『韓國古小說全集』, 仁川大 民族文化硏究所(1983).
48) 車溶柱,『古小說論攷』, 啓明大出版部(1985).
49) 金東旭·黃浿江,『韓國古小說入門』, 開文社(1986).
50) 설성경·박태상,『고소설의 구조와 의미』, 새문사(1986).
51) 金光淳,『韓國擬人小說硏究』, 새문사(1987).
     ______,『韓國古小說史와 論』, 새문사(1997).
52) 柳鐸一,「연산군이 우래하명한 중국 소설에 대하여」, 한국고소설연구회 주최 口頭 發表(1988. 4. 23).
53) 丁奎福,「古小說의 時代區分問題」, 한국고소설연구회 주최, 88하계발표대회(1988. 7. 7).
54) 史在東,「古小說의 類型論問題」, 한국고소설연구회 주최, 88하계발표대회(1988. 7. 7).
55) 李樹鳳,「現行古小說論敎材의 問題點」, 한국고소설연구회 주최, 88하계발표대회(1988. 7. 7).

‘조선조소설’, ‘조선시대소설’, ‘조선소설’, ‘傳奇小說’, ‘고전소설’, ‘전대소설’, ‘구소설’ 등은 전술한 바와 같은 문제점을 지니고 있음이 규명되었으니, 이러한 용어들은 학계에서는 물론 일반 교과서에서도 조속한 시일 내에 지양되어야 한다. 이에 관하여 다음과 같은 몇 가지의 이유로 기왕의 여러 가지 용어 대신에 ‘고소설’이란 용어 정립을 주장하려는 것이다.

첫째, ‘고소설’은 ‘신소설’ 이전에 나온 소설을 총칭하는 것으로 전항에서 지적한 ‘고대소설’, ‘이조소설’, ‘이조시대소설’, ‘조선왕조소설’, ‘조선조소설’, ‘조선시대소설’, ‘조선소설’, ‘傳奇小說’, ‘고전소설’, ‘전대소설’, ‘구소설’ 등이 가진 문제점을 모두 보완시킬 수 있는 요소를 갖춘 용어로서 가장 정확하고 타당성 있는 용어로 생각된다.

둘째, ‘고대소설’은 서구의 로맨스romance에 해당되는 것으로 전술한 바와 같이 조선시대의 한학자들이 한글로 된 소설을 ‘諺書古談’56), 한문으로 된 것을 ‘소설’57)이라 호칭하였으며, 이들 양자를 포괄하여 ‘니아기칙’58) 혹은 ‘고담’59)이라 총칭하기도 했다. 그런데 ‘古談’의 ‘談’은 곧 불어의 로망roman이나 영어의 로맨스romance에 해당되어 곧 그 당시의 소설을 뜻하는 것이 되므로 ‘古’자에다가 ‘談’자 대신 ‘소설’이란 말을 결합시켜 ‘고소설’이란 용어의 성립이 가능하게 된다.

셋째, ‘신소설’이란 용어는 이인직이 1906년『萬歲報』에 연재된, 자신이 쓴 「血의 淚」란 소설이 前代의 것에 비해 새롭다는 뜻에서 1907년 3월 17일 金相萬書舖에서 단행본으로 간행할 때 명명한 것이 단행본에 나타난 것으로는 처음인데 商행위를 목적으로 하는 출판업자들이 ‘신소설’의 前代를 古代로 착각하여 명명한 ‘고대소설’이란 용어는 전술한 바와 같은 이유로 마땅히 지양되어야 하고, 따라서 ‘신소설’ 이전의 우리 소설이 창작되었던 시기가 고대가

---

56) 李圓嶠之子男妹 做諺書古談 爲蘇氏名行錄(李裕元,『林下筆記』).
57) 魚叔權의 「稗官雜記」에서 「破閑集」, 「櫟翁稗說」, 「太平閑話」, 「慵齋叢話」, 「秋江冷話」, 「濟州風土記」 등을 모두 ‘小說’이라 呼稱하고 있다.
58) 「普勸念佛文」에는 한글로 표기된 소설을 ‘니아기칙’이라 呼稱하고 있다.
59) 李裕元, 앞의 책.

아닌 중세부터 1906년 '신소설'이 나왔던 시기에 걸쳐져 있어 시대적인 개념으로 단언하기는 매우 곤란하므로 이를 초월하여 '신소설'에 대한 대칭적인 호칭으로서의 '고소설'이란 용어가 가장 정확하다고 생각한다. 그래서 '신소설' 이전에 나온 모든 소설 즉 唐의 傳奇에 영향을 받아 창작되어진 작품이나, 혹은 이를 모방 내지 번안한 소설, 이에서 한걸음 더 나아가 발전된 소설들을 총칭할 수 있는 용어로서의 '고소설'이란 용어는 '신소설'의 전대에 나온 諸小說들이 가진 일반적인 특징 — 기왕의 고대소설의 특징 — 을 지니고 있고, 상호 맥락이 이어져 있으며, 문학의 양식론적인 면에서 보아, 일련의 '고소설'이란 갈래로 호칭될 수 있는 특성을 지니고 있어 문학사에서 일획을 그을 수 있는 용어로서 가장 적당하다고 생각한다.

　넷째, 이미 굳어진 용어에 대해서는 가능한 그대로 답습한다는 것이 일반적이나, 전술한 바와 같이 부당한 용어로 지적된 이상 조속히 시정되어야 한다. 그렇다면 이를 대신할 수 있는 용어는 가급적 관용되어 오던 용어와 가장 유사한 것을 찾아야 하는 것이 최선책일 것임은 말할 것도 없다. 그런 관점에서 보아 이상의 제 조건을 모두 갖추고 있는 '고소설'이란 용어가 관용되어 온 '고대소설'과 뉘앙스나 문학 용어로서나 字數에 있어서도 가장 가까움으로 이를 대신할 수 있는 문학 용어로는 가장 적당하다고 생각한다.

제3장 조선조 유학자의 소설관

드 퀸시는 교훈과 쾌락을 '성숙되지 못한 대립개념'이라고 매도하고 있지만 이 둘은 플라톤과 아리스토텔레스 이래로 지속적으로 주장되어 오던 문학의 양대 기능이다. 이 두 기능은 문학이 사회에 필요한 것인가 혹은 한가할 때의 심심풀이인가 하는 문제와 결부되어 있다.

조선조는 숭유억불정책으로 유교적 인식능력이 고조되어 유교가 시대인식을 지배한 시기이다. 문학에 있어서도 마찬가지였는데 載道的 문학관이 바로 이 시기를 대표하는 문학관이다. 문학을 철학의 기저로 인식하는 載道的 문학관을 가진 유학자들은 문학의 교훈적 기능을 중시하고 쾌락적 기능을 비판하였다. 이들에게서 가장 중시되었던 것은 經과 史였다. 經으로 도덕적 심성을 기르고, 史로 역사적 진실을 이해하려 하였다. 이러한 생각 때문에 그들은 經史子集 이외의 글, 즉 소설은 도덕성과 역사성이 결여되었다고 비판하였다. 이들이 비판한 것은 소설과 小品體인데 稗家小品, 稗官小說, 稗官小記, 稗說, 小說傳奇, 小說古談, 諺稗, 諺課小說 등으로 일컬어진 것이 그것이다. 이를 통칭하여 소설이라 했는데 여기에는 經과 史에서 보여주는 도덕성과 역사성이 결여되었다는 것이다.

그러나 중국으로부터 四大奇書가 수입되고 의식이 성장함에 따라 일각에서는 생각을 달리하여 소설을 읽을 뿐만 아니라 창작하기도 했다. 이들 독자와 작자들은 문학의 쾌락적 기능을 인식하기 시작했으며, 소설에서도 교훈을 추구할 수 있다는 보다 적극적인 방법으로 소설의 기능을 인식했다. 『금오신화』, 『기재기이』, 『홍길동전』, 『천군연의』, 『수성지』, 『창선감의록』, 『구운몽』, 연암소설 등은 이러한 생각에서 창작된 대표적인 작품들이다.

본고에서는 문학의 기능에 대한 유학자들의 인식변화에 따라 胚胎되는 그들의 소설관 탐구가 목적이다. 이러한 목적을 달성하기 위하여 먼저 다음과 같이 소설에 대한 유학자의 생각을 가설로 세워 보기로 한다.

가설	시각	독서	창작	가설	시각	독서	창작
①	−	+	+	⑤	+	+	+
②	−	+	−	⑥	+	+	−
③	−	−	+	⑦	+	−	+
④	−	−	−	⑧	+	−	−[1]

이들 가설에서 ①~④는 소설에 대한 부정적 반응을 보인 유학자들이고, ⑤~⑧은 긍정적 반응을 보인 유학자들이다. 이 둘이 상충되는 경우의 유학자들도 있는데 이것을 각각 긍정적 시각, 부정적 시각, 소설관의 양면성이라는 題名下에 이들 가설들의 검증 과정을 거치면서 조선조 유학자들의 소설관을 규명하고자 한다. 아울러 이들 유학자의 소설관 변모과정도 함께 고구하기로 한다. 이로써 기존의 소설배격론이나 그것의 극복이라는 단선적 논의는 보다 입체적으로 이해되리라 생각한다.

I. 유학자의 소설관

1. 부정적 시각

소설에 대한 부정적 시각은 네 가지 경우로 나눌 수 있다. 첫째, 가설 ①의 경우로 소설의 독자인 동시에 작가인 경우, 둘째, 가설 ②의 경우로 소설의 독자이기는 하나 작가는 아닌 경우, 셋째, 가설 ③의 경우로 소설의 독자는 아니지만 작가인 경우, 넷째, 가설 ④의 경우로 소설의 독자도 작가도 아닌 경우이다. 이 중 가설 ③과 ④의 경우는 가설로서는 성립되나 소설을 읽어보지 않고 비판한 경우이다. 이는 소설에 대한 문제 의식이 희박한 경우이기 때

---

1) +는 肯定的 反應을 보인 境遇이고, −는 否定的 反應을 보인 境遇이다. 즉 假說 ①의 境遇 小說을 읽었고, 創作도 하였고, 小說에 대하여 否定的 視角을 나타낸 儒學者群이다.

문에 본 논의에서는 제외시키기로 하고 가설 ①의 경우와 ②의 경우를 중심으로 살펴보기로 한다. 그러나 가설 ①의 경우는 소설을 배격했음에도 불구하고 소설을 지었다는 측면에서 단순히 표면적 배격의 사안들로 그들의 소설관을 배격의 소설관으로 다루는 것은 무리이다. 따라서 가설 ①의 경우는 '소설관의 양면성'에서 구체적으로 살펴보기로 하고 본 절에서는 가설 ②를 중심으로 검토해 보기로 한다.

가설 ②는 소설을 읽어보고 소설이 여러 면에서 좋지 않다는 점을 지적한 부정적 소설관을 가진 일군의 유학자군이다. 李滉(1501~1570), 李植(1584~1647), 洪萬宗(1643~1725), 丁若鏞(1762~1836)의 경우가 대표적이다.

(가) 李滉의 경우

梅月堂은 특별한 일종의 異人으로 은밀한 이치를 찾고 괴상한 짓을 행하는 무리에 가깝다. 때마침 만난 세상이 그러하여 드디어 그의 높은 절개를 이루게 된 것이다. 그가 柳襄陽에게 보낸 글이나 『金鰲新話』와 같은 글로 볼 때 아마 높은 소견과 앞을 내다보는 지혜는 인정할 수 없다.[2]

(나) 李植의 경우

(1) 演史의 지음은 처음에는 어린아이 장난같기도 하고 문자 역시 비속하였으나 참을 어지럽히지는 못했다. 유전이 오래되자 참과 거짓이 병행하고 거기 실린 말이 類書에 제법 채용되니 문장하는 선비들도 또한 살피지 못하고 섞어 쓰게 되었다.[3]
(2) 세상의 전해 내려오는 말에 『수호전』의 작자가 삼대나 농아가 되어 報應을 받았으니……' 허균, 박엽의 무리가 그 글을 좋아하여 그 괴수들의 별명을 따라 자기네의 호를 삼아 서로 희롱하였으며, 허균 또한 『홍길동전』을 지어 『水滸傳』에다 비겼으며…… 허균

---

2) 梅月別是一種異人 近於索隱行怪之徒 而所置之世適然 遂成其高節耳 觀其與柳襄陽書 金鰲新話之類 恐不可太以高見遠識許之也(李滉, 『答許美叔問目』).
3) 演史之作 初似兒戲 文字亦卑俗 不足亂眞 流傳旣久 眞假竝行 其所載之言 頗採入類書 文章之士 亦不察而混用之(李植, 「雜著」, 『澤堂先生別集』)

역시 반역죄로 처형되니 이것은 저 농아의 보응보다 심하다.4)

(다) 洪萬宗의 경우

옛 이야기 가운데 뛰어났다고 일컬을 만한 것으로『西遊記』,『水滸傳』이 있고, 이외에 列國의 東西漢·齊·魏·五代·唐·南北宋에 모두 演義가 있어 세상에 유통된다.……관청에 앉은 벼슬아치까지도 제 직무를 등한시하고 이야깃거리 얻기에 바쁘고 한두 마디 말을 들으면 곧 끌어다 붙이고 덧보태어 책 만들기에 바쁘다.……다만, 好事家들이 그것을 읽던 것이 하나의 풍속을 이루어 서로 다투어 흉내를 내게 되니, 世道를 점점 萎靡하게 하고, 마침내는 나라까지 조각조각 깨지게 한다.5)

(라) 丁若鏞의 경우

稗家小品의 폐해와 크고 작은 詞命의 作에 대하여 臣이 평소에 혼자 개탄하던 바를 감히 숨기지 않겠습니다.……稗官雜書는 人災 중에서 가장 큰 것이라 생각합니다. 음탕하고 추한 어조가 사람의 심령을 허랑방탕하게 하며, 사특하고 요사스런 내용이 사람의 지혜를 미혹에 빠뜨리며, 荒唐하고 怪異한 이야기가 사람의 교만한 기질을 고취시키며, 萎靡하고 조잡한 글이 사람의 壯氣를 녹여냅니다.6)

(가)는 李滉이 許篈에게 보낸 편지의 일부이다. 여기서 李滉은 金時習이 索隱行怪한 사람이며, 그가 이룬 높은 절개도 세상 때문이라 하여 김시습을 부정적인 시각으로 보았다.『金鰲新話』를 예로 들어 이를 반증하였다.『金鰲新話』

---

4) 世傳 作水滸傳人 三代聾啞 受其報應 …… 許筠朴燁等 好其書 以其敵將別名 各占爲號 以相謔 筠又作洪吉同傳 以擬水滸 …… 筠亦叛誅 此其甚於聾啞之報也(李植,『澤堂先生別集』).

5) 古話之表表可稱者 西遊記水滸傳 外如列國東西漢齊魏五代唐南北宋 皆有演義 蓋行於世 …… 至於坐衙按符之官 越視職事 務得所語 得一款則附會增演 作爲帙卷 …… 徒爲好事者傳玩 而仍成習俗 競相慕效 遂使世道萎靡 竟致宗社之瓦裂(洪萬宗,『旬五志』).

6) 稗家小品之弊 大小詞命之作 臣於平日 竊有所慨然者 玆不敢隱也 …… 稗官雜書 是人災之大者也 淫詞醜話 駘蕩人之心靈 邪情魅跡 迷惑人之智識 荒誕怪詭之談 以騁人之驕氣 靡曼破碎之章 以消人之壯氣(丁若鏞,「文體策」,『與猶堂全書』1).

의 어떠한 점을 들어 이와 같은 결론을 도출하였는지 명백히 하고 있지는 않
지만, 먼저 경전의 도덕적 진실성을『金鰲新話』는 외면하고 있다고 인식한 듯
하다. 즉 李滉이 朴雲에게 보낸 편지에서 '비록 간간이 문장의 대가가 나와서
세상에 이름을 떨친 이도 있었지만 詩文賦詠과 小說談譃 이외에 斯文의 저술
은 전혀 없다시피하여 아주 드물다'7)라고 한 것이 그것이다. 여기서의 斯文이
란 유가의 문장이라 하겠는데, 소설은 이러한 유가의 문장에 위배된다고 생각
했기 때문에『금오신화』를 들어 金時習을 비판하고 있는 것이다. 이와 같은
글들이 세상에 전하게 되면 인간의 心術을 파괴하고 대륜을 모독하게 된다8)
고 생각했기 때문이다.

  (나)의 (1)에서 李植은 演義가 사실을 왜곡하고 있음을 지적하면서 正과 邪를
혼동하게 만든다고 하였다. (2)에서는『水滸傳』의 작자가 당한 화와 許筠이 당
한 화를 비교하면서 許筠과『洪吉同傳』을 맹렬히 공격하고 있다. 許筠과『홍
길동전』에 대한 공격은 바로 소설에 대한 공격이라 할 수 있는데, 이는 소설
이 반역을 내용으로 하고 있으며 (1)에서 보이듯이 진실을 왜곡시키는 것으로
보았기 때문이다. 여기서의 '반역'이란 기존 질서에 대한 공격이고, '正'이란
역사의 객관적 사실을 말한 것인 바 소설은 그 내용에 있어 불건전하고 또한
비진실되다는 것이다.

  (다)에서 洪萬宗은 소설의 폐단을 사직과 연결시키고 있다. 즉 실속 없는 소
설을 읽거나 쓰느라고 관리들은 직무를 태만히 하고, 자연히 사회기강도 해이
해져서 결국 국가는 瓦裂되고 말 것이라는 극단적인 소설 폐해론을 내세우고
있다. 또한 이 자료들을 통해 당시 소설의 독자층이 널리 형성되었다는 것을
알 수 있다.

  (라)는 (다)에서 홍만종이 지적한 국가와의 관계와는 달리 개인까지 망친다
는 것을 경고한 것이다. (다)가 소설이 국가를 와열시킬 것이라고 한 것에 반

---

7) 雖間有文章鉅公 出而鳴世 自詩文賦詠小說談譃之外 斯文著述 絶無而僅有(李滉,「與朴澤
   之」,『退溪集』).
8) 此書 遂傳於世矣 其所以壞人心術 瀆人大倫 不亦甚乎(李滉,「擬與豊基郡守論書院事」,
   『退溪集』).

해 (라)는 개인의 심성이 결정적으로 타격을 받게 하였다. 즉 심령의 방탕, 지혜의 미혹, 교만한 기질, 씩씩한 기운의 소멸로 인간의 심성이 소설 독서를 통해 타락해 간다는 것이다. 修身齊家治國平天下의 논리를 내세워 수신을 가장 중요한 것으로 생각했던 조선조 유학자들은 소설은 修身에 커다란 폐해를 가져다 주기 때문에 (다)와 같이 국가의 와열로까지 그 생각이 비약될 수 있었던 것이다.

이와 같이 李滉은 『금오신화』를, 李植은 『수호전』과 『홍길동전』을, 洪萬宗은 『서유기』와 『수호전』을, 丁若鏞은 稗官小品을 각각 들며 그것들이 사람에게 미치는 폐해를 지적하며 그 배격 이유를 들었다. 조선조는 修身을 治道의 근본과제로 삼았는데 배격의 이유 중 가장 중심된 것은 소설이 이것에 위배된다는 것이다. 이처럼 소설을 통해서는 修身이 되지 않을 뿐만 아니라 결국 宗社의 瓦裂을 가져온다고 하였다. 이것이 조선조 유학자들이 소설을 배격한 이유이다.

비도덕성 뿐만 아니라 소설의 반역사성도 그들이 소설을 배격한 커다란 이유이다. 즉 소설은 怪力亂神을 발동하여 정사와 혼동하게 한다는 것이다. 특히 李植은 演史가 流傳하여 참과 거짓이 섞여 쓰이게 되어 결국은 이 둘을 구분하지 못하게 되고 만다고 하였다. 여기서 참과 거짓이란 역사적 기록과 소설적 허구는 같은 것으로 보고 있다. 즉 소설적 허구를 배격하고 역사적 사실을 객관적으로 인식해야 한다는 의식에서 배태된 것이라 할 것이다. 비도덕성과 반역사성으로 소설배격의 거점을 마련한 유학자들은 조정에서 여러 번 소설의 폐해론을 강조하였다. 그 대응책으로 수입을 금지시키고, 이미 수입되었거나 유통되고 있는 것은 태워버리고, 집안에서도 자제들에게 소설을 읽지 못하도록 가르쳤다.

소설에 대한 부정적 시각은 문학의 교훈적인 기능만을 강조한 데 기인한다. 즉 감정의 노출을 죄악시했던 유학자들은 문학의 쾌락적 기능을 지나치게 봉쇄한 나머지 소설적 허구가 갖는 진실성을 이해하려 들지 않았던 것이다. 이러한 생각은 그 강도에는 다소 차이가 있었다 할지라도 유교적 도덕률이 작용되면서 조선후기까지 구심력을 이루며 지속되었다.

2. 긍정적 시각

소설에 대한 긍정적 시각은 네 경우로 나눌 수 있다. 첫째, 가설 ⑤의 경우로 소설의 독자인 동시에 작가인 경우, 둘째, 가설 ⑥의 경우로 소설의 독자이기는 하나 작가는 아닌 경우, 셋째, 가설 ⑦의 경우로 소설의 독자는 아니지만 작가인 경우, 넷째, 가설 ⑧의 경우로 소설의 독자도 작가도 아닌 경우이다. 이중 가설 ⑦과 ⑧의 경우는 부정적 시각에서와 마찬가지로 가설로서는 성립되나 소설을 읽어보지 않고 비판한 경우이다. 그러기에 소설에 대한 문제 의식이 희박하다. 때문에 본 논의에서는 제외시키기로 하고, 가설 ⑤의 경우와 ⑥의 경우를 중심으로 살펴보기로 한다. 여기서 가설 ⑤의 경우는 조선조의 대표적 소설작가이고, 가설 ⑥의 경우는 조선조의 대표적 소설독자이다. 조선조 소설은 이들 ⑤와 ⑥의 경우를 통해 창작되고 독서되었다 할 것이다. 이를 각각 나누어 살펴보기로 한다.

가설 ⑤는 소설의 작가로 많은 소설을 읽었으며 그것의 효용성을 들어 자신도 직접 창작한 긍정적 소설관을 가진 유학자군이다. 金時習(1435~1493)과 朴趾源(1737~1805)의 경우가 대표적이다.

(가) 金時習의 경우

龍戰, 鬼車, 雛雉篇을
공자가 남겨둔 것은 진실로 까닭이 있다.
말이 세상의 교화에 관계되니 괴이해도 무방하고
일이 사람을 감동시키니 허탄해도 재미있다.
河間傳 그 사연도 남녀간의 사랑이야기
毛穎傳 그것도 모두가 허구이지.
큰 함박의 옛이야기는 莊子의 수법이고
離騷 天問의 가사는 屈原의 필력이다.
여기에 『剪燈新話』는 옛 수법을 본받았으니
도깨비 뛰놀며 魚龍도 춤을 춘다.[9]

---

9) 龍戰鬼車與雛雉 夫子不刪良有以 語關世敎怪不妨 事涉感人誕可喜 曾見河間記淫奔 復見

(나) 朴趾源의 경우

근일에 문풍이 이렇게 된 것은 그 근원을 따져보면 朴趾源의 죄가 아
닌 것이 없다. 내가 『熱河日記』를 숙람하였으니 어찌 감히 속이겠는가.
그야말로 법망에 크게 빠진 자다. 『熱河日記』가 세상에 나온 후 문체가
이 모양이 되었으니 마땅히 맺은 자가 풀어야 할 것이다.10)

(가)는 金時習의 「題剪燈新話後」로 『剪燈新話』의 효용성을 인정한 글이다.
그는 『易經』과 『書經』에서 괴이한 이야기라 하여 刪除하지 않았던 孔子, 河間
이라는 여자의 음행을 허구적으로 묘사한 『河間傳』을 지은 柳宗元, 붓을 의인
의 수법으로 형상화한 『毛穎傳』을 지은 韓愈, 박에 대한 우화를 쓴 莊周, 離騷
經을 쓴 屈原을 들고 구우의 『剪燈新話』는 이러한 옛 수법을 본받았다고 했다.
특히 김시습은 말이 세상을 교화하는 것에 관계가 있기 때문에 조금 허탄할
지라도 이 허탄한 것이 문제가 되지는 않는다고 했다. 여기서 우리는 김시습
의 효용적 소설관을 읽을 수 있는 것이다.

(나)는 正祖가 朴趾源의 문체에 대하여 비판한 대목이다. 朴趾源은 소설에
대한 자신의 견해는 밝히지 않았지만 작품을 통해서 당대의 사회를 비판하였
다. 억눌리고 소외된 자가 사회로부터 갖는 불만 때문에 소설을 창작한다는
논리를 폈다. 이것은 그가 소설의 허구성을 인식한 것인 동시에 비판적 기능
을 인식한 것으로 이해된다. 특히 그는 소설 문체를 통하여 자신의 논리를 전
개시켰다. 그러나 정조는 당시의 문풍이 어지럽다는 것을 들어 南公轍로 하여
금 朴趾源에게 편지를 보내게 하여 『熱河日記』가 세상에 나온 후 문체11)가 비
하되었으니 순정한 글을 지어 속죄하라고 명하였다. 安義縣監으로 재직 중이

毛穎錄亡是 濩落大瓠漆園史 怪詭天問三閭子 又閱此話踵前踐 夔罔騰逴魚龍舞(金時習, 「
題剪燈新話後」, 『梅月堂文集』下).
10) 近日文風之如此 原其本 則莫非朴某之罪也 熱河日記 予旣熟觀 焉敢欺隱 此是漏網之大者
熱河日記行于世後 文體如此 自當使結者解之(『正祖實錄』 卷36).
11) 朴趾源의 『熱河日記』가 매도된 것은 正祖에 의해서만은 아니다. 代表的 批判者는 朴
南壽라 할 것인데, 그는 『熱河日記』를 불태워야 한다는 主張을 펴기도 했다.

던 박지원은 南公轍로부터 정조의 명령을 간접적으로 전해 듣고 南公轍에게 답신하여 반성하는 태도를 보였으나, 醇正의 문장을 지어 올리지는 않았다. 이로 보아 이른바 연암체를 고수한 것으로 보이며, 따라서 소설에 대한 긍정적 시각도 확고히 한 것으로 보인다.

이와 같은 확고한 신념에도 불구하고 당시 소설문체에 대한 강력한 규제가 있었기 때문에 자신이 창작한 경우라도 다른 사람에게서 들은 이야기처럼 처리하지 않을 수 없었다. 『玉匣夜話』 중의 「許生傳」에는 다음과 같은 기록이 있다.

> 나는 일찍이 尹映이라는 이에게서 卞承業의 富에 관한 이야기를 들었다. 그의 富는 처음부터 이유가 있어……許生은 끝내 자기의 이름을 드러내지 않았으므로 세상에서는 그를 아는 이가 없다고 한다. 윤영의 이야기를 적어보면 다음과 같다.[12]

이 글에서 알 수 있듯이 朴趾源은 「허생전」을 마치 尹映에게 들은 이야기인 듯 기록하고 있다. 이러한 사정은 「周生傳」의 權韠, 「崔陟傳」의 趙緯韓, 「沈生傳」의 李鈺 등에게서도 두루 나타나는 바다. 이처럼 朴趾源이 자신의 문체에 대하여 공적으로 사과하지 않은 점, 작자를 우회적으로 제시하고 있는 점, 이를 통해 당대를 냉혹히 비판하고 있는 점은 당대 유학자들의 소설에 대한 부정적 인식을 벗어나기 위한 행위로 이해된다. 또한 이것은 박지원이 소설에 대한 시대적 인식의 한계를 인정한 것이 된다. 따라서 소설이 음탕하고 간사한 것을 가르치기 때문에 보아서는 안된다고 생각했고, 자제들에게도 그처럼 교육시키기를 권장했던 당시 유학자들의 학풍을 벗어나 박지원은 소설의 문체를 이용하여 당대를 비판하는 소설의 효용론을 창작을 통해 강조하였던 것이다.

가설 ⑥은 조선조 소설의 대표적 독자로 직접 창작하지는 않았으나 소설을

---

12) 余亦言有尹映者 嘗道卞承業之富 其貨財有自來 …… 許生 竟不言其名故 世無得而知者云 映之言曰(朴趾源, 『熱河日記』).

애독한 유학자군이다. 金麟厚(1510~1560), 李晬光(1563~1628), 安鼎福(1712~
1791)의 경우가 대표적이다.

　　(가) 金麟厚의 경우

　　金鰲居士가 신화를 전하였는데
　　白月과 寒梅가 완연히 여기 있었구나.
　　잠시 내게 빌려주어 병든 눈을 닦고 나니
　　두통이 이에 따라 거뜬히 나았다.13)

　　(나) 李晬光의 경우

　　무릇 역대의 소설들이 있어 多聞에 도움을 주었고, 옛날의 일들을 증
　명하기도 했으니 역시 무시할 수 없다.14)

　　(다) 安鼎福의 경우

　　시험삼아 『三國志』 한 匣을 읽어보니 평론이 신기하여 볼만한 것이
　많았고, 그 범례 또한 볼만하며, 그 서문 역시 하나의 奇字로써 命意하
　였고, 글쓰는 법 역시 신기하더라.15)

　(가)는 李滉보다 10년 뒤에 태어난 金麟厚가 『金鰲新話』를 빌려다 읽고 난
느낌을 시를 통해 표현한 것이다. 이 작품에서 주목할 구절은 ‘白月寒梅宛在
玆’와 ‘頭風從此快痊之’, 즉 承과 結句이다. 承句의 ‘白月’과 ‘寒梅’는 유학자들
이 자신의 맑은 정신 세계를 표현할 때 즐겨 사용하던 용어이다. 그러니까
『金鰲新話』 안에도 자신이 추구한 세계가 있다는 것을 시의 형식을 통해 요약
한 것인데, 이것은 李滉 등 소설에 대한 부정적 시각을 지녔던 유학자군과 정
면으로 대립되는 부분이면서 소설에 대한 보다 적극적인 유학적 해석이다. 결

---

13) 金鰲居士傳新話 白月寒梅宛在玆 暫借河西揩病目 頭風從此快痊之(金麟厚,『河西全集』).
14) 夫歷代之有小說諸書 所以資多聞 證故實 亦不可少也(李晬光,『芝峰類說』).
15) 試觀三國一匣 其評論 新奇多可觀 其凡例 亦可觀 其序文 亦以一奇字命意 而文法 亦甚奇
　　(安鼎福,『順菴雜錄』).

구에서는『金鰲新話』를 읽고 두통이 나았다고 하고 있으니 소설이 갖는 카타르시스 효과를 인식한 것도 같은 맥락에서 이해된다.

(나)와 (다)는 李睟光과 安鼎福이 각각 소설의 효용성을 지적한 글이다. 즉 소설은 견문을 넓히는데 도움이 되며, 반역사성을 가지는 것이 아니라 오히려 소설은 옛 일을 증명하는 데도 봉사하며, 이야기와 범례가 신기하여 글쓰는 데도 도움이 된다고 하였다. 이외에 沈守慶도「遣閑雜錄跋」에서 소설이 잡다한 것이긴 하지만 유익한 점은 무시할 수 없는 것이라 하여 오히려 긍정적인 측면을 부각시켰다.

소설에 대한 긍정적 시각을 가진 유학자들은 載道論的 문학관과 대립적 자세를 취하며 허위의 관념과 부조리한 사회를 맹렬히 공격하였다. 또한 이들은 載道論者들이 문학을 교훈적 기능에 국한시켜 이해했던 문학관의 대척점에 서 있었다. 즉 經에서만 도덕적 양식을 구하려고 하였던 일반 유학자들의 사고에서 벗어나 소설에서도 충분히 교훈을 얻을 수 있으며, 역사적 사실성을 찾는 보조 자료로 활용할 수도 있다는 것이다. 이것은 소설은 쾌락의 기능을 갖고 있다는 것을 강조함으로써 교훈과 아울러 소설을 통해 즐거움을 누릴 수 있다고 인식했던 것인데, 이러한 생각은 유교적 도덕률과 대립을 이루면서 조선조 후기로 갈수록 원심력을 얻어 확대되어 갔다.

3. 소설관의 양면성

소설에 대한 양면적 시각은 두 경우로 나눌 수 있다. 첫째, 가설 ①의 경우로 소설을 읽고 창작하였으나 표면적으로 부정적 시각을 보인 유학자군과, 둘째, 소설에 대한 의식을 긍정적 시각에서 부정적 시각으로 조정한 유학자군이다. 이를 각각 나누어 살펴보기로 한다.

먼저 가설 ①의 경우로 이들은 표면적으로는 소설에 대하여 부정적 시각을 보이고 있으나 이면적으로 긍정적 시각을 나타내고 있다. 許筠(1569~1618), 鄭泰齊(1612~?), 金萬重(1637~1692), 李德懋(1741~1793)의 경우가 대표적이다.

(가) 許筠의 경우

(1) 『水滸傳』은 간사하고 거짓되어 가르치기에 적당치 않다. 한 사람
의 손에 지어졌으니 羅貫中이 3대나 벙어리가 되는 것이 마땅하다.16)
(2) 許筠 또한 『洪吉同傳』을 『水滸傳』에 비겨 지었다.……허균 역시
반역죄로 처형되니, 이것은 저 聾啞보다 갚음이 심한 것이다.17)

(나) 鄭泰齊의 경우

일찍이 史家의 여러 衍義를 보니 그 말이 아무 실속이 없는데도 있는
것 없는 것을 가리지 않고 꾸며 늘여 놓았고 사건을 나누어 제목을 달
리 붙였으며 앞 부분의 끝에서 종결 짓지 않고 다시 下回에서 일으키고
있다.18)

(다) 金萬重의 경우

(1) 대개 후의 일을 좋아하는 사람들이 끌어다 붙인 말로 소설의 믿
    을 수 없음이 이와 같다.19)
(2) 『東坡志林』에 이르기를 ……문득 돈을 주고 모여 앉게 해서는 옛
    날 이야기를 들려준다. 삼국의 일을 말하는 데 이르러 劉玄德이 패
    했다는 말을 들으면 얼굴을 찡그리고 눈물을 흘리는 아이도 있으
    며, 曹操가 패했다는 말을 들으면 즉시 기뻐 소리치니 이것이 羅氏
    의 『三國志演義』의 힘이다. 이제 陳壽의 『史傳』과 溫公의 『通鑑』을
    가지고 무리를 모아 가르친다면 반드시 눈물을 흘릴 자가 없을 것
    이니 이것이 통속 소설을 짓는 까닭이다.20)

---

16) 水滸則姦騙機巧 皆不足訓 而著於一人之手 宜羅氏之三世啞也(許筠, 「惺所覆瓿藁」).
17) 筠又作洪吉同傳 以擬水滸 …… 筠亦叛誅 此其甚於聾啞之報也(李植, 『澤堂別集』).
18) 嘗見史家諸書衍義 其立言遺辭 皆是浮誇 實虛而修之 有無而張之 分其事而別其題 未結於
    前尾 而更起於下回(鄭泰齊, 『天君演義序』).
19) 蓋後之好事者 附會之說 小說之不可信 如此(金萬重, 『西浦漫筆』下).
20) 東坡志林曰 …… 輒與錢 令聚生聽古話 至說三國史 聞劉玄德敗 顰蹙有出涕者 聞曹操敗
    卽喜唱快 此其羅氏演義之權興乎 今以陳壽史傳 溫公通鑑 聚衆講說 人未必有出涕者 此通
    俗小說所以作也(金萬重, 『西浦漫筆』).

(라) 李德懋의 경우[21]

(1) 근래 문체가 날로 잡박해짐과 소설을 탐독하는 폐단은 서학에서
　　흘러들어온 것이다. 우리 나라가 문장으로 나라를 세운 이래 모두
　　가 참으로 六經과 四子의 바른 도리를 힘써 닦아 왔다.[22]
(2) 내 일찍이 『水滸傳』을 보니 人情物態를 그림에 마음씀이 교묘하니
　　소설 중의 첫째라 할 수 있다.……뜻있는 사람은 施耐菴이 그 비단
　　같은 재질에 한 덩어리의 원분의 마음이 첩첩이 쌓여 있어서 이런
　　실없는 말을 하여 평생에 품은 세상 꾸짖는 마음을 편 것이 아닌
　　가 하지만, 그의 마음은 슬프고 또한 괴로웠을 것이다.[23]

　(가)의 (1)은 許筠이 『惺所覆瓿藁』에서 『水滸傳』을 부정적으로 평가한 것이다.
간사하고 거짓되어 가르치기에 적당하지 않다고 하고 작자까지 비방하고 있
다. 그러나 (2)에 보이듯이 그는 『水滸傳』과 그 성격이 비슷한 『洪吉同傳』을 지
었다.[24] 뿐만 아니라 한문 단편의 성격을 구체화시키는 작품을 남기기도 했다.
『蓀谷山人傳』, 『張山人傳』, 『嚴處士傳』, 『南宮先生傳』, 『蔣生傳』 등이 그것이다.
이들 작품들은 비범한 능력을 지니고 있음에도 불구하고 세상을 불우하게 산
사람의 이야기들이다. 이들 작품에도 허균의 소설에 대한 양면적 생각은 투사
된다. 즉 이 작품들의 주인공은 이면적으로 탁월한 능력을 지니고 있으면서도
표면적으로는 평범한 인물로 묘사되고 있는 것이다. 이는 허균이 지녔던 현실
에 대한 집념과 현실을 벗어나려는 두 힘이 함께 작용한 것에서 배태된 것으
로 보인다. 현실에 대한 강한 집념이 그에게 소설을 배격하도록 했다면, 현실
로부터 벗어나려는 또다른 힘이 소설을 창작하도록 했다고 할 것이다.

---

21) 李德懋는 小說을 創作하지 않았기 때문에 假說 ①의 境遇에 該當되지 않는다. 그러
　　나 兩面的 視角을 文面으로 드러내고 있다. 이 때문에 許筠, 鄭泰齊, 金萬重과 함께
　　擧論할 必要性이 있다.
22) 近來文體 日益駁雜 且有貪看小說之弊 流入於西學者也 我朝文章 立國以來 皆眞積力久
　　從六經四子中來(『正祖實錄』 卷26).
23) 余嘗看水滸傳 其寫人情物態 處心巧妙 可謂小說之魁 …… 意者 耐菴錦繡之才 有一塊寃憤
　　鬱髓於中 發此無實之言 敍平生罵世之心歟 其心則悲且苦矣(李德懋, 『靑莊館全書』 5).
24) 『洪吉同傳』은 作者 是非가 있어 왔다. 筆者는 「홍길동전의 漢字表記問題와 作者 是非
　　」(『韓國古小說史와 論』, 새문社, 1990)에서 이를 整理한 바 있다.

　(다)의 金萬重 역시『西浦漫筆』에서 宋人의 소설에 蘇軾, 蘇轍, 黃魯直이 귀양
간 것은 史實과 다른데 이것은 후대의 好事家들이 억지로 끌어다 붙인 것이라
하면서도『九雲夢』과『謝氏南征記』를 지었다. (1)이 소설의 반역사성을 들어
부정한 것이라면 (2)는 대중 소설이 갖는 힘과 그 창작 이유를 밝혀 오히려
긍정한 것이다. 김만중이 소설의 반역사성을 지적하면서도 이처럼 소설을 긍
정한 것은 소설이 감동을 가져다 주기 때문이라 했다. 감동은 正史와는 달리
허구가 갖는 쾌락성을 인정한 것이 된다. 같은 맥락에서 그는『구운몽』과『사
씨남정기』를 지었는데, 李縡는『三官記』에서『구운몽』의 창작동기를 다음과
같이 밝히고 있다.

> 稗說에『구운몽』이라는 것이 있는데 西浦가 지은 것이다. 대략 공명
> 과 부귀를 누리는 것이 일장춘몽과 같다는 것이다. 이것은 大夫人의 근
> 심을 위로하고 풀어드리기 위한 것이다.25)

　대부인의 근심을 위로하고 풀어드리기 위하여 金萬重이『구운몽』을 창작했
다고 했는데, 이러한 사정은 趙聖期가 소설을 탐독 창작한 까닭과 동일하다.26)
또 이들은 모두 소설적 허구의 세계가 갖는 진설성을 이해했기 때문에 소설
창작에 가담했을 것이다.
　(라)의 (2)에서 李德懋는 소설을 탐독하는 폐단이 서학 때문이라고 지적하고
경학과 문장지사를 이와 대립시키고 있다. 六經과 四子 등의 經學이 쇠미해지
는 반면 理學과 邪說이 널리 유포되고 있음을 탄식하였다. 그러나 (1)에서와
같이 소설의 현실비판적 기능을 인식했는데『水滸傳』에서 그것을 찾았다.
　여기서 (가)와 (다)가 표면적으로 소설에 대한 부정적 시각을 갖고 있었으면
서도 이면적으로 소설에 대한 효용적 기능을 인식하며 동시에 소설을 창작한
경우라면, (라)는 표면적으로 이 두 시각을 동시에 제시한 경우이다. 이와 달

---

25) 稗說有九雲夢者 卽西浦所作 大旨 以功名富貴 歸之於一場春夢 要以慰釋大夫人憂思(李縡,
　　『三官記』).
26) 大夫人 聰明叡哲 …… 晚又好臥聽小說 …… 府君 每聞人家有未見之書 必竭力求之 得之
　　而後已 又自依演古說 構出數冊以進(趙正緯,『拙修齋集』行狀).

리 표면적으로 두 시각을 함께 지니고 있으면서 記名으로 소설을 창작한 (나)의 경우는 소설사적 측면에서 특이하다. 즉 표면적으로 소설관의 양면성을 제시했다는 점에서 (라)와 같으며, 소설을 창작했다는 점에서 (가) 혹은 (다)와 같다는 것이 그것이다.

(나)의 鄭泰齊는『天君演義序』에서 소설의 부정적인 측면으로 허황된 점, 남녀가 서로 만나 희롱하는 점, 역사와 거리가 먼 점 등을 지적했다. 기존의 소설은 이와 같은 단점을 지니고 있다는 것이다. 그가 소설을 창작하고자 했던 이유가 바로 여기에 있다. 즉 기존의 소설이 지닌 단점을 보완하자는 것이 그것인데 그래서『천군연의』를 그 대안 작품으로 내놓았다.『천군연의』는 마음을 의인화한 의인 소설로 군자는 주색을 멀리해야 한다는 교훈을 소설적 구조에 투사하여 작품화시키고 있으니 心統性情의 心法과 소설적 흥미를 동시에 노린 것이라 하겠다. 이로 보아 鄭泰齊는 소설의 창조적 효용성을 인정하면서 그것으로 유학의 이치를 탐구하자는 방향으로 나아갔으니 유학자의 소설 이해에 대한 새로운 영역을 개척한 셈이다.[27]

이와 같이 표면적으로는 유교에 기반하여 소설을 부정할지라도, 이면적으로는 효용성을 들거나 그 문학적 기능을 인식하여 소설을 창작하는 양면성을 보인다. 이러한 현상은 두 가지로 해석이 가능하다. 하나는 인간이 표면적으로 기존 윤리를 인정하면서 이면적으로 소설적 허구의 세계를 추구한다는 것을 言表와 작품을 통해 보여준 것이며, 다른 하나는 일반 유학자들이 부정적으로 인식하던 소설을 이들도 비판하고 그 대안으로 새로운 소설인 유학소설, 곧 천군소설을 창작했다는 것이다.

다음으로 소설관의 변화를 경험한 유학자군이다. 南公轍(1760~1840)과 李相璜(1763~1841)의 경우가 대표적이다. 이들 모두는 처음에는 소설에 대하여 긍정적 시각을 지녔으나 정조의 문체반정정책에 부응하여 기존의 생각을 버리고 소설 해도론을 주장한 인물들이다.

---

27) 林悌의『愁城誌』, 柳致球의『天君實錄』, 李鈺의『南靈傳』, 鄭琦和의『天君本紀』등 天君小說 모두가 이러한 脈絡에서 創作되었다.(天君小說에 대해서는 筆者의『天君小說研究』, 螢雪出版社, 1980 參考).

(가) 南公轍의 경우

(1) 그대가 『西廂記』 한 권을 들고 石竹花 아래 편안히 쉬고 있을 것
   을 생각하니 마치 신선같이 여겨진다네.[28]
(2) 힘써 패관소설을 배척하는 것으로 나의 임무를 삼았다.[29]

(나) 李相璜의 경우

(1) 李相璜은 翰院에서 伴直하면서 『唐宋八家小說』과 『平山冷燕』 등을
   읽다가 정조에게 발각되었다. 정조는 그들이 보던 책을 불사르게
   하고 경전에 전력하게 하였으며 잡서는 보지 말 것을 명하였다.[30]
(2) 나씨 집안의 貫中이라는 아이가
   얄팍한 기교와 재주를 뽐내네.
   몇 종의 패관소설 창작했지만
   허황되고 터무니없는 것 뿐이네.
   패관은 사람을 해롭게 하는 것이 많아
   맹수가 사람을 해치는 것보다 많네.
   맹수를 만나면 두려워 피할 줄 알아도
   음탕한 소설이 사람 손에 들어가면 오히려 움켜쥔다네.[31]

(가)의 (1)에서 南公轍은 石竹花 아래서 『西廂記』를 읽고 있을 친구 李顯綏를
생각하며 신선을 떠올리고 있다. 그러나 (2)에서처럼 소설 배격을 평생의 임무
로 삼았다고 했으니 처음의 생각 (1)과 대립된 견해를 스스로 지녔던 것이다.
이것은 南公轍이 (2)와 같이 표면적으로 소설을 배격하고 있긴 하나 (1)과 같이
소설에 매료되어 있었다는 것을 알 수 있다. (2)가 정조의 문체 반정에 호응했
던 시점의 발언이었다는 것을 감안한다면 그 역시 이면적으로는 소설에 대한
강한 긍정적 시각을 지닌 인물임을 알 수 있다.

---

28) 如足下手裏把西廂記一卷 婆娑石竹花下想來 若神仙中人矣(南公轍, 『金陵居士集』).
29) 力斥稗官小說 爲己任(南公轍, 『潁翁續稿』).
30) 『正祖實錄』 卷 36.
31) 羅氏家兒字貫中 自矜薄技解雕蟲 創爲幾種稗官說 說是架虛與鑿空 稗官爲說害人多 猛獸
   於人不是過 猛獸當頭知畏避 淫書入手反摩挲(李相璜, 『桐漁遺集』).

(나)의 (1)에서 李相璜이 소설을 조정에서까지 탐독했다는 사실을 알 수 있다. 정조에게 발각되자 심경의 변화가 일어나 정조의 문체반정에 적극 호응하여 소설을 힐난하는「詰稗」6조를 지어 올리는가 하면 斥稗詩 30수를 짓기도 했던 것이다. 그는 척패시에서 소설은 허황하며, 맹수가 사람 해치는 것보다 그 해가 심하다고 하면서 소설을 비판하였다. 이 상황 역시 남공철과 같이 (2)에서는 표면적으로 정책에 호응하여 소설을 배격하는 시를 짓기도 하였으나 (1)에서처럼 이면적으로 소설에 매료되어 있었다는 것을 알 수 있다. 더욱이 이 상황에서 소설을 배격한 것이 타의에 의한 것이었음을 상기시킬 때 그의 이면적 소설에 대한 긍정적 시각은 짐작하고도 남음이 있다.

이상과 같이 조선조 유학자들은 양면적 소설관을 갖기도 하였다. 표면적으로는 유교에 기반하여 소설을 부정할지라도 이면적으로는 효용성을 들거나 그 문학적 기능을 인식하여 소설을 창작하였으며, 이면적 감성에 의해 긍정되는 소설관을 표면적 이성으로 부정하기도 하였다. 사실의 이러함은 교훈과 쾌락이라는 문학의 두 기능간의 갈등인 동시에 유학과 반유학, 귀족의식과 평민의식의 갈등이기도 하다. 즉 표면적으로는 교훈과 유학, 귀족의식이 강조되었으나 이면적으로는 쾌락과 반유학, 평민의식이 강조되었다. 조선조 유학자들의 소설의식은 이러한 양면성의 대립과정을 통해 성장되었다고 할 것이다.

Ⅱ. 소설관의 변모 양상

조선조 유학자들의 소설의식은 부정적 소설관과 긍정적 소설관의 상호 대립과정을 거치면서 전개된다는 사실을 확인했다. 이는 사회적 갈등과정과 무관하지 않다. 조선초에도 이미 소설의 독자가 궁중에까지 널리 유포되어 있었다. 세조가『太平廣記』에 관심을 가졌으며, 성종이 소설을 옹호하였고, 연산군이 소설류를 탐독하였다는 사실은 이를 입증한다. 그러나 유학을 이념의 바탕으로 삼은 조선에서는 소설이 초기에는 사회를 정면적으로 공격하지 못했다. 유학에 의해 구심력을 획득한 문학관을 내세워 유학에 반항하는 문학관의 소유자를 이단으로 몰아붙였기 때문이다. 간헐적으로 소설에 대한 긍정적 시각을 보인 유학자들도 없지는 않았으나 이들은 고독한 예외자에 지나지 않았다.

그러나 임병양란을 거치면서 사정은 달라졌다. 즉 이 유례없는 큰 사건을 통하여 평민의식이 성장하고, 明末淸初의 문집과 稗官小說, 그리고 북학파의 新文體 등이 등장하여 기존질서를 위협하는 사안으로 등장하였던 것이다. 임병양란을 겪은 평민은 현실의 불만을 문학으로 극복하려 하였다. 이를 위해서는 소설이 가장 적합한 장르였다. 이러한 사정으로 평민의식은 소설과 함께 병행하며 성장하였다. 평민들은 소설 속에서 현실적 질서를 거부하고 새로운 질서를 모색했다. 사정이 이렇게 되자 위기의식을 느낀 정통 유학자들은 소설의 害道를 들어 소설 배격론을 내세웠고, 급기야 왕권이 동원되기도 하였다. 정조의 문체반정정책이 그것이다. 다음과 같은 정조의 문학관은 문체반정정책의 이론적 토대가 되었다.

> 문학을 하는 道는 마땅히 六經에 근본하여 그 벼리를 세우고 諸子書를 오른 날개로 하여 그 뜻을 지극히 하여야만 한다. 그 의리를 灌漑해서 꽃을 피게 해야 위로 국가의 성함을 善鳴하고 아래로 후세의 모범으로 드리워져야 한다. 이것이 작가의 宗旨이다.[32]

위의 글에서 정조는 六經과 諸子를 문학의 법칙으로 삼아야 한다고 했다. 이는 국가의 성대함을 선명하고 후대의 모범이 되게 하기 위한 것이라는 논리이다. 즉 정조는 옛 사람들의 글인 고문만을 순정한 글로 보아 이를 문학의 전범으로 삼아야 한다는 생각을 가졌던 것이다. 이러한 이론적 근거 하에 문체반정운동을 전개해 나갔던 것이다. 그러나 단순히 소설의 성행을 막고 유행하던 신문체를 醇正의 문학으로 회복하려는 목적에서만은 아니었다. 봉건왕조의 명분과 질서를 위협하는 요소를 제거하려는 치열한 노력의 일환이었던 것이다.

그러나 조선 후기에 들어 평민의식은 유학자에게까지 파급되어 걷잡을 수

---

32) 『弘齋全書』 卷 161.

없게 되고, 몰락한 유학자들은 생계의 수단으로 직업적 작가가 되기도 했다. 李瀷의 奇大升啓에 대한 다음의 寸評은 소설에 대한 인식의 변화를 잘 설명해 주는 예문이다.

> 대체로 이 책(三國志演義)이 처음 나오자 주상께서 우연히 말씀하신 것인데 高峰이 아뢰었으니 체통을 얻었다고 할 수 있겠다. 오늘날 이 책이 널리 인출되어 집집마다 誦讀되어 科場의 詩題로 삼는다. 이러한 행위가 계속되어도 부끄러움을 알지 못하니 세상의 변화를 느낄 수 있다.33)

李瀷이 전하는 위와 같은 당시 상황에 주목할 만하다. 즉 왕권까지 개입하여 소설의 폐해를 지적하며 순정의 문학으로 되돌려 놓고자 하였으나 소설에 대한 범국민적 열망은 소멸시킬 수 없었던 것이다. 다음의 인용문은 특히 부녀자들의 소설에 대한 열망을 지적한 蔡濟恭의 증언이다.

> 요즈음 규방에서 서로 다투듯 능사로 삼는 것은 패설을 읽는 일이다. 패설의 수가 날마다 늘고 달마다 불어서 그 수효가 천백 권에 달하게 되었다. 거간꾼들은 이런 책을 깨끗이 필사하여 빌려주고는 그 값을 받아 이익을 취한다. 부녀들은 견식이 없는 터이라, 비녀나 팔찌를 팔거나 빚을 얻어서라도 그 책을 빌려와 긴 날을 소일하기도 한다.34)

부녀자들이 소설을 읽기 위하여 비녀나 팔찌를 팔 뿐 아니라 빚을 얻어서까지 소설을 읽었다 했으니 소설에 대한 인식이 예전과 완전히 달라졌다는 것을 알 수 있다. 특히 조선조 후기는 傳奇叟가 등장하여 항간 뿐만 아니라 재상의 집까지 소설을 보급시켰다. 또한 19세기에는 방각본 소설이 출현하여 듣기 소설에서 읽기 소설로 전환되는 획기적 계기가 마련된다. 급기야 金正喜

---

33) 盖此書 始出而上偶及之 高峰之啓 眞得體矣 在今印出廣布 家戶誦讀 試場之中 擧而爲題 前後相續 不知愧恥 亦可以觀世變(李瀷, 『星湖全集』).
34) 近世閨閤之競次爲能事者 惟稗說是崇 日加月增 千百其種 僧家 以是淨寫 凡有借覽 輒收 其直以爲利 婦女無識見 或賣釵釧 或求債錢 爭相貰來 以消永日(蔡濟恭, 『女四書序』).

가『西廂記』를 번역하기에 이른다. 이는 18세기 후반 이후 유학자들의 소설관에 대한 변모를 잘 설명해 주는 것이라 할 것이다. 따라서 이 시기는 경화된 관념의 붕괴와 더불어 원심력이 작동되어 소설에 대한 긍정적 시각이 확대되어 간 것으로 보인다. 傳奇叟나, 貰冊家, 坊刻本 小說도 이러한 원심력의 확대에 커다란 한 몫을 하였다.

이상의 논의는 다음의 그림과 같이 요약된다.

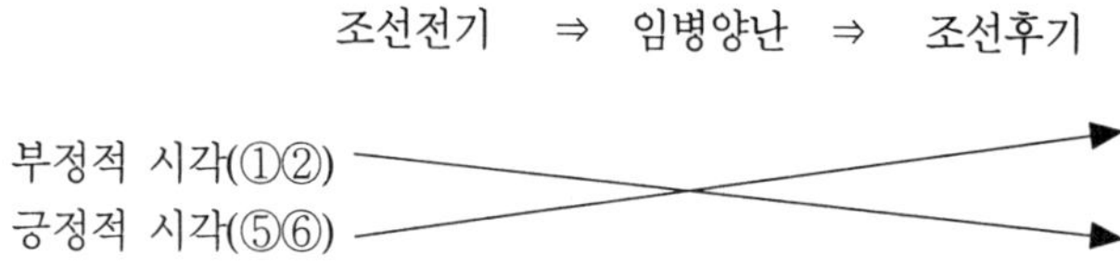

조선전기에는 부정적 시각(①②)과 긍정적 시각(⑤⑥)이 공존하고 있으나 부정적 시각이 우위를 점하였다. 그러나 임병양란을 거치면서 평민의식이 성장하게 되어 두 시각은 갈등하게 된다. 정조는 文體反正政策을 시행하여 초기의 상태로 회복하려 하였으나 기존의 유학이념에 대한 반성과 유학자의 서사의식 수용으로 후기에는 긍정적 시각과 부정적 시각이 공존하는 가운데 긍정적 시각이 우위를 점하게 된다. 따라서 조선조 유학자들은 유교에 의한 구심력의 점진적 하강으로 소설에 대한 부정적 시각이 점진적으로 감소되어 갔으며, 새로운 가치관에 의한 원심력의 점진적 상승으로 소설에 대한 긍정적 시각이 점진적으로 확대되어 갔다. 이 중 양면적 시각(특히 가설 ①의 경우)을 보인 유학자군은 이 두 시각의 대립갈등이 표면으로 드러난 경우라 할 것이다.

제4장 고소설의 유형

지금까지 발굴된 고소설 1000여 종 전부를 이해하기 위해서는 유형론의 연구가 절실히 요망된다. 그 동안 고소설의 유형론 연구는 일원론과 다원론 양면으로 나누어진다. 일원론은 표현문자나 내용 중 어느 하나를 기준으로 해서 유형화하는 것인데 비해, 다원론은 작품에 따라 여러 가지의 기준을 원용해 분류하는 방법이다. 전자는 하나의 기준으로 유형화한다는 장점은 있으나 고소설 전부를 분류 이해하는 데는 부족한 단점이 있고, 다원론은 작품에 따라 적용되는 기준이 달라지는 단점이 있는 반면 1000여 종의 고소설을 분류 이해하는 데 더욱 편리한 장점이 있다.

여기서는 후자의 방법을 원용하여 내용을 중심으로 하되 소재나 인물설정의 특성, 발생기원 등을 원용하는 방법을 적용하기로 한다.

그래서 한국 고소설을 傳奇小說, 擬人小說, 夢遊小說, 理想小說, 軍談小說, 艶情小說, 諷刺小說, 家庭小說, 倫理小說, 판소리계 소설로 유형화하여 각 유형의 개념과 대표적인 작품의 공통적인 특징 등을 논의함으로써 고소설 전체를 조명해 보고자 한다.

I. 傳奇小說

傳奇는 기이한 것을 전한다는 뜻으로 본래 唐의 裵鉶의 작품명에서 나온 말이다. 그 후 唐代小說을 가리키는 말로 쓰이게 된 傳奇小說은 寫實小說에 대립되는 용어로서 주로 초현실적이고 비현실적인 세계의 문제를 다루고 있다. 그래서 傳奇小說은 비인간적이고 비과학적인 환몽의 세계, 신선의 세계, 천상의 세계, 冥府의 세계, 용궁의 세계 등을 표현한 소설로서 「金鰲新話」, 「三說記」,

「王郎返魂傳」, 「李華傳」 등이 여기에 속한다.

김시습의 「금오신화」의 경우 남자 주인공은 이승의 사람이고 상대방은 女鬼나 용왕 혹은 염라대왕이다. 그래서 人鬼交歡型小說 혹은 冥魂小說이라 부르기도 한다. 「금오신화」를 좀더 구체적으로 보면, 「萬福寺樗蒲記」는 노총각 梁生과 崔氏女의 영혼과의 가연이고, 「李生窺墻傳」은 선비 李生과 홍건적의 난에 이미 죽은 최씨녀와의 가연이며, 「醉遊浮碧亭記」는 富商 洪生과 이미 죽은 箕氏女와의 盡歡한 이야기이다. 「南炎浮洲志」는 유학자 朴生이 염라대왕을 만나 儒・佛・仙에 대해 문답하고 돌아온 이야기이고, 「龍宮赴宴錄」은 문사 韓生이 용왕의 청으로 용궁에 가서 상량문을 지어주고 돌아왔다는 이야기이다. 「三說記」는 3권 6편의 국문본 소설로서 창작 연대 작자가 미상으로 기이한 사건을 소재로 하고 있다. 「王郎返魂傳」은 불교를 비방하는 王思机가 冥府에 끌려갔으나 죽은 아내의 권고로 불상을 배설하여 불경을 낭독하고 있었으므로 아내와 함께 인간세계로 환신하여 살다가 극락왕생했다는 이야기이다. 이는 불교의 인과론과 환생담으로 일관된 불교계 소설로 작자로는 普雨가 유력하게 거론되고 있다. 「李華傳」은 사건 자체가 비현실적, 초인적인 妖怪退治의 이야기로서 결말 부분에서는 우리 민족의 능력을 중국에 과시한 일면도 있다.

이 외에도 「三韓拾遺」, 「金圓傳」, 「金牛太子傳」, 「三生錄」 등이 있는데 이들 傳奇小說의 공통적인 특질은 다음과 같다.

첫째, 傳奇小說이 비록 비현실적이고 비과학적인 환몽, 신선, 명부, 용궁 등의 세계를 다루고 있지만 이것 역시 작자의 의도적인 표현이므로 작품 속에는 작자의 개성과 사상이 잘 투영되어 있다.

둘째, 傳奇小說의 배경은 농촌보다는 도시가 많이 나타나므로 등장인물 역시 사대부, 상인, 협객, 기녀, 시정배 등 도시형 인물이 주류를 이루는 양반 主導의 소설이다.

셋째, 傳奇小說에서는 주인공의 성격이나 행동에 대한 묘사가 치밀하게 되어 있고 사건전개에도 그 변화의 폭이 넓다. 이러한 기법은 독자들에게 작품에 대한 생동감과 아울러 흥미를 느끼게 해 준다.

넷째, 傳奇小說은 사건이나 소재 자체는 비현실적으로 구성되어 있지만 남

녀간의 애정문제, 당대인들이 처한 상황 등 인생에 관한 다양한 문제를 그리
고 있다.

Ⅱ. 擬人小說

　擬人이란 비인격적인 事象이나 동식물 등에 형태적 또는 심리적으로 인격
을 부여하는 수법을 말한다. 이러한 의인의 수법이 소설구조를 관통하면서 나
타날 경우에 이를 의인소설이라 한다. 의인소설에도 동물을 의인 대상으로 한
동물의 의인소설, 식물을 의인 대상으로 한 식물의 의인소설, 心性을 의인 대
상으로 한 심성의 의인소설, 기타 사물을 의인한 기타 사물의 의인소설로 나
누어 진다.

　동물의 의인소설로는 「장끼전」, 「鼈主簿傳」, 「서동지전」, 「蟾同知傳」, 「녹처
스연회」, 「까치전」, 「황새決訟」, 「郭索傳」, 「烏圓傳」 등을 들 수 있다.

　이와 같은 동물의 의인소설은 대체로 서두가 소설내용과 관계되는 분위기
묘사로 시작되는 경우가 많고, 소재는 연회나 爭年, 소송, 해몽 등이 주류를
이루며 대체로 근원설화를 가지고 있다. 그리고 등장인물의 성격이나 모습을
교묘히 의인화하여 위선적인 양반층과 탐관오리 등 부패한 정치상과 사회상
을 풍자한다. 따라서 위정자의 무능과 부패성, 양반계급의 위선에 대한 비유
와 풍자, 여권주창 등 평민의식의 고취가 주제로 부각되고 있다.

　식물의 의인소설로는 「花史」, 「花王傳」, 「抱節君傳」, 「梅生傳」 등이 있는데,
이들 식물의 의인소설의 특성은 서두가 다른 고소설처럼 주인공의 가계설명
으로 시작되며, 소재는 중국의 史實에 근원하고 고사성어의 남용이 심하며,
주제는 당시 문란한 정치상과 사회상에 대한 비유풍자에 두고 있고, 작품의
결말은 대체로 주인공의 死去나 자손의 이야기로 끝나면서 史臣의 총평을 첨
부하고 있음이 공통적인 특징이다.

　심성의 의인소설로는 「天君傳」, 「愁城誌」, 「天君演義」, 「天君本紀」, 「天君實
錄」 등이 있는데, 이들 작품은 모두 心 곧 天君이 주인공이고 天君의 나라에서

사건이 전개되므로 天君小說이라고도 불려진다. 이와 같은 심성의 의인소설
의 특징은 서두가 주인공의 가계설명과 출생담으로 시작되고, 소재는 心性論
에 근거하며 고사성어의 남용이 심하고 주제는 군자로서의 마음가짐 즉 心經
正學으로서의 心法이다. 사건은 충신형과 간신형의 대립 갈등으로 전개된다.
이는 性과 情의 갈등으로 인간이 情을 억압하고 性을 회복하는 데는 그만큼
역경과 진통이 따른다는 작자의식을 작품을 통해 소설미학적으로 승화시킨
것이다. 그리고 작품 말미에 대부분 작자의 주관인 논공행상이나 총평이 붙어
있음이 특징이다.

기타 사물의 의인소설로는 「女容國傳」, 「꼭독각씨실기」와 權韠의 「酒肆丈人
傳」 등이 있는데, 이들 작품은 대체로 의인을 우의의 수단으로 사용하여 당시
의 부패한 사회상을 풍자함으로써 교훈적인 성격을 나타내고 있고, 주인공의
활동무대를 가설적인 지역으로 정하고 있으며, 한글본은 민간설화에서, 한문
본은 역사적인 史實이나 心性論, 故事 등에서 그 소재를 취하고 있음이 특징이
다.

III. 夢遊小說

몽유소설이란 몽유록계의 특성을 지닌 소설로서 入夢 이전에 몽중사건과
관련되는 起緣이 없고 사건이 대부분 분기가 적으며 단일하다. 覺夢 이후 怪異
로써 끝나고 심각한 반응이 없으며 入夢에서 覺夢까지 짧은 순간에 끝난다.

몽유소설은 몽유자의 태도에 따라 방관형과 참여형으로 나누어지고, 내용
에 따라서는 理想型, 寓意型, 悲憤型, 批判型으로도 나눌 수 있다. 몽유자의 태
도에 따라 방관형 몽유소설에는 「金華寺夢遊錄」, 「泗水夢遊錄」, 「浮碧夢遊錄」,
「江都夢遊錄」이 있고, 참여형 몽유소설에는 「大觀齋夢遊錄」, 「元生夢遊錄」, 「達
川夢遊錄」, 「皮生冥夢錄」, 「安憑夢遊錄」 등이다.

내용에 따른 분류로서 이상형으로는 「大觀齋夢遊錄」, 「泗水夢遊錄」, 우의형
으로는 「金華寺夢遊錄」, 「浮碧夢遊錄」, 「安憑夢遊錄」, 비분형으로는 「元生夢遊

錄」, 비판형으로는 「達川夢遊錄」, 「皮生冥夢錄」, 「江都夢遊錄」 등으로 분류할
수 있다.

　이들 몽유소설은 대체로 현실—꿈—현실로 전개되는 이원적인 구조를 가
지고 있다. 현실세계에서 몽중세계로 들어갈 때는 대체로 몽유자의 의식이 몽
롱한 상태에서 이루어지고 현실세계에서 바라던 일이 몽중세계에서 전개된
다. 그리고 몽유자는 작자 자신이거나 허구적인 주인공으로 이들은 날카로운
비판정신과 고귀한 이상을 지닌 인물이다. 몽유자 이외에 몽중세계에 등장하
는 인물은 대부분 역사상의 실존인물이다. 몽유소설에서는 시대에 관계없이
역사상의 인물들이 한자리에 모여 사건을 전개시키고 있으므로 시공간의 제
약이 없으며, 대체로 많은 詩가 들어 있음이 특징이다.

IV. 理想小說

　이상소설이란 이상향의 추구를 제일의 목적으로 삼은 소설을 뜻한다. 이상
소설은 중세봉건적인 양반주도의 이상적인 생활을 표현한 귀족적 이상소설
과 부패한 양반사회를 비판하면서 서민주도의 사회건설을 주창한 서민적 이
상소설로 양분된다.

　귀족적 이상소설로는 「九雲夢」, 「玉樓夢」, 「六美堂記」, 「林虎隱傳」, 「桂相國
傳」 등을 들 수 있다. 「구운몽」에서는 仙界의 성진과 8선녀가 죄를 지어 각각
양소유와 속세의 여인으로 환생하게 된다. 양소유는 8선녀의 화신을 2처6첩
으로 삼고 出將入相하여 부귀공명을 누리다가 만년에 인생의 무상함을 깨닫
고 환생 이전의 성진으로 돌아가 영생한다는 이야기이다. 이 작품에서 현실—
꿈—현실로 이어지지만 꿈의 부분이 바로 당시 양반들이 바라던 이상향의 세
계이고, 당시 양반들의 이상적인 바램이다. 현실이 아닌 꿈속에서나마 그들의
이상을 마음껏 펼쳐보인 것이다. 「옥루몽」은 천상의 文昌星과 五仙女들이 환
생하여 결연해 가는 과정과 과거 급제 후 혼인문제로 간신과 대립하는 정치
적 갈등으로 이루어져 있다. 문창성이 다섯 부인을 거느리고 살아가는 과정은

당시의 일부다처주의를 수용하면서 화려한 삶을 누리고 싶었던 양반들의 이상을 보여주고 있다.

이처럼 귀족적 이상소설의 공통적인 특질을 살펴보면, 「구운몽」에서는 한 남성이 8부인을 거느리고 화려한 삶을 누리고 있고, 「육미당기」에서는 6부인을, 「옥루몽」에서는 5부인을, 「임호은전」에서는 6부인을, 「계상국전」에서는 5부인을 데리고 부귀공명을 누리며 사는데, 이는 조선조 귀족들의 이상향이며, 봉건적인 당시 사대부들의 이상적인 세계관을 그리고 있음을 엿볼 수 있다.

서민적 이상소설로는 「홍길동전」, 「田禹治傳」, 「諸馬武傳」 등을 들 수 있다. 「홍길동전」의 작자인 許筠은 당시의 사회를 혁신하는 방법으로 적서차별의 타파, 불의의 관권에 대한 항거, 빈민구제 등을 부르짖었다. 이 중 적서차별의 타파는 「홍길동전」의 작자가 그리는 가장 큰 이상이라 할 수 있다. 「전우치전」은 주인공 전우치가 도술로써 기민과 무고한 백성을 구제해 내고 탐관오리에게 빼앗긴 재물을 찾아주기도 하였으며 수천 명의 도적들을 양민으로 교화시키는 것으로 이는 곧 서민들이 바라던 이상향임을 보여주고 있다. 「제마무전」은 조정의 무능, 정치의 문란으로 인한 사회적 부조리를 척결하고 균등한 사회를 건설하고자 하는 작자의 이상향을 엿볼 수 있다. 이상과 같은 서민적 이상소설의 특질을 살펴보면 작자가 바라던 이상적인 사회를 건설하기 위해 동양적인 봉건사회에 대해 과감히 항거하고 개혁을 부르짖은 작품으로서 서민이 소망하던 이상적인 세계를 그리고 있음이 공통적이다.

V. 軍談小說

군담소설이란 조선조 후기에 유행했던 한글소설로서 주인공이 전쟁을 통해 군담 및 영웅적 활약상을 보이는 작품군을 지칭하는 것이다. 이것을 작품 소재의 원천에 따라 창작군담소설, 역사군담소설, 번역 및 번안군담소설로 나누어진다. 즉 허구적인 주인공을 설정하여 실제 역사와는 무관한 사건으로 꾸며낸 작품을 창작군담소설이라 하고, 역사적 전란에서 실존인물을 주인공으로 삼아 그들의 활약상을 그린 작품을 역사군담소설이라 하며 중국의 군담소설을 번역·번안한 작품을 번역 및 번안군담소설이라 한다.

이와 같은 군담소설은 임병양란 이후에 활발히 나타났으니 이들 군담소설의 창작동기를 살펴보면, 임병양란으로 인한 민족적 울분을 필설로나마 토로하기 위해서이다. 또한 「三國志演義」를 비롯한 중국소설의 애독이 큰 동인으로 작용했으며, 임병양란 이후 극심한 당쟁을 목격한 문사들이 충의의 윤리를 고취시키기 위한 방법의 일환으로 간신과 충신간의 대결에서의 권선징악성을 보이고자 군담소설을 창작하게 되었다.

역사군담소설로는 「壬辰錄」, 「林慶業傳」, 「朴氏傳」 등이 있는데, 「임진록」은 창작연대, 작자가 미상이며 排倭的인 설화가 소설로 정착된 것으로서 실제로 패전한 역사적 사실을 도처에서 승리하는 조선군의 충용담으로 바꾸어 놓고 있으니 왜적의 침공에 대한 복수심에서 창작된 것이다. 「임경업전」은 인조 때의 명장인 임경업의 일생을 전기체로 기술한 것으로 그 밑바닥엔 우리 민족의 排淸思想이 짙게 깔려 있다. 여기에 나타난 작자의식은 외적으로 胡國에 대한 적개심, 내적으로는 김자점에 대한 증오감으로 요약될 수 있다. 「박씨전」은 병조판서 이시백의 부인 박씨가 슬기와 도술로써 병자호란을 수습하는 이야기로 역사적 사실에 설화적 요소를 가미하여 胡敵에 대한 적개심과 복수심을 그리고 있다.

창작군담소설로는 「劉忠烈傳」, 「蘇大成傳」, 「張伯傳」 등이 있는데, 「유충렬전」의 전반부는 주인공과 그 가족들의 고행담을, 후반부는 주인공의 영웅적인 활동을 그리고 있다. 「소대성전」은 주인공 소대성이 조실부모하고 갖은 고생을 하다가 천하의 영웅이 되어 무공을 세우고, 자기를 학대하던 부인의 딸과 인연을 맺는 이야기이다. 「장백전」은 명태조 주원장의 창업을 둘러싸고 벌어지는 영웅들의 무용담이다.

번역 및 번안군담소설은 중국소설을 번역·번안한 전쟁이야기라는 공통성을 지닌 작품군이다. 「三國志演義」가 우리 나라 군담소설에 지대한 영향을 끼쳤는데, 이에서 파생된 작품을 예거하면, 「赤壁大戰」, 「華容道實記」, 「趙子龍實記」, 「三國大戰」 등이 있다.

Ⅵ. 艶情小說

염정소설이란 남녀간의 애정을 그린 작품을 지칭하는 것이다. 조선조는 유교를 국시로 삼았기 때문에 남녀간의 愛情之事가 엄격히 규제되어 이를 소재로 한 작품이 비교적 드물고 규중 여인과의 연정담이 아닌 기녀와의 이야기가 주류를 이루고 있다. 이는 곧 당시의 유학자들이 도덕적인 사회를 건설하고자 하는 시대조류에 편승한 결과로 나타난 것이다. 그러나 임·병양란을 계기로 서민의식이 싹트기 시작하였고, 영·정조대를 전후해서 실학사상과 중국소설이 소개되면서 유학자들의 반대와 저주에도 불구하고 인간본능을 진솔하게 표현한 염정소설이 활발히 창작되었다.

염정소설은 여주인공의 신분에 따라 양가의 규수가 주인공으로 등장하는 귀족적 염정소설과 기녀나 시녀가 주인공으로 등장하는 서민적 염정소설로 나누어진다.

귀족적 염정소설로는 「淑英娘子傳」, 「淑香傳」, 「紅白花傳」, 「白鶴扇傳」, 「權益重傳」, 「金振玉傳」, 「梁山伯傳」 등이 있다. 이들 소설의 공통적인 특성을 보면, 남녀주인공은 모두 귀족 출신으로 특히 여주인공은 무남독녀이거나 승상, 상서들의 귀한 딸로 설정되어 있고, 사건전개에 있어서 대체로 비현실적이고 傳奇的인 요소가 많으며, 공간적 배경은 대부분 중국에 두고 있다.

서민적 염정소설로는 「周生傳」, 「英英傳」, 「柳綠傳」, 「玉丹春傳」, 「李進士傳」, 「彩鳳感別曲」, 「芙蓉相思曲」 등이 있다. 이들의 공통점을 살펴보면, 서민적 염정소설에는 대부분 기녀가 본부인이 되는데, 이는 당시의 사회질서에 대한 도전으로서 서민들의 신분상승에의 의지와 신분을 초월한 사랑의 열정을 보여주는 것이다. 그리고 여주인공으로 등장하는 기녀들은 본래 양반이었으나 불행한 일을 당하여 기녀로 전락한 인물들이다. 이는 곧 신분이 천부적인 것이 아님을 보인 것이다. 기녀는 모두가 재색을 겸비하고 절개가 곧으며 뛰어난 시재를 지닌 인물로 묘사되어 있다. 「왕경룡전」을 제외하고는 모두가 그 배경을 우리 나라의 명승고적이나 색향에 두고 있음이 특징이다.

Ⅶ. 諷刺小說

풍자란 어떤 부정적인 현상을 측면 또는 이면에서 공격하여 그 치부를 드러내 보임으로써 웃음을 자아내게 하는 것이다. 그러므로 풍자는 당대사회 또는 역사의 어두운 면에 대한 의미 있는 발언이며, 인간의 생존에 대한 절실한 문제를 제기, 고발하면서 그에 대한 새로운 모색과 해결점을 구하는 것이다. 여기서 풍자의 본질에 대해 구체적으로 살펴보면, 풍자의 대상은 모순으로 가득찬 암담한 사회라는 것, 풍자의 주체는 새로운 가치관을 지닌 비판적 지성이어야 한다는 것, 풍자의 작자는 자기 부정을 내포하지 않아야 한다는 것, 풍자는 해학과 상보적 관계를 지녀야 한다는 것 등을 들 수 있다. 이와 같은 풍자의 기능과 방법을 통해 사건을 전개시키는 소설을 풍자소설이라 한다.

풍자소설의 대표적인 작품은 연암소설 12편과 文無子 李鈺의 한문단편 23편, 「李春風傳」, 「烏有蘭傳」, 「鍾玉傳」 등이 있다. 이 가운데 연암소설이 중심이 되는데, 이 가운데 「兩班傳」, 「虎叱」, 「許生傳」에서는 사대부 계층을 통한 양반들의 허구성을 풍자하고 있고, 「馬駔傳」, 「穢德先生傳」, 「廣文者傳」, 「閔翁傳」, 「金神仙傳」, 「虞裳傳」에서는 천민계층을 주인공으로 내세워 인재등용의 부조리, 교우관계의 비진실성, 신선사상의 비현실성 등을 풍자하고 있다. 그리고 「열녀함양박씨전」에서는 과도한 節烈思想의 지양과 인간의 본능적 욕구의 자유로운 표출을 주장하고 있다. 이처럼 연암소설은 현실적인 문제를 소재로 하여 근대적인 의식을 담고 있다.

文無子 李鈺小說 가운데 「沈生傳」은 신분이 다른 남녀의 애정생활을 통해 사회적 제약의 모순을 폭로하고 있다. 「柳光億傳」은 당시 사회의 부정부패를 풍자한 것이고, 「李泓傳」은 희대의 사기꾼 이야기이며, 「崔生員傳」은 무당의 혹세무민을 비판하고, 「浮穆漢傳」은 현실에 뿌리를 두고 이상적인 세계를 그리고 있다. 이들 모두가 서민주도의 문학으로 근대지향적 성격을 지니고 있어 크게 주목된다.

「李春風傳」은 이춘풍의 처가 기생 추월에게 빠져 있는 남편을 구해내는 이야기로 양반의 몰락에 따른 새로운 사회질서의 형성과 여권의 부각, 상행위에 대한 긍정적인 시각 등을 반영하고 있다.

이외에도 유생들의 위선적인 생활을 풍자한 「烏有蘭傳」, 인간의 가식적이고 위선적인 행위를 풍자하고 있는 「鍾玉傳」 등이 있다.

Ⅷ. 家庭小說

가정소설은 인간이 삶을 영위하는 데 필요한 최소한의 혈연적 조직체인 가정을 이루고 있는 가족 구성원의 갈등이나 가정간 세대간의 갈등을 중점적으로 다루고 있는 작품이다. 이를 그 범주에 따라 좁은 의미의 가정소설과 넓은 의미의 가정소설로 나누어진다.

좁은 의미의 가정소설을 갈등요인에 따라 쟁총형 가정소설, 계모형 가정소설, 우애형 가정소설로 나누어진다. 쟁총형 가정소설은 일부다처제에서 일어나는 가정불화를 소재로 하고 있는데, 처첩간의 갈등형과 처와 후처와의 갈등형으로 나눌 수 있다. 여기에 속하는 작품으로는 김만중의 「謝氏南征記」를 비롯하여 「玉麟夢」, 「趙生員傳」, 「鄭進士傳」 등이 있다. 계모형 가정소설은 계모 또는 서모가 전실 자식을 학대하거나 시기 질투하여 일어나는 가정불화를 소재로 한 작품을 일컫는다. 이에 속하는 작품으로는 「薔花紅蓮傳」, 「金仁香傳」, 「魚龍傳」, 「鄭乙善傳」, 「楊風雲傳」, 「黃月仙傳」 등이 있다. 우애형 가정소설은 형제간의 우애를 주지로 하고 있는 소설로서 「창선감의록」에서는 계모나 쟁총에 관한 이야기도 있으나 형제간의 우애를 주지로 하고 있으므로 우애형 가정소설이라 한다.

넓은 의미의 가정소설이란 가정과 가정 혹은 세대와 세대간의 관계를 다룬 소설로서 조선조 후기에 오면서 소설의 장편화, 연작화 현상의 하나로 등장하면서 형성된 가문소설, 연작소설, 세대기 소설, 대하소설 등으로 불리어진 소설을 지칭한다. 이들 작품은 복잡한 사회현상의 수용과 소설양식의 발달에 따른 작가의 구상능력의 진전, 장편소설을 읽고 소화해낼 수 있는 독자층의 형성 등의 여건으로 출현하게 되었다. 특히 이들의 무대는 가정과 가정간 또는 한 가정의 2대 3대까지 걸쳐 있으며 2부작 3부작으로 된 연작소설이 주류를 이루고 있어 대하소설적인 성격을 띠는 게 대부분이다. 그 분량이 15책 이상 되는 작품만도 30여 종이나 되는데, 그 중에 「玩月會盟宴」, 「林花鄭延」, 「劉氏三代錄」, 「明珠寶月聘」 등으로 이 중에는 200자 원고지로 30,000매에 이르는 대하소설의 성격을 띠고 있는 작품들도 있다.

IX. 倫理小說

우리 나라의 윤리는 유교의 오륜사상에 그 바탕을 두고 있는데, 고소설 작자들은 이런 윤리문제를 주제로 하여 작품을 씀으로써 윤리소설이란 유형이 나타나게 된 것이다. 이들 작자들은 문학의 윤리성을 표현하기 위해서가 아니라 윤리를 고취시키기 위한 목적으로 윤리소설을 창작한 것이다. 이러한 윤리소설은 그것의 덕목에 따라 분류될 수 있으니, 첫째, 忠을 주제로 한 윤리소설이 있다. 예를 들면 앞에서 논의한 군담소설이 여기에 속한다. 둘째, 孝를 주제로 한 윤리소설이 있으니, 권선징악의 교훈성을 보인 「狄成義傳」, 효부상을 그린 「李海龍傳」, 모친을 박대하던 부부가 태수의 충고를 듣고는 효자 효부가 되었다는 「陳大方傳」 등이 있는데, 대부분의 주인공들이 효를 이루기 위해 자신의 몸을 희생하는 것도 불사하고 있다. 셋째, 烈을 주제로 한 윤리소설이 있으니, 억울하게 살해된 남편의 원수를 갚는 「金氏烈行錄」, 억울하게 투옥된 약혼자를 구해내는 「玉娘子傳」, 목숨을 걸고 남편의 원수를 갚는 「張韓節孝記」 등이 있다. 넷째, 友愛를 주제로 한 소설로는 판소리계 소설 「興夫傳」과 孝와 우애가 함께 나타난 「狄成義傳」, 「金太子傳」 등이 있다.

X. 판소리계 소설

판소리란 말의 어원은 판(舞臺)의 소리(歌)로 보아 판의 놀음에서 유래했다는 설과, 판(板)을 중국의 악조로 보아 변화 있는 악조로 구성된 판창(板唱)이라고 보는 설이 있다. 판소리를 한문식 표현으로 창극, 창악, 극가라고도 한다. 따라서 판소리는 판과 소리의 합성어로서 판놀음에 있어서의 한 유형인 소리를 뜻한다. 이의 대본으로는 「春香歌」, 「沈淸歌」, 「興夫歌」, 「토끼타령」, 「장끼타령」, 「裵裨將打令」, 「雍固執打令」, 「변강쇠타령」, 「梅花打令」, 「神仙打令」, 「武叔打令」, 「赤壁歌」 등 12마당이 있었으나 최근 「매화타령」과 「무숙타령」이 발굴됨에 따라 「신선타령」만 그 텍스트를 발견하지 못하고 있다. 이와 같은 판소리 사설이 문자로 정착된 것이 판소리계 소설이다. 다시 말해, 판소리계 소설이란 판소리 광대가 공연하던 판소리 대본(창본)이 소설 독자층의 요구와 강담사, 세책가, 방각본 업자의 상업적 목적과 맞물려 轉寫 또는 인쇄된 것으로 민중의 발랄함과 진취성을 바탕으로 한 공동작의 소산이다. 따라서 판소리 사설과 판소리계 소설 사이에는 질적 차이가 별로 보이지 않으며 부분적 차이만 있을 뿐이다.

판소리 창본의 판소리계 소설로의 전환은 19세기 전반기부터 시작되어 중반기에 와서 보편화된 것으로 보이는데, 창본이 그대로 전사되기도 하고 축약 또는 확장의 방향으로 변개되기도 하였다. 축약은 경판본에서 많이 보이는데 이는 방각본 업자의 상업적 의도가 적극 개입한 결과이고, 확장은 독자의 흥미에 영합한 것으로 필사본에 많이 나타난다. 현재까지 알려진 판소리계 소설로는 「春香傳」, 「沈淸傳」, 「興夫傳」, 「華容道」, 「토끼전」, 「변강쇠가」, 「裵裨將傳」, 「雍固執傳」, 「장끼전」 등이 있다. 판소리계 소설의 특질을 살펴보면 다음과 같다.

첫째, 판소리계 소설은 다양한 근원설화를 바탕으로 오랜 기간에 걸쳐 여러 사람의 손을 거치면서 형성된 공동작의 문학이요 성장문학이다.

둘째, 일반 고소설이 산문체로 되어 있는 데 비해, 판소리계 소설은 판소리

사설의 영향이 강하게 남아 있어 대체로 4음보의 율문체로 되어 있다. 특히 일상적인 구어체 문장에서는 반복, 과장, 언어유희, 욕설 등을 사용하여 민중문학적 특성을 잘 드러내고 있다.

셋째, 청중을 염두에 두고 묘사적이고 사실적인 표현을 함으로써 이른바 장면 극대화 현상과 부분의 독자성이란 특징을 가진다.

넷째, 판소리계 소설은 우리 나라의 한 지방을 배경으로 하여 민속, 생활상, 사조 등을 비교적 잘 표현하고 있어 향토문학으로서의 성격을 지닌다.

다섯째, 판소리계 소설은 긴장―이완의 서사적 구조로 짜여 있으며, 구성의 전개는 극적이고 단일하다.

여섯째, 판소리계 소설에서는 당시의 각 계층을 대표하는 인물들의 성격을 전형적으로 잘 표현함으로써 등장인물을 생동감 있게 창조하고 있다.

일곱째, 주제에 있어서 판소리계 소설은 당시의 성장된 민중의식과 체제저항적인 면을 반영하고 있다.

여덟째, 지배계층의 횡포성과 부패성을 폭로하고 그들의 위선적인 생활을 풍자하기 위한 방법으로 해학이 풍부하게 나타나고 있다.

제5장 고소설의 특징

제5장 고소설의 특징

기존의 小說史나 小說論에서는 일반적으로 고소설이 천편일률적이라고 한다. 두말할 필요 없이 이런 지적은 타당하지 않다. 대부분의 고소설이 작자 미상이고 권선징악을 주제로 다루고 있으며 해피엔딩으로 종결된다고 하여 천편일률을 운운하지만 이것은 우선적으로 드러나는 유형적 성격일 뿐이다. 고소설 연구가 심화되면서 고소설이 유형적 성격뿐만 아니라 개별적 성격을 뚜렷하게 지닌다는 점이 다각도로 밝혀졌다. 현행 연구가 상당한 수준에 이르렀음에도 불구하고 여태까지 고소설이 천편일률적이라고 하는 논자가 더러 있는데, 그 동안 집적된 성과를 간과하거나 제대로 담아내지 못한 탓이다. 고소설이 결코 천편일률적이 아님을 천명하면서, 형식과 내용을 통해 고소설의 특징을 개관하기로 한다.

I. 형식

문학의 형식이란 여러가지 의미를 내포하고 있다. 갈래를 지칭하는 경우도 있고, 외형적으로 고정되어 있는 서술방식을 지칭하는 경우도 있고, 더 넓게는 작품의 구조를 지칭하는 경우도 있다. 여기서는 고소설의 일반적 성격을 개관하고자 하므로, 주로 외형적으로 고정된 서술방식을 중심으로 논의하기로 한다. 이렇게 하더라도 다룰 문제가 적지 않은데, 고소설의 특징을 적실하게 드러낼 사항이라고 여겨지는 구성, 표현, 문체 이 세 가지에 초점을 맞추어 본다.

첫째, 고소설은 유기적 구성, 삽화적 구성, 양자의 혼합 구성으로 나누어진다. 이 가운데서 유기적 구성이 가장 많다. 주인공의 생애를 출생, 성장, 고난,

영달의 과정으로 서술하는 一代記 小說이 여기에 속한다. 해피엔딩으로 종결되는 것이 보통이고 생애의 어느 부분이든 빠지면 해피엔딩으로 이어지는 과정에 무리가 생긴다. 삽화적 구성은 주인공의 일대기가 아니고 사건을 이것저것 나열하는데, 사회의 실상을 반영하거나 비판하는 작품이 주로 이런 경향을 띤다. 어느 사건이 빠지더라도 내용 연결에는 무리가 생기지 않는다. 유기적 구성과 삽화적 구성의 혼합 구성은 주인공의 일대기를 다루면서도 사건을 이것저것 연결하는 작품에서 많이 나타난다. 어느 한 부분이 빠지더라도 내용 연결에는 대체로 무리가 없으나 흥미가 반감되는 것이 일반적이다. 세 가지 구성 중 어느 구성이 더 뛰어나다고 할 수는 없다. 고소설은 각자의 주제를 효과적으로 구현하기 위해 나름대로 합당한 구성을 구현하고 있기 때문이다.

둘째, 고소설은 과장법을 많이 쓰되 현실적 의의를 담고 있는 것이 보통이다. 가령 장수를 주인공으로 내세우는 작품이라면 칼을 한 번 휘둘러 수천 명 수만 명의 목을 날린다든가 도술을 부리고 신장을 호령한다든가 하는 식으로 표현하나, 단순히 주인공의 개인적인 능력을 과장하는 데서 그치지 않는다. 세계와 맞서는 자아의 의지나 저층의 잠재된 능력을 강조함으로써 현실의 진면목을 드러내기도 한다. 이 밖에도 선인과 악인의 심성이나 용모에 대한 묘사, 인물의 격할 때의 감정 묘사 등에서 과장법이 흔하게 나타나는데, 이 또한 현실적 의의를 지니는 수가 많다. 중요한 것은 과장법을 쓰는 주체가 작자만이 아니라는 점이다. 서술자, 인물도 다양한 시각을 드러내며 과장법을 쓰고 있다. 작자가 서술자를 동원하여 인물을 묘사하는 것이 일반적이지만, 때로는 서술자가 작자의 의도를 이탈하여 자기 나름대로 인물을 묘사하기도 하고, 때로는 인물이 작자와 서술자의 의도를 이탈하기도 한다.

셋째, 고소설의 문체는 산문체와 운문체로 되어 있다. 물론 절대 다수가 산문체이다. 기존 학자들은 고소설이 운문체 혹은 율문체로 되어 있다고 하나 부분을 보고 전체를 판단한 데 지나지 않는다. 산문체가 운문체로 오인될 여지가 있기는 하다. 주지하다시피 조선시대에는 전기수 혹은 강독사가 있어 고소설을 낭독하는 경우가 흔했는데, 듣는 이들에게 실감을 주기 위해 산문체를 구절 단위로 끊어 읽었을 가능성이 많다. 우아체, 만연체를 구절 단위로 끊어 읽으면 듣는 이들은 고소설을 운문체로 느낄 수도 있을 것이다. 운문체는 18세기 이후 고소설, 가사, 판소리의 갈래가 활발하게 교섭하면서부터 본격적으로 나타난다. 작품에 따라서는 가사체와 같이 운문체 일색으로 되어 있기도 하나, 이런 경우는 어디까지나 드물고 산문체에 운문체가 혼입되는 것이 일반적인 현상이다. 고소설이 가사체, 판소리체를 수용하면서 자기 갱신을 도모하고자 하는 움직임으로. 이해할 만하다.

Ⅱ. 내용

고소설의 내용이라면 일차적으로 작품의 줄거리를 의미하고, 한 발 더 나아가서 주제, 인물의 성격, 구조가 지닌 의미, 작자의 세계관을 두루 통칭하는 의미로 쓰기도 한다. 여기서는 고소설의 내용을 포괄적으로 이해하는 자리이므로, 형식과 관련된 사항 이외에는 모두 내용으로 간주하고자 한다. 범위를 이처럼 넓히면 다룰 문제가 많아지는데, 고소설의 특징을 적실하게 드러낼 사항이라고 여겨지는 주제, 인물의 성격, 작자의 세계관에 초점을 맞추고 개관해 본다.

첫째, 고소설의 주제는 대체로 인간의 본능적 욕망을 긍정하는 방향으로 구현되고 있다. 권선징악이나 충, 효, 열과 같은 윤리적 덕목을 강조하는 작품에서도 남녀간의 애정, 신분 상승, 이익 도모와 같은 본능적 욕망이 부각되는 경우가 적지 않다. 윤리적 덕목을 표면에 내세우면서도 본능적 욕망을 긍정하자면 그럴 수 있는 방법이 필요하다. 영웅소설처럼 주인공이 전심으로 충을 실현하기에 일신의 영달과 가문의 부흥을 이룬다고 설정함으로써 윤리적 덕목 뒤에 본능적 욕망을 숨기기도 하고, 몇몇 낙선재본 소설, 판소리계 소설처럼 윤리적 덕목을 일단 내세운 뒤 재빨리 이를 걷어냄으로써 욕망 추구를 노골적으로 드러내기도 한다. 고소설이 어떤 창작방법을 도모하든지 간에 인간의 본능적 욕망을 중요한 소재로 삼고 있음은 부인할 수 없는 사실이다.

둘째, 고소설은 신분과 능력을 통해 인물의 성격을 형상화하고 있다. 작품에 따라 주인공은 고귀한 신분을 지니기도 하고 비천한 신분을 지니기도 한다. 고귀한 신분을 지녔다면 능력이 뛰어나고 비천한 신분을 지녔다면 능력이 미약한 것이 대체적인 경향이나, 그렇지 않은 작품도 상당수 있다. 「홍길동전」, 「전우치전」, 「임진록」, 「박씨전」 등과 같은 하층영웅소설이 그런 경우이다. 하층영웅소설에는 신분이 낮은 인물은 능력이 뛰어난 반면 신분이 높은 인물은 능력이 미약하기가 예사이다. 신분과 능력의 통상적 관계가 역전되었다 볼 수 있는데, 이런 역전 현상은 하층민의 사회적, 역사적 경험이 적극 반영된 결과로 보인다. 임병양란이라는 미증유의 전란을 겪으면서 하층민은 상층민이 신분을 내세워 지배계급 행세를 할 뿐이고 정작 위기에 대처하지 못한다는 사실을 확인하고, 하층민 나름대로의 歷史創造意志를 피력했던 것이다. 그러고 보면 신분과 능력의 관계가 고소설의 내용을 이끌어가는 중요한 인자로 작용한다 하겠다.

셋째, 고소설 작자의 세계관은 이상주의와 현실주의로 나누어진다. 이상주의는 작자가 초현실적, 낭만적 결구를 통해 미래에 대한 낙관적 전망을 제시하고자 할 때 구현되고, 현실주의는 작자가 역사적 사회적 시공을 근거로 현실을 반영하거나 비판하고자 할 때 구현된다. 상층영웅소설, 전기소설 등에서는 이상주의가 우세하고, 판소리계 소설, 하층영웅소설 등에서는 현실주의가 우세한 바, 작자가 독자의 통속적 흥미에 영합할 때 이상주의 쪽으로 기울고, 독자의 비판적 시각을 대변할 때 현실주의 쪽으로 기운다. 이상주의와 현실주의는 현대소설에도 통용되는 문제이나, 고소설은 현대소설에 비해 이상주의와 현실주의 간의 거리가 좁은 것이 특징이다. 이상주의 안에 현실주의적 요소가 현실주의 안에 이상주의적 요소가 들어 있되, 고소설의 경우 그 정도가 훨씬 강한 까닭이다. 고소설이 현실과 이상을 한 범주에 넣어놓고 다루기에 이런 현상이 생긴다고 하겠다.

제6장 고소설사의 시대구분

한국 고소설의 역사적 전개 과정을 논의한다는 것은 매우 어려운 일이다. 그것은 대부분의 고소설이 작자 및 창작 연대가 미상이기 때문이다. 일찍이 金台俊이 그의 「朝鮮小說史」[1]에서 이를 시도한 바 있고, 그 후 周王山의 「朝鮮古代小說史」[2], 朴晟義의 「韓國古代小說史」[3], 申基亨의 「韓國小說發達史」[4]가 나왔지만 金台俊의 논의에서 크게 벗어나지 못했다. 더구나 이들 論著에서 云謂되고 있는 작품 수는 대개 150편 전후이고, 특히 金台俊의 「朝鮮小說史」에서 구체적으로 논의된 작품은 50편 전후에 불과하다. 그리고 단편적인 논문으로 閔丙秀의 「朝鮮小說發達史(上)」[5]와 金起東의 「韓國小說發達史(中)」[6], 그리고 丁奎福의 「古小說의 歷史的 展開」[7] 등이 있으나 본격적인 고소설사의 논의에는 이르지 못하고 있다. 다시 말해 신기형의 논의 이후 한국소설사에 대한 본격적인 연구는 거의 진전이 없는 상태이다. 그래서 필자가 한국 고소설사의 기술을 위한 예비적인 작업의 일환으로 "韓國古小說史序說"[8]을 시도한 바 있다.

지금까지 발굴된 한국 고소설의 총 수는 1000여 편[9]이 넘는다. 지금도 새로운 작품이 계속 발굴되고 있는데, 최근 樂善齋本 소설 83편의 발굴은 우리 고

1) 金台俊, 「朝鮮小說史」, 朝鮮語文學會(1933).
2) 周王山, 「朝鮮古代小說史」, 正音社(1950).
3) 朴晟義, 「韓國古代小說史」, 日新社(1958).
4) 申基亨, 「韓國小說發達史」, 彰文社(1960).
5) 閔丙秀, 「朝鮮小說發達史」 上, 「韓國文化史大系 Ⅴ」, 高大民族文化研究所(1967).
6) 金起東, 「韓國小說發達史」 中, 「韓國文化史大系 Ⅴ」, 高大民族文化研究所(1967).
7) 丁奎福, 「古小說의 歷史的 展開」, 『韓國古小說研究』, 二友出版社(1983).
8) 金光淳, 「韓國古小說史序說」, 『語文論叢』 19, 慶北大學校 國語國文學科(1985).
9) 禹快濟, 「古小說 名稱, 總量 및 研究傾向의 統計的 考察」, 『인천어문학』 제5집, 인천대 국문학과(1989. 12. 30)에 의하면 古小說은 1247種으로 집계되고 있다.(방각본 87종, 필사본 867종, 구활자본 327종).

소설 연구를 더욱 풍성하게 했다.

그러나 이들 고소설 1000여 편의 작품 중 작자 및 창작 연대가 분명한 작품은 최근에 밝혀진 한문소설을 비롯해서 수십 편에 불과하고 나머지는 작자 및 창작 연대의 유추가 가능하거나 아니면 창작 연대의 유추만 가능한 작품들이다. 더구나 작자와 창작 연대가 분명한 작품은 대부분 한문단편이 주류를 이루고 있고, 나머지 다른 작품은 중세초기, 중세중기, 중세말기, 중세에서 근대로의 전환기, 근대초기, 근대중기 등 100년 내지 200년의 시간적인 간격을 두고 그 사이에 지어진 작품임을 유추할 수 있을 뿐이다. 이러한 유추마저도 앞으로의 연구 성과에 따라 다소의 변동이 있을 수도 있겠지만, 여기서는 최근까지의 연구 결과를 수렴하여 논의를 진행시키고자 한다.

그리고 고소설의 개념에 대해서는 이미 "韓國古小說史序說"[10]에서 자세하게 논의한 바 있으므로 여기서는 이를 수용하여, 이 범주에 드는 한국 고소설들을 고소설사의 여섯 시기에 따라 각 시대의 공통적인 특질을 논의하면서 각 시대에 따른 대표적인 작품의 실례를 들고, 각 시대의 주요한 작품에 대한 작가와 작품의 성격 및 그 작품의 변모 양상을 논의하고자 한다. 동일한 성격의 소설일 경우 한 유형의 공통적인 성격을 찾아내는 작업의 편의를 위해 같은 항목에서 유형별로 다루되, 그 유형의 대표적인 작품만 논의함으로써 그 시대의 한 유형의 소설 전부를 논의한 것으로 간주한다. 우리 고소설의 사적 전개를 살펴보기 위해 한국고소설사의 시대구분이 규명되어야 한다. 그러기 위해 먼저 한국고소설의 기원부터 고구되어야 할 것이다.

한국고소설의 기원을 크게 세 가지로 정리해 볼 수 있다. 첫째는 초창기 학자들이 주장했던 「금오신화」를 소설의 효시로 보는 견해[11]가 있고, 둘째로 고려 후기 「국순전」, 「국선생전」, 「죽부인전」, 「청강사자현부전」, 「공방전」 등

---

10) 金光淳, 앞의 책, 56~60쪽 참조.
11) 주왕산, 『조선고대소설사』, 정음사(1950), 101쪽.
　　신기형, 『한국소설발달사』, 창문사(1960).
　　박성의, 『한국고대소설사』, 일신사(1958).
　　김기동, 『한국소설발달사』, 한국문화사대계 V, 고대민족문화연구소(1961).
　　정주동, 『고대소설연구』, 형설출판사(1966).

고려 후기 假傳을 소설의 기원으로 보려는 견해[12]가 있으며, 셋째로 최근 학자들에게 관심을 끌고 있는 신라 말기에서 고려 초기, 즉 9~10세기 경에 출현한 「조신전」, 「최치원」, 「김현감호」, 「수삽석남」 등의 「수이전」 계열의 작품에서 그 기원을 찾아야 한다는 견해[13]가 있다. 최근에 와서 앞의 세 가지 주장 가운데 고소설의 기원을 羅末·麗初로 잡는 견해가 한국고소설학회를 비롯하여 소장 학자들에 의해 주목을 받고 있으며 학계의 통설로 굳어져 가고 있다. 이런 관점으로 보면 고소설의 범주에 드는 것이 1000여 편이나 된다.

소설의 개념에 대해서는 동서양에 따라 관점의 차이가 있겠으나, 동양에서의 소설이란 개념은 매우 포괄적인 의미로 쓰였다. 그러나 모든 이야기, 곧 설화까지를 소설로 보자는 것은 물론 아니다. 앞에서 논의한 바와 같이 고소설, 신소설, 현대소설에 있어서의 소설의 개념은 이들의 공통적인 성격에서 찾을 수 있다.

소설의 가장 기본적인 요건은 이야기라는 것이다. 그 이야기는 단순한 이야기가 아니라 그 속에는 작자의 창의성이 개재되어 있어야 하며 또한 소설의 최소한의 기본단위인 단순한 이야기가 전개 翻覆되면서 이야기 이상의 새로운 것으로 이끌어 가고자 하는 지향 사이의 갈등이 있어야 하는 것이다. 즉 단순한 이야기를 통해 이야기 이상의 새로운 사실을 나타내고자 하는 작자의 창의성이 내재해 있어야 한다. 그래서 R. M. Albérès는 소설의 가장 기본적인 요건은 '이야기'라는 것이고, 소설의 원초의 모습인 단순한 이야기를 풍부한 것으로 만들고 다시 이를 번복하여 전혀 새롭게 하려는 지향 사이의 갈등이 소설을 소설로 있게 하는 것이며, 소설이란 이야기를 통하여 이야기 이상의

---

12) 장덕순, 「금오신화, 우리 소설 처음 아니다」, 매일신문(1972. 2. 12).
_____, 『한국문학사』, 동화출판사(1975).
13) 지준모, 「전기소설의 효시는 신라에 있다」, 『어문학』 32, 한국어문학회(1975).
조수학, 「최치원전의 소설성」, 『영남어문학』 2, 영남어문학회(1975).
임형택, 「나말여초의 전기문학」, 『한국한문학연구』 5, 한국한문학연구회(1981).
이헌홍, 「최치원전의 전기소설적 구조」, 『수련어문논집』 9, 부산대(1982).
김광순, 「조신전과 침중기에 나타난 꿈의 수용양상과 의미지향 연구」, 『복현한문학』 7(1991).

것을 표현하려고 하는 문학적 창조 형식[14]이라 했다. 소설은 이야기이면서 이야기가 아니고자 하는 본원적인 욕구 때문에 언제나 二値的 대립 가운데 자신을 존립시켜 왔고 변화시켜 왔다. 이와 같은 내재적 이원성은 전체성에 이르는 확실한 근거가 되고 있다. 따라서, 소설에 있어 불가피한 이와 같은 雜居性 때문에 소설은 참으로 소설일 수 있었고, 소설일 수 있으며, 또 소설일 수 있게 되는 것이다. 이러한 관점에서 설화와의 구분이 가능해진다. 그러나 이와 같은 무한한 가능성 —雜居性 때문에 소설문학은 이질적인 외부성까지도 수렴함을 배제하지 않는다. 소설이 비소설인 시의 가능성마저도 빼앗아 자기의 것으로 할 수 있었듯이[15] 소설의 광대한 가능성 안에는 그 표현 형식에 있어서 굳이 산문이어야 할 이유도, 운문을 배제할 특별한 이유도 발견되지 않는다.[16] 그래서 서간체도 기록체도 소설의 가능성 안에 포함될 수 있는 표현 형식이다. 오랫동안 논의되어 온 한문소설과 국문소설의 문제도 소설의 표현 형식이 가지는 雜居性의 차원에서 논의된다면 별 문제가 없다.[17] 따라서 소설에 있어 그 표현형식의 측면에서 보아 앞에서 논의한 최소한의 소설의 요건에서 벗어나지 않으면 이들 모두가 긍정적으로 받아들여져야 하리라고 본다.

이와 같은 관점에서 우리 고소설의 출현 시기를 재조명해 보면, 「금오신화」보다 500여 년 전으로 거슬러 올라가야 한다. 더구나 중국의 경우, 3세기 六朝 志怪小說로부터 소설사를 전개하고 있고, 일본의 경우는 10세기로부터 소설의 전개 양상을 논의하고 있는데, 한국의 경우 15세기 「금오신화」부터 논의함으로써 소설이란 장르의 도입을 일본보다 늦게 잡은 것은 당시 중국문화의 東漸 樣相으로 보거나 일본과 한국의 문화 수준으로 보아 이해하기 어렵다. 그렇다고 하여 근거도 없이 일본보다 소설이 먼저 성립되었다고 우기자는 것은 물론 아니다. 「三代目」을 잃어버린 우리가 향가문학의 잔상을 「三國遺事」와 「均如

---

14) R.M.Albèrés, Histoiré du Roman Moderne,(ed,Albin Michel (Paris, 1962) 441~461쪽. (黃浿江, 「韓國小說史序說」, 『韓國古小說研究』, 二友出版社(1983), 16쪽 참조).

15) R. M. Albérés, Ibid, 206쪽.

16) 大橋建三郎, ef al. 「ノベルとロマソス」, 『ツソボゥム英美文學』 6호, 東京(1974). 黃浿江, 앞의 책, 16쪽.

17) 黃浿江, 앞의 책, 17쪽.

傳」에서 얻었듯이 우리 傳奇小說도「新羅殊異傳」이나「古本殊異傳」에 수록되어 있었을 가능성은 충분하다.「殊異傳」의 佚文으로서「大東韻府群玉」에 전하는「崔致遠」(仙女紅袋)이 전기소설로서의 구성을 지니고 있는 점은 그 좋은 예가 될 수 있다. 그런데 양적인 면에서「崔致遠」(仙女紅袋)을 소설로 보는 데 의문을 제기하는 사람도 있으나, 같은 이야기가「太平通載」권68에 그대로 수록되어 있음이 발견됨에 따라 해결의 실마리를 찾게 되었다. 즉,「太平通載」에 전하는 이야기는 2414자인 데 비하여,「大東韻府群玉」에 전하는 것은 397자에 불과하다. 이는 곧「大東韻府群玉」에 실려 있는 이야기는「殊異傳」에 실려 있었던 이야기를 9~10세기에 그 책의 백과사전적 성격에 맞춰 축약한 것으로 추측되는데, 당시의 시각으로는 傳奇라 일컬었던 작품일 것이다. 이 작품은 앞에서 논의한 바와 같이 소설에 있어 원초의 조건인 이야기이며, 이 이야기는 단순한 이야기가 아니고 이야기를 되풀이하는 동안에 이야기 이상의 새로운 것을 이끌어 가고자 하는 지향 사이의 갈등이 나타나 있다. 또한 이야기를 통해 이야기 이상의 새로운 사실을 표현하고자 하는 작자의 창의성이 분명하게 나타나므로 소설로 보는 데 무리가 없을 것이다.

전술한 바와 같이 중국의 소설은 六朝 志怪小說을 거쳐 7세기 王度의「古鏡記」, 7세기 말 張鷟의「遊仙窟」, 8세기 초 張說의「虯髥客傳」등의 전기가 나온 후 8·9세기에 전기소설의 전성기를 맞았다. 우리의 문화를 전해 받은 일본도 10세기에「落窪物語」와 같은 소설류가 생겼다고 한다. 羅唐의 문물교류로 보면, 신라말에는 공식적인 사신의 왕래가 빈번했고, 비공식적으로도 승려와 유학생, 상인 등의 왕래가 많았다고 한다. 특히, 신라 진평왕 43년(621), 唐 高祖 武德 4년에 신라가 唐에 遣使한 이후 총 139여 회에 미치고, 唐에서 신라에 온 사절도 30여 회에 이르고 있다.[18] 또한 唐 太宗 때 고구려, 백제, 신라의 유학생 수는 2, 3천이라[19]고 했으니, 8~9세기 경에 당나라에서 전성기를 맞았던 傳奇小說이 이미 羅末에 전래되었다[20]고 볼 수 있다. 그렇다면 고소설의

---

18) 唐書 唐太宗 貞觀 5年 (631) 참조.
19) 唐書 要卷 36 참조.
20) 林熒澤,「羅末麗初의 傳奇文學」,『韓國漢文學研究』제5집(1981).

출현 시기에 대해서는 다소의 異說이 있지만 전술한 바의 관점으로 보아「三國遺事」,「三國史記」,「太平通載」,「大東韻府群玉」등에서 소설적인 구성을 지닌 작품을 더 많이 찾아 볼 수 있을 것이다. 따라서 우리 고소설은 羅末麗初에서부터 그 기원을 찾을 수 있다.

현전하는 1000여 편의 작품에 대한 역사적 전개 과정을 논의하기 위해 우선 지금까지 云謂된 고소설사의 시대 구분부터 살펴보기로 한다.

金台俊은 그의「朝鮮小說史」에서 고소설의 시대구분을 설화시대의 소설, 전기소설과 한글 발생기, 임병양란 사이에 발흥된 新文藝, 일반화한 軟文學의 난숙기, 근대소설일반, 문예운동후 사십년간의 小說觀으로 구분, 명명했고, 周王山은 그의「朝鮮古代小說史」에서 설화시대, 이조초기의 소설, 훈민정음과 조선문학, 新文學의 발흥, 소설문학의 난숙, 근대문학으로 구분, 명명했으며, 朴晟義는 그의「韓國古代小說史」에서 태동기(맹아기), 형성기(성장기), 발흥기(무성기), 난숙기(개화기), 발전기(결실기), 쇠퇴기(낙엽기)로 구분, 명명했다. 또한 신기형은 그의「한국소설발달사」에서 고대소설의 원류기, 고대소설의 모체기, 고대소설의 태동기, 고대소설의 발생기, 고대소설의 발달기, 고대소설의 융성기, 고대소설의 침체기, 신소설의 대두기로 구분, 명명했으며, 丁奎福은 첫째, 고려시대 — 준비기, 둘째, 조선초기(世祖期) — 발생기, 셋째, 조선중기 Ⅰ(임 · 병양난) — 발전기, 넷째, 조선중기 Ⅱ(肅宗朝) — 발전기, 다섯째, 조선후기(英 · 正祖期) — 결실기, 여섯째, 조선말기(純祖以後) — 종결기로 구분, 명명[21]했다.

이상의 논의에서 金台俊과 周王山은 거의 비슷한 방법으로 설화에서 近代小說까지의 두드러진 사건을 중심으로 구분, 명명했고, 朴晟義는 소설의 발달을 생물의 유기체로 인식하고 식물의 성장과정에 따른 시대 구분법을 적용했다. 그리고 申基亨은 소설 자체의 발달과정에 따라 명명했으며, 丁奎福은 왕조의 변천과정과 소설의 발달과정에 따른 양자의 방법을 함께 적용하여 소설사의 시대구분을 시도했다. 우리 고소설을 고대소설이라 명명한 데서는 위와 같은

---

21) 丁奎福,「韓國古小說의 歷史的 展開」, 丁奎福 · 蘇在英 · 金光淳,『韓國古小說硏究』, 이우출판사(1983), 23쪽.

시대구분 이외의 다른 방법은 불가능했을 것이다. 이것은 신소설 이전의 소설을 모두 古代小說이라 했으니, 두드러진 사건이나 王朝名을 인용한다든지, 아니면 문학을 유기체로 보고, 고소설 그 자체의 형성과정에 따라 시대 구분하는 방법 외에는 다른 방법이 없었던 데서 비롯된 궁여지책이라 할 수 있다.

그런데 이제는 신소설 이전에 나온 소설을 고대소설이 아니라 고소설로 명명하기 때문에 시대적인 관념을 배제하고 고소설 시기 내에서 소설의 발달과정을 중심으로 논하고자 한다. 정치·사회·문화·문명 등의 다원론적 방법으로 세계사적인 동질성의 측면에서 우리 고소설의 형성과 발달 단계에 맞는 시대 구분법을 시도하고자 한다. 전술한 소설의 발달 단계를 중심으로 하여 정치·사회·문화·문명 등의 변천 과정을 수용한 다원론적인 측면에서 논의하되, 각 단계의 양상에 대한 설명의 편의를 위해 첫째, 둘째, 셋째 등으로 명명할 수 있고, 왕조나 소설의 발달과정에 따라 명명할 수도 있다. 그러나 소설사 역시 문학사의 일부이며, 나아가 세계 문학사적인 보편성을 얻을 수 있는 시대 구분의 명칭이 더욱 효과적일 수 있다는 의미에서, 여기서는 古代, 中世, 近代 등의 명칭을 수용하여 명명하고자 한다. 고대, 중세, 근대 등은 흘러간 시간에다가 소박하게 붙여 본 편의상의 명칭으로 원래는 유럽 역사의 실상을 단계적으로 지칭하기 위해서 쓰여온 것이며, 유동적일 수 있는 폭을 가능한 한 제한하는 개념이다. 이것이 세계사적인 보편성을 얻으려면 유럽뿐만 아니라, 中東, 中國의 경우까지 확대되어야 마땅하겠지만, 우리는 이러한 방법도 다소의 도움이 될 것으로 생각되기에 위의 명칭을 수용하고자 한다. 물론 이러한 명칭도 수백 년이 지나면 새로운 이름으로 바뀌어질 수도 있다. 가장 정확한 고소설사는 창작 연대순으로 작품을 나열하는 것이겠지만 창작 연대의 不明이 대부분인 우리 고소설에 있어서는 불가능한 일이다. 서구소설사에서 흔히 쓰고 있는 18세기, 19세기 소설 등으로 나누어 볼 수도 있겠지만, 우리 고소설 1000여 편 대부분이 창작 연대와 작자가 미상이어서 세기별로의 발달 과정조차 논의하기 어려운 실정에 있다. 그러므로 여기서는 100년 내지 200년 단위로 고소설의 시대 구분을 고대, 중세, 근대 등으로 명명함으로써 세계사적인 보편성을 획득하는 데 다소 도움을 얻고자 한다.

그러나 여기에도 문제는 많다. 우리 문학사에서 고대와 중세, 중세와 근대의 분기점에 대한 異見이 분분하기 때문이다. 즉 중세의 기점에 대해서는 金哲俊은 시대 구분의 기준으로 공동체의 성격 및 통치형태로 대표되는 사회, 경제구조를 중심으로 한 종합적 문화사적인 관점을 들고 고조선에서 羅末·麗初까지를 고대사회로 보았고,[22] 金柄夏는 고조선, 삼한 및 부여사회를 고대로 보았으며,[23] 姜晋哲은 1170년의 武臣亂으로 고대가 끝나고 그 후 200년간의 과도기를 거쳐 조선왕조 성립으로 본격적인 중세 봉건제 사회구성이 이루어진다고 보아 고려초 어느 시기인가가 고대와 중세의 경계가 된다[24]고 했고, 1967년 12월 8일과 9일 양일간에 경제사학회가 주최한 한국사 시대 구분 문제의 종합 학술회의 토의에서 다소의 異見이 있었으나, 고대사회는 羅末·麗初에서 끝난 것[25]으로 의견의 일치를 보았다. 따라서 여기서는 唐 傳奇가 우리 나라에 처음으로 수용되었다고 생각되는 羅末·麗初를 중세의 기점으로 보고자 한다. 이는 우리 문학사에 있어 傳奇의 첫 수용시기라는 점이 가장 중요한 이유이고, 정치적으로는 왕조가 교체되었으며, 사회적으로는 골품제가 와해되는 변혁기였고, 집단적 봉건국가가 시작되는 시기였다.

그리고 근대의 기점은 더욱 異說이 분분하다. 이에 대해서는 사학계에서도 많은 진통을 겪고 있으며 우리 문학사에서도 마찬가지이다. 초창기에 安廓[26], 金台俊[27], 趙潤濟[28], 金在喆[29], 林和[30], 白鐵[31] 등은 근대화가 곧 서구화라는 논

---

22) 韓國經濟史學會, 『韓國史時代區分論』, 乙酉文化社(1973), 29~56쪽 참조.
23) 韓國經濟史學會, 같은 책, 57~74쪽 참조.
24) 韓國經濟史學會, 같은 책, 75~102쪽 참조.
25) 韓國經濟史學會, 같은 책, 306~365쪽 참조.
26) 安 廓, 『朝鮮文學史』, 韓一書店(1922).
27) 金台俊, 「朝鮮漢文學史」, 朝鮮語文學會(1931).
　　　　, 「朝鮮小說史」, 朝鮮語文學會(1933).
　　　　, 「增補朝鮮小說史」, 學藝社(1939).
28) 趙潤濟, 「朝鮮詩歌史綱」, 博文出版社(1937).
　　　　, 「國文學史」, 東國文化社(1949).
　　　　, 「韓國文學史」, 東國文化社(1963).
29) 金在喆, 『朝鮮演劇史』, 朝鮮語文學會(1933).
30) 林 和, 「槪說 新文學史」, 朝鮮日報, 『人文評論』 연재(1940).

의를 전개시켜 갑오경장을 전후하여 서구문화의 이식으로 근대문학이 시작되
었다는 주장을 펴서 지금까지 우리 문학사 연구에 많은 문제점을 남기고 있다.
특히, 趙潤濟와 白鐵의 책에 의존하던 비평가나 그 문학 강의는 우리의 문학사
를 두 분야로 나누어 고착화시켰다. 더구나 白鐵은 그의 「新文學思潮史」에서
신문학 성립 이후의 문학을 근대문학, 현대문학으로 나누어 서구 문예사조를
어떻게 수용하는가가 서술의 방법이며, 근대문학은 곧 移植文學이라는 견해
를 더욱 구체화했다. 50년대 후반기에 千寬宇가 실학이 어느 정도 근대 지향
적인 성격을 가졌으며 실학 연구가 근대화 과정론에 크게 기여하고 있다[32]는
사실을 밝힌 바 있고, 洪以燮은 茶山의 정치사상을 논의[33]하면서 그 성과를
크게 확대했으며, 朴英熙는 근대문학을 이식문학으로 인정하면서 일제에 맞
서서 민족적 각성을 촉구[34]했다는 점에서 종래보다 비교적 다른 시각을 제시
했다. 이보다 앞서 金一根은 근대문학의 기점을 18세기 영·정조로까지 소급
시켜야 한다는 탁견을 제시[35]한 바 있다. 그러다가 한국 경제 사학회에서 시
대 구분론을 펴냈는데, 여기서 산업화가 곧 근대화라는 주장이 나왔고 문학에
있어서는 참여문학, 민중문학이 강조되면서 근대화가 곧 서구화라는 관점에
대한 비판이 제기[36]되었다. 그리고 朴趾源의 한문소설이나 「흥부전」 등의 판
소리계 소설에서 근대 지향적인 성격을 찾아내고자 고심한 趙東一[37], 林熒

---

31) 白　鐵, 『朝鮮新文學思潮史』, 首善社(1948).
　　　　, 『朝鮮新文學思潮史 現代篇』, 白楊堂(1949).
32) 千寬宇, 「반계유형원연구」, 『歷史學報』 2·3(1952).
33) 洪以燮, 「茶山 丁若鏞의 政治經濟思想研究」, 韓國研究院(1959).
34) 朴英熙, 「現代韓國小說史」, 『思想界』(1958년 4월호~1959년 4월호).
35) 金一根, 「燕岩小說의 近代的 性格」, 『慶北大 論文集』 1권(1956).
　　　　, 「燕岩小說의 近代的 性格과 新文學의 系譜」, 慶北大 大學院 碩士學位論文
　　(1956).
　　　　, 「民族文學史의 時代區分論」, 『自由文學』(1957년 7월호).
36) 韓國經濟史學會, 『韓國史時代區分論』, 乙酉文化社(1970).
37) 趙東一, 「興夫傳의 兩面性」, 『啓明論叢』 5(1968).
　　　　, 『韓國文學思想史試論』, 知識産業社(1978).
　　　　, 『한국문학통사』 1, 2, 3, 4, 5, 지식산업사(1982~1988).
　　　　, 『국문학 연구의 방향과 과제』, 새문사(1983).

澤[38], 金興圭[39] 등의 시도는 문학사 연구에 새로운 시각을 보여주었다. 그러나 근대문학에 대한 이론이 본격적으로 제기된 것은 1971년 10월 1일에 대학신문사가 주최한 "한국 근대문학의 기점"이라는 좌담회에서부터라 할 수 있다. 이 좌담회에 정병욱, 정한모, 김윤식, 김현, 김주연 등이 참석하였는데, 근대문학의 기점을 영·정조대로 소급하자는 견해가 제기되었다. 이것은 한국의 근대와 근대문학을 민족의 자체 역량에 의한 결과로 보려는 것으로, 앞에서 논술한 林和, 白鐵 등의 초창기 문학사 기술방식이 전적으로 서구에 편향된 것에 반발하고 우리의 근대화는 곧 서구화라는 오류를 시정하기 위한 데서 비롯된 것이다. 이러한 관점은 김윤식, 김현의 「韓國文學史」에서 그대로 수용되었다. 문학에 한해서 말한다면, 근대문학의 기점은 자체내의 모순을 언어로 표현하겠다는 언어 의식의 대두에서 찾지 않으면 안 된다. 그 언어 의식은 구라파적 장르만을 문학이라고 이해하는 편협된 생각에서 벗어나게 만든다. 또 언어 의식은 즉 장르의 개방성을 유발한다. 현대시, 현대소설, 희곡, 평론 등의 현대문학의 장르만이 문학인 것은 아니다. 한국 내에서 생활하고 사고하면서 그가 살고 있는 곳의 모순을 언어로 표시한 모든 類의 글이 한국문학의 내용을 이룬다. 일기, 서간, 담론, 기행문 등을 한국문학 속으로 흡수하지 않으면, 한국문학의 맥락은 찾을 수 없다. 그것은 광범위한 자료의 개발을 요구한다. 그러나 그 개발을 통해 한국문학이 얻을 수 있는 것은 動的 側面이다. 그것만이 移植文學論, 靜的 歷史主義를 극복할 수 있게 해 준다. 그런 의미에서 우리는 조선 사회의 구조적 모순을 문자로 표현하고 그것을 극복하려 한 체계적인 노력이 싹을 보인 영·정조 시대를 근대문학의 시작으로 잡으려 한다고 했다.

그들은 영·정조 시대를 근대문학의 시작으로 잡는 근본적인 이유를 다음과 같이 들고 있다. ① 영·정조 시대에 이르면서 조선사회의 기반을 이루고 있던 신분제도가 혼란을 일으키기 시작한다. 소위 經營型 富農이 생겨나고, 양반이 소작농으로 전락하는 예도 생겨난다. 그리고 이러한 변화는 그 사회의

---

38) 林熒澤, 「興夫傳의 現實性에 관한 연구」, 『文化批評』 4, 1969.
39) 金興圭, 「판소리의 二元性과 社會的 性格」, 『창작과 비평』 31, 1974.

모순과 갈등을 해소하려는 한국사회 자체의 동적 능력이다. 그러한 동적 능력
은 조선 후기 단편소설들에 분명하게 표현된다. ② 상인계급이 대두하기 시작
하여, 화폐가 전국적으로 유통된다. 직업의식이 점차로 생겨나, 전통적 신분
제도에 대한 확신을 흩어지게 만든다. 이것은 특히 朴趾源의 여러 소설들을
지배하고 있는 테마이다. ③ 상류계층에서는 몰락한 南人系의 양반이 주가 되
어, 조선사회의 여러 문물제도를 근본적으로 회의하기 시작하는 소위 實事求
是學派가 성립된다. 그것은 조선사회가 원래 지향한 이상국으로 조선사회를
되돌리려는 노력이지만, 그 노력은 당대의 사회적 제반 제도에 대한 회의를
표명한다. ④ 관영수공업이 점차 쇠퇴하고 독자적인 수공업자들이 점차 대두
하여 시장경제의 형성을 가능케 한다. ⑤ 시조, 가사 등의 재래적 문학장르가
집대성되면서, 점차로 판소리, 가면극, 소설 등으로 발전된다. 金萬重의 폭탄
적인 자국어 선언이 있은 후 몇십 년 뒤의 일이다. ⑥ 가장 중요한 것으로는
서민계급이 점차로 진출하면서 서민과 양반을 동일한 인격체로 보려는 경향
이 성행해 간 것을 들 수 있다. 인간 평등에 대한 점진적인 자각과 욕망의 노
출(남녀간의 애정, 가정생활, 성관계뿐만 아니라 돈에 대한 관심도 포함된다)
은 東學의 人乃天思想으로 집약된다. 동학으로 인한 한국적인 신성한 것의 노
출[40]등이 그 이유라고 말하고 있다. 그러나 아직도 근대문학의 기점에 대한
논쟁은 계속되고 있다.

　최근 들어 갑오경장을 근대문학의 기점으로 내세운 주장이 근대화를 밖으
로부터의 근대화, 위로부터의 근대화로 구분하고 문학보다는 주위의 조건을
중시하는 경향을 보임으로써 그 결함이 명백히 드러나게 되고, 근대에 전개된
광무개혁론을 둘러싼 논쟁에서 갑오경장이 밖으로부터든 위로부터든 도대체
어느 정도 근대화가 이루어졌는지 의심스럽다는 데까지 비판을 받게 되었다.
이에 따라 차츰 영·정조대의 기점설로 학계의 의견이 모아지고 있다.[41] 이것
은 이 시대에 이르러 사회 경제적인 변화가 일게 되고 서민의식이 싹텄음을
부인할 만한 근거를 찾을 수 없기 때문이다.

---

40) 김윤식·김현, 『韓國文學史』, 민음사(1973), 20~21쪽 참조.
41) 宋賢鎬, 『文學史記述方法論』, 새문사, 36쪽.

  이처럼 근대의 기점에 대한 異論은 분분하지만 필자는 우선 18세기 英祖朝부터로 보고자 한다. 그것은 지금까지의 문학사 연구를 의식함이고 英祖朝부터 자본주의의 萌芽, 신분제의 붕괴, 실학의 대두, 서민의식의 성장 등이 나타났기 때문이다. 따라서 완전한 근대라기보다는 근대화의 형성과정 곧 근대초기의 양상으로 간주할 수 있다. 이러한 의식은 燕岩小說, 판소리계 소설, 사설시조 등 당시의 문학작품에 잘 반영되어 있다. 그러나 이와 같은 근대의식이 단시일에 나타났다고는 보이지 않는다. 이러한 사상은 「홍길동전」 등 17세기 고소설에서도 찾아볼 수 있다. 즉 허균의 「홍길동전」과 한문단편, 역사군담소설 등에서는 중세적인 요소는 물론이지만 전술한 바와 같은 근대적인 요소가 다분히 내포되어 있다. 그래서 壬亂(1592)부터 英祖 元年(1725) 이전까지를 중세에서 근대로의 전환기라 설정해 두고 고소설의 창작시기가 羅末·麗初부터 신소설이 출현한 1906년 이전까지이므로 우리 고소설의 시대구분을 세계사적인 보편성의 측면에서 중세, 중세에서 근대로의 전환기, 근대로 나누고자 한다. 그리고 우리 고소설의 발달과정에 따라 중세를 초기, 중기, 말기로 삼분하고, 근대를 초기, 중기로 나누어 한국 고소설의 사적 전개를 논의하고자 한다. 근대말기는 고소설의 시대가 끝나고 신소설이 출현한 시기이므로 여기서는 논외로 한다. 이에 따라서 우리 고소설은 첫째, 중세초기의 소설, 둘째, 중세중기의 소설, 셋째, 중세말기의 소설, 넷째, 중세에서 근대로의 전환기의 소설, 다섯째, 근대초기의 소설, 여섯째, 근대중기의 소설로 나눌 수 있다. 각 시기별 특성에 대해 간략히 살펴보자.

  첫째, 중세초기의 소설로 이 시대는 설화와 소설이 함께 존재하지만 설화 우위의 시대이다. 문학적으로는 唐의 傳奇가 수입되어 소설의 萌芽期라고도 할 수 있고, 정치적으로는 왕조가 교체되었으며, 사회적으로는 골품제도가 와해되면서 집단적인 봉건국가가 시작되었다는 나말여초(9세기~10세기)부터 고려의 정치, 사회, 문화의 분수령이 되는 무신의 난(1170) 이전까지로서, 「調信傳」, 「崔致遠」, 「首揷石枏」, 「金現感虎」 등이 이 시대를 대표하는 작품이다.

  둘째, 중세중기의 소설로서 이 시대는 설화와 소설이 공존하던 시대다. 무신의 난(1170)부터 조선조가 창건(1392)되기 이전까지로, 무신의 집권으로 문신들이 초야에 은둔함으로써 신흥사대부가 정치, 사회, 문화의 주도권을 잡게 되면서 급격한 변화를 가져왔던 시기였다. 문학사에서는 假傳이란 체계의 작품이 등장한 시기로서, 이것의 갈래에 대해서는 이론이 많지만 여기서는 우선 의인소설로 간주하고, 이러한 양식의 작품이 등장한 것을 중요시한 데서 한 시대로 구분한 것이다.

셋째, 중세말기의 소설로 이 시대는 조선초(1392)부터 壬亂(1592) 이전까지로서 설화와 소설에 있어서 소설이 크게 부각된 시대라고 할 수 있다. 문학적으로는 金時習의 「金鰲新話」, 蔡壽의 「薛公瓚傳」, 申光漢의 「企齋記異」 등과 같은 傳奇小說이 등장했고, 고려후기의 의인소설보다 일보 진보된 의인소설인 「天君傳」, 「愁城誌」 등이 나왔으며, 「元生夢遊錄」, 「大觀齋夢遊錄」 등의 夢遊小說이 출현했다. 정치적으로는 왕조의 교체가 있었고, 사상적으로는 불교 일변도에서 유교 질서 체제로 바뀌어져, 정치, 경제, 사상, 문화에 커다란 변화를 보였던 시대라 할 수 있다. 조선 건국으로부터 200년 후에 일어난 임진왜란(1592)은 鮮初의 정치, 사회, 문화, 사상 등의 기존 질서에 커다란 변모를 가져다 주었으므로 壬亂 이전까지를 중세말기로 본 것이다.

넷째, 중세에서 근대로의 전환기의 소설이다. 이 시기는 조선의 정치, 사회, 문화에 큰 영향을 미쳤던 임진왜란(1592)부터 서민의식의 대두와 함께 중세적인 요소가 제거되면서 근대적인 성격이 나타난 영조 원년(1725) 이전까지로서, 임·병양란은 우리 민족에게는 일대 수난이었지만 반면에 봉건주의 체제 하의 양반 사대부들에게는 각성의 계기가 되기도 했다. 이와 같은 전란의 와중에 국가의 위기를 구하려는 민중들이 도처에서 일어나게 되어 그들의 잠재적인 역량을 보여 주었다. 그리고 정치적으로는 일당 독재의 봉건체제가 무너지고 사색당파가 등장함으로써 근대적인 면모의 다당제 체제가 성립되었다. 당시에 창작된 「花史」에서는 사색당파를 풍자하는 작자의 의식을 엿볼 수 있고, 허균의 「홍길동전」과 그의 한문소설, 당시의 역사군담소설 등에서는 서민의식이 크게 부각되어 있음을 알 수 있다. 그 반면에 당시의 작품에는 비현실적이고 傳奇的인 요소 등 중세적인 색채도 남아 있어 중세에서 근대로의 전환기의 소설이라 명명했다.

다섯째, 근대초기의 소설로서 이는 영조 원년(1725)부터 순조(1801) 이전까지로 정치, 사회, 문화면에서 실학의 등장, 자본주의의 맹아, 신분제도의 붕괴, 서민의식의 성장 등이 반영된 시기다. 특히 연암소설이나 판소리계 소설 등에서 이러한 사상이 크게 부각되어 양반주도의 문학에서 서민주도의 문학으로 바뀌었으며, 작품 내에 傳奇的인 요소는 거의 제거되고 현실의 사건을 소재로 하는 경향으로 바뀌었으므로, 이 시기를 근대적인 시발점이란 뜻에서 근대초기의 소설이라 명명한 것이다.

여섯째, 근대중기 소설로서 순조 원년(1801)부터 신소설이 출현한 1906년 이전까지가 이 시기에 해당된다. 이 사이에 「彩鳳感別曲」, 「裵裨將傳」, 「玉樓夢」 등 고소설과 신소설의 중간 형태의 소설, 곧 신소설에 밀착된 소설들이 나왔는데, 대부분의 작품들에서 前代 소설에 비해 근대적 성격이 두드러지게 나타나고 있다.

제7장 고소설의 사적 전개

Ⅰ. 중세 초기의 소설

1. 개관

중세 초기란 羅末·麗初(9세기~10세기)부터 고려 중엽 무신의 난(1170)이 일어나기 이전까지의 시기를 말한다. 중세의 기점을 羅末·麗初로 잡은 것은 문학적으로는 唐의 傳奇가 처음으로 우리 나라에 수입되었고, 정치적으로는 왕조의 교체기였으며, 사회적으로는 골품제도가 와해되면서 집단적인 봉건국가가 시작된 시기란 점에서이다. 그리고 고려 개국 후 200년만에 무신들이 난을 일으켜 고려의 사회, 문학, 정치에 큰 변혁을 가져왔던 무신난 이전까지를 중세초기의 하한선으로 잡은 것이다. 이 시기는 설화와 소설이 공존하지만 설화 우위의 시대라 할 수 있다. 이 시기에 나온 문헌들이 거의 전해지지 않아 자세한 논술은 불가능하지만, 僧 一然의「三國遺事」, 金富軾의「三國史記」, 權文海의「大東韻府群玉」등에서 그 잔영을 볼 수 있는데, 이들 문헌 속에는 훌륭한 설화가 많이 수록되어 있다. 특히「三國遺事」가운데「檀君神話」,「首露王」,「昔脫解」등의 설화나,「三國史記」의「朴堤上」,「百結先生」,「都彌」,「嘉實」(薛氏女),「溫達」,「階伯」,「貴山」,「花王戒」에서는 애정이나 戒世懲人 등의 내용을 담고 있는데, 오랜 세월 동안 구전되다가 문자화된 것으로 후대 소설문학에 많은 영향을 끼친 것으로 보인다.

그런데 전술한 문헌 중에「調信傳」,「金現感虎」,「首揷石枏」,「崔致遠」[1] 등을 傳奇小說의 경지에까지 이르렀다고 주장하는 사람도 있다.[2] 그리고「調信傳」

---

[1] 崔致遠에 관한 雙女墳 이야기는 중국의 六朝事迹編類 卷十三 墳陵門 雙女墳條에서도 같은 내용의 이야기가 기록되어 있다.

[2] 池浚模,「傳奇小說의 嚆矢는 신라에 있다」,『語文學』32, 韓國語文學會(1975).
______,「新羅漢文學史」,『新羅伽倻文化研究』4집, 신라가야문화연구소(1972).
林熒澤,「羅末麗初의 傳奇文學」,『韓國漢文學研究』제5집(1981).

에 대해서는 그 구상이 이미 소설에 박두해 오는 듯한 설화3)라는 異說이 있기도 하고, 「崔致遠」만 소설로 보기도 한다.4)

중국의 소설은 六朝 志怪小說을 거쳐 7세기 후반에 王度의 「古鏡記」, 7세기 말에 張鷟의 「遊仙窟」, 8세기 초에 張說의 「虯髯客傳」 등의 전기가 나온 후 8·9세기에 傳奇小說의 전성기를 맞았다. 우리의 문화를 전해 받은 일본에서도 10세기에 「落窪物語」 같은 소설류가 생겼다고 한다. 羅唐의 문물교류로 보면, 신라말에는 공식적인 사신의 왕래가 빈번했고 비공식적으로도 승려와 유학생, 상인 등의 왕래가 많았던 점5)으로 보면, 唐의 傳奇小說이 이미 羅末에 전래되었을 것으로 추측된다. 전술한 바 羅末·麗初에 이미 설화의 경지에서 소설의 경지에 이르렀다는 학계 일각의 주장은 앞으로 좀 더 考究되어야 할 점도 있으나, 특히 「調信傳」, 「金現感虎」, 「首揷石枏」, 「崔致遠」 등의 작품은 현실의 사건을 소재로 하고 작자의 창의성이 있고 또 허구적인 이야기이므로 소설적인 형태를 갖추었다고 할 수 있어 중세초기의 소설로서 조심스럽게 수용되어야 할 것이다.

傳奇小說은 주지하다시피 중국 문학사에서는 당나라를 대표하는 문학 양식이었으니, 羅末·麗初(9~10세기)의 우리 문학에서도 傳奇小說이 발달했을 것으로 추측된다. 전술한 4편의 逸品들이 양적인 면에서 문제가 있다면 모두가

李家源, 『韓國漢文學史』, 民衆書館(1961), 151~152쪽.

張德順, 『韓國文學史』, 同和文化社(1977), 150쪽.

3) 趙潤濟, 『韓國文學史』, 探求堂(1968), 45쪽.

4) ____, 같은 책, 67~68쪽.

5) 신라 진평왕 43년(621), 唐 高祖 武德 4년에 신라가 당에 遣使한 이후 그 총계가 130여 회에 미치고 당에서 신라에 온 사절도 30수 회에 이르고 있다. (唐書 唐太宗 貞觀 5년(631) 참조) 태종 때 唐은 國學 규모를 넓히고 외국 유학생을 받아들여 그 수가 八千餘人이라 하니 (唐書 唐太宗 貞觀 5年, AD.631 기사) 당태종 때 고구려, 백제, 신라의 유학생 합계 수는 2, 3천명은 되었을 것이다. 新羅差入朝王子 並准舊例留習業學生 並及先住學生 共二百十之人 請時暇糧料 (唐會要, 卷 36, 開成5年 참조).
九年夏五月 王遣子弟於唐 請入國學 是時太宗大徵天下名儒爲學官 數幸國子監 使之講論 學生能明一大經已上 皆得補官 增築學舍千二百間 增學生滿三千二百六十員 於是 四方學者 雲集京師 於是 高句麗百濟高昌□吐蕃 亦遣子弟入學(『三國史記』 卷第五 『新羅本紀』 第五 善德王 九年條).

이야기의 줄거리만 전하는 것으로 보아야 할 것이다. 「殊異傳」의 逸文으로 「大東韻府群玉」에 전하는 「崔致遠」(仙女紅袋)이 397자의 줄거리인 데 비하여, 「太平通載」卷68에 2414자에 이르는 全篇이 수록되어 전하는 것은 이를 방증하는 예가 될 수 있다. 「三代目」을 잃어버린 우리가 향가 문학의 잔상을 「三國遺事」, 「均如傳」에서 얻었듯이 우리의 傳奇小說도 「三國遺事」, 「三國史記」, 「大東韻府群玉」, 「太平通載」 등에서 탐구해야 할 것이다.

이 시기에 나온 대표적인 작품을 살펴보면 다음과 같다.

1) 調信傳

「調信傳」은 축약된 상태로 「三國遺事」(塔像 第四)에 전하는데 신라말 9세기 후반에 창작된 작품으로 작자는 승려일 것으로 추측된다. 「金現感虎」는 신분이 낮은 한 처녀가 風標淸秀한 귀공자 화랑을 연모한 이야기인 데 비해서, 「調信傳」은 그 반대의 이야기로 주인공 調信과 강릉태수의 딸 김여인이 서로 사랑하는 데서 시작된다. 조신은 洛山寺의 관음보살에게 부부로 맺어지도록 기도했으나 태수의 딸은 부모의 강권에 다른 남자에게 시집을 가고, 그녀는 집을 뛰쳐나와 조신과 함께 시골로 애정 때문에 도피해 버린다. 40대의 무능한 부부가 된 그들은 다섯 자식을 거느리고 걸식하며 떠돌아다니다가 15세 된 아이는 굶어죽고, 둘째 계집아이는 개에게 물린다. 가난과 질병으로 갖은 고초를 겪고 허탈상태에 빠진 채 50대가 된 그들은 끼니를 잇지 못해 자식들을 나누어 데리고 생이별을 하는 데서 꿈을 깨고, 그 후 조신은 삶에 대한 염증을 느껴 佛道에 전념했다는 이야기이다.

이 작품은 唐의 傳奇小說인 沈旣濟의 「枕中記」의 수법에서 영향을 받은 것 같다. 「침중기」는 주인공이 부귀영화를 누리지만 여기서는 인생의 온갖 고뇌와 번민을 몸소 겪는 것이 다르다. 이러한 정경은 기근과 가난에 시달리는 신라인들의 당시 현실의 일면을 반영한 것으로 보인다.

남녀간의 순수한 사랑이 실현될 수 없는 현실을 크게 부각시키고, 사랑이나 삶(生) 그 자체를 환멸하도록 하고는 끝내 佛道에 귀의케 하는 작가의 의식을 엿볼 수 있다. 무능한 파계승과 미모의 유부녀가 계급적 제약과 도덕적인 윤리를 무시하고 결합하지만 경제 파탄으로 인한 철저한 몰락은 생이별이란 비극을 맞게 된다. 이 소설이 주는 비장미는 관념적이 아니고 구체적이다. 불교적인 각색의 이면에 사회적인 모순도 지적되고 있다. 따라서 이 작품의 주된 내용은 불교적인 사상을 배경으로 하고 무엇보다 애욕의 충족으로부터 받는 심신의 고통과 애욕 생활의 무상함을 그리는 데 있다고 할 수 있다.

2) 金現感虎

「金現感虎」는 「三國遺事」(感通 卷七)에 실려 있는데, 이와 같은 줄거리의 글이 「大東韻府群玉」에는 「虎願」이란 제목으로 나타나지만 「金現感虎」보다는 간략하게 되어 있다. 成語의 典據를 풀이할 목적으로 쓴 「大東韻府群玉」의 성격으로 보아 「金現感虎」의 축약이 「虎願」일 것으로 추측된다. 이 외에도 이와 유사한 이야기가 崔滋의 「補閑集」(卷下)에도 전하고 있다. 이러한 점으로 보면 「김현감호」의 이야기는 오래 전부터 널리 口傳되어 오다가 후대에 문자로 기록된 것이라 추측된다.

金現이 탑돌이를 하다가 같이 돌던 처녀와 정을 통하고 처녀의 집으로 따라간다. 老嫗가 아들들의 행패를 염려하여 김현을 숨긴다. 얼마 후 세 범이 나타남에 김현은 이들이 虎族임을 알게 된다. 처녀는 세 오빠의 속죄를 위해 죽지 않을 수 없는 이유를 말하며 김현의 손에 죽기를 원한다고 하면서 죽는 방법을 말하고 죽은 뒤 명복을 빌어 달라고 한다. 이튿날 城中에서 사람을 해치고 숲속으로 들어온 범이 처녀로 換形한 뒤 虎傷에 대한 치유 방법을 알려 주고 김현의 칼을 빼앗아 스스로 목숨을 끊자 다시 범으로 변한다. 김현은 그 공으로 벼슬을 얻고 뒤에 虎願寺를 창건하여 범의 명복을 빌었다는 이야기이다.

따라서 「金現感虎」는 작품 전편에 불교적인 사상을 배경으로 하고 종결부에서는 호원사 창건 유래를 밝히고 있다. 작품 全篇에서 보면, 신분간의 모순은 대립과 갈등으로 전개되고 적대적인 관계에서 남녀간의 사랑이 진행되었으나 끝내는 여주인공이 희생되는 비극으로 귀결된다. 특히 그녀는 자신이 죽어야 할 절박한 상황이 아님에도 불구하고 사랑하는 사람을 위해 과감하게 자기를 희생하는 것이다. 그녀가 속죄와 은혜를 위해 자신을 희생하는 것은

현실의 인간이 이기적이고 독선적인 것을 풍자하려는 작자의 의도로 볼 수
있다.

　아무튼 그녀의 덕택으로 주인공 김현은 벼슬을 하게 되지만 여주인공의 죽
음으로 인해 작품은 비극으로 끝나게 된다. 殺身成仁의 희생적, 헌신적인 사랑
을 보이고 있다. 여주인공이 김현에게 우리의 사랑을 소중히 기억해 달라고
하는 마지막 유언은 독자들의 눈시울을 젖게 하며 그 죽음을 값진 것으로 승
화시키고 있다. 이는 곧 신분간의 대립 갈등이 격화된 시대가 창출한 고귀한
희생정신의 비장미가 작품의 결말을 장식하고 있다고 할 수 있다.

3) 崔致遠·

　「崔致遠」은 「殊異傳」의 逸篇으로 「大東韻府群玉」에 「仙女紅袋」란 題名으로
그 일부만 축약되어 있지만, 「太平通載」의 「崔致遠」條에 그 全文이 전하고 있
어 매우 다행스런 일이다. 「大東韻府群玉」에 전하는 「仙女紅袋」는 그 내용이
곧 成任의 「太平通載」卷68에 실린 「崔致遠」과 동일한 것이지만 전자는 내용
이 간략한 데 반해 후자는 完文이다. 후자의 길이가 2,414자의 장문인 데 반해
서 전자는 397자에 불과하다.

　이는 신라말의 대학자인 崔致遠(857~?)을 소재로 하여 허구성을 가미한 작
품이다. 최치원이 12살에 入唐하여 과거에 합격한 후 溧水縣尉가 되어 雙女墳
을 보고 客懷에 젖어 정을 호소하는 시를 짓는다. 그날 밤 八娘子와 九娘子의
시를 받고 雙女墳이 두 낭자의 무덤임을 알게 된다. 그가 두 낭자를 만나고
싶다는 시를 지어 전달하자 明玉같은 두 미인이 나타난다. 그들은 溧水縣 張氏
의 딸로 아비가 장사꾼에게 시집보내려고 하자 이에 반대하다가 세상을 떠났
는데 오늘 밤 秀才를 만나 情懷를 풀 수 있어 기쁘다고 했다. 최치원이 먼저
挑情함에 따라 그녀들과 서로 繾綣한 정을 나눈다. 달이 지고 닭이 울자 그녀
들은 놀라며 이별의 슬픔을 말하고 뒤에 다시 이곳을 지나게 되면 그녀들의
무덤을 修掃해 주기를 부탁하고 사라진다. 다음날 아침 최치원은 그 무덤을
배회하며 정회를 이기지 못해 장시를 지어 자위한다. 최치원은 고국에 돌아온
후에도 世事에 뜻을 두지 않고 명산대천을 소요하며 일생을 마쳤다는 이야기

이다.

이는 곧 현실의 인물인 최치원과 雙女墳의 두 낭자의 영혼과의 사이에서 이루어진 魂交를 소재로 한 것이다. 이와 동궤의 작품으로는 唐代 전기작가인 張鷟의 「遊仙窟」이 있고, 「剪燈新話」의 「滕穆醉遊聚景園記」와 「牧丹燈記」 등이 있으며, 우리 작품의 경우는 「금오신화」의 「萬福寺樗蒲記」와 「醉遊浮碧亭記」, 그리고 「雲英傳」 등 冥婚小說에서 이와 유사한 구조를 찾아볼 수 있다. 이를 「萬福寺樗蒲記」와 비교해 보면, 이승의 사람과 魂鬼와의 交會가 이루어지기 전에 「만복사저포기」의 경우는 여인이 魂鬼임을 말해 주지 않는 데 비해, 「최치원」의 魂鬼는 먼저 신분부터 밝힌다든가. 「최치원」에서는 하룻밤의 交會인 데 비해, 「만복사저포기」의 경우는 3일 동안의 交會이며 梁生은 그녀가 유령인 줄 모르고 있었다. 信物의 경우도 「최치원」에는 없는 데 반해, 「만복사저포기」의 경우엔 銀椀을 얻게 되는 점 등이 다르지만, 두 작품은 구조상으로 보아 동궤의 것이다.

「최치원」은 당시 문인들의 고뇌를 그리고 있다. 한국 한문학의 鼻祖라 일컬어지는 孤雲을 주인공으로 등장시키고 작품의 구조도 그의 생애와 합치시키면서 남녀상열을 주된 내용으로 부각시켰다. 현실의 고뇌와 소외감으로부터 부득이 무덤 속의 魂鬼를 등장시켜 交歡을 통한 아름다운 로맨스를 가짐으로써 카타르시스하게 된다. 고독한 일생을 살다 간 孤雲은 연애도 세상과 격리된 寃鬼와 했으니, 傳奇의 특색을 '作意好奇'라 했듯이 신이한 주제를 그대로 나타내 보이고 있다.

4) 首插石枏

「首插石枏」은 「大東韻府群玉」 권8에 축약되어 그 줄거리만 전하여 원작은 밝혀지지 않고 있지만, 줄거리로 보아 「金現感虎」나 「調信傳」과 같은 전기작품일 것으로 보인다. 산 사람과 죽은 사람의 영혼과의 人鬼交歡의 전개 양상이 그와는 다르다.

崔伉은 애첩이 있었는데 부모의 반대로 暴死한다. 그가 죽은 지 8일만에 애첩의 집에 나타나 머리에 꽂고 온 石枏을 나누어주며 부모의 허락을 받았으니 같이 집으로 가자고 하자 그녀는 동행하게 된다. 최항이 첩에게 자기 집 근처에서 기다리게 하고 들어간 뒤 아무 소식이 없자 새벽까지 기다리던 첩이 그 집 사람과 만나 그들의 물음에 지난 밤 최항에게 석남을 나누어 받고 함께 왔다고 한다. 그래서 무덤을 파고 開棺해 보니 최항의 머리에 석남이 꽂혀 있었고 옷도 이슬에 젖었으며 신발은 해어져 있었다. 첩이 撫屍痛哭하니 최항이 다시 살아나 30년간 해로했다는 이야기이다.

「大東韻府群玉」은 성격상으로 보아 故事 사전류이기 때문에 「首揷石枏」의 고사성어를 풀이하는 데 중점을 두었으므로 그 줄거리만 실었던 것으로 보인다. 최항이 사랑하는 여인과 함께 석남 가지를 머리에 꽂고 밤거리를 거니는 로맨스는 살아서는 활보할 수 없었던 거리를 마음껏 누비는 연인들의 모습을 떠오르게 해 주므로 더욱 인상적이다. 애첩과 야합하는 과정에서 최항의 심각한 갈등이 暴死를 초래했고, 죽은 망령이 자기 시신 앞에 연인을 유인해 와서 연인의 통곡 소리에 다시 살아나도록 꾸민 것은 현실적으로 불가능한 갈등을 푸는 구상으로서, 비현실적이긴 하지만 절실한 사랑의 승리를 만끽하려는 작자의 의식구조를 엿볼 수 있게 한다.

2. 調信傳과 枕中記에 나타난 꿈의 수용양상과 의미

한국의 서사문학은 중국문학의 절대적인 영향을 받아 이루어졌다는 것이 한동안의 통념이었다. 「金鰲新話」와 「剪燈新話」, 「洪吉同傳」과 「水滸傳」, 「春香傳」과 「西廂記」의 관계를 영향과 모방이라는 각도에서 논의해 온 것이 1960년대까지의 상황인데, 이 시대에 속한 학자들은 한결같이 실증적인 근거를 제시하여 그 입지를 확보하고자 했다. 1970년대로 접어들면서 張德順, 金烈圭, 林熒澤, 趙東一로부터 실증적 연구가 소재의 유사성을 근거로 한 미시적 고찰이라는 비판을 받으면서부터 그 설득력을 잃게 되었다. 실증적 연구의 퇴조와 더불어 韓中 비교문학에 대한 열기도 점차 사라졌는데, 그럴수록 한국문학의 독자성을 모색하는 방향으로 관심이 높아갔다. 이런 움직임은 주체적 입장을 견지하는 문화사적 신기류와 맞물려서 상당한 공감을 불러일으키기도 했지만,

한국문학에 있어서 중국문학의 영향을 전면적으로 부정하는 쪽으로 흘러간 것도 사실이다.

　문학에 있어서 유사성을 곧 모방이라고 할 수 없듯이 유사성이 발견되지 않는다고 해서 모방이 아니라고 단정할 수는 없다. 작품의 착상이나 분위기를 따올 경우 직접적인 유사성은 잘 드러나지 않겠지만 영향이나 모방이라는 각도에서 따질 수 있음은 물론이다. 그러고 보면 통상적으로 유사하다고 할 때에는 외연적인 형식이나 소재를 염두에 둔 것이어서 그렇지 않고도 영향이나 모방을 한 대상을 포괄하기가 어렵다. 무엇보다 문제가 되는 것은 어느 문학이 전적으로 외래문학의 영향권 안에서 형성되었다거나 외래적인 영향 없이 독자적으로 이루어질 수 있다는 논법이다. 한국문학에 대해 모방성이나 독자성을 운위하는 것은 문학의 수수관계를 올바르게 이해하는 데 저해요인이 될 뿐이다. 외래요소는 작품의 원천적인 미학을 모색하는 한 방편이며, 이런 전제 하에서 외부로부터의 영향이 어떤 기능을 하는지 살펴 보아야만 객관적인 가치판단을 할 수 있을 것이다.6)

　필자는 이 점에 착안하여 중국 당나라 소설인 沈旣濟(?~800)의 「枕中記」7)와 한국의 「調信傳」8)을 살펴보고자 한다. 「調信傳」의 창작 시기는 金昕公이 849년에 死去한 점과 洛山寺가 7세기 후반경 義湘大師에 의해 창건된 점, 지명이나 인물의 연대를 근사하게 짜놓은 점 등으로 보면 9~10세기 작품으로 추정된다. 그리고 두 작품의 관계에 있어서는 대체로 「枕中記」가 「調信傳」의 형성에 직접적인 영향을 끼쳤다고 하는 설이 유력한데9) 단순히 구성이나 내용

---

6) 黃浿江, 「고전문학의 미의식과 원리」, 『고전문학을 찾아서』, 문학과 지성사(1976), 35~36쪽.

7) 沈旣濟, 「枕中記」, 『唐人小說』, 文光圖書公司, 中華民國 64, 37~42쪽.

8) 『三國遺事』 卷三 塔像 第四 洛山二大聖 觀音 正趣 調信條에서 調信을 다룬 부분을 調信夢, 調信夢生, 調信傳, 調信說話 등으로 지칭하고 있는데, 조신의 일대기를 드러내어 알려주는 의미가 강하므로 조신전이라고 하는 것이 타당하리라 여겨진다.

9) 林熒澤, 「나말여초의 傳奇문학」, 『한국한문학연구』 5, 한국한문학연구회(1981), 94쪽.
　丁範鎭, 『唐代소설연구』, 성균관대 대동문화연구원(1982), 160쪽이 대표적이다.
　金光淳, 「한국고소설사의 시대구분과 전개양상」, 『어문논총』 22호, 경북대학교인

의 유사성을 통해 양자의 관계를 추단하는 경향이 강한 편이다. 비현실적인 세계를 다루고 있으며 꿈을 통해 주인공이 각성하는 내용을 담고 있기에 영향관계로 파악되지만 꿈의 기능이나 그 의미지향이 상호 어떠한지 밝혀진 적이 없다. 「調信傳」이 「枕中記」의 영향을 받았다면 어느 정도이고 어떤 근거에서 그런지를 구체적으로 분석해 볼 필요가 있다. 이런 논의를 치밀하게 펼친다면 「調信傳」의 장르 문제10)를 조명하는 단계로까지 나아갈 수 있으리라 기대된다. 따라서 본고는 「枕中記」와 「調信傳」에 나타난 꿈의 수용양상을 고구하고, 꿈의 기능과 독자의 측면에서 살펴본 후, 문학적 의의를 천착하는 순으로 전개시키고자 한다.

1) 꿈의 수용양상

「枕中記」와 「調信傳」은 작품의 대부분이 꿈으로 되어 있고, 꿈이 중요한 구실을 하는 점에서 일치한다. 현실에 불만을 느끼는 사람이 꿈을 꾸고 꿈에서 평소에는 이루지 못한 소원을 이루므로 꿈은 단순한 모티브가 아니라 주인공의 욕망을 구체적으로 드러내는 장치이다. 꿈은 현실적인 욕망의 대리기능, 통찰력의 표현기능, 집단무의식의 기능을 한다고 하는데11), 「枕中記」와 「調信傳」에서는 주인공의 현실적 욕망이 특히 강조되고 통찰력이나 집단무의식의 기능은 그다지 강하지 못한 편이다. 현실적 욕망의 기능은 강한 데 비해 그 밖의 기능이 약한 것은 현실에 대한 주인공의 집착이 그만큼 강렬하여 한 치의 여유도 없음을 시사한다. 꿈에서 일어나는 사건을 정리하면 다음과 같다.

「枕中記」
① 盧生은 용모 뛰어난 최씨 규수와 결혼하고 벼슬길로 나아갔다.
② 운하를 열어 교통을 원활하게 하고 전장에 나아가 900리의 영토

문대학(1988), 198쪽.

10) 중국에서는 枕中記를 소설로, 한국에서는 調信傳을 설화로 보는 경향이 강하다. 국제간에 장르 논의가 엇갈리고 있는데 이것은 마땅히 조정되어야 할 사항이다.

11) Jolande jacobi, 「The Psychology of C. G. Jung」(Yale University), 李泰東 譯, 113~114쪽 참조.

　　를 개척했다.
　③ 모함을 받아 端州刺史로 좌천되었다.
　④ 다시 중용되어 戶部尙書, 中書侍郞을 거친 뒤 황제를 보필하는 재
　　상의 자리에 올랐다.
　⑤ 황제 측신으로부터 모함을 받아 도당은 모두 처형당하고 盧生만
　　이 간신히 살아났다.
　⑥ 수년 뒤 재기용되어 小國公에 봉해졌다.
　⑦ 30여 년 동안 온갖 영예를 한 몸에 모으다 병사했다.

「調信傳」
　① 調信은 다른 곳으로 출가한 金昕公의 딸과 결혼했다.
　② 40여 년을 살면서 자녀 다섯을 두었다.
　③ 해가 갈수록 궁핍해져서 가솔을 이끌고 사방으로 유랑걸식했다.
　④ 10년 동안 걸식하다 보니 몰골이 흉악해지고 15세 된 큰 아이가
　　굶어 죽는 처지에 이르렀다.
　⑤ 길가에 모옥을 짓고 살았다.
　⑥ 10세 된 여아가 밥을 빌다 개에게 물렸다.
　⑦ 부인의 제의로 아이 둘씩 맡아 헤어졌다.

　두 작품에서 의미상 단락을 7개로 나누어 보았다. 단락이 전개될수록 주인
공이 현실에서 갈구하던 바가 그대로 이루어지고 있다. 「枕中記」의 경우 盧生
이 아름다운 여자와 결혼하고 높은 벼슬자리에 올라 부귀영화를 마음껏 누렸
고, 「調信傳」의 경우 조신이 태수 金昕公의 딸을 사모하다가 마침내 서로 만나
40여 년을 함께 살았다. 인간의 욕망을 일률적으로 규정하기는 어렵지만 가장
근원적인 욕망이라면 아름다운 배우자를 만나 백년해로하고 높은 지위를 누
리는 것이라고 할 수 있다. 이렇게 볼 때 「枕中記」와 「調信傳」은 인간의 근원적
인 욕망을 담고 있으며 꿈이 욕망의 대리 기능을 수행하는 양상을 보여준다.
　서사문학에 꿈이 등장하는 것은 신화적 세계관이 현실적 세계관으로 변모
되면서 나타난 현상으로 볼 수 있다. 신성성이 유지되던 신화시대에는 주인공
이 초월적인 능력을 가지고 뜻한 바를 모두 이룰 수 있으니 꿈이 특별히 제시
될 필요가 없다. 건국신화나 시조신화에서 꿈이 나타나지 않는 것은 이런 각도

에서 이해할 만하다. 그러나 신화적 질서가 무너지고 현실주의적 세계가 대두
하자 인간으로서는 이루지 못할 일이 많아져서 현실을 개조하는 데 필요한 힘
은 꿈이라는 장치를 통해 구현되기에 이르렀다. 꿈에서나마 주인공이 뜻한 바
를 이루는 한, 신화의 세계와 별반 다를 바 없을 듯하나 이 꿈을 조종하는 주재
자가 따로 있기에 꿈의 주인공은 신화의 주인공에 비해 주체적인 판단이 현저
하게 약하다. 이런 현상은 「枕中記」와 「調信傳」에서 그대로 확인할 수 있다.
　「枕中記」의 盧生은 농사꾼의 신분을 벗어나서 부귀영화를 누리는 것을 소
원한다. 이런 소원은 꿈에서 구체적으로 실현되는데 예쁜 규수를 아내로 맞이
하고 갈수록 신분이 상승하는 과정을 거쳐 한때는 황제도 부러워하는 명재상
의 자리에 오른다. ③, ⑤와 같이 두 번이나 모함을 받아 자결까지 해야 할
정도의 위기상황에 처하기도 하지만, 그럴수록 지위가 상승하고 있어 위기상
황이 단순하지 않다. 어느 대복에서나 盧生이 실책을 저질렀다고 하지 않고
황제 측신에서 시기심이 발동한 결과 모함을 받았다고 하니 위기상황이 반복
될수록 盧生의 결백함이 드러난다. 아무리 꿈속이지만 일개 농부 출신이 공을
많이 세우고 영명하다고 해서 당장 상서에 오르고 藩國의 왕으로 봉해질 수
있는 것은 아니다. 두 번이나 귀양을 간 다음에 盧生의 진가가 부각된 것을
감안할 때 이런 위기상황은 盧生의 신분을 상승시키는 수단으로서의 의미가
강하다. 그런데 여기서 盧生이 처음부터 단계적인 상승을 갈구한 것은 아니
다. 신분상승이 盧生의 의지와는 관계없이 이루어진다는 점에서 넓게 본다면
盧生 그 자신도 하나의 수단에 불과하다. 盧生이 소원하는 바는 "나아가서는
장수, 들어와서는 재상"이다. 장수가 되고 재상이 되는 것은 盧生이 구체적으
로 오르고 싶은 지위라기보다는 出將入相의 유교적 공명심을 표출해 보인 데
지나지 않는다. 그것은 盧生이 궁극적으로 소망하는 "산해진미를 마음대로 먹
고 미인을 골라 집안이 번창하고 자손이 만대를 풍족하게 지내기 위해서"[12]
필요한 요건일 따름이다. 그런데 盧生은 꿈속에서 실제로 장수가 되어 외적을
격파하고 들어와서는 이 공로를 인정받아 재상의 위치에 오른다. 막연히 소원

---

12) 沈旣濟, 「枕中記」, 『唐人小說』, 文光圖書公司, 中華民國 64, 37쪽, 「列鼎而食 選聲而聽
　　使族益昌而家益肥".

하던 바가 꿈속에서 더 구체적으로 이루어진 것이다. 황제의 칙서에 나아가서
는 藩垣의 영웅, 들어와서는 平治를 다한 인물로 매겨지기까지 했는데, 탁월한
능력을 지닌 영웅의 일생을 보는 듯하다. 그럼에도 불구하고 선견지명이 없고
기개가 없는 일면도 동시에 지니고 있어 주목된다. 盧生은 모함을 받자 신원
을 하거나 대항해서 싸우기보다는 칼을 빼서 자결하려고만 한다. 번국을 호령
하던 영웅으로서의 면모는 어디에도 보이지 않는다.

> 내 집은 원래 산동에 있었고 얼마 되지는 않지만 전답이 있어 배고
> 픔도 추위도 모르고 지냈소. 그런 것을 무엇이 부족하다고 해서 벼슬길
> 에 올라 나라의 녹을 먹다가 이 지경이 되었는지 모르겠소. 이제는 짧
> 은 베옷을 입고 마른 말을 타고 邯鄲의 아름다운 들판을 지날 수도 없
> 게 되었구료.[13)

두 번째 모함을 받았을 때 盧生이 흐느끼며 부인에게 한 말이다. 급박한 상
황에 대처할 방법을 생각하는 것이 아니라 벼슬길에 올라 나라의 녹을 먹은
사실을 후회하는 판국이니 영웅으로서는 너무나 유약하다. 전후 사정을 감안
하면 모함을 받았다고 반드시 죽어야 할 것은 아니다. 정치를 잘못하지도 않
았고 하옥 당하더라도 그 동안의 공적이 지대하기 때문에 죽음에까지는 이르
지 않을 것이다. 실제로 도당이 다 죽었음에도 盧生은 살아날 수 있었고 몇
년 후 더 높은 벼슬로 나아갔다. 盧生이 만약 자결했더라면 더 이상 높은 벼슬
로 나아갈 수 없었을 것이고 집안이 번창하고 자손이 만대를 풍족하게 지낼
수가 없었을 것이다. 전체를 통틀어 盧生의 의지라고 한다면 자결하려는 정도
일 뿐이기에 모함에 빠져서도 살아나고 재상이 된 것은 자신의 의지와는 관
계없다고 할 수 있다. 바꾸어 말하면 현실에서 소원한 바가 다 이루어지기 전
에 盧生은 마음대로 죽을 수도 없는 처지이다. 죽으려는 주인공과 죽지 못하
게 하는 그 무엇의 관계에서 후자 쪽으로 전개됨으로써 盧生은 주체적 능력을
지니지 못하고 예정된 순서에 끌려가고 있다.

---

13) 沈旣濟,「枕中記」, 같은 책 38쪽. "吾家山東 有良田五頃 足以禦寒餒 何苦求祿而今及此
　　思衣短褐 乘靑駒 行邯鄲道中 不可得也".

「調信傳」의 조신은 金昕公의 딸을 좋아하여 洛山大悲에게 누차 결연하기를 빌다가 소원이 이루어지지 않자 불당에서 대비를 원망한다. 그러다 문득 잠이 들었는데 꿈에서 金昕公의 딸과 결혼하고 향리로 돌아간다. 「枕中記」의 盧生은 결혼한 뒤 중앙정계로 나아간 반면, 「調信傳」의 조신은 오히려 향리로 내려간 것이다. 盧生의 아내는 최씨로서 명문거족의 가계인데다 山東 士族의 거대한 재력과 권력을 지녔기에 이를 기반으로 盧生이 뻗어 나갈 수 있었다고 한다면14) 태수 金昕公 또한 신라 말기 호족으로서 상당한 힘을 지녔을 것이기에 조신이 마음만 먹으면 盧生 못지 않게 출세가도를 달릴 수 있을 것이다. 문제는 조신이 굳이 향리를 택해 은거한 까닭이 어디에 있으며 왜 궁핍한 생활을 해야 했던가 하는 점이다. 盧生은 합법적으로 결혼에 임했는데 비해 조신은 그렇지 못했기에 방향이 달라졌다고 볼 수도 있다. 승려의 신분으로 결혼을 했기에 사회적으로 용납되기 어려웠을 것이란 추측을 할 수도 있다. 이렇게 해석하는 시각도 필요한 일이지만 문맥에서 그 이유가 드러나지 않은 향리 은거를 무리하게 추단하는 것은 작품의 실상을 오도할 가능성이 없지 않다. 만약 조신이 승려의 신분으로 남의 아내를 취했다는 사실에 초점을 맞추면 조신은 부도덕한 인물일 수밖에 없고 세인의 눈총을 피하기 위해 시골로 도피행각을 펼쳤으며 이 때문에 궁핍을 면하기 어렵다는 논리로 이어질 것이다. 결국 부도덕하기에 궁핍이라는 형벌을 받는다는 것이니 이렇게 되면 당대의 사회상과도 거리가 멀어진다. 신라시대에는 승려가 娶妻하는 경우도 있었고 남녀 관계도 비교적 자유로웠다는 사실을 감안해 보면15), 조신의 경우 또한 드물지 않은 한 사건에 지나지 않을 것이다. 조신이 궁핍할 수밖에 없는 이유를 꿈 자체에서 찾아야 하는 까닭이 바로 여기에 있다.

　　집은 네 벽뿐이요, 식량조차 대지 못하고 마침내 영락하여 서로 이끌

---

14) 內山知也, 「隋唐소설연구」(木耳社, 昭和 56) 341쪽에서 淸河 최씨가 山東士族으로서 거대한 재력과 권력을 지니고 있었다고 했다.

15) 元曉 瑤石公主와의 관계, 「三國遺事」廣德嚴莊 설화에서 嚴莊의 태도를 방증으로 삼을 수 있다.

고 사방으로 다니면서 호구했다. 10년을 이와 같이 하는 사이에 초야를
두루 유랑하여 옷이 해져 몸도 채 가리지 못했다.16)

　「調信傳」의 단락 ③을 구체적으로 인용해 보았다. 「枕中記」에서라면 단락
③이 보다 더 놓은 지위에 오르기 위한 일시적인 수난에 불과한 것인데, 여기
서는 장기적인 수난을 예고한다. 즉 ③을 기점으로 너무나 가난한 나머지 몸
을 가릴 옷조차 지니지 못했고 자식이 굶어 죽어도 속수무책으로 바라보아야
할 정도로 엄청난 생활고를 겪는 사연이 핍진하게 이어진다. 金昕公의 딸과
결합하는 것이 소원이었지 부자가 되는 것을 소원하지 않았다는 데서 궁핍한
원인을 찾는다면 올바른 해석은 아니다. 여자와 결연해서 행복한 생활을 누리
자면 최소한 생계를 유지할 수 있어야 가능하다. 조신 자신도 궁핍으로 인해
가정이 파탄되기를 바라지는 않았을 것이다. 그렇다면 조신은 바라지 않는 수
난을 당하는 셈이 된다. 「枕中記」의 盧生처럼 주체적인 의지와는 관계없이 궁
핍을 면할 수가 없고 그 무엇인가에 의해 끌려가고 있다.

　이렇게 보니 「枕中記」와 「調信傳」에 수용된 꿈은 주인공이 현실에서 소망
한 바가 구체적으로 이루어지는 내용을 담고 있으면서도 주인공의 주체적인
힘이 거의 작용하지 못하는 것도 동시에 담고 있다. 「枕中記」의 盧生이 죽으
려고 할 때 죽지 못하도록 장면이 설정되고 「調信傳」의 조신이 중앙으로 나아
가지 못하게 하는 장면이 설정된다. 주인공이 각각 보이지 않는 주체자에 의
해 끌려간다는 점에서 이 작품들은 주인공의 일대기를 보여주기보다는 주인
공을 통해 나타나는 의미망 제시에 궁극적인 목적이 있을 것으로 여겨진다.
그런데 전체의 흐름을 눈여겨볼 때, 「枕中記」는 盧生의 소망대로 이루어진 반
면, 「調信傳」은 조신의 소망과는 어긋난 방향으로 귀결되었다. 주인공을 조종
하는 주체를 서술자라 한다면 서술자는 盧生을 긍정적인 쪽으로 이끌고, 조신
은 부정적인 쪽으로 끌고 간다. 요컨대 「枕中記」의 서술자는 盧生을 이상적인
인물형으로 부각시키면서 교훈적 의미를 전달하려 하고, 「調信傳」의 서술자

---

16) 一然, 『三國遺事』, 廣曺出版社(1980), 119쪽. "家徒四壁　藜藿不給　遂乃落魄扶携　糊其口
　　於四方　如是十年　周流草野　懸鶉百結　亦不掩體."

는 이상이 파괴된 인물형을 부각시키면서 교훈적 의미와 함께 현실적 의미를
더 강하게 전달한다.

2) 꿈의 기능과 독자의 측면

「枕中記」와 「調信傳」은 인생무상의 주제를 지니고 있다는 것이 거의 통설
이다. 노생은 꿈을 깬 후 세상에 대한 집착이 헛된 것임을 깨달았고 조신은
구도자로서 명상에 빠졌음을 뉘우치고 부지런히 수도에 임했으니 꿈은 다분
히 교훈적인 의미가 강하다. 서술자가 이런 교훈을 전달하기 위해 선택한 인
물이 노생과 조신이므로 이들이 주체적인 판단과 행위를 하지 못할 것은 자
명하다. 그런데 「枕中記」의 서술자는 노생을 이상적 인물로, 「調信傳」의 서술
자는 조신을 그 반대의 인물로 형상화하고 있기 때문에 꿈의 기능과 이를 수
용하는 독자의 측면이 같을 수가 없다. 노생은 꿈속에서 부귀영화를 마음껏
누리다 병이 들어 숨을 거두면서 곧바로 꿈을 깬다. 기지개를 켜고 일어나 보
니 자신의 몸에는 비단옷도 걸쳐져 있지 않았고 처자도 보이지 않았다. 돌아
보니 꿈꾸기 전에 누웠던 자리에 그대로 있었고, 꿈을 꾸게 해준 呂翁도 조금
도 변하지 않은 채 앉아 있었고, 잠들기 전에 뜸이 들지 않았던 기장밥도 여전
히 뜸이 들지 않은 상태였다. 모든 것이 순간적으로 일어난 상태였다. 노생은
꿈에서 벌어진 상황이 현실과 무관하다는 것을 깨닫고 인생의 허무를 깨닫는
다. "사랑과 미움, 가난과 부귀, 삶과 죽음, 이런 것들의 명수와 도리를 모두
깨달았다"[17]고 했는데, 이 깨달음은 꿈속과 꿈밖이 불연속성을 띠는 데서 비
롯되었다. 그가 깨달은 것이란 꿈과 현실의 불연속성이고 꿈이 허무하다는 정
도이다. 바꾸어 말하면 자신의 욕망이 꿈을 통해서는 이루어질 수 없다는 사
실이지 그 이상이기는 어렵다. 그럼에도 불구하고 노생은 현실의 욕망을 제거
하고 삶의 진리를 깨달았다고 하니 꿈속의 노생뿐만이 아니라 꿈밖의 노생도
자신을 진단할 수 있는 힘을 지니지 못했다.

꿈밖의 노생이 꿈의 허무를 삶의 허무로 연결짓는 것은 꿈의 기능과 밀접

---

17) 沈旣濟, 『枕中記』, 같은 책 38쪽, "夫寵辱之道 窮達之運 得喪之理 死生之情 盡知之矣"

한 관련이 있다. 꿈에서 노생은 결혼에서부터 죽음에 이르기까지의 일생을 거쳤기에 현실에서 더 추구할 것이 없다고 여기는데, 꿈이 노생으로 하여금 그렇게 여기도록 짜여 있다. 즉 꿈은 노생으로 하여금 出將入相하고 부귀영화를 이미 경험했다는 쪽으로 유도한다. 이것은 꿈을 깬 뒤의 노생의 행동에서 실증되는 바 이렇게 여기는 한, 꿈과 현실은 동일시되고 노생은 꿈을 개조할 하등의 힘도 지니지 못할 것이다. 이런 현상을 서술자와 독자의 문제로 환원시켜 보면 서술자는 노생이 꿈을 통해 삶의 진리를 깨달았다고 주장할 것이지만, 논리적인 독자는 서술자의 주장이 이치에 맞지 않는다고 여길 법하다. 꿈을 꾼 것과 삶의 진리를 깨달았다는 것 사이에는 그 간격이 너무나 크기 때문에 의미가 연결될 수 없는 것이다. 서술자가 어떻게 의도하든 간에「枕中記」는 꿈과 현실이 불연속적이며 꿈으로 모든 사건이 완결되어 버리기에 그 자체로 닫힌 작품이라 할 만하다.

　닫힌 작품에서는 주인공과 현실의 대립이 나타나지 않는다. 대립은 주인공이 현실에 불만을 느껴야 일어날 수 있을 것인데, 현실에 전혀 불만을 느낄 것이 없는 노생이기에 대립적 요소란 전혀 보이지 않는다. 주변 환경이 고정되어 있는 상태인데도 노생이 여기에서 벗어나지 않기 때문인데, 꿈의 기능이 그만큼 노생에게 강렬하게 작용했다는 의미가 될 것이다. 이렇게 되면 꿈이 현실의 주인공에게 실제적으로 영향을 끼치리라 기대하는 독자의 지평에는 미치지 못한다. 결국 꿈의 기능이 노생에게는 절대적인 영향을 끼치지만 독자에게는 거의 영향을 끼치지 못한다고 할 수 있다.

　여기에 비해「調信傳」은 꿈이 조신을 끌어내리는 기능을 하고 있으며 이로 인해 서술자가 독자의 일반적인 기대지평을 뛰어 넘는 계기가 된다. 조신은 꿈속에서 수난을 겪은 뒤 수염과 머리카락이 백발이 되고 혹독한 꿈속의 충격 때문에 멍청한 상태에 빠진다. 꿈을 깬 후 죽은 아이의 무덤을 파보다 돌미륵이 나온 데서 더 큰 충격을 받는다. 꿈밖의 현실이 경이롭다는 데에서 꿈속의 짤막한 시간 동안 얼마나 강한 충격을 받았는지 짐작하고도 남음이 있다. 주지하다시피 꿈은 무의식의 지배를 받기 때문에 작위적으로 조성되기는 어렵다. 달리 말하면 서술자의 상상력에 따라 꿈이 설정될 수는 있으나 전적으로 시간과 공간의 카테고리를 뛰어넘을 수는 없다. 「調信傳」이 「枕中記」와 꿈의 수용은 같지만 그 기능이 다른 것은 「調信傳」의 서술자가 특이하다기보다는 조신이 노생과는 다른 사회적 배경에 속해 있기 때문이다.

노생이 목표로 한 것은 부귀영화였지만, 조신이 목표로 한 것은 부귀영화가 아니라 애정추구였다. 애정을 추구하면서도 애정의 지속을 위해서 필수적인 요건이 될 부귀영화가 따르지 않는 것은 조신과 같은 백성이 바랄 수 없는 사회적 요인 때문일 것이다. 「調信傳」 곳곳에서 나타나는 몇 가지 사실은 좋은 방증이 된다. 세상의 인심이 흉흉하여 방 한 칸 빌어 쓰기도 어렵고 간장 한 종지도 얻을 수 없다. 이웃 사람들은 도와주기는커녕 걸식하는 자를 비웃기만 하니 식구끼리도 누가 될 지경이라 했다. 세상의 인심이 고약한 것도 따지고 보면 신병이 날로 더해가고 飢寒이 점차 핍박해지는 시대적 환경 탓이라고 할 수 있다. 따라서 이웃 사람들이 조신 부부를 흉내한 것은 근본적으로 심성이 나빠서도 아니고 조신이 전적으로 무능력해서 그런 것만도 아니다. 「調信傳」의 배경을 이루고 있는 신라 말기에는 골품제도의 혼란이 심해지고 전국에서 유민이 발생하여 사회적 기반이 흔들리고 있었다.[18]

> 그대와 내가 어찌하여 이 지경에 이르렀는지 뭇새와 같이 함께 굶어 죽는 것보다는 차라리 짝없는 난새가 거울을 향하여 짝을 부르는 것만 못합니다. 역경을 당하면 같이 하는 것은 인정상 차마 못할 일이지만 행하고 그침이 사람의 뜻대로 되는 것이 아니고 헤어지고 만남은 운명에 있는 것이니[19]

조신 처의 입을 통해 가정을 꾸리고 살아보려 해도 역경을 이길 수 없는 사정이 암시되고 있다. 이런 역경이 조신 부부에게만 밀어닥친 것이 아니고 사회구조의 모순에 따른 병리적 현상으로 보여진다. 그래서 뭇새와 같이 굶어

---

18) 金哲埈, 「후삼국 시대의 지배세력의 성격」, 『李相伯박사회갑기념논총』, 同간행위원회(1964) 253~254쪽.

19) 一然, 같은 책 120쪽. "君乎予乎 奚至此極 與其衆鳥之同餧 焉知隻鸞之有鏡 寒棄炎附 情所不堪 然而行止非人 離合有數".

죽을 지경이라고 했는데, 뭇새라고 하는 데서 굶주림에 시달리는 자가 사회에 만연해 있음을 알 수 있다. 그렇지만 조신 처나 조신은 여기에 좌절하지 않고 차라리 짝없는 난새가 거울을 향하여 짝을 부르는 길을 택하겠다고 했다. 애정관계를 청산해서라도 역경을 벗어나려는 의지를 표명한 것이다. 「調信傳」의 독자는 애정을 시발로 맺어진 관계를 염두에 두고 결말 또한 애정으로 마무리되리라 기대할 것인데, 서술자가 이 기대를 여지없이 깨뜨렸다. 조신이 꿈을 깨고 난 뒤 어디론가 사라졌다고 하는 데서 독자는 서술자의 의도를 여러모로 상상할 수밖에 없다. 독자의 상상력이 개입될 여지를 마련했다는 점에서 「調信傳」은 열린 작품이라 할 만하다.

열린 작품으로서의 「調信傳」을 두고 독자가 받아들이는 바가 일정하지는 않을 것 같다. 일연의 집필 의도를 불교적 시각에서 이해하는 독자는 구도자의 갈등이 꿈을 통해 해소된다고 여겨 숭고하다고 할 것이고, 조신의 갈등 자체에 주목하는 독자는 생활고로 인해 야기된 갈등이 끝내 풀리지 않는다고 여겨 비장하다고 할 것이다. 어느 쪽이 더 타당한 해석인가 하는 것은 어떤 쪽의 독자가 될 것인가 하는 문제와 다를 바가 없다. 만약 「調信傳」이 불교적 색채로 인해 현실의 갈등이 낭만적으로 처리되었다고 한다면[20] 조신의 갈등을 주목하는 독자가 불교적 시각을 가진 독자를 비판하는 경우가 될 것이다.

조신의 갈등에 주목하는 독자가 될 때 작품의 형성 배경을 고찰하기에 유리한 점이 있다. 분명히 비장한 일생을 마쳤다는 내용으로 마무리될 법한데, 깨달음을 얻었다는 쪽으로 귀결되므로 연결지점이 어색함을 느낄 것이기 때문이다. 비장함과 깨달음 사이의 간격을 캐나가자면 일연의 의도를 살펴보지 않으면 안된다. 일연은 「調信傳」의 논평부에서 선행하는 傳을 읽었다고 했다.[21] 그렇다면 일연은 선행하는 「調信傳」을 읽고 불교적 각도에서 새로운 「調信傳」을 지은 셈이다. 원래 있던 전은 조신의 일대기를 다룬 글이지 꿈속의 사건을 다룬 것은 아니라고 할 수 있다. 일반적으로 전은 어떤 인물의 일대기를 드러

---

20) 鄭學成, 「傳奇소설의 문제」, 『한국문학연구입문』, 지식산업사(1982), 254쪽의 논의가 여기에 속한다.

21) 一然, 같은 책 120쪽, 「讀此傳」.

내어 알리자는 것이 목적인데 꿈이라는 허구성을 통해 인물의 일대기를 전할 리가 없다. 원래의 전이 「삼국유사」에서 꿈으로 처리된 것은 일연의 개작에 의한 변화라고 하는 편이 타당하다. 갈등 자체를 중시하는 독자의 측면에서는 비장함과 깨달음의 간격은 곧 작자의식의 한계로 느껴질 것이며, 불교적 시각을 가진 독자의 측면에서는 불교사상이 교묘하게 연결되었다고 할 법하다. 이를 종합해 보면 구성상으로는 불통일성을 지닌 반면에 사상적으로는 통일성을 지녔다고 할 수 있다. 꿈과 현실의 관계를 구조적 측면에서 도표화하면 다음과 같다.

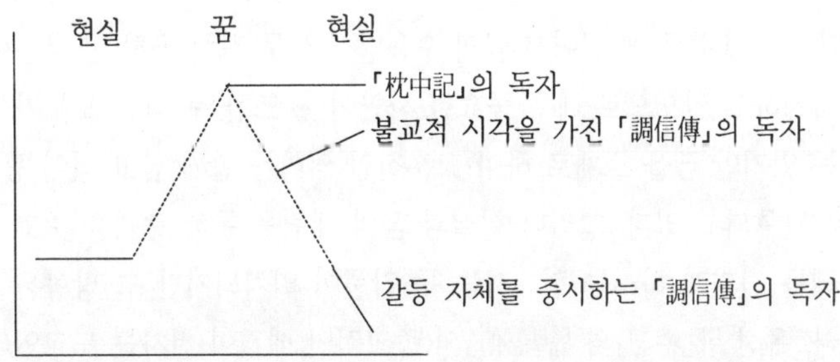

「枕中記」는 현실에 강한 불만을 가진 주인공이 꿈에서 소원을 모두 이루고 각몽 후에 깨달음까지 얻었기에 입몽 전의 현실에서 각몽 후의 현실로 상승하는 작품이라면 「調信傳」에서는 조신이 소원을 이루기는 했지만 경제적인 궁핍으로 인해 더 저열한 지경으로 떨어졌기에 상승하다가 하강하는 국면을 보여 준다. 이 작품들을 대하는 독자는 「枕中記」에 대해서 서술자의 의도를 곧바로 간파하지만 「調信傳」에 대해서는 서술자의 의도를 간파하기가 용이하지 않다. 그 결과 불교적 시각을 가진 독자는 「調信傳」이 상승→하강→상승의 구조를 지닌다고 할 것이요, 갈등 자체를 중시하는 독자는 상승→하강의 구조로만 파악할 것으로 여겨진다. 이렇게 되면 결말이 상승한다고 여기는 독자는 「調信傳」이 「枕中記」와 비슷한 구조를 지녔다고 할 것인데 비해 결말이 하강한다고 여기는 독자는 분명히 다르다고 할 것이다.

요컨대 「枕中記」와 「調信傳」은 비슷하기도 하고 다르기도 하다. 이렇게 말할 수 있는 근거는 「調信傳」에서 꿈이 지향하는 바가 독자에 따라 다른 데서 마련된다. 따라서 비슷하거나 다르거나 한 것은 독자의 측면이라기보다는 서술자인 일연이 다양한 독자를 끌어들일 수 있도록 작품을 꾸몄기에 그러할 것이다. 비슷하다는 사실에만 주안점을 두면 일연이 「枕中記」를 모방했다는 논의까지도 가능하지만, 다르다는 사실을 주목하게 되면 전혀 다른 논의도 동시에 가능하다. 굳이 「調信傳」이 「枕中記」의 영향을 받았다고 보려면 환골탈태라고 할 수밖에 없을 것이다.

3) 문학적 의의

「調信傳」과 「枕中記」에 있어서 꿈의 수용양상은 두 작품 공히 꿈 부분이 절대량을 차지하고 있으므로 매우 중요한 사안이다. 또한 두 작품 모두가 정도의 차이는 있지만 꿈을 소재로 하여 교훈적인 의미를 함께 담고 있어 동궤의 작품으로 간주되고 있다. 그러나 현실과 꿈의 대립을 통해 충격을 주고 구도자의 자세를 견지케 하려는 점에서는 두 작품이 일치되지만 그 방향은 완전히 다르다. 우선 「枕中記」와 「調信傳」의 종교적인 배경이 전자는 도교인데 비해 후자는 불교이며, 주인공의 신분도 전자는 젊은이인 데 비해 후자는 승려의 신분이다. 꿈의 내용에 있어서도 전자는 꿈속에서 행복을 추구하지만 후자는 사랑 때문에 번뇌와 고통이란 삶의 연속이다. 두 작품에 수용된 꿈의 양상을 눈여겨볼 때 「枕中記」는 주인공 노생의 소망대로 이루어지는 데 비해, 「調信傳」은 주인공 조신의 소망과는 다른 방향으로 귀결된다. 이것은 서술자의 문제와 연결될 수 있다. 다시 말하면 주인공을 조종하는 서술자가 노생을 긍정적인 쪽으로 이끌어온 데에 비해, 조신은 부정적인 쪽으로 끌고 왔다. 따라서 「枕中記」의 서술자는 노생을 이상적인 인물형으로 부각시키면서 교훈적인 의미를 전달하고 있고, 「調信傳」의 서술자는 이상이 파괴된 인물형을 부각시키면서 교훈적인 의미를 전달하고 있다. 전자는 이상적인 인물인 데 비해, 후자는 현실의 문제를 가미한 실제 있는 그대로의 인물로 서술자는 끌고 왔다.

그리고 「枕中記」와 「調信傳」에 있어서 꿈의 구조적인 측면에서 보면, 「枕中記」는 현실 ― 꿈 ― 현실로써 상승과정만 나타나고 있는데 비해, 「調信傳」은 현실 ― 꿈 ― 현실이 상승과 하강의 과정으로 교차된다는 점에서 구별된다. 「枕中記」는 깨달음을 얻었으나 현실적으로 판이하게 달라진 것은 없다. 꿈과 현실이 엄격히 분리된다. 그리고 「枕中記」는 꿈을 깬 후 주인공은 심한 충격을 느끼나 독자는 충격 이상의 의미를 찾지 못하고 있는데 비해, 「調信傳」의 경우 승려로서는 깨달음을 얻었으나 속인으로서는 파멸을 맞았고, 꿈과 현실이 상호 연결되어 있다. 곧 꿈속 사실의 현실화로 꿈과 현실이 분리될 수 없음을 역설하고 있는 점이 「枕中記」와 다른 점이다. 이와 같은 꿈의 구조적인 측면에서 상승과 하강의 차이는 단순하지 않다. 「枕中記」에는 상승의 요인이 주인공의 노력에 의해서가 아니고 우연성에 연유되고 있으나, 「調信傳」에서는 상승이 구체적인 대상에 대한 소유욕의 결과로 비롯했고, 하강은 경제적인 파탄으로 비롯되었다. 「調信傳」에서 상승과 하강의 요인이 이처럼 긴밀히 연결되지 못한 것이 결점이긴 하지만, 하강석 국면을 신라말 고려 조기의 사회적 경제적인 상황 위에서 파악하여 작품에 투영한 것은 작가의식의 뚜렷한 산물이라고 할 수 있다.

또한 꿈의 장치와 그 기능적인 측면에서 보면, 「枕中記」는 꿈이 필수적인 것이 아니므로 작품 내에서 뚜렷한 기능을 하지 못하고 있다. 꿈을 다른 요소로 대체하더라도 무방하다. 그 이유는 환경과 인물의 인과관계가 없기 때문이다. 각몽 후의 깨달음도 이런 각도에서 볼 때 자신의 욕망을 제거했다는 것이지 인생의 진리를 깨달은 것은 아니다. 곧 「枕中記」의 서술자가 어떤 의도였든지 간에 독자는 「枕中記」에 꿈과 현실이 불연속적이며 꿈으로 모든 사건이 완결되어짐에 따라 그 자체로서 끝나므로, 닫힌 작품으로서의 우아미를 느낄 수 있게 했다. 이에 반해, 「調信傳」은 꿈이 필수적이며 꿈이 제거되면 서두와 결말의 연결이 되지 않는다. 「調信傳」의 결말에서는 자신의 욕망을 파괴하고 구도자의 위치를 회복했으나 종적을 감추고 사라짐으로써 인간에게 있어서 구도 못지 않게 욕망도 중요함을 간접적으로 보이고 있다. 주인공이 종적을 감추었다는 것은 사건이 완결되지 않았음을 시사한다. 따라서 독자의 상상력이 개입할 수 있어서, 「枕中記」가 닫힌 작품이라 한다면 「調信傳」은 열린 작품이라 할 수 있다. 「調信傳」의 결말이 조신의 갈등자체에 주목하는 독자, 곧 일반 독자들에게는 비장미를 맛볼 수 있게 하고, 불교적인 시각에서 이해하려는 독자, 즉 불교신자인 경우는 숭고미를 느낄 수 있다. 그리고 「調信傳」의 열린 작품으로서 비장미와 숭고미는 어느 쪽이 더욱 타당한가를 쉽게 말할 수는 없다. 다만 전술한 바 어느 쪽의 독자가 될 것인가에 맡겨져 있을 뿐이다. 따라서 「調信傳」은 다양한 독자를 끌어들일 수 있도록 꾸몄다는 장점을 지닌, 열린 작품으로서의 문학적인 의의가 크다고 할 수 있다. 「枕中記」가 닫힌 작품인데 반해, 「調信傳」은 열린 작품이란 장점이 여기에 있다. 닫힌 작품에는 주인공과 현실의 대립이 나타나지 않는다. 따라서 꿈이 현실의 주인공에게 실제적으로 영향을 미치리라 기대하는 독자의 지평에는 미치지 못하게 된다.

「調信傳」과 「枕中記」의 문학 장르genre론적인 의의를 보면, 중국소설사에서 「枕中記」는 엄연한 傳奇소설로 지칭되고 있는데[22] 비해, 「調信傳」은 한국에서 최근 몇몇 학자들에 의해 소설로 간주되기도 하나[23], 초창기 대부분의 학자들은 傳奇가 전설적 경이가 두드러지고 구성이 긴밀하지 못하여 갈등양상이 뚜렷하지 못하다고 하여 소설로 편입시키지 않고 설화로 처리해 버리는 경향이

---

22) 傳奇筆記, 『唐人小說』, 文光圖書有限公司, 中華民國 六十四年, 37쪽.
　　李宗爲, 『唐人傳奇』, 中華書局(1985), 64쪽.
　　祝秀俠, 『唐代傳奇硏究』, 中國文化大學出版部, 中華民國 四十六年, 78쪽.
　　劉　瑛, 『唐代傳奇硏究』, 正中書局, 中華民國 七十一年, 253쪽.
　　秦孟瀟, 『中國小說史初稿』, 河洛圖書出版, 中華民國 六十七年, 62쪽.
　　郭箴一, 『中國小說史』, 商務印書館, 中華民國 五十四年, 85쪽.
　　木　鐸, 『唐人傳奇』, 木鐸出版社(1985), 78쪽.
　　范烟橋, 『中國小說史』, 長安出版社, 中華民國 六十六年, 58쪽.
　　魯　迅, 『中國小說史』, 丁來東·丁範鎭 譯, 錦文社(1964), 93쪽.
　　丁範鎭, 『唐代小說硏究』, 大東文化硏究院, 成大 大東文化硏究院叢書 Ⅰ(1982) 102쪽.
　　車相轅, 『中國文化史』, 東國文化社(1958), 318～319쪽.
　　金學主, 『中國文學槪念』, 新雅社(1977), 420～427쪽.
23) 池浚模, 「傳奇小說의 嚆矢는 新羅에 있다」, 『語文學』 32輯, 韓國語文學會(1975), 117～135쪽.
　　林熒澤, 「羅末·麗初의 傳奇文學」, 『韓國文學史의 視角』, 創作과 批評社(1984), 9～25쪽.
　　金光淳, 「韓國古小說史의 時代區分과 展開樣相」, 『語文論叢』 22호, 慶北大人文大(1988), 198～199쪽.
　　蔡龍福, 「調信構造의 分析的 考察」, 『語文學』 49, 韓國語文學會(1988), 123～234쪽.

많다.24) 그래서 꿈의 수용양상과 의미지향적인 시각에서 이들 두 작품을 비교해 본 결과를 가지고 두 작품의 장르genre론적인 문제에 접근해 보자.

이를 해결하기 위해서는 傳奇소설이란 무엇인가부터 논의되어야 할 것이다. 傳奇소설이란 唐代 裵鉶의 소설에서 비롯된 것25)으로, 비현실적, 비인간적, 비과학적인 황당무계한 세계와 남녀간의 애정문제를 주로 취급하고 있으며, 비교적 사건의 나열보다 인물의 심리적 활동에 더 비중을 두고 있다.26) 그리고 무엇보다 전기소설에는 작자의 의식적인 창작태도가 엿보인다. 이러한 전기소설의 개념과 특징을 胡雲翼은 當代 사람들이 지은 소설은 거의 다 애달프고 눈물겨운 염정이나, 또는 깜짝 놀라고 탄복할 仙俠의 이야기들을 그린 것으로 온통 새롭고 기이한 것을 취재했으며, 처량하고 애처로운 인정, 의리를 다룬 것으로 요약하고27) 있다. 이를 다시 보면 전기소설의 장르genre적 성격으로 사대부들의 의도적인 개인창작으로 진아, 미려한 문인문으로 기술된 단편적인 형식의 서사체이며 봉건사회 속의 사대부 혹은 귀족계층의 인물을 주인공으로 삼고, 그를 둘러싸고 있는 사회현실을 반영하고 있고, 사건전개에 있어 신이, 즉 비현실적인 환상적 요소와 낭만적 성격을 벗어나지 못하고 있다28)는 것이다.

초창기 한국에서의 소설은 이와 같은 중국의 전기소설을 그대로 수용한 것

---

24) 金台俊, 『朝鮮小說史』, 朝鮮語文學會(1933).
　　周王山, 『朝鮮古代小說史』, 正音社(1950).
　　朴晟義, 『韓國古代小說史』, 日新社(1958).
　　金起東, 『李朝時代小說論』, 精硏社(1959).
　　鄭鉒東, 『古代小說論』, 螢雪出版社(1966).
　　丁範鎭, 「枕中記硏究」, 『大東文化硏究』 2輯, 成均館大學校 大東文化硏究所(1966), 13쪽.
　　李胤錫, 「調信傳說話의 文學的 價値에 關한 小考」, 『韓國傳統文化硏究』 第四輯, 曉星女大 韓國傳統文化硏究所(1988), 167~189쪽.
25) 裵鉶, 祝秀俠, 『唐代傳奇硏究』, 中國文化大學出版部, 中華民國 四十六年, 6쪽.
　　李宗爲, 『唐代傳奇』, 中華書局, 中華書局出版(1985), 1~3쪽.
26) 李宗爲, 『唐代傳奇』, 中華書局, 中華書局出版(1985), 1~3쪽 참조.
　　劉 英, 『唐代傳奇硏究』, 正中書局, 中華民國 71년, 2~6쪽 참조.
　　譚嘉定, 『中國小說發達史』, 啓業書局, 中華民國 63년, 137~139쪽 참조.
27) 胡雲翼, 『新著 中國文學史』, 上海(1937), 27쪽.
28) 鄭學成, 앞의 책, 254쪽 참조.

이 사실이다. 따라서 전술한 바 전기소설의 개념에서부터 소설의 개념을 찾아보아야 할 것이다. 소설이란 가장 단순한 이야기를 풍부한 것으로 만들고 다시 이를 번복하여 새롭게 하려는 지향 사이의 갈등이 소설을 소설로 있게 하였다. 소설이란 이야기를 통하여 이야기 이상의 것을 표현하고자 하는 문학적 창조형식29)이라고 하는 서구의 시각과도 공통점이 있다. 따라서 전술한 바 소설에 있어 그 표현 형식이 최소한의 소설의 요건에서 벗어나지 않으면 이들 모두가 긍정적으로 받아들여져야 한다.30) 「調信傳」이나 「枕中記」의 경우에도 마찬가지이다. 이와 같은 관점으로 중국에서는 「枕中記」를 전기소설로 보는 데 비해, 「調信傳」을 한국에서는 소설로 보지 않으려는 시각은 문제가 있다고 할 수 있다. 우선 「調信傳」이 설화와 다른 점은 작자의 창의성, 문식의 가미, 사회현실의 반영, 의도된 허구성으로 보편적 인간의 이야기에 초점이 맞추어져 잘 꾸며진 이야기로서 독자에게 공감을 주는 이야기란 점이다. 다시 말하면 「調信傳」의 경우, 신분적인 제약과 경제적인 궁핍이라는 당시의 현실이 극명하게 반영되어 있으며, 현실 → 꿈 → 현실로 이어지는 사건구조는 갈등과 해결을 적절히 조절하면서 진행되고 있다. 그리고 김여인의 애정고백과 이별에의 당위성을 역설하는 부분에서는 치밀한 심리묘사와 비유법이 종횡으로 구사되어 설화에서 흔히 볼 수 있는 나열식 서술과는 좋은 대조를 이루고 있다. 사건의 전개에 있어서도 그 속도를 적당히 조절하여 꿈속에서 김여인의 적극적인 행동에 의한 극적 결합을 순간적으로 처리하고, 생활고에 시달리는 조신 부부의 처절한 모습을 寫實的으로 묘사함으로써 유리걸식하며 돌아다니던 나말여초의 유민행렬을 생동감 있게 보여주고 있다. 그리고 현실 → 꿈 → 현실로 전개되는 작품 구조에는 상호 우위에 서려는 세계와 자아의 대결이 분명하게 제시되어 있다. 즉 욕구불만은 자아에 대한 세계의 횡포를 의미하고, 불만해소는 세계의 횡포에 대한 자아의 반항으로 이해할 수 있다. 종교적

---

29) R. M. Alberes : Histoire du Roman Moderne ed, Albin Michel, paris(1962), 441~461쪽(黃浿江, 『韓國古小說史序說』, 丁奎福·蘇在英·金光淳, 『韓國古小說研究』, 二友出版社 (1983), 16쪽).

30) 金光淳, 「韓國古小說史序說」, 『語文論叢』 19호, 慶北大 人文大(1985), 60~61쪽.

인 초탈로 작품이 결구되어 있지만 세계와 자아의 대결은 끝난 것이 아니라
영원한 미해결의 과제로 계속되고 있는 것이다. 전술한 바,「調信傳」은 열린
작품으로서 치밀한 구성에 의한 갈등과 해결의 적절한 조절기능, 현실반영,
인물의 심리묘사와 寫實性, 사건전개와 완급조절, 뚜렷한 작가 의식, 세계와
자아의 상호 우위에 입각한 대결 등으로 보아 전기소설로서의 구비조건은 거
의 갖추고 있다. 그런데 다만「調信傳」이 작자 미상으로 인하여 설화로 간주
하고자 하는 이들에게 하나의 근거를 마련해 주고 있다는 것도 사실이다. 그
러나 우리 고소설의 대부분이 작자 미상이란 사실과「調信傳」은 그 당시에 널
리 알려진 작품이므로 굳이 작자를 밝힐 필요가 없었을 뿐만 아니라「調信傳」
이 수록되어 있는「삼국유사」의 작품 대부분이 작자를 밝히지 않고 있다는
특수 상황을 이해한다면「調信傳」이 작자 미상이라고 하여 설화에 가깝다는
주상은 근거를 잃게 된다. 따라서 선항에서 논술한 바와 같이「調信傳」은 당
의 전기소설「枕中記」보다 소설적인 구조가 더욱 분명함으로써 우리 소설사
를 나말여초로 소급시키는 데 중요한 의의를 지닌 작품이라 할 수 있다.

  중국에서는 6·7세기에 唐傳奇가 대량으로 창작되고, 8·9세기에는 그 전
성기를 이루었다. 우리의 경우를 보면, 나말여초 유학생들에 의해 당과의 문
물교류가 빈번히 이루어졌으며[31], 그 시대적 상황이 충분히 전기소설 양산의
기반을 갖추었을 것으로 유추된다.[32] 그렇다면「枕中記」가 8세기경의 작품이

---

31) 우리 나라와 당과의 교섭을 보면, 공식적으로는 사신의 왕래가 있고 비공식적으로
    승려와 상인의 왕래를 들 수 있다. 신라 진평왕 43년(621 A. D.)곧 唐 高祖 武德4년
    에 신라가 처음 당에 遣使한 이후 총계가 130여 회에 미치고, 당에서 신라에 온 사
    절 회수도 30수회에 이르고 있다. 당 태종 때 당은 국학 규모를 넓히고 이국 유학
    생들 받아들여 그 수가 8천여인이다.(唐書, 唐太宗 貞觀5년, 여기서의 수는 지방학
    교의 재학생 수까지 합산한 것으로 보인다) 新羅差入朝王子 並准舊例割留習業學生
    並及先住學生 共二百十六人 請時服糧料(唐會要 卷 36, 開城5년), 당 및 五代의 과거에
    급제한 이도 90명이나 된다.(崔瀣, 送奉使李中父還朝序 參照. 東文選 84에 수록), 居易
    於文章最精切 然最工詩 …… 當時士人爭傳 鷄林行賈 售其國相 率篇易一金(唐書 列傳 白
    居易條 원래 원적의 白氏長慶集에 실린 것임) 승려의 유학도 많아 법호를 들 수 있
    는 것은 고승의 수만도 당 이후에 80명은 될 것이며, 개인적으로 일시 다수가 입당
    한 것으로 기록한 것은 善德女王 4년(636 A. D.) 慈藏律師가 제자 僧實 등 10여인과
    함께 간 일이 있다(池淡模, 앞의 책, 121쪽).

며 「調信傳」은 나말여초의 작품이니만큼 이미 100여 년 전에 「枕中記」가 전래되어 한국문학에 상당한 영향을 끼쳤을 것[33]으로 볼 수 있다. 그것은 「枕中記」와 같이 꿈을 소재로 다룬 작품이 허다하다는 것이 그 방증이 되겠는데, 「調信傳」이 대표적인 경우라고 할 수 있다. 전술한 바 꿈의 수용양상, 구조, 기능적인 측면에서 상호 유사하면서도 환골탈태한 것은 「調信傳」이 「枕中記」의 직접적인 영향을 받았거나 그렇지 않으면 「枕中記」류와 같은 중국문학의 분위기 속에서 배태되면서 진일보한 창작물이란 데서이다. 「調信傳」이 「枕中記」류 문학의 영향권 안에 있었음은 쉽게 짐작되지만 모든 면에서 일치되는 것은 아니다. 전항의 분석에서 드러났듯이 「枕中記」는 한 번의 상승과정만 나타나는 단순구조인 데 비해, 「調信傳」은 상승과 하강이 교차되는 복합구조를 지닌다. 그뿐만 아니라 「枕中記」는 우연성이 남발되는 데 비해, 「調信傳」은 인물과 사건 배경이 긴밀히 연결되어 있음이 「枕中記」보다는 빼어났다. 또한 「枕中記」는 갈등적 요소가 거의 나타나지 않으며 전통적 경이가 주조를 이루고 있는 데 비해, 「調信傳」은 구성의 긴밀성으로 인해 복합구조가 곧 주인공의 갈등으로 발전하며 전통적 경이가 나타나더라도 주제를 형성하는 한 요소로 작용한다. 이런 현상은 「調信傳」이 「枕中記」의 영향을 받았다 하더라도 그대로 모방한 것이 아니고 환골탈태의 모습으로 발전했다고 볼 수 있다. 이와 같이 「調信傳」이 「枕中記」에서 진일보한 것을 200년 상거의 시간적인 흐름에서만 찾을 수는 없다. 중국의 전기소설이 들어온 이후에도 한국에서는 전기소설의 영역을 크게 벗어난 의미의 소설은 거의 나타나지 않았다. 이것은 중국 전기소설을 거의 그대로 답습했을 뿐이고, 「調信傳」만이 그 예외가 된다는 증거이다. 따라서 「枕中記」가 전래된 뒤에도 한국문학사에는 뚜렷한 변화가 없었

---

32) 金光淳, 「金現感虎의 이본과 문학사적 의의」, 『한국고소설의 조명』, 한국고소설연구회(1990).

33) 調信傳 말미에서 "不須臾待黃粱熟 方悟盧生一夢間"이란 구절로부터 조신 一則의 「枕中記」와의 연관성을 단언할 수 있다. 왜냐하면 소위 "黃粱尙未熟"이란 말은 "太平廣記 異人類 呂翁"條(즉 枕中記)에서 비롯하였고, 또 우리 나라에서는 調信傳 이전에는 이런 말이 신화나 전기로 전해 오는 것을 찾아볼 수 없기 때문이다.(丁範鎭, 앞의 책, 139쪽 참조).

던 셈이니 「調信傳」의 채록자인 일연의 작가의식에서 엿볼 수 있다. 승 일연은 중국 전기소설을 염두에 두고 기존의 「調信傳」을 채록했다고 볼 수 있고, 이를 민간교화를 위한 목적으로 재구성했으며, 산문에 대한 남다른 의식을 지니고 있었던 것으로 보여진다. 그는 작가로서의 의식이 투철했기 때문에 「枕中記」에 영향을 받았으면서도 이를 뛰어넘을 수 있는 逸作을 남길 수 있었다.

이렇게 볼 때 「調信傳」은 중국 전기소설인 「枕中記」보다 진일보한 소설로서 한국소설사에 마땅히 편입되어야 하는 소설사적으로 중요한 의미를 지니고 있는 작품이다. 따라서 한국소설사에서 소설의 효시를 15세기 「金鰲新話」에 둘 것이 아니라 이보다 500여 년 앞당겨 「調信傳」을 비롯하여 「金現感虎」[34], 「首揷石枏」[35], 「崔致遠」[36] 등 나말여초의 작품에서 찾아야 할 필요가 여기서 생긴다.

3. 金現感虎의 서술의식과 문학사적 의미

「金現感虎」[37]의 이본으로는 「虎願」[38]과 「虎語」[39]가 있으나, 지금까지의 연구는 「金現感虎」에 치중되어 왔고, 「호원」은 그것의 축약된 이본으로 간단히 처리되었으며[40], 「호어」는 몇몇 논자에 의해 그 줄거리만 소개되었을 뿐[41],

---

34) 金光淳, 「金現感虎의 이본과 문학사적 의의」, 『한국고소설의 조명』, 아세아문화사 (1990), 373~392쪽 참조.

35) 金光淳, 「한국고소설사의 시대구분과 전개양상」, 『語文論叢』 22호, 慶北大學校 人文大(1988), 200~201쪽 참조.

36) 金光淳, 같은 책 201 참조.

37) 『三國遺事』 卷第五 感通 第七.

38) 『大東韻府群玉』, 아세아문화사(1976), 456쪽.

39) 『破閑集·補閑集』, 아세아문화사 卷下 43쪽.

40) 金榮晩, 「金現感虎說話에 나타난 佛敎思想考」, 『국어국문학』18, 부산대 국어국문학과(1982).
　　林熒澤, 「羅末·麗初의 傳奇文學」, 『한국한문학』 제5집, 한국한문학회(1981).
　　車溶柱, 「金現感虎說話研究」, 『청주사대 논문집』 제7집(1978).
　　池浚模, 「新羅殊異傳研究」, 『어문학』 35집, 한국어문학회(1976).

41) 許永美, 「補閑集의 文學的 性格」, 경북대학교 교육대학원 석사학위논문(1982), 48~49쪽.

이를 「김현감호」의 이본으로 보아 상호간의 구조적 대비를 통해 총체적으로
다룬 論究[42]는 거의 없다. 다만 필자가 최근에 이에 대한 논의를 한 바 있
다.[43]

그리고 종래 대부분의 논자들은 「김현감호」를 설화로 인식[44]해 왔으나 최
근 학계에서는 「김현감호」를 개인의 창의성이 부각된 허구적인 이야기로 보
아 소설로 수용하고 있다.[45] 특히 池浚模가 일찍이 傳奇小說의 효시를 신라시
대의 작품으로 보는 견해를 제시했으며[46], 그 뒤 林熒澤이 傳奇의 특징과 나
말여초에 소설이 성립될 수 있는 역량을 열거하면서 「김현감호」를 소설로 인
정하고 있고 필자도 의견을 같이 하고 있다.[47]

그래서 여기에서는 「김현감호」의 이본에 대한 간단한 논의를 한 뒤에 작가
의 서술의식과 「김현감호」의 문학사적 의미를 천착하고자 한다. 본 논의의 자
료로는 『三國遺事』에 수록되어 있는 「金現感虎」[48]와 『補閑集』의 「虎語」[49],

李家源, 『韓國漢文學史』, 보성문화사(1979).
42) 車溶柱, 앞의 논문.
43) 金光淳, 「金現感虎에 대하여」, 『韓國의 哲學』16호, 경북대 퇴계연구소(1988).
  金光淳, 「金現感虎의 異本과 文學史的 意義」, 『韓國古小說史와論』, 새문사(1990), 17
  1~189쪽.
44) 趙潤濟, 『國文學史槪說』, 을유문화사(1982), 39쪽.
  張德順, 『國文學通論』, 신구문화사(1977), 442쪽.
  金東旭, 『國文學史』, 일신사(1983), 79쪽.
  白 鐵·李秉岐, 『國文學全史』, 신구문화사(1975), 76쪽.
  黃浿江, 「한국민족설화와 호랑이」, 『국어국문학』제55~57집, 국어국문학회(1979).
45) 金光淳, 「韓國古小說史序說」, 『어문논총』19호, 경북대 인문대국문학과(1985), 62쪽.
  金光淳, 「金現感虎의 異本과 文學史的 意義」, 『韓國古小說史와論』, 새문사(1990), 18
  4~189쪽.
  李家源, 앞의 책.
  李丙疇, 『古典의 散策』, 민족문화문고 간행회(1985), 235쪽.
  池浚模, 「新羅漢文學史」, 『신라가야문화연구』4집, 영남대 신라가야문화연구소(1972).
  林熒澤, 앞의 책.
46) 池浚模, 「傳奇小說의 嚆矢는 新羅에 있다」, 『어문학』32집, 한국어문학회(1975).
  池浚模, 「新羅漢文學史」, 『신라가야문화연구』 4집, 영남대 신라가야문화연구소
  (1972), 127쪽.
47) 林熒澤, 앞의 논문
  金光淳, 「金現感虎에 대하여」, 『韓國의 哲學』16호, 경북대 퇴계연구소(1988).

『大東韻府群玉』의 「虎願」[50]을 대본으로 한다.

1) 이본

한 작품에 여러 종의 이본이 존재한다는 것은 그만큼 많은 독자와 청자[51]에 의해 향유되었음을 방증하는 단적인 예가 된다. 이는 講談師가 한문을 해독하지 못하는 일반 대중에게 구송하는 과정에서 기인되는 현상이다. 즉 전기수와 강담사의 출현은 문학의 적층성을 자극하여 작품에 개인작의 요소보다는 공동작의 요소를 강하게 부각시킴으로써 여러 종의 이본을 양산하게 만들었다. 따라서 노블novel이라는 현대적 의미의 소설이 정립되기 이전의 고소설은 '읽혀졌다'기보다는 '듣고 말하여졌다'고 하는 것이 더욱 타당하리라 본다.

구비전승되는 과정에서 문자로 정착된 한 작품에서 파생된 이본의 개념 규정은 개별 작품과 이본간의 차이를 구명하는 작업과 상통한다. 이본의 사전적 의미는 진기한 책, 珍本, 내용이나 글자가 다소 다른 것[52]으로 정의된다. 이와 같은 이본은 우리 문학에 있어 인쇄술과 지묵의 희귀성 때문에 문학 작품이 구비전승되어 온 데서 그 원인을 찾을 수 있다.

「김현감호」와 「호원」에는 몇몇 자구의 교체나 단어의 가감[53]이 있다. 물론 「호원」에는 老嫗가 호랑이 형제에게 해를 당하지 않도록 김현을 숨겨주는 부분과 호랑이들의 대화 장면, 하늘의 징계에 대한 처녀의 속죄 결심, 이물과의 交媾에 대한 김현 자신의 견해, 처녀가 말한 五利와 당부의 말, 호환의 치료 방법 등이 생략되어 있지만 「김현감호」에 없는 이야기가 「호원」에 삽입되어 있다든가 주제가 변용되어 있다든가 하는 차이는 없다. 「호원」이 「김현감호」

---

48) 『三國遺事』 卷第五 感通 第七.
49) 『破閑集・補閑集』, 아세아문화사 卷下 43쪽.
50) 『大東韻府群玉』, 아세아문화사(1976), 456쪽.
51) 한문작품일 경우, 일반 대중은 거의 독자가 될 수 없었고, 한문을 해독할 수 있는 傳奇叟나 講談師를 통해 이야기의 청자만 될 수 있었다. 그리고 상위계층으로서의 한문식자들은 괴이한 이야기를 괄시하면서도 은밀하게 읽었다는 사실에서 '많은 독자'라는 말을 썼다.
52) 李熙昇, 『國語大辭典』, 민중서관(1982), 2900쪽.
53) 車溶柱, 앞의 책.

의 축약이라는 점에서 표제의 상이는 논쟁거리가 되지 못한다.

그러면 자구가 교체되거나 단어가 가감되는 양상을 살펴보기 위해 「김현감호」의 첫부분과 끝부분을 「호원」과 대비해 보기로 하자.

「金現感虎」
新羅俗每當仲春初八至十五日都人士女競遶興輪寺之殿塔爲福會元聖王代有郎君金現者夜深獨遶不息有一處女念佛隨繞 ……中略…… 熙怡而笑曰昨夜共君繾綣之事惟君無忽…乃取現所佩刀自頸而仆乃虎也 …… 現旣登庸創寺於西川邊號 虎願寺…….

「虎願」
新羅俗每當仲春初八至十五日都人士女競遶興輪寺 ▼塔爲福會元聖王時有郎君金現者夜深獨遶不息有一▼女▼隨繞 ……中略…… ▼笑曰昨日▼繾綣之事惟君無忽……乃取現所佩刀自頸而仆乃虎也現旣登庸創寺於西川邊號曰虎願….
(·표시는 字의 加 또는 교체를, ▼표시는 字의 減을 뜻함)

「호원」에 있는 것은 「김현감호」에도 거의 그대로 나타나고 있는데 비해, 「김현감호」에 있는 것이 「호원」에는 빠져 있는 점으로 볼 때 「호원」은 「김현감호」를 적출한 이본임이 확실하다. 여기에 비해 「김현감호」와 「호어」는 주인공의 차이는 물론 주제의 변용까지 나타나는 작품으로 개별적인 성격이 강해 이본으로 보기엔 그 기준이 다소 모호하다. 그러나 「호원(?)」[54]의 구성 원리를 답습하여 작가가 시대적 배경에 의해 의식적으로 다른 주인공을 내세워 그 주제를 변용시켰다는 관점에서 「호어」를 개별 작품이 아닌 「김현감호」의 이본으로 보고자 한다. 따라서 본고에서 말하는 이본은 같은 표제를 가진, 내용이나 글자에 다소 차이가 나는 작품[협의의 뜻]은 물론, 원본에 가까운 작품을 보고 의식적으로 주제를 변용시킨 작품[광의의 뜻]도 포함되는 것으로 간주

---

54) 金現感虎에 대한 新羅殊異傳의 표제는 虎願이었을 가능성이 높다. 이는 權文海가 金現感虎에 대한 성어 풀이는 하지 않고, 虎願에 대해 언급하고 있는 점, 그리고 一然이 新羅殊異傳에 虎願으로 되어 있는 표제를 三國遺事의 체제, 즉 感通條에 맞게 金現感虎로 개칭했을 것이라는 데에 그 근거를 두고 있다. 그래서 본고에서는 大東韻府群玉의 虎願과 구분하여 新羅殊異傳의 것을 '虎願(?)'이라 가칭하기로 한다.

한다.

위에서도 작품 내용에 따른 이본의 선후 관계가 조금 언급이 되었지만 창작 연대가 명시되어 있지 않은 각 이본의 선후를 밝힌다는 것은 어디까지나 추정에 그칠 가능성이 있다. 각 이본이 실려 있는 문헌의 저작 연대를 참고하는 것이 최선의 방법일 수 있으나 실상 이들 이본이 구비전승되는 과정에서 문자로 정착되었다는 사정을 감안해야 한다. 따라서 문헌의 저작 연대는 각 이본의 최후선을 한계지을 수는 있어도 그것의 출발점을 파악하는 데는 별 도움을 주지 못한다. 이러한 방법론적 한계성을 극복하기 위해서 작품의 구성 원리를 통해 그것의 선후 관계를 해명하려는 논자[55]도 있다. Brunetiere의 장르genre 진화론을 전제로 하여 보편타당하게 적용될 수 있는 원리를 도출할 수 있다면, 이것 역시 문헌학적 방법을 보충할 수 있는 한 논거가 될 수도 있다. 하지만 시간의 진행과 장르의 진화가 상호 비례 관계를 유지할 수 있느냐는 문제와 구성 원리의 설정 기준의 모호함이 의문점으로 제기될 수 있다. 그래서, 여기서는 일단 장르의 진화에 대한 역사적 시간과의 문제는 보류해 두고 문헌의 저작 연대를 추정하고자 한다. 문헌의 저작 연대조차 미상이라면 다소의 위험이 있더라도 간행 연대까지 동원해야 할 것이다. 그래서 여기서는 각 이본의 선후관계를 추정한 후 시대적 배경과 작품 내용을 연관시켜 선후를 판별하는 보충적 방법을 취하기로 한다.

崔滋(1188~1260)의 『보한집』은 李仁老의 『파한집』을 증보하였지만 그것(1260년 刊) 보다는 일찍 간행(1256년)되었고 일연(1206~1289)이 撰한 『삼국유사』는 『보한집』보다는 조금 뒤인 1281~1287년 사이에 저작되었다. 그리고 권문해(1534~1591)의 『대동운부군옥』은 이들보다 훨씬 뒤인 조선 선조 때에 저작되었다. 이러한 문헌의 저작 연대 내지 간행 연대를 통해 피상적으로 보면 이본의 선후관계가 「호어」 → 「김현감호」 → 「호원」 순으로 배열될 수 있지만 이는 문헌의 저작 연대와 거기에 전재된 작품의 창작 연대가 거의 동일하리라는 막연한 추측에서 나온 것이다.

---

55) 趙東一, 『韓國小說의 理論』, 지식산업사(1977).

　그런데, 더욱 중요한 사실은 『대동운부군옥』의 「호원」이 『수이전』에서 인출되었다56)는 기록이다. 『新羅殊異傳』57)은 『海東高僧傳』, 『三國遺事』, 『太平通載』, 『筆苑雜記』, 『三國史節要』, 『大東韻府群玉』에 그 逸文이 전하는데, 그 표제도 문헌에 따라 『해동고승전』, 『삼국사절요』에서는 『殊異傳』으로, 『태평통재』, 『필원잡기』에서는 『新羅殊異傳』으로, 『삼국유사』에서는 『古本殊異傳』과 『新羅異傳』으로 달리 불리어졌다. 『대동운부군옥』의 찬집서적 목록에는 최치원의 『신라수이전』만 제시해 두고, 「仙女紅袋」조는 출전을 『신라수이전』으로, 「호원」조는 『수이전』으로 출전을 밝히고 있는 것으로 보아, 권문해의 『대동운부군옥』에는 『수이전』과 『신라수이전』을 같은 책으로 공용하고 있는 것 같다. 그리고 『신라수이전』의 편저자에 대해서도 覺訓은 朴寅亮(?~1096)으로, 권문해는 최치원(857~?)으로 달리 명기하고 있다. 여기서 특히 주목되는 것은 박인량이 편저자로 되어 있는 『신라수이전』은 『수이전』으로, 최치원이 편저자로 되어 있는 『신라수이전』은 그대로 『신라수이전』으로 기록해 놓고 있다는 사실이다. 그리고 徐居正은 『필원잡기』에서는 『신라수이전』으로, 『삼국사절요』에서는 『수이전』으로 달리 표기해 놓고 있다. 문헌에 따라 표제와 편저자가 다른 것으로 보아 물론 『신라이전』은 『신라수이전』의 약칭으로, 『고본수이전』은 『신라수이전』의 별칭으로 볼 수 있고58) 『수이전』은 『신라수이전』의 약칭으로 보이기도 하지만, 최치원의 『신라수이전』을 참고로 하여 고려시대의 이야기를 첨가한 박인량의 『신라수이전』과는 그 체제에 있어 다소의 이동이 있는 문헌일 가능성도 있다. 따라서 『삼국유사』에서 일연이 언급한 『고본수이전』59)은 최치원의 『신라수이전』이고 후인이 개작했을 것으로 유추되는 『신라수이전』은 박인량의 『수이전』일 가능성도 있다.

---

56) 權文海는 『大東韻府群玉』에서 「虎願」의 출전을 최치원의 『新羅殊異傳』만 제시해 두고 『殊異傳』이라고 밝혔으나 一然은 「金現感虎」의 출전을 명시하지 않았다. 「金現感虎」가 『殊異傳』(古本殊異傳)의 逸文임은 뒤에서 밝혀질 것이다.

57) 崔致遠의 新羅殊異傳을 殊異傳, 新羅異傳의 원본으로 보고, 이들 여러 종의 통칭으로 쓰기로 한다.

58) 一然은 海東高僧傳을 海東僧傳이라 했다.(『三國遺事』 卷四 義解 第五 寶壤梨大條)

59) 『三國遺事』 卷四 義解 第五 圓光西學條.

『삼국유사』에 전하는 「김현감호」는 비록 그 출전이 명시되어 있지 않지만 「호원」과의 대비를 통해 보면 그 구성이나 주제가 동일하기 때문에 이것 역시 『신라수이전』에서 인출되었을 것이다. 그리고 「호원」은 임진왜란 전까지 전해오던[60] 『신라수이전』의 「호원(?)」을 보고 권문해가 『대동운부군옥』의 사전적 성격에 맞도록 축약·적출한 것으로 보인다. 「호원」의 전반부와 후반부는 「김현감호」의 그것을 그대로 기록하고 있지만 중반부는 생략되어 처녀가 호랑이의 변신임이 언급되지도 않았는데 갑자기 '……乃取現所佩刀自頸而仆乃虎也'라 하여 비로소 그 처녀가 호랑이였음을 밝히고 있다. 「호원(?)」의 내용을 알면서도 그 중반부를 의식적으로 삭제해 버린 것은 「호원」의 어원을 밝히려는 편저자의 의도가 짙게 깔린 것이다.

그러면 『삼국유사』의 「김현감호」는 『신라수이전』에 있는 「호원(?)」을 그대로 옮긴 것일까?

『太平通載』에 실려 있는 「최치원」(2414字)은 『신라수이전』의 완문으로 『대동운부군옥』에 실려 있는 그것(397字)과는 달리 장문으로 되어 있음을 볼 때, 『신라수이전』에 실려 있을 「김현감호」와 유사한 이야기, 곧 편의상 「호원(?)」이라 명명하고자 하는 『大東韻府群玉』의 이야기는 『삼국유사』의 그것보다는 내용이 풍부한 장문으로 되어 있을 것으로 짐작된다. 『삼국유사』의 「김현감호」는 출전을 명시하지 않은 것으로 봐서 『신라수이전』을 그대로 옮긴 것이 아니라 어느 정도 일연 자신의 作意를 가미했다고 보는 것이 타당하다.[61] 여기에 비해 『대동운부군옥』의 「호원」은 『신라수이전』의 것을 『대동운부군옥』의 사전적인 성격에 맞도록 대폭 축약·적출시켜 놓은 것이므로 상대적으로 「김현감호」보다는 편저자의 작의가 약화되어 있다. 「호어」가 『신라수이전』의 「호원(?)」을 참고하여 의식적으로 남녀간의 사랑 이야기를 삭제하고 처녀를 소년으로, 김현을 법사로 바꾸어 불교의 윤회사상—죽음과 재생의 motif—과 인과응보를 강조한 것은 당시의 시대적 상황, 즉 수차에 걸친 몽고의 침입에 대한 민중의 항쟁의식에서 싹튼 호국불교적 염원을 표현한 것이라 생각된다.

---

60) 池浚模,「新羅殊異傳研究」,『어문학』 35집, 한국어문학회(1976), 209쪽.
61) 『三國遺事』 소재 신도징 이야기도 太平廣記의 그것과는 차이가 있다.

따라서『신라수이전』에 수록되어 있었던「호원(?)」과『삼국유사』의「김현감
호」,『대동운부군옥』에 수록되어 있는「호원」,『보한집』에 수록되어 있는「호
어」와의 상호 관계를 도식화해 보면 다음과 같다.

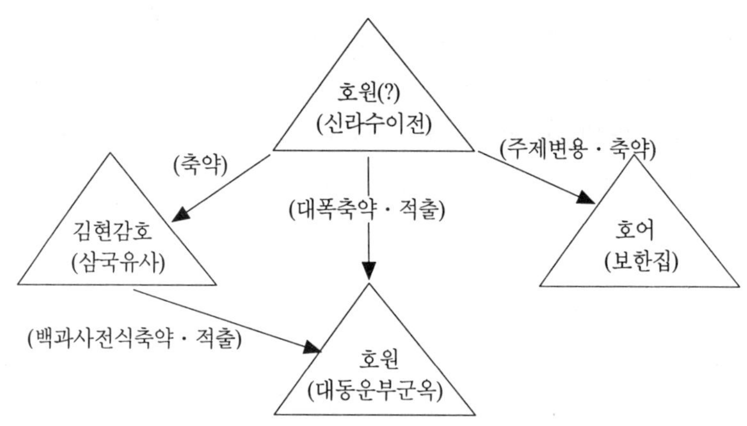

　앞의 도표에서 보여지는 바와 같이『대동운부군옥』의「호원」은 저자가『수
이전』에서 인출하였다고 기록하고 있고,「호원」은「김현감호」와의 비교에서
백과사전의 취지에 맞도록 적출하였음이 증명되었으니,「김현감호」도『수이
전』에서 일연의 창의성이 다소 작용하여 축약된 것임이 증명된다.『대동운부
군옥』의「호원」은 백과사전식의 어원 설명을 위해『신라수이전』의「호원(?)」
에서 대폭 축약 · 적출한 것으로 볼 수 있고,『삼국유사』의「김현감호」도『신
라수이전』의 것에서 축약된 것으로 보인다. 따라서 현존하는『대동운부군옥』
의「호원」은 권문해의 기록과 같이『신라수이전』의「호원(?)」에서 대폭 축
약 · 적출의 과정을 거치고,『삼국유사』의「김현감호」에서 축약 · 적출된 형태
로 남아 전하게 된 것으로 추측된다. 그리고『보한집』에 전하는「호어」는 당
시의 시대상과 사회상에 따라『신라수이전』의「호원(?)」이 주제 변용과 축약
이라는 과정을 거쳐 작자의 의도가 반영되면서 변모된 것임을 추측할 수 있
다. 그렇다면 원본에 가장 가까운 현존 최고본은『삼국유사』소재「김현감호」
라 할 수 있다.

2) 서술의식

『金現感虎』의 서술의식을 파악하기 위해 「金現感虎」를 몇 개의 의미 기능 단락으로 나누어 보면 다음과 같다.

① 김현이 보름날 탑돌이를 하다가 한 처녀를 만나 정을 나눔.
② 김현은 처녀의 거절에도 불구하고 그녀를 따라 오두막집으로 감.
③ 老嫗가 호랑이들의 행패를 염려하여 김현을 숨어 있게 함.
④ 잠시 후 세 마리 호랑이가 들어와 사람 냄새를 맡고 요기하려 하자, 노구와 처녀가 꾸짖음.
⑤ 이때 하늘에서 세 호랑이의 작폐를 징계하리라는 호령 소리가 들림.
⑥ 처녀가 오빠 호랑이를 대신해 속죄할 것을 다짐함.
⑦ 처녀가 김현에게 자신이 죽는 이유를 설명한 뒤 그의 손에 죽고 싶다고 하면서 그 방법을 알려 줌.
⑧ 김현은 배필의 죽음을 팔아 자신의 영화를 구할 수는 없다고 거절함.
⑨ 처녀는 자신이 죽음으로써 다섯 가지 이득이 있다고 설득하면서 자신이 죽은 뒤에 절을 세워 명복을 빌어 주기를 부탁하고 울며 헤어짐.
⑩ 다음날 성 안에 맹호가 나타나자 김현이 보호자로 나섬.
⑪ 처녀는 숲 속에서 김현에게 虎爪에 상처를 입은 사람에 대한 치유 방법을 알려 주고는 김현의 칼로 스스로 목을 찔러 죽자 다시 호랑이로 환형됨.
⑫ 호랑이를 잡은 공으로 등용된 김현은 그 후 西川 가에 절을 세워 처녀의 명복을 빌어줌.

이상에서 작품 내용을 그 의미 기능 단락에 따라 나누어 보았는데, 이를 바탕으로 하여 작품에 투영된 사회적 배경, 사상, 주제 등을 중심으로 작가의 서술의식을 찾아보기로 한다.

김현과 처녀가 福會라는 탑돌이에서 처음 만나는 장면은 고소설에 거의 공통적으로 등장하는 奇緣, 奇逢의 홍미로운 발단의 하나이다. 그리고 기봉의 시간적 배경을 생명이 원초적 계절인 봄으로 설정함은 사랑의 이야기를 전개시키기 위한 원형적인 상징이다. 김현(人)과 처녀(虎), 즉 異物間의 결합은 人과 人의 交媾보다 더 흥미롭고 신비스러운 느낌을 준다는 단순한 감정상의 문제에서 그치는 것이 아니라 왕위 쟁탈전에 혈안이 된 신라 下代의 진골계급에 대한 풍자를 함의하고 있다. 즉 이물인 호랑이의 숭고한 희생 정신과 거기에 보답하는 한 평민의 은혜를 통해 짐승보다 못한 당시 왕족의 비인간적 골육상잔을 힐난하고 있는 것이다. 따라서 이 작품의 애정갈등은 인간생활의 현실적 모순을 반영한 것이다.[62]

이제 각도를 달리하여 호랑이를 당시 귀족으로 보아 이 작품을 시대적 배경에 따라 상징적으로 해석해 보자.

신라 하대에는 골품제가 점차 붕괴되어 가고 있었지만 하대 초기인 元聖王代에만 하더라도 신라인의 의식 속에는 아직도 계급적 관념이 잔존해 있었다. 처녀의 죽음은 표면상으로는 세 오빠의 작폐 즉 백성들을 수탈한 죄에 대한 대속의 명분이지만, 실상은 신분적 차이 때문에 현실적으로는 불가능한 사랑을 이루기 위한 최후의 수단이었다. 이 작품에 등장하는 호랑이는 백수의 왕이라는 통상적 관념과 그 성격이 포악·맹렬하다는 이미지를 이용하여 작가가 가렴주구를 일삼던 귀족을 비유하기 위해 설정한 동물이다. 따라서 여기에 등장하는 호녀는 어느 귀족 가문의 고귀한 처녀임이 분명하고 낭군[63]이라는 김현은 귀족계급은 아니고 한미한 평민이었을 것이다. 이러한 신분적 차이로 인해 비록 '相感而目送之遠畢引入屛處通焉'했지만 그들의 사랑은 떳떳하게 용인될 수 없었다. 노구는 이미 엎질러진 처녀의 행동을 위로해 주지만 처녀의 오빠들이 알까봐 김현을 숨도록 한다든가, 김현 자신도 같은 계층끼리의 결합이 온당한 것이지 다른 계층끼리의 결합은 떳떳한 행위가 아님을 시인하는 부분[64] 등에서 뿌리 깊이 박힌 신라 골품제의 일단을 엿볼 수 있다.

---

62) 林熒澤, 앞의 책, 92쪽.
63) 郎君은 처녀가 김현을 높여 부른 말이지 그가 귀족이라서 그렇게 부른 것은 아니다.
64) 人交人 彛倫之道 異類而交 蓋非常也(『三國遺事』卷第五 感通七 金現感虎條).

이런 현실적 상황 속에서 처녀가 취할 수 있는 행동은 김현을 자기와 비슷한 계층으로 상승시키는 길밖에 없었다. 폐쇄된 사회일수록 신분 상승은 어렵게 마련이다. 따라서 김현으로 하여금 국가에 대공을 세우도록 하는 수밖에 없었다. 그래서 처녀는 갖은 수단과 방법으로 백성을 수탈하는 맹호로 변한다. 아무리 부패한 왕실이라 하지만 백성들의 원성을 사는 탐관오리, 더구나 자신의 자리를 빼앗을지도 모르는 무리들을 그냥 둘 수는 없어 2급의 관작을 내려 잡아오게 한다. 처녀는 이런 결과를 미리 짐작하고서는 자신의 죽음이 五利(天命·吾願·郎君之慶·予族之福·國人之喜)를 가져온다고 하면서 김현의 손에 죽기를 원한다. 즉 처녀는 사랑하는 이의 계급을 상승시켜야 했고, 또한 김현이 그것으로 인하여 사랑하는 여인과 헤어져야 하는 비극이 다시는 일어나지 않기를 바라는 마음에서, 그리고 기존 사회의 관념에 대한 항거를 행동으로 보여주기 위해 죽음이라는 최후의 수단을 택했던 것이다. 이에 대해 김현이 西川(西方淨土)가에 虎願寺를 짓고 法綱經을 강하며 그녀의 극락왕생을 기원한 단락은 자기를 위해 희생된 그 여인에 대한 지극한 애정에서 비롯된 작자의 서술의식이라 할 수 있다.

이 작품에서는 죽음에 따른 재생의 motif가 나타나지 않는다. 그러나 그것은 그리 이상한 구성이라 할 수는 없다. 죽음과 재생의 motif가 나타나게 되면 처녀의 죽음은 처음부터 계산된 행동임이 노출되어 작품은 그만큼 문제 의식이 결여되어 버리고 독자는 이때까지 지녀오던 극적 긴박감을 상실하게 되기 때문이다. 여기에서 우리는 「김현감호」가 뚜렷한 창작의식과 문학적 소양을 갖춘 어느 개인에 의해 지어졌음을 유추할 수 있다.

종래 논자들은 「김현감호」를 불교사상으로 일관된 작품으로 해석해 왔다. 특히 불교경전에 나타난 知恩報恩思想·靈驗思想·輪廻思想에 따라 「김현감호」를 분석하는 경향이 있다.65) 물론 興輪寺라는 공간적 배경, 복회의 성격, 虎願寺의 緣起, 그리고 작품 자체의 성격 등으로 미루어 보아 「김현감호」가 불교를 떠나서는 온당하게 이해될 수 없다. 그러나 이들은 작품을 형성하는

---

65) 金榮晩, 앞의 책.

배경이고 소재이지 작자의 서술의식은 아니다. 또한『삼국유사』에 실려 있는
글이라면 무조건 불교와 연관 지우려는 선입견은 배제되어야 한다. 다시 말하
면,『삼국유사』가 僧 一然에 의해 편찬되었다는 피상적인 사실만으로 거기에
실려 있는 작품들을 획일적으로 불교와 연관시켜 처리할 수는 없다는 것이다.
일연이 「김현감호」를『삼국유사』에 전재한 의도는 虎願寺의 緣起를 밝히려는
데서 시작되었을 것이다. 그래서『신라수이전』의 원문에서 불교와 무관한 것
은 되도록 삭제하고 虎願寺의 緣起에 초점을 맞추어 작품을 轉載했을 가능성
이 높다. 따라서 이 작품의 핵심을 이루는 남녀의 애정 이야기도 원래는 불교
적 성격과는 거리가 먼 오히려 민간 신앙적 내지는 무속적 도교적 성격이 짙
었는데, 일연이 의도적으로 자신의 작의를 가미하여 기록했을 가능성이 있다.
그러나 일연은 이 작품을 轉載하면서 완벽한 불교적 입장에 서지는 못했다.
즉 「호어」의 경우처럼 인물 변전에 따른 주제의 변용도 나타나지 않았고 궁
극적 목표인 空사상도 투영되어 있지 않음을 보아서도 「김현감호」는 단지 작
품 轉載의 동기나 형식만을 갖추어 억지로『삼국유사』의 틀에 끼워 맞춘 느낌
이 든다. 그러므로 작품의 핵심인 애정 갈등은 원문에서 그대로 옮겨졌을 가
능성이 높기 때문에 일연이 의도적으로 가미한 불교적 성격을 배제시킨 뒤
거기에 나타난 무속사상, 도가사상66) 등에 대해서도 주목할 필요가 있다.

3) 문학사적 의미

우리 나라에서 소설이란 명칭이 나타나기 시작한 것은 고려 고종 때 李奎報
의『白雲小說』과 공민왕 때의 고승 景閑의 法語 篇名인『興聖寺入院小說』등에
서 찾아볼 수 있다. 소설의 개념에 대한 문헌상의 기록은 흔하게 발견되지 않
는다. 그래서 문헌에 나타난 소설의 명칭과 그 범위를 통해 소설의 개념을 유
추할 수밖에 없다. 魚叔權의『稗官雜記』와 李晬光의『芝峰類說』을 통해 보면,
음담, 시화, 일기, 지리서, 한담, 해학, 잡기, 수필 등이 소설의 범주에 들 수
있게 된다. 이와 같은 문헌을 통해 유추한 결과, 고소설은 novel이 아닌 roman

---

66) 邊太燮,『韓國史通論』, 삼영사(1986).

에 가까운 속된 말이나 글로 된 심심풀이 이야기이며 사실을 왜곡한 君子修道에 반하는 음란한 이야기로 유추된다. 그러나 이러한 포괄적인 개념으로는 설화와의 구분을 명확히 할 수 없으므로 이미 소설로 인정된 작품과의 비교를 통해 소설적 요소를 적출하는 보충적 방법을 쓸 수밖에 없다. 그래서 「김현감호」는 극적 구성, 뚜렷한 창작 태도, 사회 의식의 반영 등으로 보아 당나라 전기소설인 「枕中記」에 비해서 우수한 작품임이 입증된 것이므로 소설이란 갈래를 붙여도 별 무리가 없다고 할 수 있다. 소위 고소설의 효시라고도 하는 『금오신화』, 특히 「용궁부연록」, 「남염부주지」, 「취유부벽정기」와 대비해 보아도 별 손색이 없는 작품이다.

소설의 효시에 대해 여러 가지 이설이 있다는 것은 소설과 설화의 기준이 모호한 데서 비롯된 것이다. 설화는 일정한 구조를 가진 꾸며낸 이야기로 구전되며 규칙적인 율격은 발견되지 않는다. 그리고 구연되는 과정에선 회자가 청자를 대면해서 청자의 반응을 의식하면서 행해진다. 이러한 설화의 전반적인 특징에다 기록문학적인 복합성을 가미하면 소설이 된다. 특히 우리의 고소설은 설화의 특징과 중첩되는 부분이 많아서 이들을 명확히 구분하기란 쉬운 일이 아니다. 더구나 정착된 문헌설화는 기록 문학적인 성격을 가지게 되므로 이를 고소설과 구분한다는 것은 더욱 어려운 작업이다. 우리 나라의 초기소설들은 대부분이 傳奇小說에 속한다. 이와 같은 전기소설의 시작은 당대 裴鉶의 단편소설에서 비롯한 것이다. 전기는 비현실적, 비인간적, 비과학적인 황당무계한 세계와 남녀간의 애정문제를 주로 취급하고 있으며 비교적 사건의 나열보다 인물의 심리적 활동에 더 비중을 두고 있다. 그리고 무엇보다도 전기소설에는 작자의 의식적인 창작태도가 엿보인다.[67] 이러한 전기소설의 개념과 특징을 胡雲翼은 "당대 사람들이 지은 소설은 거의 다 애달프고 눈물겨운 염정이나 또는 깜짝 놀라고 탄복할 仙俠의 이야기들을 그린 것으로 온통 새롭고 기이한 것을 취재했으며 처량하고 애처로운 인정, 의리를 다룬 것"[68]으로 요

---

67) 정해주, 「韓・中 傳奇小說 特徵比較」, 『향란문학』 10집, 성신여대국어국문학과(1981), 30~34쪽.

68) 胡雲翼, 『中國文學史』, 번역판, 27쪽.

약하고 있다. 그러면 「김현감호」를 가지고 환몽구조를 이루고 있는 당의 전기
소설인 沈旣濟의 「枕中記」와 비교해 봄으로써 「김현감호」의 문학사적 의의가
드러나게 될 것이다.

「枕中記」는 '현실—꿈—현실'의 간단한 환몽구조로 이루어져 있다. 즉 여옹
이 邯鄲으로 가는 도중에 邸舍에서 만난 소년 노생이 삶의 無適함을 한탄하자
여옹이 그를 부귀와 공명으로 가득찬 꿈의 세계로 이끌어 주는 데서 이야기
는 시작된다. 꿈의 내용은 예쁜 최씨녀를 아내로 맞아 장가들고 과거에 급제
하여 여러 고관대작을 두루 지내지만 결국은 나이 많아 병들자 부귀공명의
허망함을 깨닫고 관직에서 물러난다는 마치 개인의 행장과 같은 순차적 구성
에 따른 서술적 나열을 보여주고 있다. 각몽 후의 이야기도 자연히 부귀공명
의 허망함에 초점을 맞추고 있다. 즉 「枕中記」에서 꿈은 노생으로 하여금 '夫
寵辱之道, 窮達之運, 得喪之理, 死生之情' 등을 절실하게 깨닫게 해주는 매개적
인 역할을 하고 있다. 그래서 「枕中記」는 너무 교시적 기능을 강조한 나머지
소설 구성에 있어 극적 긴박감은 거의 배제되어 있다. 단지 노생을 환몽의 세
계로 이끌기 위해 여옹이 그에게 베개를 주었다든가, 몽롱한 분위기의 연출을
위해 蒸黍하는 장면을 의도적으로 삽입했다든가 하는 기교가 부분적으로 보
일 뿐이다.

여기에 비해 「김현감호」는 앞에서 논의한 바와 같이 사랑의 완성을 위해
죽음을 택한 한 여인의 숭고한 희생미가 극적 구성 속에 용해되어 있다. 그리
고 처녀의 죽음에 필연적 동기를 부여하고 계산된 목적으로서의 재생 모티브
motif를 배제시킴으로써 독자들에게 숭고한 비장미와 여운을 남겨주고 있다.
이런 간단한 비교를 통해서도 「김현감호」는 唐 전기소설인 「枕中記」보다 우
수한 작품임이 증명된다.

중국에 있어서는 6, 7세기에 당 전기소설이 대량으로 창작되어 8, 9세기에
는 그 전성기를 이루었다. 우리의 경우 나말여초에는 유학생들에 의해 당과의
문물교류가 빈번히 이루어졌으며69), 그 시대적 상황이 충분히 소설 양산의 기

---

69) 新羅 眞平王 43년(621), 唐 高祖 武德 4년에 신라가 당에 遣使한 이후 그 총계가 130
여 회에 미치고 당에서 신라에 온 사절도 30 여 회에 이르고 있다.(唐書 唐太宗 貞

반을 갖추었음에도 불구하고 우리의 소설사를 15세기로부터 전개시키려는
시각은 문화적 후퇴를 자초하는 것이다. 물론 고려후기의 가전을 우리 소설의
효시로 잡는 논자도 있다.[70] 기실 「김현감호」는 애정갈등의 양상 하나만으로
도 고려후기에 창작된 가전보다 구성면에서 뛰어난 작품이다. 더구나 우리의
문화를 수입한 일본에서도 10세기에 「落窪物語」 같은 소설이 등장했는데, 당
시 일본문화에 영향을 끼친 우리가 일본보다도 훨씬 뒤에야 소설이 등장했다
는 것은 수긍이 되지 않는다.[71] 물론 편협된 국수주의적 입장에서 작품을 평
가하자는 것은 아니다.

　나말여초에 창작되어 『삼국유사』에 수록된 「김현감호」는 혼탁한 현실에
반발하여 자유연애 사상을 부르짖음으로써 후대 염정소설에 결정적인 영향
을 끼쳤다. 그리고 그 비극적 결말은 호종성happy ending으로 끝나는 고소설의
공식을 파괴했으며, 극적인 애정갈등은 설화와의 차이를 규정하는 한 논거로
서 작용하여 우리 소설사를 적어도 9~10세기로 올려 주는데 중요한 역할을
한 작품이다. 아무튼 종래까지 설화의 범주를 벗어나지 못했다고 하던 「김현
감호」를 소설로 인정하는 것은 나말여초에서 무신란 사이, 곧 중세 초기에 이
미 소설이 존재했다는 사실을 입증할 수 있는 좋은 증거가 된다. 따라서 우리
의 소설사 시작을 9~10세기로 소급시켰다는 점은 「김현감호」가 우리 소설사
에 있어서 차지하고 있는 중요한 위상이라 할 수 있다.

　　觀 5年條 참조) 당 태종 때 고구려, 백제, 신라의 유학생 합계수는 2, 3천명이다. (唐
　　會要 卷 36참조).
70) 蘇在英, 「朝鮮朝漢文小說의 系譜研究」, 『숭전대논문』 11집(1981), 78쪽.
　　鄭鉒東, 『古代小說論』, 형설출판사(1966), 73쪽.
　　朴晟義, 『韓國古代小說史』, 일신사(1958), 130쪽.
　　文璇奎, 『韓國漢文學史』, 이우출판사(1977), 149쪽.
　　金鉉龍, 「麴醇傳과 麴先生傳研究」, 『국어국문학』 65 · 66호(1974), 157쪽.
　　金東旭, 『國文學史』, 일신사(1976), 149쪽.
　　閔丙秀, 「國文小說發達史(上)」, 『한국문화사대계』 V, 고대민족문화연구소(1967), 993
　　쪽.
　　張德順, 『韓國文學史』, 同和文化社(1975), 111쪽.
71) 金光淳, 앞의 책, 참조.

Ⅱ. 중세 중기의 소설

1. 개관

　중세 중기의 소설이란 고려 중엽 무신의 난(1170)으로부터 조선 건국(1392) 이전까지에 나온 소설을 두고 일컫는다. 고려는 무신의 난을 전후하여 전대는 문신이, 후대는 무신이 주도하는 사회였다. 따라서 이 시기에 대부분의 문신들은 초야에 은둔·도피하여 戒世懲人을 위한 내용의 글을 썼는데, 전대의 의인설화와는 다른 의인소설 곧 가전체의 소설이 대거 등장한 점이 다르고, 정치적으로는 무신의 난이란 큰 변혁을 맞아 사회, 정치, 사상, 문화 등의 일대 전환기를 이루었다. 그래서 중세초기의 문학 환경과는 판이한 양상을 띤 설화와 소설이 공존한 시기라 할 수 있다. 이 시기의 사회적 배경을 살펴보면, 고려 18대 의종 24년(1170)에 鄭仲夫, 李義方, 李高 등의 무신이 난을 일으켰는데, 그 이전만 하더라도 조정에서는 문신을 우대하고 무신을 홀대하여 무신들의 불만이 가득하던 차에 급기야는 金敦仲이 그의 아버지 金富軾의 권세를 믿고 牽龍隊正 鄭仲夫의 수염을 촛불로 태우는 등 행패가 극심했다.

　毅宗 24년 8월 30일 왕이 普賢院에 행차하는데 五兵手搏戱를 하던 대장군 李紹膺이 문신 韓賴에게 뺨을 맞는 등의 모욕적인 일이 생기자 毅宗이 보현원에 도착할 즈음 모든 무신들이 문신들을 죽이고 임금을 거제로 추방하였다.

　이를 무신의 난 혹은 정중부의 난, 庚寅의 난이라고도 한다. 이 사건을 계기로 고려의 정치, 경제, 사회는 일대 전환기를 맞은 것이다. 이때까지 문학의 주된 담당층은 문벌귀족들이었으나 무신의 난을 계기로 마침내 신흥 사대부들이 등장한다. 그래서 고려는 權臣과 무신의 발호로 정치적인 파동과 내란의 중첩 때문에 국정상의 난잡과 사회의 동요가 극심하여 왕권은 쇠약해지고 국세도 위축되었다. 이러한 정치파동과 내란에다가 신흥국가인 元의 침입으로 인하여 정치적으로나 군사적으로 억압을 받아 국가의 위신은 땅에 떨어지고 국권은 자주성을 잃어 결국 나라가 망하기에 이르렀다. 따라서 무신의 난 이후부터의 문신들은 대부분 산림을 찾아다니며 산수를 즐기고 吟風弄月을 일삼으며 초야에 묻혀 은둔 생활을 계속했다. 이 시기에 나온 작품들이 이러한 문신들의 손에서 창작된 것이다.

　이 때에 나온 작품으로 「東文選」 卷第 100에 소재된 林椿(1170년경)의 「麴醇傳」, 「孔方傳」, 李奎報(1345∼1405)의 「麴先生傳」, 「淸江使者玄夫傳」, 李穀(1298∼1351)의 「竹夫人傳」과 「東文選」 卷第 101에 소재된 李詹(1345∼1405)의 「楮生傳」, 釋 息影庵(1340년경)의 「丁侍者傳」 등이 있고, 이밖에 게(蟹)를 의인한 李允甫(1200년경)의 「無腸公子傳」, 그리고 대(竹)를 의인한 釋 慧諶의 「竹尊者傳」, 얼음을 의인한 「氷道者傳」이 「曹溪詩集」에 전하고 있다. 이들 작품에 대해서는 학자에 따라 假傳體[1], 擬人小說[2], 敍述文學[3], 假傳體小說[4], 擬人傳奇體[5], 假傳[6] 등으로 부르고 있으나, 최근에 와서는 소설로 보고자 하는 주장[7]이 학계

1) 申基亨, 「假傳體文學論攷」, 『국어국문학』 15호(1956), 93쪽.
　趙潤濟, 『국문학개설』, 동국문화사(1959), 152쪽.
2) 金光淳, 「고려후기 의인문학의 형성과 문학사적 의의」, 『고려시대의 언어와 문학』, 형설출판사(1975), 364쪽.
　鄭鉒東, 『고대소설론』, 형설출판사(1966), 73쪽.
　朴晟義, 『한국고대소설사』, 일신사(1964), 130∼138쪽.
3) 趙東一, 「假傳體의 장르규정」, 『池憲英先生華甲紀念論叢』(1971), 1쪽.
4) 金鉉龍, 「麴醇傳과 麴先生傳硏究」, 『국어국문학』 65, 66호(1974), 157쪽.
　蘇在英, 「조선조 한문소설의 계보연구」, 『崇田大論文集』 11집(1981), 78쪽.
5) 閔丙秀, 「한국소설발달사」(上), 『한국문화사대계』 V, 고대민족문화연구소(1967), 999쪽.
6) 金昌龍, 『韓·中假傳文學의 연구』, 개문사(1985), 16쪽.
　安秉高, 「假傳에 對한 異見論攷」, 『명지어문학』 7(1975), 40쪽.
7) 蘇在英, 「조선조 한문소설의 계보연구」, 『숭전대 논문집』 11집(1981), 78쪽.
　金光淳, 「의인소설의 사적 전개와 문학적 성격」, 『한국고소설연구』, 이우출판사(1983), 38쪽.
　李家源, 『韓國漢文學史』, 보성출판사(1971), 151쪽.
　鄭鉒東, 앞의 책, 73쪽.
　朴晟義, 앞의 책, 130∼138쪽.
　文璇奎, 『한국한문학』, 이우출판사(1980), 206쪽.
　張德順, 『한국문학사』, 동화문화사(1977), 149쪽.
　金鉉龍, 앞의 책, 157쪽.
　金東旭, 『국문학사』, 일신사(1976), 75쪽.
　閔丙秀, 앞의 책, 993쪽에서 漢文傳奇小說中 神的 類型 속에 넣고 있다.

일각에서 두드러지게 나타나고 있다.

　이들 작품들은 작자의 측면에서 볼 때 실용적 목적이 아닌 창작이라는 순수한 목적으로 쓴 글이며, 독자의 측면에서 보면 의인과 故事의 장막을 헤치고 사물을 확인하여 거기에 담겨진 의미를 발견하기 위해 읽는 작품이다.[8]

　그리고 작자의 창의에 따른 故事의 원용으로 된 허구적인 창조문학(Creative literature)으로서의 의의를 갖고 있다. 따라서 이들 작품은 의인을 표현수단으로 하여 작자의 창의대로 허구화함으로써 戒世懲人을 목적으로 한 창작물인데, 이야기의 줄거리를 제대로 갖추고 있어 소설적인 면모를 보인 것이라고 할 수 있다.

　그리고 「麴醇傳」과 「국선생전」은 중국 唐의 「毛穎傳」과 「下邳侯革華傳」, 宋의 「東坡集」의 「溫陶君傳」, 「萬石君羅文傳」, 「杜處士傳」, 「黃甘陸吉傳」, 「葉嘉傳」, 「江瑤柱傳」 등에서 직접적인 영향을 받았고, 「태평광기」 소재의 작품과 「世說新語」, 우리 나라의 중세 초기의 설화 등의 간접적인 영향에서 형성되었다.

　이들 작품은 모두가 戒世懲人을 주제로 하고, 龜類를 의인한 「淸江使者玄夫傳」을 제외하면 모두 無情之物에 인간의 性情을 假託한 의인법을 쓰고 있다. 작품의 분량도 임춘의 「孔方傳」(약 1,000자)을 제외하면 전술한 당·송의 작품들과 마찬가지로 700자 전후에서 900자 정도로, 특히 송대의 것과 유사하다. 이들 작품은 한결같이 주인공을 의인하여 등장시키고, 형식은 史傳體를 답습하고 있다. 작품 결말의 논평부는 「楮生傳」의 '太史公曰'과 「竹夫人傳」의 '史氏曰'을 제외하면 모두 '史臣曰'로써 작자의 주관을 첨부하고 있음이 공통적인데, 「丁侍者傳」은 末尾의 논평부가 없음이 타작품과 다른 점이다. 이 점은 餠(떡)을 의인한 송나라 蘇軾의 「溫陶君傳」이나 竹製具의 의인인 소식의 「杜處士傳」 등과 같다. 그러나 중세중기의 소설로 간주한 고려 후기의 이들 작품의 갈래 문제는 앞으로 더 많은 연구가 있어야 할 것이나, 여기서는 이들 작품의 원산지인 唐·宋의 假傳도 다소 이론은 있지만 傳類의 四種中의 하나인 「毛穎傳」을 소설로 간주하는 학자[9]도 있다. 따라서 이 시기에 나온 假傳은 文人傳으로서 허구성이

---

8) 趙東一, 「假傳體의 장르규정」, 『藏庵池憲英先生華甲紀念論叢』(1971).
9) 毛穎傳者 昌黎 摹擬史記之文 蓋以古文 試作小說 而未能甚成功者也 (陳寅恪, 元白詩箋證

짙고 작자의 창의성이 분명하면서 당시 유행하던 傳奇의 체제도 함께 갖추고 있다는 점에서 중세중기 특성을 지닌 초창기 소설로 간주하고자 한다. 이 시기에 등장한 대표적인 작품들의 내용을 살펴보면 다음과 같다.

1) 麴醇傳

이 작품은 林椿의 작이다. 그는 고려 중기의 문인이며, 字는 耆之, 호는 西河로 의종 24년(1170) 정중부의 난에 간신히 목숨을 건졌으며, 그 후에 이인로, 오세재 등과 함께 시와 술로 세월을 보냈다. 그는 文名을 크게 떨쳤으나 과거시험에는 여러 번 실패했다. 따라서 현실에 대한 불만과 탄식을 문학으로 표현하다가 30세에 세상을 떠났다. 그의 유고를 모은 「西河先生集」 6권이 있으며 그의 시문은 「三韓詩龜鑑」에 수록되어 있고, 그의 작품 「麴醇傳」과 「孔方傳」이 「동문선」에 전하고 있다.

「국순전」의 주인공 국순은 위・진시대의 처사로서 귀인공자와 항상 자리를 같이 하더니 陳 後主 때 등용되어 급기야는 세상을 어지럽히고 은퇴하여 폭사했다는 이야기이다.

「국순전」은 인간이 술로 인해 타락하는 것을 풍자한 것으로, 「국순전」이 술을 의인한 것은 이규보의 「국선생전」과 같으나 술을 간신과 阿附輩에 비기어 간사한 꾀로 제왕의 마음을 유혹하여 충신형 인물에게 지탄을 받고도 끝까지 물러나지 않은 철면피한 무리들을 풍자함으로써 당시 사회상을 반영하고 있다.

「국순전」이 국순은 祖風이 있었으나 미천한 재주로 출세하여 왕실을 迷亂시키고도 뉘우칠 줄 모르는 亂臣賊子型의 간신으로 의인되어 있다. 따라서 이 작품에는 당시의 간신배들에게 경종을 울리고자 하는 작자의식이 잘 반영되어 있다고 하겠다.

2) 孔方傳

이 작품은 전술한 바 임춘의 작으로 孔方, 즉 사각의 구멍이 뚫린 엽전을 의

稿)

인한 것이다. 인간 생활에 있어 돈의 존재를 다룬 것으로, 인간 생활에는 돈이 요구되지만 돈 때문에 인간이 얼마나 간사해지고 말썽이 생겼는지를 역사적으로 서술하고, 결국 주인공 孔方(돈)이 두통거리의 존재이니 후환을 마으려면 그를 없애야 한다는 이야기로, 貨錢이 경제사정에 끼치는 영향 및 운용 과정에서 일어난 당시의 사회상을 譏刺하려는 작자의 의식을 엿볼 수 있다.

3) 麴先生傳

이 작품은 고려의 문신이며 문인인 李奎報(1168~1241)가 지은 것이다. 그의 字는 春卿, 初名은 仁氐, 號는 白雲居士, 止軒, 三酷好先生, 시호는 文順, 고향은 黃驪縣(驪州)이며, 그의 일가는 그 곳의 향리층이었다. 아버지 允綏는 개성에서 관리 생활을 했으므로 그는 소년 시절을 개성에서 보냈다. 술을 좋아하고 방종한 생활 때문에 司馬試에서 세 차례나 낙방하다가 23세에 진사에 급제했으나, 이같은 생활로 출세의 길이 막혔다. 24세에 부모를 여의고 天摩山에 寓居하면서 白雲居士라 自號하고 다음 해에 「白雲居士語錄」, 「白雲居士傳」, 그 다음 해에 「東明王篇」을 지었다. 그는 최씨정권에 시문을 인정받아 32세부터 관계에 진출, 66세에 尙書에 이르렀다. 70세에 은퇴하고 고종 48년(1241) 74세를 일기로 세상을 떠났다. 그는 국가관과 민족에 대한 자부심이 대단했고 외적에 대한 항거정신이 높았다. 그의 문학은 자유분방하며 웅장한 것이 특징이고, 시에 있어서는 기골과 意格을 강조하고 新氣와 創意에 중점을 두었으며, 특히 당·송 고문 계통을 이으려 했다. 그가 지은 「국선생전」과 「청강사자현부전」은 우리 소설사에서 중요한 위치를 차지하고 있다.

여기서 논하고자 하는 「국선생전」은 술을 의인한 것으로 주인공 麴聖(淸酒를 지칭)의 조상은 농사를 짓고 살았다. 그는 아버지 醓와 穀氏의 딸인 어머니 사이에 태어났다. 국선생은 총명하고 뜻이 커 陶潛, 劉伶과 사귀고 임금의 총애를 받아 벼슬이 높았다. 그의 아들 삼형제(酤, 醁, 醳)는 아버지의 권세를 믿고 방자한 행동을 하다가 毛穎(붓을 의인화한 것)의 탄핵을 받아 아들들은 자결하고 국선생은 파직하여 서민으로 떨어진다. 뒤에 다시 기용되어 도적을 토벌하는 데 공을 세우고, 그 뒤 은퇴하여 고향에 돌아가 暴病으로 죽었다는 이야기이다.

「국선생전」에는 「국순전」처럼 현실을 풍자하려는 요소는 없다. 「국순전」의 「국순」은 亂臣賊子型의 奸臣인 데 비하여, 「국선생전」의 국성은 오히려 국정에 힘이 되고 帝王을 도왔으며 태평세월을 이루게 한 공신으로 의인화된 점이 크게 다르다. 이렇듯 「국순전」이 술의 나쁜 점을 작품의 소재로 취하여 현실을 풍자한 데 반해서, 「국선생전」은 술의 좋은 점을 소재로 하여 국정에 도움을 주는 분별있는 인물로 의인하였다. 그러나 兩傳이 공히 그 제재나 소재들을 중국의 고대 史書나 설화에서 취하고 있음은 공통점이기도 하다.

4) 淸江使者玄夫傳

이 작품은 白雲居士 李奎報의 작으로 거북을 의인한 것이다. 玄夫(거북)의 先代는 神人이었고 대대로 국가에 공적이 컸다. 그는 은둔한 선비로 卜筮를 잘 쳤고, 임금이 불러도 자연이 좋다고 나가지 않았다. 한때 세상에 나와서 宋 元王에게 존경받고 縉紳 간에도 숭배를 받아 그의 형상을 금으로 새겨 걸고 다니는 사람들까지 있었다고 한다. 그의 아들 중 한 아들이 吳·越 간에 은거하여 洞玄先生이라 자호했고, 두 아들은 사람에게 잡혀 삶아 먹히게 되었다는 이야기이다.

이 작품은 巫佛 혼합의 신앙이 지배하고 있던 당시 고려인들의 사상적인 일단면을 보이고 있다. 龜類를 의인하여 인간수양에 一銘을 주는 교훈성이 엿보이며, 우리 인간에게 감명 깊은 징계가 된다.

5) 竹夫人傳

이 작품은 李穀(1298~1351)이 대나무(竹)을 의인하여 지은 것이다. 작자 李穀은 충렬왕 24년(1298)에 태어나 충정왕 3년(1351)에 卒한 고려 말기의 문신이다. 初名은 雲白, 字는 仲父, 호는 稼亭, 본관은 韓山으로 이제현의 문인이다. 고려말 신흥 유학자로 원나라와의 외교에 공로가 컸다. 벼슬은 政堂文學을 거쳐 韓山君에 봉해졌다. 이제현과 「編年綱目」을 편찬하고 그는 다시 「稼亭集」을 저술했다. 李穡은 그의 아들이다.

「죽부인전」의 내용을 보면, 주인공 죽부인의 이름은 憑으로 渭濱에 사는 隱士 篔(왕대)의 딸이다. 宜男이 죽부인을 淫詞로 희롱하려 했지만 절개를 지키고 松大夫와 결혼하게 된다. 죽부인은 仙遊하러 가서 돌아오지 않는 松公을 기다리다가 枯渴病이 났으나 치료도 하지 못하고 끝까지 절개를 지키다 죽는다. 이에 三邦節度使가 행장을 짓고 節婦라는 칭호를 증여했다는 이야기이다.

이는 죽부인을 통해 온갖 淫詞에도 弄奸되지 않는 정숙한 여인상을 묘사함으로써 不更二夫의 열녀사상 고취와 윤리관을 일깨워 당시 여성들에게 감명 깊은 교훈을 보여 주려는 작자의 창의성을 엿볼 수 있게 한다.

이와 같이 대(竹)을 의인한 작품에는 후대에 나온 崔寔의 「竹尊者傳」, 丁壽崗의 「抱節君傳」, 李德懋의 「管子虛傳」 등이 있는데, 「죽부인전」은 이들 작품에 영향을 주었으며, 이들 모두가 竹의 의인화를 통하여 현실적인 삶의 正道를 제시해 주고 있다.

6) 楮生傳

이 작품은 李詹(1345~1405)의 작이다. 그는 고려 충목왕 1년(1345)에 태어나 조선조 태종 5년(1405)에 세상을 떠났다. 字는 中叔, 號는 雙梅堂으로 고려 공민왕 때에 문과에 급제하여 諫臣으로서 權臣을 탄핵하다가 10년간 귀양살이를 했다. 조선 태조 7년(1398)에 吏曹典書로 등용, 藝文館大提學이 되었다. 시문에 능했으며 「雙梅堂集」이 전하고, 그의 詩文 130여 편이 「동문선」에 수록되어 있다.

「楮生傳」은 종이를 의인한 것으로 그 내용을 보면, 蔡倫의 楮生(종이)은 武를 싫어하고 文을 좋아하여 문사와 친구로 지낸다. 上이 그 才操를 가상히 여겨 萬字軍을 통솔케 하자 左太冲의 「成都賦」, 梁의 「古文選」, 魏의 「國史」를 수찬하고, 당나라 때는 貞觀之治에 공헌하고, 濂洛諸儒의 文明之治와 司馬溫公의 「資治通鑑」 편술에도 협력했으나 王荊公의 用事 때 직간하다가 배척당했으며, 元代에는 본업에 힘쓰지 않았고 明代에는 각 방면에 쓰임을 받아 그 자손이 번창했다는 이야기이다.

「저생전」의 창작동기는 종이의 공을 표창하려는 것인데, 종이의 의인인 저생을 한 문인에 비유하여 楮(종이)의 용도에 따른 한 문사의 일생을 나타낸 작품이다. 따라서 이 작품은 楮生을 등장시켜 당시 부패한 俗儒들의 해이한 士道에 경종을 울려 주고 있다. 그리고 李詹의 「저생전」은 중국 張潮의 「楮先生傳」, 閔文振의 「楮侍制傳」 등과 비교해 볼 때, 저생을 주인공으로 한 점이나 작품 구성상에서 유사한 면을 발견할 수 있어 상호 밀접한 관계가 있을 것으로 생각된다.

7) 丁侍者傳

이 작품은 釋 息影庵의 작이다. 작자인 釋 息影庵은 고려 최씨 집권 당시의 승려로 시문에 조예가 깊어 당시 사대부들과의 交遊가 많았다.

「정시자전」은 지팡이를 의인한 것[10]으로 그 내용을 보면, 息影庵이 庵中에서 졸고 있다가 丁侍者가 왔다기에 밖으로 나간다. 그가 丁侍者에게 여기 온 연유를 물으니 包犧가 吾考요 女媧가 吾妣인데, 나를 林中에 버렸으나 풍우의 덕택으로 성장하여 范氏의 家臣이 되었다가 唐僧으로 趙老의 문인이 되었다고 했다. 그래서 息影庵이 丁上座는 古聖의 遺體로 현명하여 師事나 交友가 될 수 없으니 圓菴和尙에게 찾아가도록 했다는 이야기이다.

이는 고려 후기 불교의 專橫으로 빚어진 당시 사회상의 일단을 보여 주는 작품으로, 지팡이를 의인화하여 직업의 귀천 의식을 버리고 사람을 모시는 지팡이의 덕행을 강조한 교훈적인 의미를 지니고 있다.

---

10) 丁子(올챙이)와 侍者(승려)의 뜻으로 해석해서 정시자전의 의인화 대상을 올챙이로 단정(申基亨, 「假傳體문학론고」(下), 『국어국문학』 17호, 1957)하기도 하고 幻覺云云 하기도 하나, 올챙이로는 작품 내용에 있어 연결되지 못함은 물론, 환각을 취급한 것도 아니다. 설사 이것이 幻覺이라 하더라도 지팡이의 환각인 이상 환각이 의인 대상일 수는 없다. 여기서의 의인대상은 마땅히 지팡이로 보아야 한다.(金光淳, 『한국의인소설연구』, 새문사(1987), 81쪽).

Ⅲ. 중세 말기의 소설

1. 개관

鮮初(1392)부터 壬亂(1592) 이전까지에 나온 소설이 이 시기에 해당되는데, 문학적으로는 明의 瞿佑가 쓴 「剪燈新話」의 영향을 받은 본격적인 傳奇小說인 金時習의 「金鰲新話」가 출현했고, 정치적으로는 왕조의 교체기였으며, 사상적으로는 불교에서 유교 질서 체제로 바뀌어 정치, 사상, 문화 등의 구조에 일대 변혁을 이루었던 시기이다. 따라서 소설문학도 前代에 비해 많은 진전을 가져왔다. 그래서 이 시기는 설화와 소설의 공존에서 소설 우위의 체제로 바뀌어 가는 시대라 할 수 있다. 고려가 중국을 종주국으로 받들었듯이 조선조 또한 마찬가지였다. 태조 이성계가 창업을 하고서도 국호를 정하지 못하고 明에 사신을 보내어 '朝鮮'과 '和寧' 중 어느 것으로 국호를 정할 것인지를 문의한 후 '朝鮮'으로 정하고, 왕호의 허락을 받아 조선조가 출범한 것이다. 그가 왕위에 오르자 창업공신들에게 토지와 관직을 주어 최고 권력자인 자신을 중심으로 세력을 구축했다. 그래서 전제왕권을 강화하기 위해 삼강오륜을 주장하고 엄격한 상하 구별을 위해 유가의 도움이 있어야 한다고 여겨 抑佛崇儒를 근본정책으로 했다. 따라서 상하귀천의 사회 구성이 확립되어 전제왕권의 정치체제가 구축되었다.

이에 문학도 儒道精神에 따라야 하고, 신분간이 계급 구별이 엄격하여 중인 이하의 대중은 사대부들에게 노예같이 취급되었다. 더구나 서얼은 법에 의해 사회 진출에 있어 크게 제약을 받았고, 따라서 서민계층은 문화적인 활동에도 제약을 받았다. 그리고 인문이 크게 진작되면서 유학도 고려시대처럼 經・史를 다루는 데 그치지 않고, 유학의 근본원리를 탐구하는 성리학이 크게 발전했다. 따라서 한시문도 크게 융성하여 많은 시인들이 나왔으며 비평문학도 크게 진작되었다. 소설도 당나라의 傳奇小說에 영향을 입어 본격적인 傳奇小說의 체제를 갖춘 金時習(1434~1493)의 「金鰲新話」가 나왔고 그 뒤를 이어 출현한 蔡壽의 「薛公瓚傳」과 申光漢의 「企齋記異」는 소설문학사상 중요한 작품이다. 그리고 南孝溫(1454~1493)의 「睡鄕記」, 沈義(1475~?)의 「大觀齋夢遊錄」(大觀齋記夢, 夢記)과 「夢謝自然誌」를 비롯하여 「元生夢遊錄」 등의 夢遊小說이 나왔고, 중세 중기의 의인소설보다 작품 구조상으로 크게 진보된 의인소설인 金宇顒(1540~1603)의 「天君傳」, 林悌(1549~1587)의 「愁城誌」가 나왔으며, 前代의 의인소설의 구성에서 크게 벗어나지 못한 成侃(1427~1456)의 「慵夫傳」, 丁壽崗(1454~1527)의 「抱節君傳」, 宋世琳(1479~?)의 「朱將軍傳」 등의 작품이 나왔으며, 이 외에도 李濟臣(1536~1584)의 「淸江小說」이 나왔고, 한글로 쓰여진 「金牛太子傳」(금송아지전), 「善友太子傳」, 「安樂國太子傳」, 「狄成義傳」, 「唐太宗傳」, 「三生錄」[1] 등도 출현하여 사건은 비록 비현실적이고 傳奇的인 요소가 짙으나 前代 작품에 비하면 양적인 면은 물론이고, 구조적인 면으로 보아 전형적인 傳奇小說이 등장된 시대였다고 할 수 있나. 당시에 나온 내표적인 작품을 살펴보면 다음과 같다.

1) 金鰲新話

「금오신화」는 東峰 金時習(1435~1493)의 作으로 이 시대를 대표하는 傳奇小說이다. 특히 이 작품은 소설의 구성이나 형식은 말할 것도 없고 질량면에서도 고려 후기의 의인소설에 비해, 크게 발전한 본격적인 전기소설의 면모를 보이고 있다.

작자 김시습은 자를 悅卿, 호를 梅月堂, 東峰, 淸寒子 등이라 했다. 그는 세종 17년(1435)에 태어나 3세에 이미 시에 능했고, 5세에 「中庸」, 「大學」에 통하여 神童으로 불리었다. 그의 선대는 왕족과 대문장가 등의 화려했던 가문인 데 비해 그가 태어날 때는 빈한한 하급무인의 집으로 변모해 있었다. 그는 입신양명하여 先代의 화려했던 가문으로 끌어 올리려는 현실적인 이상을 품고 修學에 전념했다. 그래서 5세에서 13세까지 金泮의 문하에서 「論語」, 「孟子」, 「詩經」, 「書經」, 「春秋」를 배웠고, 尹祥으로부터 禮書와 諸子百家書를 배웠다. 그

---

1) 史在東, 『불교계 국문소설의 형성과정연구』, 아세아문화사(1977).

러나 그는 15세 때 모친을 잃고 곧 이어 부친도 중병으로 앓아 누워 가정의 우환 속에서 계모를 맞게 되고 자신도 訓練院 都正 南孝禮의 딸에게 장가를 들게 된다. 세조 元年(1455)에 삼각산 中興寺에서 공부하다가 故友 金宗瑞, 皇甫仁 등의 피살과 수양대군의 왕위 찬탈 소식을 듣고 통분하여 책을 태워버리고 중이 되어 이름을 雪岑이라 하고 방랑의 길을 떠났다. 세조 11년(1465)에 경주 남산에 金鰲山室을 짓고 독서하다가 세조 14년(1468)에 금오산에서 「山居百詠」을 썼다. 그는 효령대군의 추천으로 원각사 낙성회에 참가하라는 세조의 명을 받고 상경했으나 득실이 맞지 않아 다시 金鰲山室로 돌아왔다. 세조가 재차 부르자 「半道復命召固辭陳情詩」를 보내고 응하지 않았다. 그는 주로 茸長寺에 거처했는데 梅月堂의 당호를 내어 걸었다.2) 비참한 현실 속에서 志士로 살려 하니 공명을 이룰 수 없고, 대장부의 기개를 펴자 하니 절의를 지킬 수 없었다. 그는 金鰲山에 기거하던 이 때가 가장 활동적이었으므로 「金鰲新話」도 이 시기의 작품으로 간주된다. 그 동안 세조가 죽고 成宗이 왕위에 올라 인재를 구함에 그가 상경했으나 徐居正, 鄭昌孫 등 명신들이 자리하고 있고 현실과 뜻이 맞지 않아 城東에 瀑泉精舍를 세우고 생활하며 때로는 광인의 행세를 했다. 세상이 자기와 맞지 않음에 저항과 풍자를 몸짓으로 보인 것이 타인에게는 광인으로 보인 것이다. 그는 心儒跡佛이 되어 時俗의 눈에 해괴하게 보여 일부러 광태를 부리며 실상을 은폐했던 것이다.3) 그래서 이 시기를 失意期라 할 수 있다. 그는 47세 되던 해에 다시 安氏女를 아내로 맞았으나 곧 죽고 다시 방랑의 길을 떠난다.

그는 이상을 품고 수학하던 때에는 官人文學에 열중했고, 처사가 되었을 때는 處士文學 쪽으로 기울게 된다. 그러나 이 두 세계의 어디에도 안주할 수 없었으니 이들 세계가 그를 용납하지 않았고 그도 이들을 거부했다. 이에 그는 方外人이 되었고, 결국은 '方外人文學'이라는 새로운 문학의 장을 열게 된다. 따라서 그는 '官人文學'에서 '處士文學'으로 나아갔고, 끝내는 '方外人文學'

---

2) 梅月堂在金鰲山 金時習棲息之處 遺趾尙在 階下有北向花(東京雜記 卷二 古蹟條).
　 茸長寺在金鰲山 詩僧雪岑 嘗構此居焉(東京雜記 卷二 佛事條).
3) 心儒迹佛 取怪於時 乃故作狂易之態 而掩其實.(栗谷全書精選, 810쪽).

을 개척하기에 이르렀다. 그는 超世의 공간에서 禪門의 修道에 정진하면서 부단히 초월적 이상을 추구하다가 마지막 기착지인 충청도 無量寺 禪房에서 成宗 24년(1493) 59세의 나이로 한많은 세상을 떠났다.

金時習은 「金鰲新話」를 금오산에서 기거할 때 지었다고 하니, 그의 나이 31세에서 37세 사이(1465~1471)가 된다. 그는 이를 바로 세상에 발표하지 않고 석실에 감추어 두었는데, 壬亂 때 일본으로 전해져 일본에서 전후 두 차례에 걸쳐 판각되었다. 初刻은 1658년 한 권으로 內閣文庫目錄에 실렸으며, 再刻은 1884년 동경에서 간행된 大塚本이다. 大塚本에는 구한말 개화인사 李樹廷의 跋文이 실려 있다. 일본에서 판각된 것이 5편만 남아 있는데 이것이 전부인지 알 수는 없다. 국내에서는 寫本으로 전해져 退溪도 「금오신화」를 읽었다[4]고 하니, 儒家들도 간혹 傳奇小說을 즐겨 읽었던 것으로 보인다.

「金鰲新話」의 형성과정에는 明初 洪武年間(1398) 瞿佑의 「剪燈新話」에서 받은 영향이 컸음은 주지의 사실이다. 「金鰲新話」와 「剪燈新話」의 관계를 좀 더 구체적으로 보면, 「萬福寺樗蒲記」는 「전등신화」의 「滕穆醉遊聚景園記」, 「牧丹燈記」, 「富貴發跡司志」, 「愛卿傳」, 「綠衣人傳」 등에서 영향을 받았고, 「李生窺墻傳」은 「渭塘奇遇記」, 「翠翠傳」, 「金鳳釵記」, 「聯芳樓記」, 「秋香亭記」에서, 「醉遊浮碧亭記」는 「鑑湖夜泛記」에서, 「南炎浮洲志」는 「令狐生冥夢錄」, 「太虛司法傳」, 「永州野廟記」에서, 「龍宮赴宴錄」은 「水宮慶會錄」, 「龍堂靈會錄」에서 영향입은 바가 있고, 특히 「용궁부연록」은 「수궁경회록」의 번안이라고도 할 만큼 많은 영향을 입었다. 특히 문체면에서 「金鰲新話」는 「剪燈新話」에서 영향을 받았으며, 「금오신화」에 있어서 삽입시의 수법과 진화된 讚의 형식도 「전등신화」에서 영향을 받았다고 할 수 있다. 이러한 형식상의 유사점은 前代 中國詩話集 등에서의 영향도 있을 것이다. 「금오신화」는 구조면에서 현실—이상—현실—이상의 兩面構造[5]를 취하고 있는데, 이것 또한 「전등신화」의 구조에서 받은 영향이 클 것으로 보이고, 더 나아가 「枕中記」, 「南柯太守傳」과 같은 양면구조를 지닌 중국 傳奇에서도 영향을 받았을 것으로 보인다. 「금오신화」가 제재를

---

4) 李相澤・尹用植, 『古典小說論』, 放通大出版部(1986), 92쪽.
5) 薛重煥, 『금오신화연구』, 고대 민족문화연구소(1983), 236쪽 참조.

설화에서 구하고 있는 수법도 「전등신화」와 동궤의 것이다.

문학은 개인의 작가적 정신만으로 창출되는 것은 아니다. 문학 작품이 훌륭한 고전이 되기 위해서는 前代와 當代의 문학적 전통을 바르게 수렴하여 진일보해야 하는 것이기 때문이다. 결국 東峰은 이러한 當代의 문화적 기운, 즉 서적의 다수 편찬 및 번역, 악장 등의 새로운 문학 장르(genre)의 창출과 민본주의와 자유정신이 당대 문화의 주류적인 성격을 이룬 가운데서 국내의 문화 내적인 여건 즉 설화집, 羅末·麗初의 傳奇, 고려 후기 의인소설, 시화류를 발판으로 하고, 국외문학, 특히 「전등신화」에서 문학외적 기교와 기술을 차용하여 우리의 고전 「금오신화」를 창작했다고 생각된다. 결국 「금오신화」 5편은 현실의 東峰과 이상의 東峰이 동시에 나타나서 이상이 현실을 이기고 그 꿈을 실현하는 과정을 그리고 있다. 이를 좀 더 구체적으로 살펴보면 다음과 같다.

(1) 萬福寺樗蒲記

이 작품은 남원에 사는 노총각 梁生이 부처와의 저포놀이에서 이겨 2년 전에 죽은 崔娘의 영혼과 佳緣을 맺었다가 이별하는 비현실적, 환상적인 이야기이다. 결국 부처를 통하여 노총각 양생은 女鬼를 만남으로써 현실계의 소원을 성취하고 나아가 영원한 생명을 얻게 된다. 여귀는 지극한 한을 품고 떠돌다가 양생을 만나 자신의 한을 풀고 저승에서 남자로 태어남으로써 자신의 소원을 성취한다는 구조를 지니고 있다. 이 작품은 현실의 東峰과 이상의 東峰이 상호보완하며 하나의 조화점을 찾아가는 과정을 그린 것이라 할 수 있다. 그래서 東峰은 무의식적 욕구를 의식 속에서 성취했기 때문에 이를 무의식의 의식화[6] 혹은 자아의 의식화 과정[7]이라고도 한다.

(2) 李生窺墻傳

이 작품은 선비 李生이 崔家의 딸과 시로 통정하여 인연을 맺었으나 홍건적의 난으로 헤어져 죽었다고 생각했던 사람이 돌아와 수 년을 같이 살았는데 알고 보니 그녀의 영혼이었고, 그 후 이생도 절개를 지키다 죽었다는 이야기

---

6) 薛重煥, 같은 책, 237쪽.
7) 薛重煥, 같은 책, 139쪽.

이다. 이 작품의 전반은 현실적인 생활을 표현했으나 후반에선 비현실적인 환상의 세계를 표현했다. 인간과 死者와의 交情은 「만복사저포기」의 경우와 같다.[8] 남녀 주인공의 자유 연애를 부모가 마지못해 허락해 주는 구조는 조선조 자유 연애 사상을 소재로 한 후대 소설에 영향을 끼쳤을 것이다. 실제적으로 애정생활에 실패한 김시습이 이생과 같은 환상적인 생활을 꿈꾸고 있었는지도 모른다. 아무튼 궁극적인 이 작품의 의미는 적극적인 절의의 추구에 있다[9]고 볼 수 있다.

(3) 醉遊浮碧亭記

이 작품은 富商 洪生이 평양 부벽루에서 箕子時代에 죽은 여자와 盡歡한 이야기로, 다시 말해 이승의 사람과 死者의 혼이 교유한 이야기이다. 이 작품의 공간적 배경은 옛 조선의 서울인 평양이고, 시간적인 배경은 天順初年(세조 3년, 1457)으로 정치상으로는 매우 복잡한 시기였다. 주인공인 홍생은 개성의 富豪로서 용모가 준수하며 글도 잘 하는 인물로 등장되고 있으며, 삽입시는 인생의 허무와 망국의 한을 주제로 하고 있어 인생무상의 분위기를 고조시키는 역할을 한다. 여기서의 주인공이 곧 작자 자신에 비유되고 있음을 알 수 있다.

그래서 인생의 허무를 느낄 수 있도록 해 주는 사실적인 상황을 제시하고 현실의 좌절감 속에서 인생의 허무를 절감한 東峰 자신이 무의식적으로 갈망하고 있는 초월의 세계(죽음에서의 해탈)를 이승과 저승을 넘나드는 여인(箕氏女)을 통해서 실현하려고 한 작자의 의식을 엿볼 수 있다.

(4) 南炎浮洲志

이 작품은 불교의 극락과 지옥설을 부인하는 유학자 朴生이 어느 날 밤 使者를 따라 저승에 가서 염라대왕을 상면하여 문답하고 돌아오는 중 깨어보니 枕上一夢이었다. 그래서 곧 죽을 것이라 생각하며 가사를 정리하다가 병이 들어 죽었는데, 이웃 사람들은 그가 염라대왕이 된 꿈을 꾸었다는 이야기이다.

---

8) 金聖基, 「萬福寺樗蒲記에 대한 心理的 考察」, 『한국고전산문연구』, 동화문화사(1981).
9) 薛重煥, 앞의 책, 148쪽.

이 작품은 작자의 종교관과 그에 따른 정치관이 반영된 것이다. 박생이 염라대왕과 문답하는 가운데 유교와 불교를 서로 대조함으로써 불교의 輪廻應報, 鬼神類를 부인하고 불교의 허무를 자인하여 결국에는 유교사상으로 귀착하게 된다. 주인공 박생은 東峰처럼 현실 세계에서는 儒佛 사이를 왕래하면서도 그의 이상세계에서는 오직 유학만이 정도임을 스스로 다짐하고 있다. 따라서 이 작품은 유학자로서의 통치욕을 그 主旨로 삼고 있으며, 여기서의 박생의 욕구는 바로 작자인 東峰 자신의 무의식적 욕구라고 할 수 있다.

(5) 龍宮赴宴錄

이 작품은 韓生이란 문사가 용왕의 초대를 받아서 상량문을 지어 크게 칭찬을 받고 용궁을 두루 구경한 뒤 선물을 받고 나오다가 깨어보니 枕上一夢이었다. 그 후 韓生은 명리를 구하지 않고 명산으로 들어갔는데 아무도 그의 소식을 알지 못했다는 이야기이다.

이 작품은 東峰의 자서전이라고도 한다. 용왕과 세 신은 물론, 용궁 속의 모든 사람들이 한생의 시문과 선비다움을 칭찬하는 글귀로 보면, 무엇보다 자신의 시문을 인정받고 싶어하는 작자의 무의식적인 욕구가 이 소설 속에 잘 드러나 있다. 즉 자신의 詩才를 세인에게 인정받고 싶어하는 욕망을 표현한 것으로 知己之恩의 갈구[10]를 主旨로 하고 있다.

2) 薛公瓚傳

「설공찬전」은 蔡壽의 한문소설이다. 채수는 세종 31년(1449)에 태어나 字를 耆之, 호를 懶齋라 하고, 李石亭과 함께 조선 개국 이래 三場에 연이어 장원한 두 사람중 한 사람이다. 충청도 관찰사, 대사성, 호조참판 등을 역임, 1506년 靖國功臣 4등으로 仁川君에 봉해졌다. 채수는 1511년에 지은 稗官小說 「설공찬전」의 내용이 輪回禍福으로 민심을 소란시킨다는 사헌부의 탄핵을 받아 4개월간이나 작품을 둘러싼 논란 끝에 중종의 배려로 사형만은 면했으나, 작품은

---

10) 薛重煥, 앞의 책, 125~192쪽 참조.
   鄭鉒東, 『매월당김시습연구』, 신아사(1965).

왕명으로 수거되어 불태워진 것인데 국문번역본 「설공찬이」의 일부가 최근에 발견되어 「설공찬전」의 내용을 알 수 있게 되었다.

'순창에 살던 설공찬이 죽은 후에 다시 환혼하여 저승의 위치, 나라 이름, 임금 이름, 저승의 심판 양상, 지상국과 염라국간의 관계 등 사후 세계에 대해 실제담인 것처럼 서술'한 이야기이다. 갑작스런 죽음으로 원혼이 되어 돌아온 주인공과 이로 말미암아 야기된 상황을 逐鬼呪術로 해소하려는 설충수 간의 갈등이 주류를 이룬다. 저승담을 진술하는 부분에서 서술자의 어투가 아니라 주인공의 말을 직접 인용하는 형식으로 서술함으로써 더욱 실감을 자아내게 한다. 「설공찬전」(1511)은 김시습의 「금오신화」(1465~1470)가 나온 뒤를 이은 작품으로 申光漢의 「企齋記異」(1553)보다 42년 앞서 창작된 한문소설이어서 소설사적으로 중요한 위상을 가진다.

3) 企齋記異

「기재기이」는 企齋 申光漢(성종 15~명종 10 : 1484~1555)이 지은 한문소설로서 「安憑夢遊錄」, 「書齋夜會錄」, 「崔生遇眞記」, 「何生奇遇傳」 등 4편의 작품이 수록되어 있다. 신광한은 字를 漢之, 時晦, 호를 企齋, 駱峯, 石仙齋라고도 하고 시호를 文簡, 본관은 고령으로 문장과 필력이 뛰어나 26세에 乙科에 급제한 후 吏曹判書, 兩館大提學, 左贊成, 右贊成 등을 역임했다. 27세 때는 삼척 부사로 나가 頭陀洞天을 자주 찾아 풍류를 즐겼으며 만년에는 駱峯精舍에서 독서당을 지어놓고 樹木花草를 기르면서 자적하다가 72세를 일기로 세상을 떠났다. 「기재기이」는 「금오신화」의 영향을 받아 형성된 傳奇小說로서 소설사적으로는 「금오신화」와 「홍길동전」 사이의 공백을 메꾸어 주는 중요한 작품이다.

(1) 「安憑夢遊錄」

이 작품은 꽃을 의인한 의인소설이면서 본격적인 몽유소설의 嚆矢作品으로 소설 기법상으로 중요한 의미가 있는 작품이다. '주인공 安憑이 꿈에 나비의 인도를 받아 꽃밭에 이르러 여왕에게 초대되어 李夫人, 班姬, 徂徠先生, 首陽處

士 등과 함께 향연에서 시로 읊은 후 돌아오는 길에 一美人이 泣訴하는 것을 듣다가 뇌성에 꿈을 깨었다'는 이야기이다. 작자는 이 작품을 통해 정치적 현실을 비판하고 黜堂美人의 泣訴를 통해 작자의 현실적 처지를 우의적으로 표현해 주고 있다.

(2) 「書齋夜會錄」

이 작품은 문방사우를 의인한 의인소설이다. '한 書生이 서당에서 방안의 인기척에 귀를 기울였더니 거기서 문방사우가 주인 없는 틈을 타서 대화를 나누는 소리를 엿듣고 선비는 그들의 가문과 사정을 알게 된다. 서생이 문방사우의 소원대로 닥종이에 써서 땅에 묻고 제문을 지어 위로한다. 그날 밤 꿈에 四友가 나타나 사례하고는 괴변이 없게 되었다'는 이야기이다. 작자는 의인화된 인물의 세계를 몽환적 액자로 설정하여 선비와의 대화를 통해 작자의 우의를 담고 覺夢後 의인화의 대상물을 다시 현실로 환원시켜 그들의 공로에 대한 보상으로 매장해 주며 다시 사후의 보상으로 延命의 보답을 얻는 夢幻體 의인소설로서 특이한 구조를 창출해 내고 있다.

(3) 「崔生遇眞記」

이 작품은 '최생이 頭陀洞窟에서 水府로 들어가 용왕의 잔치에 초대되어 諸神仙들과 시회를 열고 자신의 실력을 인정받은 후 수명을 연장하는 丹藥을 선물로 받고 돌아와 신선이 되었다'는 이야기이다. 이 작품은 구조상으로 보아 「금오신화」의 「용궁부연록」과 유사하다. 그러나 작품의 공간적 배경 그리고 용궁에서의 환대에 이르는 구조적 유사성 외에, 작자가 한때 眞珠府에 부임했던 경험적 사건과 배경이 상관성을 갖고 있고 證空禪師라는 제3자가 개입하고 있다는 점, 귀환시 延命의 丹藥을 받아 蓬萊再會를 약속하는 신선사상이 곁들어 있다는 점 등의 독창성도 있어 「용궁부연록」보다 발전된 표현 기법을 보여주고 있다.

(4) 「何生奇遇傳」

이 작품은 '何生이 태학생으로 선발되어 과거보기를 기다리다가 卜師의 말을 좇아 미녀를 얻었으나 그녀는 죽은 영혼이었다. 그러나 하생은 그녀와의 인연 있음을 깨닫고 무덤 속의 金尺을 신표로 삼아 그 여인을 되살려 부부의 인연을 맺고 40년을 잘 살았다'는 이야기이다. 이 작품은 「금오신화」의 「만복사저포기」와 구성이 유사하다. 두 작품간 저포놀이와 卜師의 예언이 대응되고, 銀碗과 金尺이 대응되는 등 유사한 구조를 보이고 있다. 그러나, 「만복사저포기」에서는 양생과 여인이 이별하고 비극적 단원을 맺고 있는데 비하여, 「하생기우전」의 하생과 여인은 현실적으로 결합하여 행복을 누리는 점이 다르다. 또한 「하생기우전」은 占卜額子와 善終모티프의 특색을 지닌 염정소설이라 할 수 있다.

4) 夢遊小說

이 시기에 나타난 夢遊小說로서는 南孝溫의 「睡鄕記」, 沈義(1475~?)의 「大觀齋夢遊錄」과 「夢謝自然誌」가 있고, 작자에 대해 이설이 분분한 「元生夢遊錄」 등이 있는데, 이들 夢遊小說은 과거 실존 인물을 등장시키고, 夢遊者는 성격이 剛直豪放하며 慨世的 비분과 불평을 지닌, 현실과 타협하기 어려운 인물로 등장되는 공통성을 지니고 있다. 이 가운데 중요한 작품을 보면 다음과 같다.

(1) 大觀齋夢遊錄

일명 「大觀齋記夢」 혹은 「夢記」라고도 하며 沈義(1475~?)의 작이다. 그는 중종 때 개혁에 앞장선 趙光祖 일파를 독살시킨 을묘사화의 주역인 沈貞의 동생으로 工曹佐郞 등 여러 관직을 역임하였다. 당시 타락한 정치 윤리에 반감을 품고 또한 사회의 주목을 피하기 위해 괴이한 행동을 하며 士林으로부터 소외된 생활을 한 문인이었다.

「대관재몽유록」은 몽유자가 세속에서 벗어나 꿈의 세계에서 崔致遠, 乙支文德, 李齊賢, 李奎報 등의 쟁쟁한 문학사들을 만나 태평세월을 누리는 이상세계를 그리고 있다. 따라서 이 작품에는 지배층의 권력 쟁탈로 얼룩진 현실사회에 대해 환멸을 느껴 꿈속에서나마 이상적인 국가를 건설해 보려는 작자의 저항의식이 깔려 있다고 할 수 있다.

이 작품은 후대에 나온, 공자를 중심으로 하여 이상국을 설정한 「泗水夢遊錄」과 역사적 인물을 등장시켜 창작한 「浮碧夢遊錄」, 「金華寺夢遊錄」 등에 영향을 주었으며, 화려한 몽중세계의 내용은 후대에 저작된 몽유소설은 물론이고 이상소설, 영웅소설에도 영향을 끼쳤다.

(2) 元生夢遊錄

이 작품의 작자로 林悌, 金時習, 元昊 등이 거론되고 있으나 黃浿江[11]에 의해 林悌(1549~1587)로 기울어지고 있다. 폐위된 단종을 동정하고 사육신의 충절을 흠모하여 몽중세계의 등장인물을 통해 비분강개한 심정을 시로 나타내고 있다. 현실에 용납되지 못해 불우한 처지에 있는 元子虛가 꿈에 幅巾者의 안내를 받고 왕과 5인이 侍側하고 있는 정자에 도달하여 각자 시로써 冤抑과 所懷를 나타내게 되는데 위용이 늠름한 인물이 5인의 무능을 꾸짖고 悲歌를 부른다. 이 노래가 끝나자 疾雷소리에 꿈을 깬다는 이야기이다.

여기서 위용이 늠름한 사람은 사육신 중에 兪應孚이고 5인은 왕을 모시는 문인을 지칭하고 있다. 작자의 이러한 태도는 단종 폐위 이후 그를 동정하는 사회 여론의 반영이라고 할 수 있는데, 이러한 현실 인식에서 참여문학으로서의 근대지향적인 성격을 엿볼 수 있다.

(3) 睡鄕記

이 작품의 작자 南孝溫이 醉鄕, 睡鄕, 華胥氏之國, 槐安國, 羅浮村, 高丘의 陽臺 등을 두루 찾아다니며 荊王, 襄王 등을 만나고 그 풍속이 淳美함을 찬양, 자기의 마음을 바로잡고 天君에게 보고하는 이야기이다. 이 작품도 「元生夢遊錄」이나 「大觀齋夢遊錄」과 같이 작자인 南孝溫 자신이 몽유자로 등장한다. 그러나 入夢하는 과정과 覺夢하는 장면이 불분명하고 작품의 전편이 작자의 환상으로 구성되어 있는 이색적인 작품이다.

---

11) 黃浿江, 「元生夢遊錄과 林悌文學」, 『韓國敍事文學』, 단국대출판부(1979), 269~337쪽 참조.

5) 擬人小說

이 시기에 나온 의인소설로서는 金宇顒(1540~1603)의 「天君傳」과 林悌(1549~1587)의 「愁城誌」, 成侃(1427~1456)의 「慵夫傳」, 丁壽崗(1454~1527)의 「抱節君傳」, 宋世琳(1479~?)의 「朱將軍傳」 등이 있다. 이들 중 「포절군전」과 「용부전」, 「주장군전」은 고려 후기 의인소설에서 크게 영향을 받았고, 「천군전」과 「수성지」는 심성을 의인화한 작품으로서 「心經」과 「神明舍圖」와 중국 고대 설화 및 고려 후기 의인소설 등에서 그 근원을 찾을 수 있으며, 후대 天君小說 출현에 큰 영향을 미친 작품이다.12) 이 가운데 주요 작품부터 고찰해 보기로 한다.

(1) 天君傳

「天君傳」은 東岡 金宇顒의 작이다. 그는 중종 35년(1540)에 성주에서 태어나 홍문관 부제학, 이조참판 등을 지낸 당대의 문신으로서 선조 36년(1603)에 세상을 떠났다. 그는 나이 27세(1566)에 南冥의 「神明舍圖」를 보고 「天君傳」을 지었다.

「天君傳」은 心을 의인하여 그 아래 충신형 인물과 간신형 인물의 갈등에서 충신형인 인물이 승리하는 것으로 종결되는 이야기로, 도입부에 비해 갈등부분이 짧은 결함이 있으나 天君小說의 효시로서 후대 天君小說은 물론, 의인소설에 끼친 영향을 감안할 때 우리 소설사에서 빼 놓을 수 없는 작품이다.13)

(2) 愁城誌

「愁城誌」는 林悌(1549~1587)의 작으로 「白湖集」에 수록되어 전하고 있다. 이 소설의 창작 동기는 白湖가 北評事에서 西評事로 옮길 때 일부러 어사의 前導를 犯蹕함으로써 탄핵을 입어 「愁城誌」를 지었다. 천성이 高邁超然하고 感傷的인 시인 白湖는 利權爭議의 와중에서 탈피하기 위해 일부러 犯蹕하여 세속적인 부귀공명을 멀리 했던 것이다. 그는 당시 사회에 대한 불만을 이 작품

---

12) 金光淳, 『天君小說硏究』, 형설출판사(1980), 103~193쪽 참조
13) 金光淳, 같은 책, 103~118쪽 참조

에다 풍자의 수법으로 표현했는데, 이것은 단순한 현실 도피에서 그쳤다기보
다는 현실 풍자의 수법으로 그의 인생관의 일단면을 나타낸 것이다.

「愁城誌」의 주인공 天君도 心의 의인인데, 그 아래 충신형 인물과 간신형 인
물의 갈등에서 사건이 전개된다. 天君이 愁城을 이겨내지 못하고 역경에 처하
는 것은 무능한 군주를 괴롭혔던 당시의 문란한 사회상을 작자가 작품을 통
해 폭로하고 있는 것이다. 그리고 麴釀將軍이 愁城을 치는 플롯에서 독자들은
愁心을 몰아내는 데는 술이 주효하다는 작자의 의식을 강하게 느낄 수 있
다.14)

(3) 抱節君傳

「抱節君傳」은 月軒 丁壽崗(1454~1527)의 작인데, 그는 端宗 2년(1454)에 나
서 中宗 22년(1527)에 卒했고, 江原道 觀察使, 成均館大司成, 兵曹參判, 同知中樞
府事를 지낸 대문장가로, 甲子·戊午·乙卯士禍 그리고 중종반정 등 네 차례
의 커다란 정변을 겪으며 복잡다단한 일생을 살았다.

이 작품은 대나무를 의인한 포절군을 통해 아무리 어려운 역경 속에서도
변절하지 않고 지조와 절개를 지키며 살아가는 한 선비의 절의를 칭송한 것
인데, 이는 곧 月軒의 생애와 흡사하여 月軒公 자신의 생애를 은연중 비유한
것으로 보인다. 이 작품은 고려 후기 의인소설의 수법을 답습한 것으로 韓末
一和先生의 「硯滴傳」이나 山康 卞榮晚의 「施賽傳」과 그 맥락이 이어지는 작품
이다.15)

6) 王郎返魂傳

이 작품은 불교계소설로서 「勸念要錄」에 수록되어 있는데 한문본과 국문본
이 함께 전하며 單行寫本으로 전하는 것도 있고, 영조 29년에 발행한 「阿彌陀
經」의 부록으로 전해오는 것도 있다. 이 작품의 작자로는 普雨(1515~1565)가
거론되고16) 있다. 懶庵(보우의 호)이 지었다고 하는 寫本이 있고, 普雨가 明宗

---

14) 金光淳, 『韓國擬人小說硏究』, 새문사(1987), 139~168쪽 참조.
15) 金光淳, 「月軒의 抱節君傳攷」, 『경북대 동양문화연구』 4집(1977).

을 대신해서 정치를 한 문정왕후에게 보내는 편지는 반드시 국문으로 썼다는
기록으로 보아 普雨가 불교를 중흥시킬 목적으로 이 작품을 한문으로 짓고는
다시 이를 국문으로 번역했으리라 짐작되는데 「王郞返魂傳」도 이들 중의 하
나라고 여겨진다. 그러나 普雨가 작자라는 확증이 없고, 이와 같은 내용의 작
품이 普雨 이전 시대에 있었다는 견해[17]도 있어 앞으로의 연구 과제로 남아
있다.

이 작품은 불교를 비방하던 王思机가 죽기 전에 죽은 아내 宋氏의 현몽으로
염왕에게 잡혀가서 할 말을 전해 듣고 죽은 후 그대로 하여 다시 부부로 환생
해 독실한 불교신자로 생활하다 극락왕생했다는 이야기다. 이는 불교의 인과
론과 환생담으로 일관되어 있다.

2. 金時習과 金鰲新話

金時習에 관한 연구는 「金鰲新話」 연구로부터 시작된다. 「금오신화」를 명나
라 瞿佑(1341~1427)의 「剪燈新話」와 처음으로 비교한 사람은 金安老이다. 그는
김시습이 금오산에 들어가 책을 지어서 석실에 비장해 두고 이르기를, 후세에
반드시 나를 아는 자 있으리라 했는데 그 글은 대체로 述異寓意로써 「전등신화」
를 본받아 지은 것이다[18]라고 했다. 그 후 崔南善[19], 金台俊[20], 周王山[21], 朴晟
義[22], 金起東[23], 鄭鉒東[24], 申基亨[25] 등이 「금오신화」는 「전등신화」를 모방한

---

16) 黃浿江, 「懶庵 普雨와 王郞返魂傳」, 『韓國敍事文學硏究』, 단국대출판부(1972), 267쪽
    참조.
17) 史在東, 「王郞返魂傳의 몇 가지 문제」, 『한국언어문학』13, 한국언어문학회(1975).
18) 金安老, 龍泉談寂記.
19) 「금오신화」란 결코 탁월한 대작이랄 것이 아니며 先儒의 설과 같이 명초 瞿佑의 「
    전등신화」에 의한 一傳奇니 그 체제와 措辭上에서뿐만 아니라 立題命意와 取才設人
    에까지 「전등신화」를 藍本으로 하였다고 하면서 개별작품을 대비시킨 최초의 논
    의다.(崔南善, 『계명』 19, 1927 참조).
20) 金台俊, 「조선소설사」, 『조선어문학회』(1933).
21) 周王山, 『조선고대소설사』, 정음사(1950).
22) 朴晟義, 『한국고대소설사』, 일신사(1958).
23) 金起東, 『이조시대소설론』, 정연사(1959).

한국 최초의 소설이라고 간주했다. 이에 비해 李在秀는 「萬福寺樗蒲記」는 「滕穆醉遊聚景園記」를 모방한 것이 아니며, 「南炎浮洲志」는 「令狐生冥夢錄」과 유사점을 인정, 「龍宮赴宴錄」은 「水宮慶會錄」에 영향을 입은 것으로 보고[26] 있다. 그러자 張德順은 「만복사저포기」가 「전등신화」의 「富貴發跡司志」와 같은 계열이 아니며 「등목취유취경원기」의 모방작이 아님을 주장했다.[27] 그 후 林熒澤[28], 趙東一[29], 蘇在英[30], 金光淳[31], 李相澤[32], 薛重煥[33] 등에 의해 기왕의 모방설에 대한 구체적인 반론이 제기되었고, 이에 따라 「금오신화」는 「전등신화」의 영향을 받았지만 김시습의 독자적인 창의성이 부각되었음이 밝혀졌다. 그리고 한편 김시습의 「금오신화」가 한국 최초의 소설이란 점에 대한 이의가 제기되면서[34] 고소설의 출현시기에 대한 문제가 학계에 새로운 쟁점으로 대두되고 있다.

김시습에 대한 전체적이고 종합적인 연구는 鄭鉒東의 「梅月堂金時習硏究」[35]에서 본격적으로 시작된 후 鄭炳昱의 「金時習硏究」[36], 閔丙秀의 「金時習論」[37], 薛重煥의 「金鰲新話硏究」[38] 등에서 계속되었는데, 이로써 김시습과 「금오신화」

24) 鄭鉒東, 『고대소설론』, 형설출판사(1966).
25) 申基亨, 『한국소설발달사』, 창문사(1960).
26) 李在秀, 『한국소설연구』, 선명문화사(1969).
27) 張德順, 『한국설화문학연구』, 서울대 출판부(1978), 236~237쪽.
28) 林熒澤, 「현실주의적 세계관과 금오신화」, 『국문학연구』 13(1971), 45~50쪽 참조.
29) 趙東一, 『한국소설의 이론』, 지식산업사(1977).
30) 蘇在英, 『고소설통론』, 이우출판사(1983).
31) 金光淳, 「한국고소설사서설」, 『어문논총』 19(1985).
32) 李相澤, 『고전소설론』, 방통대 출판부(1986).
33) 薛重煥, 『금오신화연구』, 고대민족문화연구소(1983).
34) 「금오신화」가 최초의 소설이란 데에 이견을 제시한 사람은 池俊模, 「전기소설의
    효시는 신라에 있다」, 『어문학』 32, 한국어문학회(1975).
    張德順, 『한국문학사』, 동화문화사(1982).
    林熒澤, 『한국문학사의 시각』, 창비사(1984).
    蘇在英, 앞의 책 참조.
    金光淳, 앞의 책 참조.
35) 鄭鉒東, 『매월당 김시습 연구』, 민족문화연구(1961).
36) 鄭炳昱, 「김시습연구」, 『한국고전의 재인식』, 홍성사(1979).
37) 閔丙秀, 「김시습론」, 『한국문학작가론』, 형설출판사(1977).

에 대한 광범위한 논의와 주목할 만한 성과가 이루어졌다.

여기에서는 기존 연구를 검토하면서 김시습의 생애와 사상, 그의 작품 중 「금오신화」에 대해 재조명하여 김시습이 차지하고 있는 문학사적 위치를 설정하고자 한다.

1) 생애

(1) 生長修學期

김시습의 자는 悅卿, 호는 梅月堂, 淸寒子, 東峰, 碧山淸隱, 법호는 雪岑으로서 그는 세종 17년(1435)에 서울 성균관 북쪽 사저에서 忠順衛 日省의 아들로 태어났다. 그의 관향은 강릉으로 선대는 신라 알지왕의 후예인 원성왕의 王弟 周元의 손이고 증조부 允柱는 안주목사, 조부 謙侃은 五衛部將, 부 일성은 충순위를 지냈으며, 그의 모부인은 仙差張氏이다. 삼칠안에 글을 읽었다는 신동으로 당대에 이름을 떨쳐 5세부터 李季甸의 문하에서 수학하기 시작하여 성균관 대사성이며 당대 유명한 교육가인 金泮의 문하와 국초 사범지종이라 칭송받던 尹祥의 문하에서 수학했다. 명공석학에게서 일취월장하던 그는 13세에 자모를 여의고 낙향, 삼년도 채 못되어 믿고 따르던 외조모마저 세상을 떠나고 부친 또한 병으로 신음하여 가사를 다스릴 수 없게 되어 부득불 계모를 얻었으니, 그는 냉랭한 가정을 등지고 홀로 상경하여 당대의 禪門 老宿인 峻上人과 禪談하며 유교뿐만 아니라 불교에도 심취하였다. 이처럼 그가 불교를 중심으로 한 이단에 관심을 가진 것은 그가 천재로서의 여력이 있어 한 가지 학문에만 만족할 수 없었다는 사실과 가정환경 등에 연유한 것이라 할 수 있다. 이렇게 중첩되는 가정의 파란 속에서 그는 훈련원 都正 南孝禮의 딸을 맞아 장가도 들었으나 현실에 적응하지 못하고 삼각산 重興寺로 들어갔다.

(2) 流浪遍歷期

栗谷의 「金時習傳」이나 尹春年의 「梅月堂先生傳」에 의하면 단종 3년, 시습의 나이 21세 때 삼각산 중흥사에서 독서하다가 수양대군이 단종을 내몰고 대권

---

38) 薛重煥, 앞의 책 참조.

을 잡았다는 소문을 듣고 삼일간이나 문을 꼭 닫고 밖에 나가지 아니하고는
대성통곡하며 그 읽던 책을 모조리 불사르고 거짓으로 미친 체하며 그 길로
머리를 깎고 중이 되어 전국 편력의 길을 떠나고 말았다. 그때의 심정을 술회
한 것을 보면,

> "나는 어려서부터 성격이 질탕하여 명리를 즐겨하지 않고, 생업을
> 돌아보지 아니하며, 다만 청빈하게 뜻을 지키는 것이 포부였다. 본디
> 산수를 찾아 방랑하고자 하여 좋은 경치를 만나서 시를 읊으며 즐기는
> 것을 자랑하곤 하였으며, 문필로 뛰어나서 관직에 오르는 것은 마음속
> 에 생각해보지 아니하였다. 하루는 홀연히 감개한 일을 당하여 남아가
> 이 세상에 태어나서 도를 행할 수 있으면서, 곧 몸을 깨끗이 보전하여
> 倫綱을 어지럽히는 것은 부끄러운 일이며, 도를 행할 수 없으면 홀로
> 그 몸을 지키는 것이 가하다."39)

라 하였으니 그는 단종 손위의 변을 직접적인 계기로 삼아 본시부터 산수 방
랑의 기질이 현실 부적응의 여건과 맞아 떨어져 방랑의 길을 걷게 된 것 같다.
그는 관서 일대를 남김없이 편력하고 그의 나이 24세 때에「宕遊關西錄」을 정
리하여 後志를 쓰고 관동 승경을 유람한 후 26세 때「宕遊關東錄」을 정리하고
그 후지를 썼다. 그 후 삼남지방을 들러 본 후 29세 때「宕遊湖南錄」을 정리하
여 후지를 쓰고 일시 서울로 왔다가 효령대군의 권유에 못 이겨 불경 언해
사업을 도와 內佛堂에서 교정의 일을 맡아보다가 다시 방랑의 길을 떠나게 되
었다.

(3) 金鰲隱遁期

그가 31세 되는 세조 11년 봄에 경주 남산 금오산에 金鰲山室을 복축하고
종신의 땅으로 삼고자 하였다.40) 이때 산실을 지은 곳은 금오산 남쪽 곧 신라
시대에 창건한 茸長寺 옛.터였다.41) 그가 전국 각지를 편력하면서 굳이 이 금

---

39) 梅月堂詩 四遊錄, 宕遊關西錄後志.
40) 余於乙酉春 卜築金鰲山室 若將終身(文集六, 圓覺寺落成會).
41) 梅月堂祠宇 在金鰲山南邊河口 卽茸長寺舊基而金公時習遊息之地也. (梅月堂集 附錄一事

오산을 은둔지로 삼은 것은 여러 가지 이유가 있겠지만 그가 신라 알지왕의
후예라는 점과 승려의 신분으로서 경주가 지내기에 적합하다는 것이 직접적
인 원인이 될 것이다. 그는 금오산에 은거하면서도 세조 11년 4월 원각사 慶
讚會에 참가 상경하여 讚詩를 짓고, 세조가 원각사에 머물 것을 원하였으나
효령대군에게 還山을 비는 시를 바치고 떠나버렸다. 세조가 중도에 사람을 보
내어 재삼 불렀으나 소명을 사양하는 진정서를 내어 끝내 나아가지 아니하고
금오산으로 돌아오고 말았다. 이는 그가 현실을 완전히 부정하고 현실을 도피
하고자 하는 모습이 아니라 현실세계에 적응하고자 하는 일단으로 볼 수 있
는데, 그러나 결국 현실에 적응할 수 없는 상황에 오히려 은둔을 확고하게 해
준다. 이 시기에는 그의 건강도 좋지 않았는데, 그의 시집 卷12에 보면,

> 금오산에 거처할 때
> 멀리 떠나 놀기를 좋아하지 않았고
> 날씨가 추워서
> 병만이 연이었더라.42)

라 함을 보아 알 수 있다. 또한 시집 卷13, 「草堂病臥書懷」에도 병중에 신음하
는 심정43)을 感興詩 11수로 나타내었다. 이와 같이 신병 가운데서도 시작과
독서로 왕성한 의욕을 보여 서울에서 돌아올 때에는 사재를 털어 많은 책을
사 왔으며 「山居集句」 百首도 이 시기에 지은 것이다.

(4) 失意徘徊期

금오산에서 6, 7년간 은거하던 중 세조가 승하하고 예종이 등극, 1년만에
다시 승하하여 성종이 등극하였다. 성종은 비록 나이가 어렸으나 崇儒文治를
표방하고 학문을 즐겨 학자를 우대하고 인재를 기용하는 등 민치와 文敎, 학

蹟搜補).
42) 自居金鰲 不愛遠遊 因之中寒 疾病相連(梅月堂集 卷十二).
43) 京洛歸來病臥床 一年人事付閑忙
　　無端窓外芭蕉雨 滌我平生磊磈腸(梅月堂集 卷十三).

문에 많은 힘을 경주하였다. 이에 시습은 성종 2년 그가 37세 되던 해 봄 정든 금오산실을 하직하고 다시 서울로 돌아왔다. 그러나 눈앞의 현실은 그의 기대와 희망과는 다른 차원이었다. 성종이 현명하기는 하나 아직 어렸고, 세조의 비인 貞熹大妃가 수렴청정을 하고 있었으며 구신들도 다소 권세가 꺾이었으나 申叔舟는 영의정이요, 韓明澮는 왕의 외조부요 장인이라는 신분에서 권력을 쥐고 있었다. 이러한 현실과의 괴리로 그는 성종 3년 서울에 가까운 城東에 瀑泉精舍를 복축하고 다시 은거하였다. 이때에 그는 출사의 꿈을 버리고 현실을 체념한 것으로 보인다. 자포자기한 그는 반미치광이 짓을 하며 길을 가는 영의정 鄭昌孫을 꾸짖기도 하고[44], 徐居正의 행차를 막기도 하며[45] 戱人侮俗하는 풍자적 생활을 하였으니 일반에게는 다만 奇人狂僧으로 비쳐졌음은 당연하다. 이후 10여 년 간의 그의 거취에 대해서는 오늘날 그 정확한 사정을 알 수는 없다. 현전하는 문헌에 의하면 대체로 서울 근교에 우거하면서 특히 水落山에 가장 오래 머물러 있었던 것 같다.[46] 아마 이때 그는 현실의 불만을 잊기 위하여 불가의 禪門에 전념한 것 같은데 이는 그의 선에 관한 저술인 「十玄談要解序」나 「大華嚴法界圖序」가 수락산에 있을 때 이루어진 것으로 추측되기 때문이다. 그러다가 홀연 47세 되던 성종 12년에 환속하였다가[47] 얼마 가지 않아 부인이 세상을 떠나고 조정에서는 尹氏廢妃 사건이 터지자 그는 세사에 뜻이 없어 다시 방랑의 길을 떠나게 된다. 이 기간에는 일정한 곳에 정착하지 못하고 유리방랑하며 초월적 이상을 추구하다가 성종 24년 鴻山 無量寺에서 59세로 일생을 마쳤다.

---

44) 一日 飮酒過市 見領議政鄭昌孫 曰汝奴宜休 鄭若不聞(南孝溫, 師友名行錄).

45) 時名卿金守溫徐居正 賞以國士 居正方趨朝 行辟人 時習衣藍縷 帶蒿索 載蔽陽子 遇諸市 犯前導 仰首呼曰 剛中安穩 居正笑應之 駐軒語(栗谷, 金時習傳).

46) 정병욱, 「김시습연구」, 『한국고전의 재인식』, 홍성사(1979), 57쪽.

47) 成宗十二年 辛丑 成化十七年 食肉長髮 爲文以祭祖父 遂娶安氏之女爲妻(南孝溫, 師友名行錄).

2) 사상

(1) 儒敎思想

승려로서의 김시습도 시대사조의 큰 흐름을 거역할 수는 없었다. 조선조의 지도이념이며, 모든 지식인의 사상체계로서의 유교는 그의 일생에 있어서 지배적 이념으로 자리잡았으니 그는 불도이면서도 늘 유교를 正道라 하고 불교를 이단이라 하여 유불 혼합을 주장하였다. 그는 수학기에 당시의 유명한 師長인 金泮, 尹祥으로부터 경서류를 배웠으며 20대 이후 승려로서도 방랑생활 가운데 늘 경서류를 입수하여 유교의 본질을 탐구하였다. 율곡의 「石潭日記」尹春年條에 그의 진면목은 이단이나 方術之士로서가 아닌 유교에서 찾아야 함을 나타내고 있다.[48] 또한 그의 윤리관이나 정치 사상도 先儒의 윤리 및 정치관을 토대로 하여 해석되어진 것인데 그의 문집에 나타난 「古今帝王國家興亡論」, 「古今君子隱顯論」, 「古今忠臣義士總論」, 「爲治必法三代論」 등을 통하여 제왕이 치국하는 데는 왕도정치를 하여야 되고, 이 정치를 구현하는 데는 「大學」에서 말하는 格物致知해야 된다고 하고, 「人材說」, 「生財說」, 「名分說」 등을 통하여 군주정치의 근본은 인재를 얻는 데 있으며, 경세제민의 사상과 위정에서의 正名을 역설하며 「人君義」, 「人臣義」, 「愛民義」, 「愛物義」, 「禮樂義」, 「威儀義」, 「德行義」, 「刑政義」 등을 통하여 경전과 고금 성현의 논설을 주석하고 비판한 점 등을 통하여 그가 뛰어난 수준의 유교 이론가임을 알 수 있다. 또한 그의 정치 사상은 왕도의 고취와 패도의 규탄이 중심이며 이 사상을 바탕으로 하여 특히 인재 등용의 신중과 공평성, 가렴주구의 배격과 절용주의, 명분의 중시 등을 강조한 맹자의 치국 이상[49]을 지닌 그는 탁월한 유학자였다.

(2) 佛敎思想

김시습이 생존한 시기가 세종에서 성종에 걸치는 시기라 한다면, 이 시기는 조선의 국시인 억불숭유가 강조되면서도 불교의 신앙적 측면이 계승되던 과

---

48) 金時習東方孔子也 不見孔子則 得見悅卿可矣 斯取乎時習者 皆諺傳詭怪之迹 實非時習所著也(石潭日記, 尹春年條).

49) 有所領解 橫談竪論 多不失儒家宗旨(栗谷, 金時習傳).

도기였다. 국초 儒臣들로부터 排佛論이 주장되면서도 불교 신앙이 전승되는 시대에 그는 특히 세종 만년의 好佛에 영향을 받아 출가하고 그 이후 세조의 好佛策, 성종의 排佛策을 겪으면서 이십대 이후 거의 만년에 이르기까지 승려 신분을 유지한 점 등으로 미루어 보아 그의 불교적 사상의 심도를 미루어 알 수 있다. 李耔의 「梅月堂集」 서문에 보면

> 아, 예전에 명승으로 이르는 자는 혹은 좋은 결과를 말하거나 혹은 글귀에 뜻을 두기도 하여 모두 당세에 이름이 드러나고 簡策에 빛을 내었거늘 하물며 우리 淸寒子는 유가의 행위로서 불가의 길을 걸어 이치에 밝으면서 불교에도 해박하였고, 또 그 평생이 쓸쓸하고 고단하여 거친 시골에서 외롭게 지낸 것은 진실로 덮어 둘 수 없는 것이 아니겠는가?[50]

라 하여 유학의 뜻을 품고도 불가의 길을 걷게 된 근거를 설명하고자 하였고 또,

> 불경에 있어서도 또한 밝아서 막히는 것이 없이 정치하고, 세밀함을 보였으니……[51]

라 하였다. 栗谷의 「金時習本傳」에도,

> 禪家나 道家 같은 것에 이르러서도 또한 큰 뜻을 보고 그 병폐의 원인을 깊이 궁구하였고, 즐겨 禪語를 지었으며, 현미한 뜻을 밝혀냄에 頴脫하여 걸리어 막힘이 없었다. 비록 老僧名僧으로서 그 학문이 깊은 자라 하더라도 감히 그의 銳鋒을 당해내지 못하였으니 그의 천품과 자질의 뛰어남은 이로써 가히 알아 볼 수 있겠다.[52]

---

50) 梅月堂集 序.
51) 於釋典 亦洞徹無礙 發輝精微(梅月堂集 序).
52) 至如禪道二家 亦見大意 深究病源 而喜作禪語 發闡玄微 頴脫無滯礙 雖老釋名髠 深於其 學者 莫敢抗其鋒 其天資拔萃 以此可驗(栗谷, 金時習本傳).

라 하여 불교에 있어서 상당히 깊은 경지에 이르렀음을 알 수 있다. 당시인들
은 흔히 그를 心儒跡佛이라 하여 사상의 기저를 유교에만 맞추고자 하였으나
그는 여러 모로 불교의 참된 종교성을 인정하고 이에 귀의한 독신자인 것 같
다. 그의 시 가운데도 선적인 경지나 대승불교의 眞義를 말하기도 하며 그의
문집인 「雜著第一凡十章」이란 부분에 無思, 山林, 三請, 松桂, 扶世, 梁武, 人主,
魏主, 隋文, 仁愛의 10장으로 된 불설이 있으며, 「是十小說文」에서는 불도가 지
고의 위치를 점하게 하고 참다운 고승의 격을 유도를 행하는 재상 위에 둠을
볼 때, 불교의 이상을 통해 민생을 제도하고자 하는 불교적 측면의 현실화를
알 수 있다. 즉 그는 유교적 정치 사상과 불교의 교리를 혼용하여 유·불일치
의 새로운 경지를 개척했다고 할 수 있다.

(3) 道仙思想

김시습의 천재성은 유교와 불교만으로는 만족할 수 없었다. 또한 현실에서
만족할 수 없는 존재로서 현실을 회피해야만 했고, 항상 건강이 좋지 못했으
므로 자연의 道요, 長生의 道인 도가철학과 도교에 대해서 무관심할 수가 없
었다. 그의 시에는 장자의 「南華經」이나 노자의 「道德經」이나 仙書인 「黃庭經」
을 정독하였다고 나와 있으며 신선술에도 능하여 장생의 도를 논하였다.[53] 이
처럼 선술에 대하여 깊은 조예를 갖고 보니 이를 실제로 시험해 보고자 하는
충동이 생겨 도사들과 접촉하기도 하고 자기도 직접 수련하여 보았다.[54] 또한
그가 당시 유일하게 도교 행사를 하던 昭格署 三淸宮에서 醮祭지내는 자리에
참석해 제사지내는 광경과 소감을 적은 시가 詩集 三 「仙道」조에 실려 있으며
소격서에서 眞人에 대하여 예배까지 하였다고 한다. 이와 같이 도선에 대한
지식이 풍부하고 몸소 仙道를 닦았기 때문에 후세에 그의 인물이 奇傳化됨에
따라 마치 도술가처럼 과장된 점도 없지 않으나 그의 도선의 본질에 대해서
는 불교와는 달리 전적으로 배격하는 태도를 취하였다. 그의 문집 「雜著」의

---

53) 夫神仙者 養性服氣 錬龍虎以却老者也……無搖爾精 歸心寂默 可以長生(文集 卷十七, 雜
　　著 修眞).
54) 入居水落精舍 修道煉形(師友名行錄).
　　欲學錬丹神妙術 請來泉石學慵踈(詩集四 夜深).

天形, 北辰, 性理, 上古, 修眞, 服氣, 龍虎의 7편은 다 유가의 입장에서 도교가 세상에 功用이 없고 허망한 것이라 하여 비판하였다. 곧 그는 도교의 본질면에 대해서는 유학자의 처지에서 비판, 부정하면서 신선의 도에 대해서는 흥미를 가지고 鍊丹 등 선법을 닦은 것은 物外閑士의 취향으로서 또는 자기 일신의 건강을 위해서 취해진 길이라고 볼 수 있다.

3) 金鰲新話

(1) 자아의 의식화 세계와 萬福寺樗蒲記

이 작품은 남원에 사는 노총각 梁生이 부처와의 저포놀이에서 이겨 2년 전에 죽은 崔娘의 영혼과 가연을 맺었다가 이별하는 비현실적, 환상적 이야기이다. 김시습은 스스로의 한을 여인에게 의탁하여 해소하는데 여기서 우리는 그의 깊은 속마음을 읽을 수 있다. 즉 양면의 東峰이 나타나 이야기를 엮어 가는데, '현실적인 그'—일찍 부모를 여의고 아직 장가들지 못하고 외로운 절방에서 홀로 살고 있는 양생—와 '이상적인 그'—양생을 만나 맺힌 한을 풀고, 정식 장례와 제를 공양받고 저승의 남자로 태어나는 여인—가 서로 交歡하면서 이야기가 전개된다.[55] 남주인공 양생은 실제의 동봉과 너무나 흡사하다. 절간에 홀로 있는 양생은 금오산실에 홀로 있는 그와 일치하며, 일찍 부모를 여의고 아내도 없이 吟咏하는 모습도 그와 동일한 조건의 현실에 버림받은 모습 내지는 현실을 극복한 모습이다.

이 작품은 현실의 동봉과 이상의 동봉이 상호보완하며 하나의 조화점을 찾아가는 과정을 그린 것이라 할 수 있다. 그래서 동봉은 무의식적 욕구를 의식 속에서 성취했기 때문에 이를 무의식의 의식화[56] 혹은 자아의 의식화 과정[57]이라 볼 수 있다.

---

55) 설중환, 앞의 책, 125~126쪽.
56) 설중환, 앞의 책, 237쪽.
57) 설중환, 앞의 책, 139쪽.

(2) 환상의 세계와 李生窺墻傳

이 작품은 선비 李生이 崔家의 딸과 서로 통정하여 인연을 맺었으나 홍건적의 난으로 헤어져, 죽었다고 생각했던 사람이 돌아와 수 년을 같이 살았는데 알고 보니 그녀의 영혼이었고, 그 후 이생도 절개를 지키다가 죽었다는 이야기이다. 이 작품의 전반은 현실적인 생활을 표현했으나 후반에선 비현실적인 환상의 세계를 표현했다. 전반부의 현실 이야기는 동봉이 살았던 시기를 비유적으로 나타냈다고 볼 수 있다. 홍건적의 침입은 이생의 가정 ― 동봉에 있어서는 주관의 세계 ― 을 파괴하고 님과의 이별을 만들게 된다. 이는 당시 동봉이 겪었던 모습과 흡사하다. 또한 죽었던 최랑의 재생은 동봉이 추구했던 현실에서의 소극적인 삶, 즉 현실 극복의 적극적 행위의 부족을 다른 관점에서 환상의 세계로 뛰어넘고자 하는 것이라 할 수 있다. 현실에서 적응 못하는 천재 동봉이 그러한 불합리한 현실을 홍건적의 난에 비유하고 현실에서의 자아실현을 최랑의 재생이라는 환상적 세계의 추구로서 나타내고자 한 것이다. 또한 소극적인 설정으로 역설적인 절의의 추구라는 점도 인정할 수 있으며, 동봉 자신의 실제 생활에 있어서 애정관계의 실태를 환상적 세계의 설정으로 이루고자 한 점도 지적할 수 있다.

(3) 초월의 세계와 醉遊浮碧亭記

이 작품은 富商 洪生이 평양 부벽루에서 箕子 시대에 죽은 여자와 만나 盡歡한 이야기로 이승의 사람과 死者의 혼이 교유한 이야기이다. 이 작품의 공간적 배경은 옛 조선의 서울인 평양이고, 시간적 배경은 天順 初年(세조 3년, 1457)으로 정치상으로는 매우 복잡한 시기였다. 주인공인 홍생은 개성의 부호로서 용모가 준수하며 글도 잘 하는 인물로 등장되고 있으며, 작품 중의 시는 인생의 허무와 망국의 한을 주제로 하고 있어 인생무상의 분위기를 고조시키는 역할을 한다. 이는 곧 주인공이 작자인 동봉을 비유하고 있다는 것이다. 즉 허탈감에 젖어 있는 현실의 동봉이 무의식적으로 허무를 이기고 영원의 세계로 나아가고자 하는 욕구를 표현한 작품이다. 현실의 '그'로 비유된 홍생이 인생의 허무를 느끼다가 신선인 여인으로 하여금 초월의 세계를 알게 되고, 마침내 영원의 세계로 나아가게 되는 것이다. 이는 동봉이 箕氏女처럼 무의식적으로 원하던 영원의 세계에 살고 싶은 욕구의 표출이다. 따라서 이 작품은 동봉이 스스로의 허무감을 벗기 위한 모색으로 상정된 것이다. 그래서 인생의 허무를 느낄 수 있도록 해 주는 寫實的인 상황을 제시하고 현실의 좌절감 속에서 인생의 허무를 절감한 동봉 자신의 무의식적으로 갈망하고 있는 초월의 세계(죽음에서의 해탈)를 이승과 저승을 넘나드는 여인인 기씨녀를 통해 실현하고자 한 것이다.

(4) 작가 사상의 세계와 南炎浮洲志

불교의 극락과 지옥설을 부인하는 유학자 朴生이 어느 날 밤 사자를 따라 저승에 가서 염라대왕을 상면하여 문답하고 돌아오던 중 깨어보니 침상일몽이었다. 그래서 그는 곧 죽을 것이라 생각하며 가사를 정리하다가 병이 들어 죽었는데, 이웃 사람들은 그가 염라대왕이 된 꿈을 꾸었다는 이야기이다. 이는 동봉의 무의식적인 꿈이 반영되어 그의 사회적 욕망의 주인공 박생을 통하여 나타난 것이다. 승복을 입은 유학자 동봉의 종교관과 정치관이 그의 무의식적인 욕망의 표출로 작품화한 것이라 할 수 있다. 주인공 박생이 유학에 뜻을 두어 태학관에서 수학하였으나 한 번도 과거에 합격하지 못했던 것은 현실의 동봉 모습 그 자체이다. 또한 박생이 염라대왕과 문답하는 가운데 유교와 불교를 서로 대조함으로써 불교의 윤회응보, 귀신류를 부인하고 불교의 허무를 자인하여 결국에는 유교사상으로 귀착하게 된다. 주인공 박생은 동봉처럼 현실세계에서는 오직 유학만이 정도임을 스스로 다짐하고 있다. 따라서 이 작품은 유학자로서의 통치욕을 그 주지로 삼고 있으며, 여기서의 박생의 욕구는 바로 작자인 동봉 자신의 욕구이며 사상적 세계라 할 수 있다.

(5) 작가 욕망의 세계와 龍宮赴宴錄

韓生이란 문사가 용왕의 초대를 받아서 상량문을 지어 크게 칭찬을 받고 용궁을 두루 구경한 뒤 선물을 받고 나오다가 깨어 보니 침상일몽이었다. 그 후 한생은 명리를 구하지 않고 명산으로 들어갔는데 아무도 그의 소식을 알지 못했다는 이야기이다. 이 작품은 동봉의 자서전이라 할만큼 주인공 한생은 작가 자신을 연상시키기에 충분하다. 게다가 금오신화 5편 중 삽입시의 양이 타 작품보다 풍부할 뿐 아니라 그 질에 있어서도 우수하다. 따라서 이 작품 속에서 동봉은 그의 시재를 과시하고 스스로를 주인공으로 내세워 자신의 무의식적 공명심과 자부심을 나타내며 상대적으로 현실에서의 불만감을 드러내고 있다. 자신의 능력이 현실에서 용납되어지지 않을 때, 이상 세계에서의 실현을 누구나 꿈꾸게 된다. 현실에서 용납되지 않는 동봉의 시재와 문재가 자신의 무의식적 욕망의 세계인 용궁에서 실현되고 그 꿈이 깨어난 후에는 명산 속에 은일하여 버린다는 현실에서의 도피와도 직접 관련시킨 작가 욕망의 세계를 잘 표출한 작품이라 할 수 있다.

3) 문학사적 위상

김시습의 문학사적 위치는 그의 수많은 작품 가운데서도 「금오신화」를 창작했다는 데서 찾아볼 수 있다. 그는 조선 전기의 기본적인 골격이 잡혀져 가던 때에 나서 신흥사대부의 한 사람이면서도 당시의 체제에 속하기를 거부한 탈속적이면서 현실비판적인 삶을 살다간 대석학이며 사상가이다.

그는 불후의 명작인 「금오신화」를 지어서는 세상에 발표하지 않고 石室에 감추어 두었는데, 임진왜란 때 일본으로 건너가 전후 두 차례에 걸쳐 판각되었으니 初刻은 1658년 한 권으로 內閣文庫目錄에 실렸으며, 再刻은 1884년 東京에서 간행된 大塚本이다. 후자를 六堂 崔南善이 1927년 啓明 19호에 옮겨 실음으로써 처음으로 국내에 소개되었다. 일본에서 판각될 때 5편뿐이었는지는 알 수 없고 일본으로 건너갔다고 해서 국내에는 읽혀지지 않은 것은 아니다. 그간 국내에서는 寫本으로 전해왔는데 이퇴계도 「금오신화」를 읽었다[58]고 한다.

그는 유학자이면서 승려였고 道仙思想에도 일가견을 가진 지성인이었다. 절의를 지키면서도 공명을 이루려 했던 당대의 석학이었다. 그는 또한 현실주의자로서 이상을 추구하는 양면성을 띠고 있는데, 이러한 면모는 그의 작품 「금오신화」에 잘 나타나 있으며, 이러한 현상은 당시의 정치상과 시대상이 빚

---

58) 退溪先生文集 卷三十三 答許美叔(影印本 退溪全集上, 大東文化硏究院, 1958), 779쪽.

어낸 것으로 해석되고 있다. 그가 살고 간 鮮初는 유교와 불교의 교체기이며 동시에 새로운 사회질서가 구축되면서 사회질서의 재편성에 대한 참여와 비판이 공존하여 사대부 문학과 대립되는 方外人文學이 등장하기 시작한 시대였다. 이런 시대를 살고 간 김시습은 현실보다 나은 이상을 추구하려 했던 지식인으로서 이상을 품고 수학할 때는 官人文學에 열중했고 처사가 되었을 때는 處士文學 쪽으로 기울게 된다. 그러나 그는 이 두 세계 어디에도 안주할 수 없었으니 이들 세계가 그를 용납하지 않았고 그도 이들을 거부했다. 그래서 그는 方外人이 되었고 결국은 方外人文學이라는 새로운 문학의 세계를 열게 된다. 그래서 그는 官人文學에서 處士文學으로 끝내는 方外人文學을 개척하게 된다.59) 그는 당대의 문학적인 기운과 성격 속에서 前代 국내의 전통을 계승 발전시켜 「금오신화」를 창작했다. 「금오신화」는 삽입시의 수법과 讚의 형식, 그가 쓴 「題剪燈新話後」60) 등에서 보면 「전등신화」의 영향을 받았다고 할 수 있지만 그보다 그의 생애와 사상이 작품 속에 함축되어 있다는 것이 이 작품의 가치는 물론 김시습의 문학사적 위치를 가늠하는 중요한 관건이 된다.

그는 당시의 문화적인 기운, 즉 서적의 다수 편찬 및 번역, 악장 등의 새로운 문학 장르의 창출과 민본주의와 자유정신이 당대 문화의 주류적인 성격을 이룬 가운데서 국내의 문학적인 여건 즉 설화집, 羅末·麗初의 傳奇, 고려 후기 의인소설 등을 발판으로 국외의 문학외적 기교와 기술을 차용하여 우리의 고전 「금오신화」를 창작했다. 결국 「금오신화」는 현실의 김시습과 이상의 김시습이 동시에 나타나서 이상이 현실을 이기고 그 꿈을 실현하는 과정을 그리고61) 있는 불후의 명작이므로 당대를 살고 간 천재적인 지성인 김시습의 면모를 엿볼 수 있게 한다. 따라서 그는 우리 소설사에 있어서 본격적인 傳奇小說의 진면목을 보여 주었으며 前代文學의 전통 위에서 거둘 수 있는 모든

---

59) 薛重煥, 앞의 책, 235쪽 참조.
　　방외인문학에 대해서는 林熒澤의 앞의 책 참조.
60) 실제로 김시습이 전등신화를 읽고 쓴 시 「題剪燈新話後」를 남겨 놓고 있으므로 이 두 작품의 상관 관계가 성립될 소지는 있다.
61) 薛重煥, 앞의 책 참조.

예술적인 성과를 수렴하여 위대한 전통문화 유산을 후대에 물려준 대문호이며 사상가였다.

3. 金鰲新話 연구의 경향별 검토와 쟁점

梅月堂 金時習(1435~1493)은 유학자이면서 승복을 입었고 절의를 지키면서도 공명을 이루려 했으니 그를 두고 心儒跡佛[62]이라고 했다. 그가 살았던 시대는 수양대군이 왕위를 찬탈한 대변혁기였고, 더구나 그는 유교와 불교, 관인문학과 처사문학이 대립해 있었던 과도기를 불우하게 살다간 사람이다.

이러한 혼란기 속에서 그는 자신이 지은 「金鰲新話」를 「梅月堂集」에는 수록하지도 않았다. 더구나 「금오신화」를 세상에 내놓기를 꺼려 石室에 갈무리해 두었다[63]고 한다. 그러나 金安老[64](1481~1537)와 退溪(1501~1570)가 「금오신화」를 읽었다[65]는 기록 등으로 보면 임진왜란 전까지는 「금오신화」를 읽은 사람이 간혹 있었던 것으로 짐작된다. 그후 趙光延(1552~1638)이 尤庵 宋時烈(1607~1689)에게 답한 편지에 '「금오신화」를 얻어보고자 했으나 구득하지 못했다'[66]는 기록 등으로 보면 「금오신화」가 임진왜란 때 일본으로 반출된 것 같다. 이후 일본에서 두 차례에 걸쳐 판각되었으니 初刻은 1658년 한 권으로 內閣文庫目錄에 실렸으며, 再刻은 1884년 東京에서 2책으로 간행된 大塚本이 전부이다. 그러다가 육당 최남선이 일본에서 大塚本 「금오신화」를 보고 이를 1927년 「啓明」 19호에 해제와 함께 전재함으로써[67] 비로소 우리 나라에 널리 알려지게 된 것이다.

이처럼 「금오신화」는 창작 당시부터 세상에 묻혀 있다가 20세기에 들어서

---

62) 金光淳, 『韓國古小說史와 論』, 새문사(1990), 197쪽.
63) 入金鰲山 著書藏石室曰 後世必有知咎者 其書 大抵述異寓意 效剪燈新話等作也 「金安老, 龍泉談寂記」
64) 金安老, 龍泉談寂記.
65) 退溪先生文集 卷三十三, 答許美叔, 大東文化研究院(1958), 779쪽.
66) 金鰲新話 第家本無 兄之所聞 或差也耶 (尤庵集, 答尤庵書)
67) 崔南善, 「金鰲神話 解題」, 『啓明』 19, 계명구락부(1927).

야 겨우 많은 사람들에게 읽힐 수 있게 되었다. 그러나 우리 고소설 어느 작품 못지 않게 국문학자들에게도 관심의 대상이 되어 왔다. 지금까지 「금오신화」에 관계되는 연구물이 400편에 가깝다. 이에 대한 연구도 시대에 따라 다양한 양상을 보여 왔고 학자마다 다른 결론을 도출하기도 해서 후학들에게 논란의 소지가 많다. 지금까지의 연구를 경향별로 그 흐름을 파악하여 무엇이 관심의 대상이었는지를 찾아내고 그 쟁점이 무엇인가를 고찰하여 가장 적합한 최선의 이론이 무엇인가를 밝히고자 한다.

「금오신화」에 대한 연구사적 경향을 보면, 초창기부터 1960년대 중반까지는 주로 자료를 발굴 소개하고[68] 해제 및 주석을 달면서[69] 관계문헌을 정리하는 등 본격적인 연구의 준비시기이다. 1960년대 후반에서 1970년대 중반까지는 주로 개별 작품론[70], 작가의 현실주의적 세계관에 관한 연구[71] 등 구체적으로 작가와 작품에 접근하면서 작가와 작품 내면의 세계를 천착한 시기이다. 1970년대 후반에서 1980년대 초반까지는 주로 작품의 구조[72]와 배경[73]은

---

68) 崔南善, 앞의 글.

69) 李家源, 『金鰲新話』, 현대사(1953).

70) 이재호, 「금오신화고 — 작자 김시습의 저항정신을 중심으로 —」, 『논문집』 14, 부산대(1972).
　　이원주, 「금오신화 소고」, 『논문집』 2, 상주농잠 전문대(1970).
　　김수성, 「금오신화의 자연배경고 — 전등신화와의 비교적 입장에서 —」, 『중국학보』 9, 한국중국학회(1968).

71) 임형택, 「현실주의적 세계관과 금오신화」, 『국문학연구』 13(1971), 45~50쪽.
　　이재수, 「금오신화고」, 『가람 이병기 교수 송수논문집』(1966).

72) 장덕순, 『한국문학사』, 동화출판사(1975).
　　임형택, 『한국문학사의 시각』, 창작과 비평사(1984).
　　조동일, 『한국소설의 이론』, 지식산업사(1977).
　　소재영, 『고소설통론』, 이우출판사(1983).
　　김광순, 『한국고소설사 서설』, 어문론총 19, 경북어문학회(1983).
　　설중환, 『금오신화 연구』, 고대 민족문화연구소(1983).
　　최삼룡, 「금오신화의 구조적 특질 — 기괴를 중심으로 —」, 『국어문학』 21, 전북대(1980).
　　강준철, 「금오신화의 문법」, 『어문학교육』 5, 부산 교육학회(1982).
　　김창진, 「금오신화의 순환구조 연구」, 석사학위 논문, 경희대(1982).
　　신덕룡, 「금오신화의 시간구조 연구」, 석사학위 논문, 경희대(1980).

73) 김수성, 「금오신화와 전등신화의 배경에 관한 비교연구」, 『논문집』 10, 경기공전

물론 삽입시[74], 초현실의 문제[75]까지 언급된 시기이다. 1980년대 중반에서 현재까지는 주로 작가의 의식구조를 비롯한 작품연구[76]를 지속하면서 「금오신화」가 소설사에서 차지하는 위상을 종합적으로 검토하여 소설의 연원[77]을 새

(1976).

김수성, 「금오신화와 전등신화에 출현하는 시에 대한 비교(Ⅰ)」, 『논문』11, 경기공전(1978).

김수성, 「금오신화와 전등신화에 출현하는 시에 대한 비교(Ⅱ)」, 『논문』12, 경기공전(1979).

김진두, 「금오신화와 전등신화의 비교연구」, 『논문집』21, 공주사대(1983).

74) 설중환, 「금오신화의 삽입시 연구시론」, 『논문집』1, 전주 우석여대(1980).
최삼룡, 「김시습 사상의 도선적 사상에 대하여」, 『국어문학』19, 전북대(1978).
최삼룡, 「금오신화의 구조적 특질-기괴를 중심으로-」, 『국어문학』21, 전북대(1980).

75) 최삼룡, 「금오신화의 비극성에 대한 초월의 문제」, 『어문논집』22, 고려대 국어국문학 연구회(1981).
설중환, 「금오신화 신연구」, 박사학위논문, 고려대 대학원(1983).
김두경, 「김시습과 작품 금오신화에 나타난 사상연구」, 석사학위논문, 고려대(1976).
이인섭, 「이조초기 소설에 나타난 공사상고-금오신화를 중심으로-」, 석사학위논문, 동아대 교육대학원(1976).

76) 임형택, 『한국문학사의 시각』, 창작과 비평사(1984).
김광순, 「한국고소설사 서설」, 『어문론총』19, 경북대 인문대 국어국문학과(1985).
김광순, 『한국고소설사와 론』, 새문사(1990).

77) 한영환, 「금오신화의 소설사적 의의」, 『논문집』24, 성신여대(1987).
소재영, 「금오신화와 허균의 소설」, 김동욱 외편, 『한국소설사』, 현대문학사(1990).
설중환, 「금오신화론」, 한국고전소설 편찬위원회, 『한국고전소설론』, 새문사(1990).
임형택, 「매월당의 방외인적 성격과 사상」, 『한국문학사의 시각』, 창작과 비평사(1984).
김명순, 「금오신화의 비극성」, 『우전 신호열선생 고희기념논집』, 창작과 비평사(1983).
서규태, 「금오신화의 구조와 작가의식」, 『논문집』24 · 25, 고려대 국어국문학연구회(1985).
김갑진, 「금오신화의 공간구조와 작가의식」, 『한국어문학』12, 영남대(1986).
이문규, 「매월당의 문학관을 통해 본 금오신화의 기본 의미망」, 『선청어문』18, 서울대 사대(1989).
안창수, 「금오신화의 의미구조와 작가의식」, 『영남어문학』26, 영남어문학회(1994).
박태상, 「금오신화에 나타난 매월당의 세계관과 애정관」, 『한국방송통신대 논문집』20(1995).

롭게 파악하고자 한 시기이다.

1) 문헌학적 연구와 과제

(1) 해제 및 주석

「금오신화」 연구의 선행작업으로는 작품이 한문으로 되어 있었기 때문에 이를 해제하고 번역하는 것이 지속적인 관심이었다. 대표적인 업적으로 해제는 최남선, 번역은 야담사를 필두로 하여 이가원, 이재호, 정병욱, 장덕순, 권오돈·양대언, 민제 등에 의해 이루어졌는데 이를 보면 다음과 같다.

> ① 김안노, 용천담적기. ② 조기영, 생육신합집 부록. ③ 최남선, 금오신화 해제, 계명 19호, 계명구락부, 1927. ④ 야담사, 만복사저포기, 야담57, 1940. 9. ⑤ 야담사, 이생규장전, 야담58. 1940. 10. ⑥ 冬村克彦, 만복사저포기, 문화조선 5-5, 1943. ⑦ 이가원, 금오신화, 현대사, 1953. ⑧ 이가원, 금오신화, 통문관, 1959. ⑨ 이가원, 금오신화 해제, 동역주, 통문관, 1959. ⑩ 정병욱, 금오신화, 한국의 고전백선(신동아 부록), 동아일보사, 1969. ⑪ 이재호, 금오신화, 을유문화사, 1972. ⑫ 정병욱, 금오신화 해제, 아세아문화사, 1973. ⑬ 조성교, 만복사저포기, 남원지, 남원지편찬위원회, 1975. ⑭ 편집부, 금오신화 해제, 독서생활4, 삼성출판사, 1976. ⑮ 장덕순, 금오신화, 희망출판사, 1978. ⑯ 권오돈·양대언, 금오신화, 국역 매월당집 3, 세종대왕 기념사업회, 1978. ⑰ 정규복, 금오신화의 내각문고본 해제, 인문논집24, 고려대 문과대학, 1979. ⑱ 이재호, 금오신화, 과학사, 1980. ⑲ 민제, 금오신화, 중앙출판인쇄, 1982. ⑳ 한국고전문학연구회, 금오신화, 시간과 공간사, 1989.

이 가운데 최남선의 업적은 국내에서 일실된 작품을 일본에서 발견하여 「계명」 19호에 전문을 싣고 해제를 붙여 발표했다는 데서 그 의의가 자못 크다 할 수 있다. 이것을 대본으로 하여 이가원 등이 주석을 달아 세상에 내놓아 연구자들에게 편의를 제공하였고 일반 독자들에게도 15세기에 이미 소설 「금오신화」가 있었음을 알리는데 크게 기여한 바 있다.

이처럼 「금오신화」의 해제 및 주석은 부분적 혹은 전체적으로 이루어졌다.

이로써 우리 초기 소설의 연구와 이해·감상을 위한 기틀이 마련되었다. 특히 세종대왕 기념 사업회에서 「매월당집」이 권오돈과 양대언에 의해 국역되어 김시습의 고뇌와 사상을 쉽게 이해할 수 있게 하였다. 김태준은 이를 대본으로 하여 「조선소설사」[78]에서 최초의 소설이란 말은 쓰지 않았지만 우회적인 언급을 했고, 주왕산은 「조선고대소설사」[79]에 해제를 겸한 논의에서 한국 최초의 소설이란 말을 썼다. 그 후 고소설 전공서적이나 국문학사, 국문학개론서 등에서 「금오신화」는 「전등신화」를 모방한 한국 최초의 소설이란 학설이 제기되었다.

(2) 판본

「금오신화」 판본문제에 관한 논의에 참가한 대표적 연구자로는 최남선, 김태준, 주왕산을 비롯하여 정주동, 이재수, 정규복 등을 들 수 있다. 이들의 의견은 대체로 일치한다. 「금오신화」에 대한 기록은 중종 때 사람 金安老의 「龍泉談寂記」에 보이고, 그로부터 36년 뒤의 사람인 퇴계도 허봉에게 답한 글 가운데 「금오신화」를 보았음이 드러나고, 퇴계의 문인 權文海도 읽었으며, 趙光延이 宋時烈에게 답한 글에는 珍本이었음을 알 수 있다는 것이 그것이다. 그러나 정병욱이 소개한 愼獨齋 金集(1574~1656)의 친필 전기집 가운데 「萬福寺樗蒲記」와 「李生窺牆傳」이 필사되어 있는 것을 보면 제한된 독자나마 국내에서 그 명맥이 유지되고 있었음을 볼 수 있다.[80] 또 순조 때의 趙基永이 읽은 것으로 보아 정주동은 조선조 말까지 내려온 것 같다[81]고 하였다.

한편 김태준은 「금오신화」가 일본에 건너가 400년 동안이나 謄本대로 流傳하다가 明治 17년 東京에서 三島中·依田百川諸氏의 손으로 출판되었다[82]고 했다. 이재수는 '「금오신화」는 일본으로 건너가 두 차례나 飜刻 刊行되었다고 하였다. 초간은 1658년(孝宗 4, 承應 2년)에 1책으로 간행되는데 이를 內閣文庫

---

78) 김태준, 앞의 글.
79) 주왕산, 앞의 글.
80) 정병욱, 「김시습연구」, 『서울대 논문집』 7(1958).
81) 정주동, 「금오신화에 대한 의문점」, 『국어국문학』 26, 국어국문학회(1963).
82) 김태준, 『조선소설사』, 학예사(1939), 58~59쪽.

本이라 하며, 그후 1884년(高宗21년, 明治 17년)에 동경의 大塚彦太郎에 의해 재판되었는데 국판 체제로 상권 32장, 하권 24장, 즉 상하 양권으로 간행되었다고 하고 이를 대총본이라 하는데 우리 나라에 역수입되어 소개된 것도 이 대총본이라'고[83] 한다. 전자는 정규복에 의해 소개되었는데 후자의 모본임이 밝혀졌다.[84] 또한 김태준은 금오신화의 원본 권수가 미상이며 卷尾에 「書甲集後」라고 하여 甲集, 乙集, 丙集 등이 있는 모양[85]이라고 하면서 5편 이외 다른 작품이 더 있었을 가능성이 크다고 하였다. 뒤이어 나온 주왕산, 김기동, 박성의 등도 이를 그대로 따랐다.

이와 같이 「금오신화」의 판본에 관한 연구에 대한 쟁점은 「금오신화」가 언제까지 어디에서 갈무리해 왔던가? 또한 어느 판본을 연구 대상으로 했던가? 「금오신화」는 현존하는 5편 이외에도 몇 편 더 있었던가 하는 데에 주목하고 있다. 연구 결과 조선 말까지 전해왔으며, 임란 때 일본으로 건너가 두 번이나 간행되었고, 그것이 역수입되어 널리 읽히고 있다는 데에 대체적으로 공감하고 있다. 그리고 「금오신화」는 현존 5편 외에도 더 있었을 것으로 추측하고 있으나 정확한 편수와 확실한 기록의 발굴은 앞으로의 연구 과제로 남아 있다.

2) 비교문학적 연구와 쟁점

(1) 국외설

먼저 작품의 소원을 국외에서 찾으려는 시도는 「太平廣記」 등에서 찾으려는 시도가 있긴 했으나[86] 金安老를 필두로 하여 「전등신화」의 모방설로 집중되는데 조기영, 최남선, 김태준, 주왕산, 김기동, 박성의, 정주동, 이석래 등에 의해서 이루어졌다. 이들은 모두 작품의 소원을 「전등신화」에서 찾았다. 김안노는 「龍泉談寂記」에서 「금오신화」의 내용이나 체제가 명나라 구우의 「전등신화」와 비슷하다는 점을 들어 모방작으로 간주하였다. 그러나 순조 때 사람

---

83) 이재수, 『한국소설연구』, 형설출판사(1977).
84) 정규복, 「금오신화의 내각문고본 해제」, 『인문논집』 24, 고려대 문과대(1979).
85) 김태준, 『조선소설사』, 학예사(1939), 59쪽.
86) 김현룡, 『한국소설설화비교연구』, 일지사(1966).

趙基永의 '靑出於藍'이라는 표현, 최남선의 환골탈태론[87] 등은 이러한 주장과는 부합하지 않는다. 그러나 김태준이 '「금오신화」는 「전등신화」를 모방하였다 함은 그의 체재와 내용이 혹사함으로써 말함이니 만일 「금오신화」 한 편을 「전등신화」에 넣어도 얼른 골라내지 못할 듯 하다'고 하면서 두 작품간의 유사점을 구체적으로 밝힌[88] 뒤에 주왕산도 두 작품의 체재와 措辭上에서 보든지, 立題命意, 取材設人까지 전등신화를 다분히 모방하였다[89]고 했다. 김기동도 전등신화의 모방설[90]을 따랐고 박성의[91], 신기형[92], 정주동[93] 등도 모방설을 그대로 따랐다. 이석래는 작가 김시습의 창조적 개성을 확실히 인정하고 있는 점을 미루어도 「금오신화」는 「전등신화」의 '표절이거나 단순한 모방이 아니라, 창조적 모방'이란 점에서 일관된 견해로 받아들일 수 있다[94]고 했다.

(2) 국내설

금오신화의 연원을 국내의 전기설화에서 찾으려는 움직임이 있었는데[95] 두 작품간의 공통된 경향이랄 수 있는 전기성과 鬼趣 등을 「전등신화」 한 작품에 제한시키지 않고 양국간의 전기적 전설에 입각하여 설명하는 다른 관점이 제시되기도 했다.[96] 장덕순은 구우나 김시습이 다같이 屍愛說話를 소재로 작품화한 사실로 보아 「萬福寺樗蒲記」가 「滕穆醉遊聚景園記」의 모방작·아작이라고 단정할 수 없다고 한 바 있고[97], 그 밖에도 人鬼交歡의 설화적 모티브

---

87) 최남선, 「금오신화해제」, 『계명』 19, 계명구락부(1927).
88) 김태준, 『조선소설사』, 학예사(1939), 59~60쪽.
89) 주왕산, 『조선고대소설사』, 정음사(1950), 100~101쪽.
90) 김기동, 『한국고대소설개론』, 대창문화사(1956), 66~68쪽.
91) 박성의, 『한국고대소설사』, 일신사(1958), 151~156쪽.
92) 신기형, 「한국소설발달사」, 창문사(1960), 141~146쪽.
93) 정주동, 『고대소설론』, 형설출판사(1966).
94) 이석래, 「금오신화는 전등신화의 모방인가」, 장덕순 외, 『한국문학사의 쟁점』, 집문당(1986).
95) 지금까지 「금오신화」의 설화적 연원으로 제시된 것은 「搜神記」의 '辛道度條', 「殊異傳」의 '雙女墳', 「搜神記」의 '駙馬說話', 「法苑珠林」의 '屍愛說話', 「殊異傳」의 '崔致遠', '首揷石枏', 「太平廣記」의 '裵航說話', '唐暄說話', '睦仁荷說話' 등이다.
96) 이석래, 「금오신화의 전개적 고찰」, 『이숭녕 박사 송수기념논총』, 을유문화사(1968). 임형택, 「현실주의적 세계관과 금오신화」, 『국문학연구』 13, 서울대 국문학회(1971).

를 통해 「금오신화」의 전기적 특질을 찾으려 한 연구들이 속출하였다.[98]

한편 설중환은 「금오신화」의 발생과 전기성을 근원설화와 「전등신화」같은 작품 외적 요인에서 찾는 것에 불만을 품고 삽입시의 기능을 소설 속에서 밝혀 전기성과 발생의 연원을 찾으려 했다. 즉 주요 사설은 시로 하였고 산문은 다만 연결소에 지나지 않는다고 하면서 시에서 산문으로 넘어가는 단계에 있는 첫 작품이라는 것이다. 요컨대 「금오신화」의 발생은 시에서 찾아야 할 것이며 그 전기성은 삽입시의 기능으로 이해했다. 따라서 작품 소원에 관한 연구는 김시습이 「전등신화」를 읽었다는 것을 인정하면서 재래적 설화와 시에 기원한다[99]는 설로 극복하고 금오신화의 독창성을 주장하였으니, 전술한 바 임형택, 조동일, 소재영, 김광순 등의 주장이 그것이다.

(3) 국내외 절충설

금오신화의 소원을 국외 또는 국내에서 찾으려는 노력 가운데, 중심 축을 국외에 두면서 국내적 영향을 입었다는 절충론이 비교문학적 견지에서 시도되기도 했다. 배경의 비교에는 김수성, 유광연[100]이, 삽입시의 비교에도 김수성이, 이를 통해 한·중·일의 소설의 수수관계는 한영환이 참가하여 다양한 논의를 개진하였다.[101]

김수성은 최남선, 김태준, 조윤제, 이가원이 문학사 또는 작품의 해제 및 주석에서 배경을 한국에 두었고, 인물 풍속도는 자국의 것으로 향토화하였다는 단편적 견해에 시사받아 본격적으로 작품의 배경연구를 시도하였다. 무대설정, 장면과 환경, 자연물의 표현, 시에 대한 표현 양상의 비교를 통해 구성면에서는 모방하고 있으나 자연 배경은 작가 자신의 의식세계의 승화된 창의적

---

97) 장덕순, 「시애설화와 소설」, 『논문집』 2, 숙명여대(1962).
98) 이재수, 「금오신화고」, 『가람 이병기 박사 송수기념 논문집』(1966).
    이석래, 「금오신화의 전개적 고찰」, 『이숭녕 박사 송수기념논총』(1968).
    이혜순, 「금오신화에 나타난 인귀교구소설의 유형적 고찰」, 『이숭녕 선생 고희기념논총』(1977).
99) 설중환, 「금오신화의 삽입시 연구시론」, 『논문집』 1, 전주 우석여대(1980).
100) 유광연, 「금오신화와 전등신화의 배경에 관한 고찰」, 『논문집』 10, 경기공전(1977).
101) 한영환, 앞의 글.

정념이며 詩句들은 작품 속에서 플롯의 직능을 수행하여 산문문학에서의 자연묘사 출현을 보게 되는 원인이 되었다[102]고 주장하였다. 또한 「금오신화와 전등신화의 환경성에 관한 연구」[103]에서는 이러한 논리를 더욱 구체화하였다. 김수성은 여기서 멈추지 않고 두 작품에 나타나 있는 삽입시의 소재와 유사 시구를 비교하여 김시습의 한이 서려있는 시라고 하였으나, 이러한 사실들은 「금오신화」가 설화 내지 가전체 작품에서 고소설이 출현하는 작품형성과 정상의 일양상과 유교문화의 발흥과 한문의 융성 속에서 전기소설의 특성을 엿볼 수 있는 점들이기도 하다고 하여 다소 안이한 결론을 도출시키고 있다.

한영환은 「금오신화」를 중국의 「전등신화」와 일본의 「도끼보오꼬」 사이에 놓고 세 소설의 이질성과 동질성을 논의하여 그 수수관계를 살폈다. 그 결과 「금오신화」에 있는 5편의 소설은 「전등신화」의 구성적 측면을 수용하였고 내용에 있어서는 한국적 성격사상, 사건의 한국적 소재결구, 배경의 한국적 설정배치 등을 통해 독창적인 소설문학으로 발전시킬 수 있었다고 했다. 더욱이 일본 최초의 전기소설 「도끼보오꼬」는 인물의 자국화, 사건의 자국화, 배경설정의 자국화 과정이 우리가 「금오신화」를 독창적으로 이끌어간 방법을 그대로 따르고 있는 점도 주목할만 하다고 하였다. 이는 곧 「도끼보오꼬」가 「금오신화」의 절대적 영향하에서 이루어졌다[104]는 것이다.

이와 같이 「금오신화」의 비교문학적 연구에서의 쟁점은 초기에는 국외설인 「전등신화」와 비교한 결과 모방론이 우세하였다. 그 뒤에 국내설로서 전기설화의 영향으로 「금오신화」가 창작되었다는 모방설의 극복론이 쟁점이 되었다가 최근에는 후자 쪽으로 논의가 우세하게 진행되고 있다. 그러나 모방설의 반론도 만만치 않은 데다가 한·중·일의 소설 수수관계도 논쟁의 대상이 되고 있어서 보다 구체적인 연구가 요망된다.

---

102) 김수성, 「금오신화의 자연배경고」, 『중국학보』 9, 한국중국학회(1968).
103) 김수성, 「금오신화와 전등신화의 환경성에 관한 연구」, 『논문집』 24, 경기공전(1986).
104) 한영환, 「금오신화의 소설사적 의의」, 『논문집』 24, 성신여대(1987).

3) 작가론적 연구와 쟁점

(1) 생애

김시습의 생애에 대해 처음으로 논의한 것은 김안로이다. 그 후 김태준, 주
왕산, 신기형, 김기동이 뒤를 이었다. 본격적인 업적은 정병욱[105]과 정주동[106]
에 의해 이루어졌다. 이들의 연구는 거의 완벽에 가까운 것으로 볼 수 있으나
김시습의 생애를 주로 외적인 변화양상에 맞추어 서술하였다는 한계가 있다.
이 외에도 작가론을 다룬 논문이 다수 있으나 두 연구자의 연구 범주에서 근
본적으로 탈피하지 못하고 있다. 이재호는 「금오신화」가 작가의 시대적 사회
적 배경을 뚜렷이 나타내고 있다고 전제하고 「금오신화」는 김시습의 폭력과
불의에 대한 항거정신을 담고 있다[107]고 하였다. 설중환은 작가 생존시의 사
회구조적 모순과 정치적 격변은 그에게 하나의 충격으로 받아들여졌고, 그의
가치관에 중요한 영향을 미치게 했다. 또한 현실세계의 불의에 대한 증오와
투철한 자의식은 자신과 세계와의 관계를 '身世矛盾'이 되게 했으며, 이같은
현실세계와의 갈등에 대한 인식은 점차로 현실과 이상의 갈등으로 심화되어
간다[108]고 하였다. 이 외에 심여택[109]도 「금오신화」의 창작동기는 매월당의
개인적 갈망, 혹은 당시 사회 집단의식의 간접화 내지 대변으로 보아 이재호,
설중환과 같은 계열에 서 있었다. 또 그의 생애를 4기로 나누어 고찰하면서
그를 心儒跡佛이라 단언한 김광순의 주장[110]도 있고, 최근 김시습의 생애와
사상을 주자성리학과 관련해서 논의한 진상원[111]의 업적도 있다.

(2) 사상

김시습이 이상세계를 긍정 또는 부정하고 있다는 관점에서 본 견해 중 긍

---

105) 정병욱, 「김시습연구」, 『서울대 논문집』 7(1958).
106) 정주동, 『매월당 김시습연구』, 신아사(1965).
107) 이재호, 「금오신화고」, 『논문집』 14, 부산대(1972).
108) 설중환, 「금오신화 신연구」, 고려대 대학원 박사논문(1983).
109) 심여택, 「금오신화소고」, 『논문집』 22, 제주대(1986).
110) 김광순, 『한국고소설사와 론』, 새문사(1990).
111) 진상원, 「매월당 김시습의 생애와 사상」, 부산대 대학원 석사논문(1993).

정하고 있다는 설은 유불도가 조화되어 있다는 견해와 신화적 사고가 연장되어 있다는 견해로 대별된다. 양자는 현실 세계의 갈등이 이상 세계에서 해결된다고 보는 점에서 일치되지만 그 사상적 기반에서 구별된다. 즉 儒佛道 조화설은 「금오신화」에 유교·불교·도교가 조화되어 있다는 것이지만, 「금오신화」를 유교적 이념에 입각하여 불교를 체득한 작가 김시습의 이념과 현실의 갈등을 표현하여 봉건적 속박에서 해방되려는 인간의 모습을 보여주려는 작품이라고 간파한[112] 정병욱은 유교에, 無常觀이 「금오신화」의 기저가 된 사상이라고 보고 궁극적으로 유불조화를 이상으로 한 불교소설로 본[113] 정주동은 불교에, 「금오신화」 5편의 결말처리를 검토한 후 결말에서의 주인공의 행방불명은 신선의 경지에 대한 바람으로 죽음은 현실에서 탈피한 자의 초연한 것으로 해석한[114] 최삼룡과, 「醉遊浮碧亭記」의 분석을 통해 이 작품이 동이족의 문화적 우월감과 주체적 역사의식을 바탕으로 한 반존화적 민족 저항의식의 소산으로써 도가적 문화의식이 짙게 투영되어 있으며 미학적 기저도 초월적 신비주의에 있다는 견해를 제시한 이상택은 도선에 더 주목하고 있다.[115] 또한 각 작품마다 사상이 다르다는[116] 김두경의 견해도 있다.

김시습이 이상세계를 철저하게 인정하지 않는 것으로 보고 연구에 참여한 대표적 논자는 김명호이다. 그는 김시습이 理氣二元論者임을 밝히고, 그의 생사관도 생에의 충실을 통해 생사의 한계를 극복하려는 유가의 전통적인 견해와 합치되며, 불교의 윤회설과 유신론은 성립할 수 없다고 하였다. 이는 김시습을 무신론자로 규정하고 귀신 역시 消散하는 氣의 활동이기 때문에 사후에 영혼의 존재는 인정하지 아니했다[117]는 견해라 할 것이다.

---

112) 정병욱, 「김시습연구」, 『서울대 논문집』 7(1958).
113) 정주동, 앞의 글.
114) 최삼룡, 「금오신화의 비극성에 대한 초월의 문제」, 『어문논집』 22, 고려대 국어국문학연구회(1981).
115) 이상택, 「취유부벽정기의 도가적 문화의식」, 『한국고전소설의 탐구』, 중앙출판사(1981).
116) 김두경, 「김시습과 금오신화에 나타난 사상연구」, 고려대 교육대학원 석사논문(1976).
117) 김명호, 「김시습의 문학과 성리학 사상」, 『한국학보』 35, 일지사(1984).

理氣哲學이 작품의 기반이 된다는 주장을 편 대표적 연구자는 임형택, 조동일, 김명호, 김일렬 등이다. 이것은 氣一元論, 一元論的 主氣論, 理氣二元論, 主氣論的 存在論과 主理論的 倫理論 등의 네 가지 방향에서 논의가 구체화되었다. 임형택은 김시습 사상의 철학적 기초를 氣一元論으로 이해한 다음, 이 氣一元論이 인간성과 현실을 중시하는 현실주의적 세계관으로 드러나고, 이 현실주의적 세계관은 다시 도가의 현실도피적 은둔사상, 불교의 현실부정적 인생자세 등 제 미신적 세계관과 대립한다고 파악했다. 이러한 관점에서 「금오신화」에서 현실주의적 세계관을 잘 드러내는 것은 「南炎浮洲志」, 「李生窺牆傳」이며 「醉遊浮碧亭記」는 주인공 의식의 감상성과 회고성, 스토리의 전개에 있어 선녀와의 神遇, 현세를 부정한 선계로의 승화라는 결말 등이 현실도피사상을 드러내고 있어 김시습 사상의 모순되는 측면 내지는 현실주의적 세계관의 한계를 보이는 것[118]이라 했다.

조동일은 임형택의 견해를 긍정적으로 수용하면서도 김시습의 사상을 새로이 一元論的 主氣論이란 개념으로 이해했다. 이 개념은 당시의 지배적인 이념이었던 理氣二元論과 主理論을 비판한 것으로 그 내용을 규정하고 이에 따라 「금오신화」에서는 자아와 세계의 상호우위에 입각한 대결이 드러나며, 이는 소설 장르의 구조이기도 함을 논증하면서 그의 소설장르이론과 「금오신화」 해석을 결합시켰다. 따라서 「금오신화」의 성격을 세계에서 제외되어 있는 고독한 예외자가 세계의 질서를 받아들이지 않고 자기대로의 의지를 관철하려고 세계와 대결하는 것[119]으로 이해하였다.

이에 비해 김명호는 김시습의 사상을 氣一元論 내지 一元論的 主氣論으로 파악한 견해들의 근거가 명확하지 못함을 비판하면서 김시습의 논설이 理氣二元論的 입장을 표명하고 있으며 그 논설의 의도는 불교에 대한 사상적 비판에 있다는 견해를 제시하였다. 이러한 관점에서 「남염부주지」는 현실에서 이루어질 수 없는 성리학적 이상을 가공의 세계에 투영한 작품이며, 「萬福寺樗

---

118) 임형택, 「현실주의적 세계관과 금오신화」, 『국문학연구』 13, 서울대 국문학회(1971).
119) 조동일, 「소설의 성립과 초기소설의 유형적 특징」, 『한국학논집』 3, 계명대 한국학연구소(1975).

蒲記」,「李生窺牆傳」에서의 애정갈등의 주제는 불교의 금욕주의에 맞서 윤리의 틀 내에서 인간의 정욕을 긍정한 성리학적 인성론을 표현한 것[120]으로 해석했다.

한편 김시습사상이 존재론에 있어서는 주기론이지만 윤리론에 있어서는 주리론에 입각해 있다는 견해를 제시한 김일렬의 논문도 있다. 그는 「금오신화」의 출현이 작가의 독창적인 주기론과 밀접한 관련성을 가진다고 할지라도 그것은 아직 확고한 것이라 하기 어려우며, 따라서 작품 각론에 있어 주기론 일변도의 작품론은 곤란하다는 입장을 취하고[121] 있다.

자유연애사상에 기반을 두고 있다는 견해를 보인 연구자는 정병욱과 김기동이다. 정병욱은 봉건적 속박으로부터의 인간성 해방, 자유연애의 제창, 인습·미신·패도정치에 대한 비판을 의도한 것[122]이라 하였으며, 김기동은 최초로 성공한 전기소설로서 현대의 단편소설과 같은 성격을 띠고 있으며, 자유연애사상이 발아된 것[123]이라 하였다. 또한 心儒跡佛이란 김광순의 주장[124], 『금오신화』의 사상적 성격을 다룬 박혜숙[125], 「이생규장전」과 「취유부벽정기」를 중심으로 매월당의 세계관과 애정관을 다룬 박태상[126] 등의 업적도 주목된다.

이와 같이 작가론적 측면의 쟁점은 작가의 생애와 사상에서 작품으로 접근하려는 시도는 많았지만, 작가가 이상세계를 긍정 또는 부정하고 있는가에 따라 유신론자 또는 무신론자로 상반되는 결론을 도출하고 있다. 또한 理氣哲學이 작품의 바탕이라 보는 이들은 주기 혹은 주리로 다르게 이해하기도 했다. 뿐만 아니라 자유연애사상이 「금오신화」의 창작 동인이 되었다는 견해도 새로운 쟁점으로 부각되고 있다.

---

120) 김명호, 「김시습의 문학과 성리학 사상」,『한국학보』 35, 일지사(1984).
121) 김일렬, 「금오신화 고찰」,『조선전기의 언어와 문학』, 형설출판사(1976).
122) 정병욱, 「김시습연구」,『서울대 논문집』 7(1958).
123) 김기동,『이조시대 소설론』, 정연사(1959).
124) 김광순, 「김시습론」,『한국문학작가론』, 현대문학사(1991).
125) 박혜숙, 「금오신화의 사상적 성격」,『한국문학사의 쟁점』, 집문당(1992).
126) 박태상, 전게서.

4) 작품론적 연구와 쟁점

(1) 작품 구조

최삼룡은 「금오신화」의 전작품에 전기적 구조가 나타난다고 보았다. 그는 「금오신화」의 작품 구조를 '현실(불행) → 초현실(행복) → 현실(열망) → 초현실(상승)'로 구도화하였다. 즉, '작품 속의 주인공들은 현실계에서 불우한 처지에 놓여 있다. 그러다가 갑자기 초현실세계가 그들 앞에 전개된다. 그 초현실계는 神, 鬼가 살아 있는 곳이다. 그들은 神鬼와 교유함으로써 인간세상에서 누릴 수 없었던 사랑을 얻고 기뻐하나, 숭고한 신들과 만나 정화된 세계의 희열을 맛본다'[127)는 것이다.

강준철은 Todorov의 언어이론에 근거하여 작품에 나타난 통사구조를 밝혔다.[128) 그리고 김창진은 「금오신화」의 순환체계에 입각한 순환구조를 밝혔다. 즉 현실계와 비현실계가 반복되는 가운데 존재는 결핍과 충족을 반복하다 결국 충족이 영구적으로 가능한 세계로 간다[129)는 것으로 파악하여 최삼룡의 논의를 계승하였다. 한편 서규태는 비극의 구조와 비극의 극복구조로 작품을 이해했다. 즉 「李生窺牆傳」과 「萬福寺樗蒲記」는 인간성을 실현하는 행위인 애정과 그 상실에서 오는 비극의 구조로 되어 있다고 하였고, 나머지 세 작품은 작가의식이 앞서 노출되어 소설의 구성면에서 앞의 두 작품에 뒤지는 것으로 비극의 극복구조로 되어 있다[130)고 했다.

김갑진은 작품의 공간구조를 밝혔다. 김시습은 氣一元論을 추구하였기 때문에 귀신을 부정하고 인간이 존재하는 현상계 이외의 모든 관념적 공간을 부정하려했음에도 불구하고 「금오신화」는 그가 부정한 공간에서 그가 부정한 귀신의 입을 통해서 귀신과 세계 밖의 공간을 부정하고 있어서 좀더 공간에 치중하여 논의를 전개시켰다.[131) 또한 창작배경과 만남의 구조를 중심으

---

127) 최삼룡, 「금오신화의 구조적 특질」, 『국어국문학』 21, 전북대(1980).
128) 강준철, 「금오신화의 문법」, 『어문학교육』 5, 부산교육학회, 부산교대(1982).
129) 김창진, 「금오신화의 순환체계연구(1)」, 『국제어문』 4, 국제대학 국어국문학과(1983).
130) 서규태, 「금오신화의 구조와 작가의식」, 『논문집』 24 · 25, 고려대 국어국문학연구회(1985).

로 「금오신화」를 분석한[132] 신규선, 「금오신화」의 의미구조와 작가의식을 고찰한[133] 안창수 등도 주목된다.

이와 같이 작품 구조 연구의 쟁점은 현실세계와 비현실을 방황하는 주인공에 대한 해명에 초점이 맞추어져 있다. 그리고 여기서 제시한 대표적 구조는 역설적 구조와 순환 구조이다. 전자는 현실에 보다 중점을 둔 데에 비해 후자는 작품 자체에 중점을 두고 있는 점이 다른 점이다. 이러한 방법의 연구는 작품 자체의 미의식과도 밀착되어 있어 양자해결의 모색이 앞으로 연구되어야 할 쟁점으로 남아 있다.

(2) 미의식

「금오신화」에 나타난 미의식에 관한 연구로는 비극미와 그 비극미의 극복설로 나누어진다. 전자에는 임형택, 조동일, 최삼룡, 김연식이, 후자에는 설중환, 백남오가 참가하여 다양한 논의를 개진시켰다. 작가 사상의 견지에서 본 미의식으로 임형택은 작가의 현실주의적 세계관으로 인해 개인과 사회가 대립하고 이 대립에서 개인이 패배하는 인간적 비극에서 오는 것[134]이라 하였고, 김일렬은 「만복사저포기」를 중심으로 행복에서 불행으로 진전되는 「이생규장전」과는 달리 이미 불행한 자가 더욱 불행한 모습을 보인 비극소설로 평가[135]하고 있다. 조동일도 그러한 비극성을 철학과 사상에 결부시켜 해석하려 하였다.[136] 또 최삼룡은 「금오신화」의 사건 결말은 주인공이 죽음을 맞이하거나, 행방불명이 되는 것으로 막을 내린다는 것에 주목하여, 그들의 죽음이나 不知所終이 비극의 의미를 갖는다면, 주인공들은 결국 일상적인 현실에서 벗어나지 못한 채 생의 패배자가 되고 말 것이라 하였다. 그래서 각 작품이 보여주는 사건의 처리를 놓고 그 비극성 여부를 검토한 뒤 현실을 초월하지

---

131) 김갑진, 「금오신화연구」, 한남대 석사학위 논문(1986).
132) 신규선, 「금오신화연구」, 강원대 석사학위 논문(1992).
133) 안창수, 「금오신화의 의미구조와 작가의식」, 『영남어문학』 26, 영남어문학회(1984).
134) 임형택, 「현실주의적 세계관과 금오신화」, 서울대 석사학위 논문(1972).
135) 김일렬, 앞의 글.
136) 조동일, 앞의 글.

못한 범인들의 삶이 비극적인 것이라는 전제를 보여 주는 것으로 마무리 지었다.[137]

한편 설중환과 백남오는 생각을 달리했다. 설중환은 「만복사저포기」를 '한의 해소'라는 측면에서 양생이 여귀를 만나 현실계의 소원을 성취하고 나아가 영원한 생명을 얻게 되며, 또한 여귀는 원한으로 떠돌다가 양생으로 인해 자신의 한을 풀고 바라던 저승에 남자 몸으로 태어나 자신의 소원을 이룬다[138]고 하였다. 백남오 또한 설중환의 논의에 근거하여 비극성만을 강조할 수 없다는 데서 출발하여 작품자체의 미적 구조를 중심으로 작품창조의 원천을 밝히려 했는데 「萬福寺樗蒲記」, 「李生窺牆傳」, 「醉遊浮碧亭記」를 통해 갈등에서 화해로 진행된다고 하고 남주인공의 현실적 비극성, 여주인공의 죽음은 갈등으로서의 비극적 구조를 가지고 있지만 환생하여 남주인공과 만나고 남주인공의 초연한 죽음 내지 不知所終은 화해라고 하면서 비극 일변도의 연구에 제동을 걸기도 했다.[139] 또한 「만복사저포기」에 나타난 사랑[140]을 다룬 이금희의 연구도 주목된다.

이와 같이 작품의 미의식에 대한 연구의 쟁점은 작가의 현실주의적 세계관과 작품의 결미를 결합시키는 관점의 시각 차이에서 생겨났다. 다시 말하면 「금오신화」의 주인공은 현실을 초월하지 못하고 좌절하는 비극적 성격에서 비장미를 유도했다는 주장과 주인공의 환생이나 작품 말미에 不知所終이란 데서 비극적 성격을 극복해 준다는 논의가 주된 쟁점으로 부각되고 있다.

(3) 삽입시

「금오신화」 속의 삽입시에 대한 연구는 이원주가 작품 속의 시가 독자적 세계를 구성하고 있다[141]고 주장한 이래 민병수는 「금오신화」는 시로 엮은 괴기담이며 문장도 기본적으로는 산문이지만 변려투가 혼합되어 있어서 전

---

137) 최삼룡, 앞의 글.
138) 설중환, 앞의 글.
139) 백남오, 「금오신화연구」, 경남대 석사학위 논문(1986).
140) 이금희, 「만복사저포기에 나타난 사랑」, 숙명여대 어문논집 4(1994).
141) 이원주, 「금오신화 소고」, 『논문집』 2, 상주농잠(1970).

체적 분위기도 시적이라 하면서 자서전적 시소설이라 주장하였다.142) 또 김
갑진은 주인공이 모두 김시습처럼 시를 쓰는 서생이라고 하면서 작품 속의
시는 대화나 행위의 기능을 한다143)고 하였다. 이러한 단편적인 생각들은 설
중환에 의해 더욱 구체화되었는데 그는 「萬福寺樗蒲記」를 중심으로 그 기능
을 살피고 결과를 제시하고144) 있다. 한편 김일렬은 삽입시에 대하여 부정적
인 시각을 갖고 발생기 소설로서의 장르적 미숙성에 기인한 것으로 보았
다.145) 또한 정병호는 기존의 논문을 검토하고 삽입시가의 기능적인 면에 주
목하여 삽입시의 유기적 기능과 삽입적 기능에 대하여 논한 바 있다. 즉 유기
적 기능의 시는 사건을 전개시키고 인물을 형상화하는 경우의 시이고, 삽입적
기능의 시는 작품에서 빼내버려도 서사적 질서에 별다른 영향을 미치지 못한
다 하여 삽입시를 보다 입체적으로 평가하였다.146)

이와 같이 삽입시에 대한 연구의 쟁점은 「금오신화」 연구에서 시를 논의의
중심에 두는가, 산문을 논의의 중심에 두는가에 따라 그것이 부정 또는 긍정
되는 데 있다. 시를 중심에 두고 논의하는 사람은 시가 행위나 대화를 갖춘
성숙한 소설로 간주하고 있다고 주장하는 데 대해, 산문을 중심에 두고 논의
하는 사람은 삽입시는 소설 작품으로서의 미성숙이라 평가절하하고 있다. 또
한 삽입시의 기능적인 면에 주목하여 삽입시의 유기적 기능과 삽입적 기능을
가진 시로 삽입시를 보다 입체적으로 평가하는 시각도 주목되어 쟁점으로 부
각되고 있다.

---

142) 민병수, 「김시습론」, 『한국문학작가론』, 형설출판사(1977),
　　　민병수, 「매월당의 시세계」, 『인문논총』 3, 서울대(1978),
　　　민병수, 「한문소설의 삽입시에 대하여」, 『한국고전산문연구』, 동화문화사(1981).
143) 김갑진, 「금오신화의 공간구조와 작가의식」, 『한국어문학』 12, 영남대(1986).
144) 설중환, 「금오신화의 삽입시 연구시론」, 전주 우석여대(1980).
145) 김일렬, 「김시습과 금오신화」, 『고전소설신론』, 새문사(1991).
146) 정병호, 「금오신화에 나타난 삽입시가의 양상과 기능」, 『한국의 철학』 19, 경북대
　　　퇴계연구소(1991).

5) 소설사적 위상과 쟁점

「금오신화」의 소설사적 위상은 한국 최초의 소설로 자리매김한 것과 「전등신화」의 모방작이라는 시비가 크게 주목되어 왔다. 김태준의 「조선소설사」에서 「금오신화」를 '가장 명백한 향토색을 발휘하고 자주정신을 보인 소설이라 하고 김시습을 이조초기의 일류소설가'[147]라고 하면서 우회적인 언급만 했을 뿐 최초의 소설이라고 단언하지는 않았다. 1948년에 조윤제의 「국문학사」에서 「금오신화」에 대해 '조선의 소설문학은 단연코 설화의 경계선을 돌파, 소설의 영역에 돌입하였다. 이로 보아 「금오신화」는 실로 조선소설사상 획기적 작품이라 할 수 있다'[148]고 했다. 같은 해에 나온 김사엽의 「국문학사」에서 '「금오신화」는 오랜 동안 설화와 패관잡기의 역을 넘지 못하더니, 이에 이르러 비로소 소설다운 소설의 試作으로서 등장한데 의의가 깊다'[149]라고 하여 최초의 소설이란 말은 쓰지 않았지만 최초의 소설이란 의미를 담고 있는 주장을 우회적으로 표현했다. 뒤이어 주왕산은 그의 「조선고대소설사」에서 「금오신화」는 傳奇小說의 白眉이었을 뿐만 아니라 확실히 조선인의 손으로 된 최초의 소설로서 성공한 逸作이다[150]라고 하여 한국 최초의 소설임을 처음으로 단언했다. 이어서 김기동은 그의 「한국고대소설개론」에서 우리 나라 최초의 소설 작품인 「금오신화」의 작자는 김시습이다[151]라고 하여 한국 최초의 소설이 「금오신화」임을 당연시하였고, 뒤이어 박성의도 그의 「한국고대소설사」에서 「금오신화」는 확실히 한국인의 손으로 된 최초의 소설로서 성공한 逸作이라 하겠다[152]라고 하여 주왕산과 김기동의 학설을 뒤따랐다.

이후에 간행된 국문학사, 국문학개론 등의 전공서적에서 「금오신화」를 논의하면서 한국 최초의 소설이란 주장을 그대로 수용하자 학계의 통설로 자리

---

147) 김태준, 『조선소설사』, 조선어문학회(1933), 61쪽.
148) 조윤제, 『국문학사』, 동국문화사(1948), 122~123쪽.
149) 김사엽, 『국문학사』, 정음사(1948), 313쪽.
150) 주왕산, 『조선고대소설사』, 정음사(1950), 101쪽.
151) 김기동, 『한국고대소설개론』, 대창문화사(1956), 56쪽.
　　　　, 『이조시대 소설론』, 정연사(1959), 89쪽.
152) 박성의, 『한국고대소설사』, 일신사(1958), 174~175쪽.

를 굳혔다. 그러나 70년대에 들어서자 이 주장이 흔들리기 시작했다.

한국소설의 기원을 장덕순은 「금오신화」가 우리 소설의 처음이 아니라고 주장하면서 우리 소설의 기원을 고려 가전작품까지 소급시켜야 한다고 주장[153]함으로써 「금오신화」가 한국 최초의 소설이란 위상이 흔들리기 시작했다. 이어서 지준모[154], 임형택[155], 이헌홍[156], 김광순[157], 박일용[158], 박희병[159] 등에 의해 한국소설의 기원은 「금오신화」보다 500여 년 앞선 「수이전」 계열을 비롯한 「太平閑話」 등의 기존 작품에서 찾아야 한다는 주장이 연달아 나옴에 따라 한국 고소설의 효시작으로서의 「금오신화」의 위상은 크게 흔들리기 시작했다. 작금 우리 학계에서는 한국 고소설의 발생시기를 9~10C 신라 말에서 고려 초기에 출현한 「수이전」 계열의 작품 등에서 시작된 것이 거의 통설화되자 「금오신화」의 위상은 고소설의 최초 작품이란 자리를 내어줘야 할 처지에까지 이르게 되었다.

한편 「금오신화」가 「전등신화」의 모방작이란 데서 최근에는 전등신화의 모방작이 아닌 창작설로 전환됨에 따라 「금오신화」는 재평가를 받게 되었다. 「금오신화」가 「전등신화」의 모방이란 주장은 김안로의 「龍泉談寂記」[160]에서부터 시작된다. 순조때 사람 趙基永은 두 작품의 관계를 靑出於藍[161]이란 표현을 썼고, 최남선은 두 작품을 대조하면서 환골탈태론[162]을 주장했다. 이어서 김태준이 「금오신화」는 「전등신화」를 모방하였다 함은 그의 체제와 내용이 혹사함으로써 말함이니 만일 「금오신화」 한 편을 「전등신화」에 넣어도 얼른

---

153) 장덕순, 「금오신화 우리 소설 처음 아니다」, 대구 매일신문, 매일신문사(1972. 2. 12).
154) 지준모, 「傳奇小說의 嚆矢는 신라에 있다」, 『어문학』 32, 한국어문학회(1975).
155) 임형택, 「나말여초의 전기문학」, 『한국한문학연구』 제5집, 한국한문학회(1981).
156) 이헌홍, 「최치원전의 전기소설적 구조」, 『수련어문학』 9(1982).
157) 김광순, 「조신전과 침중기에 나타난 꿈의 양상과 의미지향」, 『한국고소설사와 론』, 새문사(1990).
158) 박일용, 『조선시대의 애정소설』, 집문당(1993).
159) 박희병, 『한국전기소설 미학』, 돌베개(1997).
160) 入金鰲山 著書藏石室曰 後世必有知岑者 其書 大抵述異寓意 效剪燈新話等作也(金安老, 『龍泉談寂記』).
161) 趙基永, 『生六臣合集』 附錄.
162) 최남선, 「금오신화 해제」, 『계명』 19, 계명구락부(1927).

골라내지 못할 듯 하다고까지 하여「전등신화」를 다분히 모방하였다[163]고 했다. 그 뒤에 김기동도「전등신화」의 모방설[164]을 따랐고, 박성의[165], 신기형[166], 정주동[167] 등도 모방설 그대로를 수용하자 그 이후에 나온 문학사나 문학개론서에도 이를 맹목적으로 답습하여 마치「금오신화」가「전등신화」를 모방하여 나온 작품으로 간주하는 것이 통설로 굳어졌다. 그러나 모방설에 대해 이재수는 반론을 제기했다.[168]「만복사저포기」는「등목취유취경원기」를 모방한 것이 아니며「남염부주지」는「영호생명몽록」과 유사점을 인정,「용궁부연록」은「수궁경회록」에 영향을 입은 것으로 주장하면서 기존의「전등신화」의 모방설에 대한 반론이 본격적으로 제기되었다. 그러자 장덕순은「만복사저포기」가「부귀발적사지」와 같은 계열이 아니며「등목취유취경원기」의 모방작이 아님을 주장했다.[169] 그 후에 임형택[170], 조동일[171], 소재영[172], 김광순[173], 설중환[174] 등에 의해 기왕의 모방설에 대한 구체적인 반론이 제기되었고, 이에 따라「금오신화」는「전등신화」의 영향은 받았지만 김시습의 독창적인 창의성이 부각되어 있음이 작품구조를 통해 밝혀지게 되었다. 따라서 최근에 간행된 문학사나 개론서에서는 후자의 주장을 통설로 받아들이면서「금오신화」는「전등신화」의 영향을 받았을 뿐 작자의 독창적인 창작 소설로서 전대의 소설을 이어받아 한국소설사상 본격적인 소설의 위상을 차지하게 된 것이다.

　이상으로「금오신화」의 소설사상의 위상의 쟁점을 두 가지에만 국한시켜

163) 김태준,『조선소설사』, 조선어문학회(1933), 59~60쪽.
164) 김기동,『한국고대소설개론』, 대창문화사(1956), 66~68쪽.
165) 박성의,『한국고대소설사』, 일신사(1958), 151~156쪽.
166) 신기형,『한국소설발달사』, 창문사(1960), 141~146쪽.
167) 정주동,『고대소설론』, 형설출판사(1966).
168) 이재수, 앞의 글.
169) 장덕순,『한국설화문학연구』, 서울대 출판부(1978), 236~237쪽.
170) 임형택,「현실주의적 세계관과 금오신화」,『국문학연구』 13(1971), 45~50쪽.
171) 조동일,『한국소설의 이론』, 지식산업사(1977).
172) 소재영,『고소설통론』, 이우출판사(1983).
173) 김광순,「한국고소설사서설」,『어문논총』 19, 경북어문학회(1983).
174) 설중환,『금오신화연구』, 고려대 민족문화연구소(1983).

서술했다. 곧 「금오신화」가 한국 최초의 소설이냐는 것과 「전등신화」의 모방 작인가란 것이 그것이다. 두 가지에 대한 통설이 나오긴 했지만 아직도 논쟁의 여지가 남아 있음도 사실이다. 전자는 수이전계 소설에 밀려남으로써 그 위상이 격하되고 있다고 한다면, 후자의 경우는 「전등신화」의 모방설을 극복함으로써 「금오신화」의 소설사상의 위상이 더욱 고양되고 있다. 따라서 소설 미학적인 시각에서 「금오신화」의 소설사상의 위상은 더욱 높이 평가되어야 할 것이다.

Ⅳ. 중세에서 근대로 전환기의 소설

1. 개관

이 시기는 임진왜란(1592)부터 영조 원년(1725) 이전까지, 곧 景宗(1724)때까지의 132년 간이다. 문학적인 측면에서는 蛟山 許筠의 「홍길동전」[1]과 그의 한문단편 등에서 傳奇性, 비현실성 등 중세적인 요소가 다소 내포되어 있기는 하지만, 庶孽差待 등 모순된 사회제도에 대한 비판의식과 서민주도의 성격이 두드러지게 나타났으며, 이 외에도 「임진록」 등의 역사군담소설에 나타난 민중의식의 성장, 김만중의 「구운몽」과 「사씨남정기」 등에서 현실의 사건을 소재로 한 현실참여문학으로서의 면모를 시도한 점 등은 근대적인 요소가 소설에 나타나기 시작한 것이라고 할 수 있다. 정치적인 측면에서는, 사색당파의 갈등이 당리당략에 빠지긴 했지만, 중세봉건사회의 일당독재에서 다당제의 정치체제로 바뀌어가는 과도기라고 본다면, 정치와 사회적인 측면에서도 중세에서 근대로의 萌芽期였음을 알 수 있다. 따라서 임・병양란은 당시 집권층의 사대부들에게 일대 경종이 되기도 했고, 애족애민의 발로와 민족의 자주성과 민중의 위대함을 일깨워 준 계기가 되기도 했으니, 이 시기를 정치, 사회, 문화의 일대 전환기라 할 수 있어 임란부터 영조 이전까지를 중세에서 근대로의 전환기라 명명한 것이다.

임・병양란으로부터 우리 민족이 받은 수난은 지대하여 당시인에게 큰 충격을 주었다. 특히 병자호란으로부터 받은 우리 민족의 피해는 물질적인 면에

---

[1] 筠又作洪吉同傳 以擬水滸(澤堂集 別集 卷十五 雜著, 散錄 二十二)라고 되어 있는데, 이를 朝野輯要에서 轉載하고, 그 後에 澤堂云 …… 筠又作洪吉童傳(松泉筆譚)이라고 되어 있다. 燕山君實錄六年條와 中宗實錄八年, 十八年, 二十五年條에 홍길동의 기록이 있는 점 등으로 보아, 허균이 쓴 홍길동전은 '童'자가 아닌 '同'자이며, 이러한 오류의 嚆矢는 松泉筆譚이다.

서는 임진왜란보다 적었지만 정신적인 면에서의 피해와 충격은 훨씬 컸었다. 병자호란 때에는 인조가 三田道에서 淸 太宗에게 직접 굴욕의 예를 올렸던 점과 金尙容 등과 같이 화친을 반대하고 순국한 사람이 많았던 점으로 미루어 보아, 당시 사람들이 병자호란에 대해 얼마나 통분했는지 알 수 있다. 이와 같이 임·병양란은 우리 민족으로 하여금 그만큼 자기 반성의 계기가 되게 했으며, 그 결과 애족애민과 국학에 대한 관심이 현저히 앙양되었다. 무력으로는 당해낼 수 없었던 원한을 필봉으로나마 풀려고 한 끝에 왜적과 호적에 대한 적개심에서 「임진록」과 「박씨전」, 「임경업전」, 「四溟堂傳」, 「金德齡傳」 등의 역사군담소설이 나오게 되었다. 이들 역사군담소설에는 官주도의 문학에서 民주도의 문학으로 넘어가면서 서민 의식이 크게 부각되고 있다.

이 시기의 소설 중에 가장 대표가 될 만한 작품으로는 전술한 바 있는 교산 허균의 「洪吉同傳」과 그의 한문단편인 「南宮先生傳」, 「蔣生傳」, 「張山人傳」, 「嚴處士傳」, 「蓀谷山人傳」 등이다. 허균은 遺才論과 豪民論에서 天命과 民本思想을 강조하고, 이를 정의하면서 정치의 궁극적인 목표로서의 위민정치에 대한 자신의 소신을 피력한 바 있는데, 이러한 사상이 바로 그의 작품에 잘 나타나 있다. 「홍길동전」은 적자와 서자의 차별 대우라는 모순된 사회 제도에 대한 신랄한 諷刺로 볼 수 있고, 끝내는 호부호형은 물론이고, 율도국의 왕이 될 수 있게 꾸민 구성과 활빈당의 행적 등에서 그의 民本思想과 爲民政治觀을 볼 수 있게 된다. 뿐만 아니라 그의 한문단편에서도 遺才論과 豪民論에서의 서민주도의 문학세계를 그리고 있다. 아무튼 蛟山은 그의 소설에다 중세적인 요소도 있지만 과거에는 볼 수 없었던 서민주도의 문학을 보이면서 민본사상을 투영하고 있어 근대적 성격을 보여주고 있는 선각자라고 할 수 있다.

이와 같은 허균의 비판적인 지성은 南人信西派에 연결되었으며, 이것이 영·정조대의 실학사상으로 성장 발전된 것이라 할 수 있어 더욱 주목되는 인물이다.

또한 이 시기에 西浦 金萬重이 국어의 존엄성과 국문학의 우수성을 부르짖으며 한문학의 굴레에 빠져 있던 당시 사람들에게 한국 고유어로 작품을 써야 한다는 국민문학론을 주장한 것도 중세에서 근대로의 전환기의 시대상을 반영한 것이라 할 수 있다. 그래서 그의 소설은 전대의 소설이 傳奇的, 비현실적인 요소가 대부분인 데 비해, 「구운몽」과 「사씨남정기」에서는 이러한 요소가 서서히 제거되어 갔고, 현실의 사건을 소재로 다루려는 본격적인 소설이 나왔던 것이니, 특히 「사씨남정기」의 경우는 숙종을 둘러싸고 일어난 가정불화 사건을 소재로 하여 숙종에게 경각심을 일깨워 줌으로써 참여 문학의 경지에까지 접근케 한 수법 등은 前代에는 없었던 것으로, 중세에서 근대로의 전환기적인 성격의 작품으로 평가될 수 있다.

이 외에도 前代의 의인소설보다 양적인 팽창은 물론, 소설 구조상으로도 크게 발전된 「天君演義」, 「花史」 등의 의인소설이 나왔는데, 「天君演義」는 주색을 멀리하는 것이 군자로서의 心法임을 주지로 하고 있고, 「花史」는 당시 시대상의 반영으로서 사색당파의 갈등을 그리면서 治亂治國의 방법을 제시하고 모두가 현실의 사건을 소재로 하고 있어 크게 주목되는 작품이다. 그리고 「達川夢遊錄」, 「金華寺夢遊錄」, 「江都夢遊錄」 등의 몽유소설도 나와 작자의 이상을 작품 속에 투영하고 있다. 이들 작품이 몽유자가 성격이 강직 호방하고 개세적 비분과 불평을 지닌 인물이라는 공통점을 지니고 있는 점 등은 당시의 시대상의 반영이라는 작자의 의식을 엿볼 수 있어 前代小說보다 근대에로의 진전임을 엿볼 수 있게 한다.

그리고 실존 田禹治의 설화에서 소설화되었다고 하는 「田禹治傳」, 權韠(1569~1612)의 「周生傳」, 李恒福(1566~1618)의 「柳淵傳」, 趙聖期(1638~1689)의 「彰善感義錄」, 趙緯韓(1558~1649)의 「崔陟傳」 등도 이 시기에 나온 작품으로 그 가치를 인정받고 있으며, 작자 미상의 「淑香傳」, 「李白慶傳」도 이 시기의 작품으로 추측된다. 이들 작품의 대부분은 傳奇的, 비현실적인 요소가 그대로 나타나고 있어 중세적인 요소를 지니고 있기도 하지만, 전대에 비해 전기적, 비현실적인 요소가 줄어들었고, 현실의 문제를 소재로 다루려는 작자의 의식이 크게 부각되고 있어서 중세에서 근대로의 전환기적 소설로서의 득성을 잘 나타내고 있다. 이 시기에 나온 대표적인 작품들을 살펴보면 다음과 같다.

1) 蛟山小說

蛟山 許筠(1569~1618)의 소설로는 「홍길동전」을 비롯하여 「南宮先生傳」, 「蓀谷山人傳」, 「嚴處士傳」, 「張山人傳」, 「蔣生傳」 등 6편이 전한다. 작자인 허균은 字를 端甫, 號를 蛟山, 惺所, 惺叟, 惺翁, 白月居士 등이라 하였으며, 본관은 陽川이다. 父인 草堂 許曄은 花潭 徐敬德의 高足弟子였으며, 母는 예조판서를 지낸 金光轍의 딸로서 강릉 김씨이다. 이들 사이에서 허균은 선조 2년(1569)에 3남 2녀 중 막내아들로 문학 세가에 태어나 형조참의 등을 거쳐 左參贊에 이르렀다. 그는 말년에 역모를 꾸몄다는 죄상으로 광해군 10년(1618) 50세에 磔刑을 당했다.

그의 벼슬길은 순탄하지 못하여 잦은 파직으로 점철되었는데, 이는 그의 천성의 경박성이나 또는 현실과 자아의 갈등에서 빚어진 결과로 논의되고 있다. 특히 그의 생애에서 두드러진 특징으로 언급되고 있는 것은 그가 항상 약자의 편에 서서 그들을 옹호하고 불우한 사람들과 벗하며, 그들을 동정하다가 끝내 피해를 입게 되었다는 점이다. 그가 남긴 저서로는 광해군 3년 43세 때에 咸悅의 귀양살이 중 완성했다는 「惺所覆瓿藁」가 있다.

이와 같은 허균은 그의 형제 자매들과 마찬가지로 엄격한 유교 교육을 받았으며, 특히 그의 누이 蘭雪軒과 그는 당시 三唐詩人으로 문명이 높았던 蓀谷 李達로부터 詩文을 배웠다. 蓀谷 李達은 대제학을 지낸 雙梅堂 李詹의 庶孫으로 문장에 뛰어나 일찍이 한림학관이 되었으나 서얼방한으로 인하여 더 이상 벼슬길에 나아가지 못하고 술과 방랑으로 일생을 보낸 인물이다.[2]

이러한 蓀谷 李達과의 만남은 허균의 인생관·문학관에 있어서 커다란 변화를 초래하게 되며, 주자학적 세계관에 대해 보다 더 비판적 입장에 설 수 있는 계기가 되었던 것이다. 이러한 사실은 「손곡산인전」에서도 볼 수가 있다. 그가 서류들의 편에 서서 그들을 이해하고 동정했던 것도 이 때문이었던 것으로 보이며, 유교에서 이단시하던 불교나 서학 그리고 기독교 등을 쉽게 접할 수 있었던 것도 이 때문이었던 것[3]으로 보인다. 이와 같이 그는 주자학

---

2) 李離和, 『허균의 생각―그 개혁과 저항의 이론』, 뿌리깊은 나무(1980), 30쪽.

적인 질서 체계가 지닌 모순을 비판적으로 응시하면서 현실 개혁을 꾀하려는 「홍길동전」과 같은 작품 속에서 서민주도의 근대적인 의식을 구사하고 있다. 허균이 서학과 접촉한 것은 선조 말년에서 광해군 초의 일로 보이는데, 그는 이 시기에 중국 사신들과 세 번에 걸쳐서 접촉했으며, 두 번에 걸쳐 중국에 다녀온 바 있다. 그가 처음 중국 사신을 접촉한 것은 선조 35년인 1602년의 일이다. 이때 그는 병조정랑으로서 遠接使 李廷龜의 종사관이 되어 명나라 사신을 맞이했고[4], 두 번째의 접촉은 선조 38년의 明 神宗의 皇長孫이 탄생함에 이를 알리러 온 明의 사신 朱之藩을 맞이했다.[5] 세 번째의 접촉은 광해군 1년인 1609년에 遠接使 李尙毅의 종사관이 되어 劉用을 맞이했는데[6], 이때 허균은 유용으로부터 인도와 安南을 다녀온 이야기며 그쪽의 사정 등을 소상히 듣기도 했다. 이와 같은 세 차례에 걸친 중국 사신들과의 만남은 허균을 자극하기에 충분했다. 스승 蓀谷 李達을 통해서 주자학적인 세계관이 지닌 모순을 점차 깨닫게 된 허균이 새로운 세계와 문물에 대한 소개를 중국 사신들로부터 전해 듣고 자극되지 않을 수 없었던 것이다. 특히 세 번째의 접촉에서 西學과 기독교에 대해 막연하게나마 얻어들을 수 있었을 것이 분명하기 때문에 더욱 그렇다.[7] 그는 드디어 광해군 7년인 1615년 6월에 千秋使가 되어 燕京에 다녀오면서 황제의 글씨 등을 얻어왔고, 사천 권의 책을 사 가지고 왔다. 같은 해 閏八月八日엔 冬至使兼陳奏使 閔馨男의 副使로 연경에 다녀왔다.[8] 다소 異說은 있지만, 이 때에 허균이 천주교 서적을 우리 나라에 맨 처음 소개한 사람이라는 근거가 된다.[9] 허균이 맨 처음 서학을 소개한 사람이라는 것은 많은 사람들의 일치된 견해인데, 이를 방증할 만한 기록으로는 유몽인의 「어우야담」, 이수광의 「지봉유설」, 이익의 「星湖僿說」, 안정복의 「순암집」, 박지원의

---

3) 宋賢鎬, 『文學史記述方法論』, 새문사(1985), 38쪽.
4) 鄭鉒東, 『洪吉童傳硏究』, 文豪社(1961), 23쪽.
5) 鄭鉒東, 같은 책, 24쪽.
6) 李離和, 앞의 책, 35~36쪽.
7) 宋賢鎬, 앞의 책, 39쪽.
8) 閑情錄 凡例 참조.
9) 宋賢鎬, 앞의 책, 40쪽.

「연암집」, 이능화의 「조선 기독교 급 외교사」[10] 등에서 비슷한 견해를 보이고 있다. 허균은 정치의 궁극적인 목표를 민본주의에 두고 있다. 물론 이러한 민본주의는 天命思想에서 나왔고, 천명사상은 고대 중국에서 생겨나 유교학자들이 이론화했으며, 유교 가치관의 중심 사상이 되었다. 그러나 당대에 있어서는 당쟁으로 인하여 그것이 거의 고착·사장되어 가고 있었는데, 서학과 기독교 사상의 수용을 통하여 이러한 사상을 다시 문제시하고 있으며, 이것이 南人信西派에 연결되고 뒤에 실학 사상으로 발전된다는 점에서 커다란 의의가 있다.[11] 또한 이러한 사상이 허균의 「홍길동전」이나 그의 한문 단편에서 잘 나타나고 있으니, 허균이야말로 한국소설사에 있어서 중세에서 근대로의 전환기를 맞게 하는 중추적인 인물이라 할 수 있다. 따라서 蛟山 許筠의 사상적인 면모를 종합적으로 살펴보면, 첫째, 그는 당시 사회에서 이단시되었던 불교와 도교에 심취하였다. 그리하여 권위화된 성리학의 기존 세력으로부터 탄핵의 대상이 되었다. 둘째, 그는 혁명적 정치 사상을 지닌 인물이었다. 그의 정치 사상은 豪民論에서 엿볼 수 있으며, 자신이 호민이 되어 기존 사회 질서에 도전하다가 역적이란 이름으로 처형되었다는 사실로도 알 수 있다. 셋째, 그는 주기론적인 삶을 살다 간 인물이었다. 그는 성리학적 禮敎에 구애받지 않고, 오로지 氣質之性(人心私慾)에 의한 無行檢의 情에 맡겨 살겠다고 했다. 넷째, 그는 비교적 사실주의적 문학관을 지닌 사람이었다. 즉 그는 모든 현상의 진실된 모습을 常語를 사용하여 성실하게 표현했다는 것을 그의 「文說」에서 언급하고 있다. 다섯째, 그는 민본애민사상의 소유자였다. 이와 같은 사실은 그의 「惺所覆瓿藁」卷之十一「文部」八의 「豪民論」이나 「遺才論」에서 엿볼 수 있다.

특히 허균의 한문 단편은 세상에 알려지지 않은 뛰어난 인물의 이야기라는 점에서 逸士小說이라 부를 수 있다.[12] 이들 작품은 조선조의 성리학적 禮敎와 신분 사회의 부조리와 모순을 지적하고 비판한 창작 정신의 소산이란 점으로

---

10) 李離和, 앞의 책, 137～139쪽 참조.

11) 宋賢鎬, 앞의 책, 46쪽.

12) 趙東一, 『한국문학통사 3』, 지식산업사(1984), 82쪽.

보아, 김시습, 임제 등 이른바 方外人文學과 일맥상통하고 있다. 김시습은 「남염부주지」에서 전제권력의 횡포를 비판했고, 임제는 「수성지」에서 성리학적 인간관이나 군주의 정치이념이 무력한 것임을 풍자했다. 교산의 한문 소설에서 서민의식이 발아되고 있다는 점과 사건 전개 및 공간적 배경에 비교적 사실성이 내재하고 있다는 점은 전대소설에서는 볼 수 없었던 사실로서 후대에 나온 연암소설과 서민문학에 그 맥이 닿고 있다. 따라서 교산의 한문소설의 문학사적 위치는 조선조 전기의 方外人文學의 전통을 이어받아 후대의 연암소설과 서민문학으로 연결시켜 주는 전환기에 나타난 작품이다. 이는 중세에서 근대로 전환되는 당시의 시대상을 반영한 것으로 보인다.

이와 같이 蛟山小說에서 서민의식이 발아됨으로 인해 후대의 본격적인 서민문학을 위한 준비 단계를 마련했다는 점, 권위화된 성리학적 예교와 신분사회에 소극적으로나마 저항함으로써 본격적인 저항 문학의 가능성을 보였다는 점, 그리고 소설 문예학적 측면에서 볼 때는 사건 전개와 공간적 배경에 다소 한계점이 노출되었다 해도 비현실적 요소가 다소 제거되기 시작했다는 점과 배경에 있어서 다소나마 현실성을 지녔다는 점 등이 蛟山小說이 갖는 중요한 의의라고 할 수 있다. 그러면 교산의 「홍길동전」을 비롯하여 대표적인 작품을 살펴보면 다음과 같다.

(1) 홍길동전

이 작품은 필사본과 목판본, 활자본이 있는데, 목판본으로는 경판본, 완판본, 안판본의 3종이 있지만, 어느 것이나 허균 당대의 것은 없고, 19세기 말이나 20세기 초에 이루어진 것이다. 이 중에 경판본 중의 翰南本[13]이 異本中 最古本[14]이다. 최근에 발견된 「홍길동전」의 이본으로 한문본인 「韋島王傳」(서강대 도서관 소장)도 있다. 그러나 허균의 생존 연대와는 300년간의 간격이 있어서 원전과는 거리가 있을 것으로 생각된다. 따라서 전승되는 과정에서 에피소드의 삽입 등 부연된 부분이 밝혀져야 하는 문제점을 안고 있다.

---

13) 1905년 翰林書林에서 출간한 木版本.
14) 丁奎福, 「洪吉童傳 異本攷」, 『국어국문학』 48호 · 51호(1970), 1971.

뿐만 아니라 「홍길동전」의 작자에 있어서도 허균의 작이라는 증거는 「澤堂集」의 기록15)에서 나온 것이므로 이에 대한 부정적인 시각16)도 있다. 19세기본 그대로가 허균의 作이라고 볼 수 없음은 사실이나 이는 전승되는 과정에서 변모된 것으로 보이고 원래의 「홍길동전」은 허균의 作임에는 틀림이 없다.

그리고 「홍길동전」의 형성에 대해서는 허균이 「홍길동전」을 지어서 「수호전」에 비겼고 허균의 도당인 徐羊甲, 沈友英 등은 몸소 행동으로 실천했다는 기록17)이나 「朝鮮王朝實錄」에 義賊인 실존 홍길동의 기록18) 등으로 보면 허균이 「수호전」에 비겨 「홍길동전」을 지으면서 그 소재를 국내의 의적에서 취하여19) 창작한 것으로 보인다. 그래서 「홍길동전」은 영웅의 일생에 근거하여 분리—고난—복귀의 원형적 구조에 의거20), 주몽신화 이래 전승되어 온 傳奇的 類型을 소설에 수용한 최초의 작품이라 할 수 있다.

「홍길동전」에서의 길동이 홍판서의 아들이지만 侍婢 춘섬의 소생이기에 호부호형도 못하고 자신을 소인으로 자처해야만 했던 것은 중세 가부장제 사회의 적서차대 때문이다. 길동은 총명하기 때문에 적서차별로 인한 모순된 제도를 자기 나름대로의 이론을 갖고 저항한 것이다. 하늘이 낸 인간으로서의 존엄성이 모순된 사회 제도에 의해 짓밟히고 있다고 주장했다. 이 주장은 곧 작자 허균의 「遺才論」21)과 일치한다. 하늘이 낸 인재를 적서차별과 모순된 신분 제도 등으로 제한하고 막는 것은 인재를 버리는 것이 되며 하늘을 거역하는 것이라는 허균의 주장이 「홍길동전」의 주제로 부각된 것이다. 허균이 서류들

---

15) '筠又作洪吉同傳 以擬水滸'(澤堂集 別集 雜著). 그 뒤에 나온 朝野輯要와 松泉筆談의 기록은 澤堂集의 轉載임.

16) 金鎭世, 「洪吉童傳의 作者攷」, 『서울대 교양학부 논문집』 제1집(1969).
    李能雨, 「許筠論」, 『숙명여대 논문집』 제5집(1965).

17) 澤堂集 別集 雜著.

18) 朝鮮王朝實錄 燕山君 六年(1500) 十二月條, 中宗八年條, 八十年條, 二十五年條에 實存洪吉同의 기록이 있음.

19) 金東旭, 「洪吉童傳의 國內的 遡源」, 『心岳李崇寧博士頌壽紀念論叢』(1968).
    李能雨, 「洪吉童傳과 許筠의 關係」, 『국어국문학』 42·43(1969).
    林熒澤, 「洪吉童傳의 新考察」, 『韓國文學史의 視覺』, 창작과 비평사(1984).

20) 趙東一, 「영웅의 일생과 홍길동전」, 『許筠研究』, 새문사(1981), 20쪽.

21) 『許筠全書』, 아세아문화사(1980), 126~127쪽 유재론 참조.

과 교류하고 그들을 이해하고 그들의 편에 선 것은 바로 이 작품의 주제와 맥을 같이하고 있다. 그래서 「홍길동전」의 주제가 庶孼差待라는 신분 문제와 그러한 결과를 낳게 한 모순된 사회 제도의 철폐라는 데에 두어진 것이다. 여기서 중세봉건주의 사고에서 탈피한 근대적인 의식을 읽을 수 있다. 홍길동의 집단은 단순한 도적이 아니고 모순된 사회 체제에 대한 저항적인 의적 집단이다. 탐관오리의 재물을 빼앗아 빈민을 구제함으로써 민중과 공감대를 형성하고 자신의 불만을 사회 전체의 불만으로 연계시키는 것은 허균의 「豪民論」과 대응된다. 허균은 지배층이 시키는 대로 단순히 부림을 받는 백성을 恒民이라 했고, 수탈당하면서 속으로 원망을 품는 백성을 怨民이라 했고, 틈을 보아 사회의 모순을 시정하겠다는 의지를 지닌 백성을 豪民이라 했다. 호민이 소리치고 일어서면 怨民이 동조하고 恒民도 살 길을 찾아 뒤따른다고 했다.[22] 이 「호민론」에 비추어 보면 홍길동은 호민에 가깝고 도적의 무리들은 원민에 접근한다고 하겠다. 길동은 적서차별이나 탐관오리의 수탈과 같은 봉건체제의 모순을 깊이 인식하고 있었고, 그것에 정면으로 저항하고 나섰다는 점에서 허균이 설정한 호민의 모습이 형상화된 것이고, 도적들은 봉건체제의 모순과 질곡으로 인해 생계유지의 최후수단을 도적 행위에 호소하는 인물들인 만큼 체제에 대한 불만을 내재시키고 있는 원민들의 형상화로 볼 수 있는 것이다. 이러한 의적 행위는 독자들에게 많은 공감을 획득하면서 이 부분에 개작 첨가현상이 일어났다[23]고 생각된다. 이러한 의적 행위에 위기감을 느낀 조정이 호부호형은 물론이고, 길동에게 병조판서를 제수하여 정면 대결을 피하고 회유책을 쓰게 된다. 그러나 길동은 조선 사회에서 근본적인 해결책을 구할 수 없음을 알고 새로운 이상향의 국가 건설을 위해 율도국으로 떠난다. 그렇다고 그 곳이 중세 봉건지배체제를 완전히 탈피한 국가는 아니다. 이는 허균의 한계가 아닌 그 시대의 한계이다. 이로써 허균이 살았던 중세 봉건지배체제의 모순이 폭로되면서 근대 지향적인 양상의 의지를 표출히고 있어, 중세에서 근대로의 전환기 소설의 대표적인 작품이라 하겠다.

---

22) 위의 책, 아세아문화사(1980), 128쪽.
23) 李相澤 · 尹用植, 『古典小說論』, 放通大出版部(1986), 176쪽 참조.

(2) 南宮先生傳

이 작품은 신분상 보잘 것 없는 서민층에 속하는 주인공 南宮斗가 과거로써 출세하고 입신영달할 뜻을 품는다. 그러나 첩의 간통을 목격하고 두 남녀를 살해한 죄로 체포된다. 그 후 아내의 도움으로 탈출한 남궁두는 입산하여 仙師를 만나 신선술을 닦아 地上仙의 능력으로 환속한다. 그러나 세상이 자기를 인정해 주지 않으므로 다시 입산하여 영원히 종적을 감추었다는 이야기이다.

이 작품의 주인공 남궁두는 거만하고 굽히기 싫어하는 성격의 소유자로서 서민으로 태어났으나 탁월한 능력을 지녔기에 엄격한 신분 사회 속에서 필연적으로 사회로부터의 소외감과 갈등을 겪게 된다. 사건 전개는 필연적 인과의 논리로 되어 있으며, 비현실적인 초능력이나 우연성이 배제되어 가고 있는 점은 前代 傳奇小說에 비해 크게 진전된 것이라 할 수 있다.

「남궁선생전」의 시간은 유기적 질서를 이룬 시간이며 현실적 시간이다. 또한 극적 소설에서 볼 수 있는, 소설을 밀고 나가는 힘으로 작용하는 시간이기도 한다. 「남궁선생전」의 공간은 국내를 배경으로 하고 있다는 점에서 주체적 공간인데, 여기서 우리는 전대소설보다 주체의식을 강하게 나타내고자 하는 작자의 의식 구조를 엿볼 수 있다. 그리고 엄격한 신분 사회에 적응할 수도 없고, 탁월한 능력을 인정받을 수도 없는 주인공의 불행한 일생을 작품 속에 그리고자 하는 작자의 창작의식도 엿볼 수 있다.

(3) 蔣生傳

이 작품은 밀양좌수의 아들로 태어났으나 쫓겨나 종의 집에서 성장한 蔣生이 아내가 죽자 서울로 올라와 거지들의 두목 행세를 하며 어떤 숨은 뜻을 펴고자 한다. 그러나 어느 날 술을 마시고 취하여 水標橋上에게 죽게 되는데, 그 후 재생하여 동해의 一國土를 찾아 떠난다는 이야기이다.

이 작품의 주인공 蔣生은 신분상 천민에 속한다. 즉 그는 거지로서 하류 인생의 전형적 모습을 지닌다. 도적의 무리와 함께 뜻을 품고 기다리면서 궁궐 담을 쉽게 뛰어 넘는 등의 비범한 능력을 지녔지만 신분적인 제약 때문에 사회에 적응할 수 없었던 불행한 인물이다. 사건전개는 인과성이 결여된 삽화적

질서로 이루어져 있으며, 죽음과 재생에 있어 비현실적인 사건이 보인다. 이
는 신선소설이 지니는 일반적인 특징이라 하겠다.

「장생전」의 시간은 삽화적 질서로 되어 있어 뚜렷한 시간의 흐름을 느낄
수 없다. 공간은 이원적 구조 즉 지상계와 선계로 구분되어 있으며 국내라는
현실적 공간이다. 이 작품은 뛰어난 능력을 지녔으나 미천한 신분 때문에 현
실에 적응하지 못하고 떠나야 하는 주인공의 불우한 삶을 그린 것으로 당시
의 시대상을 잘 반영하고 있다.

(4) 張山人傳

이 작품은 瘍醫의 業을 가진 서민인 張山人이 집을 떠나 지리산에서 異人을
만나서 方術을 터득한다. 그 후 환속하여 서울의 興仁門밖에 살면서 여러 가
지 신기한 方術로 주위 사람들을 놀라게 하고 文에 있어서도 뛰어남을 보였으
나 임진왜란 때 산 속에서 왜적에게 죽음을 당하고 그 후 재생하여 금강산으
로 떠났다는 이야기이다.

이 작품에 등장하는 주인공 張山人은 천한 신분으로 태어났지만 탁월한 능
력을 지닌 인물로서 역시 당시 사회에 쉽게 화합할 수 없는 성격을 지녔다고
할 수 있다. 사건전개는 인과성이 결여된 삽화적 질서로 이루어져 있으며, 「蔣
生傳」과 마찬가지로 비현실적인 사건을 보인다.

「張山人傳」의 시간은 「蔣生傳」과 마찬가지로 삽화적 질서로 되어 있다. 공
간은 이원구조로서 「장생전」과 마찬가지이며, 주인공의 생활과 긴밀하게 연
결된 국내의 실재공간이다. 이 작품은 주인공을 통해, 탁월한 능력을 지녔으
나 천한 신분 때문에 사회에 유용하게 쓰이지 못하고 소극적인 삶을 살다가
가야만 하는 인물의 불행한 삶을 잘 그리고 있다. 이는 곧 당시의 모순된 사회
제도를 諷刺하고자 하는 작자의 의식이 반영된 것이다.

(5) 嚴處士傳

주인공 엄처사의 집안은 아버지가 일찍 죽어 몹시 가난했다. 엄처사는 부지
런히 학문을 닦아 진사가 되었으나 母가 죽자 과거 보기를 포기하고 산수 깊
은 곳으로 은둔해 버린다. 평소 군자와 소인의 분별이 엄하고, 성패·치란을

논함에 있어 慷慨히 하던 그는 뒤에 단정하게 앉은 채로 죽었다는 이야기이다.

이 작품의 주인공 엄처사는 한미한 신분이나 탁월한 능력을 지녔고 효성이 지극했다. 그러나 재능을 발휘하지 못하고 사회로부터 소외된 인물이다. 사건 전개는 인과성이 결여된 삽화적 질서로 되어 있으나, 비현실적인 사건은 배제되어 있다.

「嚴處士傳」의 시간 역시 「蔣生傳」이나 「張山人傳」과 마찬가지로 삽화적 질서로 되어 있어 뚜렷한 시간의 흐름을 느낄 수 없다. 공간은 국내를 배경으로 한 주체적인 공간이다. 이 작품에는 한미한 신분에 속하지만 탁월한 능력을 지닌 주인공의 불우한 삶을 표출하고자 하는 작자의 의식이 반영되어 있다.

(6) 蓀谷山人傳

서자의 신분으로 태어난 蓀谷山人은 손곡에 은거하며 5년 동안 두문불출, 시를 공부하여 대성한다. 그리하여 시로써 크게 이름을 떨쳤으나 신분 때문에 사회에 쓰이지 못하고 평생을 방랑하며 시의 세계 속에 살다가 일생을 불우하게 마친다는 이야기이다.

서자라는 천한 신분과 탁월한 능력 그리고 예교에 구애받지 않는 호탕한 성격을 지닌 蓀谷山人은 대사회적 갈등의 요소를 한 몸에 지닌 인물이다. 사건의 전개는 인과성이 결여된 삽화적 질서로 되어 있으나 비현실적 사건은 배제되어 있다. 사건 전개가 삽화적 질서로 구성되어 있으므로 시간 역시 삽화적 질서로 이루어져 있다. 공간은 우리 고소설의 일반적 특색인 중국 배경을 벗어나 국내라는 점에서 주체성을 보여 주고 있다. 이 작품에는 탁월한 능력을 가졌으나 신분적 제약 때문에 사회로부터 소외된 한 인간의 불우한 삶을 표현하고자 하는 작자의 의식이 잘 반영되어 있다.

전술한 蛟山의 한문 단편에 대한 갈래 문제는 보다 깊은 연구가 필요하다. 작품의 소재에 있어서 傳奇的이고 비현실적인 요소가 다소 보이지만 작품 주조는 서민주도의 문학으로서, 허균의 「遺才論」에서 밝힌 바와 같이 하늘이 낸 인재를 적서차별과 모순된 사회제도로 제한하고 막는 것은 인재를 버리는 것

(遺才)이며 하늘을 거역하는 것이라는 주장이 잘 투영되어 있다. 따라서 서자는 물론 서민, 천민이란 신분상의 제약 때문에 사회에 진출할 수 없었던 모순된 사회제도를 이들 작품을 통해 諷刺하고 있는 점은 「홍길동전」과도 공통점을 가진다고 할 수 있다. 이는 곧 서민의식의 성장을 의미하며, 중세에서 근대로의 전환기 소설의 특징이라 할 수 있다.

2) 歷史軍談小說

이 시기에 가장 두드러지게 나타난 새로운 양식의 소설이 곧 역사군담소설이다. 이들 역사군담소설은 임·병양란을 계기로 하여 많이 창작되었다. 더구나 중국의 「三國志演義」가 유입되어 당시 婦幼 들이 암송할 정도[24]로 널리 유행하였다. 그리고 壬·丙兩亂으로 인한 倭·胡族에 대한 적개심의 발로에서 무력으로 당했던 痛恨을 筆鋒으로나마 풀어보고자 많은 군담소설을 창작하였다. 이들은 중국의 「三國志演義」에서 주로 영향을 입었는데, 그 가운데 주인공의 인물 묘사나 戰法 등이 유사하고 문체면에서는 初頭辭인 '화설', '각설', '차설'과 回章體, 回章終句의 말이 동일하다.[25] 이들 군담소설은 倭族과 胡族을 소재로 하여 그들에 대한 적개심을 주제로 한 것이 많다. 전자에 속하는 것으로는 「壬辰錄」, 「四溟堂傳」, 「郭再祐傳」, 「金德齡傳」 등이 있고, 후자에 속하는 것으로는 「朴氏傳」, 「林慶業傳」 등이 있다.

그리고 이 시기의 군담소설은 대부분이 한글본으로 역사군담소설이 주류를 이루었다. 「壬辰錄」, 「林慶業傳」, 「朴氏傳」, 「四溟堂傳」, 「金德齡傳」, 「李華傳」, 「裵是愰傳」, 「劉伯尊傳」, 「崔孤雲傳」 등이 여기에 속하고, 중국계 역사군담소설로는 「華容道」, 「趙子龍實記」, 「姜維實記」, 「諸馬武傳」, 「黃夫人傳」, 「楚漢傳」, 「薛仁貴傳」 등이 있다.

---

24) 金萬重, 『西浦漫筆』 卷下.

25) 金光淳, 「韓國小說에 있어서의 中國小說의 影響」, 경북대교육대학원 논문집 제19집 (1987), 37~53쪽 참조.
丁奎福, 「韓國軍談類小說에 끼친 三國志演義의 影響序說」, 『국문학』 4집, 고려대 문리과 대학(1960).
李相翊, 「韓·中小說의 比較文學的 研究」, 『韓國古小說研究』, 이우출판사(1983).

이상의 군담소설은 전대 소설의 傳奇的인 수법이나, 우연성의 남용, 주인공의 超人性 등을 그대로 답습하고 있어 소설사적으로 크게 진전된 흔적은 없으나, 당시의 현실을 반영하고 의병의 봉기 등 민중의식이 크게 성장한 것을 반영했다는 점에서 의의가 있다. 그리고 이들 작품의 대부분이 한글로 되어 있고, 한글본과 한문본이 공존하는 것도 있다. 이 가운데 중요한 작품만 살펴보면 다음과 같다.

(1) 壬辰錄

이 작품은 작자와 창작 연대가 미상이며, 임진왜란을 소재로 한 역사군담소설로서 한문본과 한글본이 있다. 한글본은 「임진록」, 「님진록」, 「黑龍錄」, 「黑龍日記」 등 각기 표제가 다르게 기록된 필사본 또는 판본으로 전하고[26] 있다. 한문본과 한글본은 그 내용이 판이하여 동질성이 없다. 다만 임란을 소재로 한 점이 같을 뿐이다.

이 작품은 임진왜란의 역사적 사실에다가 많은 영웅적 과장을 添補하여 환상과 架空의 세계, 즉 실제적으로 패전한 역사적 사실을 뒤바꾸어 도처에서 승리하는 조선군의 충용담, 西山大師, 四溟堂의 도술 등 허구적인 勝戰事로 구성되어 있다. 현실적 패배로 인한 통한을 정신적으로나마 승리한 것처럼 구상한 이 작품은 일본에 대한 적개심과 조선에 대한 애국심의 발로에서 창작된 것이다. 그리고 이 작품은 임란을 전후하여 流傳된 排外的인 설화가 문자화된 것으로서, 임진록군을 형성하여 유전되다가 轉寫를 거듭하는 사이에 많은 이본들을 형성하게 되었는데, 역사적 사실을 충실히 보고하는 내용으로 된 계열과 허구적으로 재편한 흔적을 보이는 계열로 나눌 수 있다.[27] 「壬辰錄」은 일제에 의해 禁書로 수난을 받았으나 「漢陽五百年歌」에 차용되어 역사적 회고를

---

26) 蘇在英, 「壬辰錄研究」, 『崇田語文學』(1972).
　　　　, 「壬辰錄論考」, 단국대 국문학논문집 5·6집(1972).
　　林哲鎬, 「壬辰錄群研究」, 연세대 대학원 석사논문(1977).
　　　　, 『壬辰錄研究』, 정음사(1986) 참조.
27) 대부분의 임진록이본에는 史實이 허구적으로 再編되어 있으나 金東旭本 壬辰倭亂錄과 영남대본 「희동문견록」 중 임진왜란 부분은 역사적 사실을 충실히 보고하고 있다.

통해 당대의 상황을 상상적으로 극복해 보고자 하는 방편으로[28] 이용되기도
했다. 아무튼 「임진록」은 왜적의 침공에 대한 우리 민족의 응전의지가 소설로
형상화된 것으로 왜적의 야만적인 행위에 대한 징계에 그 의미가 있어, 전대
작품에 비해 현실 인식이 분명한 참여문학으로서 중세에서 근대로의 전환기
소설의 특성을 나타내고 있다.

(2) 林慶業傳

이 작품은 작자와 창작 연대 미상의 역사군담소설로 한문본과 한글본이 같
이 전하고 있으나 한문본이 선행본이며, 「林忠臣傳」, 「林將軍傳」 등 각기 표제
를 달리하여 전하고 있다.

「임경업전」은 인조조의 名將 임경업의 일생을 傳記體로 기술한 작품이다.
이는 임·병양란 이후 우리 민족의 의식 속에 서려 있던 斥外思想 특히 排淸思
想의 영향이 깊이 작용하고 있다. 전술한 군담소설의 대부분이 사실을 비현실
적으로 과장하거나 허구화한 데 비해서, 「임경업전」은 비교적 역사적인 사실
에 충실한 작품으로 正祖命纂인 「林忠愍公實記」를 비롯하여 「朝鮮歷代名將傳」,
「國朝人物志」 등에 나오는 「林將軍實傳」과 그 내용이 거의 일치하고 있다. 이
러한 사실은 일면으로는 「임경업전」 만이 지니고 있는 특징적인 점으로 기록
될 수도 있지만, 또 한편으로는 소설 작품으로서의 수준을 격하시키는 부정적
인 의미도 내포하고 있다. 그러나 「林忠愍公實記」가 임장군 死後 140여 년 뒤
의 기록이며 더구나 임장군은 후에 史實 이상으로 신격화되어 민간 신앙에서
도 숭배의 대상이 되었던 사실로 보아 「林忠愍公實記」 자체가 임경업장군을
사실 이상으로 우상화한 소설적인 傳記라고 생각된다. 이러한 사실의 방증자
료로서는 尤菴 宋時烈이 지은 「임장군경업전」이 아마 그 最古일 것으로 생각
된다. 그 내용은 소략하지만 그것대로 「임충민공실기」와는 상당히 다른 일면
을 가지고 있다. 우암의 생존 시기로 보아 「임장군경업전」을 사실에 가장 충
실한 전기로 보기도 한다. 이 소설에 나타난 작자 의식은 외적으로는 호국에

---

28) 徐鍾文, 「<壬辰錄>과 <漢陽五百年歌>의 관계와 그 의미」, 『韓國古典小說研究』, 새
　　문사(1983).

대한 적개심, 내적으로는 金自點에 대한 증오감 등으로 요약되며, 이것은 임
경업의 일생이 국민 감정에 그만큼 감동을 줄 수 있었던 것으로, 민족의식의
반영이라[29] 할 수 있다.

(3) 朴氏傳

이 작품은 활자본으로 漢城書館版 62쪽의 「박씨전」과 大昌書院版 52쪽의 「박
씨부인전」이 있으며, 필사본으로는 여러 가지가 전하는데, 그 중에 「명월부인
전」은 「박씨전」의 異名이다. 또한 「박씨전」은 「임경업전」과의 상관 관계가
논의되는데, 「박씨전」의 脫甲幸運談이 「임경업전」 후반부와 결합된 것이라 보
기도[30] 한다. 이 작품은 병조판서 李時白의 부인 박씨가 슬기와 도술로써 병
자호란을 수습하는 이야기인데, 이는 역사적 사실에 설화적 요소가 첨가된 작
품으로 胡賊에 대한 적개심과 복수심을 나타낸 것으로 병자호란 직후에 창작
된 것으로 보인다. 참정권이 없었던 당시 조선시대의 여성도 중세 봉건적인
생활태도에서 벗어나서 그들의 지략과 용맹으로 국난도 타개할 수 있음을 보
이고자 하는 작자의 의식은 근대 지향적인 인식에서 나온 것이라 할 수 있다.

3) 西浦小說

西浦 金萬重(1637~1692)의 소설 「九雲夢」과 「謝氏南征記」는 前代에 나온 소
설에 비해 소재를 현실에서 구하고, 비현실적인 사건이나 傳奇的인 요소가 제
거되기 시작했다는 점에서 이 시기를 대표하는 작품이라 할 수 있다. 그러나
아직도 이 두 작품을 제외하면 이 시기의 소설들이 우연성의 남용이나 비현
실적인 요소가 완전히 제거되지 않은 점으로 보아 전대의 傳奇小說의 구성에
서 크게 벗어나지 못하고 있다. 문학의 기법이 단시일에 바뀌어지는 것이 아
닌 만큼, 전대의 체제를 가진 작품과 한걸음 더 진전된 작품이 공존하는 현상
을 보이고 있는 시기이다. 그러나 우리 소설사 전체를 두고 볼 때는 하나의
커다란 전환기요 발전적인 시기라 하지 않을 수 없다.

---

29) 徐大錫, 『군담소설의 구조와 배경』, 이화여대 출판부(1985), 193쪽.
30) 李胤錫, 『林慶業傳研究』, 정음사(1985).

　　西浦 金萬重은 인조 15년(1637)에 光山金氏 문중의 명문거족으로 태어나 자를 重叔, 호를 西浦라 하였다. 증조부는 예학의 대가인 沙溪 金長生이요 조부는 金集이며 아버지는 丙亂 때 강화에서 순절한 忠烈公 金益兼이고, 肅宗의 장인인 金萬基의 아우로 벼슬이 弘文館 大提學, 兵曹判書에 이르렀다. 숙종 때 세자 책봉의 불가함을 주장하다가 숙종의 노여움을 사서 南海孤島로 유배되었다. 유배된 지 얼마 되지 않아 모친이 宿患으로 세상을 떠났다는 悲報와 장례에 참여하지 못한 자신의 신세에 哀哭斷腸하다가 병을 얻어 숙종 18년(1692) 56세의 나이로 配所에서 세상을 마쳤다. 전술한 두 소설 이외에「西浦集」과「西浦漫筆」등에 그의 유고가 전한다. 서포의 문학론에 있어서는 그의 국문시가에 대한 인식부터 주목할 필요성이 있다. 그는「關東別曲」과「前後美人曲」을 우리 나라의 離騷라[31]고 극찬을 하면서 지금 우리의 시문은 우리의 언어를 버리고 남의 나라의 언어를 흉내내어서 쓴 것이다. 설령 그것이 십분 흡사해진다 해도 그것은 앵무새가 하는 말일 뿐이다. 그런데 나무하는 아이들이나 물긷는 아낙네들이 어혜야 디혜야 서로 화답하는 것은 비록 비속하다고는 해도 그 참과 거짓을 따진다면 진실로 사대부들의 이른바 시부 따위와 같이 논할 수는 없는 것이다. 하물며 이 세 곡에는 天機가 저절로 발해져 있고, 오랑캐 풍속의 비속함이 없으니 옛날부터 우리 나라의 眞文章은 이 세 편 뿐이다. 그리고 이 세 편을 논하여 본다면「후미인곡」이 더욱 높다.「관동별곡」과「전미인곡」은 한문자를 빌어 수식한 것이 많기 때문이다[32]라고 하였다. 이는 곧 西浦가 각 나라 민족은 그 나라 민족의 언어로써 훌륭한 문학을 창조해 낼 수 있다는 주장이다. 이러한 입장에서 국문시가에 대한 높은 평가를 내리고 있다. 그래서 중국 한시를 모방한 것은 앵무새가 사람의 말을 흉내내는 것에 불과하다고 통박했다. 이로 보면 西浦는 당시 사대부들이 詩는 唐詩를, 文은 古文을 본떠야 한다는 문학관에서 탈피하여 근대지향적인 문학관을 지니고 있음을 엿볼 수 있다. 비록 그는 국문시가를 남기지는 못했지만 시가의 민족성을 내세운 데서 근대지향적인 민족 주체성을 엿볼 수 있어서 선구자적인 역

---

31) 金萬重,「西浦集」,『西浦漫筆』, 通文館(1971), 652쪽.
32) 金萬重, 같은 책, 653쪽.

할을 했다고 할 수 있다.

또한 그의 문학론 가운데 소설의 효용성에 대한 긍정적인 평가를 내리면서 「九雲夢」과 「謝氏南征記」 두 편의 소설을 창작하기까지 했다. 그는 「西浦漫筆」에서, 「三國志」 이야기를 해주는 데 이르러서 유현덕이 패했다는 말을 들으면 얼굴을 찡그리고 눈물을 흘리는 아이도 있으며, 조조가 패했다는 말을 들으면 즉시 기뻐하며 소리를 치니 이것이 나관중의 「三國志演義」의 힘이 아니겠는가! 陳壽의 「史傳」이나 司馬溫公의 「通鑑」을 가지고 무리를 모아 설명한다면 반드시 눈물을 흘리며 감동할 사람이 없을 것이니 이것이 통속소설을 짓는 연유이다[33]라고 한 데서 보면, 소설이 갖는 감동력과 그 가치를 인식하고 소설의 효용성을 주장하고 있다. 당시의 사대부들이 소설은 男女期會之事로서 음란하여 접근하지도 못하게 하였음에도 불구하고 西浦는 소설의 효용 가치를 도덕적인 측면에서도 긍정적인 입장을 취했다. 이러한 입장에서 그의 소설이 창작된 것이다. 「구운몽」의 창작 동기도 자기 어머니인 尹夫人의 破閑을 위해 一夜之間에 지었다[34]는 것도 소설의 효용가치와 맥을 같이 한다고 할 수 있고, 「사씨남정기」에 있어 숙종, 민씨, 장씨 사이의 삼각관계에서 벌어진 가정불화 사건을 소재로 하여 사필귀정과 인과응보의 논리에 맞추어 창작했는데, 이 작품의 창작 동기도 숙종이 仁顯王后 閔氏를 폐출하고 장희빈을 正妃로 세운 것을 보고 숙종의 마음을 되돌리기 위해 지은 것이라[35]한 것도 西浦의 소설 효용성의 입장과 그 맥을 같이 하고 있다.

아무튼 西浦는 당시 사대부와는 달리 한시보다는 국문시가를 높이 평가했고, 공식적으로 배격하던 소설의 긍정적인 측면을 인식하고 직접 소설을 창작하여 참여문학이란 시각에서 보아 당시 사대부와는 다른 근대 지향적인 성격을 엿볼 수 있게 했다.

그러나 西浦는 분명히 유학을 생활화하며 당대를 살아온 사대부로서 기본

---

33) 李相澤・尹用植, 앞의 책, 115～116쪽 참조.
34) '閭巷間流行者 只有九雲夢 西浦金萬重所撰 稍有意義 …… 世傳西浦竄荒時 爲大夫人銷愁 一夜製之', 李圭景, 五洲衍文長箋散稿 卷七 小說辨證說.
35) 李圭景, 같은 책.

적인 사상은 역시 유학사상에 심취해 있었다. 그러나 그의 작품 「구운몽」에서 양소유는 一夫多妻主義로 전형적인 양반 사대부요 유학자이지만, 이에 못지않게 불경에 대해서도 당시 사대부와는 달리 큰 관심을 가지고 있었다. 일부다처주의의 합리성은 유학이지만, 승려 성진에서 양소유로, 다시 승려 성진으로 돌아가 二妻六妾을 거느리고 화려했던 부귀공명이 결국 일장춘몽으로 끝맺는 것으로 보면, 西浦는 유교보다 불교의 입장에 서 있음을 알 수 있다. 당시의 사대부와는 달리 이러한 불교에의 관심이 소설 「구운몽」을 낳게 한 원동력이 되었고, 이는 곧 당시 사대부의 고정 관념에서 벗어난 그의 문학론과도 일맥 상통하는 것으로 사상적인 면에서도 당시의 시대상에서 벗어난 자유분방한 사람으로 그 폭을 확대해 갔다는 점에서 근대지향적인 일면을 엿볼 수 있다. 그러면 「구운몽」과 「사씨남정기」에 대해 一瞥해 보면 다음과 같다.

(1) 九雲夢

이 작품은 한문본과 한글본이 전하고 있는데 한문본이 선행본이라고[36] 한다. 선계에 놀던 六觀大師의 수제자 性眞과 衛夫人이 거느리고 있던 八仙女가 죄를 지어 인간으로 환생하게 된다. 性眞은 楊少游로, 八仙女는 인간 세상의 여인으로 환생한다. 속세에 환생한 楊少游는 八仙女의 화신을 차례대로 만나 처첩으로 삼고 出將入相하여 부귀공명을 누렸으나, 만년에 가서는 인간 세상의 무상함을 느끼고 팔선녀와 함께 전죄를 뉘우치고 본성을 깨달아 환생 이전의 성진으로 돌아가 영생한다는 이야기이다.

「구운몽」이 지닌 환몽구조는 동양 문화권 속에서는 국제적으로 평가받을 만한 逸品이다. 이러한 환몽구조의 원천은 불경인 「雜寶藏經」과 「娑羅那比丘」에서 출발하여 다시 그것이 중국의 唐나라에 들어가 「枕中記」, 「南柯太守傳」, 「櫻桃靑衣」 등의 傳奇로 발전했고 이들은 다시 조선조 숙종대에 와서 前代의 傳奇小說에서 한 걸음 발전한 「九雲夢」을 낳게 했다. 「九雲夢」은 다시 일본으로 전파되어 明治時代에는 「幻夢」의 이름으로 번안되어 읽혔다. 그리고 영역

---

36) 丁奎福, 『九雲夢硏究』, 高大出版部(1974), 200쪽 참조.
　　＿＿＿＿, 『九雲夢原典의 硏究』, 一志社(1977).

본으로 James S. Gale 박사에 의하여 「The Cloud Dream of the Nine」으로 번역되었는데 1922년 Daniel O'conner에 의해 영국 London에서 간행되었고, 1916년 日人 靑柳綱太郎이 朝鮮硏究會에서 「謝氏南征記」와 합본하여 일어로 간행했으며, 조선통속문고에서는 純日語로 번역했다. 따라서 「九雲夢」은 비교문학적인 연구의 가치가 있는 동시에 국제적인 차원에서 논의되어야 하는 거작임을 알 수 있다.37) 「九雲夢」의 창작 동기는 西浦가 만년에 南海孤島에 유배되었을 때 宿患으로 앓고 있는 老母를 위로해 드리기 위해 一夜之間에 지었다38)고 한다. 「구운몽」은 「金剛經」의 空思想을 바탕으로 한 것으로서 이것이 幻夢構造와 결합하여 주제와 사상이 혼연일체가 됨으로써 작가의 이상인 형식과 내용의 조화가 이루어져 특히 외국인에게까지 호평을 받고 있다.

「구운몽」의 주제에 대해서는 諸行無常과 輪廻思想이라고도 하고, 현실을 부정한 작품으로 불교에서 말하는 무상의 꿈 즉 허무주의가 주제라고도 하며, 현실적 부귀와 공명을 부정하고 佛道에 귀의하는 종교적인 이상을 추구하는 것이라고도 하고, 금강경의 空思想을 바탕으로 하여 인간의 모든 부귀와 영화를 일장춘몽으로 돌리는 불가적인 것이라39)고도 한다. 문학은 道를 전하는 것이 아니라 감동을 주는 것으로 믿었던 西浦는 어머니의 시름을 위로하기 위해 「九雲夢」을 지었던40) 것이다. 尹夫人은 남편을 여의고 홀로 金萬基, 金萬重 두 형제를 기르면서 견디기 어려운 갖은 시름을 겪어 왔다. 따라서 이 작품은 불교적인 空思想41)을 배경으로 하여 人世의 부귀영화는 모두가 헛된 것이라는 인생무상을 그 주제로 하고 있다.

(2) 謝氏南征記

「사씨남정기」의 주인공 劉翰林은 과거에 급제하여 謝氏와 결혼했으나 출산

---

37) 丁奎福, 「九雲夢英譯本攷」, 『국어국문학』 21, 국어국문학회(1959), 134쪽~157쪽 참조.
38) 李圭景, 앞의 책, 卷七 小說辨證說.
39) 丁奎福, 『九雲夢硏究』, 高大出版部(1974), 246쪽.
40) 沈鋅의 松泉筆譚과 李圭景의 五洲衍文長箋散稿 참조.
41) 丁奎福, 앞의 책, 232쪽.

을 못하자, 다시 喬氏를 맞았다. 喬氏는 董淸과 모함하여 謝氏를 쫓고 正室이 되어 董淸과 간통하여 劉翰林을 遠配시킨 뒤 재산을 차지하고 董淸과 살게 된다. 뒤에 喬氏의 모략을 알아차린 劉翰林은 董淸과 喬氏를 처형하고 사씨를 다시 정실로 맞았다는 이야기이다.

이는 한국 봉건가족제도에서 흔히 볼 수 있는 시앗싸움의 비극상을 소재로 했는데, 숙종이 죄 없는 仁顯王后를 쫓아내고 간사하고 요염한 장희빈을 맞아들인 己巳換局의 처사에 대해 일침을 가한 쟁총형 가정소설이요 풍자소설이기도 하다. 이 작품은 한문본과 한글본이 있는데, 西浦의 종손인 金春澤(1670~1717)은 「南征記」를 등한시할 바 아니어서 그가 일부러 한문으로 번역했다고 일찍이 언급한 적이 있는 점으로 보아 국문본이 원본일 것으로 보인다.

「南征記」의 주제는 숙종의 閔妃廢妃事件을 모티프로 하여 一夫多妻主義的 가정 생활에서 야기되는 비극을 표현해 보고자 하는 작자 의식의 반영이다. 어느 날 숙종에게 궁녀가 이 소설을 읽어 드렸더니, 여기서 자극을 받았는지 숙종 20년 장희빈을 폐출시키고 민비를 복위시켰다고 한다. 이는 곧 西浦의 소설 효용론과 일치된다.

「구운몽」과 「남정기」가 전대소설의 전기적 구성, 우연성의 남용 등에서 크게 벗어나지는 못했으나 군담소설에 나오는 도사의 초인적인 힘, 황당무계한 사건 등과 같은 비현실적인 요소는 차차 줄어들어 어느 정도 현실성에 접근해 있어 한국 소설사상 구성면에 커다란 진전을 보여 준 작품이다. 특히 「南征記」는 군담소설의 구성법, 즉 절대자격인 천자를 중심으로 한 충신형 인물과 간신형 인물과의 삼각 관계를 답습하고 있다. 군담소설의 單型構成法이 복합화되는 동시에 선인형 인물과 악인형 인물을 휘감는 중간형 인물이 등장하고 있는 점으로 보아 「南征記」는 시대 변천에 따라 소설 기법이 다양화된 흔적을 보여준 소설사적으로 중요한 작품이며 참여문학으로서 근대 지향적인 성격을 엿볼 수 있다.

4) 擬人小說

이 시기의 의인소설로는 南聖重의 「花史」를 비롯하여 鄭泰齊(1612~1669)의

「天君演義」, 林泳(1649~1696)의 「義勝記」, 金壽恒(1629~1689)의 「花王傳」 등이 있고, 이 외에도 「百花國傳」, 「百花國再設中興錄」, 「柳與梅爭春」, 「女容國平亂記」 등이 있다. 이들 의인소설은 전대의 의인소설인 「抱節君傳」, 「天君傳」, 「愁城誌」가 비교적 짤막한 작품인 데 비해서 대부분이 긴 작품으로 양적인 면에서 크게 팽창했다. 그리고 소설 구조에 있어서도 「天君傳」이나 「愁城誌」의 도입부가 너무 길어 독자에게 흥미를 주지 못한 데 비해 특히 「天君演義」에 있어서는 전대소설에 비해 도입부가 짧고 전개부나 위기 부분이 길며 갈등의 심도가 깊어, 독자에게 소설로서의 박진감과 흥미를 진작시며 소설구조로서는 크게 발전된 작품이라는 데에 이 시기의 소설로서 의의가 있다. 꽃을 의인한 「花史」, 「花王傳」, 「百花國傳」 등의 작품도 전대의 의인소설의 구조에 비하면 다양한 양상과 시대상의 반영이라는 새로운 작가 의식을 나타내고 있으며 아울러 발전적인 체제를 갖추고 있어 이 시기의 특성을 잘 보여주고 있다. 이들 가운데 중요한 작품을 살펴보면 다음과 같다.

(1) 花史

「花史」는 오래 전부터 여러 가지 필사본이 전해 오고 있다. 이들 필사본을 검토해 본 결과[42] 내용에 있어 서로 별 차이가 없고 다만 誤字나 落字 정도의 차이만 있을 뿐인데, 그 가운데 嘉藍文庫本 「花史」가 誤字나 落字가 가장 적고, 서문과 발문도 첨부되어 있다. 작자에 대해서는 필사본에 따라 林悌, 혹은 南聖重[43], 또는 公州 盧兢의 作[44]이라고 각기 주장하는가 하면 이들을 반신반의 하는 사람도[45] 있다. 그래서 필자가 현존하는 사본들을 망라하여 고구한 결과 「花史」의 작자는 南聖重임을 확증한 바 있다.[46] 「花史」는 원래 작자의 서문과 金良輔의 跋文 그리고 총론으로 되어 있었는데, 소설을 蛇蝎視하던 당시의 시대상과 사회상의 영향으로 南聖重을 은닉시키기 위해 작자의 서문과 발문, 그

---

42) 金光淳, 「花史의 作者再攷」, 『語文學』 14, 한국어문학회(1966).

43) 金台俊, 『朝鮮小說史』, 학예사(1939), 272쪽.

44) 李家源, 「花史作者에 대한 小攷」, 『成均』 12號, 成均館大學校(1960), 27쪽.

45) 金起東, 『朝鮮時代小說論』, 정연사(1959), 147쪽.

46) 金光淳, 「花史의 作者再攷」, 『語文學』 14, 한국어문학회(1966).

리고 총론 중의 '余作花史……歲壬午花辰宜春後人南聖重'을 刪除해 버리고 無名氏 혹은 林悌 또는 盧兢의 작이라 가필한 채로 와전되어 그대로 전하고 있는 것으로 간주된다.

「花史」는 春, 夏, 秋의 삼계절에 피었다 지는 꽃 가운데에서 매화를 陶國과 東陶의 王으로, 牧丹을 夏의 王으로, 芙蓉을 唐의 王으로, 그때마다 피고지는 화초를 국가군신으로 의인하여, 陶, 東陶, 夏, 唐의 흥망성쇠에 비유한 것이다. 그 체제는 연대순으로 편성되어 있고 그것이 끝나면 '史臣曰'로 시작되는 작자의 주관적인 견해가 덧붙여지는데, 「花史」 작품 중 11개처에 '史臣曰'이란 평이 있고 末尾에는 다시 총평이 붙어 있다.

「花史」의 원류에 대해, 「花史」라는 명칭으로 보아 明人 袁石公 瓶仲尊이 지은 「花史」를 연상케 하지만 체제와 내용은 판이하다. 작자가 「花史」를 草한 동기는 時事에서 느낀 바를 서술하고자 한 욕구와 薛聰의 「花王戒」에서 힌트를 얻은 것 같지만, 「花王戒」를 「花史」와 「花王傳」의 내용, 등장 인물, 구성, 문장 표현 등과 비교해 보면, 꽃에 인성을 부여하여 의인한 수법과 군주를 주인공으로 하여 풍자한 점만이 유사할 뿐 이밖에는 양소설이 「花王戒」와는 판이하다. 그리고 이와 같은 의인의 수법을 쓴 것으로는 韓愈의 「毛穎傳」을 비롯해서 唐·宋의 많은 假傳과 고려후기 의인소설을 들 수 있다.

그리고 「花史」는 花卉를 국가 군신에 比擬하고 중국 史實에 가탁시켜 일국의 흥망성쇠를 논한 것이니, 당시 정치상과 사회상을 비판하고 제왕의 치란치국 사상을 보인 정치 비평소설의 성격을 띠고 있다. 桂妃가 왕의 德化를 도와 흥하는 데에서 修身齊家治國思想을 보여주고 있으며, 寡慾淸廉한 忠臣 烏筠을 宰相으로 삼았기에 陶國이 태평을 누릴 수 있었다. 따라서 옛날 제왕의 흥성에는 보좌하는 신하가 있었음을 알 수 있고, 신하가 충절을 다하면 왕업이 창성하게 된다는 교훈성을 나타내고[47] 있다.

그리고 英王이 충신 烏筠을 귀양보내고 대신에 玉衡을 승상으로 삼아 정치를 그르쳐 東陶가 망하게 되는 데에서, 제왕이 호사를 좋아하여 충언을 거역

---

47) 金光淳, 「韓國擬人文學의 史的 系譜와 性格」(下), 『語文學』 17, 한국어문학회(1967), 40쪽.

하면 망국한다는 교훈성을 시사하고 있으며, 三色으로 分黨되어 치열해진 붕당논자들을 배격하는 데에서 당파타도사상을 고취함과 아울러 당파 타도에 능숙한 자가 위정자로서의 자격이 있음을 강조하고 있다. 도인이 妙法經으로 설교하니, 왕이 억만 금의 비용으로 수륙도장을 설치하다가 패망하게 되는 플롯은 道人의 惑世誣民과 국왕의 사치성을 풍자하고 당시 시대상의 반영인 崇儒抑佛思想을 나타내고[48] 있다.

(2) 天君演義

「天君演義」는 심성을 의인한 총 31회의 회장체 한문소설인데, 菊堂 鄭泰齊(1612~1669)의 작품으로 大正 6년에 한림서림에서 간행한 「天君演義」가 있고, 金光淳譯 「天君演義」가 있다. 이 작품의 창작 동기에 대해서는 「天君傳」과 「愁城誌」, 그리고 당시에 유입된 중국 演義小說類의 영향이 지대한 것으로 보이며, 전대의 天君小說보다는 작품의 구성이 매우 뛰어나고, 양적인 면에서도 크게 발전한 것이다.

작자 鄭泰齊는 22세(1633)에 司馬試에 합격, 24세(1635)에 알성문과에 오르고, 인조 21년(1643)에 副應敎에 拜受되었고, 인조 22년(1644)에는 正朝使로 燕京에 다녀왔다. 그러나 姜碩期의 女婿가 된 천륜 때문에 丙戌獄事에 연좌되어 西塞에 유배되었다.

「天君演義」의 주인공은 心의 의인인 天君이며, 天君이 정치를 베풀어 직무를 맡김에 있어 눈, 코, 귀, 입을 의인하여 目官, 鼻官, 耳官, 口官으로 하고, 喜, 怒, 哀, 樂, 愛, 惡, 欲의 七情을 天君의 가까운 부하로 등장시켰다. 천군이 등극하여 오만해지자 충신형의 인물인 惺惺翁(惺惺의 의인)과 主一翁(主一無適의 의인), 誠意伯(誠意의 의인) 등이 천군을 걱정하지만, 천군은 欲生과 가까이 지내게 됨에 따라 그 덕망이 더욱 줄어들게 된다. 천군은 간신형의 인물인 越白(妖邪한 女子)에게 유혹당하여 구덩이(여자의 생식기)에 빠지게 되고, 게다가 歡伯(술)이 천군을 에워싸서 더욱 쇠약하게 된다. 그러다가 惺惺翁, 主一翁, 誠意伯 등의 도움으로 처음의 화평한 나라로 회복되었다는 이야기이다.[49]

---

48) 金光淳, 같은 책, 41쪽.

여기서 충신형의 인물은 心性論에서, 간신형의 인물은 고사에서 인용하여 의인화하고 있다. 천군이 越白에게 유혹되고, 게다가 歡伯의 공격까지 받아 死境을 헤매다가 충신형 인물인 惺惺翁, 主一翁, 誠意伯 등에게 구제되어 왕위를 되찾게 되는 플롯은 군자의 올바른 마음가짐을 보인 것으로, 군자는 오로지 酒色을 멀리 해야 된다는 교훈성을 소설의 구조에다 투영시키려는 작자의 의식을 엿볼 수 있다. 그러므로 「천군연의」를 읽으면 소설로서의 흥미도 느낄 수 있고 心經正學의 心法도 익힐 수 있는 一石二鳥의 효과를 얻을 수 있다.[50]

(3) 義勝記

「義勝記」는 滄溪 林泳(1649~1696)이 현종 5년(1664), 그가 16세 되던 해에 지은 心性을 의인한 한문본 의인소설이다. 작자인 滄溪는 인조 27년(1649)에 나서, 숙종 7년에는 司憲府獻納을 거쳐 吏曹佐郞兼守禦從事官에 除授되었다.

同王 15년(1689)에는 성주목사에 拜命되었으나 病苦로 사퇴하였고, 同王 16년에는 工曹參判에 特授된 것에 이어 大司諫, 大司成, 大司憲 등에 移拜되었으나, 병고가 더욱 심하여 사퇴하였다가 同王 22년(1696) 48세를 일기로 세상을 떠났다.

「義勝記」는 滄溪가 靜觀齋 李端相의 문하에서 본격적으로 성리학을 배우기 전인 현종 5년에 지은 작품이기 때문에 성리학에 대한 확고한 신념 하에서 지었다기보다는 前代의 天君小說의 영향과 당시 유입된 중국소설, 그리고 壬亂후의 군담소설을 위시한 염정소설 등에 자극을 받아 창작된 것으로 짐작된다.

「義勝記」에서의 주인공도 心의 擬人인 天君인데, 그 아래 충신형의 인물인 惺惺翁(惺惺의 의인)과 孟浩然(浩然한 기운의 의인) 등이 있고, 간신형 인물로서는 도적이 있어 그가 대장군 克己와 공자 志와 血戰百合으로 싸우는 장면에서 등장되고 있기는 하나, 그 도적의 구체적인 이름은 없고 인물 묘사도 전혀 보이지 않고 있어 兩型의 대립, 갈등이란 측면에서 보면, 간신형 인물의 존재

---

49) 김광순, 『天君小說硏究』, 형설출판사(1980), 73쪽, 132~139쪽 참조.
50) 金光淳, 같은 책, 142쪽 참조.

이와 같이 충신형 인물과 간신형 인물의 대립, 갈등으로 사건이 전개되는데, 天君의 나라에 도적이 쳐들어온 것을 惺惺翁이 물리쳐 천군을 왕위에 오르게 하고, 孟浩然을 시켜 남은 도적을 치게 한다. 이는 마음이 私利私慾에 끌려도 敬以直內하고 義以方外 하는 儒家의 心身修養法으로 敬義夾持하면, 반드시 정의가 승리한다는 작자의 의식 구조를 보여 주는 것이라 할 수 있다.[51]

5) 夢遊小說

몽유소설은 모두 꿈을 소재로 한 작품으로 현실—꿈—현실로 전환되는 환몽구조를 가졌으며 그 내용은 모두가 역사적인 사실에 기저를 두고 있다. 이 시기의 몽유소설로는 尹繼善(1577~1604)의 「達川夢遊錄」을 비롯해서 「金華寺夢遊錄」, 「江都夢遊錄」, 「浮碧夢遊錄」, 「皮生冥夢錄」 등의 한문본 夢遊小說이 있고, 국한문본이 모두 전하는 「雲英傳」(壽聖宮夢遊錄), 한글본으로만 현존하고 있는 「泗水夢遊錄」과 「金山寺夢遊錄」 등이 있다.

이들 몽유소설은 모두가 前代의 「元生夢遊錄」이나 「大觀齋夢遊錄」에 비해 양적인 면에서 비교적 길고 질적인 면에서도 몽유자가 夢中世界에서 보다 적극적인 행위를 보이고 있어 독자에게 박진감을 더해 줌으로써 작품 구조상에 있어서도 발전적인 체재를 갖추고 있다. 특히 「達川夢遊錄」, 「江都夢遊錄」, 「金華寺夢遊錄」은 매우 긴 작품으로 전대 작품에 비하면 크게 진전된 것이다. 이처럼 많은 작품이 이 시기에 나온 것은 당시 시대상의 반영으로 국내적으로는 임·병양란으로 인하여 민족 수난을 겪으면서 민족 주체의식이 고취된 것이 주요한 요인이 되었고, 국외적으로는 중국의 문물 특히 「三國志演義」를 비롯한 소설들의 영향으로 단시일 내에 우후죽순처럼 많은 작품이 창작된 것으로 생각된다. 따라서 이들 작품 속에는 역사 의식과 현실 의식이 크게 부각되어 있음이 전대 소설과는 다른 점이다.

몽유소설은 대화와 詩가 표현의 중심이 되고 있다. 이러한 구성은 부당한 현실 문제를 시간적, 공간적으로 제한받는 夢中世界에서 등장 인물을 통해 풍

---

51) 金光淳, 같은 책, 142~148쪽 참조.

자하고 비판하고자 하는 것이기 때문에 사건 중심으로 내용이 전개되기 어렵고 대화가 중심이 될 수밖에 없다. 이들 작품의 주인공인 몽유자는 성격이 剛直豪放하며 개세적 비분과 불평을 지닌 현실과의 타협이 어려운 인물로 작품에 따라 작자 자신이 직접 몽유자가 되는 경우도 있고 허구적인 인물이 등장되기도 한다. 전대에 속하는 「大觀齋夢遊錄」과 이 시기에 나온 「達川夢遊錄」이 전자에 속하고 그 외의 작품은 모두 후자에 속한다. 몽유자 이외에 몽중세계에 등장하는 인물은 대부분 역사상 실존했던 인물로서 생존 연대가 무시된 채 등장하고 있다.

그리고 몽중세계에서 몽유자의 태도는 방관적이며 소극적이고, 현실세계와 몽중세계의 구분이 분명하다. 몽자류소설은 覺夢後 현실에 대해 허무감을 느끼는 데 비해, 이들 몽유소설은 현실에 대한 허무감을 느끼지 않는 공통적인 특징을 지니고 있다. 이들 작품 중 중요 작품에 대해 좀 더 살펴보면 다음과 같다.

(1) 達川夢遊錄

이 작품은 선조 때의 文臣인 尹繼善(1577~1604)의 작인데,52) 그는 선조 10년(1577)에 서울에서 태어나서 典籍, 玉堂, 修撰, 禮曹佐郎, 兵曹佐郎 등을 역임했으나, 무卒한 탓으로 실록에는 그의 관직의 제수에 관한 기록밖에 찾아볼 수 없다. 그는 尹元衡이 몰락함에 따라 그에 가세했던 조부 春年도 탄핵을 받음에 정치의 비정함을 느꼈고, 出仕했던 당시 동서분당의 정쟁에 관직의 흥미를 잃고 낭만적인 생활을 한 것으로 짐작되는데, 이 작품의 창작 연대는 작품의 배경이 되어 있는 선조 33년(1600) 작자 나이 24세 때의 일로 알려져 있다.

이 작품은 몽유자인 坡潭子(윤계선의 호)가 湖西를 암행중 達川江에 전몰 장병의 백골이 노출되어 있음에 비분 강개하여 시를 짓고 入夢하자 임란시에 전사한 이순신, 고경명, 조헌 등의 장수가 모여 직위에 따라 앉은 뒤에 회포를 시로 나타내고 坡潭子도 시로써 충절과 전공을 찬미하고, 돌아오는 길에 元均

---

52) '尹繼善達川夢遊錄 雖出於寓言 而語涉鬼怪 非生人所可道也 不數年而夭 亦異矣'
　　李晬光, 芝峯類說 卷八.

이 衆鬼들에게 곤욕을 당하는 것을 보고 기롱하다가 꿈을 깬 뒤 제문을 지어 초혼제를 올렸다는 이야기이다.

이 작품은 임란이 빚은 참상에 대한 현실 사회를 소재로 하여 임란 때 전몰한 인사들의 충절에 대한 숭앙과 패전장수에 대한 기롱을 위한 작자의 현실 인식이 반영된 것이다.

(2) 金華寺夢遊錄

작자와 창작 연대 미상의 한문본 작품으로, 한글본인 「金山寺夢懷錄」과 내용, 구성이 거의 같다. 이 외에도 한문본 「金山寺夢懷錄」, 「金山寺記」 등의 이본이 있다. 이 작품의 줄거리는 몽유자인 成生이 金華寺에 들렀다가 잠이 들어 입몽했는데, 漢太祖, 唐太宗 등의 역대 창업주들이 모여 든 뒤, 孔明이 모든 신하들의 等次를 정하고 창업주들이 통쾌했던 일들을 이야기하자 明太祖가 역대 제왕들을 논평한다. 그리고 외족이 침공함에 진시황이 출전, 격퇴시켜 버리고 기뻐할 때 成生이 꿈을 깬다는 이야기이다.

이 작품은 몽유소설의 入覺夢을 전후로 한 구성형식을 따른 전형적인 것으로 생동감이 있고, 내용의 전개 과정이 활발하며 창작 수법도 극히 세련되어 있다. 그러나 주제 의식이 분명하지 않은 작품으로 굳이 말한다면 덕치와 절의를 표현한 漢族 중심의 中華思想을 반영한 것이라 할 수 있다.

(3) 江都夢遊錄

작자와 창작 연대 미상의 작품으로 국립도서관에 유일본으로 전하고 있다. 夢遊者인 淸虛禪師는 직접 사건에 참여하지 않고, 江華失陷時에 節死한 부인들이 국가의 중임을 맡았던 그들의 남편과 자식들이 誤國한 처사를 고발하고, 관료들의 무능에 대해 규탄하고 여인들이 정절을 위해 자결한 것을 찬미하면서 主和를 규탄, 斥和를 찬양하는 이야기이다.

여기에 등장하는 인물은 14명으로 金慶徵의 부인, 尹昉의 처, 강화유수인 張紳의 처 등으로 모두 여성들이다. 병자호란을 배경으로 江都失陷이라는 역사적인 사건을 소재로 하여 난리 중에 있었던 관료 행위를 신랄하게 규탄하고 반성하고자 하는 작자의 의식을 반영하고 있다. 뿐만 아니라 병자호란 후의 사회상을 포괄적으로 비판하고 당시의 시대상과 참담했던 현실을 잘 나타내고 있어 역사적인 교훈성을 반영하고 있는 작품이다.

(4) 皮生冥夢錄

작자와 창작 연대 미상의 작품으로 등장 인물인 李克信은 광해군 때의 사람이며, 임진왜란 후의 사회 문제를 소재로 하고 있는데 저작 연대는 임진왜란 직후로 추정되고 있다.

몽유자인 皮生이 圖寂山下에서 入夢하자 李憲이란 자가 나타나 아들 셋이 있으나 其父인 자신을 收葬하지 않고 다른 사람이 收葬해 주었다고 호소한다. 그 뒤 長鬚鐵面者(金儉孫)가 나타나 李克信이 其父를 收葬한 것은 전생의 其父였기에 三生緣을 좇아 한 것으로 당연하게 이야기함에 皮生이 이를 꾸짖는다. 두 사람은 李克信의 성격이 陰險하여 멀지 않아 패망할 것을 염려하면서 다시는 무익한 일로 슬퍼하지 않겠다고 하며 물러날 때 산사의 종소리에 꿈을 깨니 枕上一夢이었다는 이야기이다.

이 작품은 불교의 윤회사상에 따른 삼생연분설과 도가의 허무사상을 배경으로 하고 있다. 金儉孫의 三生之說을 皮生이 질책하는 것으로 보아 세속불교의 윤회설을 부정하는 것으로 보이는데, 이는 당시에 崇儒抑佛의 사상과 난후의 收葬에 대한 문제를 제기하고자 하는 작자의 의식구조를 반영한 것으로 볼 수 있다.

(5) 雲英傳

작자와 창작 연대 미상의 몽유소설로「壽聖宮夢遊錄」, 또는「柳泳傳」등의 표제로 전하기도 하며, 한문본과 국문본이 있는데 국문본은 한문본의 번역인 듯하다. 작자를 柳泳이라고도 하나 신빙성이 희박하고, 저작 연대는 임란 이후 선조말에서 광해군대로 추정[53]하기도 한다.

내용은 柳泳이 안평대군의 壽聖宮에 놀러갔다가 깜빡 잠이 들었는데, 거기서 安平大君의 궁녀인 雲英과 그의 애인 김진사를 만나, 그들이 엄격한 궁중의

---

53) 大谷森繁,「雲英傳小考」,『朝鮮學報』37·38호(1966).

감시를 피해 밀회를 하다가 밀고자 때문에 대군에게 알려져 雲英은 자살하고 김진사도 절에 가서 운영의 명복을 빌고는 자결했다는 이야기를 듣게 된다. 그런데 柳泳이 잠을 깨고 일어나 보니 김진사가 기록한 권물만이 있었다는 이야기이다.

이 작품을 운영과 김진사의 悲戀談이라는 데 주안점을 두어 艶情小說 중에서도 유일한 비극적 소설이라고 불려 왔다. 특히 悲壯美의 허구성을 높이 평가하여 작품의 우수성을 강조해 왔다. 그러나 이는 다른 몽유소설과 같이 작자 자신이 몽유자가 된 것이 아니라 柳泳이라는 가상적인 인물이 몽유자가 되어 두 연인의 비극적인 연애담을 전달하는 記述者의 구실을 하고 있다. 이로 보면 이는 지난 날의 역사적인 비극을 회고해 보는 회고시와 같이 비명에 간 안평대군에 대한 비극적인 작자의 이미지가 운영으로 대표되는 궁녀의 비련담과 결부되어 이를 작품으로 형상화한 것으로 보인다. 국립 중앙도서관 소장본의 표지 오른쪽에는 '雲英傳 全'이라 크게 쓰여 있고, 그 왼쪽에는 '朝鮮國初 安平大君事蹟'이라 쓰여진 두 개의 표제가 있는데 이는 이러한 설명을 방증해 주는 것이다.

이 작품은 입체적 구성, 장면과 심리의 핍진한 묘사, 유려한 문체, 개성적인 인물형상, 산문과 운문의 적절한 文織 등과 같은 소설적 미학을 온전히 갖춘 작품으로 평가된다.

6) 崔孤雲傳

이 작품은 작자와 창작 연대 미상의 역사 소설이다. 다만 창작 연대에 대해서는 鄭炳昱이 소개한 바 있는 한문본 「崔文獻傳」이 愼獨齋 金集(1574~1656)의 手澤本이라는 점과 국문본 「崔冲傳」의 결미에 '최공이 그 안히를 드리고 가야산에 드러간 후에 종적을 모루더니 정덕년간에 쵸뷔 쇼를 몰고' 라는 구절 속의 '정덕년간'으로 보아 대개 宣·인조대로 추정된다. 한문본인 「崔文獻傳」, 「崔文憲傳」, 「崔孤雲傳」과 한글본인 「崔冲傳」, 「崔孤雲傳」이 함께 전하고 있으나 한문본이 선행본이다.54) 이들 한문본과 한글본은 그 줄거리만 유사할 뿐 작품 내용에는 상당한 차이가 있다.

　한문본 「崔孤雲傳」의 줄거리를 보면, 최치원의 아버지 崔冲이 만년에 文昌
令이 되어 부임한 며칠 뒤 금돼지에게 부인을 빼앗긴다. 그러나 후에 금돼지
를 죽이고 부인을 찾아와 6개월만에 최치원을 낳는다. 아이를 무인도에 버렸
으나 천우신조로 살아 성장한다. 중국에서 온 사신을 시로써 누르자, 중국은
이에 노하여 신라에 무리한 문제를 내어 응징하려 하나 최치원이 이를 해결
한다. 중국에서는 최치원을 제거하기 위해 그를 중국으로 불러들여 갖은 술책
을 다 쓰지만 결국은 실패하고 만다. 이에 최치원은 천자를 질책하여 사죄를
받고 고국으로 돌아왔다는 이야기이다.

　이 작품은 실존했던 최치원의 일생을 허구적인 구성을 통해 영웅적으로 형
상화한 소설이다. 전래의 독립된 설화를 모아 한 편의 소설로 형성한 것으로
이 작품 속에 나오는 설화가 수십 편이 있는데, 이들 설화의 연속이라 할 만큼
地下國大賊退治, 棄兒, 글재주다툼, 알아맞추기, 奇計 등 전래의 설화가 모여
복합적인 구성을 이루고 있다. 그 가운데 羅業女와 破鏡奴(崔孤雲)의 結緣談에
나오는 「花笑檻前聲未聽 鳥啼林下淚難看」과 같은 것은 鄭炳昱이 그의 「崔文獻
傳紹介」에서 지적한 바와 같이 梅月堂 金時習의 일화 속에도 나오고 있지만
한 걸음 더 거슬러 올라가면 李仁老의 「破閑集」 속에도 이 시구가 전하고 있
다. 「파한집」의 기록을 보면 이 시는 옛날부터 내려오는 警句라고 했으니 이
시구의 유래가 얼마나 깊고 먼 곳에서 온 것인지를 알 수 있다. 군담소설에서
흔히 볼 수 있는 斥漢思想이 이 작품에도 나타나 있다. 그러나 군담소설의 대
부분이 무력적 전쟁을 소재로 민족의 영웅을 창조하고 있는 데 비해, 「崔孤雲
傳」은 우리 민족의 탁월한 재능을 中外에 과시하기 위한 작자의 의식이 크게
작용하여 崔孤雲 같은 대인을 민족의 영웅으로 형상화시킨 것으로 보인다. 이
작품에서는 대국인 중국의 간교함을 드러내어 맹목적인 사대주의에 대한 반
성을 촉구하는 등 작자의 주체 의식이 선명하게 나타나 있어 주목된다. 그리
고 실제로는 친당적인 인물인 최고운을 반당적 영웅으로 허구화한 것은 중국
에 대한 적개심에서 나온 작자 의식의 반영이다.

---

54) 尹榮玉, 「崔孤雲傳研究」, 『嶺南語文學』 6집, 영남어문학회(1979).
　　柳炳允, 「崔孤雲傳研究」, 延大大學院碩士學位論文(1982).

7) 英英傳

작자와 창작 연대 미상의 한문본으로 「相思洞記」, 「相思洞餞客記」, 「檜山君傳」 등 표제를 달리한 수 종의 필사본이 전하고 있다. 이 작품은 「雲英傳」(壽聖宮夢遊錄) 과 같이 궁녀와 宮外의 소년 선비와의 애절한 사랑을 표현했으나 「雲英傳」의 비극적 결말과는 달리 행복한 결말로 끝난다.

金生이 성균관에서 돌아오는 길에 한 미녀를 보고 상사병이 들었는데 종 莫同의 도움으로 檜山君의 시녀 英英임을 알고 가연 맺기를 원한다. 英英 이모의 도움으로 궁중의 담을 넘어 英英과 만나 雲雨之樂을 이룬다. 그 후 金生은 과거에 장원 급제하여 檜山君 부인의 대접을 받는 자리에서 英英의 편지를 받고 연연해 하다가 檜山君 부인 친척의 주선으로 英英과 가연을 맺어 해로했다는 이야기이다.

이 작품은 다른 애정 소설과는 달리 전기적인 요소나 우연의 일치, 무리한 사건 진행 등의 결함이 거의 보이지 않는, 젊은 남녀의 현실적인 사랑 이야기를 진솔하게 나타낸 우수한 작품이다. 이 소설의 전반 플롯이 중국 소설인 「鶯鶯傳」과 비슷하다고 하여 이의 모방작이라고도 하나, 시간적, 공간적 배경과 사건의 구성 및 진행이 이와는 달라 순수 창작 소설임이 분명하다.

8) 彰善感義錄

「彰善感義錄」의 원본은 한문본이라고도[55]하고 한글본이라고도[56] 하지만, 「彰善感義錄」은 총 14회로 된 한문본 장회체소설로 한글 번역본과 많은 이본들이 전하고 있다. 이 작품의 작자로는 趙聖期, 金道洙, 鄭浚東 등이 거론되고[57] 있으나, 趙在三의 「松南雜識」의 기록과 「拙修集」의 기록으로 보아 趙聖期

---

55) 金起東, 『韓國古典小說研究』, 교학사(1981), 550~551쪽.
　　文璇奎, 「彰善感義錄攷」, 『어문학』 9, 한국어문학회(1963), 1쪽.
　　車溶柱, 「彰善感義錄攷」, 『古小說論攷』, 계대출판부(1985), 266쪽.
56) 姜銓爕, 「花珍傳에 對하여」, 『韓國語文學』 13집, 한국언어어문학회(1975), 115쪽.
　　趙東一, 『古典小說研究의 方向』, 한국고전문학연구회 편저, 새문사(1985), 170쪽.
57) 金台俊, 『朝鮮小說史』, 朝鮮語文學會(1933), 122쪽.

(1638~1689)로 보는 說58)이 가장 유력시되고 있다.

간악한 嫡母와 패륜의 형과 요첩 사이에서 빚어지는 가정 내부의 복잡한 양상을 주된 사건으로 결구한 것인데, 부모에 대한 효도와 형제간의 우애 등을 유교적 도덕 관념에 의해 해결하고 있다. 이 작품은 선행을 표창하고 의로움에 감동되도록 하는 것이라는 제목처럼 가정과 사회에서 선인과 악인이 벌이는 대결과 갈등을 보여주고 있어 「사씨남정기」의 바로 뒤를 이어 나왔으리라 추정되나, 그것보다 인물이 많고 사건이 더욱 복잡해져 소설로서의 흥미가 다각도로 구현되었다는 점에서 전대의 傳奇小說에 비하여 크게 진전된 작품이라 할 수 있다.

花氏家門의 형제간의 갈등과 모함을 다루되, 처첩관계가 문제가 되어 형제간의 갈등이 더욱 심화되고, 이에 편승한 주변 인물에 의해 가정적 갈등이 정치적 갈등으로까지 비화된다. 결국, 사태의 진상이 밝혀져 악인은 처벌을 받고 가정은 평온을 되찾게 되는데, 이때 선인 측근의 악인은 개과천선하지만 주변의 악인들은 철저히 응징됨으로써 작자의 善惡觀에 한계를 드러내고 있다. 처첩간의 갈등과 모함은 「사씨남정기」에서, 惡兄善弟의 관계 설정과 대립 갈등은 「狄成義傳」에서 그 원천을 찾을 수 있으며, 주인공 花珍이 出將入相하는 과정과 모습이 여타 창작 군담소설과 유사한 점으로 보아 그 후대에 끼친 영향을 짐작할 수 있다. 그리고 여기서는 충효사상이 크게 강조되어 있어 소재를 중심으로 볼 때는 가정소설로, 주제를 중심으로 볼 때는 도덕소설로 보기도 한다.59)

이처럼 다양한 사건이 유기적인 관계를 맺고 통일성을 유지하면서 전개된 이 작품은 소설이 길고 복잡해지는 계기가 되었다는 점에서 한국 소설 발달에 있어 중요한 의의를 지닌다.

---

58) 金起東, 『韓國古小說研究』, 교학사(1981), 550~551쪽.
　　趙東一, 『古典小說研究의 方向』, 한국고전문학연구회 편저, 새문사(1985), 170쪽.
59) 車溶柱, 앞의 책, 169~175쪽.

9) 周生傳

이 작품은 權韠(1569~1612)이 지은 것으로 한문필사본(金九經本)을 文璇奎가 「花史」와 함께 譯註하여[60] 소개했다.

작자 權韠은 선조 2년(1569)에 출생했는데, 자를 汝章, 호를 石洲라 했고 본관은 안동이며 擘의 아들이다. 성격이 자유분방하여 과거에 뜻을 두지 않고 시와 술을 낙으로 삼으며 가난에도 굴하지 않았다. 임진왜란 때는 강경한 主戰論을 폈고, 시문으로 정치를 풍자했다. 광해군의 妃 柳氏의 아우 柳希奮 등의 방종 무례함을 「宮柳詩」로써 개탄하기도 했다. 그러나 이것이 문제가 되어 혹형을 받고 귀양길에 오르던 중 동대문 밖 객사에서 죽으니 광해군 4년(1612), 그의 나이 44세였다. 그는 일생동안 세속에 적응하지 못하고 시주로 自娛했기에 그의 작품은 일면 현실 도피의 문학으로 느껴지나, 그는 이에 그치지 않고 현실을 비판하는 풍자시를 쓰기도 했다. 그래서 결국 시화로써 죽었던 당대의 大詩人인데 지금 「石洲集」이 전하고 있다.

임진왜란 당시 명나라 군사로서 조선에 원병으로 온 周生으로부터 들은 이야기를 기록한 것이라고 밝힌 작품 결미의 내용으로 볼 때, 이 작품은 임진왜란 당시의 실화를 기록한 것이든지 아니면 작자가 자신의 이야기를 가탁의 수법을 빌어 쓴 것으로 額子小說의 구성을 취하고 있다.

주인공인 周生과 여주인공들인 俳桃, 仙花와의 삼각관계와 주생이 相思로 득병하여 고생하다 혼인을 하고자 택일한 후 조선 원병으로 출정한 안타까움을 그리고 있는 이 작품은 어려운 처지의 주인공을 도운 俳桃가 자신을 버린 주인공을 원망하는 마음과 良家女가 몰락하여 기생이 된 현실을 보여주고 있어 단순히 애정문제에만 국한되지 않는다. 남자의 배신에 의한 여성의 죽음, 천기에 대한 사랑보다 양가녀에 대한 사랑을 택한 남자의 이기적인 사고, 여성의 선천적인 애욕, 질투심, 또 비천한 신분을 벗어나려는 기생의 고민을 볼 수 있도록 삼각 연애를 주제로 보여주고 있다.

이 작품은 서술자의 의견이 개입되지 않은 객관적인 묘사로 뛰어난 서술기

---

60) 文璇奎譯, 『花史·周生傳·鼠大州傳』, 通文館(1961).

법을 보이고 있어 후대 다른 애정소설에도 많은 영향을 끼쳤다. 그런데 이 작품이 權鞸의 문집인 「石洲集」에 실려 있지 않고 별도로 寫本으로 전하고 있어 작자 고증에 의문을 제기하는 사람도 있다. 아무튼 이 작품은 창작법에 있어서 전기적 가탁법을 쓴 작품이며, 소재에 있어 唐 傳奇小說의 영향을 받으면서도 새로운 구성법을 창안한 초기의 작품이라는 점, 플롯면에서는 「금오신화」, 「운영전」 등과 체재를 같이한 비극적인 작품이란 데서 그 가치를 인정할 수 있다.

10) 韋敬天傳

작자에 대한 논란이 있기는 하지만 權鞸이라는 주장이 유력하다. 이 작품은 洞廷湖 호반 도시 岳陽을 중심 무대로 하고 있다. 주인공 韋生은 남경에 사는 문학 청년이고, 여주인공 蘇淑芳은 귀족 가문의 막내딸로 감정이 풍부한 문학 소녀이다. 두 남녀는 만났다 이별하자 상사병을 얻는다. 다시 만났으나 위생의 조선 출정으로 두 번째 이별을 한다. 이에 위생이 相思得病으로 죽자 소숙방이 殉死하는 다정다감한 사랑이야기이다.

이 작품은 애정추구를 가로막는 세계의 횡포에 대한 자아의 극한적 저항에서 분비된 비극을 다룬 작품이다. 비극완료형의 결말구조는 순수애정을 추구하기 위해 죽음을 결행한 주인공 위생의 인물성향과 긴밀하게 연결되어 있다. 그리고 「위경천전」은 傳奇小說의 원칙에 충실했으면서도 志怪的 성격을 완전히 탈피하고 있다는 점에서 주목을 끈다. 또한 현실주의자의 낭만적 꿈을 형상화하고 있다는 점과 현실을 역투사함으로써 드러나는 당대인의 願望과 이상적 삶의 모습, 비극적 종결구조에서 드러나는 비장미에의 심미적 開眼 등은 고소설사에서 찾아보기 드문 성과로 평가된다.[61]

---

61) 林熒澤, 「傳奇小說의 戀愛主題와 韋敬天傳」, 『東洋學』 22, 단국대 동양학연구소(1992).
　　鄭　珉, 「韋敬天傳의 낭만적 悲劇性」, 『韓國學論集』 24, 한양대 한국학연구소(1993).
　　鄭炳浩, 「周生傳과 韋敬天傳의 比較考察」, 『古小說硏究』 6, 한국고소설학회(1998) 참조.

11) 崔陟傳

이 작품은 趙緯韓(1558~1649)이 광해군 13년(1621) 윤 2월에 지은 것인데, 창작 동기를 작중 주인공 崔陟이 자신의 기구한 운명의 이야기를 기록해 달라는 부탁으로 쓴 것이라고 밝히고 있어 가탁의 형식을 취하고 있지만 작자의 창작임에는 분명하다. 「奇遇錄」이라고도 불리는 한문 소설인 이 작품은 柳夢寅(1559~1623)의 『於于野談』에 실린 「紅桃이야기」와 같은 내용임을 볼 때, 임진왜란 당시에 있었던 설화를 소설화했음을 알 수 있다.

崔陟과 李玉英은 결혼하여 夢釋을 낳고 살다가 임란으로 헤어지지만, 그 후 다시 중국에서 만나게 된다. 거기서 낳은 아들 夢仙의 아내로 紅桃라는 중국 처녀를 맞아들인다. 청군을 격퇴하기 위해 출정한 崔陟은 포로가 되어 아들 夢釋을 만난다. 한 老胡의 厚意로 최씨부자는 고국으로 돌아오게 되고 崔陟은 자신의 병을 고쳐준 華人이 紅桃의 부친임을 알고 반긴다. 갖은 고생 끝에 고국으로 돌아와 전 가족이 다시 화합하게 되고 모든 일이 부처님의 가호로 이루어짐에 최척 부부는 만복사에 올라가 齋를 올린다는 이야기이다.

따라서 이 작품은 조선, 중국, 일본 세 나라를 무대로 하여 전개되는 남녀이합의 모험담을 중심으로 불교적인 인연과 기적을 짙게 드러내고 있다.

12) 柳淵傳

李恒福(1556~1618)이 선조 40년(1607)에 지은 訟事小說이다. 柳淵 獄死事件은 명종 「선조실록」에 사건의 전모가 실려 있는 바 누명에 의한 유연의 옥사와 그 伸寃 과정을 골자로 하고 있다. 「유연전」은 이런 實事를 소설화한 작품이다. 柳淵이란 사람이 형을 죽였다는 모함을 받아 억울한 죽음을 당하자 그의 아내가 갖은 고생을 다하여 그 진상을 해명했다는 이야기이다.

이 작품은 아주 억울한 일을 당한 사람이 갖는 고생 끝에 오랫동안 잘못되어 있던 獄事를 바로 잡았기에, 그 일이 임금에게까지 알려져 이 사실을 기록하라는 명에 의해 쓰여진 것이므로 소재에 충실했음을 알 수 있다. 따라서 음모에 따른 사건이 복잡하고 등장 인물이 많은 점 등 소설적 형상화의 일면을 볼 수 있으며, 아울러 타락하고 파렴치한 싸움이 관가의 재판을 통해 벌어지고 있는 그대로의 내용을 드러낸 것은 임진왜란을 겪은 후 나타난 삶의 과정과 가치 양상의 顚倒를 그대로 반영한 것이라 생각된다.

2. 홍길동전의 한자표기문제와 작자 시비

현존하는 「홍길동전」은 모두가 19세기본 이전의 것은 발굴되지 않고 있다. 국문본 「홍길동전」의 이본으로는 경판본 4종, 안성본 2종 완판본 1종이 있으며 이외에도 필사본과 신활자본 그리고 최근에 발견된 서강대학교 도서관 소장본인 「韋島王傳」[62] 등이 있다.

이들 異本들은 다시 경판 24장본 한남본과 漁靑橋本系, 완판계로 분류될 수 있다. 그런데 경판 24장본 한남본의 전반부와 漁靑橋本系 전반부는 거의 내용의 出入이 없으나 길동이 조선을 떠나는 대목 이후부터는 상호 눈에 띄는 변화를 보이며, 完板本은 출발점부터 경판본계와 비교할 때 심한 변화를 보이고 있어 漁靑橋本系는 경판 24장본 한남본계와 거의 같은 영향 관계에 놓인 것으로 파악하여 이 세 계열은 다시 京板本系와 完板本系로 양분된다.

그런데 이들 경판본계와 완판본계는 모두가 19세기의 것으로 보이고, 표제는 모두가 한글로 씌어져 있다. 여타의 필사본의 경우도 마찬가지이다. 뿐만 아니라 최근에 발견된 서강대학교 도서관 소장본 「韋島王傳」의 경우도 墨質이나 紙質, 그리고 同書 표제에 「戊申臘月二十八日始作」으로 쓰여 있고 끝장에 「己酉正月初四日書終」이라고 쓰여 있어서, 추측컨대 1848년 섣달 28일에 이 책을 쓰기 시작하여 1849년 正月初四日에 마쳤으니 이것도 역시 19세기의 것으로 볼 수밖에 없다.

그리고 한문본 「韋島王傳」의 서두에 나오는 '名字煩於諺書 故不錄也'에서 '諺書'는 한글 혹은 국문이라는 의미로 이해된다. 그렇다면 이 말은 국문본이

---

62) 서강대학교 도서관 소장본 「韋島王傳」은 책 내용에 '聿島'라 표기해 놓고도 「韋島王傳」이라 한 것으로 보면 '聿'자를 '韋'자로 오기한 것으로 보인다. 그러나 그 내용은 한글본 「홍길동전」과 거의 같다.

먼저 존재했음을 암시하는 근거가 될 수 있고 나아가서는 한문본이 국문본의 譯本임을 암시하는 근거도 될 수 있다. 더구나 한문본이 가장 논리적이고 또 가장 합리적인 내용을 담고 있음이 분명하다. 이것은 한문본이 국문본에 先行한다는 증거라기보다는 후대의 것임을 말해 주는 증거로 볼 수 있다. 한문본의 내용을 검토해 보면, 국문본 두 종류의 내용을 동시에 수용하고 있음을 짐작할 수 있다. 한문본은 京板本의 인물명과 시대, 지역, 숫자 등을 대체로 따르는 한편 장면의 서술과 묘사에 있어서는 완판본의 내용을 따르고 있다. 한문본에는 보이지 않으면서 경판본과 완판본에만 공통되는 내용은 발견되지 않는다는 사실은, 漢譯者는 국문소설 두 가지를 놓고 그것을 함께 참조하며 양자 가운데 더 좋은 편을 따르고 있는 것으로 보인다. 좀 더 정확하게 말하면 주로 경판본의 내용을 따르면서 그것이 너무 단조롭다고 생각되는 경우에는 完板本을 보완적으로 보고 그 내용을 따온다. 그리고 양 이본이 모두 불완전하다고 생각되면 譯者 나름의 새로운 내용을 첨가한다. 따라서 한문본은 경판본과 완판본 뒤에 형성된 것이라고 할 수 있다. 그래서 지금까지 발굴된 異本의 모두가 19세기本 이전의 것은 하나도 없고, 한문본보다는 국문본이 先行本으로 간주된다.[63] 따라서 한문본이 그 줄거리나 이야기 체제가 가장 완전하고 한글본에 없는 독특한 부분도 있어서 「홍길동전」의 善本이라고 할 수도 있지만 앞으로 보다 자세한 연구가 요망되는 바이다.

1) 홍길동전의 한자표기 문제

「홍길동전」에 대한 한자 표기 문제는 지금까지 우리 학계에서는 논외로 되어 왔다. 그러나 이는 한 번쯤 짚고 넘어가야 할 문제이다.

현존하는 「홍길동전」의 모든 작품의 표제에는 「홍길동전」이라고 한글로만 표기되어 있다. 「홍길동전」의 한자표기의 현존 최초의 문헌은 「澤堂別集」卷十五 「雜著」인데 이를 보면,

---

63) 정하영, 「조선후기 국문소설의 한역에 대하여」, 고전문학 전국대회 발표요지(1989) 참조

世傳 作水滸傳人 三代聾啞 受其報應 爲盜賊 遵其書也 許筠朴燁等 好其書 以
其賊將別名 各占爲號以相謔 筠又作洪吉同傳 以擬水滸 其徒徐羊甲沈友英等 躬
蹈其行 一村齏粉 筠亦叛誅 此甚於聾啞之報也.
—「澤堂別集」卷十五 雜著 —

와 같다. 여기서 「홍길동전」의 한자표기는 「洪吉同傳」으로 기록되어 있다. 이
것이 한자 표기로서는 현존 최초의 기록이다. 그 뒤에 「朝野輯要」에서도

世傳 作水滸傳人 三代聾啞 受其報應 爲盜賊 遵其書也 許筠朴燁等 好其書 以
其賊將別名 各占爲號以相謔 筠又作洪吉同傳 以擬水滸 其徒徐羊甲沈友英等 躬
蹈其行 一村齏粉 筠亦叛誅 此甚於聾啞之報也.
—「朝野輯要」

라고 하여 「택당별집」과 같이 기록하고 있다.
　뿐만 아니라 실존 홍길동의 기록이 「朝鮮王朝實錄」에 나타나고 있으니 이
를 보면,

己酉義禁府啓 嚴貴孫 罪當決杖一百 流三千里 告身盡行追奪 命議于政丞等 尹
弼商議獷悍成黨爲民巨害 如此之賊 人所共憤也 若得聞之則 理宜告捕 貴孫知
吉同行止 荒唐而不告 又從而營圖産業法當痛治 罪與律合 魚世謙議 貴孫 雖受
吉同食物 此人情常事 不足深罪 然當鞫 不承 遽以律文知情藏匿罪人條當之 恐
未安 韓致亨議 貴孫……受吉同食物 又嘗指揮 買給家舍吉同所犯 豈不知之…
…李克均議 貴孫 但知吉同行止荒唐 而指揮藏匿則 照律甚當 若吉同若有寄贓
云則 不可以此律照之待吉同畢招 定罪如何……
—燕山君 卷三十九, 六年 庚申 十月

戊寅 傳曰 觀洪吉同招辭 嚴貴孫 非徒洪吉同窩主 乃是同黨 有如是之行 何以位
至堂上乎 其召政丞等示之
—燕山君 卷三十九, 六年 庚申 十一月

己酉 義禁府委官韓致亨啓 强盜洪吉同 頂玉帶紅 稱僉知 白晝成群 載持甲兵 出
入官府 恣行無忌 其勸農里正留鄕所品官 豈不知之 然不捕告 不可不懲 並徙邊

何如　傳曰知道
―燕山君　卷三十九, 六年　己酉　十二月

甲子　戶曹啓　近年以來　凶歉相仍　量田期限　已過而久廢……京畿　撤人家(廢朝
撤家)之後　絶戶頗多　忠淸道洪吉同作賊之後　流亡亦未復　而量田久廢　收稅實難
請於今年　先量此二道田
―中宗　卷十八, 八年　癸酉　八月

辛巳……金詮議　賊黨獷悍　六十餘人　繫于鄕獄　慮有疎虞之變　開城大處　軍卒衆
盛　意可牢繫　且無京獄懸遠之弊　敢以是啓耳……南袞・惟淸等議　獷悍之黨　潛
據一道　胎害良民　固宜痛懲　然今被捕者六十餘人　則辭所連逮者必倍　於是若盡
逮京獄則繫縲連絡　大駭觀廳　往在庚申辛酉年間　洪吉同之獄　可爲鑑戒　雖勿移
京獄　分囚本道巨邑　而遣朝官推之　亦足以窺推懲惡　且無疎虞之慮　傳曰觀此意
三公皆一意　其賊黨　勿移開城府　分囚本道巨邑　遣朝官推之　事言于該曹　且速下
書于本道監司處　牢守獄關　毋得逃逸可也.
―中宗　卷四十七, 十八年　癸未　二月

甲申　御朝講……萬鍾曰　禁府所囚賊徒甚多云　是豈盜賊乎　當委有司治之　詔獄
推之　於事禮何如　上曰常時則賊徒　於詔獄推之之事　無矣　但今聞京畿監司　南世
準之言則　此賊分三道作賊設計云　賊魁順石招辭　亦有此言　似非尋常之賊　故予
以爲刑曹則他公事甚多　不能專治此賊也　昔者洪吉同(賊魁)之類　以禁府推之　已
有前例　故今斟酌前例而爲之矣　參贊官黃士佑曰……此賊人　名雖大黨　劫掠之
事　尙無形迹乎　古者盜賊竊發二千石　不能治之　然後推之於京師　今者不問其眞
僞　而拿囚詔獄　甚爲擾亂
―中宗　卷七十, 二十五年　庚寅　十二月

洪吉同者　爲堂上儀章　守令　亦尊待之　其勢鴟張　故吉同者　詔獄推之耳
―中宗　卷七十, 二十五年　庚寅　十二月

己丑　備忘記曰　今見趙憲之疎……曰先王朝　卜相得人　風俗淳美　無有綱常之變
只洪吉同・李連壽　兩人而已　閭里詬謾　必以此兩人辱之　今則相不得人　風俗乖
敗　綱常之變在在皆然　吉同・連壽之名　沒矣
―宣祖　卷二十二, 二十一年　戊子　正月

등에서 모두 洪吉同이란 실존 인물이 있었음을 알 수 있다. 또한 그 행적이 「홍길동전」의 홍길동의 행적과 유사하다는 점에서 홍길동의 행적을 한문 傳의 체재로 쓴 것이 허균의 「洪吉同傳」일 가능성을 배제할 수 없다.

그리고 「홍길동전」을 「洪吉童傳」으로 기록한 最古의 문헌을 찾아보면 沈鋅의 「松泉筆譚」에서부터이다. 이를 보면,

> 澤堂云 世傳作水滸傳人 三代聾啞 受其報應 爲盜賊 遵其書也 許筠朴燁等 好其書 以其賊將別名 各占爲號以相謔 筠又作洪吉童傳 以擬水滸 其徒徐陽甲沈友英等 躬蹈其行 一村虀粉 筠亦判誅 此甚於聾啞之報也.
>
> — 沈鋅, 「松泉筆譚」

라고 기록하고 있다. 沈鋅도 「松泉筆譚」을 쓸 때 「澤堂別集」에 기록된 「洪吉同傳」의 기록을 보고 여기서 다시 전재하는 것으로 적고 있다. 그러면서도 「澤堂別集」의 「洪吉同傳」을 「洪吉童傳」으로 표기하는 오류를 저질렀다. 더구나 「松泉筆譚」의 오류는 이것뿐만 아니라 앞의 인용문에서 보인 바와 같이 '徐羊甲'을 '徐陽甲'으로 '筠亦叛誅'를 '筠亦判誅' 등 잘못 기록하고 있는 점을 많이 엿볼 수 있다. 그러나 초창기 金台俊을 비롯한 학자들은 沈鋅의 기록을 그대로 믿고 「洪吉同傳」을 「洪吉童傳」으로 표기하고 말았다.

이는 아마도 '順童', '莫童', '吉童' 등의 '童'자는 아이란 뜻에서 모두 '童'자를 상용하였으니 그대로 고유명사인 '同'자에서 아이란 뜻의 '童'자로 대신 써 버린 듯하다. 그러므로 초창기 국문학계에서는 「洪吉同傳」이라 표기되어야 할 것을 沈鋅의 「松泉筆譚」에 「洪吉童傳」으로 잘못 표기된 것을 보고 그대로 답습하고 있는 것으로 생각된다. '同'자와 '童'자는 상통된다고도 하지만 여기서의 '同'은 고유명사인 이름자이고, '童'자는 접미사적인 의미를 담고 있으니 결코 같다고만은 할 수 없다. 현존 「홍길동전」의 필사본에는 한자 표기가 전혀 없다. 초창기 국문학자들도 막연히 「洪吉童傳」으로 표기하면서 조금도 의심하지 않고 지금까지 그대로 쓰고 있으니 이것 또한 정정되어야 마땅하다.

2) 홍길동전의 작자 시비

(1) 허균 창작설

「홍길동전」의 작자 시비는 許筠 창작설과 許筠 창작 부정설의 두 가지로 논의되어 오다가 최근에 와서는 許筠 창작 부정설에 대한 반론이 제기되기까지 이르렀다. 그래서 「홍길동전」의 작자에 대한 보다 분명한 논의가 있어야 될 것으로 생각된다.

여기서는 먼저 許筠이 「홍길동전」을 지었다는 근거부터 보면 澤堂 李植의 문집인 「澤堂別集」 卷十五 「雜著」의 다음과 같은 기록에서 시작된다.

世傳 作水滸傳人 三代聾啞 受其報應 爲盜賊 遵其書也 許筠朴燁等 好其書 以
其賊將別名 各占爲號以相謔 筠又作洪吉同傳 以擬水滸 其徒徐羊甲沈友英等
躬蹈其行 一村齏粉 筠亦叛誅 此甚於聾啞之報也

—「澤堂別集」 卷十五, 雜著

그리고 「朝野輯要」에도 「澤堂別集」 卷十五 「雜著」의 기록과 같은 내용이 전하고 있는데, 여기서도 「홍길동전」의 작자를 許筠으로 기록하고 있다.

또한 沈鋅의 「松泉筆談」에도 「澤堂別集」의 기록을 보고 쓴 다음과 같은 기록에서 「홍길동전」의 작자를 許筠으로 기록하고 있다.

澤堂云 世 傳作水滸傳人 三代聾啞 受其報應 爲盜賊 遵其書也……筠文作洪吉
童傳 以擬水滸

—「松泉筆譚」

앞의 기록을 보면 「홍길동전」의 작자가 허균이라는 데는 추호의 의심도 않고 있음을 알 수 있다.

그 뒤에 金台俊이 「홍길동전」의 작자에 대해 의심하지 않고 그대로 許筠으로 간주[64]한 후, 周王山[65], 朴晟義[66], 金起東[67], 申基亨[68], 鄭鉒東[69], 李在秀[70],

---

64) 金台俊, 『조선소설사』, 조선어문학회(1933).

趙潤濟[71]), 金思燁[72]) 등의 초창기 학자들이 이를 그대로 답습하고 있는 실정이
다.

이들 초창기 학자들은 한글로 쓴「홍길동전」만을 보고 한글소설의 효시작
품으로 간주하고 있는 터이다.

(2) 허균 창작부정설

초창기 국문학자들은 전술한 바와 같이「홍길동전」의 작자를 蛟山 許筠이
라고 믿고 있었다. 그런데 1965년에 李能雨의「許筠論」[73])에서 許筠이「홍길동
전」을 지었다는 기존 이론에 대한 부정설이 등장했다. 그는 史書에 담긴 許筠
의 많은 短處를 들어 엄청난 小人 許筠과 위대한 작품「홍길동전」과의 결부는
어려운 것이라 주장하면서 許筠의「홍길동전」 창작설을 최초로 부정하여 학
계에 커다란 논쟁거리를 만들었다. 그는 허균의 사상과 인품으로 봐서 작자일
수 없다고 주장하면서, 許筠은 위대한 인간이 아니다. 문학은 문학이고, 사회
생활 내지 정치는 또 그것이고, 인격은 인격인가? 그렇지 않으면 그의 위인성
이 위대한 무엇이며, '근대의식'이며, '휴머니티'며, 또는 '영원'할 '정신' 등등
에 정말로 관계가 있는 것인가?[74])라고 반문하고서는 다음과 같이 자문자답하
였다.

그러한 것이 아니다. 그의 소위 '혁명'의 목적은 모호한 것, 내지는 그를 역
적으로 몰려는 반대파 奇俊格으로 하여금 과장적으로 잡아 '내가 권력을 잡으

---

65) 周王山,『한국고대소설사』, 정음사(1950).
66) 朴晟義,『한국고대소설사』, 일신사(1958).
67) 金起東,『이조시대소설론』, 정연사(1958).
68) 申基亨,『한국소설발달사』, 창문사(1960).
69) 鄭鈺東,『고대소설론』, 형설출판사(1966).
70) 李在秀,『한국소설연구』, 선명문화사(1969).
71) 趙潤濟,『한국문학사』, 탐구당(1968).
72) 金思燁,『국문학사』, 정음사(1953).
73) 李能雨,「許筠論」,『숙명여대 논문집』第5輯(1965), 37~38쪽 참조.
    李能雨,「홍길동전과 許筠의 관계」, 숙대창립30주년기념논문집 제7집(1968), 58쪽
    참조.
74) 李能雨,「許筠論」,『숙명여대논문집』第5輯(1965), 158쪽.

면 즐거울 것이다(吾持權則樂矣)'하는 데 밖에는 이르지 못한 것이다. 그의 안중 어느 곳에서도 심지어 그의 반대자의 입들에서조차, 가령 도탄에 든 인민의 구출이라는 평범한 인도주의 같은 것조차도 찾아보고 들어볼 수는 없었다. 고작해야 그는 서얼들에 동정하였는지는 모른다. 여기 또 한 개 매혹적인 사건, 곧 서얼들의 이른바 역모가 慶運宮 以來 사건에 앞서 대두되는데, 이 사건에 그는 관련된 '혁명가'요 인도주의자였던가? 그러나 문헌들은 이 사건 자체를 僞討逆謀로 처리하고들 있다. 그렇다면 許筠이 이 모사에 일역을 담당하였다 해도 空論이 되고 만다[75]고 하였다. 이처럼 許筠의 위인으로는 이와 같은 작품을 지을 수 없다고 했다.

그 뒤에 金鎭世는 許筠 創作否定說에 가세하여 보다 자세한 논의를 펴고 있다. 그는 許筠 創作否定說의 증거로서 세가지로 나누어 제시하고 있으니, 첫째, 李植의 주변에서 찾아보면, 「홍길동전」의 기록에 대한 최초의 문헌인 「澤堂別集」 18권은 澤堂 死後 27년까지 澤堂家에 누적되어 있던 家藏의 全稿를 李時烈이 교정 편찬한 것이다. 許筠의 주변에서 그를 자세히 알고 있던 사람들의 문집에서는 허균이 「홍길동전」을 썼다는 기록이 없고 그가 죽은 지 27년 만에야 澤堂의 문집에 그 기록이 있다는 것에 의혹이 간다[76]고 하였다. 또한 澤堂은 41세부터 죽을 때까지 「光海君日記」, 「宣祖修正實錄」 등의 편찬에 참가하였는데, 이 두 책에는 허균에 대해서만은 갖은 욕을 다 퍼붓고 있으나 「홍길동전」을 썼다는 기록만은 전혀 언급되지 않고 있다. 그러다가 澤堂이 죽은 지 27년 만에야 뒤늦게 그것도 바로 『澤堂集』에 그가 「홍길동전」을 썼다는 사실이 수록되어 간행되었다는 것은 아무래도 이해가 가지 않는다[77]고 하였다.

둘째, 許筠의 주변에서 보면, 李爾瞻이 許筠이 不軌한 꿈을 꾸고 있다고 고변하자 광해군은 奇俊格과의 前事를 鞫問하는 듯이 새삼스럽게 이들을 拏囚하였는데 이때 허균은 만일을 위하여 그의 작품을 딸(女壻 李士星家)에게 密送하도록 하였는데 그때 보낸 작품 중에 「홍길동전」이 없었다. 그리고 李爾瞻이 허균을

---

75) 李能雨, 같은 책, 158쪽.
76) 金鎭世, 「洪吉童傳의 작자고」, 서울대 교양과정부 논문집 제1집(1969), 104쪽.
77) 金鎭世, 같은 책, 107쪽.

죽일 죄목을 찾기 위해 妻妾家의 가택수사를 했을 때 다른 문서는 발견되었으나 유독 「홍길동전」만은 발견되지 않았다. 또한 奇俊格이 許筠의 죄를 낱낱이 든 비밀상소에 정도전을 흠모한 것도 허물로 말하면서 許筠이 「홍길동전」을 지었다는 이야기가 없다는 점, ''雜同散異」에는 許筠이 南京 黃參奉의 집에 있어서 蛟山小說을 지었다고 하였으나 인제는 散逸하여 볼 수가 없다'라고 한 天台山人의 말 중에서 蛟山小說은 한글로 된 소설이 아니라 「惺所覆瓿藁」 속에 수록되어 전하는 「嚴處士傳」, 「蓀谷山人傳」, 「張山人傳」, 「南宮先生傳」, 「蔣生傳」 등의 다섯 편의 전기가 아닐까[78]라고 허균의 「홍길동전」 창작설에 부정적인 반응을 보이고 있다.

셋째, 작품의 주변에서 보면, 「홍길동전」이 적서차별의 폐지를 고조한 것인데 비해 허균의 일상생활은 첩을 꺼려하는 면모를 전혀 지니고 있지 않다는 점을 들고 다음과 같은 데서 그 증거를 들 수 있다고 했다.

> 許筠 聰明有文才 以父兄子弟 發迹有名 而專無行檢 居母喪 食肉狎娼
>
> —「澤堂集」 卷十五

> 許筠者 草堂許曄之子也 系出名家 文章藉甚一代 而賦性妖妄 行又怪悖 居喪
> 狎妓 參禪拜佛 有駭膽聽 有不一而足也
>
> —「逸事奇聞」

> 筠則聰明能文章 專無行檢 居喪 食肉産子 人皆唾鄙 …… 男女情慾 天也 分
> 別倫紀 聖人之敎也 天專於聖人 則寧違聖人 而不敢違天稟之本性.
>
> —「損齋先生集」 卷七, 「順菴集」 卷十七

그리고 허균의 불교에 대한 사정과 작품에 나타난 태도가 전혀 다르다는 점을 들면서 그 이유로서는 다음과 같은 증거를 들면서 허균으로서는 불교에 대한 독실한 신자이기 때문에 해인사 공격 등의 에피소드는 있을 수 없다고 했다. 39세 때 그는 三陟府使에서 파직된 일이 있었다. 그때 司憲府에서는

---

78) 金鎭世, 같은 책, 104쪽.

自上臨御以來 崇奬正學 斥黜異敎 無所不用其極故 邪設永殄 左道無聞 僧尼
消絶 異色之人 不復見矣 …… 三陟府使許筠 以儒家之子 反其父兄所爲 崇信
佛敎 誦讀佛經 平居 緇衣拜佛 爲守令時 設齋飯僧 衆目所見 恬不知恥 至於天
使時 恣爲禪談佛語 張皇好佛之事 以眩觀風之鑑 極爲駭愕 請命罷職不叙 以正
士習
―「宣祖實錄」卷二百十一, 四十年 丁未 五月 丙寅

이라는 啓를 올려 罷職不叙하기를 彈劾하였다. 이 啓에 대해 宣祖는 자고로 文
章之士는 불경도 섭렵하는 수가 있다고 不允하자 司憲府는 다시

昨日伏承聖批 自古喜文章者 或涉獵佛經 筠之心事 不過如此 許筠所謂 固是
無理之事則聖意所及 豈不然乎 尋常士大家子弟 耳聞目見 聖明之世 尙無此事
況筠之父 力學衛道 排斥異端 爲士類領袖 平生 養育敎誨之際 何嘗慮有此事 喜
文章事學問者 誰不涉獵異書 以廣見聞 筠之誦讀 非此之謂也 食則必誦食經 常
儲少佛 晨必設位 穿緇衣 掛念珠 納拜念佛 自稱奉佛弟子 非僧 而何對人無恥諱
之事 不必敷衍 而傳之 其人雖微 所係非輕 今之士習 不可不正 請亟 命罷職
―「宣祖實錄」卷二百十一, 四十年 丁未 五月 丁卯

昨承聖批 又以包容置之 不必加罪爲敎 臣等之惑 滋甚焉 三陟府使許筠 以儒
家子弟 反人異敎 服緇禮佛 掛珠誦經 則托跡朝紳 而眞一僧徒也
―「宣祖實錄」卷二百十一, 四十年 丁未 五月 戊辰

라는 連啓를 올려 마침내 그는 파직을 당하고 말았다.
　宣祖 四十二年(光海君 卽位年) 그가 公州牧使에서 파직되고 扶寧에 옮겨 있을
때 만나게 된 海眼이 산사로 돌아갈 때 그는

海眼 竺敎人也 吾亦好竺敎 嘗讀其書 朗然悟於心 照了萬象而俱空 若可直證
丹覺 超入如來地也 …… 眼及余 固是釋徒也
―「惺所覆瓿藁」卷五

라고 하였다. 그 밖에 그는 해인사에 있는 慈通弘濟尊者泗溟松雲大師石藏碑銘

(幷序)를 썼다.[79)]

그래서 許筠이 「홍길동전」의 작자가 될 수 없다고 하였다.

(3) 허균 창작부정설 반론

전술한 바와 같이 許筠의 「홍길동전」 창작설과 부정설이 등장하여 시비를 되풀이하자 許筠의 「홍길동전」 창작 부정설에 대한 반론이 등장하기 시작했다. 車溶柱는 「홍길동전」의 許筠 창작설을 주장하면서 許筠 창작 부정설에 대한 반론을 제기했다. 許筠의 불교관에서 그가 처음으로 불경을 보게 된 것은 불교의 교리보다 그 독특한 문체에 매혹되었고, 이러한 계기로 불경과 접하게 된 그는 宦路가 평탄하지 못하고 疎誕한 성격이 時貴의 미움을 받게 되자 일시적으로 好佛을 하였으나 篤信은 아니었고, 오래 계속하지도 않았다는 점을 들고 있다. 그리고 그의 「送李懶翁還枳山序」 後尾에는 불교에 대한 신랄한 비판이 보인다[80)]고 하였다.

다음으로 그는 허균의 인간성에 대해서도 李能雨의 전술한 바 자료 선택에 대한 불합리, 예컨대 「宣祖實錄」, 「光海君日記」, 「大東野乘」, 「朝野輯要」 등에서 대부분을 인용한 데 대해 「於于野談」, 「惺所覆瓿藁」에서는 각각 하나씩만 인용한 부당함을 지적하였다. 「於于野談」과 「惺所覆瓿藁」에서는 그가 유능한 從事官이었음을 말해 준다. 뿐만 아니라 明使 朱之蕃은 그의 이력을 물은 뒤에

> 上使曰 否否 此子生中國 亦當久在承明之廬 金馬之門 非獲罪 則何以 翶翶
> 郎署外君也

라 하여 그의 재능에 비해 位品이 낮은 것을 아쉬워한 일이 있다.

따라서 그가 衆惡의 대상이 되어 萬口에 비난을 받게 된 것은 용납될 수 없는 특이한 성격의 소유자라고 하기보다 位品과 文名이 높은 父兄女弟들의 후광 속에서 자랐고, 또 早年 登料하여 시문이 겸전한 회세의 奇才로서 當世의

---

79) 金鎭世, 같은 책, 118쪽 참조.

80) 車溶柱, 「許筠論 재고」, 『아세아연구』 15권, 제4호(1972), 155~158쪽 참조.

는 특이한 성격의 소유자라고 하기보다 位品과 文名이 높은 父兄女弟들의 후광 속에서 자랐고, 또 早年 登料하여 시문이 겸전한 희세의 奇才로서 當世의 獨步然한 自尊이 時貴에 忤觸되었기 때문이며, 「惺所覆瓿藁」 卷 6 文部3의 「四友齋記」에서는

　　　許子 性疎誕 不與世合 時之群罵而豪斥之 門無來者 出無與適

이라 하여 자신의 고독을 토로하였다. 이로 볼 때 許筠은 사상 및 사회적인 활동이 전후 모순이 많았으므로 그에 대한 비난을 목적으로 한 실록 및 타인들의 문집에 나타난 단편적인 기록을 중심으로 그 위인을 통시적으로 고찰할 수 없다[81]고 하였다.

　七庶사건과 許筠과의 관계에서 보면, 李能雨는 정치적으로 조작된 상상적인 사건으로 간주함과 동시에 許筠의 상상 경험이 깃들 여지가 없으므로 「홍길동전」의 작자는 허균이 될 수 없다고 했다. 이에 반해 車溶柱는 사회사 정치사적으로는 의의가 둔감되기는 하였으나 그들이 驪江에 집단 동거하면서 학대에 비분하여 網法을 타파하고자 모의한 것만은 사실인 것 같으므로 「홍길동전」과의 유기성은 충분히 있을 수 있다[82]고 하였다.

　따라서 車溶柱는 金鎭世, 李能雨의 所論이 비록 수긍이 가는 점이 있다 할지라도 「澤堂別集」의 기록을 부정할 만한 확연성은 희박하다고 하였다.

　趙東一은 허균 창작 부정설에 대한 반론을 다음과 같이 전개시키고 있다. 허균이 「홍길동전」의 저자라는 적극적인 증거는 허균에 의해 문제화된 자아와 세계의 대결이 「홍길동전」에서 그대로 나타난다는 사실이며, 한 예를 들면 豪民論과 遺才論의 내용이 「홍길동전」의 내용과 근본적으로 일치한다[83]는 점을 들고 있다. 그래서 그는 다음과 같은 다섯 가지의 구체적인 논증을 들고 있다.

---

81) 車溶柱, 같은 책, 163~166쪽 참조.
82) 車溶柱, 같은 책, 169~172쪽 참조.
83) 趙東一, 『한국소설의 이론』, 지식산업사(1981), 206쪽.

을 수 있다.

셋째, 「홍길동전」은 적서의 차별을 타파하고자 주장했지, 일부다처를 비판하거나 성생활의 절제를 주장하려고 한 것은 아니다. 따라서 홍판서는 낮에 侍婢 춘섬과 관계하여 홍길동을 낳았으며, 홍길동은 율도국의 왕이 된 후에 二妻를 두었다.

넷째, 許筠의 불교 신봉은 승려의 횡포에 대한 반감과는 별개의 것으로 생각할 수 있다. 許筠이 불교를 신봉했다고 해서 자아와 세계의 대결을 불교에 의해 해결하려는 입장을 취한 것은 아니다. 승려였던 金時習의 경우도 이와 같다. 오히려 許筠은 당시의 지배적인 이념에 대한 반발에서 佛敎, 仙敎, 西敎 등의 諸異論을 두루 좋아했다고 할 것이다.

다섯째, 豪民論과 遺才論의 내용이 「홍길동전」과 근본적으로 일치한다는 점[84] 등을 들어 許筠의 「홍길동전」 창작설을 주장하였다.

李文奎도 許筠이 「홍길동전」을 지었다는 증거를 다음의 세 가지 측면에서 보다 자세하게 논증하고 있다.

첫째, 許筠의 遺才論에 나타나 있는 의식과 「홍길동전」의 기본 의식과의 공통점을 밝히면서 「홍길동전」의 기본 성격을 결정짓는 여러 의식은 遺才論에 담긴 許筠의 의식과 그대로 상통한다고 했다. 「홍길동전」이 서출인 길동을 주인공으로 삼았고 길동의 불만을 통해 당시 신분제도의 모순을 적나라하게 드러냈으며 길동의 강력한 행동을 통해 이런 모순을 시정해 보려 했고 마침내 길동과 같은 인물을 왕위에까지 오르도록 結構해 놓은 것은 이 작품이 遺才論과 같은 글을 쓴 허균의 손에서 나온 것임을 말해 준다[85]는 것이다.

둘째, 豪民論과 「홍길동전」의 관계에 있어서도 豪民論은 「홍길동전」과 같은 작품을 낳게 했던 의식의 바탕이 되었던 글로 보인다고 하였다. 여기에 대해서 일찍이 李離和가 豪民論을 자세히 분석하여 豪民의 뚜렷한 모습을 홍길동에서 찾은 바 있으며[86], 趙東一도 豪民論이 백성을 착취하고 억압하는 질서를

---

84) 趙東一, 같은 책, 206쪽 참조.
85) 李文奎, 『許筠산문문학연구』, 서울대 박사학위논문(1985), 104쪽.
86) 李離和, 『許筠의 생각』, 뿌리깊은 나무(1980), 67~72쪽 참조.

공격한 것이고 활빈당 길동을 통해 표현되는 주제라 밝힌 바 있다.[87] 허균은
당대 실정이 몹시 困乏하고 苛斂誅求가 심해 백성들의 愁怨이 고려 말기보다
심하다고 보고 있다. 이처럼 당대 현실이 모순에 차 있으니 백성들은 지배 세
력을 원망의 눈으로 보지 않을 수 없는 것이며, 그 결과 豪民과 같은 인물이
나오지 않으리라는 보장이 없으니 목민자는 각성해야 한다고 주장하고 있다.
따라서 豪民論은 기본적으로 당대 사회 현실의 모순을 고발하고 백성의 힘을
통해 지배층을 경각시킬 목적에서 씌어진 글이다. 그래서 호민론이 곧 「홍길
동전」의 기본 성격을 결정 짓는 근본 역할을 다하고 있어서 허균을 「홍길동
전」의 작자로 봐야 한다[88]고 주장하고 있다.

  셋째, 허균의 傳과 「홍길동전」의 관계를 비교 논술하면서 두 작품의 성격면
에서 유사성을 보여 준다고 하면서 한문 五傳이 허균의 작이 틀림없으리라[89]
고 하였다.

  그래서 「홍길동전」은 허균의 작품이 틀림없다고 주장하면서 부정설에 대
한 반론을 보다 자세하게 전개시켰다.

(4) 홍길동전의 작자

  「홍길동전」의 작자를 초창기의 학자들의 허균의 창작설을 주장한 이후 앞
에서 논의한 바와 같이 대부분의 논자들이 허균의 창작설을 그대로 믿어 왔
는데 李能雨, 金鎭世의 부정설과 부정설에 대한 반론으로서 車溶柱, 趙東一, 李
文奎 등의 긍정설로 나뉘어져 시비가 판가름나지 않았다.

  본고에서는 지금까지의 「홍길동전」 작자에 대한 시비를 검토하여 「홍길동
전」의 올바른 작자가 누구인가를 보다 분명하게 밝혀 보려는 것이다.

  먼저 허균 창작 부정설에 대해, 허균의 爲人으로는 「홍길동전」을 지을 수
없다고 한 것은 허균의 위인에 대한 전부의 연구가 아닌, 곧 허균의 반대파
세력 곧 허균을 제외시키고자 하는 사람들의 기록만을 인용하여 小人 허균으

---

87) 趙東一, 앞의 책, 207쪽 참조.
88) 李文奎, 앞의 책, 103~107쪽 참조.
89) 李文奎, 앞의 책, 103~107쪽 참조.

로 보고 「홍길동전」의 작자가 許筠일 수 없다는 것으로 유도된 듯하다. 이는 「惺所覆瓿藁」에 기록된 허균의 遺才論과 豪民論을 도외시한 때문이며 허균의 위인을 공정하게 평가하지 못한 데서 나온 것으로 보인다.

그리고 澤堂 李植이 죽고 난 뒤 27년만에 나온 「澤堂別集」에 허균이 「홍길동전」을 썼다고 기록되어 있는 것은 시간적으로 그리 멀지 않은 시기의 기록인 만큼 그 신빙성을 의심한다는 것은 확실한 증거가 나오기 전에는 있을 수 없다. 더구나 「光海君日記」나 「宣祖修正實記」에 澤堂이 참가했던 글 가운데서 「홍길동전」에 대한 기록이 없다고 해서 쉽게 허균 창작설을 부정한다는 것도 논지에 당위성이 결여되어 있다.

그리고 허균의 주변에서 허균이 「홍길동전」을 썼다는 기록이 없다고 해서 부정하는 것도 어디까지나 추론에 불과하며 「澤堂別集」의 기록을 부정할 만한 합리적인 논의는 될 수 없다. 허균이 만일을 위해 작품을 그의 딸에게 密送할 때도 「홍길동전」이 없었다거나, 李爾瞻이 허균을 죽일 죄목을 찾기 위해 妻妾家의 가택수사를 했지만 다른 문서는 발견되어도 「홍길동전」은 발견되지 않았거나, 奇俊格이 허균의 죄를 낱낱이 든 비밀상소에도 許筠이 「홍길동전」을 지었다는 이야기가 없었다고 하여 許筠 창작설을 부정할 수 있는 추론은 가능하지만 이 정도의 고증으로는 「택당별집」의 기록을 부정할 수 있는 합리적인 근거는 될 수 없다. 더구나 '「雜同散異」는 南京 黃參奉의 집에 있어서 蛟山小說을 지었으니 인제는 散逸되어 볼 수가 없다'라고 한 天台山人의 말 중에서의 蛟山小說은 허균의 한문 五傳을 두고 한 것이라고 한 추론은 더욱 믿어지지 않는다. 왜냐하면 天台山人도 한문 五傳 정도의 것은 익히 알고 있었을 터이기 때문에 부정할 수 있는 근거로는 미약하다. 따라서 여기서의 소설은 不傳하는 한문본 「홍길동전」이 아니면 허균이 쓴 원본 「홍길동전」을 지칭했던 것이 아닌가 한다. 그리고 「홍길동전」은 적서의 차별을 타파하고자 했지 일부다처를 비판하거나 성생활의 절제를 주장하려고 한 것은 아니다. 홍판서는 시비 춘섬과 관계하여 홍길동을 낳았고, 홍길동은 율도국의 왕이 된 후에 二妻를 두었으니 이를 증명한다.

그래서 허균이 「홍길동전」을 창작했다는 데에 대한 李能雨의 문헌학적인 고증과 金鎭世의 주변 분석을 중심으로 한 접근방법으로 「홍길동전」의 허균 창작설에 대한 부정적인 견해는 논리적인 면이 있어 다소 수긍도 되지만 澤堂의 기록을 부정할 만한 的確性은 희박하여 이들 이론을 확인할 만한 사료가 출현하기 전에는 어디까지나 추론에 불과하여 「홍길동전」의 작자는 종래대로 허균으로 보지 않을 수 없다. 더구나 허균으로 볼 수 있는 근거를 앞에서 논의한 바를 세 가지로 종합 정리해 보면 다음과 같다.

첫째, 「澤堂別集」의 '筠又作洪吉同傳 以擬水滸'란 기록은 許筠이 「홍길동전」을 지었다는 가장 확실한 근거이다. 지금까지 허균 創作否定論者들의 주장은 어디까지나 추론이요 가설에 불과한 데에 비해 이 기록은 가장 실증적인 史料 제시여서 이를 반증할 만한 고증은 없다. 더구나 이 기록을 재인용한 沈鋅의 「松泉筆譚」의 경우도 추호의 의심이 없었던 것으로 생각된다.

둘째, 허균의 遺才論과 豪民論의 의식이 「홍길동전」에 잘 나타나 있다는 점이다. 여기에 대해서는 李離和, 趙東一, 李文奎 등이 지적한 바 있는데, 먼저 遺才論부터 다시 보면, 遺才論은 근본적으로 庶出이라 해서 人才를 저버리는 당대 사회의 모습을 통렬히 공박하고 있는 글이다. 遺才論에서 보여주고 있는 의식의 근간을 보면, 첫째, 인재는 천한 신분에도 얼마든지 있다. 둘째, 예전에는 천한 신분 가운데서도 인재를 발탁해 썼다. 셋째, 우리 나라는 인재의 길을 막아 놓고 있다. 넷째, 인재를 저버리는 것은 逆天이다. 다섯째, 국가를 다스리는 사람이나 직분을 맡을 사람은 인재여야 한다.

위의 이러한 의식은 「홍길동전」의 기본의식과 그대로 상통한다. 홍길동이 서출임에도 불구하고 탁월한 재능을 갖춘 것은 첫째의 경우와 그대로 상통한다. 또 홍길동이 강력한 힘을 행사함으로써 직접 兵曹判書의 제수를 요구하는 것은 둘째의 경우와 연결이 된다. 한편 길동이 자신의 신분적 조건에 울분을 터뜨리고 당대의 사회와 맞서 강력한 힘을 행사하는 것은 셋째의 경우와 연결된다. 한편 길동이 자신의 신분적 조건에 울분을 터뜨리고 당대의 사회와 맞서 강력한 힘을 행사하는 것은 셋째의 경우와 연결된다. 또 길동은 자신이 賤婢所生이라 呼父呼兄도 못하고 文으로는 玉堂에 막히며 武로는 宣傳에 막히는 한심한 신세를 자주 한탄하고 있는데 이러한 사실은 인재를 저버리는 것이 逆天이라고 한 생각의 굴절적 표현이라 할 수 있다 .또 길동이 兵曹判書도 받고 마침내 一國의 왕으로까지 신분변동이 이루어지는 것은 인재가 나라를 다스려야 한다는 다섯째의 경우와 합치된다.90) 이와 같이 「홍길동전」의 근본적인 성격이 바로 허균의 遺才論과 일치된다는 사실이야말로 「홍길동전」이 허균의 작품이라는 사실을 입증하는 중요한 증거가 될 수 있다.

뿐만 아니라 허균의 호민론과 「홍길동전」과의 관계를 살펴보면 더욱 긍정적인 일면을 느끼게 한다. 호민론에 담긴 의식을 요약해 보면, 첫째, 백성들의 힘을 인정한다. 둘째, 특히 豪民의 힘을 중시한다. 셋째, 수령들의 수탈로 백성들의 고통이 심각하다. 넷째, 司牧을 세운 것은 養民을 위함이니 각성해야 한다. 역시 豪民論 속에 담긴 이러한 의식은 「홍길동전」에 표현된 중요한 의식과 그대로 연결된다. 길동은 도둑의 무리를 이끌고 합천 해인사와 함경 감영 및 각 읍 고을의 전곡을 탈취하며 길동의 무리는 강력한 힘의 행사를 통해 전국을 요란하게 하는데, 이는 길동으로 표현되는 백성의 힘을 크게 인정한 것이라 할 수 있다. 이러한 사실은 豪民論 중에도 첫째의 경우와 연결된다. 또 「홍길동전」에는 길동의 힘이 크게 부각되어 있고 도둑의 무리는 길동이 이끄는 대로 움직이는데, 이는 길동이 豪民이라는 것을 알려주며 「홍길동전」에서 특히 중시하고 있는 豪民인 길동의 힘이라는 것을 말해 준다. 길동은 자신에게 가해진 제약이 부당하다는 것을 뚜렷이 자각하고 있었던 인물이며, 그 부당함을 시정하기 위해 강력한 행동을 전개하며, 활빈당을 이끌고 임금에게 힘으로 대항하고 있다는 점에서 전형적인 豪民의 모습이라 할 수 있다. 이런 점은 둘째의 경우와 일치된다. 「홍길동전」은 사회제도의 모순과 부조리에 대한 활빈당의 분노가 극명하게 표현되어 있다. 길동의 무리가 함경 감영 등을 공격하는 것은 자신의 힘을 과시하기 위함도 있지만 당시로는 부조리의 상징적인 존재였기 때문이었다. 길동이 조선 팔도로 다니며 각 읍 수령들이 불의로 모은 재산이 있으면 탈취하고 가난하고 의탁할 곳이 없는 사람이 있으면 구제하는 행위는 당시 수령들에 대한 분노의 표현이며, 또한 고통받는 당시 백

---

90) 李文奎, 같은 책, 104쪽 참조.

성들의 심각성을 나타내 보이고 있는 것은 셋째의 경우와 일치된다. 길동이 임금에게 자신의 행동의 정당성을 주당하며 兵曹判書를 요구하는 것은 養民을 위한 정치를 해야 할 것을 촉구한 것으로 볼 수 있다. 곧 임금은 백성들의 불만의 목소리를 제대로 알고 있어야 하고, 이의 시정을 위해 노력을 기울여야 한다는 것이다. 임금이 백성의 불만이 무엇인가를 모르고 그들의 괴로움을 시정해 줄 수 없다면 길동과 같은 豪民이 나타나 사회는 혼란에 빠지게 된다는 것이다. 이러한 점도 넷째의 경우와 거의 일치한다.[91]

따라서 허균의 遺才論과 豪民論은 「홍길동전」의 기본 성격을 결정짓는 데 근본적인 역할을 하고 있음을 알 수 있다. 「홍길동전」의 주제인 신분차대문제는 유재론의 의식과 일치하고, 사회부조리의 척결은 호민론의 의식과 상호 일치되어 있다. 그래서 「홍길동전」의 근본적인 의식은 허균의 유재론과 호민론에서 발상되었다고 볼 수 있어서 「홍길동전」의 작자가 허균이라는 사실을 확신하게 한다.

셋째, 허균의 한문 五傳과 「홍길동전」의 관계에 있어서 인물계층의 유형이나 작가의식이 거의 일치하고 있다. 그래서 이들 작품은 같은 작가가 쓴 것을 확인할 수 있는 증거가 된다. 허균의 한문 五傳의 인물계층의 유형이 모두 寒微한 부류에 속한다. 蓀谷山人, 張山人, 南宮斗는 중인정도의 인물이고, 嚴處士는 한미한 몰락 양반이며, 蔣生은 걸인인 천민이다. 홍길동은 이들과 거의 같은 계층의 인물인 서출이다. 뿐만 아니라 한문 五傳에 나오는 주인공들은 홍길동과 마찬가지로 당시 사회에서 보잘 것 없는 소외된 계층에 속한다. 그리고 한문 五傳에 출현하는 주인공들이나 「홍길동전」의 길동도 모두 초인적인 능력을 가진 인물이다. 그러나 홍길동처럼 呼風喚雨하는 초인력은 없지만 비범한 인물이란 점에서 같은 유형의 인물임을 알 수 있다. 또한 한문 五傳과 「홍길동전」의 인물 모두가 현실에 대한 불만인이며 불우인이란 점에서 그 맥을 같이 한다. 물론 홍길동은 그 불만을 폭로하여 이를 해결하고자 하는 적극성이 두드러지게 나타나는 점이 있지만 기본적인 의식은 그 궤를 같이하고

---

91) 李文奎, 같은 책, 107~108쪽 참조.

있다. 한문 五傳과 「홍길동전」의 작가의식 면에서도 유사성을 볼 수 있다. 蔣生은 다시 살아나서 금강산으로 들어가고, 南宮斗는 현실을 벗어나 茂朱 雉裳山에 들어가고, 홍길동은 율도국에서 이상사회를 건설한다. 따라서 여기서의 금강산이나 茂朱 雉裳山, 율도국은 작가의 이상세계에 대한 동경의식이 문학적으로 표출된 결과일 뿐 작가의식의 구상에서는 거의 비슷한 성격을 지녔다[92]고 할 수 있다. 따라서 한문 五傳이 허균의 작품이 분명한 이상 「홍길동전」도 허균의 작품임을 주장할 수 있는 근거가 된다.

이상의 고증만으로도 허균이 「홍길동전」을 지었다는 확신을 갖기에 족하다. 그러나 여기서 일컫는 「홍길동전」은 현존본 「홍길동전」 그대로를 일컫는 것은 아니다. 왜냐하면 허균이 썼다는 원본 「홍길동전」에서 개작된 「홍길동전」만 현존하고 있기 때문에 작자 시비의 문제가 계속될 소지가 있다. 그래서 지금까지 학계에서 운위되고 있는 허균 창작설과 부정설의 양론이 상호 문제점으로 부각될 수 있는 근거는 전술한 것 외에도 있다.

「홍길동전」의 작자를 구비문학적인 시각에서 재음미해야 하는 문제는 현존 「홍길동전」 그대로는 허균이 쓴 것이 아니기 때문이다. 그렇다면 「홍길동전」은 허균이 쓰지 않았다는 말인가? 아니다. 전술한 바와 같은 논증에서 보면 허균의 작품임에는 사실이지만 현존 작품 그대로의 것은 아니라는 뜻이다. 그렇다면 許筠의 창작 부정설과 긍정설의 두 학설이 모두 옳다는 말일 수도 있다. 왜냐하면 현존본 「홍길동전」 그대로는 허균의 작품으로는 맞지 않는 사안들이 너무 많기 때문이다.

예컨대 허균이 쓴 원작품이 한문본이 아니었겠느냐하는 문제다. 불교에 篤信한 허균이 해인사를 공격하는 에피소드를 그의 작품 속에 삽입시켰을까 하는 문제와, 허균이 죽고 난 뒤의 사안들 즉 경판본의 장길산 에피소드, 완판본의 訓練都監, 경판과 완판본의 大同米 등의 사안들은 허균이 죽고 난 뒤의 일들인 만큼 허균의 작품 속에는 등장할 수 없는 일인데도 작품 안에 삽입되어 있는 문제 등으로 보면 「홍길동전」은 허균의 작품일 수 없게 된다. 따라서 「홍길

---

92) 李文奎, 같은 책, 109~110쪽 참조.

동전」은 허균의 창작 부정설이 옳다고 할 수 있고, 이에 반해 전술한 바와 같은 논지로 보면 허균의 작품이란 긍정설이 옳게 된다. 그렇다면 부정론과 긍정론이 다 옳다고 해야 한다. 이것은 허균이 쓴 원본 「홍길동전」이 전하고 있지 않기 때문에 생길 수 있는 주장이다.

그러면 澤堂 같은 전형적인 유학자가 언문으로 된 「홍길동전」을 읽었을까 하는 의문부터 검토해 보자. 만약 읽었다면 소설을 蛇蝎視했던[93] 澤堂이 「홍길동전」의 저자에 대해서는 한 마디의 언급도 없이 '筠又作洪吉同傳 以擬水滸'라고만 했겠느냐는 의문이 남게 된다. 또한 澤堂 李植은 한문사대가의 한 사람으로 과연 그가 한글 소설을 읽었을까 하는 의문을 갖게 되는 것은 너무나도 당연하다. 당시는 한글소설을 俗諺小說, 諺課小說, 諺稗, 諺書古談이라고 하여 한문소설과 구별하였는데, 澤堂이 「홍길동전」을 소개하면서 諺書 운운한 기록은 찾아볼 수 없다는 점이 그것이다. 당시의 관례로서 한글로 쓰여진 소설에는 반드시 諺談傳奇, 諺課諺說, 稗說, 諺稗, 諺書古談 등의 단서가 붙기 마련인데, 「澤堂別集」의 기록을 검토해 보면 허균이 「홍길동전」을 국문으로 지었다는 기록은 전혀 발견할 수 없다.

그렇다면 택당이 읽은 「홍길동전」은 한문본일 가능성이 높다. 더구나 「조선왕조실록」에 나오는 실존인물 洪吉同[94]을 대상으로 한 傳體의 한문본 「홍길동전」일 가능성을 배제할 수가 없다. 「조선왕조실록」에 나오는 홍길동과 「홍길동전」에 나오는 홍길동과는 유사한 점이 없지 않다. 許筠은 光海君을 전후해서 실존했던 洪吉同의 傳記를 썼는데, 이를 본 澤堂이 그의 문집에 기록한 것이 아닐까 추측해 볼 수 있다. 현존 「홍길동전」은 19세기 이전의 것은 없으므로 실재 문헌은 아니더라도 구전되는 이야기 홍길동의 전기를 바탕으로 하여 현존 「홍길동전」이 이루어진 것이라고 추측할 수 있다. 그 뒤에 한글본인 경판본과 완판본을 저본으로 하여 한문본 「韋島王傳」이 출현했다고 생각된다.

---

93) 世傳 作水滸傳人 三代聾啞 受其報應 爲盜賊 遵其書也 許筠朴燁等 好其書 以其賊將別名 各占爲號以相謔 筠又作洪吉同傳 以擬水滸 其徒徐羊甲沈友英等 躬蹈其行 一村齏粉 筠亦叛誅 此甚於聾啞之報也.(『澤堂別集』卷十五, 雜著)

94) 前項 「홍길동전 한자표기」 참조.

그것은 한문본 「韋島王傳」의 序頭에 '名字煩於諺書 故不錄也'에서 보아도 한글본이 先在하고 있음을 짐작할 수 있고, 세 이본을 대비한 결과 한문본 「韋島王傳」은 한글본의 번역이고 그것은 국문본을 종합하여 번역한 것[95]으로 생각되기 때문이다. 따라서 「韋島王傳」보다 먼저 한글본이 존재하였고, 그 앞에 허균이 쓴 한문본 「홍길동전」이 있었던 것으로 짐작된다.

그리고 해인사를 습격하는 에피소드는 허균의 불교관과는 일치되지 않는다. 허균이 삼척부사로 재직시(39세)에 奉佛했다는 이유로 司憲府의 탄핵을 받아 파직 당했다는데[96] 그 司憲府의 啓와 같이 과연 그는 信佛이 그렇게 篤信하였을까? 만약 이것이 사실이라면 그는 篤實한 신자임에 틀림이 없고, 또 司憲府의 兩次 啓狀을 근거함이었든지 朴晟義[97], 李能雨[98], 鄭鉒東[99]도 그의 信佛에 의심을 하지 않고 있다.

이에 반해 車溶柱는 일시적으로 好佛은 하였으나 篤信은 아니었고 오래 계속하지도 않았던 것이라[100]고 했다.

아무튼 許筠은 승려와 교류가 많았고 「慈通弘濟尊者泗溟松雲大師石藏碑銘」을 비롯하여 「法泉寺記」와 「兜率院彌陀殿重修碑文」 등을 지은 것으로 보면 불교에도 篤信했던 것만은 사실이며[101], 더구나 해인사와는 밀접한 관계가 있었던 것도 사실이다. 왜냐하면 허균이 쓴 「慈通弘濟尊者泗溟松雲大師石藏碑銘」이 해인사 입구에 그대로 보존되고 있는 점으로 보아도 해인사와는 밀접한 관계가 있었던 것으로 사료된다.

그렇다면 허균이 쓴 「홍길동전」 속에 해인사를 공격하는 에피소드가 삽입될 수 없을 터인데 하는 의문을 가지지 않을 수 없다. 그래서 「홍길동전」이

---

95) 정하영, 「조선후기 국문소설의 한역에 대하여」, 전국 고전문학 발표대회 발표 요지(1989) 참조.

96) 三陟府使許筠 以儒家之子 反其父兄所爲 崇信佛敎 誦讀佛經 平居緇衣拜佛 爲守令時 設齋飯僧 衆目所見 性不知恥(「宣祖實錄」 四十年 5月條).

97) 朴晟義, 「구운몽의 사상적 배경」, 『한국문학배경연구』(下), 선명문화사(1973), 404쪽.

98) 李能雨, 「許筠論」, 『숙명여대 논문집』 5輯(1956) 23쪽 참조.

99) 鄭鉒東, 『洪吉童傳硏究』, 문호사(1961), 78쪽 참조.

100) 車溶柱, 「許筠論再攷」, 『아세아연구』 15권, 제4호(1972), 155~158쪽 참조.

101) 그의 문집에 松雲大師, 海眼, 西山大師 등에게 보낸 與答書簡 등이 있다.

허균의 작품이 아니라는 증거로도 볼 수 있다. 그러나 허균이 쓴 원본 「홍길동전」에 해인사를 공격하는 에피소드가 없었는데, 口傳되는 사이에 改作되면서 삽입된 것으로 볼 수도 있다.

다음에는 장길산 에피소드, 大同米, 訓練都監 등의 사안도 許筠의 死後에 삽입된 것으로 볼 수 있다. 장길산은 許筠 死後 약 100년 뒤의 사람이고, 大同米와 訓練都監도 許筠 死後 60년 뒤에 생긴 제도이니 허균이 지었다는 원본 「홍길동전」 속에 삽입될 수 없을 것이다. 그러나 전술한 바, 해인사 공격의 에피소드처럼 홍길동 이야기의 전승 과정에서 삽입된 것으로 원작 「홍길동전」에서 개작된 양상을 보여준 증거라고 할 수 있다.

그렇다면 현존 「홍길동전」의 작자는 쉽게 말할 수 없다. 현존본 「홍길동전」은 곧 19세기本 「홍길동전」 그대로는 許筠이 썼다고는 할 수 없고 부전하는 원본 「홍길동전」 이야기가 수백 년 동안 전승되는 과정에서 에피소드의 첨삭을 거쳐 현존본 「홍길동전」이 존재하는 것으로 생각된다. 따라서 현존본 「홍길동전」 그대로는 허균이 지었다고는 할 수 없다. 그렇다고 「홍길동전」이 허균의 작품이 아니라고는 더욱 말할 수 없으니, 「홍길동전」의 작자로 허균의 작이란 주장과 아니라는 주장 모두가 옳다고 할 수 있는 근거가 바로 여기에 있다. 남은 문제는 원본 「홍길동전」이 어떠했던가를 再構하는 작업이 절실히 요망된다. 이는 곧 전승의 과정에서 개작된 요소가 무엇인가? 예컨대 해인사 에피소드, 장길산, 大同米, 訓練都監 등의 사안이 전승 과정에서 첨가되었다고 생각되는 것을 제외시키는 작업을 거쳐야 하지만 전승 과정에서 빠진 부분은 어떻게 처리해야 할 것인가가 더욱 큰 문제이다. 그리고 왜 첨가 내지 제외시켰는가 하는 문제도 당시인의 의식구조와 사회인식의 문제에서 풀어나가야 할 것이다. 원본 「홍길동전」의 再構作業이 쉽지 않다는 것이 바로 여기에 있다. 그러므로 원본 「홍길동전」이 발굴되기를 기다릴 수밖에 없다.

아무튼 「홍길동전」의 작자는 草堂 허엽의 셋째 아들 蛟山 許筠으로 간주해야 하지만, 現存本 「홍길동전」 그대로는 許筠의 작품이 아니고 수백 년 동안 전승되는 과정에서 개작된 「홍길동전」만이 전하고 있을 뿐이다.

3. 홍길동전 연구의 경향별 검토와 쟁점

「홍길동전」 연구는 安自山의 「朝鮮文學史」, 김태준의 「조선소설사」, 박성의, 정주동 등을 거쳐 지금까지 다양한 각도에서 꾸준하게 지속되어 관련 논저만도 300여 편에 이르고 있다. 이러한 사실은 「홍길동전」이 많은 문제점과 다채로운 성격을 지닌 작품이라는 것을 단적으로 말해 주는 것이다.

「홍길동전」 연구로 1930년대에서 1960년대 초반까지는 「홍길동전」에 대한 소설사적 의미[102]와 서지학적인 연구를 통한 기초적인 정리[103]가 주된 작업이었다. 김태준은 「홍길동전」에 대해 최초의 국문소설이라고 규정하며 「澤堂集」의 기록을 근거로 하여 허균이 작자라고 하였다. 또한 「홍길동전」은 적서차별 폐지, 빈민구제 등을 주제로 하는 사회소설이라고 규정하였다.[104] 이러한 견해는 그 뒤의 연구에도 대체로 이어져 여타의 문학사에 언급되는 과정에서도 크게 벗어나지 않았다.

1960년대 중반에서 1970년대에는 「홍길동전」의 작자[105]나 이본[106], 주제[107]와 구성[108], 유형적 성격[109], 비교문학[110] 등에 대한 심층적인 접근이 이

---

102) 安自山, 『朝鮮文學史』, 韓一書店(1922).
　　 김태준, 『조선소설사』, 조선어문학회(1933).
103) 김동욱, 「이씨조선의 이방인 허균」, 『사상계』 68(1959).
　　 신기형, 『한국소설발달사』, 창문사, 170쪽.
　　 정주동, 『홍길동전 연구』, 문호사(1961).
104) 김태준, 앞의 글, 83쪽.
105) 이능우, 「허균론」, 논문집 5, 숙명여대(1965).
　　 김진세, 「홍길동전 작자고」, 서울대 교양과정부 논문집 1(1969).
　　 차용주, 「허균론 재고」, 『아세아연구』 48, 고려대 아세아문제 연구소(1972).
106) 정규복, 「홍길동전 이본고」, 『국어국문학』 48·51, 1970~1971.
107) 정병욱, 「홍길동전－이상과 낭만의 소설」, 『사상계』(1964. 4), 276쪽.
　　 강동엽, 「홍길동전의 주제고」, 『동양어문논집』 8, 동국대(1972).
108) 이재수, 「교산소설고」, 『한국소설연구』, 선명문화사(1969).
　　 김일렬, 「홍길동전의 불통일성과 통일성」, 『어문학』 27, 한국어문학회(1972).
　　 임형택, 「홍길동전의 신고찰」, 『창작과 비평』 42·43(1976·1977).
　　 여증동, 「홍길동전의 구조론」, 『상산이재수박사환력기념논문집』(1970).
109) 김열규, 「이조소설에 있어서의 악인형의 검토」, 『고전문학연구』 1, 한국고전문학연구회(1971).

루어졌다. 특히 「홍길동전」의 작자가 허균이라는 주장에 대해 이능우[111], 김진세[112]가 반론을 제기하였고, 이에 대해 차용주[113]의 재반론이 이어지면서 작자의 문제에 대한 논쟁이 시작되었다.

　1980년대부터 현재까지는 허균의 문학 사상[114]과 다른 작품들과의 비교를 통해 종합적 검토[115]가 행해지고, 작자나 이본[116], 시간[117]과 구조[118], 성격[119] 등에 대해 다시 엄밀한 접근이 시도되었다. 또한 지금까지 연구업적을

　　유우선, 「홍길동전에 나타난 저항성 연구」, 『용봉논총』 9(1979).
　　이문규, 「홍길동전 연구-행동면에서 본 주인공의 성격」, 서울대 석사논문(1975).
　　이혜순, 「홍길동전에 나타난 반항의 형태」, 『이대한국문화연구논총』 26(1975).
110) 이재수, 「홍길동전의 비교문학적 고찰」, 『한국소설연구』, 선명문화사(1969).
　　장주옥, 「수호전과 홍길동전의 비교연구」, 『향란문학』 5, 성신여대 사범대학(1975).
　　김동욱, 「홍길동전의 국내적 소원」, 『이숭녕박사송수기념논총』(1968).
111) 이능우, 「허균론」, 『논문집』 5, 숙명여대(1965).
112) 김진세, 「홍길동전 작자고」, 서울대 교양과정부 논문집 1(1969).
113) 차용주, 「허균론 재고」, 『아세아연구』 48, 고려대 아세아문제 연구소(1972).
114) 신동욱 편, 『허균의 문학과 혁신사상』, 새문사(1981).
115) 이문규, 『허균산문문학연구』, 삼지원, 1986.
　　서종문, 「홍길동전에 나타난 현실인식 문제」, 『허균의 문학과 혁신사상』, 새문사(1981).
　　이종주, 「한문본 홍길동전 검토」, 『국어국문학』 99, 국어국문학회(1988).
　　＿＿＿, 「한문본 홍길동전 해제를 위한 토론」, 『서강어문』 6, 서강대학교 서강어문학회(1988).
116) 송상욱, 「홍길동전 이본 신고」, 『관악어문연구』 13, 서울대학교 국어국문학과(1989).
　　정규복, 「홍길동전 한문본의 텍스트 문제」, 『동방학지』 68, 연세대 국학연구원(1990).
　　＿＿＿, 「홍길동전 텍스트의 문제」, 『정신문화연구』 44, 정신문화연구원(1991).
　　이윤석, 「홍길동전 이본의 성격에 관한 고찰」, 『국문학연구』 12, 효성여대 국문과(1989).
　　＿＿＿, 「홍길동전 필사본 연구」, 『열상고전연구』 8, 열상고정연구회(1995).
　　조용호, 「홍길동전 이본의 한 연구」, 『서강어문』 9, 서강대학교 국어국문학과(1993).
117) 김열규, 「홍길동전의 시간론적인 몇 가지 문제」, 『허균의 문학과 혁신사상』, 새문사(1981).
　　박육규, 「홍길동전의 시간양상에 대한 연구」, 『계명어문학』, 계명어문학회(1986).
118) 김병욱, 「홍길동전과 전기적 유형」, 『허균의 문학과 혁신사상』, 새문사(1981).
　　서대석, 「군담소설의 구조와 배경」, 이화여대 출판부(1985).
　　김연호, 「홍길동전의 원심적 구조」, 『우운박병채박사환력기념논총』(1985).
119) 이현국, 「홍길동전에 있어서의 율도국의 위상과 성격」, 『문학과 언어』 8, 문학과 언어학회(1987).

바탕으로 거시적이고 종합적인 차원에서 그것들을 엄밀히 분석·검토하고 연구의 방향을 올바로 재정리하려 하였다. 이밖에 「홍길동전」이 가지고 있는 구성 원리를 찾아내고 주제를 해명[120]하려는 노력이 계속되었다.

1) 작자 시비

「홍길동전」의 작자에 대한 논란은 크게 보아 허균 긍정론과 허균 부정론으로 진행되었다. 「홍길동전」의 작자가 허균이라고 하는 근거는 澤堂 李植(1584~1647)의 문집 「澤堂集」[121]에 나오는 "均又作洪吉同傳 以擬水滸"라는 기록에 있다. 이 기록에 의거하여 김태준이 그의 「조선소설사」에서 작자를 허균이라고 소개한 이래 허균 창작설은 학계에서 통설화되었다.

그러나 1960년대에 들어와 허균 부정론이 대두되었다. 이능우는 문헌기록을 광범하게 수집해 허균의 성격과 행적을 조사해 본 결과 허균이 혁명적 인물도 사회개혁을 위한 사상가나 실천가도 아니며 엄청난 소인임이 드러났다고 하면서 그런 위인이 「홍길동전」 같은 위대한 작품을 지었을 리 없다고 주장하였다.[122] 이어 김진세는 「澤堂集」 別集 雜著 부분은 이식이 죽은 후 27년이 경과하고 나서 간행되었으므로 자료 가치가 의심이 간다는 등 보다 구체적인 몇 가지 논증[123]을 가하여 허균 부정론을 더욱 적극적으로 주장했다.

---

120) 서대석, 「허균문학의 연구사적 비판」, 『허균의 문학과 혁신사상』, 새문사(1981).
황패강, 「홍길동전의 사회의식—그 한계가 의미하는 것」, 『한국학논집』 10, 계명대 한국학연구소(1983).
안창수, 「반항과 순응의 양상을 통해서 본 홍길동전」, 『어문학』 48, 한국어문학회 (1986).

121) 「澤堂集」은 澤堂 자신이 문집 간행을 대비해 생존시에 정리해 두었던 글을 실은 原集, 澤堂 사후 金壽恒이 선정한 글을 실은 續集, 澤堂의 집에 보관되어 있던 나머지 글 모두를 宋時烈이 교정·편찬한 別集으로 나누어져 있는데, 「홍길동전」 관계 기록은 別集에 나온다.

122) 이능우, 「허균론」, 『논문집』 5, 숙명여대(1965). 37~38쪽.

123) ① 허균 처형 당시 가택 수색에서 「홍길동전」이 발견되지 않았을 뿐 아니라 죄목에도 없으며, ② 허균은 문란한 처첩관계를 가졌는데 「홍길동전」은 적서차별의 타파를 주장했고, ③ 허균은 불교를 신봉했는데 「홍길동전」에서 길동은 해인사를 습격했다는 점 등이 그것이다.(김진세, 「洪吉童傳의 作者攷」, 『논문집』 1, 서울대 교양과정부, 1969.)

이에 대해 1960년대 말부터 허균 재긍정론이 나타났다. 김동욱은 허균 처형 당시 가택수색에서「홍길동전」이 발견되지 않았다는 김진세의 주장에 대하여 허균이 가택수색을 당할 때「홍길동전」이 秘傳될 수도 있었을 것[124]이라고 했다. 차용주는 허균의 인물을 평가할 때 정치적으로 득세하기 전후를 구별해야 할 것과 반대파들에 의해 주로 기록된 문헌 자료의 객관성이 냉정히 검토되어야 할 것임을 내세워「澤堂集」의 기록을 부정할 확연한 증거가 없다면 허균을 작자로 인정하지 않을 수 없다[125]고 하였다. 조동일 역시 김진세의 부정론에 대해 조목조목 반론[126]을 폈으며, 이문규는 허균이 소설에 큰 관심을 가졌을 뿐 아니라 허균의 문학관과「홍길동전」의 내용이 일치한다[127]고 했다.

「홍길동전」의 작자가 허균이라는 주장은 대체로「澤堂集」의 기록 이외에도 허균의 사상인 豪民論이나 遺才論이「홍길동전」에 나타난 사상과 유사하며 또한 허균의 행적과 일치되는 점도 많다는 점, 허균이 쓴 다른 문학과의 관련성 등을 통해 유추되고 있다.[128] 김광순은 허균이「홍길동전」을 창작했다는 것에 대한 이능우의 문헌학적인 고증과 김진세의 주변분석을 중심으로 한 접근방법으로「홍길동전」의 허균 창작설에 대한 부정적인 견해는 논리적인 的確性이 부족하다. 따라서「홍길동전」의 작자는 종래 대로 허균으로 보지 않을 수 없다

---

124) 김동욱,「홍길동전의 국내적 소원」,『이숭녕박사송수기념논총』, 을유문화사(1968).
125) 차용주,「허균론 재고」,『아세아연구』48, 고려대 아세아문제 연구소(1972).
126) ①「澤堂集」의 자료 가치를 부정할 수 있는 증거는 분명하지 않고, ②「홍길동전」은 嫡庶差別의 타파를 주장했지 一夫多妻制를 비판하거나 성생활의 절제를 주장하려고 한 것이 아니라 했으며, ③ 허균의 불교 신봉은 승려의 횡포에 대한 반감과는 별개의 것으로 생각할 수 있다고 했다. (조동일,「소설의 성립과 초기 소설의 유형적 특징」,『한국소설의 이론』, 지식산업사(1979), 205쪽.)
127) 이문규는 허균의 의식과「홍길동전」의 상관성, 豪民論과「홍길동전」의 상관성, 허균의 한문 傳과「홍길동전」의 상관성을 검토하여 밀착 관계에 있는 점을 규명하고「홍길동전」은 허균의 작품이 틀림없다고 결론짓고 있다. (이문규,『허균산문문학연구』, 삼지원(1986), 110~117쪽.)
128) 차용주, 앞의 글.
   이문규, 앞의 글.
   서대석,「홍길동전의 연구사적 비판」,『허균의 문학과 혁신사상』, 새문사(1981).
   김광순,「홍길동전의 한자표기와 작자 시비」,『한국고소설사와 론』(1990).

고 하고, 그 근거를 세 가지로 종합 정리하였다. 첫째, 「澤堂別集」의 '均又作洪吉同傳 以擬水滸'라는 기록은 허균이 「홍길동전」을 지었다는 가장 확실한 근거이고, 둘째, 허균의 遺才論과 豪民論의 의식이 「홍길동전」에 잘 나타나 있으며, 셋째, 허균의 한문 五傳과 「홍길동전」의 관계에 있어서 인물계층의 유형이나 작가의식이 거의 일치하고 있다고 하였다. 그리고 현전하는 「홍길동전」은 19세기 이전본이 없고 현존본 모두는 허균이 쓴 「홍길동전」 그대로가 아닌 개작된 「홍길동전」이므로 허균 사후의 사안들 곧 장길산 에피소드같은 이야기가 삽입되어 전해오고 있음을 밝혔다.[129]

「홍길동전」의 작자에 대한 논란은 「홍길동전」의 저자가 허균이 아니라는 확정적 증거가 발견되거나, 허균이 쓴 「홍길동전」의 원본이 발견되지 않는 한 명백하게 밝히기 어려운 문제이다.[130] 그러나 허균 재긍정론을 뒤집을 만한 결정적인 자료가 나타나지 않는 이상 「홍길동전」의 작자를 허균으로 볼 수밖에 없다. 그러나 분명한 것은 현존본 「홍길동전」 그대로는 허균의 작품이 아닌 것은 사실이다. 허균이 쓴 원본 「홍길동전」은 소실되었거나 묻혀 있을 수도 있으며 원본 「홍길동전」은 허균의 한문 五傳과 유사한 한문본일 가능성이 있다.

2) 한자 표기 문제

「홍길동전」에 대한 한자표기 문제는 김광순[131]에 의해 거론되었다. 현존하는 「홍길동전」의 모든 작품의 표제에는 「홍길동전」이라고 한글로만 표기되

---

129) 김광순, 「홍길동전의 한자표기문제와 작자 시비」, 『한국고소설사와 론』, 새문사 (1990), 217∼225쪽.

130) 「홍길동전」의 작자가 허균이 아니라는 주장은 여전히 제기되고 있는데, 이윤석은 「홍길동전 연구─서지와 해석」(1997)에서 최근 조선조 시대의 소설에 대한 기록을 검토할 때 19세기 이후에야 「홍길동전」에 대한 언급이 나타난다는 점, 29종의 이본 중 어디에도 작자에 대한 기록이 없다는 점 등을 들어 「홍길동전」의 저자는 허균이 아니거나 적어도 허균이 썼다고 하는 「홍길동전」은 현전하는 「홍길동전」과는 별개의 작품일 것이라고 본다.

131) 김광순, 「홍길동전의 한자표기문제와 작자 시비」, 『한국고소설사와 론』, 새문사 (1990).

어 있다. 「홍길동전」의 한자표기의 현전 최초의 문헌은 「澤堂集」 別集인데,
"均又作洪吉同傳 以擬水滸" 라고 기록되어 있다. 여기서 「홍길동전」의 한자표
기는 「洪吉同傳」으로 기록되어 있다. 이것이 한자표기로서는 현존 최초의 기
록이다. 그 뒤에 「朝野輯要」에서도 "均又作洪吉同傳 以擬水滸" 라고 하여 「澤
堂集」과 같이 기록하고 있다.

　뿐만 아니라 실존인물 洪吉同의 기록이 「朝鮮王朝實錄」에 나타나고 있다.

　　　貴孫　知吉同行之荒唐而不告 …… 貴孫　雖受吉同食物　此人情常事　買給家
　　舍　吉同所犯　豈不知之
　　　　　　　　　　　　—「朝鮮王朝實錄」, 燕山君　卷三十九, 六年　庚申　十月—

　　　忠淸道洪吉同作賊之後　流亡亦未復
　　　　　　　　　　　　—「朝鮮王朝實錄」, 中宗　卷十八, 八年　癸酉　八月—

　　　風俗淳美　無有綱常之變　只洪吉同李連壽兩人而已
　　　　　　　　　　　　—「朝鮮王朝實錄」, 宣祖　卷二十二, 二十一年　戊子　正月—

　이상의 기록 외에도 「조선왕조실록」에 기록된 洪吉同이란 실존인물의 표기
는 더 들 수 있다.[132] 따라서 조선조에 洪吉同이란 실존인물이 있었음을 알
수 있다. 또한 그 행적이 「홍길동전」의 홍길동의 행적과 유사하다는 점에서
洪吉同의 행적을 한문 傳의 체제로 쓴 것이 허균의 「洪吉同傳」일 가능성을 배
제할 수가 없다. 다시 말하면 「조선왕조실록」에 나오는 洪吉同과 「홍길동전」
에 나오는 홍길동과는 유사한 점이 없지 않다. 허균은 광해군을 전후해서 실
존했던 洪吉同의 傳記를 썼는데 이를 본 澤堂이 그의 문집에 기록한 것이라
볼 수 있다.[133]

　「홍길동전」을 한자로 「洪吉童傳」이라 기록한 最古의 문헌을 찾아보면 「澤

---

132)「朝鮮王朝實錄」, 燕山君　卷三十九　六年　庚申　十一月條와　十二月條, 中宗　卷四十七　十八
　　年　癸未　二月條와　中宗　卷七十　二十五年條에 모두 洪吉同이란 실존인물의 기록이 있
　　다.

133) 김광순, 앞의 글, 223쪽.

堂集」보다 100여 년 뒤에 나온 沈鋅의 「松泉筆譚」에서부터이다. 이를 보면,

> 澤堂云 世傳作水滸傳人 三代聾啞 受其報應 爲盜賊 遵其書也 許筠朴燁等
> 好其書 以其賊將別名 各占爲號以相謔 筠又作**洪吉童傳** 以擬水滸 其徒徐陽甲
> 沈友英等 躬蹈其行 一村齏粉 筠亦判誅 此甚於聾啞之報也[134]

라고 기록하고 있다. 沈鋅도 「松泉筆譚」을 쓸 때 「澤堂集」別集에 기록된 「洪
吉同傳」의 기록을 보고 여기서 다시 전재하는 것으로 적고 있다. 그러면서도
「澤堂集」의 「洪吉同傳」을 「洪吉童傳」으로 표기하는 오류를 저질렀다. 더구나
「松泉筆譚」의 오류는 이것뿐만 아니라 '徐羊甲'을 '徐陽甲'으로 '筠亦叛誅'를
'筠亦判誅' 등 잘못 기록하고 있는 점을 많이 엿볼 수 있다. 그러나 초창기 김
태준을 비롯한 학자들은 심재의 기록을 그대로 믿고 「洪吉同傳」을 「洪吉童傳」
으로 표기한 듯하다.

　이는 아마도 '順童', '莫童', '吉童' 등의 '童'자는 아이란 뜻에서 모두 '童'자
를 상용하였으니 그대로 고유명사인 이름자 '同'자에서 아이란 뜻의 '童'자로
잘못 써버린 것으로 짐작된다. 그러므로 초창기 국문학계에서는 「洪吉同傳」
이라 표기되어야 할 것을 심재의 「松泉筆譚」에 「洪吉童傳」으로 잘못 표기된
것을 보고 그대로 답습하고 있는 것으로 생각된다. 초창기부터 국문학자들도
막연히 「洪吉童傳」으로 표기하면서 조금도 의심하지 않고 지금까지 그대로
쓰고 있으니 이것 또한 재검토되어야 마땅하다.

3) 이본 문제

　「홍길동전」의 원본은 아직 발견된 일이 없고,[135] 세부적인 내용과 표현이

---

134) 沈鋅, 「松泉筆譚」.

135) 현전 이본 중 어느 것도 원본이 아니라고 볼 수 있는 근거로는 ① 길동이 집을 떠
　　날 때 장길산의 예를 드는데 장길산은 17세기 말의 실존인물이라는 점, ② 임진왜
　　란 뒤 처음 설치된 훈련도감이 작품의 배경으로 세종조에 등장했다고 기록되어 있
　　는 점, ③ 작품 속에 17세기 중엽부터 본격적으로 실시된 大同米가 등장한다는 점
　　등을 들 수 있다. (임형택, 「홍길동전의 신고찰」, 『한국문학사의 시각』, 창작과 비
　　평사, 1984.)

조금씩 다른 몇 종의 이본이 전해지고 있을 뿐이다. 현재까지 밝혀진 「홍길동전」의 이본은 29종이다.[136) 가장 먼저 「홍길동전」의 이본 연구에 착수한 정규복은 한남서림본(경판 24장), 漁靑橋本(경판 23장), 완판본(36장), 활자본, 필사본 등을 비교 검토하고, 현전 이본 가운데서 한남서림본이 원본에 가장 가까운 最古本이자 구성과 문체가 단아하고 오자·탈자가 별로 없는 最善本이라 규정하고, 여기에서 나머지 이본들이 직·간접으로 파생되었다고 하여 한남본이 다른 이본들에 미친 영향을 확인하였다.[137) 이후 한동안 경판 24장본을 최선행본으로 보고 이본의 차이에 대한 구분없이 경판을 텍스트로 삼아 연구하는 경향이 주도적이었다. 그러나 이본에 따라 내용이 차이를 보임에 따라 이본에 대한 관심도 증가되었고 아울러 이본의 선후관계에 대한 관심도 높아졌다.

한편 정주동이 「홍길동전」의 표기문자에 관하여 애초에 표기문자가 한문이 아니었을까 하는 견해를 조심스럽게 제기[138)한 이래 이본의 계통에 대한 연구는 많은 논란이 있었으며, 경판 24장본을 선행본으로 보는 견해를 의심하는 주장도 많았다.[139) 특히 1988년에 서강대 한문본 「韋島王傳」이 발견되면서 선행본 논란이 계속되었는데 이종주가 한문본 「홍길동전」을 선행본으로 보는 견해를 발표했고,[140) 송상욱은 경판 30장본을 가장 선행본으로 보았다.[141) 정규복은 이러한 견해에 대해 한문본은 후대의 번역본이며 여전히 경판 24장본이 선행본이거나 적어도 최선본임을 주장했고,[142) 김광순은 「홍길동전」 경

---

136) 이윤석, 『홍길동전 연구─서지와 해석』, 계명대 출판부(1997).

137) 정규복, 「홍길동전 이본고(1)」, 『국어국문학』 48, 국어국문학회(1970).
　　　　, 「홍길동전 이본고(2)」, 『국어국문학』 51, 국어국문학회(1971).

138) 정주동은 한문본이 원본이라는 추정근거로 澤堂이 漢文四大家의 一人으로 한글소설을 읽었을까 하는 점과 한글소설은 반드시 俗諺, 諺稗, 諺課라 하여 한문소설과 구별했던 점을 들고 있다. (정주동, 『홍길동전 연구』, 문호사, 1961.)

139) 일반적으로 완판보다 경판이 먼저 나오며, 완판보다 경판의 줄거리나 문체가 간결한 점을 들어 가장 간략하게 원 줄거리를 유지하고 있는 경판 24장본을 선행본으로 규정하였으나, 오히려 경판 24장본이 다른 이본을 축약한 것일 가능성도 있다고 보았다.

140) 이종주, 「한문본 홍길동전 검토」, 『국어국문학』 99, 국어국문학회(1988).

141) 송상욱, 「홍길동전 이본 신고」, 『관악어문연구』 12, 서울대 국어국문학과(1989).

판본과 완판본, 한문본을 대비한 결과 한문본은 경판본의 내용을 따르면서 완판본을 보완적으로 첨가하여 번역한 것이어서 국문본이 한문본보다 선행본이지만 한문본이 더 善本일 가능성은 있다고 보았다.[143] 이윤석은 「홍길동전」 이본에 대한 지속적 연구를 통해 필사본 계열을 설정하고 필사본 계열이 경판이나 완판보다 선행본이라는 견해를 내 놓았는데, 그 이유는 필사본 계열이 경판과 완판의 내용을 모두 가지고 있다는 것 때문이다.[144] 그러나 경판과 완판에 없는 내용이 필사본에 있다고 해서 필사본이 경판이나 완판보다 선행본이라고 단정할 수는 없다고 할 것이다. 필사본이 선행하고 경판과 완판이 그것을 底本으로 삼았을 가능성도 있지만, 필사본이 경판과 완판을 종합해서 축약 또는 부연했을 가능성도 있기 때문이다.

「홍길동전」 이본 연구의 경우 현존 판본 가운데 19세기 말 이전으로 소급되는 판본이 없고,[145] 확정적인 자료가 발견되지 않는 한 원본확정은 거의 불가능한 일로 판단된다. 따라서 이본 간의 좀더 치밀한 검토를 통해 선후 관계 및 계통을 확정하려는 노력과 함께 각 이본의 특성을 당대의 사회사와 관련지어 당대의 소설 독자와 유통의 문제로 접근하려는 노력이 필요하다고 본다.

4) 형성 배경 논쟁

「홍길동전」 형성의 문학적 배경에 대한 논의는 대체로 두 가지 방면에서 이루어졌다고 할 수 있다. 하나는 澤堂의 기록대로 중국 「수호전」의 영향을 받은 아류 문학으로 작품을 보려는 견해이고, 다른 하나는 「홍길동전」이 중국소설의 모방 내지는 영향이라는 관점을 지양하고 국내에서 작품의 소재를 찾으려는 시도이다.

「홍길동전」 형성의 문학적 배경에 관한 최초의 언급은 「澤堂集」의 "均又作

---

142) 정규복, 「홍길동전 한문본의 텍스트 문제」, 『동방학지』 68, 연세대 국학연구원 (1990).
　　　　　, 「홍길동전 텍스트의 문제」, 『정신문화연구』 44, 정신문화연구원(1991).
143) 김광순, 앞의 글.
144) 이윤석, 앞의 글.
145) 조희웅, 「국문본 고전소설 형성연대 고찰」, 『국민대 논문집』 12(1977).

洪吉同傳 以擬水滸” 라는 기록이다. 많은 연구자들이 “以擬水滸”를 「수호전」을 모방했다고 해석하고 「수호전」이 바로 「홍길동전」의 모태가 된 것으로 간주하여 「수호전」과 「홍길동전」의 비교 연구가 활발히 전개되었다. 뿐만 아니라 「三國志」, 「西遊記」, 「剪燈新話」 등 중국소설과의 비교 검토도 「수호전」과의 비교 못지 않게 많이 이루어졌다. 정주동은 「홍길동전」과 중국소설 「수호전」, 「삼국지연의」, 「서유기」, 「전등신화」, 「西漢演義」 등을 비교 검토하여 「홍길동전」의 각 부분이 이들 소설과 유사한 점을 지적하였다. 특히 「水滸傳」과 「홍길동전」을 비교하면서 사회적 배경, 不平俠客인 등장 인물, 불의에 대항하는 의협심 등의 전반적인 공통된 성격을 지적하고 「홍길동전」을 「수호전」의 아류문학으로 규정지었다.146) 이러한 시도는 이상익147), 이봉린148), 이재수149) 등에 의해서 보다 세밀하게 전개되었다. 이들 연구는 대부분 「홍길동전」의 어느 부분이 중국소설의 어느 대목과 일치 내지 비슷하다는 식의 논의로서, 작품에서 부분적으로 나타나는 유사점을 곧 모방 내지는 영향의 授受關係로 파악하였다. 그러나 부분적인 삽화나 의적 행위라는 공통성이 인정된다 해도 「홍길동전」의 출현을 「수호전」의 영향에만 의존했다고 할 수는 없다. 더구나 “以擬水滸”를 「수호전」을 모방했다고 번역할 것이 아니고 「홍길동전」을 「수호전」에 比擬했다, 다시 말해 「홍길동전」을 「수호전」에 견주었다로 해석할 수 있다. 그렇다면 「홍길동전」이 「수호전」의 영향에서만 이루어진 것이 아니라는 뜻이 된다.

「홍길동전」의 소재 원천을 국내의 역사적 사실에서 찾으려는 시도로는 김태준이 七人庶獄事件을 제시한 이래, 김동욱은 燕山君代의 洪吉同을 비롯하여 그 후 林巨正(明宗代), 李夢鶴(宣祖代), 徐羊甲(光海君代) 등의 사건이 「홍길동전」 형성에 기여했음을 시사150)했고, 임형택은 金莫同부대, 洪吉同부대, 順石부대, 林巨正부대 등에 관한 문헌 자료를 검토하고 16세기 농민 저항의 모습으로 종합

---

146) 정주동, 앞의 글.
147) 이상익, 「홍길동전과 수호전의 비교 연구」, 『국어교육』 4, 서울대 사범대학(1962).
148) 이봉린, 『수호전이 홍길동전에 미친 영향』, 대구대 대학원(1966).
149) 이재수, 「교산소설고」, 『한국소설연구』, 선명문화사(1969).
150) 김동욱, 「홍길동전의 국내적 소원」, 『심악이숭녕박사송수기념논총』(1968), 31~40쪽.

하여 「홍길동전」과 관련지음으로써 이 분야의 연구에 진일보하였다.[151] 이러한 연구는 「홍길동전」의 소재 배경, 또는 창작 동기를 국내에서 찾아본 것으로서 「홍길동전」의 형성 배경을 이해하는 데 좀더 직접적인 기여를 했다고 볼 수 있다.

한편 「홍길동전」의 구조가 전통 문학의 계보 상에서 차지하는 위치를 민속학의 유형 구조론을 원용하여 살핀 예도 있다. 김열규는 민담과 이조소설의 전기적 유형을 추출하는 자리에서 「홍길동전」의 전기적 유형이 東明王傳承의 '傳記的 類型'과 유사성을 가진다는 점을 지적하고 민담과 소설의 구조적 상관성을 논하였고[152], 조동일은 신화로부터 소설에 이르기까지의 서사문학의 변모 양상을 밝히면서 「홍길동전」이 '영웅의 일생'이라는 유형으로서 존재한다고 하였다.[153] 이러한 연구는 한글 일대기 소설의 장르 형성에 관한 논의로서 한국 서사문학의 역사적 맥락을 파악하고 체계화하는 연구의 일환인 것이다. 그러나 「홍길동전」의 형성 배경 논쟁은 앞으로도 계속될 것으로 생각된다.

5) 비교문학적 논의

엄격한 의미의 비교문학적 방법은 아니지만 세계 문학의 보편성 속에서 한국 문학의 특성을 파악하려는 시도를 보여주는 것으로 김열규[154], 이혜순[155], 조용만[156]의 연구가 있다. 김열규는 「홍길동전」을 서구의 악한 소설(picaresque novel)[157]과 비교하였는데, 서구의 피카로는 기아와 빈곤으로부터 해방을 위

---

151) 임형택, 「홍길동전의 신고찰」, 『한국문학사의 시각』, 창작과 비평사(1984), 113~146쪽.

152) 김열규, 「민담과 이조소설의 전기적 유형」, 『한국민속과 문학연구』, 일조각(1971), 84~99쪽.

153) 조동일, 「영웅의 일생 그 문학사적 전개」, 『동아문화』 10(1971).
_____, 「영웅소설 작품구조의 시대적 성격」, 『한국소설의 이론』, 지식산업사 (1977).

154) 김열규, 「이조소설에 있어서의 악인형의 특징」, 『고전문학연구』 1(1971).

155) 이혜순, 「홍길동전에 나타난 반항의 형태」, 『논총』 26, 이화여대 한국문화연구원 (1975).

156) 조용만, 「홍길동전과 Tom jones」, 『고려대 60주년 기념 논문집』(1965).

157) 악한 소설(picaresque novel) : 피카레스크는 '악한(惡漢)'을 뜻하는 스페인어로, 16~

한 기지성, 행동의 경쾌성이 특징인데 비해, 「홍길동전」은 악행의 장엄성, 행위의 진지성 및 비극적 좌절의 가능성이 있음을 밝혔다. 그리하여 길동은 반영웅(Anti-hero)으로서 의연히 소설사의 획기적인 지점에 자리잡게 되고, 반사회의 인물을 주인공으로 삼고 있는 「홍길동전」은 비단 국문소설의 효시일 뿐만 아니라 반사회의 주인공을 다룬 작품류의 효시로 볼 수 있으니 이것은 탈춤, 인형극 등 일련의 민속극의 주인공에서 볼 수 있는 반사회적이고 반윤리적인 인간군상을 연상케 한다고 하였다.158)

이혜순은 반항을 기성인습의 도전에서 출발하는 것으로 보고 길동의 행동을 하나의 반항으로 간주하고 서양의 피카로와 중국의 의협, 그리고 홍길동의 반항적 성격을 대비하였다. 그 결과 홍길동은 대부분의 면에 있어서 피카로보다 중국의 의협에 가까우나, 의협이 대외 윤리인 명분을 중시한 데 비하여 길동은 대내 윤리인 질서에 치중하고 있음을 지적하고는 결국 길동의 반항적 행동이 그들과 각기 다른 독특한 양상을 띠고 있다는 점에서 본질적으로 우리의 전통과의 관련에서 다루어져야 한다고 역설하였다. 즉 「홍길동전」보다 후대에 나타난 군담이나 영웅소설이 반항보다는 미인을 얻어 가정생활을 영위하는 플롯으로 일관된 것은 「홍길동전」의 이러한 윤리의식과 일치되는 것으로 볼 수 있다고 하였다.159)

한편 조용만은 「홍길동전」과 「Tom jones」와는 아무런 영향 관계가 없으므로 비교 문학의 연구대상이 될 수는 없지만 이 두 소설이 이야기 구성의 整然性, 사실성 등 그 기법에 있어서는 많은 공통점과 유사한 점을 가지고 있다고 논술하였다.160)

이러한 논고는 그 영향의 수수관계를 떠나 세계 문학 속에서 한국 문학의 특성을 파악하는 작업으로서의 의의를 찾을 수 있어 주목된다.

17세기의 스페인에서 유행한 악한을 주인공으로 한 일종의 모험 소설.
158) 김열규, 같은 글, 5~15쪽.
159) 이혜순, 같은 글, 41~55쪽.
160) 조용만, 같은 글, 3~4쪽.

6) 주제

「홍길동전」에 관한 작품 분석 및 평가는 여러 관점에서 많은 평가가 내려졌다. 「홍길동전」이 사회적 모순을 배경으로 하고 그것을 타파하려는 의도를 갖고 있는 동시에, 그것을 전반적인 사회모순의 문제로 확대한다기보다는 길동 개인의 신분상승이나 성공에 초점이 맞추어져 있다는 점 때문에 「홍길동전」의 주제와 구성 문제 역시 논란이 많았다.

일찍이 김태준은 「홍길동전」이 우리에게 보여주는 것으로, ① 계급타파, 특히 서얼차별의 폐지를 고조한 것 ② 향사거별과 토호와 귀족을 疾視하여 지방수령의 不義之財를 몰수하여 빈민을 구제한 것 ③ 중국 율도국에 들어가 왕이 된 것[161] 등을 지적하여 「홍길동전」을 혁명소설 또는 사회소설로 보는 원류가 되었다. 이후 조윤제는 「홍길동전」을 모순된 사회현실을 타파하려는 사회소설이요 혁명소설[162]이라고 규정하고 사회적 현실을 여실히 묘사했다는 점에서 조선소설문학의 획기적인 작품이라고 그 가치를 높이 평가하였다. 또한 박성의는 「홍길동전」은 임진왜란의 사회제도 결함과 부패한 정치를 개혁하려는 사회소설이다[163]라고 하였다. 그리고 신기형은 「홍길동전」을 사회성, 혁명성, 목적성, 대중성을 띠고 소설의 제요건을 구현한 작품으로 높이 평가하였다.[164] 정주동은 「홍길동전」의 단순성, 비현실적 수법, 時空의 불투명성을 지적하면서도 "「홍길동전」의 제일주제가 서얼차별의 폐지를 고조하고 제이주제가 무위도식하는 토호들의 가렴주구와 지방수령들의 불의를 숙청하고 빈민을 구제하는 데 있음은 널리 알려져 있는 사실이다."[165] 라고 하여 김태준, 박성의, 조윤제의 평가를 계승 부연하였다. 그러나 이러한 작품 해석과는 달리 「홍길동전」을 사회소설, 혁명소설이라고 할 수 없다는 점에서 도술소설[166]이라는 견해가 제시되기도 했고, 「홍길동전」을 사실성보다 낭만성에 기

---

161) 김태준, 앞의 책, 79쪽.
162) 조윤제, 『한국문학사』, 동국문화사(1949), 249쪽.
163) 박성의, 『한국고대소설사』, 일신사(1958), 247쪽.
164) 신기형, 『한국소설발달사』, 학문사(1960), 170쪽.
165) 정주동, 앞의 글, 156쪽.

울어진다는 점에서 이상적 낭만소설[167]로 보는 견해도 나왔다.

한편 이재수는 「홍길동전」을 구성, 배경, 인물 등으로 나누어 분석하고, 「홍길동전」의 사건들은 인과적 계기가 없이 임의로 계기되어 있고, 길동이 율도국을 건설하는 말미부는 앞부분과 연결되지 않는 종잡을 수 없는 구성이며, 갈등 또한 제기만 될 뿐 발전되지 않고 회피되고 있으며, 인물 역시 변화가 없는 평면적 인물이라고 많은 흠을 지적[168]하면서, 「홍길동전」은 그 주제가 애매한 실패작[169]이라 하였다.

이에 대해 김일렬은 「홍길동전」이 구성상 실패한 작품이 아니고 "반항적 힘의 자기전개가 동일성의 원리이며 지배층의 부당한 억압에서 오는 반항적 힘의 위력을 보여주려 한 것이 주제적 의미"[170]임을 역설한 바 있다. 이러한 견해를 바탕으로 「홍길동전」의 통일적인 구성 원리와 주제를 찾고자 하는 노력은 계속되어 이문규는 '좌절과 극복의 반복적 행동'[171]을, 안창수는 '반항과 순응의 반복적 질서'가 홍길동전의 구성 원리임을 밝혔다.[172] 「홍길동전」의 시공간 구조에 대한 관심 역시 이러한 노력의 성과라 할 수 있는데, 김열규는 '시공간의 연쇄적 진행'[173]을 통해, 김병욱은 '역사성과 반역사성의 대립'[174]을 통해, 서대석은 '확산구조'[175]를 통해, 김연호는 '공간이동 또는 확

---

166) 김기동, 『조선시대소설론』, 정연사(1959), 188쪽.

167) 정병욱, 「홍길동전-낭만과 이상의 소설」, 『사상계』(1964), 276쪽.

168) 이재수, 「교산소설고」, 『한국소설연구』, 선명문화사(1969), 161~176쪽.

169) "結論的으로 말해 「洪傳」의 주제는 曖昧하다. 非凡한 庶出 홍길동의 일대기 或은 出世譚이라고나 할까? 아니면 아무리 嫡庶差別이 심한 사회의 庶出이라도 저만 뛰어나면 家門도 빛내고 富貴榮華도 누릴 수 있다는 一種 土俗的 運命論이나 찾아볼 수 있다고 할까? 構成의 失敗로 因해서 主題의 具現도 이렇게 判異해지는 것이다." (이재수, 앞의 글, 176쪽.)

170) 김일렬, 「홍길동전의 통일성과 불통일성」, 『어문학』 27, 한국어문학회(1972), 59~71쪽.

171) 이문규, 「홍길동전 연구」, 서울대 석사학위논문(1975).

172) 안창수, 「반항과 순응의 양상을 통해서 본 홍길동전」, 『어문학』 48(1986).

173) 김열규, 「홍길동전의 시간론적인 몇 가지 문제」, 『허균연구』, 새문사(1981), Ⅰ-67~77쪽.

174) 김병욱, 「홍길동전과 전기적 유형」, 『허균의 문학과 혁신사상』, 새문사(1981).

175) 서대석, 『군담소설의 구조와 배경』, 이화여대 출판부(1986).

대에 의한 원심적 구조'176)를 통해 「홍길동전」의 통일적 구성 원리를 찾고자 하였다.

이러한 연구에 힘입어 「홍길동전」의 구조적 통일성은 입증되었다고 할 수 있지만, 그 주제에 대한 견해는 개인적인 출세담과 사회 모순의 인식과 타파라는 주제로 양분되어 있다. 김일렬177), 임형택178), 이주형179), 민영대180) 등의 연구가 「홍길동전」의 저항문학적 성격을 부각시켰는데, 임형택은 역사상 실존했던 홍길동과 16세기 농민저항을 관찰하고 「홍길동전」의 내용을 연결시킨 뒤 "인간에게 가해진 무리한 봉건적 제약에 맞서 사람이라는 人格을 주장하고 그 사회적 실현을 위해서 투쟁한 것"181)이 「홍길동전」의 주제라고 하였다. 이에 비해 이문규182), 김동협183), 황패강184) 등은 「홍길동전」의 저항문학적 성격의 한계를 지적하면서 「홍길동전」을 개인적인 이상 실현을 주제로 하는 것이라고 보았는데, 김동협의 경우 지라르(R. Girrad)의 이론을 원용하여 「홍길동전」의 주제를 개인의 욕망 충족 과정185)으로 설명하기도 하였다.

「홍길동전」의 주제는 개인적 부분과 사회적 부분의 두 주제를 가지고 있으므로 이러한 주제의 통일적 구성 원리를 찾으려는 노력은 의미 있는 시도라고 할 수 있다. 「홍길동전」의 이러한 이중성은 대상 이본에 따라 그 특성이

---

176) 김연호, 「홍길동전의 원심적 구조」, 『우운박병채박사환력기념논총』(1986).
177) 김일렬, 앞의 글.
178) 임형택, 「홍길동전의 신고찰」, 『한국고전소설연구』, 이우출판사(1985).
179) 이주형, 「주인공의 변신을 중심으로 본 홍길동전」, 『한국학보』 17(1979).
180) 민영대, 「홍길동전의 주제 연구」, 『국어국문학』 83, 국어국문학회(1980).
181) 임형택, 앞의 글. 320~350쪽.
182) 이문규, 앞의 글.
183) 김동협, 「홍길동전 연구—특히 그 주제를 중심으로—」, 『문학과 언어』 2, 문학과 언어연구회(1981).
184) 황패강, 「홍길동전의 사회의식—그 한계가 의미하는 것」, 『한국학논집』 10, 계명대 한국학연구소(1983).
185) 김동협은 지라르(R. Girrad)의 소설분석이론(욕망의 이론)과 목적적 행위론에 크게 의지하여 「홍길동전」 경판본을 분석한 후, 「홍길동전」은 신분을 중시하던 조선조 사회에서 신분에 결함이 있는 한 유능한 인물이 이러한 제약을 넘어서서 자신의 이상을 실현해 가는 작품이라고 보고 그 속에 내재된 작가의 반항 정신을 높이 평가하였다. (김동협, 앞의 글, 169~192쪽)

달라지는 면이 있으므로[186] 이본 연구와 더불어 엄밀하게 검토되어야 할 것이다.

4. 구운몽 연구의 경향별 검토와 쟁점

「구운몽」에 관한 연구는 여러 가지 측면에서 다양하게 이루어져 왔다. 이 작품에 대한 단행본만도 20여 편이나 되고, 학위 논문 30여 편, 개별 논문도 200여 편이나 되며 연구사가 정리된 것도 4편[187]이나 된다. 기타 소논문까지 합하면 구운몽에 관한 연구 논저는 약 300여 편에 가깝다. 「구운몽」 연구는 이처럼 매우 활발하게 전개되어 왔다고 할 수 있다.

1920년대부터 1950년대 후반은 연구의 태동기라 할 수 있는데, 안자산은 「옥루몽」과 「구운몽」을 소개하는 차원[188]에서 그쳤고, 김태준이 비로소 집중적으로 다루면서 본격적인 연구가 이루어졌다. 김태준은 작자 및 작품의 문학관적 대응과 사상성, 국문본과 한문본의 이본 관계, 고소설 「옥린몽」·「옥루몽」 등과의 연관성 등 「구운몽」에 대한 전반적인 문제를 언급하여[189] 이후 「구운몽」 연구의 바탕이 되었다. 여기에서 김태준은 「구운몽」의 저작연대를 숙종 15년 남해 적소시절로 규정하고 이 작품의 근원사상을 삼교화합이라고 주장하였다. 주왕산은 김태준의 연구 성과를 대체로 수용하였다. 그러나 이후

---

186) 대략적으로 비교해 볼 때 경판본은 적서 차별의 문제와 사회적 신분의 모순을 문제삼고 있다면, 완판본은 지방 관리들의 수탈이나 당시 불교의 타락상을 고발 비판하는 것을 더 강조하고 있다. 이러한 차이 때문에 연구자가 어떤 부분을 더 강조하느냐에 따라 대상이 되는 텍스트가 달라지는 현상이 일어났다. 이처럼 연구자의 관심에 따라 선택된 텍스트의 상이한 성격은 이본 간의 계통과 상호 관계의 문제, 선행본을 결정하는 문제가 해결되어야만 더 분명한 문제 의식을 부각시킬 수 있게 된다.

187) 김병국, 「구운몽의 현황과 그 문제점」, 『한국학보』 5, 일지사(1976).
　　구운몽, 「그 연구사적 개관과 비판」, 『김만중연구』, 새문사(1983).
　　정규복, 「구운몽」, 『고전소설연구』, 일지사(1993).
　　유병환, 「구운몽 연구에 대한 반성적 연구(Ⅱ)」, 『시원 김기동 선생 회갑기념논문집』, 간행위원회, 1986.

188) 안자산, 『조선문학사』, 보고사(1922).

189) 김태준, 『조선소설사』, 조선어문학회(1933).

1950년대 초반까지는 주왕산의 「조선고대소설사」190)를 제외하고는 거의 20년 동안 연구 공백상태가 지속된다.

이와 같은 공백기를 거쳐 본격적인 연구는 박성의191), 김기동192), 이가원193)과 이명구194)에 의해 이루어졌다. 한편 정규복은 「구운몽」이 영역본으로 James. S. Gale 박사에 의하여 「The Cloud Dream of the Nine」으로 번역되었는데 1922년 Daniel O'conner에 의하여 영국 London에서 간행되었고, 1916년 일인 靑柳綱太郎이 조선연구회에서 「사씨남정기」와 합본하여 일어로 간행했으며, 조선통속문고에서는 純日語로 번역하였음을 밝히고 「구운몽」은 비교문학적인 연구의 가치가 있는 동시에 국제적인 차원에서 논의되어야 함을 주장하였다.195)

이후 1960년대 초반에서 1970년대 중반까지는 「구운몽」에 대한 연구의 가장 큰 주맥이 되는 원본연구196), 사상연구197), 비교문학적 연구198), 심리분석

---

190) 주왕산, 『조선고대소설사』, 정음사(1950).
191) 박성의, 『한국고대소설사』, 일신사(1958).
192) 김기동, 『한국고대소설개론』, 대창문화사(1956).
193) 이가원 교주, 『구운몽』, 덕기출판사(1955).
194) 이명구, 「구운몽고」, 『성균학보』 1·2, 성균관대논문집 3(1956·1958).
195) 정규복, 「九雲夢英譯本攷」, 『국어국문학』 21, 국어국문학회(1959), 134~157쪽.
    김광순, 『韓國古小說史와 論』, 새문사(1990), 87쪽.
196) 정규복, 「구운몽이본고」, 『아세아연구』 8·9, 아세아문제연구소, 고려대(1960·1961).
    ______, 「구운몽의 원작에 대하여」, 『국어국문학』 54, 국어국문학회(1971).
    ______, 「구운몽 을사본 상권고」, 『인문논총』 7(1972).
    이재수, 「구운몽고」, 『한국소설연구』, 선명문화사(1969).
    윤귀섭, 「구운몽의 한 이본—가장한문본 구운몽—」, 『동대어문』 1, 동덕여대(1971).
197) 정규복, 「구운몽의 근원사상고—공사상을 중심으로—」, 『아세아연구』 28, 고려대 아세아문제연구소(1967).
    ______, 「환몽구조론」, 『성산이재수박사환력기념논문집』(1972).
    정주동, 「구운몽의 불교관적 고찰」, 『동양문화』 6·7합병호, 영남대 동양문화연구소(1968).
    박성의, 「구운몽의 사상적 배경 연구」, 『아세아연구』 36, 고려대 아세아문제연구소(1968).
198) 정규복, 「구운몽의 비교문학적 고찰」, 『인문논집』, 고려대 문과대학(1967).
    ______, 「구운몽의 비교문학적 고찰」, 『고려대 논문집』 16(1970).

적 연구199) 등 연구의 경향이 다양화되었다.

1970년대 후반에서 80년대 후반은 각 분야에서 깊이 있는 연구가 활발히 전개되었는데 특히 「구운몽」의 주제200)와 근원사상201)에 대한 논의가 치밀하고 깊이 있게 이루어졌다.

1990년대 이후 지금까지는 전대의 전통적으로 계승되던 논쟁의 일부도 계속되었지만 새로운 연구 방법론의 모색이 시도되었다. 김선아는 「구운몽」에 등장하는 인물의 이름을 연구하여 그것이 「구운몽」의 구조와 어떤 연관을 가지는가를 고찰하였고202), 김숙희는 「구운몽」에 등장하는 혼담구조를 분석하여 혼사가 작품에서 어떤 기능을 하는가를 고찰했다.203) 한편으로 정규복에

성현경, 「구운몽과 옥련몽의 대비연구」, 『우리문화』 4, 우리문화연구회(1969).

서대석, 「구운몽·군담소설·옥루몽의 상관관계」, 『어문학』 25, 한국어문학회(1971).

김일렬, 「구운몽과 옥루몽의 비교연구」, 『어문논총』 9·10, 경북대(1975·1976).

199) 김병국, 「구운몽연구—그 환상구조의 심리적 고찰—」, 『국문학연구』 6, 서울대(1968).

______, 「구운몽의 에피그라프 '기몽'—서포와 그의 꿈—」, 『국어교육』 14, 한국국어교육연구회(1968).

______, 「구운몽에 구현된 환생체험의 심리적 고찰」, 『문리대학보』 24, 서울대(1969).

______, 「구운몽에 반영된 어머니컴플렉스적 요소」, 한국국어교육연구회 논문집 1(1969).

200) 황패강, 「구운몽—꿈형상과 주제」, 『조선왕조소설연구』, 동화문화사(1981).

조동일, 「구운몽과 금강경, 무엇이 문제인가」, 김열규·신동욱 편, 『김만중연구』, 새문사(1983).

이상익, 「구운몽의 주제」, 장덕순 외 편, 『한국문학사의 쟁점』, 집문당(1986).

설성경, 「구운몽에 구현된 사상과 주제」, 『고소설의 구조와 의미』, 새문사(1986).

김석희, 「서포소설의 주제시론」, 『선청어문』 18, 서울대 사대(1989).

201) 정규복, 「구운몽의 사상적 연구」, 국어국문학회 편, 『고전소설연구』(1979).

김용덕, 「구운몽의 사상적 배경연구」, 『한양어문』 7, 한양대(1980).

현명칠, 「구운몽의 사상성 연구」, 숭전대 석사학위논문(1982).

유호진, 「김만중의 문학과 사상」, 『우리문학연구』 6·7집(1988).

설성경, 「구운몽에 구현된 사상과 주제」, 『고소설의 구조와 의미』, 새문사(1986).

202) 김선아, 「구운몽의 인물명명, 그 구조와 의미」, 『천봉이능우선생칠순기념논총』, 도서출판한일(1990).

203) 김숙희, 「구운몽의 혼담구조와 혼사기능에 대한 연구」, 『경남어문』 23, 경남대(1990).

의해 1980년대까지의 「구운몽」 연구사가 정리되었으며[204], 설성경은 '禪夢'이 지닌 소설사적 의의를 구명하면서 「구운몽」은 전통적 소설의 소재를 계승하면서도 이를 능가하여 새로운 차원의 소설형을 이룩하였다고 보고 이런 새로운 양식의 발전적 창안은 독창적 천재의 신비성에 근거한 예술정신의 전통성과 독창성의 변증법적 지향이란 고차원화된 소설이념에서 나온 것이라 했다.[205] 또한 1999년도에 출간한 「구운몽연구」[206]에서는 「구운몽」에 대한 작가론, 텍스트론, 소재론, 작품론, 구운몽의 현대적 계승과 교육과 향수의 방향에 이르기까지 다양하고 폭넓은 고찰을 했다. 한편 2000년에 들어와서 사재동의 「서포문학의 새로운 탐구」[207]에서 「구운몽」을 중심으로 본 서포 김만중의 생애와 문학, 「구운몽」의 사상적 실상, 「구운몽」 후기 이본의 양상 등에 대한 새로운 고구가 시도되었다.

1) 창작 시기와 창작 장소에 대한 검토와 쟁점

이규경이 작품을 소개하면서 "세상에 전하기를 서포가 유배되었을 때에 어머니의 시름을 풀어드리기 위해 하룻밤에 지었다."[208]는 구절은 김만중이 「구운몽」을 창작한 시기와 장소에 대한 논의의 실마리가 된다. 이 기록을 토대로 하고 여러 방증 자료를 동원해 선천 유배지 창작설[209], 남해 유배지 창작설[210], 선천 유배지나 남해 유배지설[211] 같은 주장이 나왔다.

---

204) 정규복, 「구운몽」, 『고전소설연구』, 일지사(1993).
205) 설성경, 「구운몽 '선몽(禪夢)'이 지닌 소설사적 의의」, 경산사재동박사회갑기념논총 『한국서사문학사의 연구』, 중앙문화사(1995).
206) 설성경, 『구운몽연구』, 국학자료원(1999).
207) 사재동 편, 『서포문학의 새로운 탐구』, 중앙인문사(2000).
208) 이규경, 「世傳西浦竄荒時 爲大夫人銷愁 一夜製之」, 『小說辨證說』, 『五洲衍文長箋散稿』.
209) 이가원, 앞의 글.
    정병욱, 『한국고전문학대계 9』, 민중서관(1972).
    김병국, 앞의 글 등이 여기에 해당된다.
210) 김태준, 주왕산, 정주동, 김무조, 이재수, 설성경, 조동일, 김광순 등의 설이 여기에 속한다. 남해 유배기는 1689~1692년이나 모친상을 당한 것은 1689년(숙종 15년) 12월이므로 이 해에 지었다는 것이다.
211) 이명구의 설로 창작시기를 구체적으로 단정할 수 없다고 하여 넓게 잡은 것이다.

김만중이 남해에서 「구운몽」을 지었다는 설은 김태준에 의해 제기된 이래 김무조[212]에 의해 발전되었다. 이후 설성경은 공간적 배경으로서 남해와 남해 구전 소재를 바탕으로 남해저작설 주장[213]에 동참했다. 이병원도 작품 전체가 동일한 심적 상황에서 쓰여진 것으로 보아 그 저작 시기가 숙종 15년 남해 적소 시절이라[214]고 했다. 또한 김광순도 「五洲衍文長箋散稿」의 기록과 남해 구전 자료에 의거하여 남해 孤島 유배지에서 지었다는 설에 동조[215]하고 있다.

남해 적소 창작설에 대한 반론은 이가원에 의해 제기되었고 박성의와 김병국이 이에 동참했다.[216] 김병국은 「기몽」과 「구운몽」의 상관관계를 밝힌 후 「기몽」의 저작 시기와 장소에 비추어 양자간의 창작 시기를 추정하였는데, 「기몽」이 선천 적소 시절의 이른봄에 지은 것이 분명하다[217]고 했다. 정병욱도 이와 같은 주장에 동감하였다.[218]

「구운몽」의 창작시기에 대한 논란은 근래 김병국이 새로운 자료를 발굴하고 이 자료를 바탕으로 한 변증[219]을 보면,

부군(府君)이 배소에 도착하여 윤부인의 생일(9월 25일)을 맞이하니 시에 가로되, "멀리 어머님께서 자식 생각에 흘리실 눈물을 생각해 보니, 하나는 살아 이별, 하나는 죽어 이별이구나"라 읊었다. 또 책을 지어 부쳐 보냈는데, 소일거리를 삼고자 함이었다. 그 뜻은 일체의 부귀와 번화가 도무지 환몽이라는 것이다. 또한 이런 뜻을 넓히고 자신의 슬픔을 달래고자 한 까닭이었다.[220]

---

212) 김무조, 『서포소설연구』, 형설출판사(1974).
213) 설성경, 『구운몽연구』, 국학자료원(1999).
214) 이병원, 「구운몽의 문체론적 연구」, 『학술논총』 20, 단국대 대학원(1986).
215) 김광순, 『韓國古小說史와 論』, 새문사(1990), 87쪽.
216) 이병원, 「구운몽의 문체론적 연구」, 『학술논총』 10, 단국대 대학원(1986).
217) 김병국, 「구운몽 그 연구사적 개관과 비판」, 『김만중연구』, 새문사(1983).
218) 정병욱, 「구운몽」, 『한국고전문학대계』 9, 민중서관(1972).
219) 김병국, 「구운몽의 저작시기 변증」, 『한국학보』 51, 일지사(1988).
220) 김병국, 앞의 글, 70~71쪽에서 재인용.

이 기사가 '丁卯府君五十一歲'조(1687, 숙종 13년)에 나오고, 책을 지어 보냈다는 책의 내용으로 보아 「구운몽」이 틀림없으므로, 선천유배지에서 지었다는 사실이 분명하며, 옛 문헌의 재고증이나 남해 유배지와 선천 유배지 시대의 정황 비교를 통해서도 확인된 바라 한다. 즉 작자의 선천 유배지 시절에서 승려 雪洞과의 사귐, 어머니를 그리워하는 시편들, 고향과의 서신 왕래 등이 「구운몽」의 창작 가능성을 시사하는 것[221]이라고 했다. 뒤를 이어 유병환도 「서포집」과 「서포만필」, 그리고 그의 후손의 傳言인 「서포연보」와 「竹泉集」을 방증으로 하여 검증한 결과, 김만중은 바로 작품의 저작지인 선천유배시에 불교적 인생관을 확립했다는 사실, 그리고 여러 승려와의 교유, 불서에 대한 적극적인 독서체험, 참선 등 인식론적 접근과 실천적 수행과정의 병행으로 이루어졌다는 보다 구체적이고 새로운 사실들을 발견해 냈다.[222] 그러나 「서포연보」에서 지어 보냈다는 그 책이 「구운몽」인지는 확증할 수 없어 이 문제는 여전히 쟁점거리로 남아 있다.

2) 원본에 대한 연구

「구운몽」은 작자가 분명히 밝혀진 작품임에도 불구하고 전래과정에서 수많은 이본이 발생했다. 이본 상호간의 차이는 중요한 내용에 관한 것이 아니고 주로 字句에 관한 사소한 것이다. 표기문자로 보면 국문본, 한문본, 한문현토본, 국한문혼용본, 외역본 등이 있다. 뒤의 셋은 후대적인 이본으로 중요한 것은 국문본과 한문본인데 원작이 어느 쪽이냐 하는 것이 논쟁의 주관심사였다.

국문본 원본설을 처음 주장한 이는 김태준인데, 그는 김만중의 증손인 김춘택의 「北軒雜說」에 나오는 "西浦 頗多以俗諺 爲小說 其中所爲南征記者 有非等閒之比 余故飜以文字"의 구절을 보고 김만중이 한글로 지은 「사씨남정기」를 김춘택이 일부러 수고스럽게 한문으로 번역하였다고 했다. 김만중은 국문소설 작가였던 것이 분명하고 「구운몽」과 「사씨남정기」도 김만중이 원작한 한글본과 김춘택이 한역한 한문본의 두 종류가 이때부터 생겼다고 하여 한글본

---

221) 김병국, 앞의 글.
222) 유병환, 앞의 글, 1998, 374~375쪽.

이 원본이라[223]고 하였다. 이명구도 서울대 중앙도서관본인 필사본을 원본으로 확정·추론하여 국문본 원작설에 동조하고[224], 이후에 장덕순[225], 이상택[226], 성현경[227], 김열규[228], 조동일[229] 등도 이 설을 주장하였다. 설성경은 김만중이 독자층의 확대를 위하여 한글·한문의 양면 표기를 하였을 것이라[230]고 추론하였다. 맹택영은 「사씨남정기」가 한글로 기록되었다는 뚜렷한 자료가 있고, 「구운몽」이 뚜렷한 기록이 없다고 해서 한문본을 원전으로 보는 것은 문제가 있다[231]고 했다. 송강가사를 논한 김만중의 '國字宣言' 정신에 비춰볼 때 「구운몽」은 한글본으로 보는 것이 타당하다고 하였다.

그러나 정규복은 여러 논문을 통해 한문본 원본설을 주장하였다.[232] 특히 1973년에 노존본을 발굴하여 서울대학본이 이 노존본의 번역본임을 재구작업을 통해 증명하려 하였다. 1989년에는 새로운 노존본이 발굴되자 기존의 노존본과의 선후관계를 연구하였는데 정규복은 새로 출현한 노존본이 재구론보다 선행한다는 것을 입증했다.[233] 정규복의 원본에 대한 오랜 연구는 결국 한문본 원작설의 주장으로 요약될 수 있다. 정규복은 이본들을 상호대비하면서 십 수년에 걸친 노력 끝에 한문본 원작설을 재확인하고 국문본은 한분본의 번역이라는 주장을 내놓았다.[234] 사재동도 「구운몽」을 불교적인 관점에서 고찰하여 작품이 漢解有識層과 有識僧侶層들을 1차적인 독자층으로 한다고 보

---

223) 김태준, 앞의 글.
224) 이명구, 앞의 글.
225) 장덕순, 「구운몽의 소설사적 위치」, 『김만중연구』, 새문사(1983).
226) 이상택, 「구운몽과 춘향전」, 『김만중연구』, 새문사(1983).
227) 성현경, 앞의 글.
228) 김열규, 「구운몽의 구조」, 『김만중연구』, 새문사(1983).
229) 조동일, 앞의 글.
230) 설성경, 앞의 글.
231) 맹택영, 「구운몽 연구」, 청주대논문집 16(1983).
232) 정규복, 「구운몽이본고」, 『아세아연구』 8·9, 아세아문제연구소, 고려대(1960·1961).
    정규복, 「구운몽의 원작에 대하여」, 『국어국문학』 49, 국어국문학회(1971).
    정규복, 「구운몽 을사본 상권고」, 『인문논총』 7(1972).
233) 정규복, 「구운몽 노존본의 이분화」, 『동방학지』 58, 연세대 국학연구원(1989).
234) 정규복, 『구운몽원전의 연구』, 일지사(1977).

고 한문표기로 된 것이 원본일 것으로 추정하였다.235) 또한 김광순도 한문본이 先行本이라는 데 동조하고 있다.236)

김만중은 당시로는 매우 진보적인 사상을 가진 유학자였다. 유학에만 경도되지 않았던 그의 삶의 궤적이 이를 뒷받침한다. 서포는 17세기 후반의 당쟁의 소용돌이에 휘말리면서 거듭된 파직이나 유배생활을 통해 비판적인 지식인이 될 수 있었던 것으로 판단된다. 그는 불교의 논거를 독선적인 시를 지을 뿐이지만 다른 민족들은 중국어로 한시를 지을 줄 알뿐만 아니라 자기 나라 말로 자기 시를 지을 줄도 알기에 중국 사람보다 우수하다는 논리를 펴기도 했다.237) 또한 구비문학에 대한 깊은 이해를 바탕으로 국어문학의 가치를 인식한 선각자였다. 국문원본설을 주장하는 학자들은 김만중의 국문문학론을 주장의 중요한 근거로 생각한다. 반면 한문원본설을 주장하는 학자들은 자료를 중심으로 분석하여 이를 근거로 한문원본설의 주장을 폈다. 이런 상황에서는 한문원본설이 더 설득력을 가지는 것처럼 보인다. 그러나 국문본 원작설을 뒤집을 만한 결정적인 증거는 아직 발견되지 않았다는데 문제가 있다. 또 김만중이 반드시 국문본과 한문본 중 하나만 썼을 것이라고 보는 생각도 재고해 볼만하다.

그러나 아직은 이 문제가 완전히 해결된 것은 아니다. 계속된 연구를 통하여 보다 분명한 결론이 도출되어야 한다. 자료를 기초로 치밀하게 분석하여 어느 것이 원본인지를 찾아내는 것이 쟁점으로 남아 있다.

3) 근원사상에 대한 연구

(1) 三敎和合說

삼교화합설은 김태준이 성진과 8선녀의 결연, 용왕의 향연 등의 민간 신앙에서 儒·佛·仙의 삼교 화합설을 찾아내었고238), 주왕산은 儒의 현실주의,

---

235) 사재동, 「구운몽연구서설」, 『어문연구』, 어문연구회(1985).
236) 김광순, 앞의 글, 1990, 87쪽.
237) 사재동, 「구운몽연구서설」, 『어문연구』, 어문연구회(1985).
238) 김태준, 앞의 글.

佛의 은둔사상, 道의 향락주의를 작품 속에서 찾아내어 삼교의 혼연일치사상을 주장하였다.239) 이명구는 구체적 작중 인물 양소유에게서 儒를, 성진에게서 佛을, 8선녀에게서 仙을 찾아 삼교화합설의 증거를 제시하였고240), 박성의는 작품 문면에 나타난 통계를 통해 삼교화합설241)을 주장했다.

삼교화합설은 작품 속에 유교·불교·도교에 관련된 3가지의 사상적 요소들이 화합되어 있다는 견해이다. 이는 작품의 소재를 두고 한 말로 화합이란 말에 특별한 의미가 있는 것은 아니다. 한 작품 속에 삼교의 요소가 공존한다는 의미이니, 삼교화합설 자체로는 문제가 없다. 그러나 그것이 작품의 소재에 관한 것인지, 구조나 주제에 관한 것인지를 분명히 하지 않았기에 문제가 될 뿐이다. 삼교의 사상적 요소가 나타나는 것은 고소설 일반의 특징이라 할 수 있다.

(2) 佛教思想說

「구운몽」이 삼교가 화합되었다는 주장을 비판하면서 불교사상을 주장한 정주동은 「구운몽」이 불교사상을 기초로 해서 그 사이에 유교, 도교 사상이 깃들어 있다고 하였고242), 박성의는 「구운몽」의 요지가 불교적인 諸行無常觀에서 온 것으로 작품의 근원 사상을 인생무상이라 했으며243), 김기동은 「구운몽」이야말로 불교의 윤회사상을 표현한 대표적 소설이라고 평하였다.244) 이재수는 「구운몽」에서 유교는 부정되어 있고 불교가 중심이 되어 있는 작품이라 하였고245), 정병욱은 「구운몽」에서 사상적인 주류가 불교라는 사실은 누구나가 다 알고 있는 사실이라 했으며246) 김동욱은 작품의 플롯plot 대부분이 양소유가 인생의 환락을 즐기는 것이지만 그 테마는 이러한 인생의 환락이

---

239) 주왕산, 『조선고대소설사』, 정음사(1950).
240) 이명구, 앞의 글.
241) 박성의, 앞의 글.
242) 정주동, 『고대소설론』, 형설출판사(1966).
243) 박성의, 「구운몽의 사상배경연구」, 『아세아연구』 36(1969).
244) 김기동, 「국문학상의 불교사상연구」, 『불교학보』 2.
245) 이재수, 「구운몽고」, 『한국소설연구』, 선명문화사(1969).
246) 정병욱, 「구운몽」, 『한국고전문학대계』 9, 민중서관(1972).

무상한 것이라 함을 변증법적으로 처리한 곳에 있다고 주장하였다.[247] 구본혁, 유병환, 김광순[248]도 이러한 주장에 동조했다.

불교사상설은 불교사상이 사건의 전개를 주도하거나 작품의 주제를 형성하고 있다는 견해이다. 사상을 구조나 주제의 차원에서 문제삼은 것이라는 점에서 삼교화합설보다는 진일보한 견해라 할 수 있다. 실제로 작품에서 3가지 사상 가운데서 불교사상이 가장 선명하고 구조나 주제에서도 차지하는 비중이 커서 이 설은 나름대로의 타당성을 확보하고 있다.

(3) 空思想說

「구운몽」의 근원 사상이 공사상이라는 견해에 대해 정규복은 공사상을 迷에서 幻을 통하여 覺, 즉 眞空妙有의 경지에 도달하는 과정이라 보고, 「구운몽」에서 성진이 8선녀로 인하여 迷하였다가 유교적인 부귀공명의 幻을 통하여 육관대사 앞에서 覺한 성진으로 되돌아 간 것을 『금강경』의 공사상을 사상적인 대본으로 하여 형상화한 결과로 이해했다.[249] 성현경은 「구운몽」에는 김만중의 삶의 의식과 함께 넓게는 불교사상, 좁게는 공사상이 변용, 굴절되어 나타났다고 하여[250] 불교 사상 중에서도 공사상을 강조하였다. 정주동은 「구운몽」은 철두철미하게 불교사상을 바탕으로 하여 허구화한 작품이지만 불교사상 중에서도 『금강경』의 공사상, 즉 空卽是色 色卽是空의 眞空妙有의 사상을 토대로 하고 있다고 주장하였다.[251] 설성경도 「구운몽」에서는 대승불법이 강조되고 이것은 『금강경』을 가르치고 또 물려주고 가기까지 하였다고 주장하였다.[252] 또한 김광순은 「구운몽」은 『금강경』의 空思想을 바탕으로 한 것으로서

---

247) 김동욱, 『국문학사』, 일신사(1983).
248) 구본혁, 『한국문학신강』, 개문사(1978).
　　유병환, 「구운몽에 대한 반성적 연구」, 『한국문학연구』 9, 동국대 한국문학연구소 (1986).
　　김광순, 앞의 글, 87쪽.
249) 정규복, 「구운몽의 근원사상고」, 『아세아연구』 28(1967).
250) 성현경, 「구운몽과 김만중의 삶의식」, 『김만중 연구』, 새문사(1983).
251) 정주동, 「구운몽의 불교관적 고찰」, 『동양문화』 6 · 7(1968).
252) 설성경, 「구운몽의 구조적 연구」, 『국어국문학』 58 · 60, 국어국문학회(1972).

이것이 幻夢構造와 결합하여 주제와 사상이 혼연일체가 됨으로써 작가의 이상인 형식과 내용의 조화가 이루어졌다[253]고 했다.

공사상설은 불교사상 중에서도 『금강경』 특유의 사상인 공사상을 작품이 충실하게 반영하고 있다는 견해이다. 이 견해는 본문의 一字一句를 세밀히 따진 결과 「구운몽」에 빈번히 나오는 금강경이라는 經名을 찾아낸 것이라 생각된다. 작품에 자주 등장한다는 것은 작품 속에 『금강경』 사상이 짙게 투영되었으리라는 추정을 가능케 한다. 작자가 작품의 품격을 높이려는 의도에서였든, 『금강경』의 사상을 내면화해서 형상화하려고 했든 『금강경』의 사상을 작자가 의식하고 있었다는 것은 분명한 사실이다.

(4) 空思想說의 비판

「구운몽」의 근원 사상이 공사상이라는 견해에 대해 김일렬은 「구운몽」이 『금강경』의 공사상을 반영하려 했으나 성진의 최후 행위가 무상에 대한 표면적인 극복이고 내면적인 좌절이어서 결과적으로는 공사상의 본격적인 차원에는 이르지 못하고 현실을 부정하는 정도에 머물러 있다[254]고 하였다. 『금강경』의 사상적 중요성은 여러 모로 강조되고 있지만 정작 그 사상적 본질이 인물의 의식이나 행위에 충분히 내면화되지 못하고 추상적이고 관념적인 차원에서 머물러 현실 부정의 단계에 그쳤다는 것이다.

조동일은 「구운몽」이 『금강경』 사상을 의식하면서 배경으로 끌어들이려한 것은 사실이지만 『금강경』 사상을 주제로 지녔다고 하기에는 곤란하다고 비판을 가하였다.[255] 그는 『금강경』의 공사상을 "1) 모든 상은 허망하다. 2) 불법 또한 허망하다. 3) 머무르는 데 없이 생각을 하라. 아울러 적극적으로 보시하라"의 3단계로 정리하고, 「구운몽」은 이 중 1)에만 해당되므로 「구운몽」의 사상은 공사상이라기보다는 불교사상설이 오히려 실상에 부합한다는 주장을 하였다. 따라서 "구운몽사상=금강경사상"이라는 등식은 『금강경』 사상

---

253) 김광순, 앞의 글, 87쪽.
254) 김일렬, 「구운몽신고」, 『한국고전산문연구』(1981).
255) 조동일, 「구운몽과 금강경, 무엇이 문제인가?」, 『김만중연구』, 새문사(1983).

의 첫단계에서만 부분적으로 성립한다는 것이다.

공사상설에 대한 비판은 「구운몽」에 나타난 사상이 '人生一場春夢'이라는 소박한 허무주의를 넘어서지 못한 현실부정이라는 전제를 깔고 있다. 실제로 「구운몽」이 『금강경』의 차원 높은 공사상을 내면화했다고 보기는 힘들다고 한다면 이 설은 상당히 타당성이 있는 의견으로 볼 수 있지만 아직도 학계의 쟁점으로 남아있는 것이 사실이다.

(5) 空思想說의 비판에 대한 반론

「구운몽」의 공사상에 대한 비판이 제기되자 정규복과 이상익이 이에 대한 반론을 제기하였다. 정규복은 「구운몽」의 공사상설에 비판을 가한 김일렬과 조동일의 '미숙한 공사상' 또는 '1차적 공사상'이란 지적에 대해 「구운몽」 한 문본에 삽입된 '성진과 양소유', '身과 心' 등의 이분법을 넘어선 大悟의 장면을 들어 「구운몽」의 공사상을 재확인하였다.[256] 이상익은 김일렬과 조동일이 「구운몽」의 현실부정을 공사상의 한 단계로 파악하면서도 이를 불교사상의 일반적인 것이라는 비판은 논리상 공사상을 부분적으로 긍정하는 결과라 하였다.[257] 그리하여 초기단계의 공사상도 공사상이며 미흡한 작품전개상의 반영도 반영이라는 상식적인 판단과 「구운몽」의 주류는 불교사상이며, 여러 갈래 중에서도 공사상과 가장 관련이 있다는 판단이 타당하다면 우선 공사상을 긍정하는 선에서 계속 논의가 진전되어야 한다고 주장하여 정규복과는 일정한 거리를 두면서도 공사상을 긍정하였다.

「구운몽」의 근원사상에 대한 논의는 완결된 것이 아니라 결론을 도출해 나가는 과정에 있다. 갈수록 심도 있는 논의들이 오가고 있으므로 앞으로 심각한 토론을 거쳐야 할 쟁점거리로 남아 있다.

4) 비교문학적 연구

비교문학적 연구는 중국의 설화나 소설에서 그 소재적 원천을 찾아보려는

---

256) 정규복, 「구운몽의 공관시비」, 수여성기열박사회박기념논총(1989).
257) 이상익, 「구운몽의 주제」, 『한국문학사의 쟁점』, 집문당(1986).

방법과 국내작품끼리의 대비를 통하여 연구하는 방법으로 나눌 수 있다.

「구운몽」의 경우 주로 전자의 방법에서 출발을 한다. 그 최초의 작품으로 이가원이 「구운몽」의 소재적 원천을 중국과 국내의 자료를 통해 찾으려 했고[258], 정규복도 의욕적인 작업으로 인정은 되고 있으나 그 방법론에서는 종래의 것을 지양하지 못하고 있다[259]고 하였다. 또한 그는 「구운몽」의 외국문학적 재원은 주로 중국의 「태평광기」, 「삼국지연의」, 「서유기」 등이 중심이 되어 이루어졌지만, 그 중에서도 주제에 강하게 반영된 것은 무엇보다 「태평광기」의 「枕中記」, 「櫻桃靑衣」, 「南柯太守傳」 등이라[260]고 하였다. 후자에 해당되는 연구는 성현경[261], 서대석[262], 김일렬[263] 등이 있는데 이 중 성현경의 "이조 몽자류 소설연구"는 「구운몽」과 「옥루몽」의 대비적 고찰을 통하여 「옥루몽」의 작품적 가치를 구명하려 한 것이 특색이라고 평가되고 있다. 이러한 방법의 비교문학적 접근은 작품간의 공통점이나 상이점을 지적하여 작품에 나타나는 상대간의 상호관계를 밝힘으로써 성립되는 것이다. 따라서 그 대비나 대조의 목적을 분명히 하고 그 대상과 기준을 선택할 때 효과가 나타나기 마련이다. 이러한 사정에서 볼 때 이상택의 연구는[264] 이 방면의 연구에서 비교적 성과를 거둔 사례이다. 여기서 「구운몽」과 「춘향전」을 대비하여 전자가 초월주의적 세계관을 반영하고 있는데 반해 후자가 현실주의적 세계관을 반영한 것임을 논증하여 사대부로서의 개인적 창작소설과 판소리계 소설간의 세계관의 차이점을 밝히고 있다. 설성경은 최인훈의 「구운몽」과 한승원의 「꿈」을 김만중의 꿈과 대비하면서 앞의 두 작품이 구운몽을 현대적으로 계승한 작품임을 증명하고 고전작품이 현대작품으로 어떠한 양상으로 변모 수용되었는지를 살폈

---

258) 이가원, 「구운몽평고」, 이가원 교주, 『구운몽』, 덕기출판사(1955).

259) 정규복, 「구운몽의 비교문학적 고찰」, 고려대 논문집 16(1970).

260) 정규복, 『구운몽연구』, 고려대출판부(1974), 263～317쪽.

261) 성현경, 「구운몽과 옥련몽의 대비연구」, 『우리문화』 4, 우리문화연구회(1969).
　　　　, 「이조몽자류소설 연구-특히 구운몽과 옥련몽을 중심으로-」, 『국어국문학』 54, 국어국문학회(1971).

262) 서대석, 「구운몽·군담소설·옥루몽의 상관관계」, 『어문학』 25, 한국어문학회(1971).

263) 김일렬, 「구운몽과 운영전의 대비고찰」, 『어문논총』 9·10합병호, 경북대(1975).

264) 이상택, 「구운몽과 춘향전-그 대칭위상-」, 『김만중연구』, 새문사(1983).

다.[265] 또한 이현국은 작가의 삶에 대한 인식과 세계관을 중심으로 「구운몽」과 「숙향전」을 비교 논의[266]하였다.

이러한 논증은 우리 고소설의 유형이 나타나는 변별적 특징을 밝혀내는 데 있어서 뿐만 아니라 고소설이 시대와 작가의식에 따라 변이되어 가는 양상을 이해하는 데 도움이 된다. 그러나 중국문학과의 비교연구에 있어서는 국문학의 연구를 위해서 동원된 비교문학의 연구가 마치 우리 고전문학이 독자적인 자생문학이 아니고 중국문학의 이식을 통하여 발생·성장한 듯한 오해를 가중시킬 수도 있다는 데 문제가 있다. 비교문학적 관점이 민족적 긍지를 살릴 수 있고, 피상적인 영향의 수수관계보다는 한문문화권 상호간의 기본적인 공통점을 밝힐 수 있을 때 그 비교문학적 연구의 방향이 올바로 설정될 수 있을 것으로 여겨진다.

5) 주제

「九雲夢」은 사상성이 매우 두드러진 작품으로 알려져 있다. 그러나 어떤 사상이 형상화되어 있느냐에 대해서는 여러 갈래의 주장이 있다. 형상화된 사상은 작품의 주제와 밀접하게 연관되어 있어 「구운몽」의 사상을 검토하는 작업은 주제 탐색과도 연결된다. 그 동안 이루어진 「구운몽」의 사상에 대한 주장을 검토하면서 「구운몽」의 주제를 탐색해보기로 한다. 「구운몽」의 사상에 대해선 크게 네 가지 견해가 제시되어 있다.

1) 三敎和合說
2) 佛敎思想說
3) 空思想說
4) 空思想에 대한 비판적 견해

1)의 대표적인 논자로는 김태준과 주왕산, 이명구, 박성의를 들 수 있다. 김

---

265) 설성경, 『구운몽연구』, 국학자료원(1999), 254~297쪽.
266) 이현국, 「구운몽과 숙향전의 비교고찰」, 『문학과 언어』 5, 문학과 언어연구회(1984).

태준은 성진과 팔선녀의 결연, 용왕의 향연 등에서 유불선 삼교의 혼합[267]을 도출해 내었으며, 주왕산은 「구운몽」을 유교의 현실주의, 불교의 은둔사상, 도교의 향락주의가 혼연히 일치된 소설[268]로 파악했다. 그러나 「구운몽」에는 도교적 요소가 거의 나타나 있지 않을 뿐만 아니라 나타난 경우에도 소재적 차원에서 그치고 있어 주제의 형상화와는 거리가 멀다. 따라서 삼교화합설은 논리적 설득력을 상실하게 되었다.

2)의 대표적인 논자로는 박성의, 김기동, 이재수, 정병욱, 김동욱 등을 들 수 있다. 박성의는 「구운몽」은 불교의 諸行無常觀에서 온 것으로 인생무상을 주제로 한 작품[269]이라고 했으며, 김기동은 불교의 윤회사상을 표현한 것[270]으로 보았다. 이들의 주장은 1)에 대한 반론으로 「구운몽」에 반영된 중심 사상을 불교로 파악하면서 그 주제로 인생무상, 윤회사상을 제시한 것이다. 작품의 중심사상을 주제로 파악한 점에서는 일정하게나마 그 의의가 인정된다. 그렇긴 하지만 이런 주제는 매우 포괄적이어서 개별작품의 구체적인 주제로 삼기에는 문제가 있다.

3)의 대표적인 논자로는 정규복, 성현경, 정주동, 설성경, 김광순 등을 들 수 있다. 정규복은 「구운몽」은 『금강경』을 중심으로 한 공사상으로 이루어졌다고 하면서 성진은 팔선녀로 인하여 迷하였다가 부귀공명의 幻을 통하여 覺한 성진, 곧 眞空妙有의 성진으로 되돌아간 것[271]으로 분석한 바 있으며 정주동 역시 「구운몽」은 『금강경』의 공사상, 곧 空卽是色 色卽是空의 眞空妙有의 사상을 토대로 이루어진 작품[272]으로 보았다. 설성경은 육관대사가 설법하다가 성진에게 물려준 불경이 『금강경』이라는 점을 강조하면서 대승불법, 그 중에서도 『금강경』의 공사상이 구현된 작품[273]으로 간주하였다. 이와 같은 공사

---

267) 김태준, 『조선소설사』, 학예사(1939), 117~118쪽 참조.
268) 주왕산, 『조선고대소설사』(1950), 168쪽 참조.
269) 박성의, 「구운몽의 사상적 배경 연구」, 『아세아연구』 36호(1969).
270) 김기동, 「국문학상의 불교사상 연구」, 『불교학보』 2집, 250쪽 참조.
271) 정규복, 「구운몽의 근원사상고」, 『아세아연구』 28호(1967).
272) 정주동, 「구운몽의 불교관적 고찰」, 『동양문화』 6·7집, 경북대(1968), 312쪽 참조.
273) 설성경, 「구운몽의 구조적 연구」, 『국어국문학』 58~60호, 국어국문학회(1972).

상설은 중심사상의 범위를 작품의 구체적인 주제로 좁혀 상당한 설득력을 얻
었다. 그런데 여기서 한 가지 문제가 제기되었다. 불교의 공사상이 「구운몽」
에 반영되었다 하더라도 과연 그것을 주제로 불러도 좋을 만큼 구체적이고
충분히 구현되었는가 하는 점이다.

4)의 대표적인 논자로는 김일렬과 조동일을 들 수 있다. 김일렬은 「구운몽」
의 작자는 「금강경」의 중심사상인 공사상을 작품 속에 투영하려 했지만 나타
난 결과는 공사상의 본격적인 차원에까지 이르지 못하고 현실을 부정하는 정
도에 머무르고 말았다[274]고 평가하면서 「구운몽」의 주제로서의 공사상을 부
정하고 있다. 조동일 역시 「구운몽」이 「금강경」의 공사상을 의식하면서 배경
으로 끌어들이고자 했지만 이를 주제로 구현하지는 못한[275] 작품으로 보았다.
이들의 견해는 공사상의 구현으로 거의 굳어져가던 「구운몽」의 주제를 다시
한번 생각하게 해준 계기를 마련해 준 점에서 우선 연구사적 의의가 인정된
다. 특히 주제 형상화의 문제를 부각시켜 기존 사상의 반영이 곧 주제의 구현
이라는 섣부른 도식에 제동을 건 점은 주목할 만하다.

또한 최근 정출헌은 「구운몽」은 몽중세계와 각몽세계의 부단한 교섭을 통
해 세속적 부귀공명의 추구와 유한한 현세적 삶의 초월이라는 두 가지 욕망
을 체험토록 하는 완결된 의미망을 갖춘, 조화로운 세계를 지향한 작품[276]으
로 평가하였다. 그러니까 유불의 통합지향을 배경사상 내지 주제사상으로 파
악한 것이다.

그러나 지금까지 「구운몽」의 주제는 공사상 내지 유불의 대립 또는 통합지
향이라는 말로 표현하고 있어 아직도 학계의 쟁점과제로 연구되어야 할 부분
이다.

---

274) 김일렬, 「구운몽신고」, 『한국고전산문연구』, 동화문화사(1981), 164쪽 참조.
275) 조동일, 「구운몽과 금강경, 무엇이 문제인가」, 『김만중연구』, 새문사(1983).
276) 정출헌, 「구운몽의 작품세계와 그 이념적 기반」, 『고전소설사의 구도와 시각』, 소
    명출판사(1999), 123~179쪽 참조.

V. 근대 초기의 소설

1. 개관

근대초기란 英祖 元年(1725)부터 純祖(1801) 이전, 곧 英・正祖代의 75년간을 두고 일컫는다. 물론 근대 문학의 기점 문제에 대한 논란은 앞으로도 다소 있을 것이라고 생각된다. 그러나 이러한 논쟁의 가능성에도 불구하고 앞에서 논의한 바와 같이, 최근 들어 갑오경장을 근대문학의 기점으로 내세운 주장이 근대화를 밖으로부터의 근대화, 위로부터의 근대화로 구분하고, 문학보다는 주위의 조건을 중시하는 경향을 보임으로써 그 결함이 명백히 드러나게 되고, 근래에 전개된 光武改革論을 둘러싼 논쟁에서 갑오경장이 밖으로부터든 위로부터든 도대체 어느 정도 근대화가 이루어졌는지 의심스럽다는 데까지 비판을 받게 됨으로써 그 준거점을 잃게 되자 차츰 영・정조의 기점설로 학계의 의견이 모아지고 있는 실정이다. 이것은 이 시대에 이르러 사회 경제적인 변화가 일게 되고 서민 정신이 싹텄음을 부인할 만한 근거를 찾을 수 없기 때문[1]이다.

따라서 근대 소설의 기점에도 異論이 다소 있긴 하지만, 18세기 영・정조대부터라고 보아야 할 것이다. 그것은 정치, 사상적인 측면에서는 북학파 학자들에 의해 실학이 등장하였고, 자본주의의 맹아, 신분제도의 붕괴, 서민의식의 성장 등이 나타났고 또한 영조는 등극하면서부터 朋黨, 奢侈, 禁酒라는 三條의 戒書로 善政을 시작했으며, 더구나 그는 무수리의 아들이라는 데서 신분 제도의 붕괴 등과 같은 근대적인 사고를 더욱 고취시켰을 것이라고 생각된다. 그리고 문학적인 측면에서도 정치, 사상의 근대적인 기운에 편승하여 전대의 양반 주도의 문학에서 벗어나 서민의식의 문학이 주도권을 잡게 됨에 따라 사설시

---

1) 宋賢鎬, 앞의 책, 36쪽.

조의 등장은 물론, 소설문학에도 자연적으로 서민의식이 강하게 부각되어 근대적인 성격이 두드러지게 나타났던 것이다. 그래서 이 시기에 燕岩 朴趾源 (1737~1805)의 「양반전」을 비롯한 12편의 한문 소설이 실학 정신에 입각하여 근대화의 기수로 등장했고, 평생 소설을 위해 살다간 文無子 李鈺(1760~1812)의 傳 형식의 한문소설이 23편이나 대거 출현했다. 이들은 모두가 근대적인 서민 의식을 작품에 투영하고 모순된 사회 제도와 부패한 양반 사회를 풍자하면서 작품의 소재를 현실 사회에서 구하고 있음이 전대의 소설보다 크게 진전된 점이라 할 수 있다. 또한 「춘향전」을 비롯한 판소리계 소설이 나타나 전대에서 볼 수 없었던 서민 의식의 부각과 근대성을 띠고 당시의 사회상을 반영했다는 점 등에서 보면 전대의 소설보다 새로운 면모를 보이고 있다. 이와 같은 작품에서는 모두가 서민 의식의 성장은 물론, 전대의 전기적 비현실적 요소는 거의 제거되고 있으며, 소재도 거의 현실에서 구하여 근대적인 성격을 잘 나타내주고 있다. 또한 창작 연대 및 작자 미상의 한글본 소설이 이 시기에 많이 나왔으리라 추측되는데, 이 가운데 창작군담소설로서 1704년 대마도의 譯官 小田幾五郎의 「象胥記聞」에 조선 사신으로부터 전해 들은 이야기를 기록하여 전하는 소설 작품은 18세기 중엽의 것으로 유추되는[2] 「소대성전」, 「장풍운전」, 「장백전」 등이 있고, 판각본으로 출간된 작품으로 구활자본 간행전에 널리 보급되어 읽힌 것으로 18세기 말에서 19세기 초의 것으로 유추되는 군담소설로 「조웅전」, 「금방울전」, 「유충렬전」, 「이대봉전」, 「현수문전」, 「황운전」

---

2) 서대석은 군담소설의 창작 시기가 어느 일정한 시기가 아니라 조선조 말까지 계속된 것으로 보고 있으며(「軍談小說의 出現動因反省」, 『韓國古典小說』, 啓明大出版部, 1974), 또한 「薛仁貴傳」과 「蘇大成傳」, 「黃將軍傳」, 「장익성전」 등의 비교에서, 군담소설 중에서 제일 먼저 지어진 작품군에 속하는 소대성전의 저작 연대를 18세기 중엽으로 보는 것이 타당하다(『군담소설의 구조와 배경』, 이대출판부, 1985)고 했으나, 조동일은 영웅소설의 시기 구분을 세 단계로 나누면서 17세기 중말엽에 「소대성전」이, 17세기 말 18세기 초엽에 「조웅전」, 「유충렬전」, 「이대봉전」, 「황운전」 등이, 18세기 중엽에 「장풍운전」 등이 이루어졌다(『한국소설의 이론』, 지식산업사 (1977)고 하여 異見을 보이고 있다. 우선 필자는 본고에서 역사군담소설은 중세에서 근대로의 전환기에, 창작군담소설은 근대초기의 소설과 함께 다루었다. 그러나, 창작 연대 유추에 대해서는 앞으로의 더 많은 연구 검토가 필요하리라고 생각한다.

등을 들 수가 있다. 특히, 「유충렬전」은 영·정조대에 크게 유행했던 창작 군담소설의 典範이 됨은 물론, 충신형과 간신형 인물 즉 선인과 악인의 대립 갈등에서 선인의 승리로 끝나는 권선징악의 공식성을 보여주어 후대 고소설에 끼친 영향이 크다고 생각되는 작품이다.

이 외에, 이 시대의 작품으로 李瀷(1681~1762)의 「嚬笑先生傳」, 柳本學의 「李廷楷傳」, 「金光澤傳」과 李廷綽(1678~1758)의 「玉麟夢」 같은 작품도 있으며, 「紅白花傳」, 「柳綠傳」, 「金銓傳」, 「一樂亭記」, 「金風憲傳」 등도 이 시기의 작품이라 추측된다.

이들 작품은 前代 소설에 비하면 모두가 현실의 사건을 소재로 하고 있고, 傳奇的인 요소는 거의 제거되고 있으며, 서민 의식의 성장으로 근대화의 경향이 두드러진 소설로서의 체제와 면모를 갖춘 작품들이다.

1) 燕岩小說

燕岩小說이란 燕岩 朴趾源(1737~1805)이 지은 한문소설을 두고 일컫는다. 그는 호를 燕岩, 字를 仲美라 했다. 영조 13년(1737)에 명문벌족의 후손으로 태어났으나, 부친을 여의고 15세까지는 공부를 하지 못하다가 16세에 장가들어 弘文館校理인 妻叔에게 글을 배우기 시작하여 19세에 이르러 문단에 두각을 나타냈다. 洪大容과 더불어 泰西의 지구자전설을 주장했고, 實學四大家와 師友之間으로 그들의 존경을 한몸에 받았다. 燕岩은 장년이 될 때까지 환로에 나가지 못했는데, 이것은 仕宦에 뜻이 없어서가 아니고 科文에 힘쓰지 않고 經世要務와 천문지리 등 他學에 전념했기 때문이다. 그의 나이 41세 때에 정조가 등극하자 황해도 金川 燕岩峽에 遁居하여 과일 재배와 목축을 일삼았다. 정조 4년 삼종형 錦城尉 朴明源이 燕京에 正使로 갈 때 布衣의 몸으로 따라가 청의 문물 제도를 보고 名流碩學들과 접촉하여 견문을 넓히고 귀국하여 쓴 것이 바로 「熱河日記」이다. 50세에 비로소 환로에 나갔으나 첫 벼슬은 繕工監監役이었다. 그 후 義禁府 都事, 齊陵令, 漢城府 判官을 거쳐 1791년에는 安義縣監이 되었고, 1797년에는 沔川郡守가 되었고, 64세 때는 襄陽府使로 승진했다. 63세 때 正祖에게 「課農小抄」 15권과 「按稅」, 「限民名田議」를 바쳐 칭찬을 받았으나

65세 때 순조가 즉위하자 사퇴하고, 4년 뒤인 1805년 69세를 일기로 세상을 떠났다. 「熱河日記」를 비롯한 그의 작품은 「燕岩集」에 실려 있다.

연암의 사상은 利用厚生學이다. 조선 후기 상공업의 발달이 피부로 느껴지는 서울의 도시적 분위기 속에서 형성된 그의 사상[3]은 상공업의 진흥과 상품의 유통에 관심을 가졌다. 그의 이러한 사상은 「열하일기」를 비롯하여 「허생전」 등에서 볼 수 있다. 그가 중국에 갔을 때 중국의 수레가 규격이 똑같으면서 중국 천하 곳곳에 다님을 보고 우리 나라의 수레 문제에 대한 비판을 개진했다. 그는 「열하일기」에서 지금 여기서는 흔해 빠진 물건이 저 곳에는 귀할 뿐만 아니라 이름은 들었으되 보지 못함은 무슨 까닭인가? 그것은 오직 운반할 힘이 없는 까닭이다. 사방이 겨우 몇 천리에 지나지 않는 나라에 백성의 살림살이가 이렇게도 가난함은 한 마디로 말해 수레가 국내에 다니지 못하기 때문이다. 어떤 사람이 왜 수레가 다니지 못하는가 묻는다면 그것은 한 마디로 말해 사대부의 허물[4]이라고 했다. 이는 경제 유통의 문제 때문에 가격 조절도 되지 않는다는 뜻이다. 이와 같은 사상적인 배경에서 그의 단편 「허생전」과 같은 작품이 창작된 것이라 할 수 있다. 燕岩은 수레만이 아니라 말, 벽돌 등의 구체적인 사물의 통찰을 통하여 당시 조선의 경제 문제를 비판하고 있다.[5]

연암의 경제 사상은 상업 분야만이 아니라 농업분야에도 미쳤다. 正祖가 綸音을 내려 농업 문제의 해결에 대한 대책을 내렸을 때 「課農小抄」를 지어 바쳤다. 이때 그는 면천 군수로 있었는데 이 「課農小抄」에 「按稅」와 「限民名田議」를 첨가하여 왕에게 올렸다. 그는 여기서 水利問題, 농기구 문제, 토지 문제 등에 관심을 가졌다.[6] 이와 같이 燕岩의 경제 사상은 세계 현상에 대한 과학적 인식에 기초한 것이다. 즉 세계에 대한 과학적 인식이 있었던 것이다. 그가 北京에 갔을 때 太學의 明倫堂에서 奇豊額이라는 인물과 나눈 地轉說이 바로 그러하다. 연암의 인식은 地動說에까지 나아간 것은 아니지만 당시의 통념에 비한

---

3) 李佑成, 「實學硏究序說」, 『韓國의 歷史像』, 창작과 비평사(1982).
4) 熱河日記, 卷十二, 馹汛隨筆, 車制.
5) 李相澤・尹用植, 『古典小說論』, 放通大出版部(1986), 125쪽 참조.
6) 金容燮, 『朝鮮後期農業史硏究 Ⅱ』, 일조각(1977), 327~347쪽 참조.

다면 일대 전환을 이룬 것이다. 이처럼 연암의 과학적 인식 태도는 한편으로
는 실학사상으로, 한편으로는 중국 중심의 세계관인 華夷思想의 탈피로 연결
되는 것이다.

　연암이 가졌던 인간성 옹호의 측면도 이와 동일한 맥락에서 이해되어져야 할
것이다. 그는 인간이 보편적으로 갖고 있는 정욕을 긍정하는가 하면, 하층민의
인간성을 새롭게 조명하기도 하고, 서얼들의 신분 해방을 「擬請疏通疏」에서 개
진하기도 하며, 집권층이나 무위도식하는 遊食層을 풍자·비판하기도 했는데[7],
이러한 사상은 「열하일기」에서는 물론, 그의 단편에도 잘 반영되어 있다.

　연암의 문학론은 작가가 속해 있는 그 시대와 풍속을 표현해야 한다는 것
이다. 그는 자기 자신이 살고 있는 조선의 현실을 그려내는 것이 작가의 임무
이지 당대 현실과는 동떨어진 漢·唐 때의 문장을 모방해서는 안된다고 주장
했다. 따라서 훌륭한 문학을 한다는 것은 작가가 살아가고 있는 당대의 현실
을 그 당대의 언어로 진실되게 표현하는 것[8]이라고 했다. 그의 작품은 사물의
참모습을 있는 그대로 포착해 내어야 그것이 참다운 문학이라는 것이니, 오늘
날의 寫實主義와도 상통하는 것이다. 그의 작품은 한자로 쓰였으나 倣古의 낡
은 의식을 깨뜨리고 우리의 고유어를 많이 구사하고 있다. 그리고 조선 후기
실학자들의 공통된 사상인 실용주의는 그의 세계관 및 휴머니즘과 구조적으
로 연결되어 있다. 그의 문학상의 태도를 보면 역사적인 현장성을 존중하고
제재나 표현에 있어서는 고상하고 아름다운 것만 골라 숭엄하고 전아하게 나
타내는 가식적 방법으로 현실의 진상을 호도해 버리는 데에 혐오와 저주를
보내면서, 있는 그대로의 실상을 표현할 것을 주장했다. 그는 고문장이나 고
문학을 고수하는 진부한 재래의 문장을 반대하고, 그 시대 그 사회에 맞는 寫
實的이고 개성 있는 독창적인 문장을 주장했다. 곧 法古刱新과 寫實主義가 그
것이다.

　燕岩小說의 풍자는 크게 사대부계층을 통한 양반들의 허구성 풍자와 천민
계층을 통한 인재등용의 모순, 교우관계의 비진실성, 신선사상의 비현실성,

---

7) 李相澤·尹用植, 앞의 책, 127쪽 참조.
8) 燕岩集 卷七 嬰處稿序.

열녀를 통한 사회 제도의 풍자로 나누어 볼 수 있는데, 사대부 계층을 통한 풍자로는 「兩班傳」, 「許生傳」, 「虎叱」을, 천민계층을 통한 풍자로는 「馬駔傳」, 「穢德先生傳」, 「廣文者傳」, 「閔翁傳」, 「金神仙傳」, 「虞裳傳」을, 그리고 사회 제도의 풍자로는 「烈女咸陽朴氏傳」을 들 수 있다. 그리고 그 풍자 대상은 크게 두 가지로 나누어 僞善的 人間性과 歪曲된 사회 질서로 구분할 수 있는데, 前者에는 위정자의 무능, 富人들의 어리석음, 인간들의 아첨하는 모습, 양반 및 열녀의 위선적 행위 등을 풍자하고 있으며, 후자에는 상인계급의 천시 풍조, 북벌정책의 허구, 양반사회의 허구성, 인재등용의 모순, 열녀의식의 잔학성, 신선사상의 부정 등을 풍자하고 있다. 풍자의 궁극적인 목표를 서민의식의 옹호에 맞추고 있어서 燕岩小說에 나타난 서민의식의 부각은 근대초기소설의 가장 두드러진 특징이다. 연암소설 작품을 一瞥해 보면 다음과 같다.

(1) 兩班傳

이 작품은 「放璃閣外傳」에 실려 전하는 연암의 초기작이다. 형태적으로는 문답식에 미숙한 列傳體이지만 사실주의 수법을 쓰고 있다.

능력 없는 한 시골 양반이 官穀을 빌어먹고 갚을 길이 없자 그 마을 부자인 常民에게 양반신분을 팔아 관곡을 갚으려 했다. 그러나 매매계약서에 양반으로서 지켜야 할 허례허식인 신분상의 강령이 감당할 수 없을 정도로 많고 그 횡포가 도적처럼 심함을 알자 상민은 양반을 사지 않겠다고 도망치면서 다시는 양반이란 말을 입에 담지도 않겠다고 다짐하고는 양반의 빚만 갚아주었다는 이야기이다.

양반 매매계약서인 一次文券에서 규정한 사항은 常民을 괴롭히는 盜民과 같은 양반들의 횡포를 풍자 폭로한 것이다. 부자의 요구에 의해 만들어진 2차 文券은 당시 양반 사류들의 작폐를 그대로 표현한 것이다. 그러나 기존의 사회질서가 이 계약을 용납하지 않았기 때문에 그 부자는 자신의 어리석음을 뉘우치고 도망간 것이다. 따라서 이 작품의 풍자 대상은 일차적으로는 무위도식하는 양반 사류들이고, 이차적으로는 현재의 자기 위치를 망각한 채 양반되기를 열망하는 상인 계급이다. 이 작품은 곧 몰락하는 양반과 신흥부자를 대조적으로 등장시켜 놓고 명분뿐인 양반 신분보다는 돈의 위력이 더 우세하므로 양반 신분을 사지 않고 포기했다는, 양반에 대한 신랄한 풍자와 전통적인 가치관에 대한 변혁을 나타낸 것이다. 그리고 이 작품에서는 아무리 곤궁한 몰락 양반이라도 자신의 본분을 지켜야 함에도 불구하고 문벌과 世德만 믿고 曲學阿世로 작폐를 일삼다가 마침내 그 신분마저 팔아버리는 양반의 무능을 고발, 폭로하고 있다. 풍자의 대상으로는 정선 양반, 풍자 주체로는 서민 출신의 부자를 설정하여 고발장 형식의 1차 문권에 이어 2차 문권에서는 증서를 수정하는 형식을 빌어 신랄하고 가시 돋친 풍자를 가하는 점 등에서 작자의 근대적인 의식을 엿볼 수 있다.

 (2) 許生傳

 이 작품은 燕岩 전성기의 得意作으로 그의 실학사상이 집약된 걸작이다. 題名도 없이 그의 기행록인 「熱河日記」 가운데의 「玉匣夜話」에 실려 있는데 「허생전」이란 제명은 후에 임의로 붙인 것이다. 연암은 이 작품을 가리켜 자신의 말이 아니고 尹映에게서 들은 것이라 했다. 그러나 이는 작자가 時諱를 꺼리어 일부러 자작임을 감춘 것으로 보는 견해가 통설이다.

 이 작품의 내용을 보면, 許生은 집이 가난하나 글 읽기를 좋아한다. 아내가 굶주림을 참지 못하고 반항함에 허생은 변씨에게 만금을 빌어 과실과 말총 장사를 하여 큰 이익을 남긴다. 변산의 군도를 무인도로 데리고 가서 이상국을 건설하고 극빈자를 돕고 변씨에게 빚을 갚는다. 그 후 변씨와 李浣이 함께 방문했지만 허생의 단호한 태도에 李浣이 도주해 버렸다는 이야기이다.

 연암은 이 작품에서 주인공 허생으로 하여금 장사를 시켜 당시의 경제 상황을 시험하게 했다. 그 결과 일만금으로 국가 경제의 깊이를 알게 된다. 다시 말하면 원시적인 자연 경제 상태의 상업 구조를 확인한 셈이다. 이 작품을 통하여 연암은 無用之儒는 있어도 有用之車가 없는 현실을 개탄하고 교통수단을 개선하여 상품 유통의 원활을 촉구하고 유능한 인재를 기대했으며, 淸國은 胡族이긴 해도 그 인민은 堯舜三代漢唐宋 이래로 중국인이므로 전래되어 온 그들의 문화를 존경하고 배워야 한다고 했다. 주인공 허생은 일만금으로 백만

금을 벌었지만 이를 바다 속에 던지고 말았으며 李浣에게 時事三難을 제시하고는 어디론가 사라져 버렸다. 연암이 이 작품을 이렇게 처리한 것은 당시 사대부는 물론, 농민이나 상인도 자기의 이상을 실현시켜 줄 세력으로 믿지 않았기 때문이다. 이 작품에는 작자의 정치적, 경제적, 사회적인 정책의 일단을 표현한 것과 위정자의 무능력, 양반들의 위선적 형식적 생활태도를 풍자하고 몰락해 가는 양반계급의 새로운 진로를 모색해 보고자 하는 작자의 근대적인 의식이 잘 반영되어 있다.

(3) 虎叱

이 작품은 「열하일기」의 「關內程史」에 수록되어 전하고 있는데, 燕岩이 玉田縣 沈由朋의 집 格子의 글을 베껴온 것이라고 했다. 沈由朋도 그 글은 자신이 쓴 것이 아니라 蘇州 시장에서 사온 것이라 변명하고 있다. 연암은 沈由朋에게 그 글의 출처를 묻다가, 그 글의 내용이 하도 신기하여 촛불을 켜 들고 鄭生은 가운데서 쓰기 시작하고 자신은 처음부터 베꼈는데, 다음 날 사관에 돌아와 살펴보니 빠뜨리고 잘못 베낀 부분이 많아 자신의 뜻으로 보충하여 한편의 「호질」을 완성했다고 한다. 이 기록을 그대로 믿는다면 「호질」의 원작자는 중국인이지만, 연암의 창의성도 가미되어 있는 셈이다.

滄江 金澤榮은 「호질」 발문을 통하여, 원래 중국의 放言之士가 滿人에 가탁하여 漢人을 꾸짖는 글을 만든 것인데, 연암이 이를 윤색, 부연하여 瑰奇作을 만들었다고 했다.

「虎叱」後識에서 중원의 혼란이 맑을 때까지를 기다릴 뿐이라는 구절은 明에 대한 淸의 세력 교체를 의미하는 것이며, 이는 우리 나라의 丙亂 이후 이른바 북벌론에 대한 북학론의 교체를 의미하는 것으로 해석되어, 이러한 양국의 일치된 상황으로 하여 심유붕의 집에서 「호질」의 소재에 관심을 기울이는 동기가 되었고, 이것이 바탕이 되어 대작 「호질」이 「篇中有虎叱二字爲目」으로 燕岩에 의해 작품화되었으리라 짐작하기도 한다.

이 작품은 正攻法을 피하고 측면적인 공격을 취한다. 작자는 표면에 나서지 않고 호랑이를 풍자의 주체로 내세워 날카롭고 신랄한 공격을 한다. 그 대상

은 碩德之儒인 北郭先生으로 하고 또 그 극적 효과를 살리기 위해 수절과부(실
은 탕녀) 東里子를 설정했다. 그래서 작자는 풍자의 주체인 虎를 내세워 북곽
선생으로 하여금 스스로 모든 가식과 위선을 폭로하도록 작품을 구성했다. 북
곽선생의 아첨하는 모습에서 해학의 절정을, 虎의 준엄하고도 날카로운 고발
과 공격에서 풍자의 극치를 볼 수 있다. 다시 말해, 이 작품은 풍자와 해학이
동일 질서 위에 구축되어 있으면서, 그 이면에 작자의 근대적인 의식을 엿볼
수 있다.

(4) 廣文者傳

廣文은 서울 청계천변에 사는 걸인으로 乞兒들의 두목이 되나 살인 혐의를
받고 도망치다가 동료의 시체를 水標橋에 묻는다. 그것을 본 사람이 광문을
藥種商의 使童으로 취직시켜 준다. 거기서 광문은 失錢事件으로 의심을 받게
되나 오해임을 안 주인이 광문에게 사과하고 만나는 사람마다 광문의 착함을
얘기하니 長安에서 모르는 사람이 없을 정도로 유명해졌으며, 광문은 여기서
그치지 않고 계속 허욕이 없는 순수한 생활을 해 나갔다는 이야기이다.

이 작품은 「燕岩外集」에 수록된 것으로 걸인 광문의 생활을 표현한 것이다.
도덕 생활을 부르짖으며 가장 진실하게 산다는 양반 생활 이면에는 위선과
허욕과 방탕과 오만이 가득 차 있는 데 비하여, 가장 비천한 생활을 하고 있는
걸인의 삶에서 오히려 인간적인 순진성과 아름다운 정서를 찾아볼 수 있는데,
이는 양반들의 위선을 풍자 비판하고자 하는 작자의 의도적인 구상에서 이루
어진 것으로 서민의식이 두드러지게 나타나고 있다. 곤경에 처한 비렁뱅이가
되었을망정 불의의 것을 훔쳐서는 안되며 이름을 도용하여 세상의 이목을 속
여서도 안된다는 작자의 의식을 찾아볼 수 있다.

(5) 穢德先生傳

예덕선생은 宗本塔 근처에 살면서 동네 집의 똥을 퍼내는 것을 업으로 삼고
있는 노인으로 嚴行首라 불리어졌다. 蟬橘子라는 유명한 학자와 교분이 있었
는데, 그의 제자가 천한 자와 사귀는 이유를 물으니 선귤자는 가난한 가운데
서도 허식과 가면이 없는 嚴行首의 천진한 생활을 이야기해 주면서 그로부터

배울 점이 많아 내가 예덕선생이라 부르고 있다고 한 이야기이다.

「燕岩外集」에 실려 있는 작품으로 사제지간의 문답형식을 통하여 교우정신과 예덕선생의 생활을 표현하고 있으며, 자기 분수에 알맞게 빈천한 생활을 하면서도 大人君子에 못지 않은 의리와 덕행을 갖춘 嚴行首를 등장시켜 당시 양반들의 허식적 생활을 비판하면서 서민 의식을 부각시키고자 했다. 따라서 이 작품에서는 엄행수의 건실한 삶을 제시함으로써 위선적인 勢利에 따라 炎凉聚散하는 지배계급을 공격하고 풍자하고자 하는 작자의 의식을 엿볼 수 있다.

(6) 閔翁傳

閔翁은 南陽人인데 벼슬을 그만 두고 고향에서 閑居하고 있는 사람으로 해마다 바람벽에 그의 포부를 적은 문구를 써 놓고 스스로 분발했으며, 초대받은 집에 가서는 안하무인격인 태도를 보이며 그 마을 사람들과의 문답에서 부자는 세상에 연연하나 빈자는 세상을 싫어하니, 그가 바로 신선이며 매일 먹는 밥이 결국 빈자의 불사약이고 부자는 빈자를 괴롭히는 蝗虫이라고 한 이야기이다.

무위도식하고 人世에 해독만 끼치는 士類輩를 메뚜기에 비유함으로써 時勢에 대한 작자의 비분을 토로하고 있다. 이 작품은 허구적 인물인 閔翁의 大志와 재주, 인격, 그리고 초연한 인간성과 생활을 표현한 동시에 조정의 인재등용에 대한 맹점을 지적하고 풍자했으며, 양반들을 곡식에 해를 끼치는 大蝗에 비겨 그들의 무위도식하는 생활을 비웃고 세인의 행위를 훈계하고자 하는 작자의 근대적인 의식을 보여주고 있다.

(7) 馬駔傳

宋旭, 趙闒拖, 張德弘 세 사람이 廣通橋 위에서 서로 친구 사귀는 방법을 논하였다. 그 가운데 宋旭은 다섯 가지의 방법을 이야기하며 양반이란 신분을 벗어 던지고 온 저자 거리로 쏘다녔다. 이에 滑稽先生이 「友情論」을 지었다는 이야기이다.

『燕岩別集』「放璚閣外傳」에 실려 있는 작품으로 당시의 友道가 땅에 떨어졌음을 슬퍼하여 쓴 것인데, 그의 「自序」에 이르기를 '벗이 五倫의 끝에 자리를 잡은 것은 결코 낮은 위치에 둔 것이 아니라, 마치 흙이 五行 중에서 끝에 있으나 실은 四時의 어느 것에 흙이 해당하지 않음이 없는 것과 같을 뿐이다'라고 하면서 「마장전」을 쓴 이유를 설명하고 있다. 그의 말을 음미해 본다면, 소위 문인, 학자들의 사귐이 저 말거간꾼이나 집중도위 따위들만도 못하다는 당시 友道의 부패상을 나타내고 있다. 따라서 이 작품은 위선의 탈을 쓴 군자들의 친구 사귐을 풍자한 것으로 당시 문인·학자들의 교유가 부패하여 한낱 비렁뱅이보다 못함을 통탄함으로써 양반 계급들을 비판하고자 하는 작자의 근대적인 의식을 보여주고 있다.

(8) 金神仙傳

金弘基는 일찍 장가들어 아들 하나를 낳고는 火食을 끊고 숨어 산 大隱者이다. 그는 不忮不求하여 남을 헐뜯거나 무엇을 요구하지도 않는 위인으로, 작자가 일찍이 우울증이 있어 金神仙의 方技가 奇效하다는 말을 듣고 尹生과 申生을 시켜 智異, 金剛까지 가서 찾아보게 했으나 결국은 찾지 못했다는 이야기이다.

「연암외집」, 「방경각외전」에 실려 있는 것으로 연암의 실학 사상에서 신선 사상을 부인하기 위해 씌어진 작품이다. 전대의 「南宮先生傳」, 「金剛誕遊錄」, 「洪生遠遊記」 등의 영향을 받아 反神仙思想으로 일관되어 있으며, 「曹神仙傳」, 「鬻書曹生傳」, 「曹神仙」, 「金光澤傳」 등에 영향을 주었다고도 한다. 신선은 시대에 불우하고 속세에 염증을 느끼며 사람의 經世致用面에 적극성을 띠지 못하고 있는데, 이런 인재가 서민 계층에 있어도 등용하지 못하는 위정자와 사회 제도의 모순성을 제기하고자 하는 작자의 의식이 엿보인다.

(9) 烈女咸陽朴氏傳

박씨는 함양으로 시집가 일찍 과부가 되었는데 지아비의 3년상이 끝나던 날 곧바로 약을 먹고 죽게 됨에 이를 슬퍼했다는 이야기이다.

「燕岩集」, 「烟湘閣選本」에 실려 있는 작품으로, 박씨의 苦節을 설명하기 위하여 어떤 늙은 과부가 아들 둘을 앞에 앉히고 자기가 평생 겪어 온 뼈저린 고통과 눈물겨운 행장을 솔직히 고백하는 장면은 조선 시대의 모순된 사회

제도에 의해 정절이란 미명 아래 당시 여성들이 겪었던 어려움을 잘 지적해 주고 있다. 개가를 금지하는 유교 윤리에 반항하여 인간의 본성을 해방시키고 자 하는 연암의 근대적 문학 인식 태도와 제한 없는 節烈思想의 지양, 성욕해 방의 주장 등이 잘 나타나 있는 작품이다.

(10) 虞裳傳

이 작품은 自然經室本「燕岩全集」과 朴榮喆本「燕岩集」에 수록되어 있다. 虞 裳은 松穆館 李彦瑱(1704~1766)의 字이니 창작연대는 虞裳이 죽은 해가 燕岩 의 30세 때인 만큼 1766년 이후로 생각된다.

燕岩이 이 작품의 「自序」에서 '아리따운 虞裳은 일찍이 옛 문장에 전력하였 으나 신분적 제약을 입어서 끝까지 불우하였다. 그러나 이 문장은 당시 양반 계층인 군자에게 구하기 어려운 만큼 이러한 譯官의 신분을 지닌 야인 虞裳에 게 구하지 않을 수 없음을 슬퍼한다'9)라고 한 데서 창작 의도를 읽을 수 있다.

이 작품의 구성은 傳記體의 하나로서『史記』의「列傳」중에 나오는『唐宋傳 奇集』과 같은 체재이다. 내용은 '일본 關伯이 새로 나서 그 초대에 응하는 조 정 일행의 통역관으로 수행한 虞裳 李彦瑱이 평소 쌓은 문장으로 일본을 놀라 게 하여 雲我先生이란 칭호를 받았다. 괄목할 만한 외국문물에 접한 여행기와 허례허식만 일삼는 우물 안 개구리 같은 조선에서 불우하게 산 虞裳이 죽음에 임하여 자기 저서마저 불태워 버렸다는 이야기'이다.

따라서 우상과 같은 能文博識한 인물이 그 자격을 인정받지 못하여 크게 쓰 이지 못하는 인재등용의 맹점을 통박한 작품이다.

(11) 易學大盜傳, 鳳山學者傳

이 두 작품은 逸失되었기 때문에 이들 작품의 自序를 통해 작품의 성격을 짐작할 수밖에 없다.

「易學大盜傳」의 自序에 가식을 좋아하고 허위로써 살아가며 현실을 떠나 詩 發含珠를 일삼는 유학자들을 대도라고 했으니, 연암의 어느 작품보다도 당시

---

9) 朴趾源,『燕岩集』,「虞裳傳」自序.

사회와 양반을 신랄하게 譏弄한 작품으로 짐작된다.

「鳳山學者傳」의 自序를 보면, 평범한 농부의 삶을 제시하여 실학 정신을 구현한 작품으로 짐작되는데, 「易學大盜傳」과 聯卷되어 있던 관계로 함께 불타버린 것이다.

2) 文無子小說

文無子小說이란 金鑢 校閱의 「藫庭叢書」에 있는 李鈺의 문집 6권에 수록된 23편의 한문소설을 지칭한 말이다. 작자인 李鈺은 자를 其相, 호를 文無子, 梅史, 梅庵, 梅谿子, 花石子 등이라 한 英·正祖間의 사람이다. 본관은 全州이며, 中宗의 아들이자 선조의 아버지인 德興大院君 李昭의 9대손으로 家系는 비록 宗室이었으나 4대 이후는 君의 칭호마저 상실한 몰락 양반의 계층이었다. 그의 출생 시기는 그와 절친한 金鑢(1766~1821)의 그것으로 미루어 보아 1760년대로 추정되는데 燕岩에 비해 20여 년이 늦다. 그는 성균관에서 공부하여 과거에 응시했지만 正道에서 벗어난 문체를 사용한다 해서 규탄을 받아 벼슬길이 막히고 말았다. 정조의 문체반정에 걸려 불우하게 지냈지만 이단적인 문학을 멈추진 않았다. 그의 나이 20여 세가 되던 때(정조 7년 전후)에는 실학이 팽배하고 서학이 전파되어 뿌리를 내리려 했고, 또한 정조의 문체반정과 잡서 및 소설 수입이 금지되던 시기였다. 정조 19년 가을에 유배된 바 있고 익년 봄에는 별시에 응시하여 장원급제했으나 榜末에 붙여졌다. 그가 죽은 시기 역시 기록이 없어 정확히 알 수는 없으나 1812년경으로 추정된다. 저서로는 「文無子文鈔」, 「梅花外史」, 「花石子文鈔」, 「重興游記」, 「桃花流水館小藁」, 「絅錦小賦」 등 6종이 藫庭 金鑢의 「藫庭叢書」 중에 고본 그대로 실려 전한다. 그 중에 여기서 논하고자 하는 소설 23편도 전하고 있다. 李鈺의 작품은 朴趾源의 경우보다 그 수가 많고 등장 인물이나 사건 전개가 훨씬 다양하다. 朴趾源은 한정된 소재를 고도로 세련된 문장력으로 표현했지만 李鈺은 주위에 흔히 있는 이야기를 수용하여 수법보다도 내용이 앞서는 작품을 창작했다. 그러므로 그는 오직 소설을 위해 일생을 살다간 인물이라 하겠다. 그의 23편의 작품에 나오는 인물들은 하층민과 몰락한 사대부, 沒落士族의 여인 등이다. 그는 이들을 통하여 양반 사대부들의 부조리를 풍자했으며 몰락 사대부들의 의식 구조를 서술함으로써 타락한 인간상을 비판하면서 근대적인 성격을 나타내고 있다.

문무자소설의 배경은 「南靈傳」을 제외하면 모두 우리 나라가 된다. 이처럼 배경을 우리 나라로 설정한 것은 그의 주체성 내지 자주성의 발로이며 이는 그의 자긍적 사상 체계와도 일치한다. 李鈺의 소설은 초기 소설에서 보여준 사실성의 한계를 극복했을 뿐만 아니라 18세기의 사회적 분위기를 반영하여 근대 사회로의 밀착된 접근을 보여주고 있으며 이 시기에 유행했던 영웅주의 소설과 대립 양존하고 있다. 文無子小說은 영웅 소설과 함께 초기 소설로부터 18세기 후반의 판소리계 소설로 이행되는 중간적 위치를 지킨 것이라고 생각되는데, 이들 작품 23편을 아래와 같이 도시하면 다음과 같다.[10]

	作 品	主人公	空間的 背景	構 成	主 題	出 典	비 고
1	申啞傳	벙어리 검공	청 도	揷 話	信 義	文無子文鈔	
2	蔣奉事傳	장 님	서 울	逸 話	方 術	文無子文鈔	
3	成進士傳	成進士	상 주	逸 話	謹 身	文無子文鈔	도입부있음
4	歌者宋蟋蟀傳	歌 客	서 울	傳 記	義 理	文無子文鈔	
5	捕虎妻傳	숯장수아내	정 읍	逸 話	침착성	梅花外史	
6	浮穆漢傳	중	진 천	傳 記	神 仙	梅花外史	도입부있음
7	柳光億傳	선 비	합 천	傳 記	士의 不道德	梅花外史	도입부있음
8	沈生傳	士 族	서 울	傳 記	決 義	梅花外史	도입부있음
9	申兵使傳	奇 人	남 양	傳 記	鬼 神	梅花外史	도입부있음
10	南靈傳	담 배	남 양	傳 記	담배의 기능	梅花外史	假 傳
11	却老先生傳	쪽집게	남 양	自敍傳	不道德性고발	花石子文鈔	假 傳
12	張福先傳	협 객	평 양	逸 話	義 理	花石子文鈔	도입부있음
13	李泓傳	사기꾼	서 울	揷 話	不道德性고발	花石子文鈔	도입부있음
14	峽孝婦傳	아낙네	산 골	逸 話	孝	桃花流水館小稿	
15	崔生員傳	선 비	산 골	逸 話	무당배격	桃花流水館小稿	
16	尙娘傳	부 녀	상 주	傳 記	烈	文無子文鈔	
17	烈女李氏傳	士族의 아내	상 주	逸 話	烈	文無子文鈔	
18	生烈女傳	士族의 아내	용 인	逸 話	烈	梅花外史	
19	文廟二義僕傳	奴 僕	서 울	傳 記	義	梅花外史	
20	車崔二義士傳	平 民	서 울	傳 記	義	梅花外史	
21	守則傳	士族의 아내	서 울	傳 記	義	梅花外史	
22	鄭運昌傳	平 民	보 성	傳 記	바 둑	文無子文鈔	
23	所騎馬傳	馬	서 울	傳 記	追 悼	梅花外史	

※ 상기 주제는 李鈺 자신의 史評에 따른 것임.

---

10) 金均泰, 「李鈺硏究」, 『古典文學硏究』 37, 서울대 석사학위논문(1977), 43쪽 轉載.

이들 작품 가운데서 중요한 몇 편에 대해서만 간단하게 설명해 보자.

(1) 沈生傳

서울 士族의 아들인 沈生이 종로 네거리에서 어떤 처녀를 보고 그 뒤를 따라가 그 집 담장 밑에서 한 달 밤을 서성대던 끝에 동침의 뜻을 이루게 된다. 이를 안 沈生의 집에서는 그를 북한산의 절로 공부하러 보낸다. 한편 처녀는 그를 연모한 끝에 병이 들어 죽을 지경에 이르자 沈生에게 하직의 글을 띄우고 죽는다. 이에 沈生은 슬픔을 이기지 못하여 글을 버리고 武科를 보아 금오랑에 이르나 역시 일찍이 세상을 떠나고 말았다는 이야기이다.

士族의 아들과 중인의 딸이라는 신분적 갈등 속에서 빚어진 애정 행각이라는 점에서 「이생규장전」이나 「춘향전」과 일맥상통하는 작품이다. 처녀의 유언 속에서 당시 윤리관에 구속되어 있는 아녀자의 恨을 엿볼 수 있으며, 그러한 윤리관과 신분적 계층이라는 사회 제도 안에서 죽음을 택할 수밖에 없었던 것은 그것이 사회에 대한 유일한 저항 수단이기 때문이었다고 하겠다. 이 작품은 李鈺의 다른 작품에 비해 소설로서의 구성을 잘 갖추고 있다. 다른 대부분의 작품에서의 표현이 서술적인 데 비해 「沈生傳」만은 묘사적 표현이 많이 보이며, 또한 사건 전개에 있어 인과관계가 분명하고 대립 갈등의 양상과 그 해결이 순조롭게 이루어지고 있으며 서민 위주의 소설로서 근대적인 의식을 엿볼 수 있다.

(2) 柳光億傳

서울 장안에는 온갖 匠人, 장사치들이 이익을 위하여 매음을 하는 등 함부로 처신을 하는 경우가 많았다. 합천의 柳光億은 科體詩로 당시 이름이 높았다. 그는 자기가 직접 응시하지 않고 자의반, 타의반으로 돈에 매수되어 글을 파는 것을 생업으로 삼는다. 그러던 중 京試官에게 발각되자 스스로 목숨을 끊었다는 이야기이다.

뛰어난 文才를 갖고 있으면서도 자기는 응시하지 않고 남에게 그 文才를 팔아 생계를 꾸려가는 선비의 이야기이다. 매관매직이 성행했던 시대상의 반영

으로 유광억을 통해 당시 사회의 부패상을 폭로하고 있다. 이러한 시대상황에
서는 한미한 신분으로서 과거에 급제했다고 하더라도 당쟁으로 인하여 신분
상의 보장을 받기 어려웠을 것이다. 근본적인 기강이 무너진 당시 상황에 있
어서 그의 도덕적인 양심이 금전 이만 냥 앞에서 무력해질 수밖에 없는 인간
의 한계성과 부패한 현실을 사실적으로 그리고자 하는 작자의 근대적인 의식
이 반영되어 있다.

(3) 張福先傳

평양 감영 主銀庫의 庫子인 張福先은 이천 냥의 逋를 지고 사형수가 되었으
나 그가 평소에 관가의 돈을 내어 빈한한 사람들의 길흉사에 보조했으므로
마을의 남녀노소가 모두들 나와 울면서 감사 蔡濟恭에게 장선복을 살려주기
를 간청하기에 그를 풀어주었다는 이야기이다.

평양 감영의 창고지기인 장복선은 공인으로서 관가의 재산을 도적질하여
형편이 어려운 사람들에게 사사로이 은덕을 베풀다가 사형을 당할 위기에 처
한다. 여기서 공인으로서의 직분과 사인으로서의 인간 사이에 심각한 갈등의
상황이 설정된다. 어려운 사람을 구제할 제도적 장치가 없는 상황에서 公人으
로서의 직분을 던져 버리고 한 인간으로서의 의협심을 발휘한다. 이러한 갈등
이 비극적인 양상으로 끝맺지는 않는다. 이러한 상황 설정은 기존 사회 제도
에 대한 도전적인 작자의 의식을 반영한 것으로 보인다.

(4) 李泓傳

희대의 사기꾼인 李泓은 당대 재벌의 집을 찾아 水利에 대한 자신의 포부를
이야기하며 돈 수만 금을 빌어 청천강에서 수리 공사를 하다가, 安州의 이름
높은 기생을 富商인 체 하여 농락하고, 어떤 시골 아전이 軍布를 바치러 온
것을 꾀어서 술값으로 軍布를 다 써 버리게 하고, 서울 밖에서 시주하던 중을
큰 유기가 있다고 속여 그의 돈을 모두 털어 술값으로 치루었다는 이야기이
다.

이 작품에서는 주인공 李泓의 사기극 세 편을 연결하여 부정적인 世態樣相
을 공개하고 있다. 콧대 높은 기생, 관직의 아전, 勸善하는 승려, 이들은 하나

같이 눈앞의 조그마한 이익에 쉽게 연연해하는 인간의 속된 본성을 드러내고 있다. 우리 나라는 예로부터 순진소박한 기풍이 있었으나 근세에 이르러 풍속이 험악해져 온갖 작태가 성행하고 있다는 작자 자신의 말대로, 부패한 사회상을 李泓이라는 주인공을 통해 신랄하게 비유 풍자하고자 하는 작자의 근대적인 의식을 엿볼 수 있다.

(5) 崔生員傳

영남에 살고 있는 無神論者 최생원이 서울로 가는 도중 어느 동리 叢祠에서 무당이 신에게 음식을 차려 놓고 비는 판을 보고 노하여 무당을 몰아내고 귀신을 꾸짖자 그의 말이 죽어 버렸다. 최생원은 더욱 노하여 그 사당을 불살라 버린다. 그 후 신은 다른 곳으로 옮아 갔으며 해마다 최생원을 위하여 특별히 딴 상까지 차려 놓았다. 여러 해가 지난 후 최생원이 그 동네를 지나다가 그 일을 또 발견했다. 최생원이 옆방에 있는 줄도 모르고 굿을 하던 무당은 최생원이 나타나자 도망가고 신은 내리지 않았다는 이야기이다.

이 작품은 당시 극심했던 무당의 惑世誣民하는 작태를 비판하고 있다. 귀신의 존재 유무는 생각 여하에 달려 있으니 이는 자기 의지에 관한 문제라고 주장하면서, 미신타파에도 관심을 가진 작자의 의식을 보여 주는 근대적 성격을 지닌 작품이다.

(6) 浮穆漢傳

鎭川 산중에 首座와 上佐가 있었는데 首座는 上佐에게 가끔 술 한 말 담그기를 청하고 그 술이 익을 무렵이면 浮穆漢이 와서 佛道의 현묘한 것들에 대한 이야기를 하고 술이 떨어지면 사라지곤 했다. 그러던 어느 날 이번이 마지막임을 암시한 말이 있고 나서 얼마 안 되어 首座는 죽게 되고, 浮穆漢이 화장하러 왔다가 떠나면서 上佐의 명도 얼마 남지 않았음을 알려 주고는 환속하기를 바란다. 지시대로 상좌는 重俗漢이 되어 저자를 돌아다니며 그가 겪은 이야기를 하다가 마침내 그 날이 되어 세상을 떠났다는 이야기이다.

이 작품은 하나의 사건이 일련의 연계성을 갖고 진전되는 플롯으로 이루어져 있다. 首座의 명을 바르게 예견한 浮穆漢의 신이적인 행위는 초월적 세계와 인간의 유한적 세계와의 이원성을 나타내고 있다. 상좌는 인간 세상을 떠나 비속세로 나아가고자 하나 실패한다. 이는 허균의 한문 소설에 나오는 南宮先生, 蔣生, 張山人 등이 신선이 되고자 했으나 地上仙에 머물고 만 것과 같은 상황이다. 이처럼 李鈺은 현실을 떠나 선계의 절대적 동경이 아니라 현실에 뿌리를 둔 이상적인 세계를 그리고 있다고 할 수 있다.

(7) 南靈傳

「南靈傳」은 薄庭 金鑢의 「薄庭叢書」 가운데 수록되어 전하는데, 文無子 李鈺이 심성을 의인하여 쓴 한문본 의인소설이다.

창작 시기는 18세기 말에서 19세기 초였을 것으로 추정되며, 다른 天君小說처럼 心의 의인인 天君이 등장하나, 가계나 가문 혹은 성격에 대한 설명이 없을 뿐 아니라, 천군이 즉위한 32년 이전의 모든 일에 대해서도 아무런 언급이 없다. 「南靈傳」의 천군은 南靈(담배의 의인)을 등용시켜, 그로 하여금 천군의 나라에 침입한 秋心(愁의 破字, 근심의 의인)이란 도적을 쫓아내게 한다. 그러나 천군의 역은 극히 미약하게 묘사되고 있고, 南靈이 주동이 되어 사건을 진행시키고 있는 점이 다른 천군소설과 다르다. 그러나 天君의 나라에 쳐들어온 도적을 쫓는 역을 南靈이 할 뿐, 천군이 주인공으로 등장한 점은 다른 천군소설과 마찬가지다.

이밖에 黃草를 말아 대통에 넣은 것을 의인한 黃卷, 천군의 使者로 남령을 전쟁터로 불러낸 불의 의인인 火正黎, 그리고 長白髮, 夢不成 등이 등장한다.

이상에서 보면 「南靈傳」은 마음(天君)에 서리어 있는 愁(秋心, 근심, 걱정)를 담배를 피움으로써 쫓아낼 수 있다는 것을 주제로 한 작품으로, 담배의 효용성을 강조한 작가 의식을 담고 있다. 또한 天君(마음) 내부에서 일어난 愁心을 쫓아내기 위해 외부의 힘(담배)에 의존하는 심리묘사는 현실적인 섬세미가 발견되어 이 작품의 주제를 더욱 선명하게 부각시켰다.[11]

---

11) 金光淳, 『天君小說硏究』, 형설출판사(1980), 149~155쪽.

3) 판소리계 소설

영조대를 전후하여 귀족 주도의 문학에서 서민 주도의 문학으로 전환되면서부터 歌唱을 위주로 하는 희곡적인 문학이 형성되기 시작했다. 그런데 그 명칭에 있어서는 타령이니, 창극이니, 잡극가니, 창극가니 하여 왔고, 李秉岐는 극가라는 용어를 썼고, 金東旭은 판소리[12]라는 용어를 쓰고 있다.

판소리의 어의는, '판'과 '소리'의 성어로서 판놀음(演戲)에 있어서의 한 유형인 '소리'를 뜻한다고 하겠으나 그 장르적인 개념은 형식과 내용을 아울러 고찰해야 파악될 것이다.

판소리의 대본(각본)으로는 「춘향가」를 비롯하여 「심청가」, 「홍부가」, 「토끼타령」, 「장끼타령」, 「배비장타령」, 「옹고집타령」, 「변강쇠타령」, 「매화타령」, 「신선타령」, 「무숙타령」, 「적벽가」 등 열두 마당이 있었으나, 「신선타령」만 아직 그 텍스트를 발견하지 못하고 있다.

이와 같은 판소리 사설이 문자로 정착된 것이 곧 판소리계 소설이다. 다시 말해 판소리계 소설이란 판소리 광대가 공연하던 판소리 대본(唱本)이 소설 독자층의 요구와 講談師, 貰冊家, 坊刻本業者의 상업적 목적과 맞물려 독자를 위해 轉寫되거나 서사 기록물로 인쇄된 것으로 민중의 발랄성과 진취성을 기반으로 한 민중의 공동작이다. 따라서 판소리 사설과 판소리계 소설 사이에는 질적 차이가 별로 보이지 않으며 부분적 차이만 있을 뿐이다. 이렇게 볼 때, 원래 광대의 공연 대본으로 존재했던 창본이라도 그 기능이 敍事口讀物化된 申在孝本 「兎鼈歌」나 唱本的 성격을 거의 그대로 간직하고 있는 完板本 「烈女春香守節歌」, 世昌書館本 「홍보젼」 등은 판소리계 소설로 보는 것이 온당할 것이다.

판소리 창본의 판소리계 소설로의 전환은 19세기 전반기부터 시작되어 중반기에 와서 보편화된 것으로 보이는데, 창본 그대로 전사되기도 하고 축약 또는 확장의 방향으로 변개되기도 하였다. 축약은 경판본에서 많이 보이는데, 이는 방각본 업자의 상업적 의도가 적극 개입된 결과로 나타난 것이며, 확장

---

12) 金東旭, 「판소리 發生攷」, 『韓國歌謠의 研究』, 이우출판사(1980).

은 독자의 흥미에 영합된 결과로 필사본에 많이 보인다.13) 또한 매우 부분적
이긴 하지만 창본이 판소리계 소설로 전환되면서 일반 고소설의 성격 쪽으로
서 變改가 이루어졌는데, 경판본의 경우 율문체에서 산문체화되었고, 소설의
初頭가 고소설의 전형적인 話頭辭인 '화설'로 시작되고14) 서술 시점이 유동적
인 시점에서 일정한 시점으로 변화되고 있는 점 등을 들 수 있다.

현재까지 알려진 판소리계 소설은「춘향전」,「심청전」,「홍부전」,「화용도」,
「토끼전」,「변강쇠가」,「배비장전」,「옹고집전」,「장끼전」등이다. 이 가운데
「춘향전」등 앞의 다섯 작품은 판소리와 소설로도 전승되고 있으며「변강쇠
가」는 판소리 사설만이 전하고, 그 밖의 작품은 소설로만 전하고 있는데,「배
비장전」은 근대 중기의 작품으로 추측된다.

이들 판소리계 소설은 다양한 근원설화를 바탕으로 오랜 기간에 걸쳐 여러
사람의 손을 거치면서 형성된 공동작의 문학이요, 적층문학이다. 문체에 있어
서도 판소리 사설의 영향이 강하게 남아 있어 대체로 4음보의 율문체로 되어
있으며, 漢詩句나 故事가 널리 동원되고, 일상적인 구어체 문장에서는 반복,
과장, 언어유희, 욕설 등을 사용하여 민중 문학적 특성을 잘 드러내고 있다.15)
표현에 있어서도 묘사적이고 사실적이며, 긴장 이완의 서사적 구조로 짜여져
있고, 구성의 전개는 서사적이라기보다 오히려 극적이다. 판소리계 소설은 우
리 나라를 배경으로 하여 민속, 사조, 생활상 등을 비교적 잘 표현하고 있어
향토문학으로서의 성격을 지니고 있다. 등장 인물도 각 계층을 대표하는 성격
을 전형적으로 잘 표현하고 있어 생동감 있는 인물로 만들고 있다. 판소리계
소설의 주제가 지배계층의 횡포성과 부패성을 폭로하고 그들의 위선적인 생
활을 풍자하려고 했기 때문에 해학이 필연적으로 동반되어 해학성이 풍부하
게 나타난다. 뿐만 아니라 판소리계 소설은 당시의 성장된 민중의식과 체제

---

13) 金栮培,「판소리 사설의 소설로의 전환문제에 대한 고찰」,『국어교육연구』17, 경
    북대 사범대 국어교육과(1985).
14) 徐鍾文,「申在孝 판소리 辭說 硏究」,『판소리 辭說 硏究』, 형설출판사(1984), 37~49쪽
    참조.
15) 張德順 外,『口碑文學槪說』, 일조각(1971), 157쪽.

저항적인 면을 반영하고 있다. 이 점은 실학사상이나 기타 근대적인 소설이 대두되기 시작한 당시의 시대 정신으로 말미암아 성장하고 있던 민중의식이 문학에 반영된 것으로 크게 주목되고 있다. 이들의 대표적인 작품만 살펴보면 다음과 같다.

(1) 春香傳

「춘향전」은 판소리계 소설로서뿐만 아니라 서민 소설의 최고봉으로 양반 소설의 최고봉인 「구운몽」과 대립적인 위상을 가진다. 「구운몽」이 순환과 초월의 세계에서 펼쳐지고 있는 데 비해 「춘향전」은 개방적이고 직선적이며 서민적인 세계의 문제를 다루고 있다. 그리고 「구운몽」이 양반 사대부의 취향과 사고에서 창작된 귀족 소설이라면, 「춘향전」은 서민의 취향과 소망에서 발상되어 상스럽고도 노골적이며 때로는 익살스리운 표현으로 독자층을 매혹시킨 고소설의 대표작이다. 그 경개를 보면, 남원부사의 아들 이몽룡이 광한루에서 월매의 딸 춘향을 만나 백년가약을 맺는다. 갑자기 내직으로 영전된 부친을 따라 상경한 이몽룡은 후일을 기약하고 이별하게 된다. 춘향은 신관 사또 변학도의 수청을 거절하다가 곤욕을 치르게 된다. 한편 이몽룡은 과거에 장원급제하여 변학도의 생일연에 암행어사로 출두하여 변사또를 封庫罷職하고 춘향을 구하여 정실부인으로 맞아 부귀영화를 누린다.

여기서 춘향의 갈등은 일차적으로는 이몽룡의 구애에서 비롯된다. 양반 자제의 구애는 기생인 춘향에게는 예기치 않은 행운임에는 틀림없지만, 그것이 일시적인 애정에 지나지 않는다면 신분 상승과 진실한 애정을 추구하는 춘향으로서는 바라지도 않는 것일 뿐만 아니라 오히려 불행인 것이다. 그러나 이 갈등은 이도령이 춘향의 신분 갈등과 진실한 애정 성취에 있어서 적대 세력이 아니라 오히려 적극적인 협조 세력임이 확인됨으로써 해소된다. 춘향의 갈등은 여기서 멈추는 것이 아니라 보다 본질적인 갈등으로 발전해 나가는데, 곧 이도령과의 이별과 변학도의 수청 요구이다. 여기서 춘향의 갈등은 이도령과의 개인적인 것이 아니라 그들을 둘러싸고 있는 세계의 완강한 폭력과 맞서는 것이다.[16)

이는 바로 신분 구조의 모순과 탐관오리의 수탈 등 조선후기 사회의 구조적 모순에 대한 민중의 항거와 결부되는 것이다. 또한 이러한 갈등의 전환이 「춘향전」의 작품구조가 설화적 평면성을 극복하는 내적 계기가 되는 것이다. 변학도로 표상되는 기존 사회의 통념과 억압적인 제도 장치는 천인이 아니고자 하는 춘향의 지향에 대하여 일방적으로 천인이기를 강요하는데, 이에 춘향은 烈과 수절이라는 기존 사회의 가치 규범을 방패막이로 하여 맞선다. 즉 烈을 수단화하고 있는 것이다. 그러나 자기 방어를 위한 이러한 처절한 노력에도 불구하고 춘향의 자기 성취를 위한 투쟁은 철저히 짓밟혀 죽음 직전에까지 이른다. 이러한 춘향의 처절한 투쟁이 당대 민중의 공감을 획득했을 뿐만 아니라 민중의 희망과 부합되어 작품은 어사출도로 극적인 전환을 맞게 되고 춘향의 자기 성취는 이루어진다.[17]

이상의 간단한 갈등 양상 검토에서 우리는 이 작품의 궁극적 가치와 의미가 무엇인가를 알 수 있다. 즉 「춘향전」의 궁극적 갈등은 춘향의 신분갈등이며 춘향의 열녀의식은 신분 상승을 성취하기 위하여 제시한 방어기제와 관계가 있고, 작품 내에서 그것은 목적 성취를 위한 수단적 가치이기도 하다. 또 춘향은 자기가 추구하는 신분 상승을 성취하기 위하여 죽음으로써 장애 세력과 대결했다는 점으로 볼 때, 강렬한 자아의식의 소유자이며 근대 지향적, 이익 사회적 인간형이라 할 수 있다. 그리고 이 작품은 당대 사회의 신분 구조가 분화, 와해되고 있는 사회 변동을 반영하고 있다. 따라서 이 작품의 궁극적 가치는 완강한 봉건사회적 제도와 도그마dogma로부터 인간을 옹호, 해방하려는 예리한 反命題를 제기했다는 데에 있다.[18] 「춘향전」은 서민의식의 성장으로 근대적인 성격이 본격적으로 나타난 영·정조대의 일단면을 잘 나타내고 있어 크게 주목되는 작품이다.

---

16) 李相澤·尹用植, 『古典小說論』, 韓國放通大出版部(1986), 45쪽 참조.
17) 李相澤·尹用植, 같은 책, 45쪽 참조.
18) 李相澤·尹用植, 같은 책, 46쪽.

(2) 沈淸傳

「심청전」은 판소리계 작품과 비판소리계 작품이 있는데, 세속소설로서의 특징, 예컨대 심봉사와 뺑덕어미의 행위와 갈등 등을 뚜렷이 드러내는 것은 전자이다.[19] 「심청전」은 生贄說話가 바탕이 된 판소리 「심청가」의 정착으로 형성된 소설로서 효와 몰락 양반의 곤궁한 생활상을 그린 작품인데, 현실적인 가난을 효의 윤리로 극복하려는 의식구조를 읽을 수 있다.

가난한 심청이 공양미 삼백 석에 몸을 팔고 죽게 되는 전반부와 재생한 심청이 부귀를 누리다가 부친과 상봉하는 후반부는 죽음과 재생의 모티프로서 현실성과 초월성이라는 두 세계를 접합시키고 있다. 전반부의 현실 세계는 비장미와 숭고미를 창출하고 있으며, 후반부의 초월적 세계는 곧 민중의 바람과 소망인 효에 대한 인과응보로 이해된다.[20]

(3) 興夫傳

보은설화가 바탕이 된 「흥부가」의 정착으로, 형제간의 우애를 표면적으로 내세우면서 이면적으로는 부농과 빈농 사이에 벌어지는 경제적인 힘의 갈등을 제시하고 있는 작품이다.

윤리적으로 착하기는 하지만 현실적으로 비루하리만큼 무기력하고 무능한 흥부[21]와 돈에 눈이 어두워 형제간의 우의도 모르는 포악하고 심술궂은 지주로서의 놀부[22]를 대립시켜 무기력한 흥부의 고난상과 몰인정한 놀부[23]가 부를 누리는 현실에 대한 풍자가 전반부를 구성하고, 報恩과 報讐의 박을 통해 흥부의 부와 놀부의 몰락을 보임으로써 이상적인 권선징악으로 귀결시킨 후반부로 구성되어 있어, 선악의 대립 갈등으로 사건이 전개되면서 형제간의 우애를 소재로 한 권선징악의 상징적인 작품으로 주목된다.[24]

---

19) 李相澤·尹用植, 같은 책, 47쪽.

20) 金光淳, 「韓國古小說史序說」, 『語文論叢』 19, 慶北大學校 人文大學 國語國文學科 (1986), 16~17쪽.

21) 金光淳, 「興夫傳의 主人公에 관한 人性分析」, 『金思燁博士回甲紀念論文集』(1973).

22) 金光淳, 같은 책, 참조.

23) 金光淳, 같은 책, 참조.

그러나 작품 전체의 구조적인 측면에서 보면, 「홍부전」은 이익 사회의 핵심인 부의 문제를 정면으로 다룬 작품이라 할 수 있다. 홍부와 놀부 사이의 갈등은 소유관념이 희박한 공동 사회에서의 그것이 아니라, 형제간에도 소유 관념이 분명한 거래와 계약이 요구되는 이익 사회 내에서의 갈등인 것이다. 그런데 이 갈등을 지켜보고 이끌어가는 관점은 철저한 민중적 관점임을 염두에둘 필요가 있다. 홍부의 이율배반적 행위나 놀부의 행위에 대한 비판, 작품의갈등을 해소해 나가는 방향 등은 바로 광대의 관점이기도 한 민중의 관점에의거하고 있으며 또 이것에 의해서만 「홍부전」이 정확하게 파악[25]될 수 있다는 점에서 「홍부전」의 근대적인 의식을 엿볼 수 있다.

(4) 雍固執傳

이 작품은 宣祖朝에 나온 「柳淵傳」에서 그 근원을 찾을 수 있으며[26] 「罷睡錄」에 나오는 眞許假許事와 그 플롯이 유사하다. 그리고 플롯에 있어서는 판소리계 소설 가운데서 가장 단순하며 짧은 작품이다. 이 작품 역시 인물묘사나 배경이 다소 과장적이긴 하지만 사실적으로 표현되고 있다는 점에서 근대적인 요소를 찾을 수 있다.

사건 전개와 표현에서는 해학적인 수법을 쓰고 있으며, 교묘한 도술을 통하여 고집이 세고 인색하며 불효한 수전노를 풍자, 징계하고 있다. 아울러 불교를 배척하는 인사들을 징계하기 위하여 기상천외한 도술적 구성을 쓰고 있다[27]는 점은 전대소설에 크게 벗어나지 못했다.

(5) 변강쇠전

이 작품은 「가로지기타령」, 「변강쇠타령」, 「橫負歌」 등으로 불려지는데, 이중에 현존하는 것은 고종조의 신재효가 개작한 것 뿐이다. 이 작품의 근원설

---

24) 金光淳, 「韓國古小說史序說」, 『語文論叢』19, 慶北大學校 人文大學 國語國文學科(1986), 17쪽.

25) 李相澤·尹用植, 앞의 책, 46쪽.

26) 金鉉龍, 「雍固執傳의 根源說話」, 『국어국문학』 62·63, 국어국문학회(1973).

27) 金起東, 앞의 책, 883쪽.

화는 정조조의 담정 金鑢의 문집 「담정총서」 권 28에 수록되어 있는 「九夫家」
이다.[28] 이와 같이 長柱說話와 屍體付着說話를 근원설화로 하여, 음탕한 남녀
를 등장시켜 호색에 대한 응징을 목적으로 한 작품이므로 그 주제도 懲淫的
성격을 띠고 있다.

이 작품은 징글맞은 喪夫를 계기로 하여 烈女不更二夫라는 윤리를 헌신짝처
럼 여기는 雍女와 온갖 체험을 다 겪은 변강쇠의 어지럽기 짝이 없는 음란한
행위와 두 남녀를 싸고 도는 파계승, 초라니, 풍각장이, 마종들의 호색을 해학
적으로 잘 표현하고 있어 주목된다.[29] 이는 근대 초기 사회의 일면을 나타내
고 있는 것이라 할 수 있다.

4) 창작군담소설

창작군담소설의 특징은 가상적인 인물의 전쟁담을 가공적으로 꾸며낸 이야
기로서 대부분의 작품이 공식적인 서사구조로 구성되어 있는 점이다.

주인공은 권문세가의 외아들로서 대체적으로 보아 치성을 들여 낳은 인물
이다. 주인공은 난리를 만나거나 간신의 참소로 부모 곁을 떠나 고난을 겪게
되지만 도사의 구출로 진기한 도술과 병법을 배운다. 이 때 국가는 전란으로
위기를 맞게 되고, 주인공이 영웅적 활약을 전개하여 전란을 평정하고 높은
벼슬에 오르며, 헤어졌던 가족을 만나 가정을 되찾고 부귀영화를 누린다[30]는
이야기이다. 이러한 공통적인 내용은 작품에 따라 세부적으로는 많은 차이를
보이는데, 徐大錫은 창작군담소설의 하위 유형을 외적과 대결하는 蘇大成傳
類型, 내적인 간신과 대결하는 劉忠烈傳 類型, 그리고 창업하는 새로운 인물을
도와 구왕권과 대결하는 張伯傳 類型의 세 가지 기본 유형으로 나누고[31] 이들
각 유형에 대해 다음과 같이 설명하고 있다.

蘇大成傳 類型으로는 「소대성전」, 「장풍운전」, 「금방울전」, 「현수문전」 등

---

28) 李家源, 『漢文學研究』, 탐구당(1969), 참조.
29) 金起東, 앞의 책, 885쪽.
30) 徐大錫, 『군담소설의 구조와 배경』, 이화여대출판부(1985), 26쪽.
31) 徐大錫, 같은 책, 68쪽.

을 들 수 있는데, 몰락한 가문을 외적의 침입을 계기로 재건하는 이야기이며, 능력은 있으나 불우했던 한 인물이 사회에서 천대도 받고 구원도 받으며 출세하는 과정을 보여주는 작품이다. 이러한 내용은 兩亂期에 구국활동을 했던 의병장들에게 찾을 수 있으며 숙종의 잦은 換局에 따른 권력층의 변화에서 벼락 출세의 체험이 반영되었다[32]고 했다.

劉忠烈傳 類型에는 「조웅전」, 「유충렬전」, 「황운전」이 속하는데, 주인공이 정치적 적대세력의 탄압으로 수난을 겪으며 주인공의 적대자는 왕권의 도전자가 되어 주인공과 대결하는 이야기로서, 이 유형은 정치에 관심을 가졌던 계층이 향유했던 작품이며 특히 몰락층의 정치의식이 투영된 작품이다. 따라서 이 유형은 환국을 도모하려는 실세 관료층의 작품은 아니지만 적어도 권력층의 횡포에 대한 원한이 맺히고 현실적인 권력 구조에 불만을 가진 이들의 작품[33]이라고 했다.

張伯傳 類型에는 「장백전」, 「유문성전」 등이 있는데, 이는 주인공이 새 임금을 도와서 구왕권을 타도하여 창업하는 이야기이다. 조선조 왕권에 대항하여 새로운 왕조를 창업하려는 민중들의 움직임은 선조 때 정여립 사건에서부터 동학혁명기까지 계속되었으니, 이러한 배경에서 張伯傳 類型뿐만 아니라 대부분의 군담소설도 정치의식을 가졌던 평민층에게 공감을 얻을 수 있었던 것[34]이라고 했다.

이와 같이 사건 전개에 있어서 전기적인 요소를 완전히 탈피하지는 못했지만 현실의 사건을 소재로 한 점이나, 표현에 있어서 사실적인 수법, 그리고 작품 내용이 민중과 공감대를 형성하고 있는 점 등은 영·정조대의 근대적인 성격을 잘 나타내 주고 있다고 할 수 있다. 이들 작품 중에 대표적인 것만 살펴보면 다음과 같다.

---

32) 徐大錫, 같은 책, 92쪽.
33) 徐大錫, 같은 책, 107쪽.
34) 徐大錫, 같은 책, 120쪽.

(1) 劉忠烈傳

이 작품은 창작 연대, 작자 미상으로 군담소설의 전형이며 대표적인 작품이다. 활자본과 필사본이 많으나 거의 같은 내용이다. 이야기의 전반은 주인공과 주인공 가족들의 고행담이고, 후반은 주인공의 군담을 통한 영웅적인 활동을 그리고 있다. 「유충렬전」의 주갈등은 충신과 간신의 대립으로 전개되며, 이는 당쟁으로 실세했거나 몰락한 계층의 재기 복수의 의식을 보여준 것[35]이라고 할 수 있다. 작품 말미에서 국가의 군주에 충성하고 부귀공명을 누리게 한 것으로 끝맺는 것을 보면, 유교적인 인생관에서 나온 忠을 주제로 하고 있다고 하겠다.

(2) 蘇大成傳

이 작품은 목판본, 활자본 등이 있는데, 목판본과 활자본은 여러 면에서 대동소이하다. 다른 작품의 경우와 같이 목판본에 있어서 경판본은 완판본 반정도로 축약되어 있으나 양 판본의 플롯은 거의 같다.[36] 주인공 蘇大成이 조실부모하고 고아로 갖은 고생을 하다가 천하의 영웅이 되어 武力을 세우고, 자기를 학대하던 부인의 딸과 인연을 맺는 비교적 짧은 이야기인데, 주인공이 초년에 걸식하는 플롯은 「장풍운전」의 경우와 같다.

(3) 張伯傳

이 작품은 목판본과 활자본(德興書林)이 있는데 내용은 같다.[37] 元末·明初를 배경으로 명태조 주원장의 창업을 싸고 벌어지는 영웅들의 이야기로 「유문성전」과 거의 같은 내용이다.

5) 동물의 의인소설

의인소설 가운데 동물을 주인공으로 한 작품으로 「장끼傳」, 「鼈主簿傳」, 「鼠

---

35) 徐大錫, 「劉忠烈傳의 종합적 고찰」, 李相澤外, 『韓國古典小說硏究』, 새문사(1983), 374쪽.
36) 金起東, 『韓國古典小說硏究』, 교학연구사(1985), 344쪽 참조.
37) 金起東, 같은 책, 356쪽 참조.

同知傳」, 「鼠大州傳」, 「鼠獄記」, 「蟾同知傳」 등이 있다. 이들 작품은 창작 연대와 작자가 미상인데 작품의 성격으로 보아 영·정조대의 작품으로 유추된다. 동물의 의인소설은 근원설화를 가지고 있음이 공통적이고, 풍자적인 수법을 사용함으로써 웃음을 자아내게 하며, 3인칭 소설로서 대부분이 평면적인 단순 구성이나 고소설의 상투적인 好終性에서 탈피되어 가고 있으며, 序頭가 소설 내용과 관계되는 분위기 묘사로 시작되는 경우가 많은 점이 전대소설보다 진일보한 것으로 보인다. 작품 내용은 위선적인 양반층과 탐관오리 등 당시 부패한 정치상을 비유·풍자하는 것이 주류를 이루는데, 주제도 위정자의 무능과 부패성, 양반 계급의 위선에 대한 비유·풍자, 여권 주장 등 서민 의식의 성장이란 측면에서 비교적 근대적인 성격이 두드러지게 나타나고 있다.

이외에도 동물의 의인소설로는 한글본으로 창작 연대와 작자 미상의 「녹처소연회」, 「까치젼」, 「황새決訟」 등이 있으며, 게를 의인한 한문본 의인 소설로 石洲 權韠(1569~1612)의 「郭索傳」이 「石洲集」에 전하는데, 구성이나 내용이 소설로서는 소원함을 면치 못한다. 또한 영·정조대 柳本學(1770년경)의 「烏圓傳」이 「問菴文藁」에 전하는데, 이 작품은 고양이를 의인하여 부귀해지면 거만하고 오만해지는 인간성의 결함을 비유·풍자한 한문본 의인 소설이다. 이 밖에 「鵲鳥相訟」, 「蛙蛇獄案」, 「金衣公子傳」 등이 있다. 이 가운데 대표적인 작품을 살펴보면 다음과 같다.

(1) 장끼전

이 작품은 창극의 각본으로 쓰여 오다가 영·정조대에 와서 소설화된 것[38]이다. 작자와 창작 연대에 대해서 정확히 알 수는 없지만, 「장끼전」의 여러 이본에 등장하는 지명의 빈도수가 안동을 중심으로 한 경상도의 군 단위 읍 명이 많은 점으로 보아, 본 작품은 안동을 중심으로 한 경상북도 북부지방의 어떤 이에 의하여 이루어졌을 것으로 짐작되며, 작품의 주제와 사상, 그리고

---

38) '판소리의 8명창중 한 사람으로 유명한 廉啓達이 절간으로 공부하러 들어갔다가 「장끼전」을 읽고, 그것을 연구했다는 말이 있는 것으로 보아, 순조 때의 판소리 사설보다 앞서 소설 「장끼전」이 존재했던 것으로 추측된다.'
鄭炳昱·李御寧, 『古典의 바다』, 현암사(1977), 274쪽.

宋晚載의 「觀優戱」에 「장끼전」의 상연을 보고 지은 漢詩[39] 등이 있는 점으로
보아, 이는 실학사상의 대두 이후 즉 영·정조대에 전래설화를 소설로 정착시
킨 것으로 파악된다.

「장끼전」의 근원설화는 「野鼠婚說話」[40]를 들 수 있는데, 동류 결혼 설화로
인도의 「반잔단드라」, 「히도바데사」, 「마하빠라다」 등에 나오는 쥐 이야기도
모두 우리 「野鼠婚說話」와 기원을 같이 한 同系의 설화라 볼 수 있다. 그리고
「장끼전」의 주제는 이본에 따라 장끼가 죽은 후에 까투리의 改嫁與否로 인해
改嫁禁止와 改嫁許容의 두 가지로 나누어 볼 수 있다. 전자는 세 번 내지 네
번 개가를 하지만 다시 과부가 되는 비운을 맞는다. 그래서 많은 鳥類들의 청
혼을 뿌리치고 끝내는 과부로 지내게 되는데 이 플롯에서는 당시 改嫁禁止라
는 윤리관을 깨뜨리고 개가해도 행복을 추구할 수 없다는 작가 의식이 반영
되어 개가를 금지하는 전통적인 도덕 관념을 표현하고 있다. 이러한 개가금지
의 윤리관은 烈女不更二夫라는 유교적 규범이 표면화되어 이를 생명보다 더
중요한 것으로 받아들였던 시대의 소산으로 추측된다. 반면에 후자의 경우는
까투리가 喪夫한 뒤에 다른 조류들의 청혼을 거절하다가 홀아비 장끼가 청혼
함에 자식들의 반대도 뿌리치고 개가하여 잘 살다가 내외 모두 승천하여 好終
的으로 끝나는 것으로 보아 개가금지라는 당시 윤리관에 대한 정면 도전으로
독자들에게 주는 의미는 판이하다. 그러나 이들 이본간에 공통적으로 나타나
는 것은 남존여비사상으로 인해 빚어진 부부 생활의 모순을 해학과 위트로써
譏刺하고 있다는 점에서 근대적인 요소를 엿볼 수 있다.

(2) 鼈主簿傳

이 작품은 설화로 구전되어 오다가 판소리를 거쳐 소설로 정착된 것이므로
어느 한 개인의 창작품이 아니고 구비전승에 따라 여러 작가들의 의도에 의
하여 변화, 개작되어 온 창극의 대본에서 소설로 쓰여진 것이다. 따라서 다양
한 이본이 형성되었으며 이본간에도 상이점이 심하다 이 작품의 근원설화에

---

39) '靑鞍繡臆䳬雄雌 菌畝蓬科赤豆疑 一啄中機紛迸落 寒山枯樹雪殘時.'(宋晚載, 觀優戱)
40) 『於于野談』, 卷之一 婚姻條.

대해서는 「삼국사기」의 「龜兎之說」[41]과 「자타카本生經」에 있는 「龍猿」[42], 일
본의 「水母猿의 동화」가 모두 근원을 같이한 것임은 주지의 사실이다. 「鼈主
簿傳」의 이본도 다른 판소리계 소설처럼 매우 많아 지금까지 발견된 것만도
30여 본에 이른다. 그리고 각 이본의 공통적인 주요 화소는 사대부층을 대변
하는 별주부라는 주인공을 통해 군신 간의 충성과 도리를 역설한 소설적 구
성이나 忠은 어디까지나 표면적 주제일 뿐, 하층 계급을 대표하는 토끼를 통
해 용왕과 별주부 등 군신간의 모순점과 서민들의 억압상, 인간성의 결함을
비유 풍자하는 데에서 근대적인 성격을 엿볼 수 있다.

(3) 鼠의 의인소설

鼠의 의인소설이란 쥐를 의인하여 주인공으로 한 소설을 뜻한다. 한글본으
로는 「鼠同知傳」이란 표제로 永昌書館本, 世昌書館本, 天台山人本 등이 있는데
이들 세 편의 관계는 필사 과정에서 생긴 이본으로 파악된다. 한문본으로는
「鼠大州傳」과 「鼠獄記」가 있는데, 한글본과 비교 검토해 본 결과[43] 이본의 관
계가 아닌 각기 다른 작자가 쓴 별개의 작품임이 확인되었다. 따라서 鼠의 의
인소설이란 한글본 「鼠同知傳」과 한문본 「鼠大州傳」, 「鼠獄記」의 세 작품을
총칭하는 것이며, 이들 세 작품의 작자와 창작 연대는 모두 미상이다.

鼠의 의인소설의 근원설화로는 「鼠國說話」를 들 수 있는데, 중국의 「異苑」
에 실려 있고 일본에도 德川 초기에 된 「隱里[각구레사도]」라는 소설이 있으
니 역시 鼠에 관한 것이다.[44] 우리 나라에도 쥐 설화가 많이 있다. 「旬五志」에
「猫頭懸鈴」이라는 이야기가 있고, 「雍固執傳」의 근원설화라고 하는 쥐의 「眞
假爭主說話(遁甲說話)」가 인도의 「구두쇠 이리 이야기」 설화와 유사한 점으로
보아 鼠國訴訟說話가 많이 있었다는 것을 알 수 있는데, 이들 설화에서 鼠의
의인소설이 창작된 것으로 보인다.

「鼠同知傳」은 鼠同知에게 은혜를 입었던 다람쥐가 그에게 다시 도와줄 것을

---

41) 『三國史記』 卷四十六 列傳 薛聰條.

42) 金光淳, 『天君小說研究』, 형설출판사(1980), 26~27쪽.

43) 金光淳, 「鼠의 擬人類小說의 相互關係」, 李在秀博士還曆紀念論文集(1972), 101~102쪽.

44) 金台俊, 『韓國小說史』, 學藝社(1939), 130쪽.

요구했을 때 鼠同知가 거절하자, 전에 입은 은혜를 잊고 배은망덕하게 鼠同知를 山君인 白虎에게 허위로 소송했으나, 현명한 판관이 시비곡직을 가려서 간악한 다람쥐를 벌한다는 내용으로 鼠類들의 소송 사건을 통해 다람쥐와 같은 배은망덕한 인간을 경계해야 한다는 데 이 소설의 주제를 두었다.

「鼠大州傳」의 경우는 鼠大州가 毗南州의 精栗을 훔쳤으므로 타남주가 사또에게 소송했으나, 판관인 사또가 鼠大州의 巧言流說에 속아 죄없는 타남주를 억울하게 정배시킨다는 내용이다. 이와 같은 鼠類들의 송사를 통해 당시 판관의 무능과 부정부패를 일삼던 관리들을 사실적으로 신랄하게 풍자 폭로한 것이다.[45]

「鼠獄記」는 전술한 兩本과는 인물, 사건, 배경은 물론 작품의 주제, 그리고 구성까지도 판이한 이야기로, 鼠를 등장시켜 시비곡직을 가리는 재판의 이야기는 前二者와 비교할 수 없을 정도로 다르나 鼠族들을 의인하여 질투와 시기, 무고 등이 난무하는 당시 사회상을 사실적으로 비유 풍자하고 있는 점은 서로 유사하다.

이와 유사한 작품으로 『金光淳所藏 筆寫本 韓國古小說全集』 23권에 수록되어 있는 「鼠獄說」도 있다.

(4) 蟾同知傳

이 작품은 일명 「두껍젼」이라고도 하는데 두꺼비, 노루, 여우 등을 의인한 비판소리계 의인소설로서 작자와 창작 연대는 미상이나 영·정조 이후의 작품으로 짐작된다. 「蟾同知傳」은 爭年說話를 소설화한 것으로 이러한 설화는 그 근원을 佛典說話에서 찾을 수 있는데, 「高麗大藏經」 권34 「十誦律」에 탈새(鶹)와 獼猴와 코끼리가 각기 年長을 다투어 탈새가 최연장자가 되었다[46]는 이야기가 그 예이다. 이 작품의 주요 인물을 두꺼비와 여우로 설정한 것은 대조적인 두 인물을 통해 인간 사회의 생태를 풍자하려는 근대적인 작가의식의 표현이다. 간사하고 시기심이 많은 여우를 음흉하면서도 속셈이 많은 두꺼비

---

45) 金光淳, 「鼠의 擬人類小說의 相互關係」, 李在秀博士還曆紀念論文集(1972), 11～12쪽.
46) 孫晉泰, 「韓國民族說話의 硏究」, 『韓國文化叢書』 제1집, 乙酉文化社(1947), 182～183쪽.

에게 패하게 한 플롯은 두꺼비를 통해 여우처럼 간사한 인간상을 공격하게
함으로써 쾌감을 맛보려는 근대적인 민중의식을 엿볼 수 있다. 그러므로 이
작품의 주제는 상반되는 성격을 지닌 동물들의 언동을 통해 인간사회의 비리
와 인간성의 결함을 비유 풍자한 것으로 나이를 빙자하여 항상 상좌에 오르
기만을 노리는 인간상과 허망한 이론과 거짓으로 행세하는 인간상의 이면을
날카롭게 諷刺하는 데 있다.

6) 玉麟夢

이 작품은 영조조에 工曹判書를 지낸 李廷綽(1678~1758)의 작으로 추정되
는 한문소설로 「二四齋記聞錄」의 기록에 의하면 중국에까지 알려져 호평을
받은 작품이다. 「永垂彰善記」라는 제목의 사본도 있는데 현재 한문본 및 국문
본이 120여 종 전한다.

이는 夢字類 小說이면서도 「구운몽」과는 달리 가정 내 두 부인 간의 갈등과
모해를 중심으로 전개되면서 정치적인 갈등으로 확대 비화되는데, 이는 「謝氏
南征記」와 같은 유형적 성격을 보인다. 아버지와 아들 그리고 손자대에 이르
는 3대에 걸친 한 가문의 삶의 과정을 그리면서 각 세대간의 특질을 잘 드러
내고 있다. 제1대는 出將入相하나 간신의 참소로 귀양갔다가 풀려나고, 제2대
는 그의 딸을 중심으로 두 부인 간의 모해담이 전개되는데 권력을 업은 상대
(呂夫人)의 일방적인 공격으로 약한 柳夫人 측이 극심한 시련을 겪지만, 마침
내 사실이 드러나 역전된다. 제 3대는 제 2대의 삶에 연관되어 부모를 잃었던
아들(柳公子)이 주인공이 되어 스스로 배우자를 선택하는 등의 새로운 양상을
보이고 있다.

이처럼 「옥린몽」은 「劉氏三代錄」 등의 세대기 소설과 맥락을 같이 하는 소
설로서 「구운몽」과 「사씨남정기」의 전례를 넘어서는 성과를 보인 작품[47]으
로 근대적인 성격도 엿볼 수 있다.

---

47) 車溶柱, 『玉樓夢研究』, 형설출판사(1985), 189~194쪽 참조.

7) 紅白花傳

작자와 창작 연대 미상의 한문 소설로 중국을 배경으로 한 章回小說인데, 남주인공 桂一枝와 여주인공 荀織素와의 사랑을 그리고 있다. 사건에 있어서 우연성이 제거되고 사실적인 서술법을 쓰고 있다는 점에서 근대적인 성격을 엿볼 수 있다. 주인공 一枝와 織素는 부모들에 의해 약혼한 사이였는데, 呂丞相이 織素의 아름다움을 보고 자기 아들과 혼인하기를 청함에 거절할 수 없어 상경하다가 중도에서 詩會에 참석, 장원 급제하고 남장하여 설소저와 결혼한다. 한편 일지는 과거에 급제, 부마가 되기에 이르렀는데, 이 사실을 안 織素는 공주를 찾아가 자기 사정을 고백하고는 공주로 하여금 呂丞相의 아들과 결혼하게 하고, 자신은 일지와 결혼하여 행복하게 살았다는 이야기이다.

8) 柳綠傳

작자와 창작 연대 미상의 한문 소설로 1924년 신구서림에서 「柳綠의 恨」이란 표제로 번역 출간한 일이 있다. 남주인공 夢世와 기생 柳綠과의 사랑 이야기로, 妓女와의 사랑 때문에 관직까지 사직하고 相思로 득병하는 애틋한 인간미를 볼 수 있다. 규범과 형식을 중시하던 조선조 사회에서 이처럼 진솔한 개인의 사랑 이야기를 전개시킨 것은 임·병양란 후 변모된 가치관의 반영이라고 할 수 있다. 기생 출신을 본부인으로 맞아들였다는 것은 당시 사회 질서에 대한 도전으로 보이며 「춘향전」에서의 경우와 흡사한 서민 의식을 반영하고 있어 근대적인 성격을 보이고 있는 작품이다.

9) 一樂亭記

이 작품은 李頤淳(1754~1832)이라고 추측되는 晩窩翁이란 사람이 지은 한문소설로, 서두에 「謝氏南征記」와 「彰善感義錄」의 가치를 인정하면서 소설은 架空虛構之說에서 나온 것이나 福善禍淫의 이치가 있다 하여 소설의 허구적인 표현 가치를 스스로 인식한 자취를 엿볼 수 있다. 서두에 인용한 두 작품의 영향을 많이 받았음이 작품 내용에 드러나 있다. 도입부의 柳英이란 사람의 선계 교유담과 천상의 인물이 겪는 인간윤회의 과정을 설정한 것은 이 작품의 새로운 점이다. 작품의 사건 전개와 인물의 성격 묘사는 「사씨남정기」와 「창선감의록」의 사건과 성격을 발전적으로 종합한 것으로 파악된다. 따라서 이 작품은 가정의 쟁총과 이에 따른 악인의 간악한 행위의 露呈과 처단을 묘사하여 권선징악의 보편적 주제를 보이고 있는 가정소설의 하나라고 할 수 있다.

10) 金銓傳

작자와 창작 연대 미상의 한문필사본으로 국립 중앙도서관에 소장되어 있다. '嘉慶二年丁巳臘月初七日 凝川後人寫'라는 筆寫記로 보아, 嘉慶二年은 정조 21년이므로 이 작품은 영·정조간의 作이라 짐작된다.

간신이 전횡하므로 사직하고 낙향한 金尙書는 南蠻의 침공으로 아들 金銓을 잃게 된다. 金銓은 魏丞相에게 양육되어 그의 전처소생인 荊玉과 혼인하게 되나 후처 薛氏의 모함으로 집을 나와 許翰林의 집에 머물며 과거에 응시, 장원급제하여 生父를 만나게 된다. 이 때 계모의 학대와 再嫁 강요를 피하여 남복 차림으로 도망가던 荊玉은 亡父의 夢中敎示로 다시 金銓을 만나 단란한 생을 보냈다는 이야기이다.

이로 볼 때, 이 작품은 金銓의 영웅적 삶을 서술한 것으로 보기에는 과거 급제 후의 삶에 대한 구체적 묘사가 없어 미완의 것으로 생각되고, 계모형 가정소설로 보기에는 전체적인 통일성이 부족하다. 따라서, 이 작품은 사건의 묘사나 구조의 통일에 문제가 있는 작품이라 할 수 있다. 「淑香傳」에 나오는 거북의 보은 삽화와 흡사함으로 보아 이에서 영향을 받은 작품이라 생각된다.

2. 춘향전 연구의 경향별 검토와 쟁점

「춘향전」은 국문학 연구에 있어서 일찍부터 학계의 주목을 받은 작품 중의 하나이다. 이것은 암행어사가 등장하여 변학도로 대변되는 악인형 인물을 懲治하는 통쾌함, 고난에도 굽히지 않는 춘향의 절개, 방자·월매·향단 등의 입체적 인물상 등 다양한 흥미소와 더불어 작품의 문학적 가치가 인정된 결과라 할 수 있다.

「춘향전」에 대한 본격적인 연구가 이루어진 것은 김태준[48]에 의해서이며, 이후 다양한 연구가 이루어져 지금까지 300여 편이 넘는 방대한 연구가 집적되어 있다. 그 결과 「춘향전」은 한국의 살아있는 고전으로 인정받기에 이르렀다.

「춘향전」에 대한 연구는 시기별로 일정한 경향을 지니는데 대체로 다섯 시기로 구분할 수 있다.

1930년대로부터 1950년대 초까지는 우리 고전문학 연구의 기틀을 잡아가는 시기로 「춘향전」에 대한 문학적 접근이 시도되었던 때였다. 김태준의 연구를 시작으로 이본, 근원설화, 「춘향전」과 춘향가의 선후문제, 춘향가의 근대적 변모 등이 주된 연구의 관심사였다. 그러나 해방 이후 혼란기 동안 연구가 계속되지 못하고 중단되었으며, 보다 정치한 연구 성과는 다음 시기로 넘길 수밖에 없었다.

1950년대 중반에서 1960년대 말까지는 「춘향전」 연구가 본격적으로 이루어진 시기이다. 특히 김동욱은 이본, 근원설화, 문체, 판소리와의 관련성, 주제 등 「춘향전」을 다각도로 분석하여 1965년 「춘향전 연구」[49]를 내놓음으로써

---

48) 김태준, 「걸작 춘향전의 출현」, 『조선소설사』, 조선어문학회(1933), 191~214쪽. 그는 「춘향전」의 경개, 기원, 시대성, 사상, 문학사적 의의 등 다양한 부분을 논급하였는데, 「춘향전」의 형성 기원을 이시발, 노진, 박문수 등 실존인물에서 찾기도 하고 박색춘향, 양진사설화 등 설화에서 찾기도 하며, 조재삼, 신위 등의 기록을 바탕으로 '정조시절에 일어난 「춘향전」 이야기가 순종 헌종 철종때까지 가극(판소리)으로 완성되었던 것'이라고도 하였다. 또한 봉건왕조의 붕괴 과정에서 「춘향전」이 탄생하였기에 「춘향전」은 그러한 시대정신을 담고 있으며, 춘향의 변부사에 대한 태도는 혹리에 대한 민중의 태도를 반영한다고 하였다.

49) 김동욱, 「경판본 춘향전 문제고」, 『국어국문학』 3, 국어국문학회(1953).
_______, 「춘향전의 근원설화고」, 최현배선생 회갑기념논문집(1954).
_______, 「춘향전의 이본고」, 중앙대 논문집 1(1955).
_______, 「춘향전 배경으로서의 남원의 지지적 고찰」, 이희승선생 송수기념논문집(1957).
_______, 「춘향전의 문체와 수사」, 중앙대 논문집 5(1960).
이상택, 「춘향전 연구」, 서울대 대학원 석사학위논문(1966).

연구사의 한 획을 그었다. 또한 춘향의 실존 인물설과 「춘향전」의 작자문제[50]
가 새로운 문제점으로 대두되었다. 그러나 이 시기는 외국문학과의 비교를 통
해 단순히 접근하거나[51] 다소 소박한 방법론을 통해 「춘향전」에 접근한 시기
였다고 할 수 있다.

1970년대 초에서 1970년대 말까지는 특히 조동일이 「춘향전」의 주제를 표
면적 주제와 이면적 주제로 나누어 살피면서 「춘향전」에 대한 새로운 접근의
길을 열었다.[52] 대체적으로 이 시기는 다양한 방법론을 원용하여 「춘향전」에
대한 새로운 접근법이 모색되던 시기였다. 아울러 「춘향전」 연구의 사적 검토
가 이루어져 새로운 방향을 제시하기도 했다.[53] 또한 이본연구를 중심으로 주
제에 대한 다양한 논의가 도출된[54] 시기이기도 하다.

1980년대 초에서 1980년대 말까지는 「춘향전」에 대한 기존의 연구를 더욱
확대시키고 심화시켰던 시기이다. 석사학위논문이 속출하였고[55] 박사학위논
문이 이루어져[56] 문자 그대로 「춘향전」 연구가 난만의 꽃을 피운 시기이다.
이 시기에 주목할 만한 성과는 설성경의 논문[57]이다. 그는 통사구조론적 접근

---

50) 이가원, 「漢文學硏究」 탐구당, 1969.
　　김광순, 「춘향전 발생설에 대한 贅論−춘향의 실존설에 대하여−」, 『샛별』 17호,
　　문화출판사(1969).
51) 정래동, 「춘향전에 영향을 미친 중국의 작품들−서상기, 옥당춘 등−」, 『대동문화
　　연구』 1, 성균관대 대동문화연구소(1963).
　　김기평, 「서상기와 춘향전」, 공주교육대학 논문집 1(1964).
　　채동배, 「춘향전과 The Scarlet Letter의 비교연구−한·미양국의 비교문학을 위한
　　서설적 연구」, 전남대 논문집 11(1965).
　　이가원, 「춘향가가 명곡에서 받은 영향−주로 삼원기·환혼기에서−」, 『국어국문
　　학』 34·35합, 국어국문학회(1967).
　　한노단, 「HAAMLET과 춘향전−그 Analogy를 중심으로−」, 국제대논지 7, 국제대
　　총학생회(1969).
52) 조동일, 「갈등에서 본 춘향전의 주제」, 『계명논총』 6, 계명대학교(1970).
53) 이상택, 「춘향전 연구사 반성」, 『한국학보』 5, 일지사(1976).
　　김동욱, 「춘향전 연구는 어디까지 왔나」, 『창작과 비평』 40, 창작과 비평사(1976).
54) 김동욱·김태준·설성경, 『춘향전의 비교연구』, 삼영사(1979).
55) 이규호, 「판소리 춘향가의 비교연구」, 중앙대 대학원 석사학위논문(1984).
　　민태형, 「춘향전의 미학적 연구」, 연세대 대학원 석사학위논문(1987).
56) 전경욱, 「춘향전 작품군 가요의 형성과 기능」, 고려대 대학원 박사학위논문(1989).

을 통해 「춘향전」의 '문예성'을 밝히고자 하였는데, 이를 위해 「춘향전」의 신화적 원형성, 관기제도와 열녀기생, 암행어사제도, 과거제도, 춘향굿과의 관계 등을 검토하고 「춘향전」을 남원고사계, 별「춘향전」계, 옥중화계로 나누어 「춘향전」의 형성과 계통을 밝혔다. 이를 통해 그는 「춘향전」의 통시적 연구가 우리 실정에 맞는 한국형 문학 예술의 원리 탐색을 위한 가능성의 탐구과정이었다고 하였다. 또한 이 시기에는 기존의 방법론과는 다른 다양한 방법론을 적용하면서 보다 정밀한 논의가 이루어져 「춘향전」 연구의 굳건한 터전을 닦았던 시기이기도 하다.

1990년대 초부터 현재까지는 「춘향전」 연구를 종합하는 데서 시작한다. 한국고소설연구회에서 「춘향전」에 대한 종합적 고찰을 시도하였으며,58) 「춘향전」에 대한 기존의 연구를 정리하는 작업도 이루어졌다.59) 이를 통해서 「춘향전」에 대한 기존의 논의를 재점검하고 연구에 있어서 새로운 도약을 모색하였다.60) 또한 판소리학회를 중심으로 한 「춘향전」 각 이본의 심도 있는 연구가 이루어져 미시적인 부분으로 연구의 방향이 옮겨오고 있다. 특기할 만한 점은 고전 교육의 핵심으로서 「춘향전」을 인식하고 이것을 교육 현장에 적용하는 방법론이 다양하게 탐색되었다는 점이다. 이것은 결국 「춘향전」에 대한 고전적 가치를 인식한 결과라 할 수 있다.

이렇듯 「춘향전」은 많은 연구 결과가 축적되었으며, 지금까지도 연구의 방향과 논점을 달리하면서 꾸준히 연구되고 있다. 「춘향전」이 살아있는 한국의 고전으로 평가받는 이유는 여기에 있는 것이다. 아래에서는 이러한 연구 과정에서 특히 주목을 받았던 연구 경향을 논쟁별로 정리하여 「춘향전」 연구의 개괄적 성과를 살펴보기로 한다.

---

57) 설성경, 「춘향전의 계통연구", 연세대 박사학위논문, 1980.
58) 한국고소설연구회, 『춘향전의 종합적 고찰』, 아세아문화사(1991).
59) 김병국 외 편, 『춘향전 어떻게 읽을 것인가』, 서광학술자료사(1993).
60) 윤용식, 「춘향전—남원고사본을 중심으로—」, 『한국고소설작품론』, 집문당(1990).
    성현경, 「이고본 춘향가연구」, 『판소리연구』 3, 한국판소리학회(1992).

1) 발생 및 기원

「춘향전」이 어디에서 비롯되었는가 하는 문제의식에서 출발하여 그 발생 또는 기원을 탐색하고자 한 연구가 발생 및 기원에 대한 연구이다. 「춘향전」의 발생과 기원에 대해서는 여러 가지 설이 제기되었는데 대체적으로 문장체소설 선행설, 설화근원설, 광대소학지희 기원설, 무굿 기원설, 중국 강창문학 영향설 등이 있다.

문장체소설 선행설은 「춘향전」의 기원을 소설에 두고 있는 것으로 김태준[61]에서 비롯하여 이후 김재철[62], 조윤제[63] 등에 의해 발전했다. 그러나 판소리 발전의 일반적인 과정을 통해 볼 때 이러한 판단은 설득력이 약한 것으로 보인다.

설화근원설은 「춘향전」의 기원을 설화에서 찾는 것이다. 이것은 설화 → 판소리 → 소설로의 발전과정을 상정하는 것이다. 예컨대 김동욱은 근원설화를 열녀설화, 암행어사설화, 伸寃설화, 염정설화라 하였으며, 삽입 플롯의 설화를 신물교환설화, 수기설화, 몽상설화, 한시설화로 나누어 보았다.[64] 근원설화설을 주장하는 경우에도 이것은 다시 국내의 어떤 설화를 상정하는 경우와 실존인물설을 주장하는 두 경우로 나뉘는데, 하나의 중요한 쟁점이 되었으므로 다음 장에서 살피기로 한다.

무굿 기원설은 정노식[65]에 의해 제기되어 설성경에 의해 정착된 것으로 설성경에 의하면 춘향굿 단계 → 춘향소리굿 단계 → 춘향소리 단계로 나누어진다[66]고 한다.

중국 강창문학기원설은 기본적으로 중국의 영향으로 춘향가가 발생했다는 것이다. 예컨대 민영규[67]는 재자가인극을, 정래동은 「서상기」를[68], 이가원은

---

61) 김태준, 「걸자 춘향전의 출현」, 『조선소설사』, 학예사(1939), 191~214쪽.

62) 김재철, 『조선연극사』, 조선어문학회(1933), 121~122쪽.

63) 조윤제, 『교주 춘향전』, 박문문고(1939).

64) 김동욱, 「춘향전의 문예적 성격」, 『춘향전 연구』, 연세대 출판부(1965).

65) 정노식, 『조선창극사』, 조선일보사(1940).

66) 설성경, 「춘향전의 계통연구」, 연세대 박사학위논문(1980).

67) 민영규, 「재자가인극과 춘향전」, 『조광』(1944. 1).

「삼원기」, 「환혼기」 등을[69] 그 논거로 제시한다.

판소리 기원과 관련하여 중국의 講唱은 일찍부터 학계의 주목을 받았다. 권선징악적인 내용, 창과 아니리에 해당하는 講의 반복, 반주의 동반 등이 그 영향 관계를 입증하는 것으로 주장되었다. 그러나 반주 악기도 다양하고 講이 위주가 되며, 형식 위주의 논리적 구조의 서사시라는 점에서 판소리와는 일정한 거리가 있다.

이렇게 볼 때 「춘향전」의 발생과 근원에 대한 문제는 판소리의 발생과 연관되는 것으로, 「춘향전」 연구의 결과만으로 해결될 수 있는 것이 아니라 할 수 있다. 즉 판소리의 발생과 관련하여 판소리계 소설 전반의 연구를 통해 해결되어야 할 것이다. 왜냐하면 대체로 "판소리 → 소설"의 과정을 인정한다면 판소리의 발생과 근원을 해결하는 것이 곧 판소리계 소설의 발생과 근원을 해결하는 것이기 때문이다. 그러나 「춘향전」은 판소리면서 동시에 「춘향전」 자체로 존재한다는 점도 고려되어야 한다. 즉 「춘향전」만의 발생과 근원에 대한 논의도 함께 이루어져야 한다.

지금까지 「춘향전」의 발생 또는 기원에 대한 문제는 판소리와 소설의 한 측면에 주목한 연구 성과였다고 할 수 있다. 앞으로 이를 통섭하는 판소리 춘향가와 소설 「춘향전」의 기원에 대한 다각적인 검토가 있어야 할 것으로 보인다.

2) 근원설화

춘향전의 근원설화에 대해서는 한 차례 정리된 바가 있다.[70] 그러나 여전히 쟁점으로 남아있는 부분이 있어 여기서는 그 소원에 따라 검토해보기로 한다. 근원설화에 대해서는 국내설화 유래설, 역사적 실존인물설, 중국설화 영향설

---

68) 정래동, 「춘향전에 영향을 미친 중국의 작품들―서상기, 옥당춘 등―」, 『대동문화연구』 1, 성균관대 대동문화연구소(1963).

69) 이가원, 「춘향가가 명곡에서 받은 영향―주로 삼원기·환혼기에서―」, 『국어국문학』 34·35합, 국어국문학회(1967).

70) 김광순, 「춘향전 근원설화의 연구사적 검토」, 『국어국문학』 103, 국어국문학회(1990).

등이 있다. 국내설화 유래설은 다시 일원설과 이원설, 다원설로 나뉘어진다.[71]

첫째, 국내설화유래설은 「춘향전」의 근원 설화를 국내에서 찾는 것이다. 이 가운데 일원설은 대표적인 하나의 설화가 「춘향전」의 근간이 되었다는 주장으로 최래옥과 김종철이 대표적이다. 최래옥은 관탈민녀형 설화를 설정하고 민중의 응어리를 풀어주는 이도령이 주도적 인물이라 하였으며[72], 김종철은 근원설화를 종합적으로 검토한 후 염정설화를 춘향전의 근원설화로 보았다.[73]

근원설화를 두 가지로 상정하는 것이 이원설인데 김기동[74], 설성경[75]으로 대표된다. 이들은 「춘향전」을 전반부와 후반부로 나누어 설화의 근원을 살핀다. 김기동의 경우 전반부는 염정설화가, 후반부는 암행어사설화가 근원설화라고 하였으며, 설성경은 전반부는 춘향굿으로서의 伸寃설화가, 후반부는 행복한 결말로서의 암행어사 설화가 근원이었다고 하여 두 가지 설화의 기능을 모두 중시한다.

근원설화를 다양한 관점에서 파악하고자 한 것이 다원설인데 김동욱이 대표적이다. 그는 근원설화를 열녀설화, 암행어사설화, 伸寃설화, 염정설화로 보고 삽입 플롯의 설화를 신물교환설화, 수기설화, 몽상설화, 한시설화로 나누어 보았다.[76]

둘째, 역사적 실존인물설은 춘향과 이도령이 실존인물이란 것으로, 이 주장은 1965년 남원에서 "府使成公安義善政碑"가 발견됨으로써 제기되었다. 즉 춘향의 아버지는 부사인 成安義이고 기생 월매가 성부사의 수청을 들어 춘향이 태어났다는 것이다. 이에 대해 이가원은 성도령, 이춘향설을 주장한다. 즉 성

---

71) 김광순, 앞의 글.
72) 최래옥, 「관탈민녀형설화의 연구」, 『한국고전산문연구』, 장덕순선생화갑기념논집 (1981).
73) 김종철, 「춘향전의 근원설화」, 『한국문학사의 쟁점』, 집문당(1986).
74) 김기동, 「한국소설발달사(중)」, 『한국문화사대계』 5, 고려대 민족문화연구소(1967).
75) 설성경, 「춘향전 계통의 연구」, 연세대 박사학위논문(1980).
76) 김동욱, 앞의 논문.

도령은 성안의의 아들 成以性인데 안동의 권모가 「춘향가」를 지으면서 성을
바꾸었다는 주장이다. 이에 대해 김동욱은 춘향의 실존인물설을 부정한다. 즉
만화본에서 보듯이 애당초 기생일 뿐이었던 춘향이 완판본에 와서 성참판의
서녀로 바뀐 것은 19세기 신분변동의 결과를 반영한 결과일 뿐이라는 것이
다.[77] 한편 김광순은 춘향의 실존설에 관심을 가지고 귀 기울일 만하지만 현
단계로서는 보다 신빙성 있는 사료가 출현하기를 기다려야 한다고 하면서 남
원군 주생면 상동리의 양상욱 소장(?) 「春夢緣」이 출현되기를 기다려야 한다
고 했다.[78]

셋째, 「춘향전」의 근원설화를 중국설화에서 찾는 중국설화 영향설이다. 이
는 민영규가 주장한 것으로 그는 賈仲名의 「對玉梳」 같은 才子佳人劇에서 「춘
향전」의 근원설화를 찾았다.[79] 이후 주왕산은 「桃花扇」을[80], 정래동[81]과 이재
수[82]는 「西廂記」, 「玉堂春」을, 이가원[83]은 「三元記」, 「還魂記」를, 이병혁[84]은
七夕·廣寒殿설화를 춘향전의 근원설화로 보았다.

이상과 같은 다양한 연구 성과는 나름대로 의미가 있다. 그러나 「춘향전」의
근원설화는 발생문제와 밀접한 관련을 가지며, 또한 주제 구현과도 관련되는

---

77) 이들의 논쟁은 주로 일간지를 통해 이루어졌는데 몇 가지를 소개하면 다음과 같
   다.
   이가원, 「춘향은 實在人物?」, 동아일보, 1965.4.26.
   김동욱, 「춘향은 實在人物이 아니다」, 동아일보, 1965.4.29.
   이가원, 「춘향은 실제인물일 수도 있다」. 한국일보, 1965.5.2.
   이가원, 「春夢緣은 無羔」, 한국일보, 1965.5.4.
   김동욱, 「春香波動은 어디로?」, 대한일보, 1965.5.13.
   이가원, 「"春香波動"이라는 가소로운 말」, 대한일보, 1965.5.27. 등
78) 김광순, 「춘향전 발생설에 대한 贅論−춘향의 실존설에 대하여−」, 『샛별』 17호,
   문화출판사(1969).
79) 민영규, 「讀曲隨筆」, 『조광』(1943. 12).
   ______, 「재자가인극과 춘향전」, 『조광』(1944. 1).
80) 주왕산, 『한국고대소설사』, 정음사(1950).
81) 정래동, 「춘향전에 영향을 미친 중국의 작품들」, 『대동문화연구』 1(1963).
82) 이재수, 「춘향전고」, 『한국소설연구』, 선명문화사(1969).
83) 이가원, 「춘향가가 명곡에서의 받은 영향」, 『국어국문학』 34·35합집(1967).
84) 이병혁, 「춘향전에 끼친 중국설화의 영향」, 부산공전 논문집 14(1974).

중요한 문제이다. 따라서 신중히 처리되어야 함에도 기존 논의에서는 내용의
유사성이나 제재·소재의 관련성을 기준으로 근원설화를 다루었다는 한계를
가지고 있다. 그 결과 근원설화로 볼 수 있는 작품과의 작품 내·외적 구조의
상사성 등 문학적 차원에서의 접근은 소홀히 다루어진 것이 사실이다. 또한
다양한 이본이 존재하는 「춘향전」의 경우 그 근원설화도 이본에 따라 달라
질 수 있다.

　이때 각각의 이본에 특별히 관련되는 설화를 삽입설화, 「춘향전」의 보편적
줄거리와 관련되는 설화를 근원설화로 보는 접근법이 필요할 것이다. 또한 이
렇게 추정된 설화와 「춘향전」의 관련성이 문학적인 차원에서 재검토되어야
할 것이다.

3) 이본

　「춘향전」의 이본은 100여 종이 된다. 따라서 이본을 정리하고 그 선후관계
를 밝히는 것은 「춘향전」 연구의 선결과제이다. 처음으로 이본을 체계적으로
정리한 연구자는 조윤제이다. 그는 「춘향전」은 단순한 구조의 이야기에서 복
잡한 구조의 이야기로 발전한 것이라는 전제 아래, 경판 16장본 「춘향전」을
「춘향전」의 最古本으로 추정하였으며, 이외에도 완판 84장본 열녀춘향수절가,
보성전문학교도서관 소장본, 이명선 소장본, 최남선 改刪의 고본춘향전, 별춘
향전, 옥중화계 춘향전 등 총 20편의 자료를 대상으로 각각의 書誌와 각 작품
의 특징을 서로 대비하였다. 그리하여 정절을 강조하는 「춘향전」의 주제는 동
일하며 춘향에 대한 동정이 지나쳐 기생인 춘향을 여염집의 처녀에서 급기야
양반의 딸로 그 신분을 상승시킨 것으로 보았다. 그러나 이 작업은 문학사에
바탕한 치밀한 연구작업이라고 할 수 없으며 20여 종을 대상으로 각 판본의
특징만 나열하였을 따름이다.[85] 이후 김동욱에 와서 「춘향전」 이본 연구는 한
단계 진전한 모습을 보이는데 이때에도 이본의 선후 관계의 문제는 따지지
않고 다양한 이본의 수집과 발굴에 치중하였다는 한계가 있다.[86]

---

85) 조윤제, 「춘향전 이본고 (1)」, 『진단학보』 11, 1939.
　　조윤제, 「춘향전 이본고 (2)」, 『진단학보』 12, 1940.

이후 이본에 대한 연구에서 송순경은 완판 열녀춘향수절가와 신재효본 춘
향가를 비교하여 둘 사이의 우열관계를 따지기보다는 각각의 우수성을 인정
해야 한다고 하였으며[87], 정하영은 이본간의 신분문제를 대비시켜 검토한 후
춘향의 신분 이동은 「춘향전」의 본질을 깊이 있게 이해하지 못하고 주제를
심화시킨 발전적 개작이 되지 못하고 문제의 핵심을 회피하고 대중적 원망에
순응한 퇴화적 경향이 농후한 개악이라 하였다.[88] 또한 송재욱은 고대본, 완
판본, 경판본의 세 이본의 문체를 분석하여 경판본은 소설과 판소리의 중간이
며 고대본과 완판본은 판소리 대본이라 하였으며[89], 개별 이본에 대해 조희웅
은 이 고본을 대상으로 하여 성립연대와 계보를 추정하였고[90], 김흥규는 신재
효본 동창 남창 춘향가를 분석하여 판소리사적 위치를 정립하였다.[91] 또한 김
병권은 「춘향전」의 서술변용 양상을 분석하여 「춘향전」은 이도령을 중심으
로 구성한 서술에서 춘향을 중심으로 구성한 서술로 변용된다고 하고, 이에
따라 만화본, 경판본, 남원고사, 광한루기 등 8종의 이본군으로 분류하였다.[92]
그러나 이러한 논의는 「춘향전」의 일부 이본을 대상으로 한 작업이어서 나름
대로의 한계를 지니고 있다.

　본격적인 이본연구의 성과는 설성경에 이르러 한 단계 진전한 모습을 보여
준다.[93] 그는 「춘향전」의 신화적 원형성, 관기제도와 열녀기생, 암행어사제도,

---

86) 김동욱, 「춘향전의 종합적 검토─이본을 통해 본 춘향전」, 『진단학보』 23, 진단학
　　회(1962).
　　김동욱, 『춘향전 연구』, 연세대 출판부(1965).
87) 송순경, 「완판 열녀춘향 수절가와 신재효본 춘향가의 비교─Plot을 중심으로─」,
　　『한국언어문학』 17·18합, 한국언어문학회(1979).
88) 정하영, 「춘향전 개작에 있어서 신분문제─춘향의 신분이동을 중심으로─」, 『한국
　　언어문학』 17·18합, 한국언어문학회(1979).
89) 송재욱, 「춘향전의 세 이본연구─문체론적 분석에 의하여─」, 『선청어문』 4, 서울
　　대 사대(1973).
90) 조희웅, 「이고본 춘향전 연구─성립연대 및 계보 추정─」, 『국어국문학』 58〜60합,
　　국어국문학회(1972).
91) 김흥규, 「신재효 개작 춘향가의 판소리사적 위치」, 『한국학보』 10, 일지사(1978).
92) 김병권, 「춘향전류 서술변용의 양상과 계보」, 『태야 최동원선생화갑기념 국문학논
　　총』, 삼영사(1983).
93) 설성경, 앞의 글.

과거제도, 춘향굿과의 관계 등을 검토하여 「춘향전」을 남원고사계, 별춘향전계, 옥중화계로 나누었다. 그러나 이 경우 화소의 출입을 기준으로 이본을 나누는 것이 과연 타당한가 하는 점이 해결되어야 할 과제로 남아 있다.

한편 이본에 대한 연구는 한 판본을 집중적으로 연구하는 경향을 띠기도 하는데, 김석배는 「춘향전」 이본의 생성과 변모 양상을 점검하고[94] 경판본 「춘향전」[95]과 완판본 「춘향전」[96]을 검토하였다. 그리하여 계열별로 판본의 선후관계를 따지는 작업을 하였다. 이 경우에도 판본 사이, 즉 경판과 완판의 선후문제와 필사본의 경우 이본의 선후문제를 어떻게 해결해야 할 것인가는 여전히 논쟁거리로 남아 있다.

이본 연구에 있어서 또 하나의 논란거리는 善本이 무엇인가 하는 점이다. 현재 완판 84장본과 남원고사의 두 본이 논쟁의 한가운데에 있는데, 이러한 점도 이본의 계통을 정해주는 작업을 통해 해결될 수 있으리라 본다.

4) 주제

「춘향전」의 주제에 대한 논의는 그 동안 수없이 이루어져 왔다. 대체로 貞節을 비롯하여 한 남자에 대한 한 여인의 숭고한 사랑으로 보는 견해와 不義한 지배계급에 대한 서민의 항거로 보는 견해가 있다. 그리하여 어느 한 쪽에 치중하거나 양쪽을 모두 긍정하는 방향으로 논의가 수렴되는 것이 보통이다.

「춘향전」의 주제를 단일한 것으로 보는 주장을 일원설이라 할 때, 「춘향전」의 주제를 서민적 저항의식의 표출로 보는 견해에는 김태준[97], 주왕산[98], 이상택[99], 한희수[100] 등이 있다. 이 가운데 이상택은 「춘향전」의 주제 문제에

---

94) 김석배, 「춘향전의 이본 생성과 변모」, 『국어교육연구』 22, 국어교육연회(1990).
95) 김석배, 「경판방각본 춘향전의 계통과 변모의 상업적 성격」, 『문학과 언어』 11, 문학과 언어연구회(1990).
96) 김석배, 「완판본 춘향전의 이본 연구-계통과 변모 양상을 중심으로-」, 금오공대 논문집 15, 1994.
97) 김태준, 앞의 글.
98) 주왕산, 앞의 글.
99) 이상택, 「춘향전 연구-성격분석을 중심으로-」, 서울대 석사학위논문(1966).
100) 한희수, 「완판 춘향전의 주제」, 『한남어문학』 17·18합집, 한남대 국문학회(1992).

천착하여 정절론과 사회개혁론, 무저항론이라는 주장은 인상비평적 성격이 강하다고 주장하고 춘향의 성격과 동기, 적응 방식을 분석하고 사회사적으로 접근하여 「춘향전」의 가치를 여성이 자율적인 판단과 의지에 의하여 자신의 성취욕구를 달성해가는 과정을 그렸다는 점, 또한 근대사회의 인간형인 게젤샤프트적인 인간을 부각하였다는 점에서 찾았다.[101]

숭고한 사랑으로 보는 견해는 윤홍로[102], 안성배[103], 박명희[104] 등이 있다. 예컨대 박명희는 사랑에 주목하여 춘향이 높은 경지의 사랑을 보여준 반면에 이도령은 무책임한 태도에서 춘향으로 인해 변화하는 인물로 보았다. 그리하여 춘향의 순수한 사랑이 상대방을 각성시켜 두 사람 사이의 참된 사랑이 성취된다고 하였다.[105]

「춘향전」의 주제를 단일한 것으로 파악하지 않고 이원적·다원적으로 파악하는 논의도 있는데 대표적인 연구자는 조동일, 황패강, 설성경 등이다. 조동일은[106] 「춘향전」을 신분적 제약과 인간적 해방의 갈등으로 성립되고 전개되는 작품이라고 하여 기존의 방법론과는 달리하여 재정리했다. 그리하여 신분적 제약을 벗어나 인간적 해방을 이룩하자는 것이 「춘향전」의 이면적 주제라면 열녀 춘향의 유교적 교훈은 표면적 주제라고 하였다. 황패강은[107] 「춘향전」이 갖는 의미를 사회적 신호와 내면적 신호로 구분하여 사랑을 핵심적인 것으로 내세우면서도 민중의식, 신분의식, 항거, 현실비판, 인물들 사이의 대립구조 등을 상호연관적인 맥락에서 보았다.

설성경은[108] 이들과는 달리 「춘향전」의 주제를 보편적 주제와 개별적 주제

---

101) 이상택, 「춘향전 연구-성격분석을 중심으로-」, 서울대 석사학위논문(1966).
102) 윤홍로, 「화해와 새 질서-춘향의 중간자적 기능-」, 『창작과 비평』 42, 창작과 비평사(1996).
103) 안성배, 「춘향전 주제의 재검토」, 『새국어교육』 29·30합, 한국국어교육학회(1979).
104) 박명희, 「춘향전에 나타난 사랑의 구현형태」, 『이화어문논집』 5, 이대 한국어문학연구소(1982).
105) 박명희, 위의 논문.
106) 조동일, 「갈등에서 본 춘향전의 주제」, 『계명논총』 6, 계명대학(1970).
107) 황패강, 「춘향전-전달의 두 가지 국면-」, 『조선왕조소설연구』, 단국대출판부(1981).

로 나누어 파악할 것을 제안하였다. 이때 통시적 접근을 통해 추출할 수 있는 주제를 보편적 주제, 개별 이본종이 제시하는 주제를 개별적 주제라 하며, 「춘향전」의 대표적 주제인 사랑과 신분갈등은 이본에 따라 다른 모습으로 나타나기에 주제가 달라진다고 하였다.

이렇게 볼 때 「춘향전」의 주제는 어느 하나로 한정될 수 없다. 다양한 이본이 존재하는 만큼 이본마다 조금씩 차이 나는 주제에 관심을 기울여야 한다. 지금까지 「춘향전」의 주제를 파악하는 논점은 어느 한 이본에 집중하여 거기서 추출한 주제를 全 「춘향전」의 주제인 것처럼 주장하였다. 그러나 「춘향전」은 판소리 「춘향가」의 정착물이므로 다양한 층위의 형성과정을 거친 이후 현재의 모습으로 정착한 것임을 인정해야 한다. 이를 바탕으로 보편적인 주제를 도출하여야 할 것이다.

5) 작자문제와 실존설

「춘향전」의 창작연대와 작자는 미상이다. 그러나 1965년 4월 24일에 成府使의 비석이 발견되면서 「춘향전」의 작자 문제와 주인공의 실존설[109]이 학계의 관심의 대상이 되었다. 이가원은 溪西 成以性의 「繡行錄」 중에 '저녁에 홀로 광한루에 오르매 옛 行樂하던 일이 추억에 떠오른다'라는 대목과 성부사가 남원을 떠나던 해 溪西의 나이가 16세였고 또 溪西가 춘향을 구출하기 위하여 남원에 출두한 일이 있었는데 國典에 아버지가 재임한 고을에는 출두하지 못하게 되어 있으므로 溪西는 淸議에 지탄을 입어서 벼슬길이 막혔다고 하면서 溪西 成以性이 이도령이란 것, 따라서 이춘향과 성도령으로서 「춘향전」에 등장하는 인물이 실존인물이었음을 주장하였다.[110]

---

108) 설성경, 「춘향전 주제의 특성」, 『한국학연구 방법론』, 민족문화사(1983).
109) 이가원, 「춘향은 실존인물?」, 동아일보(1965. 4. 26).
  ______, 「춘향은 실존인물일 수도 있다」, 동아일보(1965. 5. 2).
  ______, 『한문학연구』, 탐구당(1969).
  김광순, 「춘향전 발생설에 대한 췌론―춘향의 실존설에 대하여―」, 『샛별』 17호, 문화출판사(1969).
110) 이가원, 「춘향은 실존인물일 수 있다」, 한국일보(1965. 5. 2).

또한 「춘향전」의 원본이라 여겨지는 「春夢緣」이 출현된다면 「춘향전」의 작자는 梁周翊이란 설[111]이 있다. 无極 梁周翊의 「无極集」에 실려 있는 그의 「行錄」 중에 "著春夢緣"이란 넉 자를 칼로 긁은 흔적이 완연히 남아 있음이 물적 증거라 할 수 있다. 이 책은 南原郡 周生面 上洞里의 梁相旭이 소장하고 있으나 종손들은 대대로 유언이라며 내놓지 않는다고 하는 梁龍祚[112]와 李華翼[113]의 말대로 「춘몽연」이 「별춘향전」의 내용과 같다고 한다면 현존하는 「춘향전」의 작자는 조선 경종 때 병조참의를 지낸 바 있는 无極 梁周翊으로 볼 수 있다[114]고 했다. 한편 김광순은 이몽룡의 암행어사 출두시는 「廣寒樓記」에는 작자 불명의 漢人의 작으로 "華人爲作 而辭意太露 因不足取也"라고 기록되어 있고, 「靑丘漫錄」에는 明의 趙都司 作이라는 기록이 있으며, 「燃藜室記述」 卷二十三 光海亂後條의 趙慶男의 「續雜錄」 인용문에서도 이 시구는 明將 趙都司가 정사가 어지러움을 읊은 것이라 한 것으로 보면 작자에 대한 확실한 사료가 나오기 전에는 속단할 수 없으며, 오직 「춘몽연」이 세상에 나와서 「별춘향전」과 내용을 확인해봐야 결론이 날 것[115]이라고 했다.

그런데 최근에 설성경은 「춘향전」의 저자는 임란 때 의병장인 趙慶男이 1640년께 집필하였다[116]는 주장을 했다. 그는 「춘향전」은 1570~1641년 남원에 살았던 趙慶男 장군이 말년인 1640년쯤에 쓴 것이 확실하다고 하였다. 그가 조경남을 「춘향전」의 작자로 보는 가장 큰 이유는 조경남이 이몽룡의 실제 모델이었던 溪西 成以性의 스승이라는 점이다. 조경남은 당시 남원부사였던 成安義의 부탁으로 아들 성이성을 가르쳤고, 성이성은 과거 급제 후 1639년 암행어사로 남원에 몰래 내려와 스승 조경남과 하룻밤을 보냈다는 내용이

---

111) 이가원, 「춘향전 연구는 이제부터 시작이다」, 대한일보(1965. 5. 11).
　　　김광순, 앞의 글.
112) 1965년 당시 재건국민운동 남원지부장, 전 남원군수.
113) 1965년 당시 남원군수.
114) 이가원, 『한문학연구』, 탐구당(1969), 302~312쪽 참조.
　　　김광순, 앞의 글, 22쪽.
115) 김광순, 앞의 글, 26쪽.
116) 설성경, 「춘향전의 저자는 임란 의병장」, 조선일보, 2000.5.1.

성이성이 직접 쓴 「호남암행록」에 상세히 적혀 있다고 한다. 또한 그는 「춘향전」의 암행어사 출두 대목에 등장하는 詩를 처음 소개한 사람이 조경남이란 점도 그가 「춘향전」의 저자임을 보여 준다고 한다. 즉 이 시는 광해군 때 명나라 사신 趙都司가 읊은 것으로 조경남의 「續雜錄」에서 이 시를 처음 소개했다고 하였다. 그리고 조경남은 평생을 남원에서 보냈고 문필가로서 의병장 조헌의 제자였으며, 임병 양란 때 의병을 일으켰고 「亂中雜錄」과 「續雜錄」이라는 일기 형식의 역사책을 서술한 점으로 볼 때 「춘향전」의 저자라 할 수 있다고 했다. 그러나 이는 추측일 뿐 「춘향전」의 작자가 성이성의 스승인 조경남이란 확증은 될 수 없다. 「춘향전」의 작자와 실존인물설은 여전히 학계의 쟁점으로 남아 있다.

3. 興夫傳의 주인공에 관한 인성분석

「홍보젼」[117]은 金台俊이 그의 「朝鮮小說史」에서 "童話의 小說化"[118]라고 보고, 이를 소개한 후, 周王山[119], 金起東[120], 朴晟義[121], 張德順[122], 金東旭[123] 등에 의하여 연구되어 왔고, 趙東一의 "興夫傳의 양면성"에서 「홍보젼」이 설화의 소설화 또는 판소리 단계를 거친 소설화라는 견해를 보다 엄밀하게 재검토하고, 결과적으로 재입증하자는 의도[124]에서 연구되어 학계에 기여한 바 있다.

　여기서는 「홍보젼」의 작중인물—놀부와 홍부—에 대하여 구체적인 검토를 거쳐 이들에 관한 올바른 인성personality을 파악하고, 기왕의 연구 중 막연한

---

117) 「興夫傳」을 여기서 사용한 대본에 따라 「홍보젼」이라 쓰기로 했다.
118) 김태준, 『증보 조선소설사』, 학예사(1939), 134~136쪽.
119) 주왕산, 『조선고대소설사』, 정음사(1950), 202~212쪽.
120) 김기동, 『이조시대소설론』, 정연사(1959), 543쪽.
121) 박성의, 『고대소설론』, 일신사(1958), 315~317쪽.
122) 장덕순, 『국문학통론』, 신구문화사(1960), 251~252쪽.
123) 김동욱, 「판소리 발생고 (1), (2)」, 『서울대학교 논문집, 인문·사회과학』 제2, 3집.
124) 조동일, 「홍부전의 양면성―판소리계 소설연구의 방법론 모색을 위한 一試攷―」, 『계명논총』 제5집(1968).

善惡의 교훈에 관계시킨 오류점을 지적하여 흥부와 놀부의 인성을 재평가하고자 한다.

우리 고소설의 주인공에 관한 성격묘사는 극히 미약하다. 「흥보전」도 마찬가지다. 본 연구에서는 인물 그 자체의 성격만을 논하려는 것이 아니라 주인공이 「흥보전」의 사건 전개에 따라 어떠한 행동acting으로 반영되었는가? 그리고 그 사람의 성격과 됨됨이를 작품 가운데서 어떻게 나타내고 있는가? 이러한 점을 연구하는 작업을 총칭하여 '인성분석'이란 말로 표현했음을 미리 밝혀 둔다.

텍스트로는 현존 「흥보전」으로, 경판본, 신재효본, 세창서관본[125], 일쇄본[126], 계명대학본[127], 李昌培本[128], 朴憲鳳本[129], 대조사본[130] 등이 있는데, 여기서 인용되는 대본은 세창서관본으로 했다. 이는 최근에 인쇄되었으나 각 이본 중 가장 널리 알려져 있고 양이 가장 많은데다가 그 줄거리 체계가 가장 완형으로 나타나기 때문[131]이다.

1) 인성분석의 필요성

우리 고소설 중 효녀라면 심청을 들고, 열녀라면 춘향을, 善이라면 흥부를 드는 것이 거의 상례가 되고 있다.

그 가운데 「흥보전」은 선한 흥부와 악한 형 놀부의 상대적인 인성을 가진 두 주인공의 이야기로 이해되고 있는데, 이는 초창기의 소설론자들이 천편일률적으로 착한 흥부와 악한 놀부로 이해하였고, 「흥부전」의 작자도 그런 효과를 노려 썼으며, 이를 읽는 독자나 관객들도 나무만 보고 숲을 보지 못하는

---

125) 서울 세창서관에서 간행했다고 하여 세창서관본이라 명명. 근간, 총56쪽.
126) 서울 대학교 도서관 일쇄문고소장 필사본 『흥보전 권지단』 본문 42쪽.
127) 계명대학도서관소장 필사본 『흥보전』 본문 112쪽.
128) 이창배, 『증보 가요집성』(고려문화사) 소재 「흥보가」.
129) 박헌봉, 『창악대강』(국악예술학교 출판부) 소재 「흥보가」.
130) 대조사(대구 시청 뒷편에 있었으나 현존하지 않음)에서 간행된 것은 세창서관본과 유사한 것이다.
131) 조동일, 「흥부전의 양면성」, 『계명논총』 제5집(1968), 73쪽.

식으로 이해하였기 때문에 작자의 의도에만 도취된 까닭이다. 그러면 기왕의
연구자들이 홍부의 인성에 대해 어떻게 논술하였는지 보자. 먼저 金台俊은 그
의 「朝鮮小說史」에서

> 興夫傳에서는 저 處女와 이웃집 閣氏의 대신에 착한 동생 興夫와 심사
> 고약한 놀부로써 하였다……착한 興夫의 번영과 惡한 놀부의 沒落은 더
> 욱 讀者를 痛快히 하며 經濟의 衝突은 世紀末的 倫理思想을 表現하였으
> 며……132)

라고 하여 홍부를 착한 사람으로 놀부를 심사 고약한 악한으로 간주하였다.
김태준이 홍부에 대한 인성을 이렇게 논증한 후부터 소설론자들은 아무런 비
판도 없이 답습만 거듭하고 있으니 申基亨의 「韓國小說發達史」에서는

> 興夫라는 典型的인 善人의 性格描寫, 놀부라는 典型的인 惡人의 性格描
> 寫……典型的 善弟 興夫를 相反된 人物의 性格標本으로 하여 時代의 倫理
> 와 道德이 墜落된 社會裏面과 生活 樣相을 辛辣한 諷刺와 諧謔을 加味시킨
> 手法에 依하여 成功的으로 細密히 描寫한 것은 참으로 傑作이라 아니할
> 수 없다.133)

라고 하였고, 金起東도 「李朝時代小說論」에서

> 兄 놀부는 天下에 둘도 없는 惡漢으로서 心術이 사나웁기가 이루 말
> 할 수 없으나 아우 홍부는 兄과 正反對로 天下에 둘도 없는 善人이며,
> 孝行이 지극하였고 同氣間에 友愛가 篤實하였다.134)

라고 하였다.
  그러나 현존하는 「홍보전」의 작품을 자세히 고찰해 보면 惡兄善弟라고 규

---

132) 김태준, 『증보 조선소설사』, 학예사(1939), 135~136쪽.
133) 신기형, 『한국소설발달사』, 장문사(1960), 341쪽.
134) 김기동, 『이조시대소설론』, 정연사(1959), 543쪽.

정하는데 대해 보다 많은 문제점이 내포되어 있음을 발견할 수 있다. 따라서 이에 대한 재고의 여지가 있다. 여기에 대해 일찍이 周王山은 그의 「朝鮮古代小說史」에서 다음과 같이 논술한 바 있다.

　　　이 小說의 主人公인 興夫를 통해서 李朝時代의 貧困한 兩班, 변변하지 못한 無氣力한 兩班의 生活意識 내지는 生活態度를 엿볼 수 있다. 집이 가난하면 제 힘으로 어떻게 해서든지 生活方途를 생각할 것이지 兄弟間의 義理만을 찾아 富者로 사는 兄만을 依賴하려는 生活意識은 다 저 儒敎의 敎理에 中毒되어 生産方面에서 遊離되어 있는 까닭에서 온 것이다. 벼슬 한 자리 얻어 하지 못하고, 生存競爭에서 敗北한 兩班의 生活態度다.
　　　善意로만 解釋한다면 興夫는 所謂 好人의 代表的 人物이 될 것이다. 興夫는 善人이지만 그는 兄도 依賴할 수 없게 되면 僥倖을 바라 힘 안들이고, 박씨 같은 것을 얻어서 猝地에 富貴를 누리고 싶어하며, 生活力이 없으면서도 安逸을 찾는 인물이다.[135]

이 외에도 착한 흥부를 날카롭게 비판한 사람도 없지 않다. 그러나 대부분이 전자의 주장에만 맹종하고, 후자의 것은 무시하여 작품을 읽어보지도 못한 사람이 종래부터의 막연한 관념대로 흥부라면 善하다고만 생각하여 흥부를 교훈의 소재에까지 등장시키는 사례가 많다.

「흥보전」을 자세히 읽고 흥부의 인성을 분석해 보면 장점보다 단점이 더 많음을 발견할 수 있으니, 이를 구체적으로 예시하여 흥부와 놀부의 인성을 올바르게 이해하도록 하고, 이때껏 막연한 생각에서 굳어져 있는 흥부상을 시정하려는 것이다.

2) 인성분석의 방법

「흥보전」의 주인공에 관한 인성을 어떻게 분석할 것인가? 다시 말하면 어떤 관점에서 흥부와 놀부를 볼 것인가?

여기서의 주지는 종래의 설대로 흥부가 선한 인물로 간주되어 교훈적인 소

---

135) 주왕산, 『조선고대소설사』, 정음사(1950), 205쪽.

재로 인용되어도 타당하다는 것일까 하는 것이니, 이를 규명해 내기 위해 善의 개념부터 정의되어야 할 줄 믿는다.

'善'에 관한 논증으로 P. B. Rice는 '善' 개념에 관한 Moore의 논증을 요약하여 '善'을 ⓐ 단순하고, ⓑ 정의할 수 없고, ⓒ 비자연적인 것으로 Moore는 보고 있다는 것이다.[136] 德virtue이라는 것은 의무의 실행에 의하여 얻은 품성이다. 사실 희랍인은 arete, 로마인은 virtus, 또 영국인은 excellence 등 어느 것이나 '우수'라는 뜻의 말로 덕을 표명하고 있다. 본래 덕은 선을 행하는 의지의 습관에 의해서 된 것이다. 아리스토텔레스가 도덕상의 덕을 습관의 성과라고 한 것은 이런 것을 말함이다.[137]

그러고 보면 선은 곧 의무의 실행에 의하여 얻은 품성과 상통된다.

Moore의 '善' 개념을 파악함에 있어서 한 가지 더 추가해 둘 만한 것은 사물의 선악이나 행위의 正·邪 판단에 있어서의 원칙이다. Moore는 사물의 선악이나 행위의 正·邪는 그 보편성이 본래적 가치와의 관계에서 성립된다[138]고 보고서 사물의 선악good and bad이나 행위의 正·邪right and wrong는 결코 여하한 정신적 태도나 감정에 의하지 않는다고 한다. '善'이란 이 개념을 모든 사람이 언제나 잘 알고 있다Everybody is constantly aware of this notion는 것이다. 환언하면 '善'은 무엇이라고 정의할 수는 없지만 모든 인간은 그 자신이 갖추고 있는 직관능력에 의하여 잘 알고 있다는 것이다.[139]

스피노자도 선악에 대하여 다음과 같이 말하고 있다. 이성의 지배 아래에 있는 것, 그것과 일치하는 것, 그것과 모순하지 않는 것은 착함이라 하고 이에 반하는 것은 악함이라 한다.[140]

이상의 것을 종합적으로 보면, '善'에 대한 개념은 단순하고 정의할 수 없는 비자연적인 것이며, 모든 인간이 그 자신 갖추고 있는 직각능력에 의하여 잘

---

136) P. B. Rice, on the knowledge of Good and Evil(1955).
137) 김두헌, 『윤리학개론』, 대성출판사, 210쪽.
138) cf. G. E. Moore, Ethics, op. cit. p.144.
139) 김종문, 「G. E. Moore의 '선' 개념에 대한 연구」, 『대구교대 논문집』 제6집, 10쪽 참조.
140) 스피노자, 『윤리학』, 사상교양연구회, 상구문화사, 149쪽.

알 수 있고, 의무의 실행에 의하여 얻어지는 것으로 정의할 수 있다.

그러면, 「흥보전」 주인공인 놀부와 흥부의 人性을 이러한 관점으로 보아 흥부는 더 이상 착할 수 없는 '善'의 대명사처럼 보고, 놀부는 '惡'의 상징처럼 간주할 수 있을까? 이를 연구하기 위해 놀부와 흥부의 경우를 별항으로 나누어 그들의 인성에 관계되는 부분을 예시하여 검토하고 그 결과 작자의 의도를 찾고 독자로서의 올바른 인식을 갖도록 하기 위해 「흥보전」의 주인공에 관한 인성을 종합 분석함으로써 보다 정확한 이해에 도움이 될 수 있을 것이다.

3) 인성분석

(1) 놀부

놀부라면 우리는 무조건 악한 인물로 알아 왔다. 이는 고래로부터 「흥보전」이 소설로 혹은 창으로 불리어져 우리 몸에 젖어 오는 동안 직감적으로 그렇게 느껴온 연유도 있겠으나 선학자들의 피상적인 고증의 영향도 무시될 수는 없다.

그러나 이를 좀 더 考究해 보면 놀부의 인성은 작자의 의도적인 심술의 묘사로서, 독자로 하여금 해학을 통한 카타르시스cartharsis[141]적인 효과를 위해 부자유스러울 만큼 길게 나열된 과장적인 수법을 쓰고 있음을 알 수 있다.

그러면 놀부의 인성에 관계되는 부분을 열거해 보자.

> 놀보난 오장이 달나 부모께 불효하고 동긔간의 우애업셔 마음쓰난 것이 괴상하것다 이놈의 심술을 볼진대 다른 사람은 오장륙보로대 놀보난 오장칠보엿다 엇지하야 그런고하니 심술보 한아이 더하야 겻간 엽헤 가붓터셔 심술보가 한번만 뒤집히면 심사를 히우난대 썩 야단시럽게 피우것다 술 잘 먹고 욕 잘하고 에테하고 싸홈잘하고 초상난대 춤추기 불붓난대 붓채질하기 해산한대 개잡기 쟝에 가면 억매흥졍 우

---

141) cf. Aristotle, Poetics(A Gateway Edition Chicago Henry Regnery Company), pp.10~16.
cf. A New Survey of Universal Knowledge, Encythclopedia Britanica(Vol. 5) p.72, Catharsis.

는 아해 똥먹이기 무죄한놈 뺨치기와 빗갑세 계집 빼앗기 늙은 령감
덜미잡기 아희밴 계집 배차기며 우물밋해 똥누어놋키 오려논에 물퍼
놋키 자친밥에 돌퍼붓기 패난곡식 이삭빼기 론쑤랑이 구멍뜰키 애호
박에 말쑥박기 쏩사등이 업허놋코 발바주기 똥누난놈 쥬저안치기 안
질방이 턱살치기 옹긔쟝사 작대치기 면례하난대 쩌감초기 남에 양주
잠자난대 소래지르기 슈절과부 겁탈하기 통혼하난대 간혼놀기 만경청
파의 배밋뚤키 목욕하난대 흙쑤리기 담붓튼놈 코침주기 눈 알난놈 고
초가로 넛키 이알난놈 뺨치기 어린아해 쏘집기와 다된 흥졍 파의하기
즁놈보면 대테미기 남의 제사 닭울니기 행길의 허공파기 비오난날 쟝
독열기 쟝의 가면 억매홍졍하기라 이놈 이러하야 무과나무갓치 뒤틀
니고 동풍 안개속에 수슈닙갓치 쬐인 놈이 무거불쳐한 심새 이갓되(이
하 引用文은 世昌書館本이며 띄어쓰기는 필자가 한 것임).

— 「흥보젼」, 1~2쪽

　여기서 보면 놀부의 성격은 부자연스러울 만큼 작자가 의식적으로 악한 인
물로 묘사하려고 노력하고 있음을 엿볼 수 있다. 그렇게 하여 「흥보젼」 末尾
에 가서 놀부는 이런 악한 짓을 했기 때문에 열 한번째까지 박으로부터 나온
사람들에게 재물을 철저히 박탈당하고 열 두번째의 박으로 해서 "당동"하는
이상한 소리를 내는 불구자가 되었고, 열 세번째의 박에서 나온 "똥"으로 하
여금 온 집안이 패가하게 되는 것으로 독자에게 권선징악을 통한 카타르시스
의 효과를 위해 세상의 심술이란 심술은 총망라하고 있다. 독자는 여기서부터
놀부를 악한 인간상으로 인지했을 것이다. 그러나 여기서 우리는 악으로 간주
하기에 앞서 심술궂은 사람으로 보는 것이 타당할 것임으로 규지할 수 있다.
그런 행동들은 놀부의 천성에서 오는 것일 뿐, 자기 이익을 위하여 남을 해하
고 자신의 영달을 얻고자 하는 그런 것은 아니다. 이를 적당한 말로 표현한다
면 '심술'로 보는 것이 옳을 것이다. 심술도 악의 일종일 수는 있겠으나 엄밀
하게 구분한다면 악은 상대방에게 해를 입히고 자기에게 이익이 되어야 하는
데 前記 예문에서는 그런 것이 목적이 아니었다. 다만 손익에 관계없이 상대
방에게 심술을 부림으로 만족하는 짓궂은 천성에서 오는 결과였을 뿐이다. 이
처럼 과장된 성격 묘사는 고소설에서 흔히 볼 수 있는 것인데, 막연한 악이라

기보다는 웃음을 자아내기 위한 장난같은 행동으로 간주하는 것이 타당할 것이다.

그 다음 구절을 보자.

> 놀보에 불량한 마음 부모의 물녀쥰 재산 만만견재와 납젼북답 다 차지하고 혼자 호의호식하며 부모졔사를 지내어도 졔물은 아니 작만하고 대젼으로 노코 지내난대 쳔갑이면 쳔갑이라 과실갑이면 과실갑이라 각각 써셔 버려놋코 제사를 철상후에 하난 말이 이번 제사에도 아니 쓰노라 아니 쓰노라 하엿건만 황초갑 오푼은 지징무쳐일세 하난 텬하의 몹슬놈이 일일은 생각하니……
>
> —「홍보젼」, 2쪽

위의 인용문에서 보면 작자는 놀부가 부모의 유산을 아우 홍부에게는 주지 않고 혼자 독점하도록 꾸몄다. 조선에 있어서 가산의 傳繼는 분할 상속주의를 원칙으로 하였다. 즉 호주 상속 또는 제사 상속을 한 신분에 있는 자라고 할지라도, 가산의 독점 상속이라고 하는 것은 없었다.[142] 喜頭兵一이 지적한 바와 같이 독점 상속제가 아니라 공동 상속제를 취하여 가산을 분급하였다.[143] 그런데 놀부는 부모에게 받은 재산을 아우 홍부에게는 추호도 주지 않고 독점함으로 탐욕의 인물로 묘사되었다. 그러면서도 부모의 제사에 제물도 없이 代錢으로 지내는 수전노형의 인간으로 과장되게 표현되었다. 당시 봉건주의 유교 사회에서는 더욱 생각도 못할 만큼의 욕심꾸러기형의 인간으로 묘사는 되었지만 지나친 과장이 웃음을 자아내게 했다. 그러나 작자는 놀부를 천하에 몹쓸 놈이라고 설명을 덧붙인 것으로 보면 이것으로도 부족한 것 같다.

그리고 홍부가 놀부에게 양식을 얻으러 갔을 때 놀부의 다음과 같은 말에서 놀부의 불륜이 더욱 폭로된다.

> 쌀이 만이 잇다한들 너주자고 셤을 헐며 베가 만이 잇다한들 너쥬자

---

142) 喜頭兵一, 『李朝の財産相續法』, 2쪽.
143) 김두헌, 『한국가족제도연구』, 서울대학교 출판부, 235쪽.

고 노젹헐며 돈이 만히 잇다한들 너쥬자고 쾌돈헐며 가로스 되나 쥬자
한들 너쥬자고 대독의 가득한걸 써내며 의복가지나 쥬자한들 너쥬자
고 행낭것들 벳기며 찬밥술이나 쥬자한들 너쥬자고 마루아래 청삽사
리를 굼기며 지거미나 쥬자한들 색기나은 돗을 굼기며 콩셥이나 쥬자
한들 큰농우가 네필이니 너를 쥬고 소굼기랴 염치업고 이면업난 놈이
로다.

—「홍보젼」, 7쪽

여기서 놀부는 흥부에게 자기 집에 기르는 집짐승보다 더욱 무관심한 냉대
를 한다. 이는 놀부를 악한 인간상으로 묘사하려는 작자의 의도적인 표현이
다. 그러나 작자는 놀부의 입을 빌어 흥부에게 염치 없고 속도 없는 놈이라
꾸짖는다. 한두 번의 구걸이 아니었기에 나무라게 된다. 물론 가난한 아우를
짐승이나 종들보다 무시하는 놀부의 행동을 옹호할 수는 없지만, 흥부가 무작
정 형에게 의지하려는 것도 결코 옳은 일은 못 된다. 그 다음 구절에서 보인
바와 같이 흥부는 형에게 실컷 매를 맞게 된다. 그 후부터 흥부는 놀부의 집에
가서 양식이나 돈을 빌어 가지 않게 되고 자립하려는 생각을 갖게 되면서 온
갖 품팔이를 하게 된다. 어쩌면 놀부의 냉대가 흥부에게 자립정신을 불러 일
으켰다고도 볼 수 있다.

그리고 흥부가 박 네 개로 하여금 부자가 되었다는 소리를 듣고 형 놀부가
찾아와서 다음과 같은 심술을 부리기 시작한다.

홍보처 유공불급하야 일변 모란석 비단요를 내여 쌀며 이리로 안즈
시오 이놈의 원기여 안다가 부러 미끼러지난 체하더니 칼을 빼여 쟝판
방을 득득하며 에-미쓰러워 그대로 두엇다난 사람상하갯군 부벽글시
를 아라보난듯키 웬 부벽의 달은 져리만이 그려붓쳐슬가 화계의 화초
를 보고 져꼿을 당쟝 피게 할나면 동나무 셔너단 만드러노코 불을 지
르면 단박 환하게 핍넨다 져 학두루미다리가 너머 길어 못쓰갯스니 한
마대 분지르게 이르 잡아오오 기침을 칵하며 가래칩 한덩이를 벽의다
탁 배앗흐니 홍보쳐 보다가 하난 말이 셩천놋타구광쥬사타구의쥬당타
구동내오타구갓초노엿는대 침을 웨 벽에다 배트심닛가 놀보 하난 말
이 우리난 본대 눈의 뵈이난대로 아모대나 뱃소 홍보 처자집을 불너

점심진지 차려 드리여라 놀보 일은말이 아모집이던지 계집이 넘어 덩
벙이면 집안이 망하난 법이얏다

(「흥보전」, 28~29쪽)

위의 인용 부분은 놀부가 부자가 된 흥부의 아내에게 심술과 트집을 부리
는 구절이다. 작자가 놀부를 악한으로 만들기 위해 의도적으로 삽입시킨 것이
라고 생각되는데, 독자에게는 악한이라 반영되기보다 심술꾸러기로 비춰지게
되어 마치 철부지 어린애와 같은 행동으로 간주된다.

이와 같은 심술을 싫도록 부렸다가 집으로 돌아가면서 놀부는 화려한 가구
들이 탐이 나서 모두 빼앗아 버리고 싶었다. 그 중에 화초장 하나를 빼앗아
가게 되는데, 그것도 옮겨주려는 흥부의 하인을 뿌리치고 자신이 지고 가게
된다.[144] 이것은 동생을 의심한 데 그 연유가 있겠으나, 아무튼 자기 일은 자
기가 해야 한다는 자립심의 발로로, 간과해서는 안 된다.

그 다음 흥부가 부자된 내력을 안 놀부는 부자가 되기 위해 제비를 후려들
여 일부러 성한 제비 다리를 부러뜨리고 흥부가 한 것처럼 치료해서 보내줬
으나 인과응보에 의해 제비왕의 報讐瓢를 받고 몰락하게 된다.[145] 여기서도
제비를 해친 것은 잘못이나, 부자가 되기 위해 노력한 그 욕망만은 간과할 수
없다. 일찍 일본의 末永純一郎은 조선인의 기성을 논술함에 있어서 "조선인은
참으로 遊惰"하다고 단언하고 있으며, 또 "無膽"하며 "무기력"하며 "인간의
욕망"도 없는 者[146]라고 하였는데 여기서 놀부는 욕망적인 인간, 노력하는 인
간으로 비춰진다. 더욱이 첫째 박에서 양반이 나오고, 둘째 박에서 개약고 든
놈 등이 나오고, 셋째 박에서 노승이 나와 차례대로 많은 재물을 탈취하여 가
산을 탕진시켰다.[147] 웬만한 의지력을 지닌 사람이었다면, 여기서 멈추었을
것이나, 놀부는 주위 사람의 만류에도 불구하고 계속 열 세 개의 박을 모두
타는[148] 끈질긴 의지는 당시 무기력했던 조선인에게 모범적이라 해도 과언이

---

144) 『흥보전』, 세창서관, 31쪽 참조.
145) 『흥보전』, 32~55쪽.
146) 「朝鮮彙報」(東邦協會 『東邦叢書』 末永純一郎論文 明治二七年) 124~125쪽.
147) 『흥보전』, 세창서관, 37~39쪽 참조.

아니다. 이어서 넷째 박에서 상두꾼이 나왔고, 다섯째 박에서는 무당이, 여섯
째 박에서는 등짐 장사, 일곱째 박에서는 초란탈이, 여덟째 박에서는 사당·
거사들이 나왔고, 아홉째 박에서는 왈자들이 나와 각기 재물을 빼앗아 가는
가[149] 하면 심한 매질까지 하게 되나 놀부의 굳은 신념은 초지일관 황금의
박이 나올 것을 기대하고 계속 진행된다. 열째 박에서 소경들, 열한째 박에서
장비가 나와 놀부의 평소의 죄를 꾸짖고 심한 고문을 하게 된다. 열두째 박에
서는 허연 박속뿐이어서 주린 끝에 끓여 먹었더니 말끝마다 "당동"하는 소리
가 나와 병신이 되었으나, 그래도 마지막 열세째 박까지 타게 되어 거기서
"똥"이 나와 패가망신을 하게 된다.[150] 원인이 악한 것이어서 철저한 몰락의
결과를 가져 왔지만 어떤 목적을 위해 질주하는 의지만은 나쁜 것으로만 간
주될 수는 없다. 그러나 「흥보전」에서는 놀부를 의식적으로 악한을 만들려는
작자의 의도가 일목요연하게 나타남으로써 오히려 독자에게 비춰진 과장된
심술이 유머러스한 감이 짙어 惡으로 느껴지게 하려는 작자의 의도가 희석되
고 말았다.

蛇足으로 놀부의 박 열세 개 중 열한 개의 박에서 나온 인물로써 그 많던
재산을 탕진케 한 것은 악한 주인공의 철저한 몰락을 바라고 쓴 「흥보전」 작
자의 의도적인 구성인데, 이는 약자를 옹호하려는 독자들의 마음을 읽고 쓴
것이다. 아무튼 놀부의 박 열한 번째까지의 인물들이 당시 사회에서 비난을
받았던 불필요한 존재였다는 사실을 은연중 시사하고 있어 이것이 지닌 윤리
사상의 가치[151]도 함께 이해되어야 할 줄 믿는다.

(2) 흥부

고전작품을 이해하고 평가하는 기준을 오늘날의 美的 혹은 善槪念에만 두
어서는 안 된다. 창작 당시의 사람들이 그 작품에서 받는 감명도나 체험정도

---

148) 『흥보전』, 37~55쪽.
149) 『흥보전』, 40~49쪽.
150) 『흥보전』, 50~55쪽.
151) 홍이변, 「흥부전의 단면—한국윤리사상사의 그 위치—」, 김두헌박사 화갑기념논
    문, 124~125쪽.

가 오늘날의 그것과는 동일하지 않기 때문이다. 그러나 선과 악의 한계는 통시적인 면이나 공시적인 면으로 보아 고금이 크게 다를 바는 없을 것이다. 「흥보젼」 주인공의 한 사람인 흥부는 창자 당시는 물론이거니와 현대에도 선의 대명사처럼 불리어 오고, 흥부처럼 착하라는 교훈적인 소재에까지 쓰이고 있으니 문제가 된다.

그러면 흥부의 인성을 옳게 이해하고 일컫는 말일까? 「흥보젼」의 작자는 지극한 貧을 곧 지극한 선으로 이해하였고, 당시의 봉건유교사회에서의 무조건의 순종, 무력이 선이라 간주될 수 있었던 것이니 지금의 그것과는 차이점을 느끼지 않을 수 없다. 그렇다고 선악의 大意가 변했다는 것은 아니다. 다만 「흥보젼」을 이해하는데 작자의 의도한 바에만 끌리지 말고 독자가 작품 속에서 느낄 수 있는 흥부의 人性이 어떤가를 연구하기 위해 그의 장단점을 양분하여 고찰하려는 것이다.

① 장점

첫째, 흥부는 형제간의 우애를 생명보다 중시하려는 조선 봉건 유교사회의 전형적인 인물이다.

> 흥보난 마음이 착하야 효행이 지극하고 동긔간의 우애극진하되……
>
> —「흥보젼」, 1쪽

이는 「흥보젼」의 서두 한 구절이다. 작자가 의식적으로 흥부의 善을 강조한 직설적인 인물묘사이다.

> 흥보의 어진 마음 생각하니 형의 심법이 발서 이러하니 만일 요란이
> 구러 남이 알진대 형의 흉이 더드러날지라 잠자코 져의 방으로 도라와
> 안해와 자갈일을 의론하니……
>
> —「흥보젼」, 3쪽

의리가 없는 형이지만 형으로 받들고 모시는 흥부는 부모의 유산을 독점한 형 놀부와 다투면 형의 흉이 더 드러날까 하여 자기의 유산마저 포기하는 선

량한 인물로 묘사되고 있다. 그래서 흥부는 빈손으로 놀부의 집에서 쫓겨나와
주린 배를 안고 놀부에게 양식을 얻으러 갔다가 매만 맞고 돌아와서 그의 아
내에게 다음과 같은 거짓말을 한다.

> 흥보가 본대 동긔간 우애가 극진한지라 참아 그형의 행사를 바로 못
> 하고 우애 잇난말로 하난대 여보 마누라 큰댁의를 간즉 형님과 형슈씨
> 가 나오며 손을 잡고 인졔야 오나냐하며 안으로 다리고 드러가더니 조
> 흔 약쥬도 주고 더운 졈심 지여쥬며 만이 먹으로하시고 기간의 어린것
> 들을 다리고 을마나 고생을 하엿스며 굼지나 아니 하엿나냐하시며 형
> 님쎄셔난 돈 닷양 쌀셔말 쥬시고 형슈씨난 돈 셕냥 팟 두말을 쥬시며
> 어셔 건너가셔 밥지여 어린것들 살니라하시고 하인 불너 지워가라 하
> 시기의 하인은 그만 드라하고 내가 친이 질머지고 큰댁에셔 나셔셔 큰
> 고개를 너머오다가 도젹놈을 만나 다 쌕기고 그져 왓네하며 눈에셔 눈
> 물이 비오듯하니…….
>
> ──「홍보젼」, 9~10쪽

이와 같이 불륜의 형이지만 그의 학대를 탓하지 않은 것은 당시 봉건유교
사회에서 형에 대한 절대 복종의 미덕을 보이려는 것이다.[152]

그 후로부터 흥부는 놀부에게 의지하지 않고 품을 팔며 자립하려고 노력하
게 된다. 그러나 역시 가난은 면치 못했다. 그 뒤 제비왕이 보내준 박씨로 하
여금 부자가 된다. 이 소식을 듣고 놀부가 찾아오게 되는데 찾아온 형에게 홍
부는 다음과 같이 환대한다.

> 흥보가 드러오더니 제 형의게 공손이 업처뵈이며 형님 행차하셧심
> 닛가하며 일변 눈물을 쩌러트리니 이놈 하난 말이 너 뉘 통부보앗나냐
> 이놈 눈쌀 보기 실타 흥보하인 불너 분부하되 큰생원님 잡슈실 것 다
> 시 차려오너라.
>
> ──「홍보젼」, 30쪽

놀부가 흥부의 아내에게 갖은 행패를 부렸는데도 추호의 섭섭한 표정 없이

---

152)『홍보젼』, 세창서관, 10~11쪽 참조.

공손히 인사한 후 발로 차 넘어뜨린 음식상을 다시 차려오도록 분부하는 흥부는 독자들에게 더욱 착한 아우로 비춰지게 된다.

그리고 놀부가 제비왕이 보낸 報讐瓢로 재산을 탕진하고 불쌍하게 되었을 때 흥부는 그를 다음과 같이 맞아 준다.

> 놀보의 패가망신함을 알고 대경하야 일변 노복을 시켜 교자 두채와 말 두필을 거나리고 친이 건너와 놀보 양쥬와 족하를 교자애 태우고 말을 태워 제집으로 다라와 일변 안방을 치우고 안돈시긴후 의식을 후이하야 째로 공궤하며 날로 위로하고 일면으로 죠흔터를 뎡하야 슈만 금을 드려 집을 제집과갓치 짓고 셰간물이며 의복 음식을 한갈갓치 하야 그 형을 살게 하니…….
>
> —「홍보젼」, 56쪽

둘째, 흥부를 선량한 인간으로 꾸미려 했다. 이를 방증하는 구절들을 찾아보면

> 놀보집 들어가며 전후좌우 도라보니 압노젹 뒷노젹 멍의노젹 쌀로젹 담불담불 싸앗스니 홍보에 어진 마음 질겁기 측량업건만…….
>
> —「홍보젼」, 6쪽

부모 유산을 형이 다 차지하고 빈손으로 쫓겨나온 흥부는 끼니를 잇지 못하여 가난에 허덕이나, 형의 재산에 대해 질투도 시기도 저주도 하지 않는 선량한 흥부상으로 묘사되었음을 알 수 있다.

> 홍보마음 인후한지라 청산류슈 곤륜백옥이라 셩덕을 본을 삼고 악한 일을 멀니하며 물욕의 탐이 업고 쥬색의 무심한지라 마음이 이러하니 부귀를 바랄소냐…….
>
> —「홍보젼」, 5쪽

위에서는 흥부의 본성 때문에 청빈하다는 것을 밝히고 흥부 부부가 주고받는 다음 구절을 보면

　　여보 아해아버지 돈 엇던 길까의 밧비 갖다놋코 돈 임자가 와서 찻
　거든 도로 주고 곰압다고 한냥이나 주든지 돈냥을 주든지 그난 정말
　할 일이니 어서 가서 차져주오 홍보 이른 말이 마누라 말을 드르니 본
　받을 말이로세…….

―「홍보젼」, 12쪽

가난에 쫓기면서도 양심을 지킬 줄 아는 부부임을 짐작할 수 있게 한다. 강
남에 있는 제비왕의 입을 빌어 홍부가 더욱 선량한 인물임을 시사하고 있으
니, 이를 보면

　　홍보는 과시 어진사람이라 유공필보는 군자의 도리라 그 은혜를 엇
　지 아니 갑흐리오…….

―「홍보젼」, 20쪽

그리고 김부자의 조카가 홍부에게 묻는 말에 정직한 말로 대답하자,

　　그말을 자셰히 듯고 하난 말이 자네가 마음은 착한 사람일세 나도
　어대셔 드럿네만은…….

―「홍보젼」, 17쪽

　이상과 같이 「홍보젼」의 작자는 홍부를 선량한 인간으로 묘사하려고 중간
마다 직접적인 표현 수법을 반복하여 사용하고 있다.
　셋째, 홍부는 미물인 날짐승에게도 연민의 정을 쏟는 인후한 인간이다.

　　제비삭기 한 마리가 공중으로 쑥써러져 피를 흘리고 발발 써난지라
　홍보가 이를 보고 펄적 뛰여 다라드러 제비삭기를 두손으로 곱게 들고
　잔잉이 여겨 이른말이 불상하다 져제비야 은왕성탕 은혜입어……부러
　진 두다리를 칠산조긔겁질노 찬찬 감고 여보 마누라 당사실 한바람만
　주소 제비다리 동여쥬게 홍보안해―싀집올 째 가져온 당사실을 급히
　차져 내여 주니 홍보―션 듯 바다 제비삭기 상한 다리를 곱게곱게 가

마매여 찬이슬의 언져 두엇더니…….

―「홍보젼」, 19쪽

이렇게 미물인 제비에게도 동정하여 치료를 해 준다.

> 고당화각 만컨마난 수슈대로 지은 집에 와셔 네 집을 지엇다가 오륙
> 월 장마시에 집이 만일 문허지면 그아니 낭패되랴 아모리 짐생일망정
> 나의 말을 신청하고 조흔 집을 차져가셔 완실이 집을 짓고 색기를 치
> 려무나.

―「홍보젼」, 18쪽

여기에서 보면 제비가 죽는 것은 걱정할 줄 알면서 어찌 자기의 처자는 그 집에 살도록 버려뒀는가 싶다. 작자는 홍부의 善과 동정의 효과만 노렸지 인간 홍부라는 점을 간과해 버린 과오를 저지르고 있다.

② 단점

홍부의 단점을 간추려 보면 장점보다 단점이 더욱 많다는 것을 알 수 있을 것이다.

첫째, 생에 대해 소극적이며 나태하고 무기력한 인물이다.

홍부는 자신의 가난을 스스로 타개하려 들지 않고, 모든 것을 운명에 맡기고 있다. 그만큼 삶에 대해 소극적이요 무기력하여 어쩔 수 없는 가난에 선하지 않으면 안 되었다. 다음을 보면

> 슬근슬근 톱질이야 당긔여쥬소 톱질이야 가난타고 슬어를 마소 팔
> 자 글너 가난 사주 글러 가난 벌지 못하야 가난 미련하야 가난 산소
> 글너 가난 밋편업셔 가난한 걸 한탄 말소 홍보쳐 이른말이 산소 글너
> 가난하면 아쥬마님은 잘 살고 우리난 가난한가 장손만 잘 되난 산소던
> 가 에여라 톱질이야.

―「홍보젼」, 22~23쪽

스스로 노력하지 않은 데서 온 가난을 산소에 돌리려 했으나 그의 아내의

말로 부정된다. 삶에만 소극적이 아니라 형에 대한 아우로서의 태도에도 소극적이고 무기력하기만 하다.

> 그형의 행사를 탄식하고 째로 간하고자하나 말하여야 쓸대업난고로
> 함구무언하고 주면 먹고 식이면 일이나 공순히 하되 무거한 놀보놈이
> 일분개회함이 업스니 엇지 아니 분통하랴.
>
> ─「흥보전」, 2쪽

라고 한 것은 주관도 없는 무기력한 인간이다. 더구나 주면 먹고, 시키는 일이나 하는 인간 흥부였다.

> 환자 밧난대셔 매질하는 것을 보고 하난 말이 거긔난 매풍년이 드럿
> 다만은 하면서 집으로 드리오며 신세자탄을 하고 노자 남은 돈 한냥으
> 난 썩을 샀는데 질머지고 집을 향하고 도라가더라.
>
> ─「흥보전」, 15쪽

매품을 팔려 했으나 이것마저도 여의치 않게 되어 남이 매 맞는 것까지 부러워하게 된다. 그리고 끼니도 못 잇는 흥부의 처지에 노자 남은 돈으로 모두 떡을 샀는데 얼마나 많이 샀던지 짊어지고 갔다는 것은 그의 무계획한 인성이 폭로된 것이다.

> 낫 한가락을 들게 가라 지계의 꼬자지고 묵은 밧치라면 쏘차다니며
> 슈슈대 쨍대를 모조리 비여 질머지고 도라와셔 집을 짓난대 비슷한 언
> 덕의다 집터를 광이로 싹가놋코 집 한채를 짓난다 안방 대청 행랑 몸
> 채를 말집으로 하나결의 지어 필역하고 도라보니 수슈대 반짐이 그져
> 남앗구나 안방을 볼작시면 엇지 너르던지 누어 발을 쩌드면 발목이 벽
> 밧그로 나가니 착고 찬놈도 갓고 방에셔 맛모르고 이러스면 모가지가
> 지붕밧그로 나가니 휘쥬잡이의 잡히여 칼슨놈갓고 잠결에 게지개를
> 켜량이면 발은 마당밧그로 나가고 두쥬먹은 두 벽으로 나가고 엉덩이
> 난 울타리밧그로 나가 동리사람들이 출입시에 것친다고 이궁덩이 불
> 너드리라난 소래의 쌈작 놀나 이러안자 대셩통곡하난 말이 애고답답

셔름이야 이 노릇을 엇지 할고 엇던 사람 팔자 조와 대광보국숙록대부
삼공륙경되여 잇셔 고대광실 조흔 집의 부괴공명 누리면서 금의옥식
싸여잇고 나갓흔 팔자 어이 이리 곤궁하야 말만한 오막사리 일신을 난
용하니 지붕마루에 별이 뵈고 쳥텬한운세우시에 우대량이방중이라 문
밧게 세우 오면 방안은 굴근비 오고 압문은 살이 업고 뒤문은 외만 나
마 동지섯달 설한풍이 쌀쏘드시 드러오고 어린 자식 졋달나고 자란 자
식 밥달다니 참아스러 못살겟다.

— 「홍보젼」, 3~4쪽

집을 지으려면 남이 다니지 않는 조용한 곳을 택하여 수숫대나 빼대로 지
을 것이 아니라 나무로 튼튼하게 지을 수도 있었을 텐데, 말집으로 그것도 반
짐을 가지고 하루도 못 되는 한나절만에 지었다니 홍부가 나태하고 무능한,
더 나아가 삶에 대한 소극적인 인물로 비춰지지 않을 수 없다.

Bishop은 조선인의 遊惰性을 주관적으로 지적하고 死者와 같이 그 자극을
감수 못하는 이상스러운 국민이라고 경멸과 비난과 비방으로써 묘사하고 있
다.153) 홍부가 바로 이와 같은 조선 봉건유교사회의 전형적인 비난의 대상자
라고도 할 수 있다.

둘째, 홍부는 무계획적이며 무능하고 의타적이며 기생충적인 인간이다.

홍보를 불너 일은말이 형뎨라 하난 것은 어려셔난 갓치 살되 실가를
갓촌 후난 각기 생애하야 사는 것이 쩟쩟한 법이니 너난 쳐자를 다리
고 나가살라 홍보 쌈작 놀라 울며 왈 형뎨난 슈족갓흐니 우리 단 두형
뎨 각산하야 살면 돈목지의 업스리니 형장은 다시 생각하옵쇼셔.

— 「홍보젼」, 2쪽

이놈 홍보야 잘살아도 내팔자요 못살아도 내팔자니 형을 엇지 길게
쓰더먹고 매양 살날하나냐 잡말 말고 어셔나가거라.

— 「홍보젼」, 3쪽

조선사회에 있어서는 次子는 成婚하면 곧 분가하여 별거하는 것이 일반의

---

153) 최호진, 『근대한국경제사연구』, 동국문화사, 29쪽.

관습이다.154) 그런데 흥부는 형제간의 敦睦之誼를 내세워 분가를 반대하였는데, 그것은 형에 대한 의타심에서 온 소치였다. 흥부는 양반이었다고 했다. 그런데도 시키는 일이나 하고 주면 먹고155)라고 했다. 일할 바엔 부지런히 했더라면 이용하기 위해서라도 놀부 같은 손익에 밝은 형이 그를 추방하지는 않았을 것이다.

> 놀보에 불량한 마음 부모의 물녀준 재산 만만전재와 남견북답 노비 우마를 혼자 다 차지하고 아우 흥보를 구박하되 흥보에 어진 마음 조금도 닷토미 업더라.
>
> —「흥보젼」, 2쪽

이것은 형에 대한 순종의 미덕을 보이려 했지만, 어쩌면 자기권리의 포기라고 해석될 수도 있다. 당시의 재산 상속법을 보면 호주상속 또는 제사상속을 한 신분에 있는 자라고 할지라도, 가산의 독점상속이라고 하는 것은 없었다.156) 재산을 독점한 자, 또는 分執奴婢據執者 즉 분할된 상속재산을 점거한 자에 대해서는 官에 告狀하기 전에 우선 화해시킬 것으로 하고, 만약 그 죄를 불구하고 飾詐强辯하여 亂法瞞官하는 자는 엄중히 科罪하기로 되어 있다.157) 그런데 흥부는 상속을 조금도 받지 못하고 맨몸으로 쫓겨 나왔는가 하면 심한 굴욕까지 받게 되었으나 이는 형에 대한 순종이라기 보다는 자신의 무능, 자기 권리의 포기로 비춰지게 된다.

> 형세난 이러케 가난하되 밤농사난 잘하던지 어린 자식은 년년이 생기여 층층이 낫살먹으니 이년석들은 이로 의복을 엇지하야 입히리오 큰놈 젹은놈 몸을 못가리고 한구셕의 우물우물하니 방문을 열면 맛치 목욕탕에 아희 어른이 벗고 들싸난 모양이라 흥보—그가 막히여 옷해 입힐 생각하니 백척간두에 사흘에 한때도 먹어갈슈가 업거든 의복을

---

154) 김두헌, 『한국가족제도연구』, 서울대학교 출판부, 343쪽.
155) 『흥보젼』, 세창서관, 2쪽 참조.
156) 김두헌, 『한국가족제도연구』, 서울대학교 출판부, 235쪽.
157) 「태조실록」 권12(태조6년 7월, 갑술).

엇지 생의 하리오 쥬아로 궁니하되 계책이 업더니 올타 슈가 잇다하고
모도다 모러다가 한방속에 너코 큰멍석 한입 어더다가 구멍을 자식들
슈대로 뚤코 나려씨워노으니 대강이만 콩나물대강이쳐럼 내미러 한녀
셕이 쏭을 누러 가량이면 여러녀셕들이 후배로 싸라가고 구중의도 왼
갓 맛잇난 음식은 졔각기 찻난다.

— 「홍보전」, 4쪽

옷과 밥을 못 해 입히고 먹이면서도 많은 애들을 낳게 하여 가난의 극에
이르도록 하려는 작자의 의도는 성공적이었으나, 그 반면에 홍부의 무계획성,
무능, 무기력함이 표출되고 말았다.

셋째, 홍부의 지극한 가난이 비루한 인간 홍부로 전락시켰다. 양식이나 돈
을 얻으러 형 집에 간 홍부는 놀부에게 매만 맞게 되는데

홍보난 엇지 마졋던지 일신이 느른하야 도라갈 마음긔지 업건만 그
중에도 형슈나 보고 가랴고 엉금엉금 긔여 부엌근쳐로 가니 놀보안해
가 맛침 밥을 푸난지라 홍보가 매마진거난 고사하고 여러날 굴믄 창자
에 밥냄새 맛더니 오쟝이 뒤집히여 애고형슈씨 밥한술만 쥬오셔 이동
생 좀 살려주오 하며 부엌으로 쒸여드러가니 이년 또한 몹슬년이라 왈
악 도라스며 하난 말이 남녀가 유별한대 어대를 드러오노 하며 밥푸던
주걱으로 홍보의 바른쌤을 직근 짜리니 홍보가 그쌤 한번을 마진 즉
두눈의 불이 확근하며 정신이 엇질하다가 쌤을 슬며시 만져보니 밥이
볼따귀에 붓헛난지라 일변 입으로 홈쳐너며 하난 말이 아주마님은 쌤
을 처도 먹여가며 치시니 감사한 말을 엇지 다 하오릿가 슈구스럽지만
은 이쌤마져 처주시오 밥 좀 만이 붓튼 주걱으로 그밥갓다가 아희들
구경이나 식히겟소 이몹슬년이 밥주걱은 놋코 부지쌩이로 홍보를 흠
신 짜려노으니 홍보—압흐단 말도 못하고 할 일업시 통공하며 도라오
니 텬디가 망망하더라.

— 「홍보전」, 8쪽

홍부가 형에게 매를 맞으며 양손으로 비는 것[158]은 형에 대한 도리라는 점
에서 일단 수긍이 가지만, 그러나 봉건 유교사회였던 당시, 여자인 형수에게

---

158) 『홍보전』, 세창서관, 7~8쪽.

까지 밥 푸던 밥주걱으로 맞고도 또 다른 뺨을 가져다 대는 흥부의 人性, 더욱
이 왼뺨을 댈 때는 밥풀을 더 붙여 달라고 했으니, 남자로서의 굴욕이 이 이상
더 있을 수 있을까? 그리고 김부자 대신에 매를 맞는 매품팔이159)에서도 흥부
의 굴욕, 비루함이 표출되고 있다.

> 놀보심사 무거하야 흥보 오난 싹을 보며 구박이 타심하난지라 흥보
> ―그형을 보기도 전의 이왕의 맛던 생각을 하니 겁이 졀노 나셔 일신
> 을 쓸며 공손이 마로 아랴 셔셔 두손길을 마조잡고 졀하야 문안하니.
>
> ―「흥보젼」, 6쪽

> 흥보 온일이 젼곡간에 구걸하러 온줄 알고 못본 채하다가 여러번째
> 야 뭇난말이 네가 누구인고 흥보 긔가 맥키여 대답하되 내가 흥보올시
> 다 놀보―소래 질너 왈 흥보가 엇던 놈인다 흥보―울며 하난 말이 애
> 고 형님 이말삼이 웬말삼이오 마오마오 그리마오 비나이다 비나이다
> 형님젼에 비나이다 셰끠 굴머 누은 자식 살녀낼길 젼혀 업셔 염치를
> 불고하고 형님댁에 왓사오니 동긔지졍을 고렴하시와 베가 되나 쌀이
> 되나 양단간의 주웁시면.
>
> ―「흥보젼」, 6~7쪽

마루 아래에서 인사하는 것이나 동생을 몰라보는 체 하는 형에게 마치 절
대자적인 군주에게 비는 조의 애원은 극빈이 낳은 비루, 비굴이라 아니할 수
없다. 그렇게 구걸하다가 흥부는 다시 놀부의 매를 맞게 된다.

> 손잰승에 비질하듯 상자중의 법고치듯 아조 탕탕 두다리니 흥보 울
> 며 하난 말이 애고 형님이거시 웬일이오 방약무인 도척이도 이의셔 셩
> 인이오 무거불측 관숙이도 이의 셔난 군자로다 우리 형뎨 엇지하야 이
> 러케 하오 아니 쥬면 그만이시지 싸리기난 무삼일고 애고 어머니 나
> 죽소.
>
> ―「흥보젼」, 8쪽

---

159) 『흥보젼』, 12쪽.

놀부에게 맞으며 우는 흥부는 마치 어린애같이 보이며, 어쩌면 형에 대한 무언의 반항을 하는 것 같이도 느껴진다. 그리고 매를 치다가 도리어 놀부가 사랑방으로 피하는 것160)은 형 놀부가 패한 것으로 해석될 수도 있다. 형이 화가 나서 매질한다면 자리를 우선 피하는 것이 현명한 처사다. 형 앞에 버티는 것은 순종이라기보다는 반항적인 심리 현상의 결과로 보여진다. 그만큼 흥부는 인생을 살아가는 방법이 졸렬했고, 이것이 그대로 그의 인성에 반영되었다.

> 김부자난 알코 누구던지 대신 가서 볼기 삼십개만 맞고오면 돈 삼십
> 량에 닷냥을 노자로 주니 그아니 횡재인가 감영의 가서 눈쌈짝하고 볼
> 기 삼십개만 마졋스면 돈삼십냥이 횡재 아닌가.
> ─「흥보젼」, 13쪽

> 흥보가 올케 듯기난하나 돈 삼십냥이 눈의 어른어른하며 볼기 멋만
> 마졋스면 그 돈 삼십냥을 공돈갓치 쓸 생각에 마누라를 얼리것다.
> ─「흥보젼」, 13쪽

> 여보시오 나난 매만 마저야 슈가 잇소 매 하나의 한냥식 작정하고
> 왓난대 그저 가면 낭패요.
> ─「흥보젼」, 15쪽

흥부는 형에게 비루하리만큼 굴욕적인 태도로 구걸하려다가 그것도 여의치 못해 양반 체면은 且置하고 매품팔이를 자행하게 된다. 그러나 이것마저도 뜻을 이루지 못하고 만다. 여기서 우리는 인간 흥부가 얼마나 무능하고 나약했던가를 알 수 있다.

넷째, 양반의 몰락상을 폭로하고 있다.

놀부의 매를 맞은 흥부는 자립하려고 온갖 품을 팔아가며 산다.161) 그러나 가난하기는 마찬가지여서 관가에 가서 환곡이나 얻으려 했지만 극빈자라 해서 멸시만 당하게 된다.

---

160) 「흥보젼」, 8쪽.
161) 「흥보젼」, 10~11쪽.

　　리방이 하난말이 연생원 엇지 드러왓소 홍보 이른말이 환곡이나 좀
어더먹자고 왓난대 쳐분이 엇더하난지 리방이 하난말이 가난한 사람
이 막중한 국곡을 엇지하자고 달나할가.
―「홍보젼」, 11쪽

　　여기서 보면 갚을 능력이 없어 환곡마저도 얻을 수 없을 만큼 몰락하였음
을 알 수 있다. 그래서 매품팔이를 하게 되는데,

　　홍보 하난말이 매삼십도를 마지면 돈삼십냥을 다 나를 주나 아모럼
그러치 매한개에 한냥식이지 홍보―이말 듯고 여보 이런 말 내지마오
우리동래 쇠쇠아비가 알면 발둥을 듸더 몬져 갈터이니 소문 내지마르시
오 리방이 돈닷냥을 몬져 주고 영문의 가난 보고쟝을 홍보쥬며 어서 단
여오시오 내편지 한 장 갓다 영문사령 쥬면 혹시 매를 쳐도 헐장할 터이
오 쏘 김부자가 뒤로 장쳥의 돈 백이나 보낼터이니 넘녀 말고 어서 가오
홍보가 엇지 좃튼지 반말하든 사람이 벼란간에 존대가 할냥업다.
―「홍보젼」, 12쪽

　　경제력이 없는 홍부는 자기의 체면은 불고하고 매품팔이의 기회를 얻었다
고 이방에게 아부하는 부분에서, 몰락한 양반의 진면목을 찾아볼 수 있다. 초
라한 홍부의 환경과 외모를 보면 다음과 같다.

　　안방을 볼작시면 엇지 너르던지 누어 발을 쎄드면 발목이 벽밧그로
나가니 착고찬 놈갓고 방에셔 맛모르고 이러스면 모가지가 지붕밧그
로 나가니 휘쥬잡기의 잡히여 칼슨놈도 갓고 잠결에 게지개를 켜량이
면 발은 마당밧그로 나가고 두 쥬먹은 두 벽으로 나가고 어덩이난 울
타리밧그로 나가 동리사람들이 츌입시에 걸친다고 이궁덩이 불너드리
라난 소래의 쌈작 놀라 이러안자 대셩통곡하난 말이 애고 답답 셔름이
야 이노릇을 엇지할고 엇던 사람 팔자조와 대광보국 숭록대부 삼공륙
경되여 잇셔 고대광실 조흔집의 부귀공명 누리면셔 금의옥식 싸여잇
고 나갓혼 팔자 어이 이리 곤궁하야 말만한 오막사리 일신을 난용하니
닙웅마루에 별이 뵈고 쳥텬한운 셰우시에 우대량이 방즁이라 문밧게
셰우오면 방안은 굴근비 오고 압문은 살이 업고 뒤문은 외만 나마 동

지섯달 셜한풍이 살쏘드시 드러오고 어린자식 졋달나고 자란자식 밥
달라니 참아스러 못살겟다……옷 해입힐 생각하니 백척간두에 사흘에
한 째도 먹어갈슈가 업거든 의복을 엇지 생의하리오 쥬야로 궁니하되
계책이 업더니 올타 슈가 잇다하고 모도 다 모더다가 한방속에 너코
큰 멍석 한입 어더다가 구멍을 자식들 슈대로 뚤고 나려씨위노으니 대
강이만 콩나물대강이처럼 내미러 한년셕이 똥을 누러가량이면 여러녀
셕들이 후배로 짜라가고 그 중의도 왼갓 맛잇는 음식은 제각기 찻난다.
—「홍보젼」 3~4쪽

홍보 치장 차리고 가난거동을 볼작시면 압살터진 헌갓을 실로 총총
얼거매여 죽령을 다라쓰고 깃만 남은 중치막의 동강동강 이은술씩로
흉복통 눌너매고 쩌러진 고의적삼 쳥올치로 대님매고 헌집신 들메하
고 세살붓채 손에 들고 셔홉드리 오망자로 쑹문이의 비슥차고 바람마
진 병인처럼 비슥비슥 근너가셔.
—「홍보젼」, 6쪽

협수록한 봉두돌빈의 헌망건을 눌너 쓰고 울근불근 살이 보이난 다
떠러진 고의적삼의 헌행젼을 무릅밋해 놉히치고 양만 남은 헌파립중
영을 다라쓰고 노닥노닥 기은 중츄막을 행셰차로 썰쳐입고 범만한 곰
방대를 손에 쥐고 엇슥빗슥 갈지자로 거러 읍내로 드러가.
—「홍보젼」, 11쪽

이와 같이 몰락해 버린 나약해진 흥부는 경제력에 무릎을 꿇었음은 물론,
무위도식하던 조선 봉건 유교사회의 양반상의 일면을 표출한 것이다.
다섯째, 흥부의 貧은 淸貧樂道의 사상에서가 아니라 어쩔 수 없는 貧이었다.
흥부의 무력과 무능을 '淸白'에 비유하는 사람도 있다. 그러나 흥부 아내의
다음과 같은 말에서 부정되지 않을 수 없다.

부절업시 청념한체 마오 안자의 궁향단표 쥬린염치 삼십에 조사하
고 백이숙제 주린 염치 슈양산에 아사하니 청루소부 우셧스며 부졀업
슨 청념말고 져자식들 살녀보사이다.
—「홍보젼」, 5쪽

　홍부도 가난을 싫어하면서 부귀공명을 선망의 대상으로 그리고 있음을 볼 수 있으니 홍부의 다음 말을 보면

　　　대성통곡하난 말이 애고답답 셔름이야 이노릇을 엇지 할고 엇던 사
　　　람 팔자조와 대광보국숙록대부 삼공류경되여잇셔 고대광실 조흔집의
　　　부귀공명 누리면셔 금의옥식 싸여잇고 나갓흔 팔자 어이 이리곤궁하
　　　야 말만한 오막사리 일신을 난용하니.
　　　　　　　　　　　　　　　　　　　　　　　　　　　　　　—「홍보젼」, 4쪽

　홍부의 貧은 청빈낙도의 사상과 다르다. 그 다음 구절을 보면

　　　우션 노자 닷냥 둘너차고 자긔집으로 도라오매 노래를 하난대 돈타
　　　령을 하겄다 멀즉이셔붓터 마누라를 부르며 여보 마누라 도라보아라
　　　녯날 리션이난 금돈쓰고 한나라 관공님은 위나라에 가셧슬졔 상마의
　　　천금이오 하마에 백금을 말노 되어 드렷스되 이러한 소쟝부난 읍내 한
　　　번 꿈젹하면 돈 삼십냥이 우슈슈 쏘다진다 마누라야 거젹문 여러라.
　　　　　　　　　　　　　　　　　　　　　　　　　　　　　—「홍보젼」, 12쪽

　홍부가 하는 말에

　　　이박 한 통 타거덜낭 금은보배가 나옵소셔.
　　　　　　　　　　　　　　　　　　　　　　　　　　　　　—「홍보젼」, 23쪽

　위에서 홍부를 淸白에 비유할 수 없음이 드러났다. 그는 富를 부러워하나 무능, 무력해서 어쩔 수 없는 貧이었음을 알 수 있다. 돈 삼십 냥을 벌게 되었다고 아내에게 허세까지 부리게 되는 졸장부형임을 알 수 있어, 홍부의 貧은 淸貧樂道와는 무관한 무능에서 온 가난으로 이해된다. 그리고 홍부가 초자연적인 기적, 즉 제비가 물어다 준 박으로 巨富가 되었을 때 高臺廣室의 높은 집에 처첩을 거느리고 향락으로 세월을 보내는 것[162]으로 보아도 이를 반증

---

162) 『홍보젼』, 27~28쪽.

한다고 볼 수 있다. 그리고 흥부가 매품팔이를 하러 갔다가 매도 못 맞고 돌아
오는지라[163] 화가 치밀어 마누라를 꾸짖는 구절을 보면

> 나더러 쟝쳐를 뭇나니 네 친졍 하라비더러 물어라 매한개 못맛고 오
> 난 사람다려 이년아 쟝쳐니 상쳐니 다 무어시니.
>
> 「홍보젼」, 16쪽

남존여비 사상이 풍미했던 당시의 사회라 하더라도 이런 말은 양반 흥부의
체모로서는 이해할 수 없다. 일이 여의치 않았다고 그의 아내에게 화를 돌리
고 있다. 이러한 위인을 청빈에 비유할 수는 더욱 없는 일이다.

이 외에도 흥부의 단점은 더욱 많이 지적될 수 있다. 상술한 바의 단점들은
대부분 작자가 의도하지 않은, 혹은 작자 자신이 의식하지 못한 가운데 표출
된 지엽적인 것이지만 독자들에게는 장점보다 단점이 더욱 강하게 반영되어
지고 있다.

4) 분석 결과

「홍보젼」이 창작될 당시 우리 민족의 경제적인 여건은 모두 농토에 의존하
고 있었던 때다. 그런데 놀부는 부모에게 받은 유산을 동생 흥부에게는 조금
도 주지 않고, 혼자 다 차지하여 흥부를 빈 몸으로 쫓아낸다. 여기서부터 놀부
는 시종 독자들에게 악과 저주의 대상으로 묘사되기 시작한다. 더구나 작자는
세상에 있는 모든 심술을 총동원시켜 과장적인 수법으로 놀부를 악하게 만들
려고 시도했다. 그러나 놀부를 악한으로 묘사했다기보다는 천하에 몹쓸 심술
을 부리는 인간 놀부로 묘사하는데 성공했을 뿐이다. 그래서 작자는 놀부가
심은 박 열 세 개에서 나온 인물들로 하여금 욕심과 불의의 재물이라는 뜻에
서 그것을 모두 빼앗도록 하였다. 「홍보젼」의 작자는 빈부를 양극으로 대립시
켜 불의의 부귀를 누리는 놀부가 패가망신하는 데서 권선징악 사상을 부식시
켰고, 이는 독자들의 深表에 내재해 있는 놀부에 관한 증오심을 카타르시스하

---

163) 『홍보젼』, 15쪽.

는 효과에까지 이르게 된다. 이는 인간 놀부가 심술궂은 인간형으로 묘사되어
진 데서이다. 그러나 한편으로 보면 놀부를 무조건 나쁘다고만 일괄 처리하기
전에 놀부도 어떤 목적을 위해서는 끈질기게 노력을 한다는 데서 우리는 배
워야 할 점도 없지 않다. 비록 목적이야 욕심에서 나온 것이지만, 마지막 박까
지 다 타게 되는 그의 지구력, 의지, 고난과 역경 속에서도 중단하지 않고 질
주하는 생에 대한 집착이 곧 놀부에게서 배워야 할 교훈일 수도 있다.

　흥부의 인성을 보자. 구체적인 내용은 앞서 언급하였으므로 생략하고 작자
는 흥부를 선의 상징처럼 묘사하려고 했다. 그러나 작자는 貧이 곧 善이라는
생각에서 지극한 선을 위해 흥부를 극빈의 주인공으로 등장시켰다.

　그러기 위해서 흥부를 봉건유교 윤리에만 급급하는 인물로 묘사했고 자신
의 영리보다는 형제간의 의리만 더욱 중시하여 부모가 물려준 재산을 형이
다 차지하였으나 추호도 불평을 말하지 않는 무력한 인간으로 묘사되었다. 여
기서부터 흥부는 지극한 가난을 겪게 된다.

　앞에서 서술한 바와 같이 「흥보전」의 작자는 貧이 곧 선이라고만 믿고 흥부
를 극빈자로 묘사하였다. 이러한 과정에서 작자 자신도 의식하지 못한 이면에
흥부의 무능, 무기력, 나태성, 비루함이 표출되고 말았다. Bishop이 조선인의
遊惰性을 주관적으로 지적하고 死者와 같이 그 자극을 감수 못하는 이상스런
국민164)이라고 한 것과 같이 흥부는 당시의 전형적인 조선인이었다. 이어서
그 원인을 구명하려고 했던 나머지 그 근본 원인을 사회관계에 두고 동정의
마음으로써 조선인의 성격이 비굴하고, 무지하고 희망 없는165) 것으로 화하
였다고 말하였는데, 「흥보전」의 작자가 바로 이런 점에서 보아, 당시의 인간
상을 흥부에다 투영시킨 것이다. 그러나 동정을 받도록 집에서 쫓겨 나오는
인간 흥부에서 자기 권리를 포기하는 무력한 인간으로 표출되는가 하면, 형
집에서 부지런히 일을 했더라면 놀부가 이용하기 위해서라도 몰아내기 않았
을 것이라는 점을 감안해 본다면, 흥부는 기생충 같은 인간으로 묘사되어 작
자의 의도와는 정반대의 결과에 도달하게 되었다고 볼 수 있다.

---

164) 최호진, 『근대한국경제사연구』, 동국문화사, 29쪽.
165) 같은 책 29쪽.

「흥보젼」 전체의 줄거리로 보아서는 제비왕이 보낸 報恩瓢를 받을 만큼 착했다는 것이 흥부가 선한 인간상으로 굳어진 가장 중요한 원인이요, 이것이 바로 작자가 독자에게 바라는 바였다. 그런데 여기서 부상당한 제비의 다리를 치료해 주는 것은 좋은 일이지만 인간 흥부가 그처럼 한가했던가도 생각하지 않을 수 없다. 굶주림에 허덕이는 처자를 위해 좀더 부지런히 일하지 않았다는 것의 방증이 된다. 역으로 설명한다면 제비의 다리를 치료해 줄 수 있을 만큼 한가한 시간을 보냈기에 가난을 면하지 못했다고도 할 수 있겠다. 이런 것은 그의 아내에게 시켰다면 더욱 떳떳한 남자로서의 흥부상이 되었을 것이라 생각된다.

그리고 「흥보젼」 말미에 놀부가 부자가 된 흥부의 집에 와서 여러 가지 행패를 부렸으나, 형에게 불손한 말을 하지 않은 데서 흥부의 선이 독자에게 더욱 굳혀졌을 것이다. 더구나 패가망신한 형 놀부를 자기와 꼭 같은 집에서 옛날의 잘못을 일컫지 않고 맞아들이는 동생 흥부로서의 인성은 창작 당시뿐만 아니라 오늘날의 독자에게도 작자의 의도대로 선의 상징으로 공명할 수 있게 하는 성공적이다.

그렇다고 부수적인 것을 무시해 버리고 흥부를 선의 상징으로만 볼 수 있을까? 앞에서 흥부에 관한 장단점을 열거해 봤다. 여기서 우리는 흥부가 善하다고만 단정할 수 없는 문제점이 많이 내포되어 있음을 알 수 있었다. 또한 소설의 경개로 봐서는 흥부는 작자의 의도대로 선한 인물임은 부정될 수 없다. 그러나 작자가 흥부를 선하게 묘사하느라고 지극한 가난을 겪도록 만드는 과정에서 부분적으로 표출된 과오가 쉽게 간과할 수 없을 만큼 노출되어 있다. 이것을 밝히려는 것이 지금까지의 연구의 목적이었다. 흥부의 빈을 청백에 비하고 가난의 극에 이르도록 하기 위해 「흥보젼」의 작자는 흥부를 빈몸으로 분가시키는 당시의 관례를 벗어나게 이끌어 왔고[166] 해마다 자식을 낳

---

[166] 舊慣調査의 결과에 의하면, 봉사자인 상속인 즉 장자와 기타의 상속인 즉 자녀가 2인인 경우에 있어서는 봉사자인 상속인은 유산의 三分之二를 계승하고, 여타 상속인은 三分之一을 계승함을 통례로 하며 상속인 삼인이상인 경우에 있어서는 봉사자인 상속인은 二分之 一을 계승하고, 여타의 상속인이 其餘를 계승함을 통례로 하지만, 관습상 이와 같이 확연히 정해진 것이 아니라 하고 있는데 사실상 그 비율

는 과장적인 수법을 답습하였으며, 관가에 환곡을 빌어 갔으나 갚을 능력이 없다고 판시받아 여의치 않게 되자 매품까지 들게 되나 이것마저 뜻을 이루지 못하게 하여 가난 일변도에 쉽게 이르도록 묘사하였다.

그러나 「흥보전」의 작자는 흥부를 가난하게 꾸미는 데만 성공하였지 흥부를 훌륭한 위인으로 만들지는 못했다. 집을 쫓겨나올 때는 형제간의 의리 때문에 일언반구의 반항도 못했지만, 반면에 흥부의 무능, 무기력이 노출되었고, 쫓겨나와 수수깡과 빵대로 집을 짓는 데서 그의 遊惰性, 無能이 더욱 노골화되었으며 해마다 자식만 늘어가는 그의 무계획성, 환곡을 얻으러 갔다가 이방에게 아부하는 것, 매품을 파는 것 등에서 당시 거세당한 양반들이 경제력에 무릎을 꿇는 것을 노출시켜 당시 양반의 몰락상을 독자들에게 비춰지게 했다. 뿐만 아니라 형에게 구걸하러 갔다가 매만 맞고, 그리고 부엌으로 형수에게 인사하러 갔을 때 ― 그것도 기어갔다고 했으니 ― 형수에게 밥 푸던 주걱으로 뺨을 맞았다. 다시 왼쪽 뺨을 대는 것은 순종도 반항도 아닌 기갈을 면하기 위해 밥풀을 더 붙여 달라고 했으니 남자로서는 죽음보다 더한 비굴함, 비루함이 표출되고 말았는데, 흥부의 인성을 선이라고만 정의하여 교육현장에서 흥부를 닮으라는 식의 교훈의 소재에까지 끌어들인다는 것은 지양하지 않을 수 없다.

그러면 흥부와 놀부의 인성을 정의해 보자. 놀부는 심술궂은 사람으로, 흥부는 무능, 무기력, 나태, 비루, 비굴한 일면에 형제간의 의리만 철저히 지킬 줄 알고 현실에 눈이 어두운 인간으로 정의될 수 있다. 놀부는 심술궂은 인물로 등장시켰으나, 현실과 타협할 줄 아는 인간이다. 그와 반대로 흥부는 생존경쟁에서의 낙오자에 불과하다. 오늘날과 같은 사회에서는 더욱 끈질긴 인내력이 필요한 것이다. 그렇다면 전술한 바와 같이 놀부의 열 세 개 박 가운데 마지막 목적을 위해 갖은 고난을 겪으면서 ― 물욕 때문이지만 ― 꾸준히 지속하는 놀부의 인내심만은 재평가되어야 할 것이다.

은 확정적인 것이 없고 일반으로 피상속인 自量에 의한 것이 많다. (김두헌, 『한국가족제도연구』, 서울대학교 출판부, 239쪽).

4. 장끼전의 이본과 세계관적 인식

「장끼전」(一名「雄雉傳」)은 판소리계 소설이면서 동물을 인격화한 擬人小說
로서 창작 연대와 작자 미상의 한글소설이다. 이 작품은 여러 종류의 필사본
이 산재해 있을 뿐만 아니라 활자본으로도 여러 번 간행된 바 있어 많은 異本
群을 형성하고 있다.

「장끼전」에 대한 종전의 연구는 일방적인 자료에 의한 주제파악, 문체의 특
징, 어구 해석, 그리고 작품에 나타난 사상성, 문학적 가치 등이 개별적으로
탐구되어 왔다.[167) 여기서는 「장끼전」의 총체적인 이해를 위해서 산재해 있
는 여러 異本들을 대비·검토하여 사건 전개 양상에 따른 의미기능 단락을 통
해 구성·내용상의 특징과 등장 인물의 성격을 구명한 후 작품에 나타난 단
편적 기록들을 종합하여 작자와 창작 연대를 유추하고 필사본과 활자본에 따
라 달리 나타나는 서술의식을 改嫁禁止와 改嫁許容의 측면에서 살펴보기로 한
다.

여기서는 활자본으로, A.「장끼전」(경성서적업조합, 1925)[168), B.「장끼전」
(雄雉傳, 대조사, 1959)[169), C.「장끼전」(雄雉傳, 현대문학, 통권 8·9호, 1955,
崔常壽本)[170)이 있고, 필사본으로는 D.「자치가」(金光淳 所藏本)[171), E.「자치기
라」(金光淳 所藏本)[172), F.「자치가」(金光淳 所藏本)[173)를 대본으로 삼았다[174).
이외에도 필사본으로 수종이 더 있으나 위의 6종과 거의 유사하다.

---

167) 金在煥,「動物寓話小說의 性格考」, 동아대 석사학위논문(1980).
　　　金基重,「장끼전 고찰」, 전남대학교 교육대학원 석사학위논문(1981).
　　　유덕웅,「장끼전 論考」, 경기대 논문집(1967).
　　　洪　旭,「장끼전 연구」,『문맥』5집(1997).
168)『장끼전』, 京城書籍業組合(1925), 總32面, 各面 8行, 各行 28~30字.
169)『장끼전』(雄雉傳), 大造社(1959), 總14面, 各面 20行, 各行 21행~28字.
170)『장끼전』(雄雉傳), 崔常壽 所藏本,『現代文學』通卷 8·9호(1955), 34~46쪽.
171)『자치가』, 金光淳 所藏本, 總26面, 各面 10行, 各行 15~16字.
172)『자치기라』, 金光淳 所藏本, 總20面, 各面 10行, 各行 25~28字.
173)『자치가』, 金光淳 所藏本, 總36面, 各面 10行, 各行 14~16字.
174) 以下부터는 편의상 A, B, C, D, E, F本으로 지칭하기로 한다.

1) 이본간의 대비

(1) 의미기능단락

「장끼전」 A, B, C, D, E, F본의 의미 기능 단락을 다음과 같이 29개로 나눌
수 있다.

    ① 도입부
    ② 장끼 치장
    ③ 까투리 치장
    ④ 장끼의 꿈
    ⑤ 까투리의 꿈과 장끼의 해몽
    ⑥ 까투리의 부탁
    ⑦ 장끼의 답변
    ⑧ 까투리의 마지막 만류
    ⑨ 장끼의 반박
    ⑩ 장끼가 차위에 치인데 대한 까투리의 말
    ⑪ 까투리의 거동과 탄식
    ⑫ 장끼 거동
    ⑬ 장끼의 맥과 눈동자
    ⑭ 장끼가 팔려간 장소
    ⑮ 卓僉知 辭說
    ⑯ 장례 진행 상황
    ⑰ 장례에 쓰이는 제물과 제기
    ⑱ 장례 분담
    ⑲ 祝文
    ⑳ 소리개 등장
    ㉑ 갈가마귀의 청혼
    ㉒ 까투리의 거절과 까마귀의 대로
    ㉓ 부엉이와 까마귀의 연장 다툼
    ㉔ 외기러기의 등장
    ㉕ 오리의 청혼
    ㉖ 오리의 물생애 자랑
    ㉗ 까투리의 육지 생애 자랑

　　㉘ 장끼 청혼과 까투리의 승낙
　　㉙ 장끼와 까투리의 결합

　A, B, C, D, E, F본 6종의 이본에서 위와 같이 29가지의 의미 기능 단락에
따라 각 이본에 나타난 내용을 살펴 보았는데[175], 공통적으로 들어 있는 내용
은 제외하고 차이가 나는 부분만 도표로 제시하면 다음과 같다.

의미기능단락 ＼ 이본	A	B	C	D	E	F
④ 장끼의 꿈	○	○	○	×	○	○
⑤ 사경의 꿈	○	○	○	×	×	○
⑥ 까투리의 부탁	○	○	○	○	×	○
⑩ 장끼가 차위에 치인 데 대한 까투리의 말	○	○	○	×	○	×
㉑ 갈가마귀의 청혼	○	○	○	×	○	○
㉒ 까투리의 거절과 까마귀의 대로	○	○	○	×	○	○
㉓ 부엉이와 까마귀의 연장 다툼	○	○	○	×	○	×
㉔ 외기러기 등장	○	○	○	×	⊗	×
㉕ 오리의 청혼	○	○	○	×	○	○
㉖ 오리의 물생애 자랑	○	○	○	×	○	○
㉗ 까투리의 육지생애 자랑	○	○	○	×	○	○
㉘ 장끼 청혼과 까투리의 승낙	○	○	○	×	×	×
㉙ 장끼와 까투리의 결합	○	○	○	×	×	×

[176]

　위의 도표에서 알 수 있듯이 「장끼전」의 異本은 의미 기능 단락의 유무에
따라 크게 A, B, C의 활자본과 D, E, F의 필사본으로 나눌 수 있다. 그리고
서술의식에 있어서도 ㉘, ㉙의 유무에 따라 활자본은 改嫁許容을, 필사본은
改嫁禁止의 의식을 반영하고 있다는 점은 주목할 만하다. 아울러 장끼가 차위
에 치여 죽고난 후 장례를 치르는 부분까지의 이야기만 존재하고 여러 조류
의 청혼하는 단락 등이 배제되어 있는 점으로 보아 D本이 가장 원시형일 가
능성이 있다.

---

175) 김광순, 『韓國擬人小說硏究』, 새문사(1987), 299~313쪽 참조.
176) ○표시는 해당 단락이 있다는 표시이고, ×표시는 해당 단락이 없다는 뜻. ⊗표시
　　는 붉은새가 등장하므로 D F와는 의미가 다르지만 편의상 같은 범주에 넣었다.

(2) 등장인물의 성격

「장끼전」은 여러 동물을 통해 유형적인 인간행위를 예시하여 하나의 교훈적 명제를 제시하는 動物擬人小說의 일종[177]으로 이 작품의 전체적 표현 기법인 의인은 寓意와 밀접한 관련을 가지고 있다. 動物擬人小說에 등장하는 인물은 작자의 의도를 투영시켜 주는 대변인이며 작자의 창작 의도가 교훈성에 치중해 있을 때 등장 인물의 대화는 자연히 길어진다. 또한 등장 인물들은 주로 중국의 故事成語나 經書의 어구 등을 인용하여 자신의 지적 수준을 과시하거나 때로는 자신의 정당성을 입증하려고 한다.

「장끼전」에서 의인화된 인물들은 장끼, 까투리, 두루미, 제비, 소리개, 갈가마귀, 따오기, 부엉이, 오리, 황새, 왜가리, 호반새 등인데 단지 卓僉知만 의인의 대상에서 제외되는 인물이다. 그리고 주인공인 장끼와 까투리 이외의 인물들은 모두 助演으로 잠시 등장할 뿐이지만, 그 중에서도 소리개, 갈가마귀, 부엉이, 오리의 출현은 사건 전개에 있어 커다란 전환점을 마련하고 때로는 시대 상황을 은연중에 암시하기도 한다. 특히 활자본에 있어 홀아비 장끼의 청혼에 따른 까투리의 改嫁는 활자본과 필사본의 서술의식을 판이하게 나타내고 있어 이들 인물에 대해 면밀한 관찰이 요망된다.

주인공 장끼와 까투리, 그리고 장끼의 제사를 치르는 중에 맏상주를 채어 먹으려다 놓친 소리개는 모든 異本에 공통적으로 등장하는 인물이다. 활자본과 필사본에 따라 약간의 차이는 있지만 동일한 성격과 기능을 가지고 등장하는 인물로는 장끼의 장례에 소임을 맡은 두루미, 제비, 따오기와 까투리에게 청혼한 갈가마귀, 오리, 그리고 오리가 까투리에게 청혼할 때 각기 소임을 맡은 기러기, 징경이, 왜가리, 황새 그밖에 갈가마귀와 年長 다툼을 벌인 부엉이 등을 들 수 있다.

주인공 장끼의 인물은 고소설의 일반적 유형에 맞게

> 당홍대단 곁마기에 초록궁초……주먹벼슬 옥관자의 열두장목 만신
> 풍채 장부기상 좋을시고[178]

---

177) 鄭學成, 『寓話小說硏究』, 서울대 대학원(1972), 3쪽.

와 같이 仙風道骨型으로 묘사되어 있다. 까투리의 꿈을 해몽하는 과정에서 그
가 보여준 지나친 중국의 典故 인용은 그의 지적 수준과 더불어 현학성을 示
唆해 주는 것이다. 특히 二更初의 꿈을 해몽하면서 장끼는

> 춘당대알성과에 문관장원 참례하여 어사화 두가지를 머리우에 숙여
> 꽂고 장안대도상에 왕내할 꿈이로다[179]

라 하여 현달하고 싶은 욕망을 노골적으로 드러내고 있다.
　이 작품에 등장하는 장끼는 엄격한 유교사회에서 男尊女卑와 三從之道의 기
존 윤리를 강조하는 전형적인 남성으로 그려져 있다. 콩을 먹지 말라는 까투
리의 애절한 만류를

> 저 간나위년 기둥서방 마다하고 타인남자 질기다가[180]

로 몰아붙여 욕설을 퍼붓는 당시 남성들의 횡포를 보이고 있다. 또한 차위에
치여 죽으면서도 자신의 과오를 깨닫지 못하고 오히려 까투리에게 守節을 요
구하는 데서 장끼라는 남성이 얼마나 그 시대 정신에 철저하게 의식화되었는
지를 짐작할 수 있다.
　여기에 비해 까투리는 옷치장부터 "잔누비 속저고리 폭폭이 잘게 누벼 상
하의복 가초입고"[181]와 같이 소박하고 다소곳하게 순종의 미덕을 엿볼 수 있
게 묘사되어 있다. 그리고 까투리도 장끼와 마찬가지로 자신의 입장을 여러
故事를 들어 설명하고 있으나 남편을 만류하는 처지에 있었기에 그녀의 사설
에서는 현학적인 요소를 발견할 수가 없다. 그런데, 여기서 주목해야 할 것은
활자본과 필사본에 따라 장끼가 죽은 뒤에 까투리의 처신이 판이하게 구별된

---

178) A本 2~3쪽.
179) B本 3쪽.
180) B本 4쪽.
181) A本 3쪽.

다는 사실이다. 즉 필사본의 까투리는 烈女不更二夫와 一嫁而不改의 봉건시대 정신을 신앙처럼 여기는 전통적인 유교사회의 여인으로 등장하지만, 활자본의 까투리는 처음에는 전통적인 의식이 잠재되어 있어 갈가마귀와 오리의 청혼을 거절하다가 결국은

내 나이를 꼽아 보면 불로불소 중늙은이라 수맞알고 살림할 나이로
다 오늘 그대 풍신보니 수절마음 전혀없고 음란지심 발동하네.[182]

라고 하여, 개가를 함으로써, 전통적 인습에 과감히 도전하는 근대적인 성격의 여인으로 묘사되어 있다.

장끼의 맏상주를 채어 가려다 실패한 소리개의 폭행은 백성들의 재물을 수탈하며 갖은 부정과 부패를 일삼던 당시 탐관오리의 만행을 비유한 것으로 이를 통해 보면 당시의 혼탁한 사회상을 엿볼 수 있게 한다. 또한 갈가마귀와 부엉이의 쟁년사건을 통해서 보면 무위도식하며 공리공론만 일삼던 양반들의 생활상을 은연중 譏刺하고 있음을 엿볼 수 있다. 아울러 통혼도 없이 제멋대로 행장을 꾸려 와서는 까투리를 희롱하는 물오리의 행위는 수단과 방법을 가리지 않고 자신의 욕구를 충족시키려는 당시 양반들의 횡포와 여성의 의견을 권위로써 억누르려는 남성우위의 시대상을 보여주고 있다.

이와 같이 「장끼전」은 각각의 날짐승에 적절한 인간성을 부여하여 인간 사회의 모순과 부조리를 풍자함으로써 독자로 하여금 은연중에 교훈적 요소를 체득할 수 있도록 등장 인물들의 성격을 적재적소에 안배하면서 사실적으로 묘사하고 있다.

2) 장끼전의 작자와 창작연대

다른 대부분의 고소설과 마찬가지로 「장끼전」 역시 문헌상의 기록이 없어 작자와 창작 연대를 알 수 없다. 다만 작품의 내용과 시대적 배경에 따라 그것을 유추하는 수밖에 없다.

---

182) B本 14쪽.

　조선조 후기 영·정조는 청조문화가 최고도로 발달한 乾隆年間으로, 외부적으로는 중국의 영향을 많이 받았으며 대내적으로는 임병양란으로 인한 피폐한 국력을 회복하여 문화면에서도 발전의 심도를 높여가던 시기였다. 그리고 이 시기는 淸朝 考證學의 영향으로 정통 주자학에 일대 비판이 가해져 실용주의 곧 경세치용, 이용후생, 실사구시를 앞세운 실학이라는 학풍이 등장하게 되었다. 이러한 실학사상은 문학에도 침투되어 영·정조대에 이르면 사회의 구조적 모순을 비판하고 양반의 허식과 위선을 풍자한 서민 주도의 소설이 대두하기 시작한다. 이와 같은 시대적 추이에 비추어 볼 때 풍자적 성격이 농후한 조선조 동물의인소설도 영·정조대에 번성했던 것으로 보여진다.[183] 원문 중 장끼가 하는 말에.

> 디명이 즁흥할제 구원병 쳥ᄒᆞ거든 이내몸이 디장되여 머리우의 투구쓰고 압록강 건너가셔 즁원을 평정하고 승젼디장되올 꿈이로다.[184]

라고 한 데서 보면, 「장끼전」은 명이 망할 때인 인조 22년(1644) 당시의 작품으로 추측하기 쉽다. 그러나 작품의 주제와 사상, 그리고 宋晩載의 「觀優戲」에 「장끼전」의 상연을 보고 지은 漢詩[185] 등으로 보아 실학사상이 등장한 이후인 영·정조대에 전래설화가 소설로 정착된 것으로 보인다.[186]

　서술의식과 연관지어 필사본과 활자본의 선후관계를 살펴보면 장끼가 차위에 치여 죽은 것으로 작품이 끝나는 D본이 가장 원시형일 것으로 짐작된다. 판소리계 소설은 시대 흐름에 따라 대체적으로 확대되는 경향이 있기 때문이다. 그리고 여러 조류들의 청혼을 물리치고 改嫁하지 않은 것으로 끝나는 E, F본은 改嫁라는 근대적 사고가 실학사상 이후에 이루어진 것이라 볼 때 활자

---

183) 金光淳,「擬人小說의 史的 展開와 文學的 性格」,『어문론총』16호, 경북대 국어국문학과(1982).

184) A本 6～7쪽.

185) 靑鞦瀟臆鶖雌雄 菑畝蓬科赤頭疑.
　　一啄中機紛迸落 寒山枯樹雪殘時(宋晩載,「觀優戲」)

186) 金光淳, 앞의 논문, 11쪽.

본 A, B, C본보다는 D, E, F본이 먼저 형성되어졌을 것이라고 추측된다. 따라서 활자본 A, B, C본은 후대로 내려오면서 근대사상의 영향을 받아 서술의식이 판이하게 달라진 것으로 추측된다.

「장끼전」의 작자를 유추할 수 있는 유일한 단서는 각 異本에 등장하는 지명을 들 수 있다. A, B, C본에는 김천, 청주, 전주가 동일하게 나오고 E본에는 지명이 나오지 않으며 D, F본에는 전주, 충주, 안동, 의성, 청주, 경주 등이 나타난다.

따라서 「장끼전」의 작자에 대해서는 남부지방의 꿩사냥지였던 추풍령을 중심으로 한 경상도 지방의 인물이 아니었던가[187]라고도 하고, 경기도인으로서 서울 부근에 살지 않았었나[188] 추측하기도 한다. 그러나 「장끼전」의 여러 이본에 등장하는 지명의 빈도 수를 조사해 본 결과 안동과 의성이 가장 많이 나타나고 있는 점으로 보아 「장끼전」은 안동을 중심으로 한 경상북도 북부지방의 어떤 이에 의하여 지어졌을 것으로 짐작된다.[189]

3) 상반된 세계관적 인식

「장끼전」에는 시대 상황에 따른 작자의 상반된 두 세계관이 잘 투영되어 있다. 즉 필사본 D, E, F본에는 전통적인 유교윤리에 의한 改嫁禁止가, 그리고 활자본 A, B, C본에는 근대사상으로 인한 여성의 지위 향상과 인간성 회복의 改嫁許容이 대비적으로 잘 나타나 있다.

고려시대에는 여성의 개가가 사회적으로 죄악시되지 않았다.[190] 그러나 조선시대에는 유학이 그 시대의 근본적인 사상으로 채택되어 유학자들에 의해 주자학의 綱常倫理가 신봉되었다. 여기에 따른 烈女不更二夫란 사고의 영향으로 여성의 改嫁는 엄격하게 금지되었던 것이다. 그래서 조선의 여성들은 烈女

---

187) 蘇在英, 『韓國諷刺小說選』, 正音文庫 102(1975), 83쪽
188) 유덕웅, 「장기전論攷」, 『京畿大論文集』(1967), 29쪽
189) 金光淳, 앞의 논문 참조.
   　　洪　旭, 앞의 논문 참조.
190) 金用淑, 「韓國女俗史」, 『韓國文化史大系』Ⅳ, 高大民族文化研究所(1960)

라는 미명하에 수절을 강요당하고 자기 희생을 감수해야 했던 것이다.[191] 물론 필사본 D, E, F본에는 까투리가 차위에 치여 죽은 장끼와 만나기 이전에 改嫁했다는 내용이 나오지만 결국은 다시 과부가 되는 비운을 겪는 것으로 나타난다. 그래서 까투리는 장끼가 죽은 뒤 여러 조류가 청혼하는 것을 물리치고 다시는 改嫁하지 않고 과부로 지내게 된다. 이는 까투리가 이전에 수차례 改嫁를 했지만 다시 과부가 됨으로써 개가를 해도 행복을 구할 수 없다는 작자의 서술의식을 역설적으로 드러내 보인 것이다. 영·정조대에 비록 실학이라는 비판적 학문이 萌芽를 보였다. 그러나 노골적으로 改嫁를 허용할 만큼의 획기적 의식변화는 이루어지지 않았기 때문에 필사본 D, E, F본의 경우처럼 유교적 시대정신이 강력하게 반영되어 있는 작품도 형성될 수 있었던 것으로 생각된다.

여기에 비해 활자본 A, B, C본은 改嫁許容의 시대 정신을 표현한 것으로 동류인 홀아비 장끼에게 改嫁하여 잘 살다가 죽은 후에 조개가 되는 好終性을 보이고 있다. 이는 改嫁를 금지하는 당시 유교적 윤리관에 대한 도전으로 여성의 자아 각성과 지위 향상이 그 근저에 깔려 있다고 볼 수 있다.

그리고 까투리의 改嫁는 비슷한 환경과 처지에 있는 사람끼리 결혼해야 행복할 수 있다는 작자의 원칙론을 피력한 것이며, 부귀영화를 누리려고 고관대작의 妾으로 들어가는 당시 여성들의 각성을 촉구한 것이다. 따라서 활자본 A, B, C본의 까투리는 不更二夫의 관념을 타파하고 현실주의적 생활태도에 따라 과감히 改嫁하는 과부의 내면의식을 적나라하게 노출시키면서 인간성 해방과 여권 신장으로 치닫는 파격적인 행위를 서슴없이 행하는 여성으로 묘사되어 있다. 까투리의 개가는 윤리적 타락을 의미하는 것이 아니라 모순된 인습에서 벗어나 하나의 인격체로 살고 싶어하는 여성의 간절한 소망을 표현한

---

191) 우리 나라에서는 남편을 따라 죽는 殉節은 美德이었다. 「朝鮮明倫錄」에 보면 남편을 따라 목매어 殉死하는 것이 가장 명예로운 1등 과부요, 젖먹이를 키워놓고 죽는 것이 버금가는 2등 과부요, 굳이 죽지는 않더라도 평생 수절하는 것이 3등 과부다. 1등 2등 과부가 탄생되면 그 집 앞에 旌門을 세워 부역과 세금을 면해 주었으므로 가문에서 순사하지 않을 수 없게끔 압력을 가하는 사례도 많았다.

최후의 至難한 몸짓이라고 할 수 있다. 이러한 까투리의 행동은 온갖 계급적 특권을 누리면서 민중의 삶을 유린하며 횡포를 자행하는 양반계급에 대한 민중들의 반항으로 해석할 수 있다.

따라서 改嫁禁止型인 필사본 D, E, F본에는 전통적 綱常倫理로서 烈女는 不更二夫란 사고가 잘 나타나 있다. 이에 반해 改嫁許容型인 활자본 A, B, C본에는 전통적 윤리관에 대한 정면 도전의 양상이 잘 나타나 있어 모순된 당시 사회제도에 대한 풍자가 노골적으로 드러나 있다. 이는 합리주의적 세계관을 표방하고 나선 작자의식의 변모로서 그 유형성은 시대적 상황과 부합된다고 할 수 있다.

4) 문학적 의의

「장끼전」이 창작되었을 것으로 보이는 영·정조대는 전술한 바와 같이 자본주의의 萌芽, 신분제도의 붕괴, 서민의식의 성장과 함께 실학이 융성하여 사회의 제반 분야가 근대화 방향으로 이행되기 시작했다. 이와 더불어 소설문학에서도 봉건적 삶의 방식을 청산하려는 움직임이 일기 시작하여 모순된 사회제도에 대한 비판적 요소가 짙은 A, B, C본과 같은 動物擬人小說이 유행하게 되었다. 이에 반해 종래부터 지속되어 온 전통 사고의 반영인 D, E, F본과 같은 이본도 동시에 존재하였으나 전자는 독자들에게 기호도가 높아서 활자본까지 나오게 된 것으로 사료된다.

그리고 각 異本들의 意味機能段落을 대비해 본 결과 주제에 따라 A, B, C본과 D, E, F본으로 대별되었다. 즉 활자본 A, B, C본은 改嫁許容型이고 필사본 D, E, F본은 改嫁禁止型으로 양분되는데[192] 전자는 활자본으로 간행되면서 많은 독자를 확보하였으니 이는 인간성 회복 내지 여성 인권 차원의 확대에도 큰 의미를 지니며 모순된 사회제도에 대한 저항문학으로서의 의의가 크다. 그리고 D, E, F본은 당시 사회제도에 따른 서술의식의 반영으로 보인다. 따라서 활자본 A, B, C본을 당시 사회제도에 대한 저항의식의 소산이라 한다면, 필사

---

192) 金光淳, 『韓國擬人小說研究』, 새문사(1987), 299~313쪽.

본 D, E, F본은 당시 사회에 대한 순응의식의 소산이라고 할 수 있다. 전자가 후자보다 더 많은 독자를 확보하였기 때문에 활자본으로 크게 유포되었을 것으로 보인다.

또한 작품의 소재를 현실생활에서 구하였으므로 전기적, 환상적 요소가 제거되었고 작자의 창의성이 크게 부각되었다. 그리고 각 동물의 특성을 寫實的으로 적절하게 표현하면서 인간사회의 부조리와 부패상을 풍자와 해학을 통해 신랄하게 표현하고 있다.

문장표현은 대체로 묘사에 가까우며 프롤로그로부터 시작되는 극적인 구성은 희곡에 접근하는 느낌을 주고 있다. 등장 인물의 대화를 통해 교훈성을 示唆해 주고 있으며, 대화를 통한 인물들의 긴장된 대결은 비판정신이 강한 지적 소설의 맹아를 보이고 있다. 동물의 외모, 행동을 묘사하는 데 있어서 통찰력이 뛰어나 독자에게 강한 이미지image를 심어주고 있다. 특히 활자본 A, B, C본은 양반계급의 위선에 대한 풍자, 봉건적 사고방식에 대한 신랄한 비판, 여권주장, 민중의식의 대두 등 근대적 성격을 두드러지게 나타내고 있는데 반해 필사본 D, E, F본은 장끼의 허망한 호언장담에서 당시 모순된 남존여비 의식이 강하게 나타나고 있어 같은 작품이면서 판이한 양상을 띠고 있다.

5. 三國志演義가 한국 소설에 미친 영향

「三國志演義」는 「全漢志傳」, 「隋唐志傳」, 「列國志傳」, 「兩晋演義」, 「錢唐五代史演義」, 「皇明英武傳」, 「皇明關運英烈傳」 등 중국 군담소설의 출현에 큰 영향을 끼쳤고, 일본에서도 「삼국지연의」의 모방작이 많이 나왔으며, 한국에서는 고소설 가운데서도 특히 군담소설의 경우 이에 지대한 영향을 받았음은 주지의 사실이다.

그래서 여기에서는 한국 고소설에 있어서 중국소설의 영향을 고구하되, 특히 「삼국지연의」가 한국 고소설에 끼친 영향을 고찰하는 것을 목적으로 한다. 따라서 한국에 있어서 「삼국지연의」의 도입과 수용양상을 살펴본 후 우리 고소설의 인물, 사건, 배경, 문장 형식에 있어서 「삼국지연의」의 영향을 비교문학적인 방법을 통해 고찰하고자 한다.

일찍이 丁奎福은 "한국군담류소설에 끼친 삼국지연의의 영향서설"[193)로 이 분야에 선구자적인 역할을 하여 후학들에게 좋은 예시를 주었고, 李在秀는 "삼국지연의가 아국 군담소설에 미친 영향"[194)에서 자세한 논의를 전개시켰다. 그 후에 李慶善은 「삼국지연의의 비교문학적 연구」[195)로써 우리 소설 문학 전반에 걸쳐 심도 있는 논의를 전개하여 단행본 저서로 집대성하였고, 李相翊은 "한·중소설의 비교문학적 연구"[196)에서 「삼국지연의」가 한국 고소설에 미친 영향을 고구하여 후학들에게 크게 공헌한 바 있다. 이들 선학들의 연구는 그 방법이 거의 유사하다. 한·중소설의 비교연구는 이들 선학들의 연구방법이 가장 타당성이 있는 것으로 사료되므로, 본고에서도 같은 방법으로 논지를 전개시켜 볼까 한다. 이는 선학들과 다른 방법을 제시함으로써 독창성을 획득할 수 있을지 모르지만, 각인각양의 방법으로 여러 가지의 결론을 도출함으로써 부질없는 난맥상을 초래할 가능성이 없지 않기 때문이다. 기존연구도 공감되는 것은 그대로 수용하되 각각 끊임없는 진일보의 경지를 개척하고 있어, 한·중소설 비교연구를 시도하려는 후학들에게 좋은 본보기가 되고 있다. 그러므로, 필자도 이러한 기존연구를 적절히 수용하되 「삼국지연의」가 한국 고소설 전반에 끼친 영향을 보다 실증적인 방법으로 전개시키고자 한다.

오늘날 한국에 유행하는 소위 羅貫中의 「삼국지연의」는 그 원본이 그대로 보존되지 못하고 淸初에 毛宗崗의 改刪을 거친 것으로서 당대에는 이본이 많았다고 한다. 그러므로 한국에 현존하는 120회본 「삼국지연의」는, 羅貫中 원본이 아니라 毛宗崗의 改刪을 거친 소위 「第一才子書」[197)인데, 여기에서는 明

---

193) 丁奎福, 「韓國軍談類小說에 끼친 三國志演義의 影響序說」, 『국문학』 4집, 고려대학교 문리과대학(1960).
194) 李在秀, 「三國志演義가 我國 軍談小說에 미친 影響」, 『韓國小說研究』, 宣明文化社 (1969).
195) 李慶善, 『三國志演義의 比較文學的 研究』, 一志社(1976).
196) 李相翊, 「韓·中小說의 比較文學的 研究」, 丁奎福·蘇在英·金光淳, 『韓國古小說研究』, 二友出版社(1983).
197) 丁奎福, 앞의 책, 21쪽.

羅本撰으로 대만 世界書局刊「足本三國演義」 상하책 제120회본을 대본으로 택했다.

1) 三國志演義의 도입과 수용양상

「三國志」는 晉나라 著作郎으로 있던 陳壽(233~297 A.D)가 魏(220~265 A.D)·蜀(221~263 A.D)·吳(222~263 A.D)[198] 삼국의 역사를 기록한 正史이다. 당시 중국은 삼국으로 분리되었으나 천하는 魏에 주권이 가 있는 체제였다. 그러므로 삼국 중 帝號를 붙인 것은 魏뿐이며, 蜀의 劉備, 劉禪은 각각 先主, 後主로 불리었고, 吳는 모두 이름을 그대로 기록하고 있는 데, 이는 陳壽가 살고 있었던 晉이 魏로부터 정권을 물려받았기 때문이기도 하다.

그러다가, 宋나라 文帝가 진수의 「三國志」가 너무 간략하다고 하여 中書侍郎 裴松之(372~451 A.D)를 시켜서 주를 붙이게 했다. 여기서는 魚豢의 「魏略」 등 140여 종의 史書를 인용하여 풍부한 일화를 수록함으로써 당시의 인물이나 사회상을 파악할 수 있게 했다. 본고에서 논하고자 하는 「삼국지연의」는, 裴松之의 「三國志注」에다가 후대로 내려오면서 나타난 서민들의 사회진출과 민간문예 발달의 시대적 상황이 문학적으로 변모되어 형성된 것이라고 생각한다. 「三國志演義」는 「三國演義」라고도 불리었으며, 原名은 「三國志通俗演義」이다. 최고의 간행본은 弘治本(一名 嘉靖本)으로 전 24권이며, 각권은 10절로 나누어져 있어 총 240절이 된다. 정확히 말하며 嘉靖本이지만 종래 일반적으로 弘治本이라고 불러왔다.

역사적 사실을 근간으로 하고 오랫동안 민간에서 전하여 내려온 話本이나 희곡에 있어서 說話人, 극작가와 민중 공동제작의 여러 가지 이야기들을 살펴볼 때, 최종적으로 작자는 羅貫中으로 귀착됨으로 「삼국지연의」는 羅貫中에 의하여 정리, 가필, 창조된 역사소설이다. 민중 사이에 은연중 퍼졌던 蜀正位思想과 지식인의 蜀正位思想論을 융합시켜 항간의 연예물에 불과하였던 삼국고사를 독서인을 위한 품격 높은 작품으로 환골탈태하여 演義小說이라는 새

---

198) 魏志는 本紀 4, 蜀志는 列傳 26, 列傳 15, 吳志는 列傳 20으로 구성되어 있다.

로운 문학 장르로 확립[199]시켰다. 그 내용은 후한 靈帝末年(184 A.D)에서 진나라 武帝의 太康 元年(280 A.D)까지 97년 간의 전쟁과 정치 이야기를 수록하고 있다. 「삼국지연의」의 작자 나관중은 14세기 말 즉 元末明初의 극작가, 통속소설가였다는 점만 언급되어 왔을 뿐 生沒 연대가 미상이며, 越人이라고도 하고 浙江省 錢塘人이라고도 하며 東原人이라고도 한다. 그의 성은 羅, 名은 本, 字는 貫中이라는 것이 통설이지만, 名은 貫, 字는 本中이라는 설도 있고 어떤 책에는 道本이라는 것도 있다.[200]

「삼국지연의」가 한국에 도입된 시기에 대해서 정규복은 일찍이 현존한 우리의 문헌 중 「삼국연의」에 대한 기록이 稀見되는데, 該書의 전래에 대해선 이익의 「星湖僿說類選」에서 엿볼 수 있다.

> 宣廟之世　上敎有張飛一聲走萬軍之語　奇高峰大升進曰　三國衍義　出來未久
> 臣未之見　後因朋輩間聞之　甚多誕妄云云[201]

敍上한 기록 중 奇大升은 조선 중기 碩儒로, 中宗 丁亥 22년(1572 A.D)에 출생하여 선조 壬申 6년(1572 A.D)에 卒하였으니, 늦어도 선조 초년까지는 該書가 충분히 전래하였으리라 본다[202]고 하였다. 정주동도 「삼국지연의」의 도입에 대해서 「성호사설」의 기록을 들면서 선조 초년인 듯하다고 하며

> 宣廟之世　上敎有張飛一聲走萬軍之語　奇高峰大升進　曰　三國衍義　出來未久
> 臣未之見　後因朋輩間聞之　甚多誕妄云云　盖此書　始出而上偶及之　高峰之啓　眞
> 得體矣　在今印出廣布　家戶誦讀　試場之中　擧而爲題　前後相續　不知愧恥　亦可以
> 觀世變矣.[203]

---

199) 李慶善, 앞의 책, 26쪽.
200) 羅貫中　太原人　號湖海散(一作山)人　與人寡合　樂府隱(一名韻)　極爲淸新　與余爲忘年交　遭
　　　時多故　各天一方　至正甲辰復會　別後(一作來)　又六十餘年　竟不知其所終 (續錄鬼簿, 같은
　　　책 18~19쪽 轉載).
201) 李瀷, 「星湖僿說類選」卷九　上　經史篇　七.
202) 丁奎福, 앞의 책. 22쪽.
203) 李瀷, 앞의 책.

라고 하여 奇大升의 卒年이 선조 5년(1573 A.D)이고 羅州로 퇴향한 것이 선조 3년(1570 A.D)인 만큼 적어도 선조 3년 이전에 도입되었을 것이며, 이 「삼국지연의」는 한번 들어온 후 인출되어 널리 퍼져 집집마다 이를 애독하고 심지어 과거시험을 여기서 출제하기까지 이르렀다고 하였다. 그는 또 김만중의 「서포만필」, 卷下에서

今所謂三國志衍義者 出於元人羅貫中 壬辰後 盛行於我東 婦幼皆誦說而我國 士子 多不肯讀史故 建安以後 數十百年之事 擧於此而取信焉[204]

이라 하여 婦幼들까지도 「삼국지연의」를 암송하게 되고, 士子들조차도 「삼국지연의」가 正史인 양 혼동을 일으키게 되었다고 하였다. 또한 정주동은 여기서 부유들까지 암송하였다 하니, 아마 한글본이 나오지 않았나 하는 짐작을 갖게 한다[205]라고 하였다.

그리고 李慶善은 「삼국지연의」의 한국 전래에 관한 문헌 기록을 다음과 같이 제시하고 있다. 즉 「조선왕조실록」 선조 2년(1569 A.D) 6월 壬辰條에 보면

上 御夕講于文政殿 進講近思錄第二卷 奇大升進啓 曰 頃日 張弼武引見時 傳敎內 張飛一聲走萬軍之語 未見正史 聞在三國志演義云 此書 出來未久 小臣 未見之 而或因朋輩間聞之 則甚多妄誕 如天文地理之書 則或有前隱而後著 史 記初失其傳 後難臆度 而敷衍增益 極其怪誕 臣後見其冊 定是無賴者 裒集雜言 如成古談 非但雜駁無益 甚害義理 自上偶爾一見 甚爲未安 就其中而言之 如董 承衣帶中詔及赤壁之戰勝處 各以怪誕之事 衍成無稽之言 自上幸恐不如根本 故 敢啓[206]

라 하여, 선조 2년(1569 A.D)에 국왕이 「삼국지연의」를 읽었는데, 侍讀官 奇大升(1527～1572 A.D)이 經筵에서 同書의 내용이 正史의 기사와 어긋날 뿐만 아

---

204) 金萬重, 「西浦漫筆」卷下.
205) 鄭鉒東, 『古代小說論』, 螢雪出版社(1966), 46쪽.
206) 「朝鮮王朝實錄」宣祖 二年 六月 壬辰條.

니라 잡박무익하고 의리를 해치는 책이라고 閱讀을 말렸던 것이다. 그런데 여기서 奇大升이 '此書出來未久'라 한 것을 글자 그대로 「삼국지연의」의 전래가 오래되지 않았다고 풀이할 것인지는 의문이다. 대체로 옛 사람들의 표현에는 시간관념이 모호한 것도 있고, 「삼국지연의」가 전래된 후 국왕까지 읽게 될 정도로 널리 퍼졌다고 하니, 아마 상당한 시일이 걸렸으리라고도 생각된다. 이리하여 「삼국지연의」의 도입시기는 선조 2년보다 훨씬 앞서는 조선조 초기에 해당하는 시기로 추정하고 조선조 초기(世宗~世祖 年間) 林悌의 「元生夢遊錄」에 묘사된 구절이 「全相平話三國志」나 「三國志演義」의 인물묘사와 흡사하므로, 전자가 후자들의 영향을 받았으리라고 추측되는 점이다. 즉 유사한 구절을 인용하면 다음과 같다. 「삼국지연의」에는 關羽를

身長九尺 髥長二尺 面如重棗 唇若塗脂 丹鳳眼 臥蠶眉 相貌堂堂 威風凜凜(第一回)
身長九尺 髥長二尺 丹鳳眼 臥蠶眉 面如重棗 聲如巨鍾(第二回)

이라 하였다. 「원생몽유록」에서는 兪應孚의 모습을

身長過人 英勇絶倫 面如重棗 目若明星 文山之義 仲子之淸 威風凜然 令人起敬
入謁王前 顧五人曰 口臭腐儒 不足與成大事也 乃拔劍起舞 悲歌慷慨 聲如巨鍾

이라 하였다. 위에서 例引한 구절 가운데 방점 친 부분을 보면, '身長過人', '面如重棗', '威風凜然', '聲如巨鍾' 같은 것은 「全相平話三國志」나 「三國志演義」의 해당 구절에서 한두 자를 대체하였을 뿐 그대로 인용되고 있다. 이와 같은 추측이 가능하다면 元昊의 「원생몽유록」에 앞서 「全相平話三國志」나 「三國志演義」가 도입되었다고 볼 수 있을 것 같다. 이렇게 볼 때 「삼국지연의」의 전래시기는 조선초기에서 선조 2년(1569 A.D)에 이르는 기간 내에 수입되었다고 신축성있게 추정함이 옳을 것 같다207)고 하였다.

그 후 李相翊은 "「삼국지연의」의 도입시기에 대해 기왕의 논의를 제시하고

____

207) 李慶善, 『三國志演義의 比較文學的 硏究』, 一志社(1976), 116~119쪽 참조.

있는데, 이러한 인물 묘사의 기법에서 일반성을 얼마만큼 띠고 있는지 모르겠으나, 다른 작품에 이와 같은 실례가 흔하지 않다면 일단 이교수의 주장을 수긍하지 않을 수 없다. 다만 奇大升 같은 대가까지 아직 보지 못했다는 「삼국지연의」가 조선초에 들어와 읽혔다고 하기에는 좀 어려움이 있으나, 선조까지 읽게 되었으며 기대승의 朋輩間에 상당히 읽힌 것으로 보아, 어쨌든 전래 시기를 조선초까지 올리는 데 어느 만큼 긍정적인 자세를 취하며 방증자료를 구하는 길이 현명하지 않을까 한다208)"라고 하였다.

이상의 논의에서 보인 바와 같이, 지금까지 발굴된 자료로서는 「삼국지연의」의 도입시기를 정확히 말할 수는 없다. 그러나 전술한 바의 「星湖僿說」의 기록으로나 「조선왕조실록」 선조 2년(1569 A.D) 6월 壬辰條의 기록으로 봐서는, 선조 초년에는 분명히 도입되었음을 알 수 있다. 뿐만 아니라 전술한 「西浦漫筆」의 '今所謂三國志衍義者 出於元人羅貫中 壬辰後 盛行於我東 婦幼皆能誦說而我國士子 多不肯讀史故……(西浦漫筆 卷下)'에서 보면, 임란을 전후해서는 婦幼들이 능히 익힐 수 있었고 士子들까지도 「삼국지연의」가 正史인 양 혼동을 일으켰다는 기록이나, 전술한 바 「星湖僿說」의 '三國衍義 …… 在今印出廣布 家戶誦讀 試場之中 擧而爲題'(星湖僿說九上 經史篇七)에서 「三國衍義」의 印出廣布나 家戶誦讀과 과거시험장에 詩題로 등장된 사실 등이 단시일에 이루어졌다고 보기는 어렵고, 당시의 문물 교류나 교통 수단 등으로 미루어 보면, 「삼국지연의」가 도입된 후 한 세기 정도를 지나야 이러한 분위기의 조성이 가능할 것으로 보인다. 그렇다면 선조 2년 6월 壬辰條의 기록이 1569년이고 조선 창건이 1392년이니만큼, 「삼국지연의」의 도입은 조선초기로 봄이 타당할 것이다. 이러한 사실의 방증사료로서는, 전술한 李慶善의 「삼국지연의」에서의 關羽와 「元生夢遊錄」에서 俞應孚의 인물묘사가 유사하다는 점 등을 들 수 있다.

이와 같이 도입된 「삼국지연의」는 壬亂을 전후하여 우리 나라에서 크게 성행하여 湖堂의 諸學士는 물론 婦幼들이나 아녀자들까지도 송독하였으며, 전술한 바와 같이 과거문장에도 등장되었으니 「삼국지연의」의 印出廣布의 사실을

---

208) 李相翊, 앞의 책, 110쪽.

충분히 짐작할 수 있게 한다. 임란을 전후해서는 일반 독자들에게까지 널리 읽혀진 「삼국지연의」의 수용도 소설을 蛇蝎視하던 당시 유학자들 때문에 순 탄하지만은 않았다. 李德懋의 「士小節」에도 '演義小說 作奸誨淫 不可接目 切禁 子弟 勿使看之'[209]라고 하여 演義小說은 간사한 짓을 만들고 음란한 짓을 가르 치나니, 눈에 닿아서는 되지 않을지라. 자제로 하여금 보지 못하도록 절금해 야 하는데……라고 한 것으로 보면, 「삼국지연의」를 비롯한 연의소설류에 대 한 홀대를 짐작할 수 있다. 이덕무는 「靑莊館全書」에서

> 有續三國志者 續水滸傳者 鄙哉鄙哉 尤不足論也 嗚呼 以施耐菴聖嘆輩之才
> 且慧 移此勤於分事則不可敬乎[210]

라고 한 문구에서, '「續三國志」와 「續水滸傳」이 있는데 이것은 너무나도 더러 워 더욱이 논하지도 못하리라. 아! 슬프도다. 施耐菴과 金聖嘆 무리의 재주와 지혜로써 올바른 일에 부지런히 노력했다면 어찌 존경을 받지 않았겠으랴' 라고 하였으니, 「삼국지연의」를 비롯하여 당시 유행했던 소설에 대해 신랄한 비판을 가하고 있음을 볼 수 있다. 뿐만 아니라 「조선왕조실록」에서는

> 臣後見其冊 定是無賴者 裒集雜言 如成古談 非但雜駁無益 甚害義理[211]

라고 하였는데, 이는 선조가 「삼국지연의」를 읽는 것을 본 奇大升이 만류하는 내용이다. 그 책은 무뢰한들이 잡언을 주워모아 고담을 이룬 것으로 잡박무익 할 뿐만 아니라 의리를 해침이 심하다고 한 말이다. 이 외에도 澤堂 李植은 그의 「澤堂別集」에서, 「삼국지연의」는 문자가 비속한 데다 正史의 기록을 발 췌하였기 때문에 그 내용이 정사와 혼동을 가져올 우려가 있으니, 秦代의 焚 書와 같이 禁해야 한다고 주장한 바 있고[212], 李頤命은 「삼국지연의」의 작자

---

209) 李德懋, 『士小節』.
210) 李德懋, 『靑莊館全書』 卷五, 嬰處雜稿.
211) 『朝鮮王朝實錄』 宣祖 卷三.
212) 演史之作 初似兒戱 文字亦卑俗 不定亂眞 流傳旣久 眞假並行 其所載之言 頗採入類書 文

가 病喑(말을 못하는 병)으로 죽었다고까지 저주하고 있고[213], 李圭景은 「삼국
지연의」가 俚語라서 아무런 의미가 없다[214]고 혹평하고 있다.

　이러한 시대상에서 느낄 수 있듯이 「삼국지연의」가 도입되기까지의 과정
이 그렇게 평탄하지만은 못했다. 이러한 상황임에도 불구하고, 임란을 전후해
서 婦幼들까지 송독하였고 과시의 내용에까지 거론되었다는 것은, 혹평하는
일부 유학자도 있었지만 「삼국지연의」의 애독자도 많았음을 짐작할 수 있게
한다. 주지하는 바와 같이 서포 김만중은 그의 「서포만필」에서 「삼국지연의」
의 존재 가치를 다음과 같이 인정하고 있다.

　　東坡志林曰 塗巷中小兒薄劣 其家所厭苦 輒與錢 合聚坐聽說古談 至說三國
　　事 聞劉玄德敗 嚬蹙有出涕者 聞曹操敗 卽喜唱快 此其羅氏衍義之權輿乎 今以
　　陳壽史傳 溫公通鑑 聚衆講說 人未必有出涕者 此通俗小說之所以作也[215]

　윗글에서 陳壽의 「삼국지」나 司馬溫公의 「通鑑」같은 정사를 많은 사람들에
게 講說해도 눈물을 흘리지 않지만, 「삼국지연의」에 있어 유현덕이 패하는 데
서는 얼굴을 찡그리거나 눈물을 흘리고 曹操가 패하는 데서는 쾌재를 부르는
데, 이러한 감동을 「삼국지연의」에서 느낄 수 있으니, 正史와 다른 독특한 소
설적인 가치가 있음을 역설하고 있다. 그러므로 소설에 대해 혹평을 하던 당
시의 다른 유학자와는 달리, 소설의 가치를 인정한 서포의 탁월한 문학관을
나타내 보이고 있다. 다시 말해 서포가 소설은 正史와 달리 정서적인 감동과
인간본연의 순수한 감성을 일깨운다는 문학 본연의 가치를 터득하고, 소설에
대한 진정한 가치를 부여한 것은 소설에 대한 선구자적인 이해라고 할 수 있
을 것이다.

　그러나 이처럼 「삼국지연의」의 소설적인 가치를 인정한 사람은 그리 흔하

　　章之士 亦不察而混用之……亦用誕敷衍 宜自國家痛之 如秦代之焚書可也 (澤堂別集).
213) 三國演義者 病喑而死去 誠不無此理 其誣諸葛亮(疎齋集 卷十二).
214) 三國演義 錢唐記 宣和遺事 楊六郞等書 俚而无味之(『五州衍文長箋散稿』卷七, 小說辨證
　　說).
215) 金萬重, 『西浦漫筆』卷下.

지 않았다. 당시 유학자들의 대부분은 소설을 蛇蝎視하였지만, 서포와 같은 선구자적인 문학관을 지닌 사람도 있었기에 소설은 겨우 그 명맥을 이어올 수 있었다. 이러한 시대 상황에서 「삼국지연의」가 광포되어 家戶誦讀되고, 科場의 詩題로서 등장할216) 정도로 많은 독자층을 형성하였기에, 급기야는 「삼국지연의」에서 파생된 작품까지 나오게 되었다. 김태준은 이에 대해 「삼국지연의」를 특별히 애독하여 그 일부분을 적출, 번역하였으니 「華容道」, 「山陽大戰」, 「赤壁大戰」, 「劉忠烈傳」, 「姜維實記」, 「玉人記」, 「魏王別傳」 등이 그것217)이라고 하였고, 李明九도 「삼국지연의」 계열의 작품으로 「赤壁大戰」, 「華容道實記」 등의 작품을 지적하고, 이러한 작품은 「삼국지연의」의 어느 한 장면을 옮겨 놓은 것이거나, 아니면 어느 한 인물을 가려 그에 대해 종합적으로 이야기를 추려놓은 것으로 이 땅 사람의 창작으로는 볼 수 없고 번역문학에 속하는 것218)이라고 하였다. 또한 李慶善은 이들 두 사람의 논의를 검토하면서 보다 구체적으로 「삼국지연의」에서 파생된 개별 작품과의 관계를 설파하였다. 여기서 보면, 「적벽대전」은 「삼국지연의」를 적출 번역하여 독립시킨 단편으로 「삼국지연의」의 43회에서 50회까지를 그대로 번역한 것이고, 「大膽姜維實記」는 「삼국지연의」의 마지막 부분을 번역한 것으로 「삼국지연의」105회 중간부터 끝까지를 그대로 번역한 것이며, 「關雲長實記」에서 비교적 상술한 부분은 화용도에서 조조를 놓아준 것과 關羽의 마지막 樊城싸움과 죽을 때의 일이며, 그 밖에 黃巾賊을 치던 일, 呂布와의 싸움 등이 띄엄띄엄 서술되어 있고, 「山陽大戰」과 「趙子龍實記」는 동종이본인데 번역도 개편도 아닌 개작소설이라219)고 하였다. 또 「삼국대전」은 뒷부분에선 字句가 다소 다르지만 「삼국지연의」의 37회에서 50회까지의 이야기를 담고 있는데, 劉備가 三顧草廬하는 데서 시작하여 화용도에서 관우가 조조를 놓아주는 데까지의 이야기에 「山陽大戰」의 이야기가 첨부되어 있으며 「華容道實記」는 1회에서 2회까지는 제갈량

---

216) 「星湖僿說」 九上, 經史七篇 참조.
217) 金台俊, 『朝鮮小說史』, 學藝社(1939), 92쪽 참조.
218) 李明九, 「李朝小說研究序說」, 『論文集』 第13輯, 成均館大學校(1968), 25~26쪽 참조.
219) 李慶善, 앞의 책, 162~168쪽 참조.

의 부인인 黃夫人의 이야기이고, 3회에서 16회까지는 孔明이 劉備를 만나 赤壁
大戰을 끝내는 이야기로, 1회에서 2회까지는 「삼국지연의」에 나타나지 않으
나 3회에서 16회까지는 「삼국지연의」의 37회에서 50회까지의 번역임이 확실
하고, 「황부인전」은 章回 구분만 없을 뿐 「화용도실기」의 1회에서 5회와 같으
며, 황부인에 대한 이야기는 1회에서 5회뿐이니 「황부인전」도 「화용도실기」
와 같은 원본에서 파생된 것이라고 보고, 황부인의 고사가 「삼국지연의」의 애
독열을 계기로 「삼국지연의」의 일부분과 결합된 개작소설이고, 「夢決楚漢訟」
(일명 諸馬武傳)은 「삼국지연의」에서 창작의 암시만 받았을 뿐 완전한 개작이
라 하였다. 「적벽가」는 「삼국지연의」의 유비가 三顧草廬한 후부터 조조가 화
용도로 달아나기까지의 이야기로, 익살과 재담 등이 삽입되어 「삼국지연의」
와는 많은 차이가 있고, 「오호대장긔」는 「삼국지연의」에서 직접 파생된 것은
아니나 이를 흥미있게 읽고 「삼국지연의」에 등장된 영웅들을 흠모한 작가가
쓴 듯하여, 「夢見諸葛亮」은 「삼국지연의」의 내용을 가지고 토론이 전개되고
대담자가 제갈량이므로 「삼국지연의」의 영향에서 나타난 소설이지 「삼국지
연의」의 번안이나 개작한 것은 아니라고[220] 하였다.

　그렇다고 하면, 「적벽대전」, 「대담강유실기」는 「삼국지연의」의 부분적인 번
역이고, 「화용도실기」와 「삼국대전」은 「삼국지연의」의 부분적인 번역 내지 다
른 이야기가 첨가된 것이며, 「산양대전」과 「조자룡실기」는 「삼국지연의」의 완
전개작이고, 「관운장실기」와 「적벽가」는 「삼국지연의」의 부분개작이며, 「황부
인전」, 「몽결초한송」, 「오호대장긔」, 「몽견제갈량」은 「삼국지연의」에서 영향
을 받고 창작된 것으로 이해될 수 있다.

　이와 같이 「삼국지연의」가 한국에 도입되면서 사대부 자제의 관심도 지대
하였으며, 또한 우리 고소설 작가들도 이를 번역 혹은 개작 등 여러 가지 양상
으로 영향을 받았음을 짐작할 수 있는데, 이러한 점에서 고소설의 많은 작품
들은 「삼국지연의」에서 직간접적인 영향을 받은 것으로 간주된다.

---

220) 李慶善, 같은 책, 168~183쪽 참조.

2) 三國志演義가 한국 고소설에 미친 영향

(1) 등장인물

「삼국지연의」가 한국 고소설에 끼친 영향을 등장인물의 측면에서 고구해 보면, 먼저 등장인물의 수나 성격을 비롯한 인물의 외모까지 모두 그 대상으로 삼아 운위되어야 하지만 「삼국지연의」처럼 방대한 작품이 없다. 따라서 등장인물의 수나 그 역할이 같을 수가 없어서 비교될 수가 없다. 다만 「삼국지연의」의 등장인물역의 일부분이 한국 고소설에 등장하는 주인공의 역할과 부분적으로 일치되는 것이 전혀 없는 것은 아니다. 그렇지만 본격적인 비교연구를 할 수 있는 것은 등장인물의 외모 묘사나 성격 표현 등이 되는데 여기서는 이것을 중심으로 고구하고자 한다.

「삼국지연의」의 인물 묘사 중 신장, 얼굴, 풍채, 머리, 눈, 손, 목소리, 수염 등이 한국 고소설과 비교될 수 있다. 먼저 한국 소설에 등장하는 인물의 묘사를 구활자본 고소설을 대상으로 찾아보면 다음과 같다.[221]

♦ 신장이 구척이오 셩음이 우뢰갓고 낫츤 숫먹을 가라 씨친듯ᄒ며 면광의 일쳑 오촌이오 눈은 셰치 탓분이라. 단산 졀벽에 모진 범이 밥을 물고 안졋는듯 긔세 당당ᄒ고 위풍이 름름ᄒ니[222]

♦ 면여 관옥이오 머리에 오각육건을 쓰고 몸에 학창의를 닙고 빅우션 손에들고 초당에 안진거동이 은은ᄒ 풍도와 표포ᄒ 긔골은 만고에 흥망지지를 흉중에 품엇는듯[223]

♦ 신쟝이 구쳑이요 얼골은 불빗갓고 눈은 시별갓ᄒ며 손에 일빅근 쳘퇴를 들고[224]

♦ 신쟝이 구쳑이오 용밍이 과인ᄒ고 흉중에 천지조화를 품엇스며[225]

---

221) 이하부터 小說本文 引用文 중 身長 설명에는 ○표시로, 얼굴 설명에는 ˄로, 풍채 설명에는 ＊로, 머리·눈·눈썹 설명에는 v로, 목소리 설명에는 •로, 귀 설명에는 ˄로, 입술 설명에는 •로, 턱·수염 설명에는 ○로, 각 문장 위에다 표시한다.

222) 『조자룡전』(世昌書館本), 2쪽.

223) 『격벽가』(惟一書館), 2쪽.

224) 『장백젼』(德興書林), 30쪽.

225) 『장백젼』(德興書林), 37쪽.

◆ 신쟝이 팔척이오 용밍과 지략이 광인ᄒ미 진짓 명쟝이라226)
◆ 신쟝이 구척이오 늠늠한 긔샹은 옛날 셔초픠왕 함젹 갓흐니227)

◆ 신쟝이 팔척이오 표범의 머리오 눈은 고리 눈이오 턱은 졔비 턱이오 슈염은 범의 나룻이오 쇼릐 우뢰 갓흐니 당당한 일셰 영웅일너라228)
◆ 신쟝이 구척이 넘고 샹모ㅣ 당당ᄒ여 짐짓 녁시러라229)
◆ 젹의 신쟝이 팔척여요 힘이 능이 구뎡을 들고 지긔 과인ᄒ더라230)
◆ 얼골은 관옥 갓고 눈은 시별갓고 풍치와 용밍이 과인ᄒ고231)
◆ 키난 구척 쟝승 갓고 여력이 과인하여 보이난데232)
◆ 얼골이 관옥 갓흐며 풍신이 헌앙ᄒ여 진익의 틔글이 업눈지라233)
◆ 신쟝이 구척이라 범상한 유 아니라234)
◆ 신장이 구척 오촌이오 얼골은 푸른 대초빗 갓고 눈은 봉의 눈이오 눈셥은 누의 갓튼지라235)
◆ 신쟝이 팔척이오 몸은 열 아름이오 입은 네모나고236)
◆ 얼골은 관옥 갓고 곰의 등에 이리 허리요 잔나비 팔이러라237)
◆ 신쟝이 구척이요 면목이 웅쟝ᄒ며 황금 투구에 록포은갑을 닙어시니238)
◆ 신쟝이 십여척이요 면목이 웅쟝ᄒ고 두눈은 시별 갓타며 황금 투구에 녹포은갑은 죠화를 붓쳤눈디239)
◆ 신쟝이 구척이며 허리는 열아람이오 긔운이 셰상을 덥눈디240)

---

226) 『쟝백젼』(德興書林), 42쪽.
227) 『쟝백젼』, 德興書林, 44쪽.
228) 『쟝비마쵸실긔』, 光東書局, 1쪽.
229) 『쟝즈방실긔』, 朝鮮書館, 2쪽.
230) 『쟝즈방실긔』, 朝鮮書館, 8쪽.
231) 『양풍운뎐』, 漢城書館, 37쪽.
232) 『녀쟝군전』, 世昌書館, 11쪽.
233) 『소디셩젼』, 滙東書館, 1~3쪽.
234) 『소디셩젼』, 滙東書館, 30쪽.
235) 『관운쟝실긔』, 世昌書館, 1쪽
236) 『관운쟝실긔』, 世昌書館, 7쪽.
237) 『금방울전』, 京城書籍業組合, 38~39쪽.
238) 『류충렬전』, 興德書林, 41쪽.
239) 『류충렬전』, 興德書林, 58쪽.

- 신장이 구척이오 셩음이 우레갓고 낫츤 슛먹을 가라 씨친듯하며[241]
- 얼골은 백옥갓고 호통은 벽력이 울니는 듯하더라[242]
- 얼골은 형산 백옥갓고 양안은 새별갓고 위풍이 름름하더라[243]
- 신쟝이 팔척이요 눈은 방울 갓고 얼골은 먹장갓튼지라[244]
- 신쟝이 칠척이오 얼골이 명월 갓고 효성 쌍안에 츄수를 능만ㅎ고[245]

등이 있으며, 「활자본고전소셜」에 수록되어 우리 고소설에도 다음과 같은 예를 들 수 있다.

- 번쾌에 긔샹ㅈ고 신쟝은 팔척이요 몸이 집동ㅈ고[246]
- 키는 팔척쟝신이오 몸은 집동ㅈ고 눈은 시별ㅈ고 쇼리는 벽력#트 여[247]
- 양인의 신쟝이 팔척이요 모양이 험악하야[248]
- 신쟝이 각각 팔척이요 일인은 얼골이 파리ㅎ고 눈이 네시오 슈엄이 말갈기 갓고[249]
- 신쟝이 구척이요 낫틔 얼골의 범의 눈이며 신치 웅위하거늘[250]
- 신쟝이 구척이오 얼골은 관옥갓고 눈은 새별갓고 풍채 틈틈하야 고고한 태산갓흔지라[251]
- 身長이 八尺이오 威風이 凜凜하야 豪俠之氣와 膽大之狀이 現於外貌ㅣ 라[252]
- 身長이 九尺이오 腰大十圍요[253]

240) 『항우젼』, 世昌書館, 2쪽.
241) 『조자룡젼』, 世昌書館, 2쪽.
242) 『조자룡젼』, 世昌書館, 5쪽.
243) 『조자룡젼』, 世昌書館, 7쪽.
244) 『됴웅젼』, 世昌書館, 77쪽.
245) 『황쟝군젼』, 東美書店, 24쪽.
246) 「류문셩젼」, 『活字本古典小說全集』 卷5, 亞細亞文化社(1977), 347쪽.
247) 「류문셩젼」, 『活字本古典小說全集』 卷5, 亞細亞文化社(1977), 351쪽.
248) 「임호은젼」, 『活字本古典小說全集』 卷7, 亞細亞文化社(1977), 372쪽.
249) 「임호은젼」, 『活字本古典小說全集』 卷7, 亞細亞文化社(1977), 372쪽.
250) 「임호은젼」, 『活字本古典小說全集』 卷7, 亞細亞文化社(1977), 374쪽.
251) 「장익셩젼」, 『活字本古典小說全集』 卷5, 亞細亞文化社(1977), 492쪽.
252) 「옥루몽」, 『活字本古典小說全集』 卷6, 亞細亞文化社(1977), 121쪽.

◆ 身長이 十餘尺이오 面色이 靑黑하고 環眼虎鬚ㅣ라254)
◆ 표표흔 모양은 단혈의 봉황갓고 웅장흔 긔상은 심산밍호 갓흔지라255)
◆ 긔 뷔 백셜갓고 표두룡안에 연함호비오256)
◆ 두귀는 량엇개를 눌럿난데 봉안은 두귀를 돌아다보니257)

등이 있는데, 이상과 같이 우리 고소설의 인물묘사는 「삼국지연의」의 다음 구절과 유사하거나 동일하다는 점을 쉽게 볼 수 있으니, 이를 보면 다음과 같다.

劉備에 대한 人物描寫; 生得身長八尺 兩耳垂肩 雙手過膝 自能自顧其耳 面如冠玉 脣若塗脂 中山 靖王劉勝之後……258)

關羽에 대한 人物描寫; 玄德看其人 身長八尺 鬚長二尺 面如重棗 脣若塗脂 丹鳳眼 臥蠶眉 相貌堂堂 威風凛凛 玄德就邀他同坐……259)

張飛에 대한 人物描寫; 玄德回視其人 身長八尺 豹頭環眼 燕頷虎鬚 聲若巨雷 勢如奔馬 玄德見其形貌異常 問其姓名……260)

諸葛亮에 대한 人物描寫; 玄德見孔明 身長八尺 面如冠玉 頭戴綸巾 身披鶴氅 飄飄然有神仙之槪261)

曹操에 대한 人物描寫; 爲首出閃一將 身長七尺 細眼長鬚 官拜騎都尉 沛國譙郡人也262)

徐晃에 대한 人物描寫; 威風凛凛 暗暗稱奇263)

文醜에 대한 人物描寫; 身長八尺 面如獬豸264)

魏廷에 대한 人物描寫; 面如重棗 自若朗星265)

---

253) 「옥루몽」, 『活字本古典小說全集』 卷6, 亞細亞文化社(1977), 123쪽.
254) 「옥루몽」, 『活字本古典小說全集』 卷6, 亞細亞文化社(1977), 235쪽.
255) 「류문셩젼」, 『活字本古典小說全集』 卷5, 亞細亞文化社(1977), 298쪽.
256) 「임호은젼」, 『活字本古典小說全集』 卷7, 亞細亞文化社(1977), 260쪽.
257) 『류충렬젼』, 德興書林, 46쪽.
258) 『足本三國演義』 上冊 第1回, 2쪽.
259) 『足本三國演義』 上冊 第1回, 3쪽.
260) 『足本三國演義』 上冊 第1回, 2~3쪽.
261) 『足本三國演義』 上冊 第38回, 225쪽.
262) 『足本三國演義』 上冊 第38回, 225쪽.
263) 『足本三國演義』 上冊 第14回, 79쪽.
264) 『足本三國演義』 上冊 第26回, 152쪽.
265) 『足本三國演義』 上冊 第53回, 312쪽.

이상에서 한국 고소설과「삼국지연의」에 등장하는 주요인물들에 대한 설명을 열거하였는데, 우리 고소설의 인물묘사 양상이「삼국지연의」의 인물 묘사와 유사하거나 동일하다는 사실을 알 수 있다.

전술한 바와 같이 우리 고소설 전부가「삼국지연의」의 영향을 받았다는 증거는 없지만, 우리 고소설이 창작될 무렵에「삼국지연의」의 盛讀樣相으로 보아 당시의 우리 고소설의 작가들이「삼국지연의」에서 영향을 받아 창작하였다고 유추할 수 있다. 그리고 전술한 작품의 예 가운데서도 양자의 표현이 거의 동일한 경우를 볼 수 있으니, 여기서 다시 들어보면 다음과 같다.

한국 소설인「쟝비마쵸실긔」의 다음 구절을 보면(점은 유사 표현 부분).

신쟝이 팔쳑이오 표범의 머리오 눈은 고리 눈이오 턱은 졔비 턱이오
슈염은 범의 나룻이오 쇼리 우레 굿흐니 당당흔 일셰 영웅일너라
— 쟝비마쵸실긔 1쪽 —

이는「삼국지연의」제 1회 張飛의 인물묘사를 한 다음 구절에 그대로 답습했음을 볼 수 있으니, 여기에서 다시 轉載하면,

身長八尺 豹頭環眼 燕頷虎鬚 若聲巨雷 勢如走馬 玄德其見形貌異常
—「三國志演義」第 1回, 2~3쪽 —

이 두 구절(점친 부분)을 비교해 보면 문자 표기만 다를 뿐 동일한 묘사이다. 또한 앞뒤의 설명은 다르지만, 이 부분을 보면「삼국지연의」의 영향을 받았음에 틀림이 없다.

또한, 한국 소설「관운장실긔」의 다음 구절을 보자.

신쟝이 구쳑 오촌이오 얼골은 푸른 대초빗 갓고 눈은 봉의 눈이오 눈
셥은 누의 갓튼지라.
—「관운장실긔」 1쪽

　위의 구절은 「삼국지연의」에서 關羽에 대한 인물 묘사 부분과 거의 동일한 구절로서 이를 보면 다음과 같다.

> 玄德看其人 身長八尺 髥長二尺 面如重棘 唇若塗脂 丹鳳眼 臥蠶眉 相貌堂堂 威風凛凛
>
> —「三國志演義」 제1회 3쪽 —

　여기서도 「관운장실긔」의 작자는 「삼국지연의」의 인물묘사법을 그대로 답습하고 있음을 볼 수 있다.
　이외에 중국의 「삼국지연의」에 등장하는 인물 구성과 전혀 무관한 「유충렬전」에서도 「삼국지연의」의 구절과 합치되는 점을 볼 수 있다.

> 두 귀는 량엇개를 눌렷난데 봉안은 두귀를 돌아다보니
>
> —『류충렬전』

　「삼국지연의」의 유비에 대한 인물 묘사를 보면, 「유충렬전」과 「삼국지연의」의 인물묘사 관계를 이해할 수 있게 한다. 위의 예문은 다음 유비의 인물 묘사와 합치됨을 알 수 있다.

> 生得身長八尺 兩耳垂肩 雙手過膝 目能自顧其耳 面如冠玉 唇若塗脂 中山靖王劉勝之後
>
> —「三國志演義」 제 1회 2쪽 —

　「유충렬전」의 작자는 「삼국지연의」의 인물묘사법을 인용 답습하고 있음을 직시할 수 있는데, 이와 같은 동일한 표현을 우연의 일치라고는 할 수 없다.
　이와 같은 실례로 미루어 보아, 한국 고소설, 그 가운데서도 특히 군담소설과 「삼국지연의」와의 관계는 「삼국지연의」의 인물묘사법을 한국 고소설 작가가 인용 내지 습용하고 있음을 알 수 있다. 선조대에는 婦幼들까지도 「삼국지연의」를 암송할 정도로 널리 읽혔다고 하니, 「삼국지연의」가 한국 고소설의 武將型 인물묘사에 미친 영향이 지대하였음을 이해할 수 있다. 이처럼 武

將들의 외모묘사는 유사한 점이 있지만 성격 표현에 있어서는 전혀 다르다. 李慶善은 이들 양자에 대한 성격 표현의 상이점을 다음과 같이 지적한 바 있다.

군담소설의 道士는 도술을 부리고 天文을 보며 또한 영웅에게 도술의 비법을 전해 준다. 그러나 군사들을 총독하고 국책을 의논하는 인물은 아니다. 또한 도사들의 술법은 대개 正道를 쓰는 데는 나타나지 않으며 요술에 가까운 불합리한 둔갑이나 呼風喚雨의 수단을 자랑할 뿐이다. 그런데「삼국지연의」에 나타나는 제갈량의 성격은 이와 같은 유형이 아니다. 그는 요술쟁이가 아니라 국책을 수집하고 전략을 짜는 정책입안자이자 정치가이며 전략가이다. 물론 제갈량에게도 약간의 초인적인 행위는 있다. 즉 南蠻을 칠 때 羽扇으로 바람의 방향을 바꾼 일과 司馬懿와 싸울 때 縮地法을 행한 것이 그것이다. 그러나 그 밖에는 불합리하다거나 초인적인 술법을 쓴 일이 거의 없다. 제갈량의 전법은 인간의 탁월한 지혜의 소산이지 황탄한 마법의 산물은 아니다. 그는 항상 兵書에 있는 대로 상대를 잘 알아서 전략을 수립하였다. 그리하여 어리석은 사람에게는 간단한 계교로써, 지혜가 많은 사람에게는 좀더 깊은 계교로써 대처하였다. 이와 같은 용병은, 曹操를 疑兵으로서 물리친 것이나 사마의와의 여러 번 싸움에서 잘 나타나고 있다. 이런 점에서, 제갈량과 군담소설의 도사는 결코 같은 유형의 인물이라고 할 수 없다. 또한 군담소설의 주인공들도「삼국지연의」의 인물과 같은 성격을 갖지 않는다. 군담소설의 주인공은 대개「삼국지연의」의 모사와 용장을 겸한 인물이어서 본인이 용병도 如神하고 용맹에 있어서도 무적인 존재였다.「삼국지연의」에는 이와 같은 인물은 별로 나타나지 않는다.266) 이와 같이 우리 고소설과「삼국지연의」에 나타나는 인물과의 관계는 인물묘사법에 있어서 유사 내지 동일성 때문에「삼국지연의」의 영향을 받았으리라고 볼 수 있으나, 인물의 성격면에서 보면 이질적인 요소도 다분히 내포되어 있음을 알 수 있다.

---

266) 李慶善, 앞의 책, 203쪽.

(2) 사건

　한국 고소설 특히 군담소설과 중국의 「삼국지연의」와의 사건 비교는 두 작품간의 전체적인 구조가 다르기 때문에 전반적인 비교는 거의 불가능하다. 그것은 군담소설의 기본 구조가 「삼국지연의」와 다르고, 군담소설이 개인의 일대기이며 가정 중심이고, 애정이 중요한 주제인데 비해, 「삼국지연의」는 국가의 흥망기이며 국가 중심이요 애정이 거세된 것이다. 또한 군담면에 있어서도 양자는 기본적으로는 다른 성격을 나타낸다. 즉 군담소설의 전쟁은 영웅의 개인 활동으로 도술전인데 비해, 「삼국지연의」는 용병전이요 지략적인 것이다.267) 따라서 한국 고소설에 있어서 「삼국지연의」와의 사건 비교는, 근본적인 구조의 차이가 있기 때문에 부분적인 사건전개인 전쟁방법의 일환으로, 「삼국지연의」의 單騎戰, 埋伏戰, 火攻戰, 道術戰 등의 戰法이 한국 고소설에 어느 정도 답습 인용되고 있는지를 비교 논의하고자 하는데서 그치고자 한다. 이러한 논의는, 일찍이 정규복이 처음 시도268)한 후 李在秀269), 李慶善270), 李相翊271) 諸氏가 이를 수용 발전시켰으니, 여기서도 기존연구의 방법을 답습하고 이를 바탕으로 보다 자세한 고구를 시도하고자 한다.

① 單騎戰

　한국 군담소설에서의 승패는 대개 單騎戰에서 좌우된다. 「유충렬전」에서도 군사들의 싸움은 거의 없고, 유충렬 혼자의 힘으로만 적병을 물리치는가 하면, 「유문성전」에서도 적장인 장발이 죽자 元은 망하고 明이 천하를 통일하는 것이다. 나머지 다른 군담소설의 경우도, 군사들의 多寡가 승패를 좌우하는 것이 아니고, 主將은 主將끼리 혹은 副將은 副將끼리 단판에 승리를 판가름하는 것이다. 이와 같은 단기전의 양상은, 「삼국지연의」로부터 답습한 것으로

---

267) 徐大錫, 「軍談小說의 出現動因 反省」, 『古典文學硏究』 제1집, 韓國古典文學硏究會(1971) 35쪽.
268) 丁奎福, 「韓國軍談類小說에 끼친 三國志演義 影響序說」, 『국문학』4집, 고려대학교 문리과대학(1960).
269) 李在秀, 앞의 책.
270) 李慶善, 앞의 책.
271) 李相翊, 앞의 책.

유추된다. 「삼국지연의」에서는 싸움이 시작되면 으레히 陣前에서 兩陣將帥들 간에 단기전이 우선적으로 벌어지고, 단기전에서 이긴 장수편에서 승세하여 군사를 몰아 追殺함으로써 일차전은 승리로 끝나는 것[272]이 거의 공식적인 수법이다.

그러나 이와 같은 전법이 부분적으로는 유사하지만 전반적인 양상은 차이를 보이고 있다. 「삼국지연의」의 전쟁은 용병술에 그 승패가 달려 있어서, 용병을 잘 하는 조조가 여포를 사로잡고 袁紹를 파하였으며 천하를 횡행하였다. 제갈량이 출현한 뒤로는 그의 용법이 신출귀몰하여 그의 적수가 없었던 것이다. 그러나 군담소설은 용병술보다는 장수 개인의 용맹이 더욱 중요한 것으로[273] 나타나고 있어서, 「삼국지연의」와 군담소설과의 전법에 있어서도 부분적인 것 이외 전체적인 면에서도 차이점을 보이고 있다. 그러나 전법 중 단기전 양상의 경우는, 「삼국지연의」의 수법을 그대로 답습하고 있다는 점에서 이들 두 유형 간의 밀접한 관계를 이해할 수 있다. 먼저 구활자본 고소설 중 군담소설에 나타난 단기전의 예를 들어보자.

> 원수 분기를 이기지 못ᄒ야 칼을 들고 진문 밧게 나셔며 디질 왈 반적 길더야 너는 반국지적이라 승천 입지ᄒ다 ᄒ고 호통 일셩의 쏘차 간 위길더 쏘흔 격분ᄒ야 디답지 안이ᄒ고 마자 싼와 일합이 못ᄒ야 원수의 칼이 번듯ᄒ며 길더의 머리 마하의 쩌러지니[274]
>
> 한 텬지 덕이 업셔 빅셩이 도탄이기로 송나라이 대의를 들어 한뎨를 폐ᄒ고 송틱ᄌ를 세우려 ᄒ노니 쌜니 항셔를 써 올녀 텬명을 거스리지 말니ᄒ며 딘젼에 치워 업을 날니거늘 한장 영츈니 이말 듯고 분긔 대발ᄒ야 말를 치쳐 니다라 크게 꾸지져 왈 무도 흔 오랑키 분의을 모를고 텬명을 거스려 감히 대국을 침범ᄒᄂ다ᄒ고 마져 싼와 십여합에 보졍의 칼 빗지 번듯ᄒ며 영춘의 머리 마ᄒ에 쩌러지ᄂ지라.[275]
>
> 이째 원쉬 장대의셔 셩패를 보다가 관영을 급을 보고 급함히 말게

---

272) 李慶善, 앞의 책, 196쪽.
273) 李慶善, 같은 책, 197쪽.
274) 『됴웅젼』, 世昌書館, 77쪽.
275) 『양풍운뎐』, 漢城書館, 30쪽.

올나 칼을 들고 크게 소래하여 가로대 적장은 나의 선봉을 해치 말나
하고 다러들어 맹돌통과 싸와 일합이 못하여 원수에 칼이 번듯하며 맹
돌통의 머리 마하의 나려지난지라.276)

  츠시 위왕이 궁셩문에 다다라 놉히 외여 왈 무도흔 번젹이 엇지 우
리 텬즈를 업슈이 여겨 당돌히 황셩을 침범흐니 오늘날 네 머리를 버
혀 우리 종스에 졔흐리라 흐고 셔로 쓴화 슈합이 못흐야 즈룡검이 번
듯흐며 졔골디의 머리 써러지는지라.277)

등이 있는데, 이와 같은 용례 이외에도 많은 예를278) 들 수 있다.

그리고 「삼국지연의」에 있어서의 단기전의 예는 군담소설의 경우보다 더
많이 나타나고 있는데, 이 가운데 몇 가지만 예거해 보면 다음과 같다.

  華雄副將胡軫 引兵五千 出關迎戰 程普 飛馬挺矛 直取胡軫 鬪不數合 程普
刺中胡軫咽喉 死於馬下279)

  言未畢 文醜 策馬挺鎗 直殺上橋 公孫瓚 就橋邊 與文醜交鋒 戰不到十餘合
瓚抵擋不住敗陳而走280)

  趙雲大怒 挺鎗縱驊 掄韓德交戰 長者韓瑛 躍馬來迎 戰不三合 被趙雲一鎗

---

276) 『녀장군젼』, 세창서관, 22쪽.
277) 『현수문젼』, 朝鮮書館, 71쪽.
278) 『됴웅젼』, 世昌書館, 62~63쪽.
   『리대봉젼』, 滙東書館, 37~38쪽.
   『장백젼』, 德興書林, 44쪽.
   『장즈방실긔』, 惟一書館, 24쪽.
   『양산백전』, 世昌書館, 44쪽.
   『권익중실긔』, 新興書館, 59쪽.
   『금방울젼』, 京城書籍業組合, 41~42쪽.
   『류충렬젼』, 德興書林, 41쪽.
   『화용도실긔』, 新舊書林, 100쪽.
   「류문셩젼」, 『活字本古典小說全集』 卷5, 亞細亞文化社(1977), 377쪽.
   「장진국전」, 『活字本古典小說全集』 卷7, 亞細亞文化社(1977), 425쪽, 426~429쪽, 44
   3~444쪽.
   「장익셩젼」, 『活字本古典小說全集』 卷7, 亞細亞文化社(1977), 424~425쪽.
   「옥루몽」, 『活字本古典小說全集』 卷6, 亞細亞文化社(1977), 77쪽.
279) 『足本三國演義』 上冊 卷5回, 26쪽.
280) 『足本三國演義』 上冊 卷7回, 36쪽.

刺死於馬下281)

「삼국지연의」에 있어서 양편의 대장 혹은 부대장끼리의 싸움에서 어느 한 쪽이 지면 군졸의 多寡에 관계없이 항복하는 단기전의 사건 구조는 앞의 예문 이외에도 여러 章回282)에서 예거할 수 있다. 이러한 사건 구조가 전술한 바와 같이 한국 고소설에서 잘 나타나고 있는 것은, 「삼국지연의」의 盛讀樣相으로 볼 때 「삼국지연의」가 한국 고소설에 미친 영향이 지대하였음을 뜻한다.

전술한 바의 양자의 경우, 단기전은 대부분이 일문일답을 한 후, 군졸은 남 겨두고 약한 장수부터 시작한 싸움은 副將, 主將의 싸움으로 전개되는데, 장수 들의 싸움에서 승패를 가리는 수법은 「삼국지연의」에서 처음 나타난 후 한국, 일본 등 동양문화권에 속하는 나라들의 군담소설에서는 거의 공통적인 양상 으로 나타나고 있는 점으로 보면, 우리 고소설 작가가 「삼국지연의」의 단기전 법을 수용 답습하고 있음을 유추할 수 있다.

② 埋伏戰

매복전은 「삼국지연의」나 한국의 군담소설 가운데서 공통적으로 많이 쓰 는 전법의 하나다. 이와 같은 매복전이 성행하게 된 것은, 싸움에 있어서 전면 적인 싸움이 아니고 전술한 바 단기전을 한다든가 혹은 특이한 지역을 중심 으로 싸우는 거점공방전이 주류를 이루고 있기 때문이다. 그래서 형세가 불리 하게 되면, 다른 곳으로 함께 달아나거나 혹은 전의를 상실하고 한꺼번에 달 아나기 때문에 매복전이 등장되는 것이 상례이다.

형세가 불리하면 달아날 것임을 미리 알고 그 곳에다 군사를 잠복시켰다가 달아나는 적군을 더욱 철저히 섬멸하는 방법이 있고, 군사를 미리 잠복시켜 놓고 적과 싸우다가 일부러 달아나는 척하며 후퇴할 때, 마음놓고 뒤따라오는

---

281) 『足本三國演義』 上冊 卷92回, 550쪽.
282) 『足本三國演義』 上冊 卷2回 6쪽, 第5回 29쪽, 第6回 32쪽, 第7回 38쪽, 第11回 60쪽, 62쪽, 第14回 82쪽, 第15回 87쪽, 第22回 134쪽, 第25回 151쪽, 第31回 188쪽, 第32回 190쪽, 第33回 199쪽, 第51回 301쪽, 第52回 308쪽, 下冊 第61回 366쪽, 第62回 372쪽, 第63回 380쪽, 第64回 382쪽, 第74回 445쪽 등이 있다.

적을 복병들이 단숨에 섬멸시키는 경우의 두 가지로 나타난다. 이와 같은 전법은 우리 나라의 군담소설에 많이 등장되고 있는데, 이 또한 「삼국지연의」에서 비롯된 것으로 보인다. 먼저 우리 고소설에 있어서, 이와 같은 매복전의 실례를 구활자본 고소설을 대상으로 조사해 보면 다음과 같다.

> 고요이 잇스라 ᄒ고 ᄯᅩᄒᆫ 진을 옴겨 산상에 미복ᄒ고 기다리더니 차시 털통골이 인마를 거나려 감안니 남문에 일은 즉 진중이 고요ᄒ고 등촉이 쇠잔ᄒ거늘 긔회를 맛나짜ᄒ고 일시에 불을 질으고 고각을 울니며 군ᄉ를 모라 들어가니 한진중에 ᄒᆫ 사람도 업는지라. 털통골이 계교ㅣ 글웃된 줄 알고 디경ᄒ야 급히 군ᄉ를 몰아 도릿키려 ᄒ더니 문득 방포일셩에 ᄒᆫ진 복병이 ᄉ면을 에우고 급히치니 송진 장졸이 불의 변을 당ᄒ야 밋쳐 슈죡을 놀니지 못ᄒ고 셔로 즛발바 죽는자 부지기수ㅣ러라.[283]
>
> 두 장수를 불너 왈 여등은 각각 오천군식 거나려 젹진 좌우 산곡에 매복ᄒ엿다가 여차여차 ᄒ라 ᄒ고 ᄯᅩ 두 장수를 불너 왈 여등은 각각 본부군을 거나려 협곡을 지나 젹진 뒤흐로 가면 큰 뫼히 잇스니 그 산 밧게 매복 ᄒ엿다가 젹병이 퓌ᄒ여 그 길로 닷거든 일시에 내다라 치라하고 ……중략…… 거줏 패ᄒ야 다라나니 츄파 의심ᄒ여 따로지 아니 ᄒ거늘 ᄉ매 말머리를 도로혀 다시 싸흠을 도도니 츄패 대로ᄒ야 다시 이십여합을 싸호되 불분승부러니 ᄉ매 젹군을 유인ᄒ야 산곡에 이르러는 문득 방포일셩에 좌우 복병이 일시에 내다라 뒤흘 엄살ᄒ니 츄픠 디경ᄒ여 황망이 군사를 물니고져ᄒ나 ᄉ매 ᄯᅩ 젼면으로 즛쳐오니 젹병이 능이 슈미를 살피지 못ᄒ고 사면으로 훗터지는지라.[284]

이 외에도 매복전의 예는 더 많이 들 수 있다.[285] 뿐만 아니라 「활자본고전

---

283) 『양풍운뎐』, 漢城書館, 40~41쪽.
284) 『림경업젼』, 博文書館, 8~9쪽.
285) 『죠자룡젼』, 世昌書館, 23~24쪽
　　　『장백뎐』, 德興書林, 30쪽.
　　　『장ᄌ방실긔 上』, 惟一書館, 29~30쪽.
　　　『양산백젼』, 世昌書館, 36쪽.
　　　『소디셩젼』, 滙東書館, 31쪽.
　　　『리대봉젼』, 滙東書館, 26쪽.

소설전집」에도 이와 같은 매복전의 수법을 인용 답습하고 있는 작품이[286) 매우 많다.

그러면 한국 고소설과 「삼국지연의」의 비교를 위해 「삼국지연의」에 있어서 매복전의 용례를 들어보자.

孔明 便與玄德 劉琦 升帳坐定 謂趙雲曰 子龍 可帶三千軍馬 渡江徑取烏林 小路 揀樹木蘆葦密處埋伏 今夜四更已後 曹操必然從那條路奔走……去胡蘆谷 口埋伏 曹操不敢走南彜陵 必望北彜陵去 來日雨過 必然來埋鎬造飯 只看煙起 便就山邊 放起火來 雖然不捉得曹操 翼德這場功料也不小 飛領許去了[287)

孔明遂乘馬至橋邊 遶河看了一遍 回到寨中 喚黃忠 魏延聽令曰 離金雁橋南 五六里 兩岸都是蘆葦蒹葭 可以埋伏……引一千軍伏在那裏 就彼處擒之[288)

이 외에도 「삼국지연의」의 전법 가운데 매복전은, 거의 전쟁때마다 등장되는 수법이라 할 수 있을 정도로 많이 쓰이고 있다.[289) 뿐만 아니라 赤壁大戰에서 조조가 제갈량의 매복전에 걸려들어 세 번 웃다가 세 번 혼이 난 이야기는 널리 알려져 있다.

이상으로 한국 고소설과 「삼국지연의」의 매복전법을 예거하면서 대비해 보았다. 이와 같은 이야기가 한국 고소설 특히 군담소설을 창작하는 작가들에게 그대로 인용 답습되고 있는 점으로 보면, 우리 고소설에 나타나고 있는 매

『한수ᄃ젼」, 大昌書院, 6쪽.
『항우젼」, 博聞書館, 37~38쪽, 41쪽.
『현수문젼」, 朝鮮書館, 42쪽, 105쪽.
『됴웅젼」, 世昌書館, 39쪽, 66쪽.
『황쟝군젼』, 東美書店, 48쪽, 94~95쪽 등이 있다.
286) 「류문셩젼」, 『活字本古典小說全集』 卷5, 亞細亞文化社(1977), 333쪽, 335쪽.
　　　「임호은젼」, 『活字本古典小說全集』 卷7, 亞細亞文化社(1977), 368쪽, 375쪽.
　　　「장익셩젼」, 『活字本古典小說全集』 卷7, 亞細亞文化社(1977), 507~508쪽.
　　　「옥루몽」, 『活字本古典小說全集』 卷6, 亞細亞文化社(1977), 132~133쪽 등이 있다.
287) 『足本三國演義』 上冊 卷49回, 291쪽.
288) 『足本三國演義』 下冊 第64回, 383쪽.
289) 『足本三國演義』 弟1回 4쪽, 弟6回 32쪽, 弟9回 47쪽, 弟11回 62쪽, 弟18回 107쪽, 弟24回 145쪽, 弟31回 186~187쪽, 弟45回 268쪽, 弟49回 291쪽, 弟51回 303쪽, 弟56回 327쪽, 弟60回 361쪽, 弟63回 376쪽, 弟64回383쪽, 弟99回 595쪽 등이 있다.

복전은 「삼국지연의」의 매복전법에서 영향을 받은 것으로 유추된다.

③ 火攻戰

현대전에 있어서도 화공전은 전쟁의 승패를 좌우하리만큼 중요한 전술 중
의 하나이다. 옛날엔 지금의 화력처럼 강력한 수단은 아니었지만, 총과 칼로
써 한꺼번에 많은 적을 살상하기는 어렵기 때문에 화공전을 사용하기도 했다.
특히 바람의 방향을 이용하여 수목이 울창한 성벽이나 引火 물질이 산재해 있
는 城中의 가옥 등을 집중 공격하여 많은 적군을 한꺼번에 쳐부수는 경우가
있고, 때로는 매복해 있다가 불로 신호를 하여 일시에 복병이 적군을 섬멸하
는 경우가 있다. 이때는 주로 화약이나 화살 끝에 불을 붙여 상대방을 공격하
거나 혹은 인화 물질에다 직접 불을 붙여 공격하는 경우가 대부분이다. 이런
화공전법은 「삼국지연의」에서나 군담소설에서나 거의 유사하다. 그렇다고 군
담소설의 화공법이 반드시 「삼국지연의」를 답습한 것이라는 증거를 제시할
수는 없지만, 「삼국지연의」의 盛讀樣相을 고려해 볼 때 밀접한 관계가 있음을
알 수 있다. 먼저 군담소설에 나타난 화공전법의 예를 보이면 다음과 같다.

> 장군은 조고만 도적을 잡지 못흠을 흔치 말고 금야 오경에 오빅군을
> 거느려 동문박에 느아가 시초를 싸코 불을 노흔후 남문외에 미복ㅎ얏
> 다가 숀즈관이 나오거든 잡으라 나는 화포를 노와 호령을 도을거시니
> 장군은 령을 어긔지 말느.290)
>
> 잇흔눌 호장이 령군ㅎ여 피셤에 드러가 졉진홀 즈음에 조션 군사는
> 호병이 세 번 물너갈 졔 일시에 호진을 향ㅎ여 불을 노으니 호병의 샤
> 상이 심다ㅎ고 눔은 군스눈 다 다라나눈지라291)
>
> 긔주 자사 경경을 불너 왈 그내난 정병 삼만을 거나려 불노 치되 여
> 차 여차하라 하고 …… 격진의 등쵹이 다 꺼지고 쥰비함이 사면을 살
> 펴 본 즉 산천이 험악하고 길이 좁은지라 원수 심중의 대희하야 군사
> 로 하여금 방포일셩의 사면에셔 불이 이러나 화광이 연천하고 금고 졔
> 명하며 함셩이 텬디를 움작이난지라 적병이 불우지변을 당하야 정신
> 을 일코…….292)

---

290) 『황쟝군젼』, 東美書店, 88쪽.
291) 『림경업젼』, 博文書館, 21쪽.

이 외에도 한국 군담소설에 있어서 화공전의 수법을 쓰고 있는 소설은 매우 많으니, 구활자본 고소설의 경우만 해도 그러하다.293) 뿐만 아니라, 활자본 고전소설전집에 전하는 군담소설에서도 화공전을 쓰고 있는 작품이 많은데, 이들 중 대표적인 예를 들어보면 다음과 같다.

◆ 용울대 한 꾀를 생각하고 군사를 명하야 팔진문 사면에 화약 염쵸를 뭇고 대호왈 너희가 아모리 천변지슐을 가젓슨들 오날이야 엇지 살기를 바라리요……중략……도로혀 호진중으로 불길이 돌치며 호병이 화광중에 드러 턴지를 분변치 못하며 불에 타죽는 재 부지기슈라.294)

◆ 元帥ㅣ 更開陣門ᄒ고 呼弓弩手ᄒ야 箭端에 各繫火繩而點火ㅣ라가 西北風이 起어던 向黑風山ᄒ야 一齊射ᄒ다 數百名弓弩手ㅣ 聽令ᄒ고 挽弓而待러니 果然午末未初에 西北風이 大作ᄒ야……中略……黑塵이 定燒ᄒ야 一坐黑風山이 變作火山ᄒ고 風前飛塵이 猛如火葉ᄒ야 襲來變陳이라.295)

이 외에도 「活字本古典小說全集」에서의 군담소설 중 火攻戰의 수법을 사용

---

292) 『녀장군전』, 世昌書館, 24쪽.

293) 『격벽가전』, 惟一書館, 24쪽.
　　『장백젼』, 德興書林, 39쪽.
　　『장즈방실긔』, 惟一書館, 48~49쪽.
　　『양풍운뎐』, 漢城書館, 40쪽.
　　『소디셩전』, 滙東書館, 31쪽.
　　『관운장실긔』, 世昌書館, 30쪽.
　　『권익중실긔』, 新興書館, 62쪽.
　　『금방울젼』, 京城書籍業組合, 40쪽
　　『한수두젼』, 大昌書院, 6~7쪽.
　　『항우전』, 博聞書館, 58쪽.
　　『현수문전』, 朝鮮書館, 43~44쪽, 76쪽, 86쪽.
　　『격벽디젼』, 世昌書館, 58~59쪽.
　　『됴웅젼』, 世昌書館, 66쪽.

294) 「박씨부인전」, 『活字本古典小說全集』 卷2, 亞細亞文化社(1977), 439쪽.

295) 「옥루몽」, 『活字本古典小說全集』 卷6, 亞細亞文化社(1977), 124쪽.

하고 있는 소설은 많다.[296]

「삼국지연의」가 나오기 이전에 고래로부터 전해져 온 兵法에 火攻의 전법이 있어 왔으므로, 이와 같은 수법 모두를 「삼국지연의」에서 답습한 것으로 보는 견해는 다소 무리가 있다. 그러나 한국에 있어서 군담소설이 창작될 무렵에는 진술한 바와 같이 婦幼들까지 「삼국지연의」를 암송할 정도였다는 점 등으로 미루어 보면 이들 군담소설의 戰法 중 火攻戰은 「삼국지연의」의 답습으로 보는 것이 타당할 것 같다.

그리고 「삼국지연의」의 전법 중 화공전의 수법을 보면, 赤壁大戰에서 火攻으로 大勝을 한 점이나, 諸葛亮의 戰法 中 火攻戰이 주류를 이루고 있는 점 등으로 보아 「삼국지연의」에서 화공전은 매우 많이 등장하고 있으니, 예시하면 다음과 같다.

> 孔明令曰……等彼軍至 放過休敵 其經重糧草 心在後而 但看南面火起 可縱兵出擊……只看南而火起 使可出 向博望城洞屯糧草處 綻火燒之……預備引火之物於博望坡後 兩邊等候 至初更兵到 使可放火矣[297]
>
> 關公所隨之兵 漸漸稀少 走不得四五星 前面喊聲又震 火光大起 潘璋驟馬舞刀殺來[298]
>
> 東南風驟起 只見御營左屯火發 方欲救時 御營右屯又火起 風緊火急 樹木皆着 喊聲大震[299]

이 외에도 많은 예가 있다.[300] 즉 孔明이 처음 茅廬에서 나와 夏侯惇의 十萬

---

296) 「류문셩젼」, 『活字本古典小說全集』 卷5, 亞細亞文化社(1977), 333쪽, 346쪽.
　　　「장익셩젼」, 『活字本古典小說全集』 卷7, 亞細亞文化社(1977), 508쪽.
　　　「권익즁젼」, 『活字本古典小說全集』 卷1, 亞細亞文化社(1977), 224쪽.
　　　「옥루몽」, 『活字本古典小說全集』 卷6, 亞細亞文化社(1977), 135쪽 등이 있다.
297) 『足本三國演義』 上冊 第39回, 234쪽.
298) 『足本三國演義』 上冊 第77回, 460쪽.
299) 『足本三國演義』 上冊 第84回, 499쪽.
300) 『足本三國演義』 第1回 4쪽, 第6回 32쪽, 第12回 65쪽, 第22回 135쪽, 第39回 235쪽, 第40回 241쪽, 第46回 278쪽, 第49回 289쪽, 293~294쪽. 第50回 295쪽, 第52回 307쪽, 第53回 314쪽, 第70回 421쪽, 第84回 499쪽, 第86回 514쪽, 第88回 526쪽, 第90回 540~541쪽, 第92回 553쪽, 第93回 556~557쪽, 第98回 589쪽, 第103回 626쪽 등의 싸

軍을 博望坡에서 火攻으로 물리치는 장면이나,[301] 제갈량이 南蠻 孟獲를 칠 때 藤甲軍을 盤蛇谷에서 火攻으로 섬멸하는 경우[302]도 있고, 다시 司馬懿와 싸울 때 司馬懿 삼부자를 上方谷으로 유인하여 火攻으로 쳐부수는 경우[303] 등 많은 예를 들 수 있다.

위의 비교에서와 같이 한국 軍談小說과 「삼국지연의」의 火攻戰法은 유사하다. 미리 火氣를 준비해 두었다가 적이 지날 때 방화하여 기습하거나 불로 신호하여 동시 공격하는 전법이 일반적이다. 이때 흔히 쓰는 작전이 거짓으로 敗走하고 적을 유인하여 火氣로 기습하는 방법이다. 전술한 바 「장익셩젼」에서 원수가 호걸을 의심없이 따라 다니다가 불 속에 포위당하는 이야기며, 「권익중전」에서 선동이 호장 가돌의 火攻戰을 예견하면서도 너무 자신의 힘을 믿고 달려가다가 좌우에서 일어나는 불꽃에 포위당하는 장면이 다 유사한 데가 있다.[304]

「삼국지연의」의 제 1회 내용은 皇甫嵩과 朱雋이 계교를 짜되 적의 진영이 풀로 얽어져 있으니 火攻戰法을 써라 하여 바람 부는 날 火攻을 하여 敗陣을 완전히 소탕하는 것이며, 제 39회의 두 내용은 孔明이 雲長과 翼德, 그리고 關平, 劉封에게 火攻의 작전 계획을 명하는 것과 그 작전으로 曹操의 人馬가 크게 피해를 입고 夏侯惇이 도주하는 상황이 묘사되어 있다. 이 계획에서 孔明은 埋伏戰法을 겸용하고 있다. 역시 제 90회의 내용도 이와 비슷하다. 제갈량이 南蠻 孟獲을 칠 때, 兀突骨이 지휘하는 蠻兵이 孔明의 계교를 모르고 盤蛇谷까지 진군하다가 軍糧車로 假裝한 火氣之物의 폭발에 포위 섬멸되는 장면이며, 제 103회의 내용도 孔明의 火攻戰法에 司馬懿의 삼부자가 上方谷에까지 유인되어 봉변을 당하는 장면이다. 화염 속에서 도주할 길조차 찾지 못하고 있는 데에 또한 火箭을 날려 지뢰를 일제히 터뜨리니 그 火勢에 司馬懿는 꼼짝

___

우는 곳마다 火攻戰法이 등장하고 있다.
301) 『足本三國演義』 第39回, 235쪽.
302) 『足本三國演義』 第90回, 540~541쪽.
303) 『足本三國演義』 第103回, 626쪽.
304) 李相翊, 앞의 책, 126쪽 참조.

하지 못했다. 그러나 天幸으로 소낙비가 내려 滿谷의 불길이 진압되고 지뢰도 터지지 않아 司馬懿 삼부자는 병사를 이끌고 돌아올 수 있었다.[305]

이처럼 「삼국지연의」에 화공전법이 많이 나타나는 것은 화공전이 공명의 주무기이기도 하기 때문이다. 이와 같은 유사한 화공전법이 우리 군담소설에도 나타나며 상황이나 장면이 매우 유사하지만 「삼국지연의」에서만큼은 자주 나타나지 않는다. 또한 「삼국지연의」에는 화공을 하는 쪽이 거의 승리하지만, 우리 군담소설의 경우는 주인공이 勇將이기 때문에 화공전을 잘 쓰지 않고 상대편에서 화공전을 많이 쓴다. 따라서 용장인 주인공이 이를 극복하므로 화공전의 효과를 거두지 못하는 경우가 있고, 그래서 때로는 화공전을 쓴 편이 패하는 경우가 있는 점이 「삼국지연의」의 화공전과는 다른 점이기도 하다.

④ 道術戰

도술전은 비현실적인 전법의 하나로서, 군담소설을 비롯해서 「홍길동전」, 「전우치전」, 「옹고집전」 등에도 나타나고 있다. 이와 같은 도술전은 비단 중국의 「삼국지연의」 뿐만 아니라 「수호지」, 「서유기」 등과도 밀접한 관계가 있을 것으로 보인다. 그러나 「삼국지연의」의 盛讀狀況과 인물묘사의 상이점 등으로 보면, 우리 고소설에서의 도술전이 「삼국지연의」에서 영향을 받지 않았나 추측할 수 있다. 그래서 한국 고소설의 도술전 상황과 「삼국지연의」를 비교하기 위해 먼저 한국 고소설에 있어서 도술전의 양상을 예시해 보면 다음과 같다.

> ◆ 원수 디군을 급히 모라 격진을 엄술ᄒ거늘 리졍이 셩문을 크게 열고 군병을 너여 졉응ᄒ며 좌우로 지칠시 리연힝이 신병과 밍호를 모라 진즁에 드러와 좌츙우돌ᄒ며 쏘 십만 신장이 입으로 불을 토ᄒ며 군ᄉ를 무수히 살희ᄒ거늘 원수 멀이 바라보고 디경ᄒ여 마상에서 옥갑경을 외오니 문득 일편 흑운이 셔방으로셔 일어나며 텬디 아득ᄒ고 디풍이 이러나 ᄉ셕이 눌니여 모진 즘싱을 요동치 못ᄒ게 ᄒ고 ᄉ면에 안기 자옥ᄒ여 지쳑을 분변치 못ᄒᄂ지라

---

305) 李相翊, 같은 책, 127쪽 참조.

> 리경이 본부병을 호령ᄒ여 륙화진을 치고 장원수는 백만갑을 니
> 여 신병을 호령ᄒ여 팔문금ᄉ진을 치니 리연행이 신병과 호표 등
> 으로 륙화진중에 드러 흑운에 싸이여 셔로 눈을 쓰지 못ᄒ고 갈길
> 을 모르더라.306)
>
> ◆ 급히 낙화를 흔드니 가지밧치 연ᄒ야 지되거늘 털통골이 놀ᄂ 쏘
> 쏫가지를 흔드니 화광이 즁텬ᄒ야 한나라 군ᄉㅣ 능히 눈을 쓰지
> 못ᄒ는지라 원쉬 쏘 낙화를 흔드니 화광이 슬어지고 어름과 우박
> 이 숑진중에 날녀 인마ㅣ 발을 붓치지 못ᄒ고 넝긔 침노ᄒ야 졍이
> 견딜 슈 업ᄂ지라.307)

이 외에도 「소딕셩젼」에서 도술을 부림에 黑雲이 일어나며 음풍이 사람을
침노한다든가308), 「관운장실긔」에서 진언을 베푸니 일진광풍과 뇌성벽력이
천지에 진동하고 검은 구름이 날아 현덕의 군사가 패하는 장면이나, 현덕이
또한 진언을 베푸니 검은 구름이 일며 광풍이 대작하더니 수많은 군마가 하
늘에서 내려오는 일 등의 도술의 부리는 신통술이나309), 또한 「권익중실긔」
에서 굴돌이 구름을 모아 공중에 유진하고 사방으로 구름이 뭉게뭉게 피어나
게 하여 천지를 덮는 등의 도술이나310), 「홍길동전」에 특재가 오는 줄 안 길
동이 '급히 몸을 감추고 眞言을 念하니 홀연 일진음풍이 일어나며 집은 간 데
없고 첩첩한 산중의 풍경이 거룩한지라 특재 길동의 조화가 신기한 줄 알았
더라. 또한 길동이 진언을 念하니 홀연 一陣黑風이 일며 큰 비 붓듯이 오고
砂石이 날리거늘'311) 등에서의 도술전은, 군담소설에만 등장하는 것이 아니고
대부분의 전기소설에서 공통적으로 나타나고 있다. 이 외에도 「유충렬젼」312),
「류문셩젼」313), 「임호은젼」314), 「장국진전」315), 「장익셩젼」316), 「옥루몽」317)

---

306) 『장백전』, 德興書林, 31쪽.
307) 『양풍운뎐』, 漢城書館, 38～39쪽.
308) 『소딕셩젼』, 滙東書館, 30쪽 참조.
309) 『관운장실긔』, 世昌書館, 4～5쪽 참조.
310) 『권익중실긔』, 新興書館, 66～67쪽 참조.
311) 『홍길동전』, 德興書林, 6～7쪽.
312) 『류충렬젼』, 德興書林, 61쪽.
313) 「류문셩젼」, 『活字本古典小說全集』 卷5, 亞細亞文化社(1977), 333쪽, 337쪽, 353～354
쪽.

등 이루 다 헤아릴 수 없을 만큼 많은 작품들에서 도술전이 등장하고 있다.[318)] 그러나 이들 모든 작품의 도술전이 모두 「삼국지연의」에서 나온 것이라고 보기 어렵다. 그 이전에 나온 중국의 六朝志怪小說이나 당의 傳奇小說의 영향일 수도 있고, 「서유기」, 「수호지」의 영향일 수도 있다. 그러나 전술한 바와 같이 한국 고소설이 창작될 때는 「삼국지연의」가 婦幼들까지 익힐 정도로 성독되었다는 점에서 「삼국지연의」와의 영향관계를 설정해 볼 수 있다. 이와 유사한 도술법을 「삼국지연의」에서도 많이 볼 수 있으니, 예시하면 다음과 같다.

張寶 就馬上 披髮仗劒 作起妖法 只見風雷 大作一股黑氣 從天而降 黑氣中似有無 限人馬殺來 玄德運忙回軍[319)]

亮雖不才 曾遇異人 傳授奇門遁甲天書 可以呼風喚雨 都督若要東南風時[320)]

將近三更時分 忽聽風聲響 旗施轉動 瑜出帳看時 旗帶竟飄西北 霎時間東南風大起 瑜駭然日 「此人有奪天地造化之法 鬼神不測之術」[321)]

이 외에도 제2회에서, 玄德과 張寶의 전투에서 張寶의 요술로 風雷大作하고 飛沙走石에 하늘에서 人馬가 내려오고 하늘로부터 紙人草馬가 땅에 떨어지는 도술이[322)] 있고, 제89회에 大鹿大王의 심통법술로 呼風喚雨하는 도술이 있으며[323)], 제90회에서 제갈공명이 南蠻 맹획를 칠 때 주문으로써 광풍 대작하고

---

314) 「임호은젼」, 『活字本古典小說全集』 卷7, 亞細亞文化社(1977), 426쪽, 444쪽, 448~449쪽.

315) 「장국진젼」, 『活字本古典小說全集』 卷7, 亞細亞文化社(1977), 426쪽, 444쪽, 448~449쪽.

316) 「장익셩젼」, 『活字本古典小說全集』 卷7, 亞細亞文化社(1977), 468쪽.

317) 「옥루몽」, 『活字本古典小說全集』 卷6, 亞細亞文化社(1977), 140쪽, 172쪽.

318) 「柳文成傳」, 『活字本古典小說全集』 卷6, 亞細亞文化社(1977), 377쪽.
「郭海龍傳」, 『活字本古典小說全集』 卷1, 亞細亞文化社(1977).
「申遺腹傳」, 『活字本古典小說全集』 卷4, 亞細亞文化社(1977).

319) 『足本三國演義』 上冊 第2回, 6~7쪽.

320) 『足本三國演義』 上冊 第49回, 228쪽.

321) 『足本三國演義』 上冊 第49回, 290쪽.

322) 『足本三國演義』 上冊 第2回, 7쪽 참조.

323) 『足本三國演義』 上冊 第2回, 7쪽 참조.

맹수를 돌진시키는 등의 도술을 부린다거나[324], 제103회에서 제갈량의 도술
전[325] 이 외에도 많이 나오는데[326], 전술한 군담소설의 도술전과 유사하여 이
들간의 상호관계를 짐작할 수 있다.

그러나 군담소설의 전쟁은 영웅의 개인활동으로 도술전 중심의 사건 전개
인데 비해서, 「삼국지연의」는 용병전이요 지략전이 중심을 이루고 있기 때문
에 「삼국지연의」의 도술전은 군담소설처럼 다양하지 못할 뿐 아니라 도술전
이 주류를 이루는 사건은 드물다.

(3) 배경

소설의 배경 연구에 있어서는, 자연적인 배경과 사회적인 배경으로 나누어
설명할 수 있다. 그런데 여기서는 비교문학적 측면에서 자연적인 배경으로서
작품의 무대 설정이 공간적 배경의 비교를 시도해 볼까 한다. 우리 고소설 작
품은 중국을 배경으로 하고 있는 것이 많다. 그것은 중국문화에 도취되어 맹목
적으로 그들의 문명을 찬미하며 중국에 대한 이상향적인 동경을 가지고 漢學
修學이 풍부한 당시의 작가들이 明淸 이후에 발흥한 남중국 문명의 영향을 직
접적으로 받고 또한 민간에 유행되는 明淸 단편소설집은 「今古奇觀」, 「剪燈新
話」를 비롯하여 당의 傳奇小說과 「西遊記」, 「金瓶梅」, 「水滸傳」, 「三國志演義」
등에서도 크게 영향을 받았을 것으로[327] 볼 수 있다. 뿐만 아니라, 당시 유학
자들이 史書인 「通鑑」, 「十八史略」, 「史記」, 「三國志」 등에 나오는 지명을 평소
부터 익히고 있었던 데서도 더욱 큰 영향을 받았다고 想定해 볼 수 있다.

그렇다고 한다면 이상의 여러 가지 영향의 가능성 중에 중국 사서의 통독
도 중요하지만, 소설로서는 「삼국지연의」가 가장 널리 읽혔기 때문에 전술한

---

324) 『足本三國演義』 上冊 第90回, 536쪽 참조.
325) 『足本三國演義』 上冊 第103回, 629쪽 참조.
326) 『足本三國演義』 上冊 第13回, 72쪽.
   　　『足本三國演義』 上冊 第90回, 536쪽.
   　　『足本三國演義』 上冊 第100回, 605~606쪽.
   　　『足本三國演義』 上冊 第101回, 609쪽.
   　　『足本三國演義』 上冊 第103回, 629쪽 등이 있다.
327) 金台俊, 『朝鮮小說史』, 學藝社(1939), 15쪽 참조.

바와 같이 한국 고소설 작가들이 史書를 통해 익히고 있던 중국 지명에다가 소설 「삼국지연의」에 나오는 지명을 본떠서 우리 고소설 작품 속에 중국 지명을 무대로 한 것이 많지 않았을까 한다. 그래서 「삼국지연의」의 지명이 나타나는 고소설 작품의 실례를 정규복이 제시한 자료를 통해 알아보면 다음과 같다.

洛養(趙雄傳, 張伯傳, 柳文成傳)

冀州(趙雄傳, 李大鳳傳, 白鶴扇傳, 女將軍傳, 魚龍傳, 林虎隱傳, 洪桂月傳, 柳文成傳, 申遺腹傳)

荊州(白鶴扇傳, 洪桂月傳, 女子忠孝錄, 魚龍傳, 權龍仙傳, 玉樓夢, 蘇學士傳)

靑州(射角傳, 蘇大成傳, 金振玉傳, 女中豪傑, 女將軍傳, 洪桂月傳, 李大鳳傳)

徐州(張國振傳, 張豊雲傳, 白鶴扇傳, 柳文成傳, 玄壽文傳)

益州(金振玉傳, 張伯傳, 張翼星傳, 玉樓夢, 玄壽文傳)

桂陽(白鶴扇傳, 張豊雲傳, 張伯傳, 趙雄傳, 淑香傳, 玄壽文傳)

土山(白鶴扇傳). 涿州(女中豪傑, 女子忠孝錄, 林虎隱傳)

玉泉山(玉樓夢, 玄壽文傳). 襄陽(淑香傳)

楊州(柳文成傳, 張伯傳). 山陽(趙雄傳, 玄壽文傳)

當陽(玄壽文傳)[328]

위의 대비에서 보면, 한국 고소설에 나타난 지명 중 冀州, 荊州, 靑州가 가장 많이 쓰였음을 알 수 있는데, 이는 「삼국지연의」에서도 널리 쓰이는 지명이다. 이와 같이 「삼국지연의」에 나오는 지명이 우리 고소설에 등장하는 경우가 매우 많음을 쉽게 짐작할 수 있다. 그렇다고 하여 반드시 우리 고소설이 「삼국지연의」의 지명을 답습하였다고 볼 수는 없고, 다만 우리 선현들이 「삼국지연의」를 많이 읽었던 까닭에 이들 상호 관계를 가정하고 대비해 본 것뿐이다. 그러나 우리 작품 중에는 전반적인 배경은 우리 나라인데, 「申遺腹傳」과 같은 경우는 작품의 한 부분에서만 중국을 배경으로 하고 있다.

「신유복전」에서 주인공 신유복이 救援兵都督이 되어 호국 可達을 치러 갈

---

328) 丁奎福, 「韓國軍談小說에 끼친 <三國志演義>의 影響序說」, 『국문학』 제4집, 고려대학교 국어국문학과(1960).

때 임진강에서 원광도사를 만나 그의 令을 받고 鳳仙庵에 가서 日向道師를 찾
는 장면을[329] 모방한 것이다. 즉 신유복의 신도감은 유비의 위치에 있고, 日向
道師는 孔明의 위치에 있으며, 양자를 연결하는 매개적인 인물인 童子는 동일
하게 명명되었다. 이 모든 사항을 담고 있는 두 작품의 장면은 우연의 일치로
처리할 수 없으며, 더욱이 신유복이 유비의 행동을 생각하며 자기의 행동을
취한 것으로 사건을 전개한 작자의 수법에서 볼 때, 작자가 「삼국지연의」를
의식했다는 사실은 부인할 수 없다. 이러한 논의는 정규복이 처음 제기하
여[330] 李在秀도 동감하고[331], 다시 李相翊이 더욱 부연하고[332] 있는 점 등으로
보아 이를 더욱 신빙할 수 있는 방증이라 생각된다.

(4) 문장형식

우리 소설은 한글로 되어 있고, 「삼국지연의」는 한문으로 되어 있으므로 표
현문자가 판이하여 문체의 비교는 할 수 없지만, 문장의 서술 방식은 상호간
에 비교가 가능하다. 군담소설을 위시한 우리 고소설의 많은 작품이 章回體의
형식을 구사하고 있으나 이러한 형식을 꼭 「삼국지연의」에서 비롯되었다고
할 수는 없다. 왜냐하면 章回體 형식의 작품으로는, 중국에서 「삼국지연의」의
120회본을 제외하고도 「수호전」(115회본, 110회본, 124회본, 100회본, 120회
본, 70회본), 「서유기」(100회본), 「續西遊記」(100회본), 「西遊補」(16회본), 「東遊
記」(52회본), 「北有記」(24회본), 「西遊記傳」(41회본), 「金甁梅」(64회본), 「續金甁
梅」(64회본), 「紅樓夢」(120회본), 「紅樓復夢」(100회본), 「紅樓夢」(48회본), 「儒重
林外史」(60회본, 56회본, 55회본) 등 이루 다 헤아릴 수 없을 만큼 많다. 이러한
章回體 演義小說은 淸末의 연의소설들에 이르기까지 매회 서두를 '화설' 또는
'각설'로 시작하여 매회 끝에는 '究章如何', '且看下回分解' 등의 상투적인 말
을 쓰고 있다. 이러한 형식은 白話小說의 근원인 講唱의 흔적에서 나온 것이라
생각된다.

---

329) 「申遺腹傳」, 『活字本古典小說全集』 卷4, 亞細亞文化社(1977), 210~211쪽.
330) 丁奎福, 앞의 논문, 27~28쪽.
331) 李在秀, 앞의 책, 192~193쪽.
332) 李相翊, 「韓・中小說의 比較文學的 研究」, 『韓國古小說研究』, 二友出版社(1983), 119쪽.

이와 같은 문장 서술의 형식은 우리 군담소설을 비롯하여 고소설에서 그대로 답습하고 있으니 우리 나라 소설 중 章回體 소설을 들어 보면 다음과 같다. 「천군연의」(31회본), 「淑英娘子傳」(6회본), 「江陵秋月」(10회본), 「朴文秀傳」(3회본), 「八壯士傳」(38회본), 「荊山白玉」(12회본), 「月峰山記」(22회본), 「六孝子傳」(6회본), 「蔚遲敬德」(12회본), 「山陽大戰」(10회본), 「죠자룡젼」(19회본), 「젹벽가젼」(3회본), 「장ᄌ방실긔」(31회본), 「금방울젼」(9회본), 「현수문전」(23회본), 「젹벽대젼」(8회본), 「화용도실긔」(16회본), 「황쟝군젼」(21회본) 등이 있다. 이들 작품 첫머리에는 대개 ‘각셜’, ‘차셜’, ‘화셜’로 시작하는 수법을 쓰고 있고, 각 章回의 끝에는 ‘엇지된고 하회를 보아 분히ᄒ라’, ‘엇지된고 하회를 보라’, ‘엇지된고 하문을 보아 분히ᄒ라’, ‘엇더ᄒ 사롬인고 ᄒ문을 분히하라’ 등으로 표기되어 있어서, 전술한 바의 중국의 장회체 연의소설의 영향을 받았다고 볼 수 있다.

그렇다고 이처럼 많은 우리의 장회체 연의소설 모두가 「삼국지연의」의 영향에서만 이루어진 것이라고 할 수 있는 근거는 없다. 그러나 전술한 바와 같이 중국의 장회체 연의소설 중 「삼국지연의」가 한국 문사들에게 가장 널리 읽혔을 뿐만 아니라 임란을 전후해서는 婦幼들까지 암송할 정도였으니 한국의 고소설 작가들이 「삼국지연의」를 애독했음은 쉽게 유추할 수 있고, 따라서 한국 고소설의 문장 서술 형식이 「삼국지연의」에서 온 것으로 유추된다. 그래서 이들 양자를 대비하기 위해 먼저 한국 고소설 중 몇 가지만 예거하되, 앞뒤 章回만 들어보면 다음과 같다.

◆ 조자룡젼[333]
1회 : 각셜～엇지된고 하회를 보아 분히ᄒ다.
2회 : 각셜～엇지된고 하회를 보와 분히ᄒ라.
3회 : 차셜～엇지된고 ᄒ회를 보와 분히ᄒ라(中略)
17회: 차셜～우음을 취지 말나 ᄒ더라
18회: 차셜～엇지된고 ᄒ회를 보와 분셕ᄒ라

---

333) 『조자룡젼』, 滙東書館, 1～50쪽.

19회: 츳셜~쏘 조운을 불너 왈 그대는 황건황

◆ 장즈방실긔334)

1회 : 화셜~엇지된고 하회를 분셕ᄒ라

2회 : 각셜~이 아리난 하회를 보라

3회 : 각셜~엇지되고 하회를 보라(中略)

29회: 각셜~엇지된고 하문을 보와 분히ᄒ라

30회: 각셜~엇지된고 하문을 보와 분히ᄒ라

31회: 각셜~표연이 가니라

◆ 금방울젼335)

1회 : 화셜~엇지된고 ᄒ간하회ᄒ라

2회 : 츳셜~보은쵸가 무엇신고 찻간ᄒ회ᄒ라

3회 : 츳셜~이 엇진일고 하회분셕하라(中略)

8회 : 츳셜~일으쇼셔 ᄒ더라 하회분셕ᄒ라

9회 : 츳셜~산삭한가 ᄒ노라

◆ 현수문젼336)

1회 : 화셜~쥭기를 면ᄒ라 ᄒ얏더라

2회 : 츳셜~츳간하회ᄒ다

3회 : ᄒ셜 ~엇지된고 하회를 분셕ᄒ라(中略)

21회: 츳셜~츳간 하회ᄒ라

22회: 츳셜~하회를 분셕ᄒ라

23회: 각셜~ ᄒ얏다ᄒ더라

◆ 적벽대젼337)

1회 : 츳셜~무삼 말삼인고 ᄒ회를 보라

2회 : 각셜~엇지된고 쏘흔 하회를 보아 분셕ᄒ라

3회 : 각셜~엇지된고 ᄒ회를 보라(中略)

7회 : 각셜~엇지된고 하회를 분셕ᄒ라

8회 : 각셜~착실이 ᄒ라 ᄒ더라

전술한 바 한국의 章回體 소설과 「삼국지연의」의 문장서술 형식을 비교하기 위해 「삼국지연의」의 120회 중 앞 뒤 각 5회씩만 예거해 보면 다음과 같다.

---

334)『장즈방실긔』, 朝鮮書館, 1~113쪽.
335)『금방울젼』, 京城書籍業組合, 1~59쪽
336)『현수문젼』, 朝鮮書館, 1~127쪽.
337)『적벽대젼』, 世昌書館, 1~73쪽.

1회 : 話說……畢竟董卓性命如何 且聽下文分解
2회 : 且說……不知曹操說出甚話來 且聽下文分解
3회 : 且說……畢竟袁初性命如何 且聽下文分解
4회 : 且說……畢竟曹操性命如何 且聽下文分解
5회 : 却說……未知勝負如何 且看下文分解(中略)
115회 : 却說……未知其言若何 且看下文分解
116회 : 却說……未知何處之兵 且看下文分解
117회 : 却說……未知成都如何守禦 且看下文分解
118회 : 却說……未知姜維以何第破艾 且看下文分解
119회 : 却說……未知怎生伐吳 且看下文分解
120회 : 却說……鼎足三分已成夢 後人憑弔空牢騷

　이상의 비교에서 보아도 우리 나라 章回體 소설의 話頭辭와 終結辭의 문장 서술 형식은 「삼국지연의」와 일치되고 있어서 「삼국지연의」의 영향이 지대하였던 것으로 보인다.

　그리고 전술한 예문 이외에도 「임호은전」의 '후사 어찌된고 차견 하회 분해하라', 「薛仁貴傳」의 '경덕이 무슨 계교 있는고 하회를 보라', 「홍길동전」의 '성명이 어찌된고 하회를 보아 분해하라', 「八壯士傳」의 '어찌되었는지 하회를 보아 해석할지어다', 「張國振傳」의 '어찌된고 하회를 분석하라' 등의 종결사도 「삼국지연의」의 종결사에서 영향을 받은 것으로 유추된다.

Ⅵ. 근대 중기의 소설

1. 개관

이 시기의 소설은 순조(1801)부터 광무 10년(1906), 즉 신소설이 출현되기 이전까지의 약 105년간을 두고 일컫는다. 이 시대의 정치·사회는 전대에 힘입어 더욱 발전적인 근대화의 기운이 성숙되었는데, 문학도 고전문학에서 신문학 시대로 이행되던 시기이다. 따라서 소설문학 분야에서도 비현실적인 요소나 傳奇的인 요소는 거의 제거되었고 사건 전개에 있어서도 우연성의 남용은 사라졌으며, 소재도 거의 현실 세계에서 구하여 있는 그대로 투영하고자 하는 寫實的인 표현 수법이 주로 사용되었다. 그리고 표현 문자도 한문에서 국문으로 전환되어 가고 있음이 크게 주목된다. 그래서 한문 소설 위주에서 국문 소설로 확대되어 국문 소설이 한문 소설을 압도하여 수적으로도 우세를 보였으며, 고소설이 신소설로 넘어가는 교량적인 역할을 한 과도기적인 시기다.

작자와 창작 연대 미상인 가정 소설의 대부분이 이 시기의 것으로 유추되는데, 「장화홍련전」, 「콩쥐팥쥐전」, 「鄭乙善傳」, 「金仁香傳」, 「黃月仙傳」, 「播氏傳」, 「楊己孫傳」, 「玉鴛重合錄」, 「昌蘭好緣錄」 등이 그것이다. 그러나 사건전개에 부분적으로 傳奇的, 비현실적인 면이 있어 前代의 소설에서 크게 벗어나지 못한 점도 있다. 창작 연대가 18세기 중엽에서 19세기 초기의 작품으로 추정되는 樂善齋本小說은 근대 초기와 중기에 걸쳐져 있으나 여기서는 작품의 질과 양적인 면 등 본 연구의 편의상 근대 중기의 소설로 다루었는데, 「泉水石」, 「靑白雲」, 「落泉登雲」, 「洛城飛龍」, 「玄氏兩雄雙麟記」, 「劉氏三代錄」, 「明珠寶月聘」, 「玩月會盟宴」 등 83편이 그것이다. 특히 「劉氏三代錄」의 경우는 박지원의 「열하일기」에 의하여 정조조 이전에 창작되었을 것으로 추정되는[1] 등 창작

---

1) '車中置舖 蓋有東諺 劉氏三代錄數卷 非但諺書鹿荒 卷末破敗' 熱河日記.

연대와 작자에도 문제점이 있을 뿐만 아니라 상당수의 작품이 중국소설의 번역 및 번안이라는 문제점도 안고 있어서 앞으로의 연구 과제로 남아 있다.

이 시기에 나온 대표적인 소설로는 歌曲體小說「彩鳳感別曲」과 판소리계 소설「배비장전」을 들 수 있는데, 이들 작품의 인물 묘사나 사건 처리 등이 고소설의 범위를 벗어나 신소설의 구조에 접근한 작품으로 소설사상 중요한 작품으로 주목받고 있다. 특히「채봉감별곡」은 희곡적 성격을 띤 한글본 소설로서 신소설이란 주장[2]도 있다.

이 밖에도 金紹行(1765~1859)의「三韓拾遺」나 徐有英(1801~1874)의「六美堂記」, 南永魯(1810~1858)의「玉樓夢」(玉蓮夢)은 한문소설로서는 이때까지 볼 수 없었던 대작이다. 또한 담정 김려의 傳이 대부분 문인전으로서 이미 소설로 이행된 작품도 보이고 있으며, 鄭琦和(1786~1840)의「天君本紀」, 柳致球(1793~1854)의「天君實錄」, 李頤淳(1754~1832)의「花王傳」등의 의인소설도 있다. 그리고 1803년에 지어 1838년에 개작한 睦台林의 한문 소설「鐘玉傳」, 국한문 소설인「辛未錄」, 한문 소설인 春坡山人의「烏有蘭傳」[3]과 국문 소설인「李春風傳」,「三生錄」,「三仙記」 등도 현실 인식이란 데서 보면 전대의 소설구조에서 진일보한 신소설에 가까운 작품들로 평가되고 있다. 이 가운데 대표적인 작품에 대해서만 一瞥해 보면 다음과 같다.

1)彩鳳感別曲

작자와 창작 연대 미상의 국문소설로서 필사본[4]과 활자본[5] 그리고 일어번역본[6]이 있다. 지금까지 이 작품에 대해 金起東은 金台俊이「今古奇觀」의「王

---

2) 丁奎福,「秋風感別曲의 硏究」,『大東文化硏究』 제20집, 成大 大東文化硏究院(1986).

3) 趙春鎬,「烏有蘭傳硏究」,『국어교육연구』 17, 경북대 사대 국어과(1985).

4) 單券 143쪽, 筆寫 年代 未詳, 서울대 中央圖書館長本 등이 있다.

5)『新舊書林本』, 新舊書林刊(1912년 10월 10일), 127쪽,
『博文書館本』(章回體), 博文書館刊(1913년 5월 25일), 94쪽.
『以文堂本』, 以文堂刊(1925년 10월 30일), 67쪽.
『世昌書館本』, 世昌書館刊(1952년 12월 20일), 64쪽.

6)『趙鎬夏譯』, 日本 東京堂刊(1921년 11월 1일), 97쪽.

嬌鸞百年長恨」의 번안 작품이라고 규정한 것을 다시 본소설과 「王嬌鸞百年長恨」을 비교한 후 金台俊의 번안설을 부정하여 독창성을 인정하면서, 한편 본소설이 지니고 있는 현실성을 중심으로 소설사상 중요한 작품으로 평가한 바 있고[7], 그 후 李相翊이 이를 부정하고 다시 김태준의 번안설로 돌린 바 있다.[8] 이 작품의 창작 시기에 대해서는 김기동은 19세기 말의 고소설로[9], 崔元植은 가사 「秋風感別曲」이 소설화되었다고 규정한 바 있는데[10], 최근 丁奎福은 문헌학적 고증과 작품의 현실성을 들어 고소설이 아닌 신소설로 규정하고 있다.[11] 그러나 활자본을 중심으로 보면 긍정적인 면도 있지만, 활자본의 대본인 필사본이 더 있을 것으로 생각되어 역시 19세기 말의 작품으로 유추하여 근대 중기의 소설로 다루었다.

이 작품은 조선 말기 사회의 부패상을 寫實的으로 정확히 해부해 내고 있다. 金進士의 딸 채봉은 宣川府使의 아들 강필성과 사랑에 빠지지만, 김진사는 벼슬을 얻기 위해 채봉을 당시의 세도가인 허판서의 첩으로 주려 한다. 이에 채봉은 도망쳐 기생이 되었다가 평양감사의 비서로 들어가 감영의 이방을 자원해 들어온 강필성과 재회하여 宿緣을 이루게 되는 이야기이다.

김채봉과 강필성의 순결하고 진실한 애정이 공감을 느끼게 하는 작품이다. 중간에 삽입된 「채봉감별곡」은 그 자체가 하나의 완결된 가사로서 감동을 주지만 소설의 전체적인 이야기 전개를 단절시키는 역기능적인 면도 있다.[12] 확실한 창작 연대는 알 수 없지만 조선 말기로 추정되는 신소설에 밀착된 작품으로서 소설사적으로 중요한 위치를 점하고 있다. 이 작품은 순박한 강필성과 김채봉과의 로맨스를 그렸지만, 求職을 위해 賣女行爲를 자행하는 김진사의 부패한 인간상, 애첩을 얻는 대가로 김진사에게 벼슬을 주려는 매관매직하는 汚吏를 諷刺함으로써 조선 말엽의 양반 관료들의 부패상과 정치상을 신랄하

---

7) 金起東, 「彩鳳感別曲의 比較文學的 考察」, 『東國大論文集』 (1), 1960.
8) 李相翊, 「彩鳳感別曲과 王嬌鸞百年長恨」, 『蓮蒲李河潤先生華甲論文集』, 1966.
9) 金起東, 「歌辭의 小說化試論」, 『東大論文集』 3・4, 1962.
10) 崔元植, 「歌辭의 小說化傾向과 封建主義의 解體」, 『創作과 批評』 46, 1968.
11) 丁奎福, 「秋風感別曲의 研究」, 『大東文化研究』 20輯, 成均館大 大東文化研究院(1986).
12) 文汪根, 「秋風感別曲에 대한 해부」, 『文湖』 제2집, 건국대 국어국문학과(1962).

게 풍자하고 있다.

2) 裵裨將傳

이 작품은 서거정의 「太平閑話滑稽傳」에 수록되어 있는 拔齒說話와 「東野彙輯」에 전하는 米櫃說話의 합작13)이라고 한다. 그리고 다른 판소리계 소설과 마찬가지로 표현은 사실적이며 등장인물의 성격 묘사에도 비교적 성공한 작품이다. 전편이 풍자와 야유로써 점철되어 있으며, 배비장의 위선적인 이면 생활을 풍자 폭로하고 하류인 房子로 하여금 上典인 배비장에게 여지없는 창피를 주게 함14)으로써 독자에게 통쾌감을 주고 있다. 이들 작품의 주제는 조선시대에 지배 계급에 속하는 배비장의 위선적이며 호색적인 생활상을 풍자 폭로하는 데 있다. 따라서 이 작품 역시 다른 판소리계 소설과 함께 평민문학의 성격을 띠고 신소설에 접근해 있는 근대적인 면을 지닌 풍자 소설의 白眉15)라 할 수 있다.

3) 薔花紅蓮傳

이 작품은 평안도 철산 지방에서 일어난 설화를 소재로 한 작품16)이라고 한다. 全東屹의 문집인 「嘉齋事實錄」에 수록되어 있는 朴仁壽著 한문본 「장화홍련전」은 소설의 형식을 갖추어 쓴 작품이 아니라 全東屹의 行狀처럼 어디까지나 실제적인 사실을 충분히 표현한 실화에 불과하여 국문본에서 볼 수 있는 플롯은 없다. 한문본의 저작 연대에 대해서는 결미에 '歲戊寅臘月吉潘南朴仁壽謹書'라 해 놓은 것을 보면, 순조 18년(1818) 戊寅 12월에 국문본을 한문으로 번역했다는 것이다.17) 국문본과 한문본을 비교해 보면, 국문본은 한문본에서 볼 수 없는 플롯을 많이 가미시켜 어느 정도 소설적인 표현을 갖추었다.

---

13) 金東旭, 「판소리 發生考」, 『韓國歌謠의 研究』, 二友出版社(1980).
14) 丁奎福, 「古小說의 歷史的 展開」, 『韓國古小說研究』, 二友出版社(1981).
15) 金起東, 『韓國古典小說研究』, 敎學研究社(1983), 880쪽.
16) 金台俊, 앞의 책, 181쪽.
17) 金聖澤, 「薔花紅蓮傳의 研究」, 『국어교육연구』 13, 경북대학교 사범대학 국어교육과 (1981).

실화나 한문본에서는 볼 수 없는 靑鳥의 안내라든가, 호랑이가 장쇠의 다리와 귀를 베어먹는 사건이라든가, 홍련이 꿈을 꾸고 언니의 죽음을 알았다든가, 결미에 가서 薔花 자매의 化身이 탄생했다든가 하는 사건은 전부 작자의 독창성을 발휘한 허구적인 구성이라 하겠다.[18] 그러나 이러한 수법은 오히려 前代 소설의 수법에서 벗어나지 못하여 근대 중기의 소설로서의 가치를 떨어뜨리는 결과를 가져왔다.

계모인 허씨의 흉계로 죽은 장화와 홍련의 원혼이 부사의 公廳에 나타나 伸寃한다는 이야기인데, 이러한 신원 이야기는 「춘향전」의 소재가 되었던 전라도 남원지방의 전설, 그리고 경상도 선산지방의 전설에도 이와 같은 유사한 유형의 이야기가 있다. 이 작품의 주제는 악독한 계모에게 학대를 받다가 계모의 흉계에 죽어가는 전처소생의 자녀에 대한 동정과 연민의 눈물을 흘리게 하고 악행에 대한 증오심을 환기시켜 권선징악의 교훈성을 보이고자 하는 데 있다. 실화를 소재로 하여 어느 정도의 현실성을 가미하여 표현했다는 점에서 그 가치를 인정받고 있다.

4) 黃月仙傳

이 작품은 활자본[19]과 필사본[20]이 있는데, 사건 전개를 암시하는 꿈만 제외하면 현실의 사건을 소재로 하고 있는 점이 다른 계모형 가정소설과 다른 점이다. 대부분의 계모형 가정소설은 계모와 그의 자녀가 전처소생의 자녀를 학대하는데 반해, 이 작품은 계모소생의 아들이 자기 어머니가 전처소생의 딸을 학대하는 것을 반대하고 어머니를 충고하면서 이복누이를 섬기다가 학대로 신음하는 누이를 구출하는 것이 특징이다. 또한 계모형 소설은 시비들이 계모와 같이 전처 소생의 자녀를 학대하는 것이 대부분인데 반해, 이 작품에서는 시비가 전처 소생의 자녀를 학대하는 계모를 죽이려다가 끝내는 학대 사건을

---

18) 金起東, 『韓國古典小說硏究』, 敎學硏究社(1985), 509쪽.
19) 「黃月仙傳」, 新興書林(1928년간), 218쪽.
20) 誠庵文庫 筆寫本.
　　金光淳所藏 筆寫本.

고발하는 점이 특이하다. 이런 점에서 전형적인 계모형 소설의 구성에서 벗어
나 작자의 독특한 창의성이 엿보이는 작품이다. 더구나 언문일치의 문장이나
일상 용어의 구사나, 실생활의 사실적 표현, 등장 인물의 성격 묘사 등에서
비교적 성공한 계모형 가정 소설로서 규정될 수 있으며, 권선징악을 주제로
하고 있다.

5) 明珠寶月聘

「明珠寶月聘」은 「尹河鄭三門聚錄」, 「嚴氏孝門淸行錄」 등과 더불어 三部連作
小說의 형태로 이루어진 大河小說이며, 家門小說이다. 분량은 「보월빙」이 100
책, 「삼문취록」이 105책, 「청행록」이 30책 등으로 235책에 달하고, 이를 200자
원고지로 옮길 경우 약 30,000매에 해당될 것으로 보여 소설사상 稀有의 長篇
巨帙이다. 현재 창경원 장서각에 소장되어 있는 樂善齋本 漢裝筆寫本이 전국
유일본인 셈이다.[21] 이 작품은 순차적 구조로서, 도합 348개의 통시적 단락군
으로 되어 있는데, 이 단락군을 통하여 등장하는 남녀 주역들의 끝없이 반복
되는 고행과 자기 갱신의 순환 구조를 파악할 수 있다. 즉 여성의 경우는 주로
하늘이 정한 배필과의 혼사를 완성하기까지의 험난한 고행을 통한 자기 갱신
과정을 보여주고 있고, 남성들의 경우는 전쟁 영웅으로서, 도덕적 聖者로서,
또는 양쪽을 모두 겸한 전인적 존재로서의 자기 완성에 이르는 과정을 보여
주고 있다. 또 병립 구조에서는 먼저 35개에 달하는 단락 기능의 이원론적 대
칭 관계를 적출할 수 있다. 그리고 작품내적 시간과 공간은 현세적, 세속적인
삶의 時空에서 시작되어 聖俗間의 갈등을 보이는 時空으로, 이러한 차원의 시
공은 다시 비세속적인 현세내적 초월의 時空으로 그리고 궁극적으로는 천상
의 永遠無涯한 시공으로, 차츰차츰 변증법적 확대를 이루어가고 있는[22] 작품
이다.

---

21) 李相澤, 「韓國古典小說의 探究」, 中央出版社(1981), 1쪽 참조.
22) 李相澤, 같은 책, 125~127쪽 참조.

6) 玩月會盟宴

이 작품은 4종의 필사본이 있다. 창경원 장서각의 소장본으로 180권 180책으로, 서울대 도서관 소장본은 180권 93책으로, 연세대 도서관본은 落帙로 1, 2, 3, 4, 5, 6, 7권 5책으로, 이화여대 도서관본에는 落帙本 1권 1책으로 필사되어 전하고 있는 것으로 보면, 방대한 작품이면서도 독자가 많았던 것으로 생각된다. 중국 宋朝의 유학자인 程明道先生의 후예인 文淸公 程翰을 중심인물로 설정하고 그의 두 아들 淸溪公 程潛과 雲溪公 程參을 등장시켜 그들 자녀들이 男婚女嫁하고, 그들의 일부다처 생활에서 전개되는 갈등과 비극을 그리고 있는 大河小說이다. 말미에 양자부부와 그 소생을 살해하려는 계모의 흉계를 보면 가정소설의 성격을 띠고 있다고 할 수 있다. 그러나 이복형을 죽이려는 계모의 친자를 감화시켜 善人이 되도록 하고, 부모에 대한 효도와 이복형제간의 우애를 표현해 놓았으니 윤리소설의 성격을 띠고 있다고도 할 수 있다. 養子가 되어 자기를 끝까지 죽이려고 하는 계모를 목숨을 걸고 감화시키고, 또 친모의 惡事를 至孝로써 諫하는 친자의 효도라는 새로운 윤리관을 제시하고 있어[23] 독창적이면서도 참신한 구상을 보이고 있다.

7) 玉樓夢

「玉樓夢」의 작자로 南益薰(1638~1693), 洪進士某, 玉蓮子, 許蘭雪軒, 南永魯 등이 거론되고 있으나, 작품 서두에 나오는 南廷愚 序의 기록과 후손들의 증언 등을 통해 南永魯(1810~1857)임이 밝혀졌다. 그는 호가 譚焦이며 藥泉 南九萬의 5대손으로 경기도 용인군에서 태어났다. 과거에 응시했으나 낙방한 뒤 부패한 과거를 단념하고 제자백가서에 잠심하여 청빈으로 일생을 마친 사람이다. 南永魯가 처음 저작한 것은 「옥련몽」인데 나중에 작자 자신이 이를 개작하여 「옥루몽」을 지었다고[24] 한다. 창작의 직접적인 동기는 南永魯의 소실

---

23) 金起東, 「韓國古典小說硏究」, 敎學硏究社(1983), 704~722쪽 참조.
24) 車溶柱, 「玉樓蒙硏究」, 형설출판사(1985).
　　張孝鉉, 「玉樓夢의 文獻的 硏究」, 고려대 대학원 석사논문(1981).

趙氏의 심려를 위로하기 위한 것이라고 하는데, 국문본은 趙氏가 번역한 것이라고 후손들이 전한다.

「옥루몽」은 夢字類小說로서 「구운몽」과 맥락을 이으며 군담소설의 종합적 발전을 보인 작품으로 주목된다. 天上 백옥루에서 상봉한 인연으로 죄를 입어 文昌星과 帝傍仙女, 諸天仙, 女天妖星, 紅鸞星, 桃花星은 인간 세상으로 쫓겨 나게 된다. 文昌星은 楊昌曲으로, 그밖의 仙女들은 江南紅, 尹小姐, 碧城仙, 黃小姐, 一枝蓮으로 태어나 서로 인연을 맺게 되는데, 南蠻을 평정하고 돌아온 楊昌曲은 결국 이들을 二妻三妾으로 맞아 부귀공명을 누리다가 다시 천상으로 돌아간다는 이야기이다.

천상의 文昌星과 五仙女들이 인간계에 환생하여 인연에 따라 결연해 가는 과정은 「구운몽」과 같고, 과거 급제 후 혼인 문제로 奸臣과 대립을 보이는 정치적 갈등은 군담소설에서 보이는 것과 상통한다.25) 그리고 「옥루몽」에는 조선조 말기의 시대적 의미가 두드러지게 반영되어 있다. 결연 과정에서 기생 출신인 강남홍이 가장 발랄한 개성과 능력을 지닌 인물로 묘사된 것은 신분 위주의 가치관에서 능력 위주의 가치관으로 변모되어야 한다는 주장을 드러낸 것이며, 상층의 대결인 정치적 갈등에서도 하층민으로 신분적 상승을 꾀한 楊昌曲과 세대 벌열인 노균과의 대결에서 양창곡의 승리는 「옥루몽」이 조선조 말기의 대표적인 귀족소설로서 양반 사대부의 공명주의를 집대성한 것이지만, 당시의 변모된 가치관과 시대 의식을 반영하고 있는 63회의 章回體 한문소설로 그 가치를 인정받고 있다.

8) 三韓拾遺

「三韓拾遺」는 순조 14년 봄에 객사에서 滯雨하는 동안 無怠居士 등 동석한 선비들의 청에 의하여 金紹行(1765~1859)이 一晝夜에 구술한 것을 無怠居士가 받아 쓴 필사본 한문소설로서 3권 2책으로 되어 있으며, 일명 「義烈女傳」, 「香娘傳」이라고도 한다. 작자인 金紹行은 字가 平仲, 號는 竹溪로 安東金氏 거족에

---

25) 成賢慶, 「九雲夢과 玉蓮夢의 對比研究」, 『韓國小說의 構造와 實相』, 영남대 출판부 (1981).

서 태어난 당대의 문장가였음에도 불구하고 평생을 逸士로 지낸 사람이다.

이 작품은 숙종 28년(1702) 경북 선산 지방에서 일어난 열녀 香娘의 冤死사건을 소재로 한 것인데, 주인공 香娘의 還生再婚談을 중심 플롯으로 삼국통일을 위한 화랑들의 무용담을 삽입시켜 놓았다. 그 내용은 신라 때 향랑이란 여인이 시부모의 학대를 견디다 못해 자살했으나 天帝의 은총으로 다시 속세에 환생하여 삼국 통일에 크게 이바지했다는 이야기이다. 내용의 대부분은 香娘의 환생 재혼을 방해하는 魔軍과 天兵과의 싸움을 그리고 있다. 이 작품은 숙종 때 선산 지방에서 일어난 香娘의 冤死事件을 삼국시대로 소급시켜 불교의 윤회사상과 도교의 신선사상을 빌어 香娘을 還生再嫁시킴으로써 열녀 香娘의 冤死를 풀어 주고자 했으며, 나아가 신라 화랑들의 무용담도 드러내고자 하는 작자의 의식26)을 엿볼 수 있다.

조선 말에 창작된 이 작품은 작품 末尾에 붙어 있는 당시 여러 文士들의 발문에서 볼 수 있듯이, 동양적인 모든 학문과 지식을 총망라하여 결구해 놓은 웅장한 스케일과 작자의 해박한 식견 및 주체적인 작자 의식 등으로 인해 조선조 말엽 한문 소설로서 「六美堂記」와 함께 매우 우수한 작품으로 평가되고 있다.

9) 六美堂記

「육미당기」는 한문본 및 국문본이 있다. 한문본의 표제는 「六美堂記」, 「普蛇奇聞」 등이고, 국문본의 표제로는 「六美堂記」, 「金太子傳」 등이 있는데, 한글본은 한문본의 번역이라 볼 수 있다. 특히 「金太子傳」은 庚戌國恥 후에 간행된 것으로 江戶征伐 부분이 생략되어 있다. 雲皐라고만 알려진 작자는 서울대 도서관 소장본인 한문본 「육미당기」 卷末의 附 批評에 나오는 인물들의 고증을 통해 大丘徐氏 都尉公派 세손인 徐有英임이 밝혀졌다. 그의 初名은 有質이었으며 字가 子直, 號는 雲皐로 순조 1년(1801)에 태어나 74세까지 살았던 인물이다. 그는 자식이 없었고 벼슬도 생원이 되었다가 60이 되어서야 思陵參奉을

---

26) 金起東, 「香娘傳(三韓拾遺)의 研究」, 『국어국문학』 25호(1962).

지냈다. 그러나 뛰어난 詩才와 문장으로 당시의 고관들과 교유했으며, 63세에 「육미당기」를 지었고, 73세에 야담집인 「錦溪筆談」을 지었으며, 시집으로 「雲皐詩抄」가 전한다.[27]

이 작품은 작자가 기존 고소설 수 편을 합하여 새로이 창작한 것이라고 밝히고 있어 조선 후기 소설론의 일면과 소설 작품의 양적 확대를 살펴보는 데 있어서도 주목되는 작품이다.

형제간의 모해담, 주인공 김소선의 결연담과 왜구 정벌담으로 이루어진 이 작품은 초기 불교 소설인 「善友太子傳」, 「적성의전」과 기본 구성을 같이 하고 있어 이들 작품이 저본이 되었을 것으로 보인다. 주인공 김소선과 여주인공 백소저의 영웅적 삶의 양상과 분리—고난—결합의 순환적 삶의 전개 과정을 보이고 있어 전통적 영웅 소설의 성격을 그대로 이어받고 있다. 주인공들이 시련을 겪고 이를 이겨나가는 과정이 이미 결정지워져 있는 운명(天定)으로 이에 순종한다는 자세를 보이고 있어 전통적인 귀족 소설의 二元論的 가치관을 보이고 있다. 이 작품의 독창적인 모티프로는 신라 소성왕대를 시대적 배경으로 한 점과 江戶征伐을 다루었다는 점 등을 들 수 있다. 신라 소성왕대는 下代 초기로 혼란이 가중되던 시기였다. 소성왕의 태자가 삼촌에게 죽음을 당하는 등 골육 상쟁의 시발이 된 시대인데, 저본이 된 불교 소설의 근원설화인 如來前生談(형제간의 모해)의 소설적 시현에 가장 합당한 시대적 배경이다. 또한 신라를 괴롭히는 왜구를 격퇴하기 위해 강호까지 정벌하여 일본왕의 항복을 받는 것은 민족의 기개를 드높이고자 한 작자의 의도적인 구상이라 생각된다.

10) 烏有蘭傳

1858년 春坡居士가 지은 한문 소설(경북대 도서관 소장본을 근거)인 이 작품은 인간의 가식적이고 위선적인 성품과 호색적인 양반 사류들의 일면을 풍자한 것으로 「裵裨將傳」, 「鍾玉傳」과 판소리 「매화타령」 등과 매우 밀접한 관련이 있는 것으로 보인다.[28] 남주인공 李生은 죽마고우인 金生이 평양감사로

---

27) 趙春鎬, 「六美堂記의 作者와 創作背景」, 『文學과 言語』 6집, 문학과 언어연구회(1985).
28) 李石來, 「烏有蘭傳硏究」, 『성심여대 논문집』 11집(1980).

부임하자 같이 따라가 지내게 된다. 여기서 김생은 도덕군자인 체하는 李生을 기생 烏有蘭을 시켜 훼절케 한 후 알몸으로 동헌에 나오게 하는 등 망신을 시킨다. 그 뒤 이생은 다시 상경하여 열심히 공부해서 과거에 급제하고 평안도 암행어사로 내려와 전날의 복수를 했다는 이야기이다.

이 작품은 이중 구성을 하고 있는데, 전반부는 이생이 훼절당하는 부분이고, 후반부는 암행어사가 된 이생이 평양 감사 김생에게 복수하는 것으로 되어 있다. 심각한 이생의 사랑을 웃음으로 돌린 것과 뒤에 김생에게 복수하는 것도 웃음으로 해결하는 수법은 진지한 것을 희화시키는 골계미를 맛보게 함으로써 독자들에게 흥미를 갖게 하는 데 성공한 소설이다.

11) 鍾玉傳

이 작품은 雲篁居士라고 하는 睦台林이란 사람이 순조 3년(1803)에 짓고 헌종 4년(1838)에 개작했다.

양주에 사는 金聲振이 원주부사로 부임할 때 형의 외아들 鍾玉을 데려가 별당에서 독서하게 한다. 서울에 혼처가 있어 鍾玉을 보내려 하자, 그는 등제하기 전에는 결혼하지 않겠다고 하면서 상경하지 않는다. 金公이 鍾玉의 마음을 시험하기 위해 香蘭을 시켜 유혹하니 끝내는 유혹당하고 만다. 父親得病이란 거짓 편지에 상경하다가 향란의 무덤을 보고 놀라 제사 지내고 향란의 幻身과 만나 무례한 행동을 하다가 숙부의 질책으로 그동안 자신이 속았음을 늦게나마 깨닫게 되었다는 이야기이다.

「烏有蘭傳」과 같이 인간의 가식적이고 위선적인 성품과 행위를 풍자하고자 하는 작자의 의식이 보인다. 이 작품은 판소리 「梅花打令」과 「烏有蘭傳」과 매우 흡사하여 작품 형성에 영향 관계[29]가 있었으리라 짐작된다.

12) 天君本紀

「天君本紀」는 일명 「心史」라고도 하는데, 正祖・純祖代인 歇五齋 鄭琦和가

---

29) 金起東, 앞의 책, 673~689쪽 참조.

심성을 의인하여 쓴 한문본 의인소설이다. 작자인 鄭琦和는 字가 南仲, 號가 歇五齋, 본관이 草溪로, 正祖 10년(1786)에 출생하여 순조 27년(1827)에 增廣文科에 급제하여 司憲府와 司諫院, 弘文館 등을 거쳐 世子侍講院 弼善에 이르렀다가 憲宗 6년(1840)에 55세로 세상을 떠난 사람이다.

「天君本紀」의 창작 시기에 대한 정확한 기록은 없지만, 작품 내용상으로 보아 純祖代(1801~1834)가 아니면 憲宗 6년 사이에 창작되었을 것으로 보여서 19세기 초기의 작품으로 간주된다.

「천군본기」는 천군(心)이 학문의 기초를 확립한 30세까지의 심성 변화 과정을 帝王家의 治亂盛衰의 근원으로 反復立論한 작품으로, 孔子의 三十而立, 즉 30년간을 자기 완성의 기간으로 하여, 이에 이르기까지 일어난 마음 속의 갈등을 心性을 의인하여 소설화한 것이다. 그리고 사건의 전개를 忠臣型과 奸臣型 인물의 대립, 갈등으로 진행시켜, 紀傳體 가운데 本紀體 형식의 소설로 창작한 것이다. 그래서, 작품 중의 年條를 30년으로 하였고, 또한 이를 일명 「心史」라고 한 것도 이러한 창작의 수법에서 연유한 것이다.

등장 인물로는 心의 의인인 天君이 주인공이고, 충신형 인물로는 左丞相 淳于善, 右丞相 田知節, 惺翁, 誠意伯, 信臣, 牧父, 堯, 五子, 子虛, 獨孤良, 愼氏, 志帥, 魯廣德 등이 있고, 奸臣型 인물로는 褊, 技, 四蠹, 五寇, 二豪, 七蕩 등이 있다. 이 작품은 천군이 간신형 인물의 말을 들으면 곤경에 처하게 되고, 충신형 인물의 말을 들으면 나라가 화평해진다는 교훈성을 남겨 주고 있으며, 이는 곧 군자로서의 心經正學을 說破함과 아울러, 治國을 맡은 人君에게 좋은 경계가 된다 할 것이다.

그리고 작품 末尾에 논평부를 첨부시켜 둔 것은 「史記」 列傳體의 체제를 그대로 답습한 것이며, 年條 말미마다 史評을 첨부한 구조는 「花史」와도 일치를 이루고 있다. 이러한 체제는 작자 鄭琦和가 心統性情의 이론을 소설화하면서 「史記」 列傳이나 「春秋」, 「資治通鑑」 등을 지나치게 의식하고 썼기 때문에 생긴 것으로 소설적 가치를 감소시키고 있다.30)

____

30) 金光淳, 앞의 책, 155~170쪽.

2. 天君實錄의 작자 시비와 작품구조

1) 작자 시비

(1) 작자는 鄭昌翼이 아니고 柳致球이다.

「天君實錄」의 작자에 대해 鄭昌翼所作[31]이라 한 것은 피상적인 고찰에서 야기된 오류이다. 「天君實錄」의 작자에 대해 최초로 언급한 朴魯春이 所述한 바를 살펴보면

> 「天君實錄」의 작자인 鄭昌翼에 관하여서는 지금까지 알려진 일이 없었다. 鄭昌翼은 1818(純祖17, 戊寅)年에 나서 1885(高宗25, 乙酉)年 陰 11月 3日에 죽은 사람이다. 本貫은 淸州(西原)로 淸州 鄭氏 克卿의 第24代 孫이며, 壬辰亂 때 義州扈從으로 유명한 「藥圃集」의 著者인 藥圃 琢의 10대 孫이고, 藥圃의 玄孫이며 黃海監司였던 牛川 玉의 高孫이다. 字는 稱範, 號는 雲北軒 또는 霞岩으로 1864(高宗 元年, 甲子)年에 成均生員이 되어……[32]

라고 하여 「天君實錄」의 작자를 추호의 의심도 없이 鄭昌翼으로 간주하고 그의 가계와 생애에 대해 소개하였으며, 이어서 그 典據에 대해서도 다음과 같이 논술하고 있다

> 이 작품 「天君實錄」은 「遺墨賸草」라는 작자의 친필사본에 수록되어 楷書 手稿로 전하고 있다. 작자의 手稿는 每張 11行, 每行 大略 28字 乃至 30字, 總 20張 半의 長篇이다. 이 작품의 製作 年代에 관한 明記는 찾아볼 수 없으나 「遺墨賸草」의 表紙에 역시 作者의 親筆로 "歲乙丑冬書于詔上舊廬"라는 註記로 미루어, 1865(乙丑)年의 製作이 아닌가 한다. 이 해 前年인 1864(甲子)年은 作者가 登第하여 成均館에 在學할 때인데, 1865(乙丑)년 冬에 일시 還鄕하여 製述한 것이 아닌가 推定하여 본다.[33]

---

31) 朴魯春, 앞의 책, 129쪽.
32) 같은 책, 129쪽.
33) 같은 책, 130쪽.

라고 하였다.

그러나 전술한 바의 典據에도 여러 가지 문제점이 있지만, 특히 「天君實錄」이 수록되어 있는 「遺墨謄草」라는 필사본에 대한 피상적인 고증에서 오류를 범한 것 같다.

「遺墨謄草」라는 필사본은 鄭昌翼의 宗家에서 世傳되어 오던 것으로 朴魯春이 빌어 본 것[34]과 필자가 빌어본 것은 동일본인데, 첫 장 하단 우편에 霞岩 鄭昌翼의 藏書印이 찍혀 있고, 마지막에는 현재 소장자이자 霞岩의 宗孫인 鄭奉鎭의 藏書印이 찍혀 있었다. 그러고 보면, 「遺墨謄草」의 글씨는 표지의 “歲乙丑冬書于韶上舊廬”라는 문구로 보아서 鄭昌翼의 것임에 틀림없을 것이다. 그래서 朴魯春은 여기에 실려 있는 모든 遺墨이 鄭昌翼과 관계되는 작품이라 보고, 작자 연대의 기록이 없는 「天君實錄」을 필사자인 鄭昌翼의 작품이라 한 것으로 보인다.

그러나 한 가지 주의할 것은 「遺墨謄草」라는 필사본의 제목에 유념해야 한다는 것이다. 왜냐하면 필자 자신의 작품을 스스로 일컬어 遺墨이라 했겠느냐는 것과, 필자 자신의 작품이라면 어찌 遺墨을 謄草한다고 하였을까 하는 의문이 생기지 않을 수 없기 때문이다.

이 필사본은 주로 書翰本인 바, 이에 수록되어 있는 작품에 대한 연대, 작자 수취인[書翰일 경우] 등을 고증해 본 결과 다음과 같은 글이 收載되어 있다.

種類 (登載順)	年　　　代	作　　者	受取人	備　　考
書翰	己卯 1759年 陰 12月 19日	蔡濟恭 (1720~1799)	鄭玉 (1694~1760)	
書翰	己卯 1759年 陰 6月 17日	蔡濟恭 (1720~1799)	鄭玉 (1694~1760)	
書翰	己卯 1759年 陰 10月 13日	蔡濟恭 (1720~1799)	鄭玉 (1694~1760)	

---

34) 「遺墨謄草」는 1979년 8월 15일 필자의 답사 결과에 의하면, 鄭昌翼의 종손 鄭奉鎭 (서울특별시 관악구 신림 6동 381~7)의 소장본으로, 그의 말에 의하면 1974년 경에 朴魯春에게 3개월 정도 이 책을 빌려 준 일이 있었다고 증언하였음. 이것을 자료로 하여 국어국문학 67호(국어국문학회, 1975)에 소개한 것으로 보임.

書翰	庚辰 1760年 陰 7月 21日	洪 重 徵 (1693~1772)	鄭 玉 (1694~1760)	牛川去後 洪重徵의 輓詞가 있음.牛川은 1760年 陰 12月 4日卒.
書翰	戊寅 1758年 陰 1月 6日	洪 重 徵 (1693~1772)	鄭 玉 (1694~1760)	
書翰	己卯 1759年 陰 9月 6日	洪 重 徵 (1693~1772)	鄭 玉 (1694~1760)	
書翰	庚辰 1760年 陰 1月 3日	金 朝 潤 (?~?)	鄭 玉 (1694~1760)	
書翰	庚辰 1760年 陰 6月 2日	○ 廷 喆 (?~?)	鄭 玉 (1694~1760)	
書翰	某年 陰 9月 16日	李 東 標 (1654~1700)	鄭 玉 (1694~1760)	
書翰	戊寅 1758年 陰 9月 3日	李 象 靖 (1710~1781)	鄭 玉 (1694~1760)	
書翰	庚子 1780年 陰 10月 4日	李 象 靖 (1710~1781)	鄭 玉 (1694~1760)	庚子(1780)는 庚辰(1760)의 誤謬인듯.서신내용은 藥圃公 追祀件.
書翰	己卯 1759年 陰 9月 9日	趙 明 鼎 (1709~1779)	鄭 玉 (1694~1760)	
書翰	己卯 1759年 陰 12月 8日	李 茗 建 (?~?)	鄭 玉 (1694~1760)	
書翰	戊寅 1758年 陰 6月 22日	洪 重 徵 (1693~1772)	鄭 玉 (1694~1760)	
書翰	壬申 1752年 陰 12月 6日	李 景 喆 (?~?)	鄭 玉 (1694~1760)	
書翰	乙丑 1745年 陰 某月 某日	李 翼 元 (?~?)	鄭 玉 (1694~1760)	
書翰	己卯 1759年 陰 1月 7日	○ 聖 鎔 (?~?)	鄭 玉 (1694~1760)	
書翰	己卯 1759年 陰 8月 16日	○ 泰 齊 (?~?)	鄭 玉 (1694~1760)	
書翰	己卯 1759年 陰 12月 27日	李 在 協 (1731~1790)	鄭 玉 (1694~1760)	
書翰	戊子 1708年 中秋 初 4月	○ 采 (?~?)	?	
書翰	庚辰 1760年 陰 1月 20日	金 朝 潤 (?~?)	鄭 玉 (1694~1760)	
書翰	壬申 1752年 陰 9月 29日	黃 晸 (1689~1752)	鄭 玉 (1694~1760)	1751年 八月 牛川(鄭玉)이 鏡城判官을 除授 받았으며 黃晸은 咸鏡道 觀察使 겸 巡察使가 되어 직무상의 書信이 오고 갔음.
書翰	壬申 1752年 陰 4月 3日	黃 晸 (1689~1752)	鄭 玉 (1694~1760)	北道飢民 救護件으로 牛川集에도 書翰이 있음.
書翰	壬申 1752年 陰 4月 3日	黃 晸 (1689~1752)	鄭 玉 (1694~1760)	
書翰	庚辰 1760年 陰 2月 8日	金 墒 (?~?)	鄭 玉 (1694~1760)	牛川集에 그의 이름이 보임. (年譜 15쪽)
書翰	癸酉 1753年 陰 8月 16日	柳 觀 鉉 (?~?)	鄭 玉 (1694~1760)	牛川集에 그에게 보낸 書翰이 있음.
書翰	癸酉 1753年 陰 8月 30日	李 宗 城 (1692~1767)	鄭 玉 (1694~1760)	牛川이 保寧縣監時 咸鏡道 巡察使이던 李宗城과 접촉이 있었고(年譜 7쪽) 그에게 준 書翰이 牛川集에 있음

書翰	甲寅 1734年 陰 9月 16日	兪 拓 基 (1691~1767)	鄭 玉 (1694~1760)	甲寅에 巡相 兪拓基와 접촉이 있었음이 牛川集에 보임(年譜 4쪽). 또한 그에게 보낸 書翰도 牛川集에 있음
書翰	甲寅 1734年 陰 10月 9日	兪 拓 基 (1691~1767)	鄭 玉 (1694~1760)	
書翰	己卯 1759年 陰 8月 9日	兪 拓 基 (1691~1759)	鄭 玉 (1694~1760)	
輓詞	戊子 1768年	洪 奎 漢 (?~?)	鄭 玉 後孫	題 : 黃海監司 鄭公挽
天君實錄	?	?	?	鄭氏宗家所藏本
書翰	壬申 1752年 陰 1月 30日	徐 志 修 (1714~1768)	鄭 玉 (1694~1760)	牛川集에 그의 이름이 보임 (年譜 15쪽, 卷二 30쪽).
書翰	壬申 1752年 陰 5月 16日	徐 志 修 (1714~1768)	鄭 玉 (1694~1760)	

이상이 「遺墨謄草」에 수록된 작품 전모이다. 이들 遺墨을 謄草한 시기는 「遺墨謄草」의 표지에 "歲乙丑冬書于韶上舊廬"라는 필사 연대로 보아 鄭昌翼이 48세(1865 A.D) 때의 일이다. 그리고 대부분의 작품이 書翰文이기 때문에 작자, 연대와 수취인이 분명한데, 이들 작품들은 거의 鄭昌翼의 고조부인 鄭玉(牛川,1694~1760 A.D)에게 보낸 것이거나, 혹은 鄭玉의 아들에게 보낸 것들이고, 작자도 모두 鄭玉과 동시대의 사람들이거나 약간 후대의 사람들이다.

그런데 「遺墨謄草」의 작품 가운데에서 작자, 연대가 밝혀져 있지 않은 것이 「天君實錄」이다. 그렇다고 謄草한 사람을 곧 그 작품의 작자로 보는 것은 있을 수 없다. 왜냐하면 필사자는 유묵을 등초한 것이지, 창작한 것은 아니기 때문이다. 뿐만 아니라 「天君實錄」 이외의 작품 모두가 鄭昌翼의 고조부나 증조부 대 사람들의 것으로, 鄭昌翼은 이들 작품을 등초한 것에 불과하기 때문이다.

여기에서 「天君實錄」의 작자는 「遺墨謄草」의 필사자인 鄭昌翼이 아님이 분명하게 드러나게 된다.

그렇다면, 「天君實錄」의 작자는 누구일까? 이에 대해 여러 가지로 考究探問한 결과, 필자는 「水西集」에 수록되어 있는 「天君實錄」 跋[35]을 발견했다. 여기

---

35) 右錄 卽小隱先生所纂輯也 先生 早陞國庠 退遯山林 講究治平之道 莫要於治心 蓋心者 合理氣統性情者也 主一身而其體虛靈 應萬事而其用微妙 而惟皇降衷之初 天君之名立焉 昔東岡金先生 著天君傳 族先祖上舍石嵌公 編軀書 而傳恐太略 書涉太煩 乃參互折衷 裒成一通 要之晋乘楚杌 同一義於魯之春秋也 軀殼之內 方寸之中 宗廟百官之富 岳瀆四方之會

서는 「天君實錄」의 작자가 小隱 柳致球임이 분명하게 기록되어 있었다. 이를
살펴보면

　　昔東岡金先生 著天君傳 族先祖上舍石嵌公 編軀書 而傳恐太略 書涉太煩 乃
　　參互折衷 裒成一通……小隱諱致球 字來鳳 姓柳氏 以方谷兄子……36)

라고 하였으니, 이에 「천군실록」의 작자는 小隱 柳致球임이 확증되었다.
　뿐만 아니라, 「天君實錄」의 작자인 小隱은 東岡 金宇顒의 「天君傳」이 너무
간략하고, 그의 族先祖 石嵌公이 쓴 「軀書」는 너무 번잡하여 兩者를 절충해서
「天君實錄」 한편을 지었다고 하였으니, 「天君實錄」의 작자뿐만 아니라, 창작
의 동기까지 밝히고 있는 것이다.
　그런데 그 후 다시 본고에서 연구 대본으로 하고 있는 「天君實錄」37)의 이본
으로 보이는 柳玟熙 소장본 「天君實錄」38)이 柳鐸一의 배려로 필자에게 입수되
었다. 이본을 대비해 본 결과, 내용은 거의 같으나 다만 柳玟熙 소장본의 작품
末尾에 「天君實錄」跋이 더 첨부되어 있었고, 발문의 내용은 전술한 바 있는 「水
西集」의 발문39) 내용과 같았다.
　그 후에 전술한 유민희의 소장본 「天君實錄」이 柳正基40)에게 입수되었는데,
유정기의 선처로 이를 직접 고증할 수 있게 되었던 바, 역시 유탁일의 필사본
과 동일함을 확인하였다.

　　南面垂拱之位 歷代治亂之迹 以至人物藏否 義理剖判 廓掃妖氛 恢復神州之功 開卷瞭然
　　如指諸掌 實聖學之指南 王道之龜鑑也 其有補於世敎 曷云小哉 臟有巾箱 已六十餘年 曾孫
　　東燮 責淵根 整陶陰膽淨本 以俟來後 謹受而寫訖 畧識其槧如右 以質于世之知言之君子
　　小隱諱致球 字來鳳 姓柳氏 以方谷兄子 親炙大埜之門 得聞心學之傳(水西集 卷之五 二十
　　八 天君實錄 跋).
36) 水西集 卷之五 二十八 天君實錄 跋.
37) 여기서의 臺本이란 鄭昌翼이 膽草한 鄭奉鎭 소장본을 뜻함. 이를 『天君小說硏究』(金
　　光淳著, 螢雪出版社, 1980)의 부록으로 添尾하였고, 이를 다시 國譯하여 收錄하였음.
38) 慶北 安東郡 臨東面 水谷洞 柳玟熙 所藏本의 『天君實錄』을 複寫한 柳鐸一님의 所藏 寫
　　眞本을 參考하였음.
39) 水西集 卷之五 二十八 天君實錄 跋.
40) 서울시 종로구 와룡동 1번지에 거주.

그래서 柳玟熙 소장본 「天君實錄」이 발굴 고증됨에 따라서 「天君實錄」은 기왕에 알려져 있던 鄭昌翼의 작품이 아니고 柳致球의 저작임이 더욱 분명해진 것이다.

그러면 어떻게 하여 小隱 柳致球의 「天君實錄」은 鄭昌翼이 필사한 「遺墨膽草」에 수록되었을까?

霞岩 鄭昌翼은 藥圃 琢의 10세 손이고 황해 감사 牛川 鄭玉의 高孫으로 浮石 韶川 霞溪에 雲北軒을 짓고 林泉을 즐기며 詩文으로 술회한 사람이다.[41] 그러니 鄭昌翼은 그의 고조부인 牛川과 관계되며 서한문 중 「牛川集」에 빠진 것을 중심으로 유묵들을 등초했으리라 생각되며, 그러한 서한들을 정리하는 가운데 鄭昌翼이 살고 있는 韶川과 가까운 水谷에 살았던[42] 柳致球의 작품 「天君實錄」이 이들 서한과 함께 정씨 문중에 전승되었는데, 鄭昌翼이 유묵을 등초하면서 함께 필사한 것으로 보인다. 그리고 「天君實錄」 양본을 대조, 비교한 결과, 내용은 거의 같으나 문장 표현이나 문구의 출입 등 이본의 성질을 띠고 있는 점으로 보아, 「天君實錄」 창작 당시는 물론 후대까지 애독자가 다소 있었으리라 추측된다.

그리고 말미에 발문이 붙어 있지 않은 정씨본과 같은 「天君實錄」이 경북 일원에 산재되어 전승되었으리라 짐작되는데, 그 중 하나가 정씨 문중에 유입, 전승되어 오던 것을 鄭昌翼이 등초한 것으로 봄이 타당할 것이다.

이상의 논의로 지금까지 「天君實錄」의 작자가 霞岩 鄭昌翼으로 알려져 왔던 것은 오류였음이 분명하게 밝혀졌고, 따라서 「天君實錄」의 작자는 小隱 柳致球임이 확증되었다.[43]

(2) 柳致球의 생애와 문학사상

「天君實錄」의 작자인 柳致球는 자를 來鳳, 후일 고쳐서 鳴叟(寧)라 하였고 호를 小隱이라 하였다. 본관은 전주이니 麗末의 贈奉正大夫司憲府掌令完山伯柳濕

---

41) 鄭昌翼 遺稿集(未刊, 筆寫本, 서울시 관악구 신림6동 381의 7, 鄭奉鎭 所藏).
42) 慶北 安東郡 臨東面 水谷洞을 지칭함이고 水谷은 韶川과는 매우 가까운 거리다.
43) 金光淳, 앞의 책, 87~94쪽 참조.

을 시조로 하고 있으며, 小隱은 그의 18세 손이다. 이로부터 벼슬을 세습하게 된 전주 유씨는 柳義孫에 이르러서 극성하게 되었는데, 유의손은 호를 檜軒이라 하였고, 세종 8년(1426 A.D) 식년문과에 급제하여 예문관검열을 거쳐 사헌부감찰, 집현전수찬을 역임한 뒤 世宗 18년(1436 A.D)에는 文科重試에 다시 급제하고, 직제학, 동부승지를 지냈으며, 도승지에 올랐다가 예조참판에 기용되었으나 병으로 사퇴하였다.

후일 세조가 왕위를 受禪하고 이조판서로 불렀으나 景泰年間(1450~1456 A.D)에는 호남에 은거하여 나아가지 않았다가 마침내 그곳에서 卒하였다.

嗣子가 없어 아우 執義 末孫의 아들로 양자를 삼으니, 휘가 李潼이요, 후일 尙瑞院正이 되었으며 도승지에 증직되었다. 그는 南秀文, 權垛와 함께 집현삼선생의 칭이 있었으니, 이가 곧 小隱의 15대 조이다. 그리고 李潼의 아들 軾은 弘文館典翰을 지냈고, 그의 아들 潤善은 引義를 지냈으나 벼슬에 나가는 것을 좋아하지 않아 영남에 살게 되었다. 윤선의 아들 城은 贈司僕寺正으로 復起를 낳으니 禮賓寺正을 지냈고, 좌승지에 증직되었다. 그의 외숙 鶴峰 金誠一의 문하에서 수학하였으며, 임진왜란 시에는 金誠一, 郭再祐 등과 함께 倡義하여 후일 그 공으로 다시 이조참판에 贈職되었다. 五代를 지나 應時는 賑濟의 공으로 공조좌랑에 제수되었고 그의 嗣子 萬迪은 문장으로 유명하였으니 小隱의 고조였다.[44]

이와 같이 簪纓이 끊이지 않은 향리 토호의 가문을 배경으로 태어난 小隱은 조선 후기의 巨儒 大山 李象靖의 문하에서 학문의 정통을 터득한 東巖 柳長源의 高弟이던 雅谷 柳斗文의 嗣子이며, 慈親은 숙종대의 성리학자인 密庵 李栽의 외현손인 驪州 李氏이다. 小隱의 生考 相文은 斗文의 아우이며 生妣는 漢陽 趙氏로 정조 17년(1793 A.D)에 안동 水谷里에서 小隱을 낳았다.

小隱은 자라서 백부에게 입양되었는데 용모가 頎秀하고 眉目이 精明하였으며 총명이 남달리 뛰어나 4세에 人字를 가리키며, 이 자는 사람의 모양과 같으니, 고로 人字가 되지 않았느냐고 하자, 生考 處士公이 기특히 여겨 이르기

---

44) 이상『全州柳氏大同譜』卷二, 全州柳氏思齊大同譜所(1976) 참조.

를, 옛적에 너의 중형은 3세에 中字를 알더니 너는 지금 人字를 아는구나 하였다. 公은 자질이 총명하고 민첩하여 어려서부터 들은 것이 있으면 곧 기억하였고, 뭇아이들과 더불어 俎豆 벌여놓고 단정히 앉아 祝을 송독하여, 보는 사람으로 하여금 기이하게 생각하게 했다[45]고 한다.

11세에 숙부 方谷 柳洛文에게 수학하게 되었는데, 비록 古文이 난삽하였으나 거침없이 읽어 내려가 일찍이 막힌 바가 없었다. 方谷이 그의 才를 시험하고자 「中庸」 한 권을 주어 다음날 아침 돌아앉아 외우게 하였는데, 틀린 곳이 없자 기뻐하여 이르기를 이 아이의 聰悟가 이와 같으니 나는 걱정이 없다고 하였다.

15세 되던 해에는 方谷이 臥病함에 公이 주야로 모시어 성력을 다하여 간호하였다. 方谷은 세상을 떠나면서 그를 불러 명하기를, 나는 평생 「小學」을 神明과 같이 尊信하였나니, 너도 모름지기 내 뜻을 體念하고 이 책을 읽어 亡失치 않도록 하라 하였다. 이로부터 公은 아픔을 참고 노력을 게을리하지 않았다. 그러는 가운데 가세는 더욱 빈한해져 나뭇잎을 따서 習字를 하였고, 螢火를 모아 책을 읽었다. 雅谷公은 族叔 龜岫翁에게 수학하게 하였는데 龜岫翁은 성품이 高亢하여 許하는 사람이 적었으나 매번 공을 찬양하며 깨우쳐 주었고, 迷作이 있으면 반드시 公을 불러 함께 교정을 보았다고 한다.[46]

이듬해인 16세에 大埜 柳建休에게 請學의 글을 올렸는데 선생이 다시 書하여 이르기를, 이 나이에 이와 같은 견해를 가졌으니 대단히 칭찬할 만하다. 일찍이 숙부 方谷이 志業을 마치지 못한 것을 슬퍼하더니 그대를 얻어서 이와 같이 하니 숙부의 유업이 없어지지 않도다 하므로 공이 더욱 감격하여 方谷書 중의 要語를 써서 좌우에 걸어 놓고 스스로 경계하였다. 晚州 權公 以復과 邁埜 徐公 活의 사는 곳이 가까워 몇 번이나 請問하였던 바, 二公은 모두 畏友로 대우하였다. 일찍이 方谷先生의 유문과 언행록을 편집하면서 壺谷先生에게 행장을 청하자 선생은 유문의 간행을 칭찬하고 方谷先生의 餘韻을 실추시키지 말 것을 분부하였다[47]고 한다.

---

45) 『小隱集』 卷四 墓誌銘.
46) 같은 책 卷四 行狀.

大埜는 東岩의 문하에서 성리학에 침잠하였으며, 전술한 바와 같이 東岩 유장원은 「退陶書節要」 10권을 내고 小退溪라고까지 추존받은 大山 李象靖의 高弟였으니, 소은은 실로 그 사상의 맥락이 퇴계에 근거하고 있음을 알 수 있다. 大埜의 학문이 小隱에게 미친 영향은 지대했으며, 小隱에 理學의 난점들을 大埜에게 질의하여 그의 주장을 많이 흡수하였고[48], 「소은집」의 왕복 서한의 상당량이 大埜와의 학문 探究였음은 이와 같은 사실을 여실히 말해 주고 있다.

22세(1814 A.D)되던 해에 모친상을 당하자 위로의 글이 다투어 이르렀으며, 이때부터 가난은 더욱 심하여졌다. 雅谷이 연로하니 公은 더욱 정성을 다하여 봉양하였으며, 혹 맛있는 음식을 대하면 반드시 손수 가지고 와서 올렸다. 밤이 깊어서야 잠자리에 들었고, 밝기 전에 일어나 집안의 잔무를 처리함에 게으름이 없었으며, 논과 집을 다스림에 일찍이 때를 놓치지 않았고, 매년 여름이면 김을 매면서 밭두렁에 지필을 놓아두고 손으로는 매고 마음으로는 생각하여 마침내 한 이랑을 다 매면 글이 한 편 이루어졌으니 그는 勤苦함이 이와 같았다고 한다.

25세(1817 A.D)되던 해에 생가의 모친상을 당하였고, 30세(1822 A.D)되던 해에 雅谷公이 卒하자 예에 어그러짐이 없이 居喪하였다[49]고 한다.

35세(純祖 27년, 1827 A.D)되던 해에 司馬試에 응시하여 합격하고 성균관에서 篤學하다가 부정과 부패로 일관되는 과거에 싫증을 느끼고[50] 마침내 초연히 낙향하니, 이는 세태의 혼탁과 결탁할 수 없는 小隱의 介潔한 성품 탓이었다. 그의 학문과 재질을 아깝게 여긴 어떤 인사가 부정한 방법으로 그를 환로에 내보내려 하였으나, 일언지하에 거절하였다는 일화[51]만으로도 이를 충분히 짐작할 수 있다.

公의 집은 山林嶺 아래에 있었으며, 山窩라는 室名과 小隱이라는 堂號를 내

---

47) 같은 책 卷四 行狀.
48) 같은 책, 卷一書, 上大埜先生.
49) 같은 책 卷四 行狀.
50) 같은 책, 卷四 墓碣銘.
51) 有惜公淹滯者 導以關節 公正色爲不聞(小隱集 卷四 墓碣銘).

걸었으니, 대개 小隱이란 산림에 숨는다는 뜻을 나타낸 것이다. 雅谷公이 일찍이 늘 寸膠救渾之說로써 공을 가르쳤던 바, 공은 내가 언덕에 居하게 되었고, 先訓이 또한 이와 같다 하고는 그 室名을 膠窩라 하고 堂名을 救渾이라 하여 당명을 짓게 된 연유를 밝힌 글을 지어 스스로 면려하였다. 이에 族兄 定齋先生이 銘詩를 지어 함께 학문에 진력할 것을 청하였다.52)

이후 그는 오직 학문에 전념하여 익힌 바를 궁행함에 힘썼으며, 이 시기에 「中庸」, 「大學」 二書를 특히 숙독하여 讀至萬遍53)이라는 기록까지 보이는 바, 만년에는 더욱 학문을 독실히 하여 寒暑에도 이를 그치지 않아 或人이 묻기를, 노령에 어찌 이같이 각고하는가 하니, 익힌 것이 난숙하여지면 그만 둘 것이라고 하였다54)한다.

純祖 34년(1834 A.D)에는 그의 族祖이자 스승이던 大埜가 沒하자 제문을 지어 애통함을 표하고 遺事를 撰하여 高德을 기리었으며, 뒷일을 처리함에 곡진히 하였다. 이로부터 小隱은 당대의 巨儒로 사림의 추앙을 받던 族兄 定齋 柳致明과 더불어 밤을 세워가며 학문을 討究하여 定齋로 하여금 총명과 재조가 우리 무리들이 가히 미칠 바가 아니라는 歡賞을 하게 하였고, 또한 定齋는 후일 小隱의 箴規之言을 듣는 사람들로 하여금 심복케 한다55)고 하였다.

小隱은 늘 疝症의 증세가 있었는데 哲宗 5년(1854 A.D) 甲寅 봄에 증세가 더욱 심하여졌으나 持守의 工을 잠시도 게을리하지 않았던 바, 증세가 더욱 악화되어 이해 음력 7월 10일 두 아들에게 독서로써 수신하여 家範을 실추하지 말라는 유언을 남기고 考終하니, 향년 72세로서 묘는 山林嶺 동쪽 기슭에 있다. 小隱은 부인 함양 박씨와의 사이에 이남사녀를 두었으며, 차남을 大埜의 손인 致思가 無子하자 입양시켜 尊慕하는 스승 大埜의 香火가 끊이지 않게 하였다.

小隱의 足弟 致皜는 행장을 지었는데, 그의 인품을 일러 公의 천품은 勁固하고 재주가 예민하였으며 胸志는 활달하였고 항상 예로써 몸을 단속하였으며,

---

52) 『小隱集』卷四 行狀.
53) 庸學二書 讀至萬遍(「小隱集」卷四 墓碣銘).
54) 「小隱集」卷四 行狀.
55) 君箴規之言 可使聽者心服 聰明才調 又非吾輩可及(「小隱集」卷三 祭文).

432 韓國古小說史

氣節은 高亢하고 彝倫에 항상 면력하였으며, 몸은 비록 羸弱하였으나 心志가 확고하고 겉으로는 柔巽하였지만 행동은 剛果하였으며 청렴한 성품은 명리를 가까이 하지 않았고, 곧은 절개는 물욕을 멀리 하였다고 한다. 또 그의 학문을 서술하여 이르기를, 기억력이 남달리 뛰어나서 경전과 百家語에 정통하지 않음이 없었으며, 周子, 程子, 張子, 朱子의 학문은 물론이고 우리 東儒의 격언들도 公의 말처럼 외웠다[56]고 기록하고 있다.

小隱은 어려서부터 경전을 갖추고 가난 속에서도 학문에 종사하여 계속 노력하였으며, 한가하게 쉴 때는 사람과 접하여 담소하며 스스로 常類와 섞이었으나 의리에 있어서는 萬牛難回의 용맹이 있었다. 어느 해 큰 흉년이 들자 조석으로 반드시 각 집의 굴뚝을 살펴 밥을 짓지 못하는 자가 있으면 참지 못하고 도와주었다[57]고 한다. 또 종제가 빈한하여 장가들지 못하자 며느리에게 私財가 있음을 알고 도울 것을 권하여 성혼하게 하였으며, 당질 勉欽이 홀아비로서 자식이 없어 의지할 데가 없자 극력 救恤하여 재처를 맞이하게 하였고, 公의 외가가 가업이 탕패하여지매 공이 재물을 내어 香火가 끊이지 않게 하였으며, 한때 횡액을 만나 그 禍를 장차 예측할 수 없는 급한 때에 공은 일을 조리있게 처리하여 奸民猾吏로 하여금 감히 말을 못하게 하여 열흘만에 일을 해결하기도 했다. 하루는 촌인이 고하기를, 老萊山에 한 어린아이가 시체를 부둥켜 안고 울고 있다 한즉 공이 이를 가엾게 여기고 몸소 입산하여 그 시체를 묻고 아이를 데리고 와서 길렀다. 며느리가 계집종을 사서 수 년이 지났는데 홀연히 본 주인이 찾아와서 종을 찾자, 공은 그 곡직을 따지지 않고 종에게 돌아갈 것을 명했다. 멀리서 객이 공의 문명을 듣고 찾아와서 시를 부탁하자 공은 그의 옷이 해어진 것을 보고 웃으며 이르기를, 그대의 의복을 보니 시보다 옷이 더 급하다 하며 옷을 벗어 주었다.

공은 산중에 살면서 해마다 각종의 약초를 캐서 쌓아두고 이르기를, 나는 가난하여 사람을 도울 수가 없으니, 약물을 쌓아 두었다가 사람을 도우려 한다[58]고 하였다.

---

56) 「小隱集」卷四 行狀.
57) 「小隱集」卷四 行狀.

이와 같이 小隱은 박학다식의 선비일 뿐만 아니라 배운 바를 실천궁행하기에 더욱 진력하였으니, 일찍이 이르기를, "우리 선비의 학문은 마땅히 실천하는 것을 귀히 여긴 바이니 이치를 통달했을지라도 실행하지 못하면 깨닫지 못한 것과 같을 따름이다."[59]라고 하였으며, '道가 고원한 곳에 있지 않음을 말하여 마음은 무한량한 것으로 군자의 학문은 모름지기 그 양을 채우는 것이니, 그 양을 채우고자 하면 무릇 가까이 있는 말이나 지극히 근소한 물건이라도 잘 살펴야 하는 것으로 千丈의 거목일지라도 좀이 스며들면 썩게 마련이고 百仞의 둑이라도 개미구멍으로 인하여 무너지는 것이니, 마땅히 미미한 것도 소홀히 할 수 없음이 이와 같다[60]'고 하였다.

그는 혹 독서하다가 틈이 생기면 심연히 묵좌하였는데 일찍이 제자들에게 이르기를, 고요한 밤 澄寂할 때면 가히 大本이 未發한 때의 기상을 증험할 수 있다[61]고 하였다.

小隱은 성리학자이면서 실천궁행하기에 진력하여 선비의 학문이 이론에만 치우친 것을 개탄하고 실천하는 것을 귀하게 여겨 비록 이치를 깨우쳤다 해도 실행이 없으면 깨닫지 못한 것과 마찬가지라고 주창하여 선비의 학은 知行合一에 있음을 보이고 있어, 공론에 빠졌던 성리학에만 치우친 당시 유생과는 달리 실천을 중시하는 경향을 보이고 있다.

그는 理氣論에 대해서도 견해를 밝히고 있으니, 대저 理는 태극이요, 氣는 음양이라. 理가 없으면 氣가 근거할 바가 없으며 氣가 없으면 理가 걸릴 바가 없어지니, 섞여서 가히 나눌 수가 없다. 그러나 理는 純한 것이요, 氣는 雜한 것이며, 氣는 形이 있는 것이요, 理는 자취가 없으므로 理는 다만 理일 따름이요, 氣는 다만 氣일 따름이니, 일찍이 서로 섞이지 않는다. 이른바 하나면서 둘이요, 둘이면서 하나이다[62]라고 한 것으로 보면 退溪의 理氣二元論을 긍정

---

58) 같은 책, 卷四 行狀.
59) 吾儒之學 當以躬行爲貴 至於騰理寄命 非爲已也(「小隱集」卷四 行狀).
60) 心無限量 君子之學 充其量而已 欲充其量 須是好察邇言 克勤小物 千丈之木 以蟲蝕而腐 百仞之堤 以蟻穴而壞 微之不可忽 有如是矣(「小隱集」卷四 行狀).
61) 靜夜澄寂 若可驗大本未發時氣象(「小隱集」 卷四 行狀).
62) 같은 책, 卷二 山窩雜錄.

하고 있으며, 일찍이 스승 大坪翁이 四端은 理發이고 七情은 氣發이라고 하는데, 단지 喜·怒·哀·樂만을 말할 때도 氣發이라고 할 수 있는가라는 물음에 답하기를, 七情만을 들어 말할 때는 理發과 氣發이 섞여 있으니, 오직 性發이라 할 수 있을지언정 氣發이라 할 수는 없다. 만약 氣發이라 한다면 理發과 대립되기 때문이다[63]라고 언급하고 있으니, 여기서 그의 四七論에 대한 견해를 살펴 볼 수 있다. 이와 같이 성리학자였던 小隱은 산림에 은거하며 유가의 도덕주의적인 태도로 일관하였으므로 문장을 다듬는 것을 꺼렸다[64]고 하며, 이러한 관계로 그의 유고인 「小隱集」은 二冊 四卷으로 대부분이 輓詩와 誄辭, 祭文 등[65]으로 이루어져 있다.

2) 작품분석

(1) 창작연대와 동기

「天君實錄」은 小隱 柳致球의 작으로, 그 창작 연대는 확실한 기록이 없어 알 수 없고, 다만 전술한 바 그의 생애에서 유추해 볼 수밖에 없다.

小隱이 35세(純祖27년 1827. A.D) 되던 해에 사마시에 응시하여 합격하고 성균관에 篤學하다가, 부정과 부패로 일관되는 과거에 싫증을 느껴서[66] 마침내 초연히 낙향하여 학문에만 전념하였는데, 「中庸」과 「大學」 二書를 특별히 숙독하였으며, 讀至萬遍이라는 기록[67]까지 세웠던 바, 그의 학문이 이때야 비로소 산림에 숨어서 治平하는 길은 治心하는 것보다 더 요긴함이 없음을 강구하였다[68]고 한 점이나, 옛날 東岡 金宇顒이 「天君傳」을 지었고, 族先祖 上舍 石嵌公이 「軀書」를 편찬하였는데 「天君傳」은 너무 간략함이 염려되고 「軀書」는 너무 번잡하게 보여서, 이들을 절충하여 모아 一通을 이루었다[69]는 그의 창작의

---

63) 같은 책, 卷二 山窩雜錄.
64) 같은 책, 卷四 行狀.
65) 金光淳, 앞의 책, 94~102쪽 참조.
66) 「小隱集」卷四 墓碣銘.
67) 같은 책, 卷四 墓碣銘.
68) 先生 早陞國庠 退遯山林 講究治平之道 莫要於治心 蓋心者 合理氣統性情者也(『水西集』 卷之五, 天君實錄 跋).

도를 전술한 水西의 跋文에서 보면「天君實錄」은 小隱이 학문적으로 완숙의
경지에 이르러 心經正學을 자기 나름대로 펼 수 있었던 시기의 작으로 추측되
니,「天君實錄」은 그의 만년의 작으로 봄이 타당할 것이다. 小隱이 正祖 17년
(1793)에 안동군 수곡리에서 태어나 철종 5년(1854)에 세상을 떠났으니「天君
實錄」의 창작 연대는 근대문학의 이행기인 19세기 중엽으로 추정된다.

  창작 동기에 대해서는 앞에서 언급한「水西集」의「天君實錄」跋에 잘 나타
나 있다. 더구나「천군실록」을 지은 것은 晋의「乘」과 楚의「檮杌」과 魯의「春
秋」와 같은 의의가 있다.[70] 軀殼 안 方寸 속에 宗廟와 百官의 富함, 岳瀆과 四方
의 모임, 南面垂拱하는 위치와 역대의 治亂한 자취에서 이것으로 인물의 옳고
그름과 義와 利의 剖判함과 妖氛를 환하게 소제하고, 神州(中國)를 회복하는 공
이 책을 열면 환하게 손바닥에서 가리키듯 하니, 실로 성학의 방향을 가리키
는 것이고, 正道의 龜鑑이라. 그것이 세상 교화에 도움됨이 어찌 적다고 하리
오.[71] 라고 하여「天君實錄」의 가치까지 그 발문에서 잘 말해주고 있다. 또 心
法을 얘기함에 있어서도 전술한 바 東岡의「天君傳」이 너무 간략하고 石嵌公
의「軀書」는 너무 번잡하여 이 두 가지를 절충해서「天君實錄」한 편을 창작
하였음은 이미 밝힌 바와 같다. 그래서「天君實錄」을 읽으면 소설의 흥미와
心經正學의 心法을 터득할 수 있는 一石二鳥의 효과를 거두기 위해 창작되었
음을 알 수 있다.

  (2) 경개

  ① 天君의 성은 丹, 名은 元, 자는 守眞으로, 攝提의 해에 태어나 어질고, 앎
    이 신과 같이 活物이라 이르다.

  ② 眞宰가 활물을 천거함에 上宰가 활물을 시험해 보고, 천군으로 대하여

---

69) 昔東岡金先生 著天君傳 族先祖上舍石嵌公 編軀書 而傳恐太略 書涉太煩 乃參互折衷 袞
   成一通(『水西集』卷之五, 天君實錄 跋).

70) 晋之乘과 楚之檮杌과 魯之春秋가 其義一也(「孟子」 離婁).

71) 晋乘楚杌 同一義於魯之春秋也 軀殼之內 方寸之中 宗廟百官之富 岳瀆四方之會 南面垂拱
   之位 歷代治亂之迹 以至人物藏否 義理剖判 廓掃妖氛 恢復神州之功 開卷瞭然 如指諸掌
   實聖學之指南 王道之龜鑑也 其有補於世敎 曷云小哉 (『水西集』卷之五, 天君實錄 跋).

腔子裡에 봉토를 정해주며, 형체로써 실천하고 천성대로 하여 백성과 물체를 잘 다스릴 것을 당부하다.

③ 천군은 명을 받고 混沌之根에 돌아와 태화의 남쪽 神州 곁에 있는 天府에 도읍하고, 臣龍, 臣虎, 白元君, 黃老君에게 궁실을 영립하게 하며, 六府를 차리고 火德으로 王이 되어, 赤色을 숭상하고, 數는 七로 紀를 삼았다.

④ 태초 원년에 천군은 神名之舍에 납시어 探聽官, 監察官, 天關守, 玄關守, 人關職, 地關職을 命官 分職하면서 恭命할 것을 당부하고, 主人翁은 천군의 덕을 본받아 仁·義·禮·智 등의 四端으로 각각 직분을 다하게 된다.

⑤ 천군이 위에서 명령하지 않아도 행해지고, 급하지 않아도 금지되고, 말하지 않아도 감화되어, 君·臣·尊·卑에 구별 없이 할 바를 다하여 태평하더라.

⑥ 천군이 주인옹을 만나 공을 치하하고 보필해 줄 것을 당부하니, 주인옹은 천군의 知·善治를 예찬함과 아울러 경계의 말을 잊지 않다.

⑦ 삼년 후 천군이 靈臺에서 七情을 만났더니, 七情이 絳宮 옆 一片地에 살기를 원하므로 이를 허락하고, 中大夫를 제수하며 情田 一頃을 주어 살게 했으나 취향이 달라 함께 살지 못하다.

⑧ 삼년이 지난 뒤 形氣 중 禾厶公이 와서 천군의 백성이 되기를 원하니, 그의 不義함을 알면서도 물리치지 못하다.

⑨ 팔·구년이 지난 천군 재위 15년, 六官이 명에 따라 聽動이 合度하고, 칠정이 수시로 발하니 절차에 맞았다.

⑩ 천군이 文治를 행함에 六鑿은 撈擾하고, 四禮는 懈忠하여 탄식하다.

⑪ 천군은 채청관, 감찰관을 前衛로 人關職, 地關職을 수행으로, 七情大夫를 좌우보행으로 천관수, 현관수를 參乘으로 삼아 周遊의 길을 떠나려 하다.

⑫ 천군이 행차하려는 소식을 주인옹이 듣고 급히 달려가 저지하려 했으나, 수레가 멀리 가버려 이를 탄식하다.

⑬ 천군이 더욱 자제하지 못하자, 禾厶가 나서서 인생무상을 아뢰고 禾刀를 천거하면서 호화생활을 권하다.

⑭ 주인옹이 염려하여 천군의 文治 過誤와 중국 觀遊의 잘못을 간하며, 禾

刀, 禾厶를 경계하고 用人의 법도를 말하며, 「周易」, 「書經」의 글을 인용하여 상서하나, 천군이 잠자코 있으므로 주인옹은 黃婆舍에 숨어버린다.

⑮ 신하들이 임금의 뜻을 미란하게 하니, 邪淫之思가 수시로 돌기하고 浮憑之念이 觸物妄動하므로 위태함을 천지가 꾸짖어 仁山이 무너지고 智水가 마르는 온갖 이변이 보이다.

⑯ 衆邪君憑이 일시에 향응하여 名號를 세워 서로 표방하고 麯氏 형제가 妖巧로 재물을 모아 女戒과 通使交兵하여 싸우다. 慾虎, 毒蛇 등으로 군세를 돕게 한 틈을 타서, 원숭이, 물여우, 쥐, 등이 성과 관문을 헤치고 끊어 方塘과 玉淵에 물을 대니 애욕의 물결이 홍수를 이루다.

⑰ 赤室이 터지고 絳宮이 墊沒하매 천군도 살 수 없어 좌우 股肱之臣이 모두 항복하다.

⑱ 그 틈을 타서 禾厶, 禾刀가 항복하라고 進說하자 천군이 승낙, 春秋城下之盟을 본받으려고 하니, 五官, 百體가 모두 기뻐하다.

⑲ 천군이 주인옹을 만나 지난 일을 사과하고 도움을 청하며, 자기의 무기력과 기강의 문란을 들어 토벌의 어려움을 말함에 주인옹이 근원을 막고 뿌리를 잘라 적을 평정하도록 하여, 천군은 주인옹의 가르침을 모두 따르겠다고 하다.

⑳ 주인옹은 畿內에 머물면서 六官의 스승이 되었는데, 이 소문을 들은 도적들은 모두 해산할 마음이 생기다.

㉑ 주인옹이 천군에게 維新할 것과 志帥를 천거하므로, 천군은 志帥에게 氣卒을 주어 도적을 토벌하도록 부탁하였다.

㉒ 주인옹과 四官이 志帥에게 작별할 때 사관이 선물을 주니, 주인옹은 말로써 선사하겠다며 大舜과 武王의 前例를 들려주다.

㉓ 志帥는 氣卒을 거느리고 善關, 夢關, 人鬼關에서 차례로 싸워 이겼는데, 號令이 明肅하고 部陳이 엄정하여 범할 기색을 갖지 못하다.

㉔ 誠意關 머리에서 惺惺子를 시켜 격문을 적에게 보내니, 星火가 시행되어 初賊三關이 함몰되다.

㉕ 志帥는 復命하고 적을 막기 위해 誠意關을 증축하였는데, 주인옹을 시켜

공사를 관장하도록 하고 无妄翁에게 그 役事를 감독하게 하다.

㉖ 보루가 형성되어 지역이 갈라졌는데, 關內에는 聖賢之地로 君子之鄕이며 至善之里가 되었고, 關外는 狂愚之坑으로 小人之壑이며 鬼蜮之窟이 되다.

㉗ 志帥가 凱旋하니 천군이 노고를 치하하면서 誠伯의 爵과 赤縣 천리의 땅을 봉토로 내리고 大赦令을 내려 改元하니, 文官, 七情, 意, 必, 固, 我는 舊染汚를 씻고 유신하게 되어 질서를 혼란케 하는 자가 없었다.

㉘ 천군이 기뻐하며 오늘에야 천자의 귀함을 알았다고 말하고, 주인옹은 나라를 예로 다스리면 질서와 명분이 분명하고, 尊卑貴賤이 得所하는 바, 난을 염려하면 치안이 생기고, 치안을 믿으면 위험을 부른다고 하다.

㉙ 천군은 주인옹의 가르침을 따르겠다고 하며 시를 읊으니 주인옹을 비롯한 春夏秋冬官이 연하여 詩吟賡進하매 천군이 모두 좋다고 하다.

㉚ 주인옹으로 하여금 百官을 통솔하고 四海를 고르게 하고, 志帥로 하여금 誠伯으로 六官을 다스리게 하며, 신하들의 官命도 天名官者로 更號하다.

㉛ 천군이 단정히 上에 尊臨하니 百體가 순종하여 令이 시행되지 않는 것이 없고, 언행동정과 칠정에 절제가 있으며, 천군의 덕이 성한 까닭에 온 천하가 모두 존경하고 화기가 충만하고 덕의 향기가 가득하더라.

3) 등장인물의 성격

「天君實錄」은 「天君傳」의 구조에다가 「軀書」에 출현되는 신체의 일부 명칭과 또한 심성론에 등장되는 용어들을 상당수 차용해서 이를 의인하여 작중 인물로 등장시키고 있다.

「천군실록」도 천군소설의 일종이므로 주인공은 心의 의인인 天君이며, 주인공 외에 천군소설의 효시인 「천군전」에서 보이지 않은 많은 인물들이 등장되어, 다소 복잡한 구조를 지니고 있는데, 천군 아래의 충신형 인물과 간신형 인물의 대립, 갈등으로 사건이 전개된다는 점과 작품의 전반적인 구조와 작가의식72)으로 보아 천군소설의 전형적인 작품임을 알 수 있다.

---

72) 金光淳, 앞의 책, 174쪽.

작품 속의 인물을 보면 주인공으로 天君이 등장한다. 여기서 천군이란 곧 心을 의인화하여 주인공으로 삼았다. 心을 天君이라고 한 것은 「荀子」 天論篇에서 처음 보이는데, 心은 中虛에 居하면서 以治五官하니 대저 이를 천군이라 일컫는다[73]고 하였고 范浚도 그의 心箴에서 心에 대하여 군자가 誠을 지녀서 능히 생각하고 능히 공경하면 천군을 태연하고 백체가 명령을 따른다[74]고 하였다. 이 외에 「荀子」의 解蔽篇에서도 心者는 形之君으로 神命의 主다[75]고 하였고, 「淮南子」의 泰族訓에는 心者는 身의 本이요 身者는 國의 本이다[76]고 하였을 뿐만이 아니라, 原道訓篇에서도 心者는 五臟의 主다[77]라고 하였으니 心은 곧 형체를 지배하는 군주요, 육신이 존재하는 기본이요, 정신이 작용하는 주체인 것으로 性과 情을 統攝하는 하위개념으로서의 천군이란 뜻이다.

마찬가지로 「천군실록」을 위시한 천군소설에도 천군은 그 맡은 바 직무가 군주의 역할을 하는 주인공으로 등장된다.[78] 「천군실록」의 주인공도 천군소설의 효시인 「천군전」과 마찬가지로 心의 의인인 천군이며, 「천군실록」은 「천군전」에서 논의되지 않은 많은 인물들이 등장되어 다소 복잡한 구조를 지니고 있음이 다를 뿐, 천군 아래에 충신형 인물과 간신형 인물의 대립, 갈등으로 사건이 전개된다는 점과 작품의 전반적인 구조와 작가의식은 거의 일치하고 있음을 볼 수 있다.[79]

「천군실록」의 천군은 천상세계에서 하강한 「천군전」의 천군과는 달리 지상에서 가장 유능한 인재를 황제가 골라 천군으로 즉위시킨 것이다. 이는 「천군전」이 16세기 작품으로 傳奇小說的인 체제로 비현실적임에 반해서, 「천군실록」은 19세기의 소설로서 가능한 세계의 묘사로 어느 정도의 합리성을 지녀야 한다는 작자의 의식이 작용한 것으로 보인다.

---

73) 心居中虛 以治五官 夫是之謂天君(「荀子」 天論篇).
74) 君子存誠 克念克敬 天君泰然 百體從令(「范浚」 心箴).
75) 心者 形之君也 以神明之主也 出令而無所受令 自禁也 (「荀子」 解蔽篇).
76) 心者 身之本也 身者 國之本也(「淮南子」 泰族訓篇).
77) 心者 五臟之主也 (「淮南子」 原道訓篇).
78) 金光淳, 앞의 책, 108쪽.
79) 같은 책, 174쪽.

「천군실록」의 天君은 寅會의 半인 攝提의 해에 태어나서 眞宰(상제의 재상)가 상제에게 천거하여 천군으로 봉해진다. 그리고 천군의 성은 丹이요, 이름은 元이며, 字는 守靈이라 하여 자세한 설명까지 붙이고 있다. 여기서 천군의 성을 丹으로 한 것은 丹心에서 나온 말이며, 이름을 元이라 한 것은 천군, 즉 心이 으뜸간다는 뜻을 지닌 데서 유래했고, 자를 守靈이라 한 것은 心靈을 지킨다는 뜻에서 나온 말이다. 「天君實錄」의 천군을 좀 더 구체적으로 보면, 천군은 날 때부터 어질기가 하늘과 같고, 앎이 神과 같아 上古의 前이나 萬古의 後라도 통철되지 않음이 없어 活物이라 하였으며, 즉위하자 腔子裡(뱃속)를 봉토로 받았다. 上帝의 명을 받고 混沌之根에 돌아와서 도읍을 정하고 궁실을 영립케 하며, 六府를 차리고 火德으로 왕이 되어 적색을 숭상하고 數는 七로써 紀를 삼았다. 태초 원년에 神明之舍(神明은 하늘과 땅의 신령, 즉 사람의 마음, 정신, 천군의 집)에 나와서 採聽官(귀), 監察官(눈), 天關守(입), 玄關守(호흡기), 人關職(팔과 손), 地關職(발과 다리) 등에게 분직하여 恭命케 했고, 박애한 주인옹에게는 仁·義·禮·智의 四端으로 각각 그 직을 명하여 직분을 다하게 하며, 태평의 기상이 있어 주인옹에게 그 공을 차지하고 화평함을 노래로 지어 부르게 한다.

그 후 3년 뒤에 천군이 七情을 만나 絳宮 옆 一片地에 살도록 허락해 주고, 또 3년 뒤에는 形氣 중 禾么公이 와서 백성이 되길 원하여 천군은 그를 가까이 한다. 在位 15년에는 文治에 뜻을 두어 주인옹의 반대에도 불구하고 이를 행하니 신하들이 임금의 뜻을 미란케 하여 천군이 사리를 분별하지 못하게 된다. 따라서 천지가 온갖 이변을 보였으나 천군은 깨닫지 못하고 國宮을 떠나 周行四觀하였다. 간신인 禾么와 禾刀가 항복하라고 진언함에 유혹되어 이를 받아들이자 천군은 곤경에 처하게 된다. 그런데 천군이 우연히 주인옹을 만나 지난 일을 뉘우치고 주인옹의 가르침을 모두 따르겠다고 다짐하니 주인옹이 志帥를 천거한다. 천군이 志帥에게 氣卒을 주면서 도적을 토벌하게 하니 志帥가 이를 행한다. 천군이 승전 소식을 듣고 大喜하여 그들을 위로하면서 誠伯의 벼슬과 赤縣 천 리의 땅을 봉토로 내리고 단정히 上에 尊臨하니, 百体가 순종하여 태평을 되찾게 된다. 이처럼 「천군실록」의 천군은 매우 복잡한 주위

인물과 접촉을 갖게 되는 지상계의 인물이다.

그리고 천군의 아래에 충신형 인물과 간신형 인물이 있어 兩型의 인물이 팽팽한 싸움을 하는 사건이 전개되는데, 충신형 인물부터 살펴보면 다음과 같다.

주인옹이 등장하는데, 이는 「心經」의 心爲萬物之主[80]에서 나온 말로 곧 만물의 주인이란 뜻의 의인으로, 천군의 덕을 본받아 仁·義·禮·智의 四端으로 각각 그 직분을 다하여 천군으로부터 태평의 기상을 지니게 함으로써 그 공을 치하받는다. 또 천군이 文治에 빠져드는 것을 반대하였으며 천군이 七情大夫와 가까이 하여 타락되어 가는 것을 보고 급히 달려가 저지했으나 듣지 않음에 탄식하고 文治의 과오와 중국관유의 잘못을 간한다. 禾厶, 禾刀를 경계하고 用人의 법도를 천군께 말하여 천군으로 하여금 잘못을 뉘우치게 하여 곤경에 처한 천군을 구한다. 또 畿內에 머물면서 六官의 스승이 되어 천군께 개과천선하여 維新할 것을 주장하였고, 志帥를 천거하여 도적을 쫓게 하며, 誠意關을 중축할 때 공사를 관장하기도 한 충신형 인물 중에서도 가장 중요한 인물이다.[81]

惺惺子는 惺惺의 의인으로 마음의 환한 모양, 똑똑한 모양, 혹은 분명한 모양을 뜻함이니, 총명하고 똑똑한 사람 혹은 분명한 사람이란 뜻이다. 「康熙字典」에서는 惺字에 대해 靜 가운데도 昧하지 않은 것을 가리켜 惺이라 한다[82]고 하였고, 「上蔡語錄」에는 敬의 의미를 설명하면서 常惺惺法[83]을 주장하였으며 劉基의 醒齋銘에는 밝음은 惺惺에서 생기고 심란함은 冥冥에서 생긴다[84]고 한 것등으로 보면 惺惺子는 곧 충신형 인물로서 전술한 바 謝上蔡가 敬의 의미를 설명하면서 常惺惺法을 주장하던 성성의 의인으로, 이는 「천군전」의 太宰 敬과 같은 의미를 지닌 인물이다.[85]

志帥는 志의 의인으로 주인옹에 의하여 천거된 인물로서, 「천군전」에서는

---

80) 心爲萬物之主(「心經」「近思錄」). 程子曰 主一之謂敬 無適之謂一(「二程全書」).
81) 金光淳, 앞의 책, 174~176쪽.
82) 靜中不昧曰惺 星夜明 故惺 (「康熙字典」).
83) 敬是常惺惺法(「上蔡語錄」).
84) 昭昭生于惺惺 憒憒生于冥冥(劉基, 「醒齊銘」).
85) 金光淳, 앞의 책, 134~135쪽.

대장군 克己란 이름으로 등장하나 같은 유형의 인물이고, 「천군연의」를 비롯한 다른 천군소설에서는 대장군 志帥로 의인하여 등장되고 있다. 「천군실록」에서는 지수가 도적을 토벌하라는 천군의 부탁을 받고 대장군이 되어 氣卒을 거느리고, 善關, 夢關, 人鬼關에서 차례로 싸워 이긴 뒤에 誠意關 머리에서 성성자를 시켜 적에게 격문을 보낸다. 그리고 천군의 명을 받고 옛 터전에서 적을 막기 위해 성의관을 증축하기도 하고, 천군으로부터 誠伯의 벼슬과 赤縣 천 리 땅을 봉토로 받은 충직한 武將이다.

간신형 주요인물로서 禾厶부터 살펴보면, 禾厶의 厶는 幺[작을 요] 자의 속자로 禾厶는 私의 破字이며, 사사로운 소인, 보잘 것 없는 간사한 사람의 의미를 의인한 것이다. 천군이 藏疾之德과 納汚之量이 있음을 들어 천군의 백성이 되기를 원함에 이를 허락하니, 천군은 갈수록 文治를 더해가 자제하지 못하게 되고, 또 화요가 나서서 인생무상을 아뢰고 화도를 천거하면서 호화생활을 권하는 등 천군에게 옳지 못한 일만 꾸민다. 그래서 천군이 사리를 분별하지 못해 위태롭게 됨에 천지가 꾸짖어 온갖 이변을 보이나, 이를 알지 못하고 화도와 함께 천군을 더욱 곤경에 처하도록 하는 인물이다.

禾刀는 利의 破字로서, 利를 추구하는 소인을 뜻하는 의미를 의인한 것으로 화요와 함께 천군을 곤경에 처하도록 유혹하는 인물이다.

女戎은 여자로 인한 재앙, 女禍를 의인한 것이며, 여기서는 음기가 있는 야만적인 여자로 등장하는 요사한 인물이다.

麴氏 형제는 술의 의인으로, 여기서 麴은 곧 麴이니, 麴氏 형제는 곧 술을 의미하며 「愁城誌」의 麴將軍과 같은 뜻의 인물인데, 청주의 도적으로 女戎과 通使交兵하여 천군을 수족도 쓸 수 없게 하고, 소리와 색으로 천성을 잃어버리도록 하여 천군을 더욱 괴롭히는 인물이다.

이 외에도 「천군실록」에 등장하는 인물로, 천군을 임명한 상제가 있고, 活物을 상제에게 추천한 眞宰가 있고, 黃老 즉 黃帝와 老子로써 그들이 주창하는 학설 즉 道家의 학설을 의인한 黃老君 등이 있다.

그리고 喜·怒·哀·樂·愛·惡·欲의 칠정을 의인한 七情大夫와 靑州 출신으로, 麴氏의 장자인 醇과 차자인 醪, 귀의 의인인 採聽官과 눈의 의인인 監察

官, 입의 의인인 天關守, 호흡기의 의인인 玄關守, 팔과 손의 의인인 人關職, 발과 다리의 의인인 地關職 등 매우 많은 인물들이 등장되고 있다.[86]

이상과 같이 주인공인 천군을 중심으로 충신형 인물과 간신형 인물, 즉 兩型人物의 대립, 갈등으로 사건이 전개되는데, 충신형의 인물이 간신형의 인물을 제어하여 간신형의 인물이 천군을 가까이 하지 못하게 하여 천군을 잘 보좌하면 천군의 나라는 화평해지나, 간신형의 인물이 충신형의 인물을 도리어 제어하여 천군이 간신형의 인물과 가까이 지내면 천군을 그들에게 유혹되어 곤경에 처해지고, 따라서 천군의 나라에는 큰 난리가 일어나게 된다. 그리고 兩型 인물끼리의 권력 다툼의 양상은 治亂治世의 한 방법을 나타내고자 하는 작가의 의식구조를 알 수 있다.

그러다가 다시 충신형 인물과 간신형 인물의 대립·갈등을 충신형 인물이 간신형 인물들을 제어함으로써 천군은 제자리에 정좌하게 되고, 따라서 천군의 나라는 화평을 되찾게 되는데, 이러한 작품구조는 성정의 대립, 갈등을 교묘히 의인하여 「心經」의 논리를 흥미로운 소설의 구조에다 투영한 것으로서, 천군이 곧 心에 비유되었으니, 君子로서 마음가지는 방법, 즉 心經正學을 說破하려는 작자 의식의 지향으로 이해할 수 있다.

4) 사건 전개의 양상과 그 의미

전술한 바와 같이 충신형 인물의 대립·갈등으로 사건이 전개되는데, 「천군전」에 비하면[87] 많은 에피소드가 삽입되어 있을 뿐, 작품 전체의 구조는 거의 일치되고 있다. 이러한 에피소드의 삽입은 전술한 바, 柳致球가 「천군전」의 구조에다가 「騷書」에 있는 많은 心性用語와 에피소드를 차용한 것에 연유한다. 전술한 「천군실록」의 경개에 의하여 천군 아래에 등장되는 충신형과 간신형의 인물이 대립 갈등의 양상을 경개에서 간추린 단락의 수나 각 단락의 서술양과 표현 내용 등으로 도식화할 수도 있겠으나, 본 연구에서는 각 단락의 분량이나 그 내용을 참조하면서 천군 아래에 등장하는 양형 인물의 대

---

86) 같은 책 176~177쪽.
87) 같은 책, 103~118쪽 참조.

립·갈등에 해당되는 단락수를 작품 전 단락의 비율에 의하여 사건의 극복 과정을 도식화하고자 한다. 단락의 서술 양식이나 양 혹은 표현 내용은 사건 전개에 있어 천군소설 작품간에 큰 변화가 없는데 비해서[88] 작품을 통해 작자의 의식이나 시대상의 반영을 조명하는 데는 단락의 수의 다과 정도와 단락의 극복 과정이 더욱 중요하기 때문에, 대립에서 하강과 상승, 다시 상승과 하강, 대립의 전개 과정에 해당되는 단락의 수에 따라 작품 전체와 각 단락의 구조를 일목요연하게 도식화하면 다음과 같다.

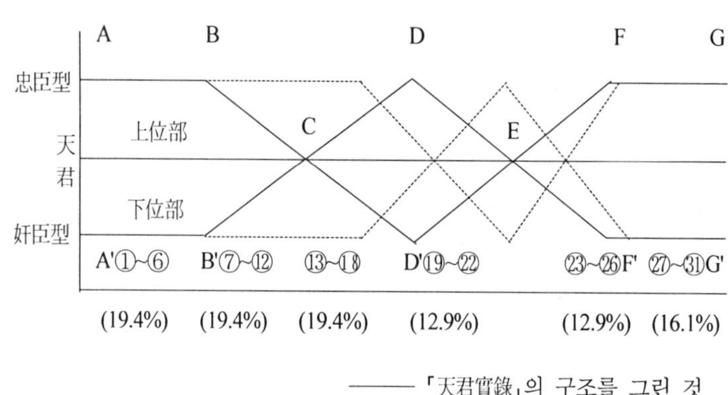

———「天君實錄」의 구조를 그린 것
－－－「天君傳」의 구조를 그린 것

위의 도표에서 굵은 선은 「천군실록」의 구조이고, 점선은 「천군전」의 구조인데, 비슷한 도표로 나타나는 것은 작자가 이미 밝힌 바와 같이 「천군실록」이 「천군전」에서 크게 영향받은 것을 증명한다.

앞의 도입부 A~B와 A'~B'에 해당되는 단락으로는 ①~⑥까지로 작품 전 단락의 19.4%를 차지하고 있는데, 주인공 천군의 가계와 가문, 성격 등을 묘사하고 있으며 천군의 超人像을 나타내기 위해 지상계에서 전지전능한 活物을 상제가 직접 임명하는 것 등, 18·9세기에 나온 우리 고소설의 도입 단계와 비슷한 양상을 띠고 있는 것으로 「천군전」의 도입부 ①~⑥단락과[89] 대체

---

88) 같은 책, 182~193쪽 참조.
89) 이하부터 「天君傳」의 구성이나 단락 등은 金光淳, 같은 책, 103~119쪽 참조할 것.

적으로 일치를 이룬다.

「천군전」은 단편이어서 총 13개 단락 중에 6개 단락이 도입부였고, 「천군실록」은 양적으로 긴 작품이어서 총 31개 단락 중에 6개 단락이었으니, 「천군전」의 도입부는 너무 지루한 췌사가 많았음이 구조 분석의 결과에서 드러났으며, 「천군실록」의 도입부는 전 단락의 19.4%로서 고소설의 일반적인 도입 구조와 비슷한 분포로 구성되어 있다.

B~C 부분까지의 ⑦~⑩ 단락으로 작품 전체의 구조로 보아 전자의 하강과 후자의 상승하는 부분이 작품 전체의 단락 중 19.4%로 안배되어 천군이 靈臺에서 七情을 만나서, 禾乂公에게 미혹되어 곤경에 빠져 허덕이면서도 七情大夫와 가까이 지내게 된다. 그래서 주인옹이 周遊하려는 천군의 수레를 붙잡으려 했으나 실패하고 탄식한다. 이렇게 해서 천군의 나라는 충신형 인물들이 천군과 점점 멀어져 가고, 간신형 인물들이 천군과 가까워짐에 천군이 타락되어 가는 양상이 뚜렷이 보이고 있는데, 그 과정이 순차적으로 전개되면서 시간적인 간격과 그 단락의 수가 잘 안배되어 있다. 그런데 「천군전」에는 도입부가 6개(①~⑥)인데 비해, B~C와 B'~C'에 해당하는 단락은 1개 단락(⑦)뿐이어서 충신형 인물이 급속도로 상승하는 졸속을 면치 못했음이 구조 분석의 점선 도식에서 일목요연하게 드러났다.

C~D 와 C~D'는 충신형 인물이 계속 하강하고 간신형 인물이 계속 상승하여 양형이 처음과는 전반대의 위치에 놓여져 전자는 최하위부에, 후자는 최상위부의 자리까지 이름에, 천군은 도적들에 에워싸여 사경을 헤매게 되는 단락이다. 여기에 해당하는 단락은 ⑬~⑱ 6개의 단락으로 작품의 19.4%를 차지하는데 천군이 간신형 인물들의 말만 듣다가 곤경에 처해지는 과정의 묘사는 작자의 교훈적인 목적 의식이 사용된 것으로 보인다. 이 부분이 가장 긴 것으로는 천군소설의 백미라고 할 수 있는 「천군연의」인데, 여기서는 전 단락의 22.6%을 차지한다.[90] 이처럼 「천군연의」는 흥미롭기 때문에 독자가 많았다. 대체로 널리 읽혀진 것도 양형의 갈등 과정이 길며 위기 조성을 위한 사건

---

90) 같은 책, 139쪽 참조.

전개가 독자로 하여금 긴박감을 갖게 하여 흥미유발을 쉽게 할 수 있는 데서 유래되었다.「천군연의」 다음으로 이 단락에 중점을 둔 작품이「천군실록」과「수성지」로서 각각 전 단락의 19.4%를 차지하고 있으며91),「천군전」에서도 도입부를 제외하면 이 부분이 가장 긴 단락으로 부각되어 있음도 주목된다.

「천군실록」의 이 부분을 좀더 구체적으로 언급하면, 禾厶가 천군에게 인생무상을, 禾刀가 호화생활을 권하고, 주인옹은 천군의 잘못을 간했으나 듣지 않음에 숨어버려 간신들이 임금의 뜻을 미란하게 함에 천지가 이변을 보이고 衆邪群慝이 일시에 향응하여 천군의 나라에는 애욕의 물결이 홍수를 이루었다. 그래서 천군은 곤경에 처하게 되고 화요와 화도가 항복하라고 進說함에 천군이 이를 받아들이니, 오관, 백체는 기뻐하고 천군은 간신배의 말들 들어 더욱 곤경에 헤매게 되는 부분이다. 이러한 구조는 작가의 교술적인 목적의식에서 구성된 것임이 구조 분석의 결과에서 분명하게 드러났다.

D~E와 D'~E는 충신형 인물이 상승하고 간신형 인물이 하강하는 것으로 ⑲~㉒ 단락이 여기에 해당하는데, 천군이 사경을 헤매다가 주인옹을 만나 지난 일을 뉘우침에 주인옹이 천군을 돕게 되고, 六官의 스승이 됨에 도적들은 모두 해산할 기미를 보인다. 이리하여 천군이 志帥에게 氣卒을 주어 도적을 토벌하게 하고, 주인옹과 四官이 志帥와 작별할 때, 四官이 선물하는 단락으로서 모두 4개의 단락이 이에 속한다. 그러니 여기서 천군이 이성을 되찾도록 뉘우치게 하는 이 부분이 길면 길수록 독자들에게 더욱 흥미를 주게 된다. 이에 해당하는 단락은「천군전」이 1개 단락(7.7%)임에 비하여92),「천군실록」은 4개의 단락(12.9%)으로 늘어난 것이다. 이것은 에피소드의 삽입이 다양해진 것으로 풀이되며 이러한 변이는 작가의 의식 구조의 반영으로 간주된다.「천군전」은 간단하지만「천군실록」은 양적으로 길어서 작가의 소설적인 여러 가지 의식이 반영되어 다양하게 전개된 것이고, 어느 정도의 의식 구조를 어떻게 반영시키느냐하는 것은 그 작가 역량에 따라 좌우된다.

E~F와 E~F는 충신형 인물이 계속 상승하고, 간신형 인물이 계속 하강하

---

91) 같은 책, 127쪽 참조.
92) 같은 책, 115쪽 참조.

여, E의 교차점에서 최상위부와 최하위부에까지 이르러 천군이 처음처럼 회복되는 것을 묘사한 단락인데, 이에 해당하는 것은 ㉓~㉖의 4개의 단락이다. 志帥가 氣卒을 거느리고 간신배와 싸워 이기며 惺惺子를 시켜 격문을 보내니 적이 함몰되고, 志帥가 적을 막기 위해 誠意關을 증축하여 보루가 형성되니 관내는 至善之里가 되었고, 관외는 鬼蜮之窟이 되었다고 한다. 그래서 천군은 충신형 인물들에 의해 구제를 받게 되어 F~G와 F'~G'로 이어지게 된다. 그러니 E~F와 E~F'는 충신형 인물이 다시 나타나 간신배들을 쳐부수고 원래의 상태로 회복되어 가는 단락이니, 천군소설 대부분이 그렇지만 간신배의 機先만 잡으면 쉽게 종결부에 이르는 것은 이들 소설의 등장 인물들이 心性論에 나오는 용어들을 의인하였기 때문이다. 그리고 사건이 쉽게 종결부로 이르게 되는 것이 心統性情으로는 순리이므로「수성지」93)를 제외한 천군소설 대부분이 구조가 이와 거의 일치된다.94) 그래서 여기서도 E~F와 E~F' 단락이 간결하게 처리되고 있음이 두드러지게 나타나고 있는데,「천군전」에서는 太帝敬과 百揆 義가 克己를 시켜 도적을 공격함으로 끝맺는 1개 단락 뿐이고95),「천군실록」에서는 이를 세분하여 전술한 바와 같이 4개(12.9%) 단락으로 나누고 있으나, 분량이 길다는 점을 감안한다면 졸속 처리된 느낌이 없지 않다. 그러나「천군실록」의 구조 분석의 결과로 봐서는 각 단락의 사건 전개 양상이 6:6:6:4:4:5로 안배되어 있어 전체적으로 균형을 지니고 있음을 볼 수 있다.

 F~G와 F'~G'는 兩型의 인물들이 처음의 상태대로 되돌아와서 충신형 인물이 간신형 인물을 제어하여 천군의 나라는 평화스런 분위기가 조성되어 論功行賞하는 부분이다. 좀 더 구체적으로 보면, 志帥가 凱旋하니 천군이 노고를 치하하면서 誠伯의 爵과 赤縣 천 리의 땅에 봉토를 내리고 유신하니 질서가 정연해진다. 그리고, 주인옹이 나라를 禮로 다스림에 질서와 명분이 분명해지고, 천군도 주인옹을 따라 기뻐하여 주인옹은 백관을 통솔하며 志帥는 육관을 다스리게 하였다. 천군이 위에 앉으니, 신하들도 更號하여 백체가 순종하고

---

93) 같은 책, 127쪽 참조.
94) 같은 책, 186쪽 참조.
95) 같은 책, 115쪽 참조.

온 천하가 존경되며 화기충만하더라는 이야기로 종결됨에 지상계의 천군이
간신배에 유혹되어 농락이 되었지만 이를 극복한 천군은 역시 지상계의 人君
으로 남게 된 데 비해, 「천군전」의 천군은 천상계로 되돌아간다.96) 그러므로,
「천군실록」의 천군은 현실적인 인물로서 작가 소설가로서의 현실 반영이란
의식이 작용하여 소설의 인물로 이렇게 발전 변이된 것으로 풀이된다.

그리고 ㉙단락에서 천군이 크게 반성하고 앞으로는 주인옹의 가르침을 따
르겠다고 하며 기뻐하는 모습은 「南靈傳」에서 천군이 도적을 퇴치해 준 南靈
과 가까이 지내겠다97)는 내용의 패턴과 일치되며, 「천군전」에서 천군이 천상
계로 올라가는 것98)만 제외하면 여기에 좀 더 자세한 설명을 부연한 것이 「천
군실록」의 ⑬단락과 같은 패턴이다. 「천군실록」에서 「천군전」의 천군이 천상
계로 상승하는 것을 제외한 것은 근대 이행기로의 소설로서 가능한 현실 속
의 묘사란 점에서 소설 본령에로의 커다란 성장이요 발전이라 할 수 있으며,
이와 같은 구성으로 보아 「천군실록」은 「천군전」에서보다 많은 에피소드의
부연과 「軀書」에서 등장되는 인물 등을 차용하여 보다 많은 변화를 지녀 소설
로서의 면모를 갖춘 것이라 하겠다.

5) 문학적 가치

우리 나라에는 주자학이 전개된 이후부터 道文一致思想이 당시의 문단을
지배하였는데 「천군실록」을 비롯한 천군소설의 작자들도 독자들에게 성리학
적인 心經正學을 공부시키기 위한 방편의 하나로서 「천군실록」을 위시한 천
군소설을 창작하였다.

그래서 그들에게는 소설 그 자체가 중요한 것이 아니라 心學이 중요했을 것
이다. 그러나 문학적인 입장에서 볼 때 중요한 것은 작자의 의도가 아니라 작
품자체의 결과이다. 또한 「천군실록」을 위시한 천군소설의 대부분 내용이 「心
經」의 내용과 근본적으로는 일치한다는 것도 사실이다. 이 경우에서도 역시

---

96) 같은 책, 118~119쪽 참조.
97) 같은 책, 150~155쪽 참조.
98) 같은 책, 118쪽 참조.

중요한 것은 내용의 근본적인 일치가 아니라 형상화를 통해 나타난 구체적인 현상들이라 할 수 있다.

작자의 의도와 내용의 근본적인 일치를 들어 문학적 가치를 부정한다면, 이는 피상적인 관찰에 얽매인 단견이요, 문학 작품 자체를 보는 눈이 기왕의 개념 때문에 흐려져 있는 것으로 풀이될 수밖에 없다.

이러한 몇 가지 점을 염두에 두고 「천군실록」의 문학적인 가치를 종합적으로 살펴보면 다음과 같다.

첫째, 心性을 의인하여 소설의 형식으로 전환하였다는 점, 즉 心經正學의 내용에 일정한 시간과 공간을 부여하여 소우주의 세계를 설정하고, 추상적인 心性의 요소를 감각적인 인물로 형상화함으로써 기존 이론에 작자의 체험을 통한 의식과 창작력이 투영되어 소설 작품으로서 구체화될 수 있는 기틀이 마련되었다. 따라서 심성의 소설화로 정제된 소설로서 구조미를 갖춘 것이다.

둘째, 「천군실록」은 충신형 인물과 간신형 인물의 대립·갈등에서 충신형 인물은 간신형 인물의 공격으로 궁지에 처했다가 힘겹게 이를 극복하는데, 여기서 兩類型 인물의 갈등은 곧 性과 情의 갈등에 비유되기 때문에, 인간이 정을 억압하고 성을 회복하는데 그만한 역경과 진통이 따른다는 견해를 잘 보여주고 있다. 이러한 사실은 실제적인 체험이든 상상적인 체험이든 간에 일종의 체험을 작자가 작품에다가 소설 미학적으로 승화시켰다는 데에 중요한 의의가 있다. 즉 소설 내용에서 중요한 것은 충신형 인물이 간신형 인물을 마침내 제압할 수 있다는 결정론적 사고나 낙관론이 중요한 것이 아니라, 마음은 性과 情의 갈등을 극복하기 어렵다는 사실과 性과 情을 억압하기까지에는 상당한 시간과 진통이 요구된다는 사실을 「心經」의 논리에 비유하여 소설 미학적인 구조로 전개시켰다는 데 문학적인 가치가 있다.

셋째, 「천군실록」은 일종의 관념소설이다. 창작의 의도가 어디에 있었든, 또는 작자가 예비 지식을 어디에서 얻어 왔든지 간에 작자는 인간 심리를 깊이 성찰하고 해부하여 마음의 행로를 구체적으로 형상화하였다. 충신형 인물이 간신형 인물과의 치열한 갈등을 거쳐 결국 간신형 인물을 제어함으로써 천군의 나라에 평화가 온다는 것은 인간은 본능적 욕구와 이성 사이의 갈등을 겪지 않을 수 없으며, 후자가 전자를 제어했을 때 비로소 마음에 평화가 온다는 심리학적인 성찰을 보여준 데에서 고소설로서의 문학적인 가치는 더욱 높이 평가된다.99)

넷째, 「천군실록」을 위시한 天君小說 作家群은 소설을 배격하는 논자들과 「金鰲新話」, 「洪吉同傳」100), 임란 후의 영웅 소설 英·正祖代를 전후한 작자, 연대 미상의 일련의 소설을 창작한 작가군과의 중간에 위치한 유학자들로서, 대부분이 官界에서 화려한 벼슬을 하다가 유배된 불우한 문인 정객들이다. 이는 곧 평민, 서민의 전유물인 것처럼 인지되어 온 소설문학이 「천군실록」을 비롯한 천군소설로 하여금 사대부 계층에서도 매우 중요한 관심사였다는 증거가 될 수 있으며, 이들 작가들은 소설을 배격하는 유학자들과 일반 타소설을 창작한 작가들의 중간에 위치하면서 소설과 유학사상과의 조화라는 역사적 의의를 갖고, 유학자들도 소설을 읽고 쓸 수 있는 길을 터놓았다. 더구나 당시 소설 배격론자들은 소설문체도 문제시하였으나 그 내용이 음담패설과 男女期會란 점에서 더욱 배격하였으니, 「천군실록」을 위시한 천군소설에서는 이를 극복하기 위해 소설의 형식에다, 음담패설이나 남녀기회지사를 가능한 제외시키고, 제재나 소재, 기타 등장 인물을 모두 심성론에서 차용하여 유학사상을 소설화한 점에서 중요한 의의를 지니고 있다.

다섯째, 「천군실록」을 읽음으로써 심경정학을 익히고 배우는 한편, 소설의 흥미도 다소 느낄 수 있어, 당시 소설을 배격한 유학자들에게 소설의 효용 가치를 일깨워 주었으며, 소설에 대한 새로운 이미지를 부각시켜 소설을 배격한 유학자들와 천군소설 이외의 소설 작가군과의 거리를 보다 좁힐 수 있는 계기를 마련해 주었다. 따라서 소설에 대한 문학적인 가치의 인식을 점진적으로 변모시킨 매개적인 역할을 하게 되었다.101)

---

99) 같은 책, 192~193쪽.
100) 같은 책, 198쪽 각주 참조.
101) 같은 책, 199쪽 참조.

찾아보기

【ㄱ】

가로지기타령 310
嘉實 101
歌者宋蟋蟀傳 300
嘉齋事實錄 413
却老先生傳 300
覺訓 132
鑑湖夜泛記 153
江都夢遊錄 66, 67, 200, 223, 225
江陵秋月 407
江瑤柱傳 144
姜維實記 210, 382
강준철 190
姜晉哲 26, 92
姜希孟 15
姜希顔 15
康熙字典 441
遣閑雜錄跋 51
絅錦小賦 299
景閑 14, 138
階伯 101
桂相國傳 67
계상국전 68
古鏡記 89

古今君子隱顯論 169
古今帝王國家興亡論 169
古今忠臣義士總論 169
高麗大藏經 317
고본수이전 132
古本殊異傳 89, 132
古小說板刻本全集 35
崑崙奴 32
孔方傳 143, 144, 145, 146
공방전 86
課農小抄 289, 290
郭索傳 65, 314
郭再祐傳 210
關內程史 294
關東別曲 214
觀優戱 315, 369
관운장실긔 388, 389, 402
關雲長實記 382
관운장실기 383
管子虛傳 148
廣文者傳 71, 292, 295
廣寒樓記 333
光海君日記 241, 244, 248
구두쇠 이리 이야기 316

구본혁　280
九夫家　311
軀書　426, 434, 435, 438, 443, 448
瞿佑　153
구우　48, 182, 183
구운몽　41, 68, 198, 200, 271, 272,
　　　274, 276, 277, 279, 280, 282,
　　　283, 284, 286, 307, 318, 417
九雲夢　54, 67, 213, 215, 216, 217,
　　　284
구운몽연구　274
具滋均　28
龜兎之說　316
국문학사　194
國文學通論　30
麴先生傳　143, 146
국선생전　86, 144, 146
麴醇傳　143, 144, 145
국순전　86
國朝人物志　212
勸念要錄　162
權龍仙傳　405
權文海　101
권문해　131, 132
권오돈　180
權益重傳　70
권익중전　400
權韠　49, 200, 231, 314
貴山　101
蚪聲客傳　89, 102
均如傳　88
劇談　15
金剛經　217

금강경　280, 281, 285, 286
金剛誕遊錄　297
錦溪筆談　419
今古奇觀　404, 411
금방울전　288, 311
금방울젼　407, 408
金瓶梅　404, 406
金山寺記　225
金山寺夢遊錄　223
金山寺夢懷錄　225
金神仙傳　292
金鰲新話　15, 44, 45, 50, 63, 97, 107,
　　　150, 151, 152, 153, 163, 177,
　　　450
금오신화　41, 46, 86, 88, 106, 139,
　　　154, 157, 158, 159, 164, 175,
　　　176, 177, 180, 183, 184, 185,
　　　186, 189, 190, 191, 192, 194,
　　　195, 232
금오신화 해제　180
金鰲新話硏究　164
金牛太子傳　64, 151
金衣公子傳　314
金銓傳　289, 320
金振玉傳　405
金風憲傳　289
金華寺夢遊錄　66, 160, 200, 223, 225
奇大升　377, 380
기몽　275
奇遇錄　233
기재기이　41
企齋記異　97, 151, 157
奇俊格　242

김갑진 190, 193
金光淳 164
김광순 36, 184, 189, 195, 196, 263,
        278, 280, 285, 327
金光淳所藏　筆寫本　韓國古小說全集
        317
金光澤傳 289, 297
金起東 25, 28, 85, 163, 239, 334, 336,
        411
김기동 27, 182, 186, 189, 194, 196,
        272, 279, 285, 326, 412
김기현 36
金德齡傳 199, 210
金道洙 229
金東旭 35, 305, 334
김동욱 36, 259, 265, 279, 285, 321,
        324, 327, 328
김동협 270
김두경 187
金鑢 299, 304, 311
김려 411
金萬重 15, 51, 52, 54, 95, 199, 213,
        214
김만중 274, 278, 377, 381
김명순 36
김명호 187, 188
김무조 275
김병국 275
김병권 329
김병욱 36, 269
金柄夏 26, 92
金鳳釵記 153
金富軾 101

김사엽 194
金思燁 240
김석배 330
김선아 273
金聖嘆 380
金紹行 411, 417
김수성 184
金壽恒 219
김숙희 273
金時習 15, 44, 45, 47, 48, 97, 150,
        151, 153, 160, 163, 177, 228
김시습 157, 183
金時習論 164
金時習本傳 170
金時習硏究 164
金神仙傳 71, 297
金氏烈行錄 73
김안노 180
金安老 177
김연식 191
김연호 269
金烈圭 107
김열규 266, 269, 277
金宇顒 151, 161, 426, 434
金圓傳 64
김윤식 94
金仁香傳 72, 410
金麟厚 50
金一根 93
김일렬 188, 189, 191, 193, 269, 270,
        281, 282, 283, 286
김재철 324
金在喆 92

김종철 326
김주연 94
金鎭世 241, 245, 247, 249
김진세 36, 259
金振玉傳 70
金集 181
김창진 190
金哲埈 92
金春澤 218
김춘택 276
金太子傳 73, 418
김태준 25, 181, 182, 183, 184, 186,
194, 256, 268, 271, 276, 278,
284, 285, 321, 330, 336, 382,
412
金台俊 25, 85, 90, 92, 163, 239, 334,
336, 411
金澤榮 294
김현 94
金現感虎 20, 96, 101, 102, 103, 104,
106, 127, 128, 130, 135
김현감호 87, 133, 140
김홍규 329
金興圭 94
까치전 65
까치젼 314
꼭둑각씨실기 66

【ㄴ】

羅貫中 374, 375
洛城飛龍 410
落窪物語 89, 102, 141
落泉登雲 410

亂中雜錄 334
南柯太守傳 153, 216, 283
南公轍 55, 56
南宮先生傳 53, 199, 201, 207, 242,
297
南靈傳 300, 304, 448
南冥 161
南聖重 218, 219
남염부주지 139, 188, 196, 204
南炎浮洲志 64, 153, 155, 164, 174,
188
南永魯 411, 416
南益薰 416
南征記 218
南華經 171
南孝溫 15, 151, 159, 160
盧兢 219
노자 171
綠衣人傳 153
녹쳐스연회 65, 314
論語 13, 151
님진록 211

【ㄷ】

Daniel O'conner 272
檀君神話 101
達川夢遊錄 66, 67, 200, 223, 224
薄庭叢書 299, 304
담정총서 311
唐宋傳奇集 298
唐志 32
唐太宗傳 151
大觀齋記夢 159

찾아보기 455

大觀齋夢遊錄　66, 97, 151, 159, 223,
　　224
대담강유실기　383
大東野乘　244
대동운부군옥　131, 133
大東韻府群玉　89, 90, 101, 104, 105,
　　106, 107, 129, 132, 133
對玉梳　327
大學　431, 434
大華嚴法界圖序　168
The Cloud Dream of the Nine　217, 272
德行義　169
도끼보오꼬　185
道德經　171
都彌　101
檮杌　435
陶宗儀　31
桃花流水館小藁　299
桃花扇　327
東明王篇　146
東文選　143
동문선　145, 148
東野彙輯　413
東遊記　406
東人詩話　15
東坡集　144
兜率院彌陀殿重修碑文　254
杜處士傳　144
滕穆醉遊聚景園記　106, 153, 183
등목취유취경원기　164, 196

【ㄹ】

류문셩전　402

【ㅁ】

馬馹傳　71, 292, 296
마하빠라다　315
만복사저포기　155, 159, 164, 180,
　　191, 192, 196
萬福寺樗蒲記　64, 106, 153, 154, 172,
　　181, 183, 188, 192
萬石君羅文傳　144
梅溪叢話　15
梅山雜識　24
梅生傳　65
梅月堂金時習研究　164
梅月堂集　170, 177
매월당집　181
梅花外史　299
매화타령　305, 419
梅花打令　74, 420
孟子　151
맹택영　277
名分說　169
明珠寶月聘　73, 410, 415
毛穎傳　48, 144
毛宗崗　374
牧丹燈記　106, 153
牧丹屏　25
睦台林　411, 420
夢見諸葛亮　383
몽견제갈량　383
몽결초한송　383
夢決楚漢訟　383
夢記　159
夢謝自然誌　151, 159

456　韓國古小說史

夢遊小說　159
猫頭懸鈴　316
无極集　333
무숙타령　305
武叔打令　74
Moore　338
文廟二義僕傳　300
文無子文鈔　299
文選　13
問菴文藁　314
문학사에 있어서 장르의 진화　16
閔文振　149
민병수　192
閔丙秀　30, 85, 164
민영규　324, 327
민영대　270
閔翁傳　71, 292, 296
민제　180

【 ㅂ 】

朴魯春　422, 423
박명희　331
朴文秀傳　407
박성의　182, 183, 194, 196, 256, 268,
　　　　272, 275, 279, 284, 285
朴晟義　25, 85, 90, 163, 239, 254, 334
박씨전　199
朴氏傳　69, 210, 213
朴英熙　93
박용식　36
朴仁壽　413
朴寅亮　132
박일용　195

朴堤上　101
박지원　202
朴趾源　47, 48, 49, 93, 95, 288, 289,
　　　　299
박태상　36, 189
박혜숙　189
박희병　195
반잔단드라　315
放璃閣外傳　292, 296
방경각외전　297
배비장전　306
裵裨將傳　32, 74, 98, 413, 419
배비장타령　305
裵裨將打令　74
裵松之　375
裵足恍傳　210
裵氏　32
裵航　32
百結先生　101
백남오　191, 192
白雲居士語錄　146
白雲居士傳　146
白雲小說　14, 138
白鐵　92, 93, 94
白鶴扇傳　70, 405
白湖集　161
百花國再設中興錄　219
百花國傳　219
번안설　412
法泉寺記　254
변강쇠가　74, 306
변강쇠전　310
변강쇠타령　74, 305, 310

卞榮晚 162
鼈主簿傳 65, 313, 315
별춘향전 333
普蛇奇聞 418
普雨 162
보월빙 415
보한집 131
補閑集 14, 104, 128
鳳山學者傳 298
富貴發跡司志 153, 164
부귀발적사지 196
浮穆漢傳 71, 300, 303
浮碧夢遊錄 66, 160, 223
芙蓉相思曲 70
北有記 406
北軒雜說 276
Brunetiere 131
브룬띠에르 16
Bishop 360
鬢上雪 25
嚬笑先生傳 289
氷道者傳 143

【ㅅ】

射角傳 405
史記 298, 404, 421
娑羅那比丘 216
司馬溫公 215, 381
四溟堂傳 199, 210
士小節 15, 380
泗水夢遊錄 66, 160, 223
사씨남정기 198, 200, 272, 276
謝氏南征記 54, 72, 213, 215, 217,

318, 319
四友齋記 245
사재동 36, 274, 277
史傳 215
山陽大戰 382, 407
산양대전 383
三官記 54
삼국대전 382, 383
三國大戰 69
삼국사기 316
三國史記 90, 101
三國史節要 132
三國演義 375
삼국연의 376
三國衍義 379
삼국유사 125, 133, 141
三國遺事 19, 20, 88, 90, 101, 103,
104, 128, 132
三國志 215, 265, 375, 404
삼국지 381
삼국지연의 283, 374, 376, 377, 379,
381, 394, 399, 406, 408
三國志演義 69, 210, 215, 373, 375,
378, 384, 388, 389, 404
삼국지연의의 비교문학적 연구 374
三國志注 375
三國志通俗演義 375
三代目 88
삼문취록 415
三生錄 64, 151, 411
三仙記 411
三說記 63, 64
삼원기 325

三元記 327
三韓拾遺 64, 411, 417
三韓詩龜鑑 145
尙娘傳 300
相思洞記 229
相思洞餞客記 229
象胥記聞 288
上蔡語錄 441
生烈女傳 300
生財說 169
徐居正 15
書經 48, 151, 437
鼠國說話 316
서규태 190
서대석 269, 283
鼠大州傳 314, 317
鼠同知傳 314, 316
서동지전 65
서상기 324
西廂記 56, 60, 107, 327
鼠獄記 314, 316, 317
鼠獄說 317
西遊記 265, 404
서유기 46, 283, 401, 403, 406
西遊記傳 406
西遊補 406
徐有英 411, 418
書齋夜會錄 157, 158
西浦漫筆 15, 54, 214, 215, 379
서포만필 276, 377, 381
서포문학의 새로운 탐구 274
서포연보 276
西浦集 214

서포집 276
西漢演義 265
釋 息影庵 149
石嵌公 426, 434, 435
石潭日記 169
石洲集 231, 232, 314
昔脫解 101
仙女紅袋 105
善友太子傳 151, 419
宣祖修正實錄 241, 248
선조실록 233
宣祖實錄 243, 244
설공찬이 157
薛公瓚傳 97, 151, 156
설성경 36, 274, 275, 283, 285, 326,
      329, 331
薛人貴傳 210, 409
薛重煥 164
설중환 36, 184, 186, 191, 192, 196
蟾同知傳 65, 314, 317
聶隱娘 32
成侃 151, 161
惺所覆瓿藁 53, 201, 203, 242, 243,
      244, 245, 248
成以性 333
成進士傳 300
成俔 15
성현경 277, 283, 285
星湖僿說 202, 379
성호사설 376
星湖僿說類選 376
世說新語 144
所騎馬傳 300

소대성전 288, 311
蘇大成傳 69, 313, 405
소디셩젼 402
謏聞瑣錄 15
蘇軾 144
소은집 430
小隱集 434
蘇在英 164
소재영 36, 184, 196
小田幾五郎 288
小學 429
蘇學士傳 405
續金瓶梅 406
續三國志 380
續西遊記 406
續水滸傳 380
續雜錄 333, 334
손곡산인전 201
蓀谷山人傳 53, 199, 201, 209, 242
損齋先生集 242
松南雜識 15, 229
宋晩載 315, 369
송상욱 263
宋世琳 151, 161
송순경 329
宋時烈 177, 212
宋旭 296
송재욱 329
宋志 32
松泉筆譚 238, 249, 262
水宮慶會錄 153, 164
수궁경회록 196
隋唐志傳 373

首露王 101
수삽석남 87
首揷石枏 96, 101, 102, 106, 107, 127
水西集 425, 426, 435
壽聖宮夢遊錄 226
수성지 41, 161, 204, 447
愁城誌 65, 97, 151, 161, 219, 442
殊異傳 19, 20, 89, 105, 132
수이전 87, 195
守則傳 300
繡行錄 332
睡鄕記 151, 159, 160
水滸傳 45, 53, 54, 107, 265, 404
수호전 46, 264, 406
수호지 401, 403
淑英娘子傳 70, 407
숙향전 284
淑香傳 70, 320, 405
순암집 202
順菴集 242
荀子 439
스피노자 338
詩經 151
施耐菴 380
施賽傳 162
是十小說文 171
詩話叢林 14
申光漢 97, 151, 157
신기형 183, 186, 196, 268
申基亨 25, 85, 90, 163, 239, 336
신라수이전 132
新羅殊異傳 89, 132
新羅異傳 132

神明舍圖 161
新文學思潮史 93
辛未錄 411
申兵使傳 300
神仙打令 74
신선타령 74, 305
中啞傳 300
신유복전 405
中遺腹傳 405
中在孝 305
신재효 310
心經 441, 443, 448
沈旣濟 103, 108, 140
心史 420
沈生傳 49, 71, 300, 301
沈守慶 51
심여택 186
沈由朋 294
沈義 151, 159
沈鐸 238, 262
심청가 305, 309
沈淸歌 74
심청전 306
沈淸傳 74, 309
十誦律 317
十八史略 404
十玄談要解序 168
雙梅堂集 148

【 ㅇ 】

아리스토텔레스 338
安樂國太子傳 151
安憑夢遊錄 66, 157

안성배 331
按稅 289, 290
安自山 256
안정복 202
安鼎福 50
안창수 191
安廓 92
R. M. Albérés 87
愛卿傳 153
愛物義 169
愛民義 169
櫻桃靑衣 216, 283
野鼠婚說話 315
楊己孫傳 410
양대언 180
양반전 288
兩班傳 71, 292
梁山伯傳 70
梁龍祚 333
梁周翊 333
兩晋演義 373
楊風雲傳 72
養花小錄 15
魚龍傳 72, 405
魚叔權 14, 18, 138
於于野談 15, 233, 244
어우야담 202
嚴氏孝門淸行錄 415
嚴處士傳 53, 199, 201, 208, 209, 242
女容國傳 66
女容國平亂記 219
女子忠孝錄 405
女將軍傳 405

女中豪傑　405
易經　48
櫟翁稗說　15
易學大盜傳　298
燃藜室記述　333
聯芳樓記　153
烟湘閣選本　297
燕岩別集　296
燕岩外集　295, 296
연암외집　297
燕岩全集　298
연암집　203
燕岩集　290, 297, 298
硯滴傳　162
列國志傳　373
烈女李氏傳　300
烈女春香守節歌　305
烈女咸陽朴氏傳　292, 297
列傳　298
열하일기　290, 291, 294, 410
熱河日記　48, 289, 290, 293
葉嘉傳　144
永垂彰善記　318
英英傳　70, 229
永州野廟記　153
令狐生冥夢錄　153, 164
영호생명몽록　196
穢德先生傳　71, 292, 295
禮樂義　169
五山說林　15
烏圓傳　65, 314
烏有蘭傳　32, 71, 72, 411, 419, 420
五洲衍文長箋散稿　275

오호대장긔　383
玉匣夜話　293
玉娘子傳　73
玉丹春傳　70
玉堂春　327
玉蓮夢　411
옥련몽　416
玉蓮子　416
玉樓夢　67, 98, 405, 411, 416
옥루몽　68, 271, 283, 402, 416
옥린몽　271
玉麟夢　72, 289, 318
玉鴛重合錄　410
玉人記　382
溫達　101
溫陶君傳　144
옹고집전　306, 401
雍固執傳　74, 310, 316
옹고집타령　305
雍固執打令　74
蛙蛇獄案　314
玩月會盟宴　73, 410, 416
왕경룡전　70
王嬌鸞百年長恨　412
王度　89
王郎返魂傳　64, 162, 163
용궁부연록　139, 158, 196
龍宮赴宴錄　64, 153, 156, 164, 174
龍堂靈會錄　153
慵夫傳　151, 161
龍猿　316
慵齋叢話　15
용천담적기　180

龍泉談寂記　182, 195
虞裳傳　71, 292, 298
友情論　296
牛川集　427
우쾌제　36
雲皐　418
雲皐詩抄　419
雲英傳　106, 223, 226
운영전　232
雲窩居士　420
蔚遲敬德　407
雄雉傳　363
元生夢遊錄　66, 97, 151, 160, 223, 378, 379
元昊　160
月峰山記　407
渭塘奇遇記　153
韋島王傳　234, 253, 254
魏王別傳　382
威儀義　169
爲治必法三代論　169
柳光億傳　71, 300, 301
유광연　184
柳綠의 恨　319
柳綠傳　70, 289, 319
柳夢寅　15, 18, 233
유몽인　202
遺墨膽草　422, 423, 425, 427
유문성전　312, 391
柳文成傳　405
劉伯曇傳　210
유병환　276, 280
柳本學　289

遊仙窟　89, 102, 106
劉氏三代錄　73, 318, 410
柳與梅爭春　219
柳淵傳　200, 233, 310
柳泳傳　226
遺才論　205, 209
柳宗元　48
儒重林外史　406
유충렬전　69, 288, 312, 389, 391
劉忠烈傳　69, 313, 382
유충렬젼　402
柳致球　411, 422, 426, 427, 434, 443
六美堂記　67, 411, 418
육미당기　68
六臣傳　15
六孝子傳　407
尹繼善　223, 224
尹河鄭三門聚錄　415
윤홍로　331
율곡　169
栗谷　170
隱里[각구레사도]　316
義勝記　219, 222
義烈女傳　417
擬人小說　161
擬請疏通疏　291
이가원　180, 184, 272, 283, 324, 332
李慶善　374, 377, 379, 382, 391
李穀　147
이규경　274
李圭景　381
李奎報　14, 138, 143, 146, 147
이금희　192

李能雨　36, 240, 244, 245, 247, 248,
　　　254
이능화　203
이대봉전　288
李大鳳傳　405
李德懋　15, 51, 54, 148, 380
이덕무　380
이명구　272, 277, 279, 284
李文奎　246, 247, 249
이문규　269, 270
이병원　275
이병혁　327
이봉린　265
二四齋記聞錄　318
이상익　265, 282
李相翊　374, 378, 391, 406, 412
李相澤　164
이상택　187, 277, 283, 330
李相璜　55, 56
이생규장전　180, 301
李生窺牆傳　64, 154, 173, 181, 188,
　　　189, 192
이석래　182
李晬光　15, 18, 50, 138
이수광　202
이수봉　36
李時烈　241
李植　43, 45, 46, 239, 248, 253, 258,
　　　380
李鈺　49, 288, 299, 301, 304
異苑　316
이원주　192
李裕元　24

李陸　15
이윤석　264
李頤命　380
李頤淳　319, 411
李爾瞻　241
李離和　246, 249
이익　202, 376
李瀷　59, 289
李仁老　14, 131, 228
李人稙　25
李耔　170
李縡　54
이재수　181, 196, 265, 269, 285, 327
李在秀　25, 164, 239, 374, 391, 406
이재호　180, 186
李廷綽　289, 318
李廷楷傳　289
李濟臣　151
李齊賢　14
李朝時代小說論　336
이종주　263
이주형　270
李進士傳　70
李詹　148
李春風傳　32, 71, 411
李恒福　200, 233
李海龍傳　73
李海朝　25
이헌홍　195
이현국　284
이혜순　266, 267
李泓傳　71, 300, 302
李華翼　333

李華傳　64, 210
李滉　43, 44, 45, 46
人君義　169
人臣義　169
人材說　169
一樂亭記　289, 319
逸事奇聞　242
一然　101, 138
一和先生　162
임경업전　199
林慶業傳　69, 210, 212
林泳　219, 222
임장군경업전　212
林將軍實傳　212
林將軍傳　212
林悌　160, 161, 219, 378
임제　204
임진록　198, 199
壬辰錄　69, 210, 211
林椿　145
임춘　146
林忠愍公實記　212
林忠臣傳　212
林下筆記　24
임형택　184, 188, 191, 195, 196, 265,
　　　270
林熒澤　93, 107, 128, 164
林虎隱傳　67, 405
임호은전　68, 402, 409
林和　92, 94
林花鄭延　73

【ㅈ】

自由鐘　25
자치가　363
자치기라　363
資治通鑑　421
자타카本生經　316
慈通弘濟尊者泗溟松雲大師石藏碑銘
　　　254
鵲鳥相訟　314
雜同散異　242, 248
雜寶藏經　216
雜著　235, 239
장국진전　402
張國振傳　405, 409
장끼傳　313
장끼전　65, 74, 306, 314, 315, 363,
　　　364, 365, 368, 369, 370, 372
장끼타령　74, 305
장덕순　27, 180, 183, 195, 277
張德順　30, 107, 334
張德弘　296
장백전　288, 312
張伯傳　69, 313, 405
張福先　302
張福先傳　300, 302
蔣奉事傳　300
張山人傳　53, 199, 201, 208, 209, 242
장생전　208
蔣生傳　53, 199, 201, 207, 208, 209,
　　　242
張說　89, 102
張翼星傳　405

장익셩젼 400, 402
莊子 13
장자 171
張鷟 89, 102, 106
張潮 149
莊周 48
장ᄌ방실긔 407, 408
장풍운전 288, 311, 313
張豊雲傳 405
張韓節孝記 73
장화홍련전 410
薔花紅蓮傳 72, 413
쟝비마쵸실긔 388
楮生傳 144, 148
저생전 149
楮先生傳 149
楮侍制傳 149
적벽가 305, 383
赤壁歌 74
적벽대전 383, 408
赤壁大戰 69, 382
狄成義傳 73, 151
傳奇 32
錢唐五代史演義 373
全東屹 413
전등신화 154, 163, 164, 182, 183,
    185, 194, 195
剪燈新話 48, 106, 107, 150, 153, 163,
    265, 404
전미인곡 214
全相平話三國志 378
田禹治 200
전우치전 401

田禹治傳 68, 200
全漢志傳 373
前後美人曲 214
정규복 36, 180, 182, 272, 273, 277,
    280, 282, 283, 285, 376, 391,
    405, 406
丁奎福 85, 90, 374, 412
鄭琦和 411, 420, 421
정노식 324
정래동 324, 327
鄭炳昱 164, 228
정병욱 94, 180, 186, 187, 189, 279,
    285
정병호 193
丁壽崗 148, 151, 161, 162
丁侍者傳 143, 144, 149
丁若鏞 43, 46
鄭運昌傳 300
鄭乙善傳 72, 410
鄭鉒東 25, 163, 164, 239, 254
정주동 27, 182, 183, 186, 196, 256,
    263, 268, 279, 285, 376, 377
鄭浚東 229
鄭進士傳 72
鄭昌翼 422, 423, 425, 427
정출헌 286
鄭泰齊 15, 51, 52, 55, 218, 221
정하영 329
정한모 94
諸馬武傳 68, 383
第一才子書 374
James S. Gale 217, 272
題剪燈新話後 176

적벽가젼　407
적벽대젼　407
젹성의젼　419
趙慶男　333
曹溪詩集　143
趙光延　177
조기영　180, 182
趙基永　183, 195
趙都司　333, 334
조동일　184, 188, 191, 196, 259, 266,
　　　　277, 281, 282, 331
趙東一　93, 107, 164, 245, 247, 249,
　　　　334
趙生員傳　72
조선 기독교 급 외교사　203
조선고대소설사　181, 194, 272
朝鮮古代小說史　85, 90, 337
朝鮮歷代名將傳　212
朝鮮文學史　256
朝鮮小說發達史　85
조선소설사　181, 194, 256
朝鮮小說史　25, 85, 90, 334, 336
朝鮮王朝實錄　205, 236, 261
조선왕조실록　253, 377
조성교　180
趙聖期　54, 200, 229
趙秀三　24
曺伸　15
曹神仙　297
曹神仙傳　297
調信傳　20, 96, 101, 102, 103, 106,
　　　　108, 109, 110, 111, 113, 115,
　　　　116, 117, 118, 119, 124

조신전　87
朝野輯要　236, 239, 244, 261
조용만　266, 267
조웅전　288, 312
趙雄傳　405
曺偉　15
趙緯韓　49, 200, 233
조윤제　184, 194, 268, 324
趙潤濟　92, 240
조자룡실기　383
趙子龍實記　69, 210, 382
趙在三　15, 229
趙闇拖　296
조희웅　329
拙修集　229
鍾玉傳　71, 72, 419, 411, 420
죠자룡젼　407
酒肆丈人傳　66
周生傳　49, 70, 200, 231
周易　437
주왕산　181, 182, 186, 194, 272, 284,
　　　　285, 327, 330
周王山　25, 85, 90, 163, 239, 334, 337
朱將軍傳　151, 161
竹夫人傳　143, 144, 147
죽부인전　86
鬻書曹生傳　297
竹尊者傳　143, 148
竹泉集　276
中庸　429, 431, 434
重興游記　299
지라르(R.Girrad)　270
芝峰類說　15, 138

지봉유설 202
池浚模 128
지준모 195
眞假爭主說話(遁甲說話) 316
陳大方傳 73
진상원 186
陳壽 215, 375, 381

【 ㅊ 】

車溶柱 245, 247
차용주 36, 259
車天輅 15
車崔二義士傳 300
昌蘭好緣錄 410
彰善感義錄 200, 229, 319
창선감의록 41
彩鳳感別曲 70, 98, 411
蔡壽 97, 151
蔡濟恭 59
千寬宇 93
天君本紀 65, 411, 420, 421
천군실록 439, 444, 446, 447, 450
天君實錄 65, 411, 422, 423, 425, 426,
         427, 434, 435, 438, 440
天君演義 15, 65, 200, 219, 221
천군연의 41, 407, 445
天君演義序 55
천군전 439, 441, 445, 446, 447
天君傳 65, 97, 151, 161, 219, 426,
       434, 435, 438
泉水石 410
清江使者玄夫傳 143, 144, 147
청강사자현부전 86

清江小說 151
靑白雲 410
靑柳綱太郞 272
靑莊館全書 380
청행록 415
草堂病臥書懷 167
楚漢傳 210
村談解頤 15
崔孤雲傳 210, 227, 228
崔南善 163
최남선 177, 180, 182, 183, 184
崔溥 15
최래옥 326
崔文獻傳 227
崔文憲傳 227
崔文獻傳紹介 228
최삼룡 187, 190, 191
崔生遇眞記 157, 158
崔生員傳 71, 300, 303
崔寔 148
崔元植 412
崔煒 32
최인훈 283
崔滋 14, 131
崔瓚植 25
崔陟傳 49, 200, 233
崔冲傳 227
崔致遠 19, 89, 96, 101, 102, 105, 127
최치원 87, 132, 228
秋江冷話 15
秋月色 25
秋齋集 24
秋風感別曲 412

秋香亭記　153
春夢緣　327, 333
春秋　151, 421, 435
春坡居士　419
春坡山人　411
춘향가　305
春香歌　74
춘향전　283, 288, 301, 306, 308, 320,
　　　　323, 324, 326, 328, 329, 330,
　　　　331, 332, 334, 414
春香傳　74, 107, 307
춘향전 연구　321
취유부벽정기　139
醉遊浮碧亭記　64, 106, 153, 155, 173,
　　　　187, 188, 192
翠翠傳　153
枕中記　103, 108, 109, 110, 111, 113,
　　　　114, 115, 116, 117, 119, 124,
　　　　126, 139, 140, 153, 216, 283

【 ㅋ 】

콩쥐팥쥐전　410

【 ㅌ 】

宕遊關東錄　166
태평광기　144, 283
太平廣記　57, 182
태평통재　132
太平通載　89, 90, 105, 132, 133
太平閑話　195
太平閑話滑稽傳　15, 413
太虛司法傳　153

澤堂別集　235, 238, 239, 241, 245,
　　　　248, 249, 260, 380
澤堂集　205, 241, 242, 256, 258, 259,
　　　　262, 264
토끼전　74, 306
토끼타령　74, 305
兔鼈歌　305
Tom jones　267
通鑑　381, 404
退溪　177
退陶書節要　430

【 ㅍ 】

罷睡錄　310
播氏傳　410
파한집　131
破閑集　14, 228
八壯士傳　407, 409
稗官雜記　14, 15, 138
포절군전　161
抱節君傳　65, 148, 151, 161, 162, 219
捕虎妻傳　300
漂海記　15
皮生冥夢錄　66, 67, 223, 226
筆苑雜記　15, 132

【 ㅎ 】

河間傳　48
下邳侯革華傳　144
何生奇遇傳　157, 158
하생기우전　159
한국고대소설개론　194

韓國古代小說槪論 28
한국고대소설사 194
韓國古代小說史 85, 90
韓國古小說史序說 85, 86
한국고전문학연구회 180
韓國小說發達史 85, 336
한국소설발달사 90
限民名田議 289, 290
漢書 14
한승원 283
漢陽五百年歌 211
한영환 184, 185
韓愈 48
한희수 330
海東高僧傳 132
行錄 333
香娘傳 417
許筠 45, 51, 52, 53, 198, 201, 203,
        239, 240, 241, 242, 244, 245,
        248, 252, 253, 254, 255
허균 97, 199, 206, 247
許筠論 240
許蘭雪軒 416
허생전 49, 290
許生傳 71, 292, 293
허엽 255
현수문전 288, 311
玄壽文傳 405
현수문젼 407, 408
玄氏兩雄雙麟記 410
血의 淚 25
峽孝婦傳 300
荊山白玉 407

刑政義 169
호남암행록 334
豪民論 206
호어 127
虎語 128
胡雲翼 123
虎願 104, 129, 130
호원 127, 133
胡應麟 31
虎叱 71, 292, 294
洪桂月傳 405
洪吉童傳 238, 261, 262
홍길동전 41, 46, 68, 96, 97, 157,
        198, 201, 203, 204, 205, 234,
        235, 242, 244, 245, 246, 247,
        248, 250, 252, 253, 255, 259,
        267, 268, 269, 270, 401
洪吉同傳 45, 53, 107, 199, 236, 238,
        261, 262, 450
洪大容 289
紅樓夢 406
紅樓復夢 406
紅樓重夢 406
洪萬宗 14, 43, 45, 46
紅白花傳 70, 289, 319
洪生遠遊記 297
洪以爕 93
洪直弼 24
洪進士某 416
花史 65, 97, 200, 218, 219, 220, 231,
        421
花石子文鈔 299
花王戒 101, 220

花王傳　65, 219, 220, 411
화용도　306
華容道　74, 210, 382
화용도실긔　407
華容道實記　69, 382
桓譚　13
幻夢　216
환혼기　325
還魂記　327
활자본고전소설전집　396
活字本古典小說全集　398
黃甘陸吉傳　144
皇明關運英烈傳　373
皇明英武傳　373
黃夫人傳　210
황부인전　383
황새決訟　65, 314
황운전　288, 312
黃月仙傳　72, 410, 414
황쟝군젼　407
黃庭經　171
黃參奉　242
黃湞江　160
황패강　29, 36, 270, 331
淮南子　439
檜山君傳　229
橫負歌　310
후미인곡　214
홍보젼　305, 334, 335, 339, 340, 361
흥부가　305
興夫歌　74
興夫傳　73, 74, 309, 334
흥부전　93, 306

興聖寺入院小說　14, 138
히도바데사　315

한국고소설사

인쇄일 초판 1쇄 2001년 03월 25일
　　　　　2쇄 2015년 03월 20일
발행일 초판 1쇄 2001년 03월 30일
　　　　　2쇄 2015년 03월 23일

지은이 김 광 순
발행인 정 찬 용
발행처 국학자료원
등록일 1987.12.21. 제17-270호

서울시 강동구 성내동 447-11 현영빌딩 2층
Tel : 442-4623~4 Fax : 442-4625
www.kookhak.co.kr
E- mail : kookhak2001@hanmail.net
ISBN 978-89-8206-587-3[93800]
가 격 20,000원

*저자와의 협의 하에 인지는 생략합니다.